戲曲選粹

曾永義、王安祈
李惠綿、蔡欣欣／選注

國家出版社 印行

作者簡介

曾永義

一九四一年生，國家文學博士，現任台灣大學講座教授。著有學術著作《明雜劇概論》、《台灣歌仔戲的發展與變遷》、《說俗文學》、《論說戲曲》、《戲曲源流新論》等二十餘種。散文集有《蓮花步步生》、《牽手五十年》、《飛揚跋扈酒杯中》、《人間愉快》、《清風明月春陽》、《愉快人間》等六種。中國現代歌劇劇本《霸王虞姬》、《國姓爺》二種，京劇劇本《鄭成功與台灣》、《牛郎織女天狼星》二種。

王安祈

一九五五年生，台灣大學中國文學博士，現任清華大學中文系所教授。著有《明傳奇劇場及其藝術》、《明代戲曲五論》、《傳統戲曲的現代表現》等學術專著。創作京劇劇本十餘部，輯為《國劇新編——王安祈劇集》、《曲話戲作——王安祈劇作劇論集》二書。

李惠綿

一九六〇年生，台灣大學中國文學博士，現任台灣大學中文系所副教授。著有《王驥德曲論研究》、《元明清戲曲搬演論研究——以曲牌體戲曲為範疇》、《戲曲批評概念史考論》等學術專著，散文集《用手走路的人》。

蔡欣欣

一九六五年生，政治大學中國文學博士，現任政治大學中文系所副教授。著有《台灣地區現存雜技考述》、《雜技與戲曲發展之研究——從先秦角觝到元代雜劇》等學術專著。

曾序

民國六十二年我在台大開始講授「戲曲選」課程，當時一般所用的課本是大陸學者編注的《元雜劇選注》和《中國歷代戲曲選注》。這兩種選本由於曲文不分正襯，依義斷句，難免格律不明，其注釋又頗為簡略，以致講授時需要修正和補充的地方很多，往往一本關漢卿《竇娥冤》，一個學期尚未能講授完畢，對學生的學習影響很大。有見於此，民國七十一學年度我趁在美國密西根大學為訪問學人之際編注《中國古典戲劇選注》，包括元明清雜劇、明院本、明清傳奇、京劇，各選若干種，或為散齣或為全本。傳奇中以集戲曲文學藝術之大成的洪昇《長生殿》為全本範例，據以明其體製規律與藝術章法。全書除分清曲文正襯格律與詳注章句以省讀者翻檢之勞外，篇前有作者生平與劇目題解，篇後有「說明」，而亦皆以詳明為務，不忌其篇幅之煩。其目的在使讀者自修即可無師自通，用作教材可免資料費時抄寫，而其諸多提示與說明則可作課堂引申與討論之資。因之多年來已有多所大學用作課本，教學省時省力，學生獲益自然更多。

但是拙編已經歷二十年，書中發現的錯失不因二版三版有所改正，我所指導的研究生，畢業後在各大學講授戲曲課程的越來越多。其中在清華的王安祈，在台大的李惠綿、在政大的蔡欣欣，都認為有重編重注的必要，以求其更完整更加切合學生的學習和老師的講授。我非常同意她們的看法，也一向認為學生站在我的肩膀上，成就一定更多。於是她們一起會商，分工合作，選注元明清雜劇、明院本、宋元南戲、明清傳奇和京劇，補我所不及之南戲，藉此以明歷代戲曲體製劇種之規律，並從而以見戲曲史發展之概況。而其所選注之劇目，一則重其經典性，一則考量其於劇場之演出，使學生方便於臨場觀摩，或利用視聽資料之輔佐；則其於戲曲之學習，案頭場上兩顧，不僅止於紙上談兵矣。至於其編注體例雖然刪去拙編中的「說明」，但其相關內容已納入「題解」之中。我相信我的好處她們都有，我的毛病她們都已改正，如此再加上她們的發明，這本題為《戲曲選粹》的新書較諸已為陳舊的拙編，更加方便和有益於戲曲的自習和教學是絕對可以肯定的。

我很高興這本《戲曲選粹》保留部分拙編的內容，使之名正言順的成為我們師徒四人的合作，這應當也算得是一件人間美事。我雖然無暇校閱這本書，但對我這三位徒兒的能力是有信心的。我們也知道一本書沒有錯誤是不可能的，應當隨時發現隨時改正；而我們更希望海內博雅君子，有所教正，以匡不逮，則將感激不盡。最後我有一點要期望三位徒兒的是：下次再版，曲文務分正襯，辨其增減，以明格律句讀，不可以其艱難而捨棄；倘能如此，必可增加本書之特色與價值。

二〇〇一年七月廿日晨曾永義序於湖北宜昌旅次

編輯緣起

《戲曲選粹》一書的編成，首先要感謝國家出版社社長林洋慈先生。其實早在民國七十二年，國家出版社已有由曾永義老師主編的《中國古典戲劇選注》一書之出版，十餘年來早已成為各大學中文系戲曲課程的主要教材。曾老師的書主要針對中文系學生的程度，選取全本名劇、詳加校勘、細分正襯的態度，非常學術專業。然而這些年來，大學教育觀念有著明顯的改變，不僅普遍强調通識教育；而且大一國文教學內容也有大幅度調整，除了中文系之外，通識課和國文課也都設有專門戲曲課程。因此，站在教學立場，一本能同時適用於「中文系、通識課、各系國文課」的新教材自有其必要性；《戲曲選粹》一書的編輯，即在此需求之下應運而生。

這個構想首先由欣欣提出，由惠綿和我共同完成。其間不僅得到曾老師的鼓勵與支持，老師還同意保留《中國古典戲劇選注》一書部分精華納入新書。因此《戲曲選粹》實際上是由曾老師、欣欣、惠綿和我四人共同編注完成；而編輯過程中若非惠綿細心關注體例、總校乃至於催稿等一切大小事務，此書之出版恐怕還將延宕多時。

「選劇多元化」與「舞台生命力」是編選的主要原則，三十四個劇目涵蓋了院本、雜劇、南戲、傳奇、京劇各類劇種，我們更試圖突破文學經典的思考，將視野關注於舞台丰姿的展現。有些戲未必擁有經典名著的桂冠，卻世世代代傳唱不歇，如《寶劍記》的〈夜奔〉和《雷峰塔》的〈斷橋〉，鮮活的舞台生命力是入選的主因；有些戲本身或許尚未臻於成熟佳境，但其題材通過當代改編本的流傳而為今人所熟知，本書即提供其早期劇本的面貌供同學比較思考，如明傳奇《訪友記》和清人唐英的崑劇《梅龍鎮》，即可與現今流傳的越劇和黃梅調電影《梁祝》、《江山美人》等相互比較；至於具經典身份又還盛演於當前舞台上的名劇，例如《荊釵記》〈見母〉和《牡丹亭》〈驚夢、拾畫、玩真〉等，當然更是優先考慮的劇目。案頭場上相互映照的編選原則，其中投注的是我們對於劇場的高度熱愛。

所選劇本先依「劇種」各自歸類，各類之中大致以時代先後為順序，無名氏作品置於該朝代最末，而雜劇類的《西廂記》《西遊記》二劇，因體製特殊而排在元明之間。

本書分「作者、題解、劇本、注釋」四部分，題解之中除了版本和戲曲基本常識的說明外，也包括了簡要的賞析，因各劇需解說的重點不同，因此有的劇本雖然選取多齣卻只共用一篇題解，有些劇本則一齣一題解。為了閱讀的方便，原劇版本中常見的古體或俗體字，一律改為現今通行字體，詳見附錄的「字體對照表」。注釋部分有參考前輩學者的解釋，詳見附錄「主要參考書目」。至於我們四人的分工，則於各劇注釋之後各自署名，一來各負文責，同時也便於同學引用時作注。

最後要特別感謝清華大學中文所博士班的汪詩珮同學，協助我完成我所負責劇目部分的注釋，是本書的重要功臣之一；而李佳蓮、李相美、賴慧娟、呂乃康、林幸慧、李元皓、林芷瑩、陳春蘭、陳銀桂、林書萍等同學於溽暑盛夏幫忙校對，特此一併致謝。

二〇〇一年七月王安祈於清華大學中文系研究室

目錄

院本

南戲傳奇

京劇

感天動地竇娥冤

元　關漢卿撰

【作者】

關漢卿，號已齋叟，大都人（今北平一帶）。約生於金末正大年間（一二二四～一二三二），約卒於元大德年間（一二九七～一三〇七）。雜劇作品數量居元人之冠冕，共有六十四種，完全失傳者有四十七種，僅見佚文者三種，全存者有：《拜月亭》、《調風月》、《謝天香》、《救風塵》、《蝴蝶夢》、《金線池》、《竇娥冤》、《望江亭》、《緋衣夢》、《哭存孝》、《陳母教子》、《西蜀夢》、《單刀會》、《玉鏡臺》等十四種。

漢卿是個多才多藝，生活多彩多姿的人，他在一首自述的套曲〔南呂．一枝花〕〈不伏老〉中說：「我玩的是梁園月，飲的是東京酒，賞的是洛陽花，攀的是章臺柳。我也會圍棋、會蹴踘、會打圍、會插科、會歌舞、會吹彈、會讌作、會吟詩、會雙陸。」儼然是個允文允武的全才，十八班武藝樣樣精通，展現了一個無入而不自得的人生態度。

其戲劇文學和戲劇藝術成就甚高，為元曲四大家「關馬鄭白」之首，所著雜劇一倚空傍，自鑄偉詞，言言曲盡人情，字字當行本色。賈仲明補撰《錄鬼簿》〔凌波曲〕曰：「驅梨園領袖，總編修師首，捻雜劇班頭。」可見在當時劇壇上，他是個領袖人物。臧晉叔《元曲選．序》也說他：「躬踐排場，面敷粉墨，以為我家生活，偶倡優而不辭。」可知他兼備劇作家、演員和導演之身份。王國維《宋元戲曲史》嘗以司馬遷比之，又謂若以唐詩人喻之則似白居易，以宋詞人比之則似柳永，此蓋就作品風格而言；若就劇作家地位而論，則實為詩中杜甫，詞中周邦彥。

【題　解】

《竇娥冤》現存明徐龍峰《新續古名家雜劇》本、臧晉叔《元曲選》本，本劇依後者注釋。演竇娥冤事者，尚有明葉憲祖《金鎖記》傳奇（別題清袁令昭作），京劇《六月雪》。本劇取材自《漢書．于定國傳》及干寶《搜神記》東海孝婦事。演述端雲七歲時，因父親竇天章貧困，無力償還借貸之本利四十兩，不得已將端雲充抵給蔡婆作媳婦，後改名竇娥。竇娥十七歲成婚，二十歲丈夫亡故。一日，蔡婆為索債遭難，受張驢兒父子搭救，父子知其家中只有寡媳婦相守，分別强求娶之，蔡婆屈從將二人帶回。竇娥抵死不從，張驢兒在蔡婆將喝的羊肚湯下毒，欲使竇娥因失依靠而同意成親。孰知蔡婆一時打嘔，不要吃湯，讓與張父。張父喝後倒地而死，張驢兒强加竇娥之罪，逼其成親作為私休。竇娥不從，告到官府，雖受千般拷打仍不招罪，最後為護救婆婆免受鞭打之痛，只好招罪畫供，含冤而死。臨死發下血濺白練、六月飛雪、亢旱三年等三誓願，皆一一應驗。三年後鬼魂哭訴得官之父，終於平反雪冤。

竇娥只是一介平凡女性，稱不上具有崇高理想，談不上是道德化身。自幼命運乖舛，決定以今生守節服孝而修得美好來世，也只是用一種傳統信仰灌注她後大半生悠悠歲月。然而可貴的是她始終為擇善守志奮戰到底，面對苟且糊塗的親人、邪惡猙獰的人性及公義不彰的官吏，層層加深地摧毀她守節服孝的信念時，她依然不折不撓，在在顯示出她堅韌剛强的生命意志。這種意志精神就在她埋怨天地，以及臨刑前發下三大誓願向天討取公義時達到最高點，這是本劇提升竇娥人格境界，將竇娥的小我擴展為大我的轉折點。王國維《宋元戲曲史》評論《竇娥冤》與紀君祥《趙氏孤兒》雜劇說：「劇中雖有惡人交構其間，而其蹈湯赴火者，仍出於其主人翁之意志，即列之於世界大悲劇中，亦無愧色也。」

楔子①

（卜兒②蔡婆上，詩云）花有重開日，人無再少年。不須長富貴，安樂是神仙。老身蔡婆婆是也。楚州③人氏。嫡親三口兒家屬。不幸夫主亡逝已過。只有一個孩兒，年長八歲。

①楔子：凡物有空隙，入物以補其缺曰楔。元雜劇每本以四折為原則，其有餘情難入四折者，乃加上一或兩個楔子，或在第一折之前，或在折與折之間。所唱曲子，只用一、二支小令，作為故事開端或聯繫前後情節。

②卜兒：腳色俗稱，例扮老婦人。

③楚州：就唐宋以來之楚州而言，故治即今江蘇省淮安縣。

婆媳關係

父女有沒有机会重逢?死别

蔡婆索債

端雲抵債

視如親生

俺娘兒兩個過其日月。家中頗有些錢財。這裡一個竇秀才④，從去年問我借了二十兩銀子⑤，如今本利該銀四十兩。我數次索取，那竇秀才只說貧難，沒得還我。他有一個女兒，今年七歲，生得可喜，長得可愛。我有心看上他，與我家做個媳婦，就准⑥了這四十兩銀子，豈不兩得其便！他說今日好日辰，親送女兒到我家來。老身且不索錢去，專在家中等候。這早晚竇秀才敢待來也⑦。（沖末⑧扮竇天章，引正旦扮端雲上，詩云）讀盡縹緗⑨萬卷書，可憐貧煞馬相如。漢庭一日承恩召，不說當爐說子虛⑩。小生姓竇名天章。祖貫長安京兆人也。幼習儒業，飽有文章，爭奈⑪時運不通，功名未遂。不幸渾家⑫亡化已

---

④秀才：唐初有秀才科，旋停廢。宋時凡應舉者無不稱秀才。明清稱入府州縣學生員為秀才。

⑤從去年……二十兩銀子：元雜劇習見的「羊羔利」，即所謂高利貸，是按幾何級數遞增的。

⑥准：兩相抵充。

⑦也：句末語助詞，必拖長其語，以待腳色上場。

⑧沖末：末，腳色名，元雜劇中多扮飾劇中男性人物。第一個上場之末，稱為沖末，所謂「人未上而我先上也」。另有正末、副末、外末、小末之分；元雜劇的男主角，稱為正末，其餘末腳則扮演次要人物。

⑨縹緗：古人用綢子包書或作書套，為珍貴書籍的代稱。

⑩子虛：即司馬相如的〈子虛賦〉，漢武帝讀其賦，大為稱讚，召他入朝為官。

⑪爭奈：怎奈。

⑫渾家：「全家」的意思，此專指妻子。

非「竇」竇娥

而是以端雲抵債給蔡婆

過，撇下這個女孩兒，小字端雲。從三歲上亡了他母親，如今孩兒七歲了也。小生一貧如洗，流落在這楚州居住。此間一個蔡婆婆，他家廣有錢物，小生因無盤纏，曾借了他二十兩銀子，到今本利⑬該對還他四十兩。他數次問小生索取，教我把甚麼還他？誰想蔡婆婆常常著人來說，要小生女孩兒做他兒媳婦。況如今春榜動，選場開⑭，正待上朝取應，又苦盤纏⑮缺少。小生出於無奈，只得將女孩兒端雲，送與蔡婆婆做兒媳婦去。（做嘆科⑯云）嗨，這個那裡是做媳婦，分明是賣與他一般。就准了他那先借的四十兩銀子，分外但得些少東西，夠小生應舉之費，便也過望了。說話之間，早來到他家門首。婆婆在家麼？（卜兒上，云）秀才，請家裡坐，老身等候多時也。（做相見科，竇天章云）小生今日一逕的將女孩兒送來與婆婆，怎敢說做媳婦，只與婆婆早晚使用。小生目下就要上朝進取功名去，留下女孩兒在此，只望婆婆看覷則個⑰！（卜兒云）這等，你是我親家了。你本利少我四十兩銀子，兀的⑱是借錢的文書還了你，再送與你十兩銀子做盤纏。親家，你休嫌輕少。（竇天章做謝科，云）多謝了婆婆！先少你許多銀子，都不要我還了，今又送我盤

⑬本利：本利相加。

⑭春榜動，選場開：科舉時代，進士考試和發榜都在春季。

⑮盤纏：日常費用，一般指旅費而言。

⑯科：戲劇術語，表示劇中人的動作、神態和情緒，雜劇作「科」，南戲傳奇作「介」。

⑰則個：加重之語氣詞，略等於「好吧」之意，表示希望的助詞。

纏，此恩異日必當重報。婆婆，女孩兒早晚呆痴，看小生薄面，看覷女孩兒咱！（卜兒云）親家，這不消你囑咐。令嬡到我家，就做親女兒一般看承他，你只管放心的去。（竇天章云）婆婆，端雲孩兒該打呵，看小生面則罵幾句；當罵呵，則處分⑲幾句。孩兒，你也不比在我跟前，我是你親爺，將就的你。你如今在這裡，早晚若頑劣呵，你只討那打罵吃。兒嚛，我也是出於無奈！（做悲科）（唱）

【賞花時】我也只為無計營生四壁貧，因此上割捨得親兒在兩處分。從今日遠踐洛陽塵，又不知歸期定准，則落的無語暗消魂。（下）

（卜兒云）竇秀才留下他這女孩兒，與我做媳婦兒，他一徑上朝應舉去了。（正旦做悲科，云）爹爹，你直下的⑳撇了我孩兒去也！（卜兒云）媳婦兒，你在我家，我是親婆，你是親媳婦，只當自家骨肉一般。你不要啼哭，跟著老身前後執料㉑去來㉒。（同下）

---

⑱兀的：或作兀底、兀得、阿的，猶如說「這個」，「那個」；有時也兼表示驚異的口氣。

⑲處分：吩咐囑咐。

⑳直下的：竟捨得。

㉑執料：照料。

㉒去來：猶言「去吧」。來，語尾助詞，無義。

竇天章回來
可能難以找到

第一折

（淨①扮賽盧醫②上，詩云）行醫有斟酌，下藥依本草③。死的醫不活，活的醫死了④。自家姓盧。人道我一手好醫，都叫做『賽盧醫』。在這山陽縣⑤南門開著生藥局。在城有個蔡婆婆，我問他借了十兩銀子，本利該還他二十兩。數次來討這銀子，我又無的還他。若不來便罷，若來呵，我自有個主意！我且在這藥舖中坐下，看有甚麼人來。（卜兒上，云）老身蔡婆婆。我一向搬在山陽縣居住，儘也靜辦⑥。自十三年前竇天章秀才，留下端雲孩兒與我做兒媳婦，改了他小名，喚做竇娥。自成親之後，不上二年，不想我這孩兒害弱症死了。媳婦兒守寡又早三個年頭，服孝將除了也。我和媳婦兒說知，我往城外賽盧醫家索錢去也。（做行科，云）驀⑦過隅頭，轉過屋角，早來到他家門首。賽盧醫在家麼？

①淨：腳色名，元雜劇中例扮市井小民或奸邪狡猾、滑稽突梯之人物。

②賽盧醫：元劇中常稱庸醫為「賽盧醫」，是用反語打諢，譏笑其醫術淺薄。

③本草：中國研究藥物之書名。

④「死的醫不活」二句：此是元劇中淨腳故為荒謬之語，以見詼諧，博人一笑。

⑤山陽縣：唐代於山陽置東楚州，改曰楚州，又改為淮陰郡；宋曰楚州山陽郡，改為淮安州。

⑥靜辦：清靜，安靜。

⑦驀：「邁」，跨過。

(盧醫云)婆婆，家裡來。(卜兒云)我這兩個銀子長遠了，你還了我罷。(盧醫云)婆婆，我家裡無銀子，你跟我莊上去取銀子還你。(卜兒云)我跟你去。(做行科)(盧醫云)來到此處，東也無人，西也無人，這裡不下手，等甚麼？我隨身帶的有繩子。兀那婆婆，誰喚你哩？(卜兒云)在那裡？(做勒卜兒科。孛老⑧同副淨⑨張驢兒衝上，賽盧醫慌走下。孛老救卜兒科，張驢兒云)爹，是個婆婆，爭些⑩勒殺了。(孛老云)兀那婆婆，你是那裡人氏，姓甚名誰？因甚著這個人將你勒死？(卜兒云)老身姓蔡，在城人氏，止有個寡媳婦兒相守過日。因為賽盧醫少我二十兩銀子，今日與他取討，誰想他賺我到無人去處，要勒死我賴這銀子。若不是遇著老的和哥哥呵，那得老身性命來！(張驢兒云)爹，你聽的他說麼？他家還有個媳婦哩！救了他性命，他少不得要謝我。不若你要這婆子，我要他媳婦兒，何等兩便？你和他說去。(孛老云)兀那婆婆，你無丈夫，我無渾家，你肯與我做個老婆，意下如何？(卜兒云)是何言語！待我回家，多備些錢鈔相謝。(張驢兒云)你敢是不肯，故意將錢鈔哄我？賽盧醫的繩子還在，我仍舊勒死了你罷。(做拿繩科)(卜兒云)哥哥，待我慢慢地尋思咱！(張驢兒云)你尋思些甚麼？你隨我

---

⑧孛老：腳色俗稱，例扮男性老人，猶言「老頭」。

⑨副淨：亦作付淨，腳色名，以其在劇中分量之輕重而有淨、副淨之別。

⑩爭些：差一點兒。

老子，我便要你媳婦兒。（卜兒背云⑪）我不依他，他又勒殺我。罷罷罷，你爺兒兩個，隨我到家中去來。（同下）（正旦⑫上，云）妾身姓竇，小字端雲。祖居楚州人氏。我三歲上亡了母親，七歲上離了父親。俺父親將我嫁與蔡婆婆為兒媳婦，改名竇娥，至十七歲與夫成親。不幸丈夫亡化，可早三年光景，我今二十歲也。這南門外有個賽盧醫，他少俺婆婆銀子，本利該二十兩，數次索取不還。今日俺婆婆親自索取去了。竇娥也，你這命好苦也呵！（唱）

【點絳唇】滿腹閒愁，數年禁受⑬，天知否？天若是知我情由，怕不待和天瘦。

【混江龍】則問那黃昏白晝，兩般兒忘餐廢寢幾時休？大都來昨宵夢裡，和著這今日心頭。催人淚的是錦爛熳花枝橫繡闥，斷人腸的是剔團圞⑭月色掛妝樓。長則是急煎煎按不住意中焦，悶沉沉展不徹眉尖皺，越覺的情懷冗冗⑮，心緒悠悠。

（云）似這等憂愁，不知幾時是了也呵！（唱）

---

⑪背云：劇中人物在舞臺上背著其他的角色人物自言自語，又稱「打背躬」、「旁白」。

⑫正旦：元雜劇中之女主腳。主唱全劇者稱「旦本」，由正末主唱全劇者稱「末本」。

⑬禁受：用於自己是受苦、受罪的意思；用於別人是難為、辛苦、有勞的意思。

⑭剔團圞：非常圓的意思。

⑮冗冗：雜亂、煩多。

【油葫蘆】莫不是八字⑯兒該載著一世憂？誰似我無盡頭！須知道人心不似水長流⑰。我從三歲母親身亡後，到七歲與父分離久。嫁的個同住人，他可又拔著短籌⑱；撇的俺婆婦每⑲都把空房守，端的個有誰問、有誰偢⑳？

【天下樂】莫不是前世裡燒香不到頭㉑，今也波生招禍尤？勸今人早將來世修。我將這婆侍養，我將這服孝守㉒，我言詞須應口。

（云）婆婆索錢去了，怎生這早晚不見回來？（卜兒同孛老、張驢兒上）（卜兒云）你爺兒兩個且在門首，等我先進去。（張驢兒云）奶奶，你先進去，就說女婿在門首哩。（卜兒見正旦科）（正旦云）妳妳㉓回來了。你吃飯麼？（卜兒做哭科，云）孩兒也，你教我怎生説波㉔！（正旦唱）

---

⑯八字：星命家以人之生年月日時所值干支，推算禍福壽命，謂之八字。

⑰人心不似水長流：心靈難於長久承受。

⑱拔著短籌：籌，計數之具，籌上刻有數目。比喻短命的意思。

⑲每：「們」的意思。

⑳偢：「理睬」、「照顧」。

㉑前世裏燒香不到頭：如果前世燒了斷頭香，今生就得折斷、分離的果報，夫妻不能一齊到老。

㉒服孝守：穿孝服守節不改嫁。

㉓妳妳：妳，「嬭」的俗體字。楚人呼母曰「妳」。

㉔怎生説波：怎麼説呢？

【一半兒】為甚麼淚漫漫不住點兒流？莫不是為索債與人家惹爭鬥？我這裡連忙迎接慌問候，他那裡要說緣由。（卜兒云）羞人答答的，教我怎生說波！（正旦唱）則見他一半兒徘徊一半兒醜。

（云）婆婆，你為甚麼煩惱啼哭哪？（卜兒云）我問賽盧醫討銀子去，他賺㉕我到無人去處，行起凶來，要勒死我。虧了一個張老並他兒子張驢兒，救得我性命。那張老就要我招他做丈夫，因這等煩惱。（正旦云）婆婆，這個怕不中㉖麼！你再尋思咱：俺家裡又不是沒有飯吃，沒有衣穿，又不是少欠錢債，被人催逼不過；況你年紀高大，六十以外的人，怎生又招丈夫哪？（卜兒云）孩兒也，你說的豈不是！但是我的性命全虧他這爺兒兩個救的。我也曾說道：待我到家，多將些錢物酬謝你救命之恩。不知他怎生知道我家裡有個媳婦兒，道我婆媳婦又沒老公，他爺兒兩個又沒老婆，正是天緣天對！若不隨順他，依舊要勒死我。那時節我就慌張了。莫說自己許了他，連你也許了他。兒也，這也是出於無奈。

（正旦云）婆婆，你聽我說波。（唱）

【後庭花】避凶神要擇好日頭，拜家堂要將香火修㉗。梳著個霜雪般白鬏髻㉘，怎將

㉕賺：欺騙。

㉖不中：不行、使不得。

㉗拜家堂：舊式結婚新夫婦在家堂中行跪拜禮。此言蔡婆與張孛老無宿世姻緣。

㉘白鬏髻：鬏髻，古時婦女頭上套網的假髮。白鬏髻，言其髮白老大。

那雲霞般錦帕兜?怪不的『女大不中留』㉙。你如今六旬㉚左右,可不道到中年萬事休㉛。舊恩愛一筆勾,新夫妻兩意投㉜,枉教人笑破口!

(卜兒云)我的性命,都是他爺兒兩個救的。事到如今,也顧不得別人笑話了。(正旦唱)

【青哥兒】你雖然是得他、得他營救,須不是筍條㉝、筍條年幼,剗的㉞便巧畫蛾眉㉟成配偶?想當初你夫主遺留,替你圖謀,置下田疇,早晚羹粥,寒暑衣裘。滿望你鰥寡孤獨㊱,無捱無靠,母子每到白頭。公公也㊲,則落得乾㊳生受。

(卜兒云)孩兒也,他如今只待過門。喜事匆匆的,教我怎生回得他去?(正旦唱)

㉙女大不中留:女子到相當年齡就得出嫁,留不住的。

㉚六旬:六十歲。

㉛中年萬事休:人中年以後,容易傷於哀樂,對於萬般事物已無奮發進取之心。

㉜兩意投:兩情相投合。

㉝筍條:竹根所生的幼芽,比喻年幼無知。

㉞剗的:無緣無故地,平白地。

㉟巧畫蛾眉:比喻夫婦和諧。

㊱鰥寡孤獨:老而無妻謂之鰥,老而無夫謂之寡,幼而無父謂之孤,老而無子謂之獨,此四者連言,取義在孤寡。

㊲公公也:此為「帶白」,即在歌唱中連帶之賓白。

㊳乾:通「干」,白白地。

【寄生草】你道他匆匆喜，我替你倒細細愁。愁則愁興闌珊咽不下交歡酒，愁則愁眼昏騰扭不上同心扣，愁則愁意朦朧睡不穩芙蓉褥。你待要笙歌引至畫堂前，我道這姻緣敢落在他人後。

（卜兒云）孩兒也，再不要說我了。他爺兒兩個都在門首等候，事已至此，不若連你也招了女婿罷！（正旦云）婆婆，你要招你自招，我並然㊴不要女婿。（卜兒云）那個是要女婿的！爭奈他爺兒兩個自家捱過門來，教我如何是好？（張驢兒云）我們今日招過門去也。『帽兒光光㊵，今日做個新郎；袖兒窄窄，今日做個嬌客㊶。』好女婿，好女婿，不枉了，不枉了。（同孛老入拜科）（正旦做不禮㊷科，云）兀那廝㊸，靠後㊹！（唱）

【賺煞】我想這婦人每休信那男兒口。婆婆也，怕沒的貞心兒自守，到今日招著個村老子㊺，領著個半死囚。（張驢兒做嘴臉科，云）你看我爺兒兩個這等身段，儘也選得女婿過。你不要錯過了好時辰，我和你早些兒拜堂罷。（正旦不禮科，唱）則被你坑殺人燕侶鶯儔。婆婆也，

㊴並然：「定然」，絕對不的意思。
㊵帽兒光光：形容衣冠整潔。
㊶嬌客：指「女婿」。
㊷不禮：不理。
㊸廝：傢伙。
㊹靠後：喝斥人的話語，猶言「走開」。
㊺村老子：粗俗的老頭。

你豈不知羞！俺公公撞府沖州㊻，闖闠㊼的銅斗兒家緣㊽百事有。想著俺公公置就，怎忍教張驢兒情受㊾？（張驢兒做扯正旦拜科，正旦推跌科，唱）兀的不是俺沒丈夫的婦女下場頭！（下）

蔡婆將張驢兒父子收養在家中埋伏的危机

（卜兒云）你老人家不要惱躁㊿，難道你有活命之恩，我豈不思量報你？只是我那媳婦兒，氣性最不好惹的，既是他不肯招你兒子，教我怎好招你老人家？我如今拚的好酒好飯，養你爺兒兩個在家，待我慢慢的勸化俺媳婦兒。待他有個回心轉意，再作區處(51)。（張驢兒云）這歪剌骨(52)！便是黃花女兒(53)，剛剛扯的一把，也不消這等使性，平空的推了我一交，我肯乾罷！就當面賭個誓與你：我今生今世不要他做老婆，我也不算好男子！（詞云）美婦人我見過萬千向外，不似這小妮子(54)生得十分憊賴(55)。我救了你老性命死裡

㊻撞府沖州：跑江湖，到處流浪。

㊼闖闠：或作掙扎、掙揣、掙側。有兩義：一，同掙取，用力謀取、取得的意思。二，同掙扎，勉強支持的意思。此用第一義。

㊽銅斗兒家緣：比喻殷實、牢固不敗的家產。

㊾情受：承受。

㊿惱躁：煩惱不安。

(51)區處：處置。

(52)歪剌骨：辱罵婦女的話，含潑辣、不正派等義。

(53)黃花女兒：閨女、處女。

(54)小妮子：宋元以來稱未嫁的女子為小妮子；小丫頭之義。

(55)憊賴：潑賴，調皮。

蒙冤
設計毒害
嘆婆不貞
誤殺孛老
救婆認罪
曲判死刑

重生，怎割捨得不肯把肉身陪待？（同下）

第二折

（賽盧醫上，詩云）小子①太醫②出身，也不知道醫死多人；何嘗怕人告發，關了一日店門？在城有個蔡家婆子，剛少的他二十兩花銀，屢屢親來索取，爭些撧斷脊筋。也是我一時智短，將他賺到荒村，撞見兩個不識姓名男子，一聲嚷道：浪蕩乾坤，怎敢行凶撒潑，擅自勒死平民！嚇得我丟了繩索，放開腳步飛奔。雖然一夜無事，終覺失精落魂。方知人命關天關地，如何看做壁上灰塵？從今改過行業，要得滅罪修因。將以前醫死的性命，一個個都與他一卷超度的經文。小子賽盧醫的便是。只為要賴蔡婆婆二十兩銀子，賺他到荒僻去處，正待勒死他，誰想遇見兩個漢子，救了他去。若是再來討債時節，教我怎生見他？常言道的好：『三十六計，走為上計。』喜得我是孤身，又無家小連累，不若收拾了細軟行李，打個包兒，悄悄的躲到別處，另做營生，豈不乾淨。（張驢兒上，云）自家張驢兒。可奈那竇娥百般的不肯隨順我。如今那老婆子害病，我討服毒藥與他吃了，藥死那老婆子，這小妮子好歹做我的老婆。（做行科，云）且住，城裡人耳目廣，口舌多，倘見

①小子：對男子輕慢或戲謔之稱。賽盧醫自稱，為詼諧口吻。
②太醫：本指御醫，此指對醫生的尊稱。

我討毒藥，可不嚷出事來？我前日看見南門外有個藥舖，此處冷靜，正好討藥。（做到科，叫云）太醫哥哥，我來討藥的。（賽盧醫云）你討甚麼藥？（張驢兒云）我討服毒藥。（賽盧醫云）誰敢合毒藥與你，這廝好大膽也！（張驢兒云）你真個不肯與我藥麼？（賽盧醫云）我不與你，你就怎地我③？（張驢兒做拖盧云）好呀，前日謀死蔡婆婆的不是你來！你說我不認的你哩，我拖你見官去！（賽盧醫做慌科，云）大哥，你放我，有藥有藥。（做與藥科。張驢兒云）既然有了藥，且饒你罷。正是：『得放手時須放手，得饒人處且饒人。』（下）（賽盧醫云）可不晦氣！剛剛討藥的這人，就是救那婆子的。我今日與了他這服毒藥去了，以後事發，越越要連累我。趁早兒關上藥舖，到涿州④賣老鼠藥去也。（下）（卜兒上，做病伏几科）（孛老同張驢兒上，云）老漢自到蔡婆婆家來，本望做個接腳⑤，卻被他媳婦堅執不從。那婆婆一向收留俺爺兒兩個在家同住，只說『好事不在忙』，等慢慢裡勸轉他媳婦；誰想那婆婆又害起病來。孩兒，你可曾算我兩個的八字，紅鸞天喜幾時到命哩？（張驢兒云）要看什麼天喜到命，只賭本事，做得去，自去做。（孛老云）孩兒也，蔡婆婆害病好幾日了，我與你去問病波。（做見卜兒問科，云）婆婆，你今日病體如何？（卜兒云）我身子十分不快哩。（孛老云）你可想些甚麼吃？

③怎地我：如何對付我。

④涿州：即今河北省涿縣。

⑤接腳：前夫歿後，更招一婿，俗稱墊腳婿。

（卜兒云）我思量些羊肚兒湯吃。（孛老云）孩兒，你對竇娥說，做些羊肚兒湯與婆婆吃。（張驢兒向古門云）竇娥，婆婆想羊肚兒湯吃，快安排將⑥來。（正旦持湯上，云）妾身竇娥是也。有俺婆婆不快，想羊肚湯吃。我親自安排了與婆婆吃去。婆婆也，我這寡婦人家，凡事也要避些嫌疑，怎好收留那張驢兒父子兩個？非親非眷的，一家兒同住，豈不惹外人談議？婆婆也，你莫要背地裡許了他親事，連我也累做不清不潔的。我想這婦人心，好難保也呵！（唱）

【一枝花】他則待一生鴛帳⑦眠，那裡肯半夜空房睡；他本是張郎婦，又做了李郎妻。有一等婦女每相隨⑧，並不說家克計⑨，則打聽些閒是非，說一會不明白打鳳的機關⑩，使了些調虛囂⑪撈龍的見識。

【梁州第七】這一個似卓氏般當壚滌器⑫，這一個似孟光般舉案齊眉⑬，說的來藏頭

⑥將：送。

⑦鴛帳：繡有鴛鴦的蚊帳。

⑧相隨：相聚一處。

⑨家克計：克家之計，治家之道。

⑩打鳳的機關：比喻使人中計，墮入其中的圈套和陷阱。

⑪虛囂：虛浮偽詐。

⑫卓氏當壚滌器：卓文君夜奔相如，家徒四壁，故在酒店賣酒，洗滌酒器。

⑬似孟光般舉案齊眉：「案」為托盤之屬，用以置食器。東漢孟光舉案高至眉，表示尊敬之至；後謂夫婦相敬如賓。

蓋腳多伶俐。道著難曉，做出纔知；舊恩忘卻，新愛偏宜。墳頭上土脈猶濕⑭，架兒上又換新衣⑮。那裡有奔喪處哭倒長城⑯？那裡有浣紗時甘投大水⑰？那裡有上山來便化頑石⑱？可悲可恥，婦人家直恁的無仁義⑲。多淫奔⑳，少志氣㉑，虧殺前人在那裡㉒，更休說百步相隨。

（云）婆婆，羊肚兒湯做成了，你吃些兒波。（張驢兒云）等我拿去。（做接嘗科，云）這裡面少些鹽醋，你去取來。（正旦下）（張驢兒放藥科）（正旦上，云）這不是鹽醋！

---

⑭墳頭上土脈猶濕：意謂墳土未乾。

⑮架兒上又換新衣：比喻改嫁。

⑯奔喪處哭倒長城：相傳秦始皇時，有范杞梁，被役築長城；其妻孟姜女，送衣至役所，而杞梁已死；孟姜女哭於城下，城為之崩，杞梁之骸骨現。

⑰浣紗時甘投大水：春秋時，伍子胥從楚國逃難到吳國去，走到江邊，一個浣紗的女子給與飯食。臨走，伍子胥囑咐不要告訴後面的追兵，她投江而死，以明相救之心。

⑱上山來便化頑石：湖北省武昌縣北山上，有石如人立，名曰望夫石。相傳昔有貞女，其夫赴國難，曾於此山送別。後其夫久不歸，貞女立望此山而死，軀體化成岩石，因名望夫石。

⑲恁的無仁義：如此地無有仁義之德。

⑳淫奔：男女不以禮法婚配。

㉑志氣：指守節之志。

㉒虧殺前人在那裡：對於以上所舉的古人典型，真要感到慚愧了。

（張驢兒云）你傾下些。（正旦唱）

【隔尾】你說道少鹽欠醋無滋味，加料添椒纔脆美。但願娘親早痊濟㉓，飲羹湯一杯，勝甘露灌體，得一個身子平安倒大來喜。

（孛老云）孩兒，羊肚湯有了不曾？（張驢兒云）湯有了，你拿過去。（孛老將湯云）婆婆，你吃些湯兒。（卜兒云）有累你。（做嘔科，云）我如今打嘔，不要這湯吃了，你老人家吃罷。（孛老云）這湯特做來與你吃的，便不要吃，也吃一口兒。（卜兒云）我不吃了，你老人家請吃。（孛老吃科）（正旦唱）

【賀新郎】一個道你請吃，一個道婆先吃，這言語聽也難聽，我可是氣也不氣！想他家與咱家，有甚的親和戚？怎不記舊日夫妻情意，也曾有百縱千隨㉔？婆婆也，你莫不爲黃金浮世寶，白髮故人稀，因此上把舊恩情，全不比新知契？則待要百年同墓穴，那裡肯千里送寒衣㉕。

（孛老云）我吃下這湯去，怎覺昏昏沉沉的起來？（做倒科）（卜兒慌科，云）你老人家放精細著，你扎掙㉖著些兒。（做哭科，云）兀的不是死了也！（正旦唱）

㉓痊濟：病好。

㉔百縱千隨：夫妻和好，形影不離的樣子。

㉕千里送寒衣：用孟姜女的故事，見註⑯。

㉖扎掙：即掙扎，用力支持的樣子。

【鬥蝦蟆】空悲戚，沒理會，人生死，是輪迴㉗。感著這般病疾㉘，值著這般時勢，可是風寒暑濕，或是饑飽勞役，各人症候自知。人命關天關地㉙，別人怎生替得？壽數非干今世，相守三朝五夕，說甚一家一計㉚？又無羊酒段匹㉛，又無花紅財禮㉜；把手為活過日，撒手如同休棄。不是竇娥忤逆，生怕傍人論議，不如聽咱勸你，認個自家晦氣。割捨的一具棺材停置，幾件布帛收拾，出了咱家門裡，送入他家墳地。這不是你那從小兒年紀指腳的夫妻㉝。我其實不關親，無半點恓惶淚。休得要心如醉，意似痴，便這等嗟嗟怨怨，哭哭啼啼。

（張驢兒云）好也囉，你把我老子藥死了，更待乾罷！（卜兒云）孩兒，這事怎了也？（正旦云）我有什麼藥？在那裡？都是他要鹽醋時，自家傾在湯兒裡的。（唱）

【隔尾】這廝搬調咱老母收留你，自藥死親爺待要唬嚇誰。（張驢兒云）我家的老子，倒說

㉗人生死是輪迴：言衆生於六道中如車輪迴轉不已。

㉘感著這般病疾：此句以下至「無半點恓惶淚」是為「增句」，增句可為四字或六字，須句句押韻。

㉙人命關天關地：生命長短是天地注定，所以下文說「壽數非干今世」。

㉚一家一計：平常無事故，如一家人共同生活。

㉛羊酒段匹：結婚時的聘禮。

㉜花紅財禮：結婚時的賞錢。

㉝指腳的夫妻：原配的夫婦。

是我做兒子的藥死了，人也不信。（做叫科，云）四鄰八舍聽著：竇娥藥殺我家老子哩！（卜兒云）罷麼，你不要大驚小怪的，嚇殺我也！（張驢兒云）你可怕麼？（卜兒云）可知怕哩。（張驢兒云）你要饒麼？（卜兒云）可知要饒哩。（張驢兒云）你教竇娥隨順了我，叫我三聲嫡嫡親親的丈夫，我便饒了他。（卜兒云）孩兒也，你隨順了他罷。（正旦云）婆婆，你怎說這般言語！（唱）**我一馬難將兩鞍韝㉞，想男兒在日，曾兩年匹配，卻教我改嫁別人，其實做不得。**

（張驢兒云）竇娥，你藥殺了俺老子㉟，你要官休㊱要私休㊲？（正旦云）怎生是官休？怎生是私休？（張驢兒云）你要官休呵，拖你到官司，把你三推六問！你這等瘦弱身子，當不過拷打，怕你不招認藥死我老子的罪犯！你要私休呵，你早些與我做了老婆，倒也便宜了你。（正旦云）我又不曾藥死你老子，情願和你見官去來。（張驢兒拖正旦、卜兒下）（淨扮孤㊳引祇候㊴上，詩云）我做官人勝別人，告狀來的要金銀。若是上司當刷卷㊵，在家推病不出門。下官楚州太守桃杌是也。今早升廳坐衙，左右喝攛廂㊶。（祇候吆

㉞韝：本為駕車之具，這裡是「駕」的意思。

㉟老子：父親。

㊱官休：對於所發生的爭執經由官府判決了斷。

㊲私休：私下談判解決。

㊳孤：元雜劇腳色俗稱，例扮官員。

㊴祇候：衙役。

㊵刷卷：元代由肅政廉訪使稽查所屬各衙門處理獄訟案件的情形，不使拖延、枉屈，叫做「照刷」、「磨刷」或「刷卷」。

喝科）（張驢兒拖正旦、卜兒上，云）告狀告狀。（祗候云）拿過來。（做跪見，孤亦跪科，云）請起。（祗候云）相公，他是告狀的，怎生跪著他？（孤云）你不知道，但來告狀的，就是我衣食父母㊷。（祗候吆喝科，孤云）那個是原告？那個是被告？從實說來！（張驢兒云）小人是原告張驢兒，告這媳婦兒，喚做竇娥，合毒藥下在羊肚湯兒裡，藥死了俺的老子。這個喚做蔡婆婆，就是俺的後母。望大人與小人做主咱！（孤云）是那一個下的毒藥？（正旦云）不干小婦人事。（卜兒云）也不干老婦人事。（張驢兒云）也不干我事。（孤云）都不是，敢是我下的毒藥來？（正旦云）我婆婆也不是他後母。他自姓張，我家姓蔡。我婆婆因為與賽盧醫索錢，被他賺到郊外，勒死我婆婆；卻得他爺兒兩個救了性命，因此我婆婆收留他爺兒兩個在家，養膳終身，報他的恩德。誰知他兩個倒起不良之心，冒認婆婆做了接腳，要逼勒小婦人做他媳婦。小婦人原是有丈夫的，服孝未滿，堅執不從。適值我婆婆患病，著小婦人安排羊肚湯兒吃，不知張驢兒那裡討得毒藥在身？接過湯來，只說少些鹽醋，支轉小婦人，暗地傾下毒藥。也是天幸，我婆婆忽然嘔吐，不

㊶喝攛廂：廂，或作箱。古代官員開庭審案的時候，衙役分兩列廂，大聲吆喝壯威。

㊷但來告狀的……衣食母父：諷刺當代官吏們趁老百姓打官司的時候，進行敲詐貪污的行為，所以打官司的人是官吏的「衣食父母」。

要湯吃，讓與他老子吃；纔吃的幾口便死了，與小婦人並無干涉。只望大人高抬明鏡，替小婦人做主咱！（唱）

【牧羊關】大人你明如鏡，清似水㊸，照妾身肝膽虛實㊹。那羹本五味俱全，除了外百事不知。他推道嘗滋味，吃下去便昏迷。不是妾訟庭上胡支對㊺，大人也，卻教我平白地說甚的？

（張驢兒云）大人詳情：他自姓蔡，我自姓張。他婆婆不招俺父親接腳，他養我父子兩個在家做甚麼？這媳婦兒年紀雖小，極是個賴骨頑皮，不怕打的。（孤云）人是賤蟲，不打不招。左右，與我選大棍子打著！（祗候打正旦，三次噴水科）（正旦唱）

【罵玉郎】這無情棍棒教我捱不的。婆婆也，須是你自做下，怨他誰？勸普天下前婚後嫁婆娘每，都看取我這般傍州例㊻。

【感皇恩】呀！是誰人唱叫揚疾㊼，不由我不魄散魂飛㊽。恰消停，纔蘇醒，又昏迷。捱千般打拷，萬種凌逼，一杖下，一道血，一層皮。

㊸明如鏡清似水：比喻分辨是非、清廉自守的官吏。

㊹肝膽虛實：究竟是誠實或虛偽。

㊺胡支對：胡亂應對，支吾其辭。

㊻傍州例：例子、榜樣。

㊼唱叫揚疾：吵鬧喧呼。

㊽魄散魂飛：形容驚恐之至，因而昏死過去。

【採茶歌】打的我肉都飛，血淋漓，腹中冤枉有誰知。則我這小婦人，毒藥來從何處也？天哪！怎麼的覆盆不照太陽暉㊾！

（孤云）你招也不招？（正旦云）委的不是小婦人下毒藥來。（孤云）既然不是，你與我打那婆子！（正旦忙云）住住住，休打我婆婆。情願我招了罷，是我藥死公公來。（孤云）既然招了，著他畫了伏狀，將枷來枷上，下在死囚牢裡去。到來日判個斬字，押付市曹典刑㊿。（卜兒哭科，云）竇娥孩兒，這都是我送了你性命。兀的不痛殺我也！（正旦唱）

【黃鍾尾】我做了個銜冤負屈沒頭鬼，怎肯便放了你好色荒淫漏面賊(51)！想人心不可欺，冤枉事天地知，爭到頭競到底，到如今待怎的。情願認藥殺公公，與了招罪(52)。婆婆也，我怕把你來便打的，打的來恁的。我若是不死呵，如何救得你？（隨祗候押下）

（張驢兒做叩頭科，云）謝青天老爺做主，明日殺了竇娥，纔與小人的老子報的冤。（卜兒哭科，云）明日市曹中殺竇娥孩兒也，兀的不痛煞我也！（孤云）張驢兒、蔡婆婆都取

㊾覆盆不照太陽暉：翻蓋著的盆，太陽光無法照射進去。比喻官吏和衙門暗無天日。

㊿市曹典刑：古代處決人犯皆在鬧市之中。

(51)漏面賊：不顧廉恥的賊人。

(52)招罪：承認。

保狀，著隨衙聽候。左右，打散堂鼓，將馬來，回私宅去也。（同下）

第一場 控訴天地

第三折

（外①扮監斬官上，云）下官監斬官是也。今日處決②犯人，著做公的把住巷口，休放往來人閒走。（淨扮公人鼓三通③、鑼三下科。劊子④磨旗⑤、提刀，押正旦帶枷⑥上。劊子云）行動些，行動些，監斬官去法場上多時了！（正旦唱）

【端正好】沒來由犯王法，不提防遭刑憲⑦，叫聲屈動地驚天！頃刻間遊魂先赴森羅殿，怎不將天地也生埋怨？

【滾繡球】有日月朝暮懸，有鬼神掌著生死權，天地也，只合把清濁分辨，可怎生錯看了盜跖顏淵⑧？爲善的受貧窮更命短，造惡的享富貴又壽延。天地也，做得個怕

①外：元雜劇外末、外淨、外旦的省稱。扮男性人物者謂之外末、外淨，扮女性人物者謂之外旦。

②處決：依法執行死刑。

③通：打鼓一陣叫一通。

④劊子：依法執行死刑的人。

⑤磨旗：舞弄旗幟。

⑥枷：古時加於罪人頸間的刑具。

⑦刑憲：刑法。

⑧盜跖顏淵：借用盜跖和顏淵作為壞人和好人的典型。

硬欺軟，卻原來也這般順水推船⑨。地也，你不分好歹何為地？天也，你錯勘賢愚枉做天！哎，只落得兩淚漣漣。

（劊子云）快行動些，誤了時辰也。（正旦唱）

【倘秀才】則被這枷扭的我左側右偏⑩，人擁的我前合後偃⑪。我竇娥向哥哥行⑫有句言：（劊子云）你有甚麼話說？（正旦唱）前街裡去心懷恨，後街裡去死無冤，休推辭路遠。

（劊子云）你如今到法場⑬上面，有甚麼親眷要見的？可教他過來，見你一面也好。（正旦唱）

【叨叨令】可憐我孤身隻影無親眷，則落的吞聲忍氣空嗟怨。（劊子云）難道你爺娘家也沒的？（正旦云）止有個爹爹，十三年前上朝取應去了，至今杳無音信。（唱）早已是十年多不睹爹爹面。（劊子云）你適纔要我往後街裡去，是什麼主意？（正旦唱）怕則怕前街裡被我婆婆見。（劊子云）你的性命也顧不得，怕他見怎的？（正旦云）俺婆婆若見我披枷帶鎖⑭，赴法場飡刀⑮去呵，

---

⑨順水推船：比喻順應時勢，伺機行事，不能堅守原則。
⑩左側右偏：東倒西歪。
⑪前合後偃：前俯後仰，不平穩的樣子。
⑫行：行輩、年輩。
⑬法場：處決人犯的場所。
⑭披枷帶鎖：指腳鐐手梏。
⑮飡刀：飡，亦作湌，「餐」的俗體字。餐

（唱）枉將⑯他氣殺⑰也麼哥⑱，枉將他氣殺也麼哥！告哥哥，臨危好與人行方便⑲。

（卜兒哭上科，云）天哪，兀的不是我媳婦兒！（劊子云）婆子靠後⑳！（正旦云）既是俺婆婆來了，叫他來，待我囑咐他幾句話咱。（劊子云）那婆子近前來，你媳婦要囑咐你話哩。（卜兒云）孩兒，痛殺我也！（正旦云）婆婆，那張驢兒把毒藥放在羊肚兒湯裡，實指望藥死了你，要霸佔我為妻。不想婆婆讓與他老子吃，倒把他老子藥死了。我怕連累婆婆，屈招了藥死公公，今日赴法場典刑㉑。婆婆，此後遇著冬時年節，月一十五，有瀽㉒不了的漿水飯，瀽半碗兒與我吃；燒不了的紙錢，與竇娥燒一陌㉓兒，則是看你死的孩兒面上！（唱）

【快活三】念竇娥葫蘆提當罪愆㉔，念竇娥身首不完全，念竇娥從前已往幹家緣㉕。

（手寫：為你（不忍心直接講出））

（手寫：蔡婆上場）

刀，猶言挨一刀。

⑯枉將：白白的把……。

⑰氣殺：猶言氣死。

⑱也麼哥：語尾助詞，有聲無義。此係定格，亦即「也麼哥」三字為此曲固定之泛聲。

⑲與人行方便：即順人之情，不予刁難。

⑳靠後：退後。

㉑典刑：按律斬決人犯。

㉒瀽：潑、倒。

㉓一陌：陌通百，一陌就是一百張或一串。

㉔罪愆：罪過。

㉕幹家緣：謀求家計。

婆婆也，你只看竇娥少爺無娘面㉖。

【鮑老兒】念竇娥伏侍婆婆這幾年，遇時節將碗涼漿㉗奠㉘；你去那受刑法尸骸上烈些紙錢㉙，只當把你亡化的孩兒薦。（卜兒哭科，云）孩兒放心，這個老身都記得。天哪，兀的不痛殺我也㉚！（正旦唱）婆婆也，再也不要啼啼哭哭，煩煩惱惱，怨氣衝天。這都是我做竇娥的沒時沒運，不明不闇，負屈銜冤。

（劊子做喝科，云）兀那婆子靠後，時辰到了也。（正旦跪科）（劊子開枷科）（正旦云）竇娥告監斬大人，有一事肯依竇娥，便死而無怨。（監斬官云）你有甚麼事？你說。（正旦云）要一領淨席，等我竇娥站立；又要丈二白練㉛，掛在旗槍㉜上。若是我竇娥委實㉝冤枉，刀過處頭落，一腔熱血，休半點兒沾在地下，都飛在白練上者。（監斬官云）這個就依你，打甚麼不緊。（劊子做取席站科，又取白練掛旗上科）（正旦唱）

【耍孩兒】不是我竇娥罰下這等無頭願，委實的冤情不淺。若沒些兒靈聖與世人

㉖竇娥少爺無娘面：竇娥自言幼年喪母。
㉗涼漿：形容微薄粗劣的食物。
㉘奠：祭獻。
㉙烈些紙錢：燒紙錢。
㉚兀的不痛殺我也：「豈不痛殺我也」的省語。
㉛白練：白色的絲織品。
㉜旗槍：旗竿。
㉝委實：其實、真是。

傳，也不見得湛湛青天。我不要半星熱血紅塵灑，都只在八尺旗槍素練懸，等他四下裡皆瞧見。這就是咱萇弘化碧㉞，望帝啼鵑㉟。

（劊子云）你還有甚的說話？此時不對監斬大人說，幾時說哪！（正旦再跪科，云）大人，如今是三伏天道㊱，若竇娥委實冤枉，身死之後，天降三尺瑞雪㊲，遮掩了竇娥尸首。（監斬官云）這等三伏天道，你便有衝天的怨氣，也召不得一片雪來。可不胡說！

（正旦唱）

【二煞】你道是暑氣暄，不是那下雪天，豈不聞飛霜六月因鄒衍㊳？若果有一腔怨氣噴如火，定要感的六出冰花㊴滾似綿，免著我尸骸現。要什麼素車白馬㊵，斷送㊶出

㉞萇弘化碧：萇弘，周朝的大夫。碧，青綠色的美石。萇弘死在蜀國，藏其血，三年後化為碧石。比喻忠誠之心終得表白。

㉟望帝啼鵑：蜀王杜宇，號望帝，死後魂化為杜鵑鳥，日夜悲啼，聲音極為淒厲。此用以形容悽苦的號泣。

㊱三伏天道：炎熱的天氣。三伏謂初伏、中伏、終伏。夏至後第三庚為初伏，四庚為中伏，立秋後初庚為終伏，故謂之三伏。

㊲瑞雪：冬雪稱瑞雪，以其能殺蟲利農產。

㊳飛霜六月因鄒衍：鄒衍，戰國時人，對燕惠王忠心，卻被人誣陷下獄；他仰天大哭，當夏五月竟下雪。後用此典故代表冤獄；此處改為「六月」，義同。

㊴六出冰花：即雪花，雪的結晶多為六瓣。

㊵素車白馬：送喪所用的車馬。

㊶斷送：有送、葬送、度過等義；此取第一義。

索取天地公義的彰顯

血濺白練
六月飛雪
三年亢旱

古陌荒阡！

（正旦再跪科，云）大人，我竇娥死的委實冤枉，從今以後，著㊷這楚州亢旱㊸三年。

（監斬官云）打嘴！那有這等說話！（正旦唱）

【一煞】你道是天公不可期，人心不可憐，不知皇天也肯從人願。做甚麼三年不見甘霖降？也只為東海曾經孝婦冤㊹，如今輪到你山陽縣。這都是官吏每無心正法，使百姓有口難言！

（劊子做磨旗科，云）怎麼這一會兒天色陰了也？（內做風科。劊子云）好冷風也！（正旦唱）

天地回應

【煞尾】浮雲為我陰，悲風為我旋，三樁兒誓願明題徧。（做哭科，云）婆婆也，直等待雪飛六月，亢旱三年呵，（唱）那其間纔把你個屈死的冤魂這竇娥顯！

（劊子做開刀，正旦倒科）（監斬官驚云）呀，真個下雪了，有這等異事！（劊子云）我

天人相應

㊷著：使。

㊸亢旱：大旱。

㊹東海曾經孝婦冤：相傳漢代，東海有一寡婦周青，侍奉婆婆至孝。婆婆哀其無子，守寡日久，恐連累之，遂自縊而死。小姑誣告周青弒母，太守誣判死刑。周青臨刑時，指著車上十丈竹竿說：「青若有罪，願殺，血往下流；青若枉死，血當逆流。」行刑之後，其血青黃，果然逆流而上；於是東海一帶，三年枯旱不雨。

也道平日殺人，滿地都是鮮血。這個竇娥的血，都飛在那丈二白練上，並無半點落地，委實奇怪。（監斬官云）這死罪必有冤枉。早兩樁兒應驗了，不知亢旱三年的說話，準也不準？且看後來如何。左右，也不必等待雪晴，便與我抬他尸首，還了那蔡婆婆去罷。（衆應科，抬尸下）

以鬼魂復仇的意志，爭取律法正義的回歸

第四折

（竇天章冠帶引丑①張千、祗從上，詩云）獨立空堂思黯然，高峰月出滿林煙。非關有事人難睡，自是驚魂夜不眠。老夫竇天章是也。自離了我那端雲孩兒②，可早十六年光景。老夫自到京師，一舉及第，官拜參知政事③。只因老夫廉能清正，節操堅剛，謝聖恩可憐，加老夫兩淮提刑肅政廉訪使④之職，隨處審囚刷卷，體察濫官污吏，容老夫先斬後

---

①丑：腳色名，元雜劇無丑腳，此乃明臧晉叔《元曲選》改本所加。南戲傳奇之丑腳，在元雜劇即為副淨。

②端雲孩兒：竇天章不知竇娥改名，故仍稱端雲。

③參知政事：金元兩朝之參知故事，與左右丞同為副相，共同參與大政決策。

④提刑肅政廉訪使：元代於全國各道設提刑按察使，後改為肅政廉訪使，掌管糾察該道吏治刑獄等。

奏。老夫一喜一悲：喜呵，老夫身居臺省⑤，職掌刑名⑥，勢劍⑦金牌⑧，威權萬里；悲呵，有端雲孩兒，七歲上與了蔡婆婆為兒媳婦。老夫自得官之後，使人往楚州問蔡婆婆家。他鄰里街坊道：自當年蔡婆婆不知搬在那裡去了，至今音信皆無。老夫為端雲孩兒，啼哭的眼目昏花，憂愁的鬚髮斑白。今日來到這淮南地面，不知這楚州為何三年不雨？老夫今在這州廳安歇。張千，說與那州中大小屬官，今日免參⑨，明日早見。（張千向古門云）一應大小屬官：今日免參，明日早見。（竇天章云）張千，說與那六房吏典⑩：但有合刷照文卷，都將來，待老夫燈下看幾宗⑪波。（張千送文卷科。竇天章云）張千，你與我掌上燈。你每都辛苦了，自去歇息罷。我喚你便來，不喚你休來。（張千點燈，同祗從下。竇天章云）我將這文卷看幾宗咱。『一起犯人竇娥，將毒藥致死公公。』我纔看頭一

---

⑤臺省：指中樞政府，因竇天章官拜參知政事。
⑥刑名：這裡指刑事判決，竇天章官拜兩淮肅政廉訪使。
⑦勢劍：皇帝所賜的劍，猶如尚方寶劍。
⑧金牌：元制武官萬户配金虎符（符足為伏虎形，首有明珠），千户配金符，百户配銀符。此指地位高、權勢大。
⑨參：謁、覲。
⑩六房吏典：衙門中主管吏、户、兵、刑、工、禮各部門事務之屬官。
⑪宗：指稱案件，每一案件稱一宗。
⑫十惡：古代刑律所規定的十椿大罪，即：謀反、謀大逆、謀叛、惡逆、不道、大不敬、

宗文卷，就與老夫同姓。這藥死公公的罪名，犯在十惡⑫不赦。俺同姓之人，也有不畏法度的。這是問結了的文書，不看他罷。我將這文卷壓在底下，別看一宗咱。（做打呵欠科，云）不覺的一陣昏沉上來，皆因老夫年紀高大，鞍馬勞困之故。待我搭伏定書案，歇息些兒咱。（做睡科。魂旦上，唱）

【新水令】我每日哭啼啼守住望鄉臺⑬，急煎煎把仇人等待，慢騰騰昏地裡走，足律律⑭旋風中來。則被這霧鎖雲埋，攛掇⑮的鬼魂快。

（魂旦望科，云）門神戶尉⑯不放我進去。我是廉訪使竇天章女孩兒。因我屈死，父親不知。特來託一夢與他咱。（唱）

【沉醉東風】我是那提刑的女孩，須不比現世的妖怪。怎不容我到燈影前，卻攔截在門程外。（做叫科，云）我那爺爺呵，（唱）**枉自有勢劍金牌，把俺這屈死三年的腐骨骸，怎脫離無邊苦海？**

不孝、不睦、不義、內亂。

⑬望鄉臺：佛教的說法，望鄉臺高四十九丈，犯鬼登此臺照鏡見聞後，押入叫喚大地獄內。相傳陰司裡有望鄉臺，人死之後，魂魄登台，即可望見陽世間家裡的情形。

⑭足律律：形容疾速的樣子。

⑮攛掇：慫恿、促成、勸誘。

⑯門神戶尉：舊時習俗，過年時大門上貼著神像，左邊是「門丞」，右邊是「戶尉」，統名曰「門神」。

（做入見哭科，竇天章亦哭科，云）端雲孩兒，你在那裡來？（魂旦虛下）（竇天章做醒科，云）好是奇怪也！老夫纔合眼去，夢見端雲孩兒，恰便似來我跟前一般，如今在那裡？我且再看這文卷咱。（魂旦上，做弄燈科）（竇天章云）奇怪，我正要看文卷，怎生這燈忽明忽滅的？張千也睡著了，我自己剔燈咱。（做剔燈，魂旦翻文卷科。竇天章云）我剔的這燈明了也，再看幾宗文卷。『一起犯人竇娥藥死公公……』（做疑怪科，云）這一宗文卷，我為頭看過，壓在文卷底下，怎生又在這上頭？這幾時問結了的，還壓在底下，我別看一宗文卷波。（魂旦再弄燈科，竇天章云）怎麼這燈又是半明半暗的？我再剔這燈咱。（做剔燈，魂旦再翻文卷科。竇天章云）我剔的這燈明了，我另拿一宗文卷看咱。『一起犯人竇娥藥死公公……』呸！好是奇怪。我纔將這文書分明壓在底下，剛剔了這燈，怎生又翻在面上？莫不是楚州後廳裡有鬼麼？便無鬼呵，這樁事必有冤枉。將這文卷再壓在底下，待我另看一宗如何。（魂旦又弄燈科，竇天章云）怎生這燈又不明了，敢有鬼弄這燈？我再剔一剔去。（做剔燈科，魂旦上，做撞見科。竇天章舉劍擊桌科，云）呸，我說有鬼！兀那鬼魂：老夫是朝廷欽差⑰，帶牌走馬肅政廉訪使。你向前來，一劍揮之兩段。張千，虧你也睡的著！快起來，有鬼有鬼。兀的不嚇殺老夫也！（魂旦唱）

⑰欽差：出自皇帝特命，頒授關防者，謂之欽差大臣，威權尤重。

【喬牌兒】則見他疑心兒胡亂猜，聽了我這哭聲兒轉驚駭。哎，你個竇天章直恁的威風大，且受你孩兒竇娥這一拜。

（竇天章云）兀那鬼魂，你道竇天章是你父親，受你孩兒竇娥拜。你敢錯認了也？我的女兒叫做端雲，七歲上與了蔡婆婆為兒媳婦。你是竇娥，名字差了，怎生是我女孩兒？（魂旦云）父親，你將我與了蔡婆婆家，改名做竇娥了也。（竇天章云）你便是端雲孩兒。我不問你別的，這藥死公公，是你不是？（魂旦云）是你孩兒來。（竇天章云）噤聲⑱！你這小妮子，老夫為你，啼哭的眼也花了，憂愁的頭也白了。你剗地犯下十惡大罪，受了典刑。我今日官居臺省，職掌刑名，來此兩淮審囚刷卷，體察濫官污吏。你是我親生之女，老夫將你治不的，怎治他人？我當初將你嫁與他家呵，要你三從四德。三從者：在家從父，出嫁從夫，夫死從子。四德者：事公姑⑲，敬夫主，和妯娌⑳，睦街坊。今三從四德全無，剗地犯了十惡大罪。我竇家三輩無犯法之男，五世無再婚之女。到今日被你辱没祖宗世德，又連累我的清名。你快與我細吐真情，不要虛言支對。若說的有半厘差錯，牒㉑發你城隍㉒祠內，著你永世不得人身；罰在陰山，永為餓鬼。（魂旦云）父親停嗔息怒，

⑱噤聲：住口，不許再說。
⑲公姑：公婆。
⑳妯娌：兄弟之妻互相的稱呼。
㉑牒：官方的文書。
㉒城隍：神名，相傳為陰間判事之官。

暫罷狼虎之威，聽你孩兒慢慢的説一遍咱。我三歲上亡了母親，七歲上離了父親。你將我送與蔡婆婆做兒媳婦，至十七歲與夫配合。纔得兩年，不幸兒夫亡化，和俺婆婆守寡。這山陽縣南門外，有個賽盧醫，他少俺婆婆二十兩銀子，俺婆婆去取討，被他賺到郊外，要將婆婆勒死。不想撞見張驢兒父子兩個，救了俺婆婆性命。那張驢兒知道我家有個守寡的媳婦，便道：你婆兒媳婦既無丈夫，不若招我父子兩個。俺婆婆初也不肯，那張驢兒道：你若不肯，我依舊勒死你。俺婆婆懼怕，不得已含糊許了。只得將他父子兩個，領到家中，養他過世。有張驢兒數次調戲你女孩兒，我堅執不從。那一日俺婆婆身子不快，想羊肚兒湯吃。你孩兒安排了湯，適值張驢兒父子兩個問病，道將湯來我嘗一嘗，說湯便好，只少些鹽醋，賺的我去取鹽醋。他就暗地裡下了毒藥，實指望藥殺俺婆婆，要強逼我成親。不想俺婆婆偶然發嘔，不要湯吃，卻讓與他老子吃，隨即七竅㉓流血藥死了。張驢兒便道：竇娥，藥死了俺老子，你要官休要私休？我便道：怎生是官休？怎生是私休？他道：要官休，告到官司，你與俺老子償命；若私休，你便與我做老婆。你孩兒便道：好馬不鞴雙鞍，烈女不更二夫。我至死不與你做媳婦，我情願和你見官去。他將你孩兒拖到官中，受盡三推六問㉔，吊拷綳扒㉕，便打死孩兒，也不肯認。怎當州官見你孩兒不認，便

㉓七竅：眼耳鼻口七孔，謂之七竅。

㉔三推六問：極端的窮詰審問。

㉕吊拷綳扒：吊拷，把人吊起來拷打；綳扒，或作絣扒，剝去衣服，用繩子縛綳起來。

要拷打俺婆婆。我怕婆婆年老，受刑不起，只得屈認了。因此押赴法場，將我典刑。你孩兒對天發下三樁誓願：第一樁，要丈二白練，掛在旗槍上。若係冤枉，刀過頭落，一腔熱血，休滴在地下，都飛在白練上；第二樁，現今三伏天道，下三尺瑞雪，遮掩你孩兒尸首；第三樁，著他楚州大旱三年。果然血飛上白練，六月下雪，三年不雨，都是為你孩兒來。（詩云）不告官司只告天㉖，心中怨氣口難言。防他老母遭刑憲，情願無辭認罪愆。三尺瓊花骸骨掩，一腔鮮血練旗懸。豈獨霜飛鄒衍屈，今朝方表竇娥冤。（唱）

【雁兒落】你看這文卷曾道來不道來，則我這冤枉要忍耐如何耐？我不肯順他人，倒著我赴法場；我不肯辱祖上，倒把我殘生壞。

【得勝令】呀，今日個搭伏定攝魂臺，一靈兒怨哀哀。父親也，你現掌著刑名事，親蒙聖主差。端詳這文冊，那廝亂綱常，合當敗。便萬剮㉗了喬才㉘，還道報冤仇不暢懷！

（竇天章做泣科，云）哎，我那屈死的兒，則被你痛殺我也！我且問你：這楚州三年不

㉖「不告官司只告天」等八句：這是所謂韻白。元雜劇受講唱文學的影響很深，往往在劇中保存一些說唱文學的遺跡。譬如這一段「韻白」和前面的「散白」互相為用，正是說唱文學韻散相生相成的形式。

㉗剮：凌遲處死的刑罰。

㉘喬才：壞傢伙，品行不端的惡人。

雨，可真個是為你來？（魂旦云）是為你孩兒來。（竇天章云）有這等事？到來朝，我與你做主。（詩云）白頭親苦痛哀哉，屈殺了你個青春女孩。只恐怕天明了，你且回去，到來日我將文卷改正明白。（魂旦暫下）（竇天章云）呀，天色明了也。張千，我昨日看幾宗文卷，中間有一鬼魂來訴冤枉。我喚你好幾次，你再也不應，真恁的好睡哪？（張千云）我小人兩個鼻子孔，一夜不曾閉，並不聽見女鬼訴什麼冤狀，也不曾聽見相公呼喚。（竇天章做叱科，云）哏！今早升廳坐衙，張千喝攛廂者。（張千做吆喝科，云）在衙人馬平安！抬書案！（稟云）州官見。（外扮州官入參科）（張千云）該房吏典見。（丑扮吏入參見科）（竇天章問云）你這楚州一郡，三年不雨，是為著何來？（州官云）這個是天道亢旱，楚州百姓之災。小官等不知其罪。（竇天章做怒云）你等不知罪麼？那山陽縣，有用毒藥謀死公公犯婦竇娥，他問斬之時，曾發願道：若是果有冤枉，著你楚州三年不雨，寸草不生，可有這件事來？（州官云）這罪是前升任桃州守問成的，現有文卷。（竇天章云）這等糊塗的官，也著他升去！你是繼他任的，三年之中，可曾祭這冤婦麼？（州官云）此犯係十惡大罪，原不曾有祠，所以不曾祭得。（竇天章云）昔日漢朝有一孝婦守寡，其姑自縊身死，其姑女告孝婦殺姑，東海太守將孝婦斬了。只為一婦含冤，致令三年不雨。後于公治獄，彷佛見孝婦抱卷哭於廳前，于公將文卷改正，親祭孝婦之墓，天乃大雨。今日你楚州大旱，豈不正與此事相類？張千，吩咐該房簽牌下山陽縣，著拘張驢兒、賽盧醫、蔡婆婆一起人犯火速解審，毋得違誤片刻者。（張千云）理會得。（下）（丑扮解子，押張驢兒、蔡婆婆同張千上。禀云）山陽縣解到審犯聽點。（竇天章云）張驢兒。（張驢兒云）有。（竇天章云）蔡婆婆。（蔡婆婆云）有。（竇天章云）怎麼賽盧醫是緊要人犯不到？（解子云）賽盧醫三年前在逃，一面著廣捕批緝拿去了，待獲日解審。（竇天章云）張驢兒，那蔡婆婆是你的後母麼？（張驢兒云）母親好冒認的？委實是。（竇天章云）這藥死你父親的毒藥，卷上不見有合藥的人，是那個合的毒藥？（張驢兒云）是竇娥自合就的毒藥。（竇天章云）這毒藥必有一個賣藥的醫舖。想竇娥是個少年寡婦，那裡討這藥來？張驢兒，敢是你合的毒藥麼？（張驢兒云）若是小人合的毒藥，不藥別人，倒藥死自家老子？（竇天章云）我那屈死的兒嚛，這一節是緊要公案，你不自來折辯，怎得一個明白？你如今冤魂卻在那裡？（魂旦上，云）張驢兒，這藥不是你合的，是那個合的？（張驢兒做怕科，云）有鬼有鬼，撮鹽入水。太上老君急急如律令敕！（魂旦云）張驢兒，你當日下毒藥在羊肚兒湯裡，本意藥死俺婆婆，要逼勒我做渾家。不想俺婆婆不吃，讓與你父親吃，被藥死了。你今日還敢賴哩！（唱）

【川撥棹】猛見了你這吃敲材，我只問你這毒藥從何處來？你本意待暗裡栽排，要逼勒我和諧，倒把你親爺毒害，怎教咱替你耽罪責？

（魂旦做打張驢兒科）（張驢兒做避科，云）太上老君急急如律令㉙敕！大人說這毒藥，必有個賣藥的醫舖，若尋得這賣藥的人，來和小人折對，死也無詞。（丑扮解子解賽盧醫上，云）山陽縣續解到犯人一名賽盧醫。（張千喝云）當面。（竇天章云）你三年前要勒死蔡婆婆，賴他銀子，這事怎麼說？（賽盧醫叩頭科，云）小的要賴蔡婆婆銀子的情是有的。當被兩個漢子救了，那婆婆並不曾死。（竇天章云）這兩個漢子，你認的他叫做什麼名姓？（賽盧醫云）小的認便認得，慌忙之際，可不曾問的他名姓。（竇天章云）現有一個在階下，你去認來。（賽盧醫做下認科，云）這個是蔡婆婆。（指張驢兒云）想必這毒藥事發了。（上云）是這一個。容小的訴稟：當日要勒死蔡婆婆時，正遇見他爺兒兩個，救了那婆婆去。過得幾日，他到小的舖中討服毒藥。小的是念佛吃齋人，不敢做昧心的事。說道：舖中只有官料藥，並無什麼毒藥。他就睜著眼道：你昨日在郊外要勒死蔡婆婆，我拖你見官去！小的一生最怕的是見官，只得將一服毒藥與了他去。小的見他生相是個惡的，一定拿這藥去藥死了人，久後敗露，必然連累。小的一向逃在涿州地方，賣些老鼠藥。剛剛是老鼠被藥殺了好幾個，藥死人的藥其實再也不曾合。（魂旦唱）

㉙急急如律令：急急，速急，趕快。「如律令」，是漢代公文末尾的例行用語，要對方按照律令辦事的意思。後來道教模仿，畫符念咒的時候，用「太上老君，急急如律令，敕」，作為結尾，表示請求「太上老君」按照符咒的要求去辦。

【七弟兄】你只爲賴財、放乖、要當災。（帶云）這毒藥呵，（唱）原來是你賽盧醫出賣張驢兒買，沒來由塡做我犯由牌㉚，到今日官去衙門在。

（竇天章云）帶那蔡婆婆上來！我看你也六十外人了，家中又是有錢鈔的，如何又嫁了老張，做出這等事來？（蔡婆婆云）老婦人因為他爺兒兩個救了我的性命，收留他在家養膳過世。那張驢兒常說要將他老子接腳進來，老婦人並不曾許他。（竇天章云）這等說，你那媳婦就不該認做藥死公公了。（魂旦云）當日問官要打俺婆婆，我怕他年老，受刑不起，因此咱認做藥死公公。委實是屈招個！（唱）

【梅花酒】你道是咱不該，這招狀㉛供寫的明白。本一點孝順的心懷，倒做了惹禍的胚胎。我只道官吏每還覆勘，怎將咱屈斬首在長街！第一要素旗槍鮮血灑，第二要三尺雪將死尸埋，第三要三年旱示天災。咱誓願委實大。

【收江南】呀，這的是衙門從古向南開，就中無個不冤哉。痛殺我嬌姿弱體閉泉臺。早三年以外，則落的悠悠流恨似長淮。

（竇天章云）端雲兒也，你這冤枉，我已盡知。你且回去。待我將這一起人犯，並原問官

㉚犯由牌：公佈犯人罪狀的告示。

㉛招狀：罪犯所招供的狀紙。

吏，另行定罪。改日做個水陸道場㉜，超度㉝你生天便了。（魂旦拜科，唱）

【鴛鴦煞尾】從今後把金牌勢劍從頭擺，將濫官污吏都殺壞，與天子分憂，萬民除害。（云）我可忘了一件：爹爹，俺婆婆年紀高大，無人侍養，你可收恤家中，替你孩兒盡養生送死之禮。我便九泉之下，可也瞑目。（竇天章云）好孝順的兒也。（魂旦唱）囑咐你爹爹，收養我妳妳。可憐他無婦無兒，誰管顧年衰邁！再將那文卷舒開，（帶云）爹爹，也把我竇娥名下，（唱）屈死的招伏罪名兒改。（下）

（竇天章云）喚那蔡婆婆上來。你可認的我麼？（蔡婆婆云）老婦人眼花了，不認的。（竇天章云）我便是竇天章。適纔的鬼魂，便是我屈死的女孩兒端雲。你這一行人，聽我下斷：張驢兒毒殺親爺，謀佔寡婦，合擬凌遲㉞，押付市曹中，釘上木驢㉟，剮一百二十刀處死。升任州守桃杌並該房吏典，刑名違錯，各杖一百，永不敘用。賽盧醫不合賴錢，勒死平民，又不合修合毒藥，致傷人命，發煙瘴地面㊱，永遠充軍。蔡婆婆我家收養。竇

㉜水陸道場：佛教設齋供奉仙鬼水陸衆生的法會，或稱為「水陸齋」。

㉝超度：為亡者誦經懺，使其脫離苦難。

㉞凌遲：即剮刑，先砍斷罪犯的肢體，然後再穿斷咽喉，使其痛苦慢慢死去。

㉟木驢：執行剮刑時，先將受刑者放在有鐵刺的木樁上，遊街示衆，叫做「上木驢」。

㊱煙瘴地面：瘴霧很多的荒僻地方，古代當作罪犯充軍的處所。

娥罪改正明白。（詞云㊲）莫道我念亡女與他滅罪消愆，也只可憐見楚州郡大旱三年。昔于公曾表白東海孝婦，果然是感召得靈雨如泉。豈可便推諉道天災代有，竟不想人之意感應通天。今日個將文卷重行改正，方顯的王家法不使民冤。

題目　秉鑑持衡廉訪法

正名㊳　感天動地竇娥冤

㊲詞云：元雜劇結束之前，往往由劇中較為重要人物，以篇幅較長的韻白形式對全劇作一個小結，並給予評斷，元刊本稱之為「斷出」或「斷了」。

㊳題目正名：元雜劇每本末尾用兩句或四句對子，總結全劇內容，並以末句作為總題，又以末句後三字作為簡題，如《竇娥冤》，此格式稱為「題目正名」。

（曾永義選注）

以天降災異神蹟性

↓失去安頓精神的天道

感天動地竇娥冤

血濺白練↓高懸彰明

六月飛雪↓昭雪冤情

三年亢旱↓真理饑渴

包待制三勘蝴蝶夢

元　關漢卿撰

【題解】

本劇據《元曲選》本注釋，演包拯夢見蝴蝶而斷獄事。其關目蓋從《列女傳》卷五〈節義傳〉，「齊義繼母」事脫出。今觀本劇內容，雖然梗概類同，但實已融入極其鮮活之現實，充分反映元代之政治社會：葛彪為蒙古人之典型，為非作歹，目無法紀；王氏父子為元代士人之寫照，寒蹇困窘，受盡欺壓；而包拯雖屬清官，表現在其公堂上者，則是蒙古的嚴刑峻法，趙頑驢只因偷馬而盆弔死，即為蒙古人載之簡冊的皇皇大法。凡此皆在王母之控訴與嗚咽聲中流露無遺。本劇用筆白描，酣暢淋漓，的是漢卿格調。

楔子置於劇本之首，總為引場性質，此以科白加【仙呂・賞花時】帶【么篇】協真文韻演述王老教子，點明王氏一家雖然困窮，但讀書為業，志在功名。這裡只帶出人物和介紹身分，於全劇關目未發端緒，但從賓白中已可見出人物之性情。其中王三石和語帶詼諧，在下文關目，即使極悲痛處，亦時出語調弄，顯然為後來丑腳性質；這種插入丑腳的調弄，以游離戲劇的情感，乃繼承宋金雜劇院本滑稽戲的遺風，久而久之，便成為中國戲劇的特質之一。

第一折【仙呂・點絳唇】套協支思韻。開首以科白演葛彪打死王老，為全劇關目發展之端緒。【那吒令】之前寫王母見到丈夫被打殺之後的哀痛之情；其下至【醉中天】演王氏兄弟為父報仇，打殺葛彪；最後寫官府逮捕王氏兄弟，王母的惶急之情。

按葛彪自稱「權豪勢要之家」，而下文報官的詞因中卻稱為「平人葛彪」，題目中又稱「葛皇親」，王母的唱詞又屢稱「使不著國戚皇親，玉葉金枝，便是他龍孫帝子，打殺人要吃官司。」「你都官官相為倚親屬，更做到國戚皇族。」則葛彪的身分似乎是皇親又是平民，其間的矛盾其實隱藏著作者的一分苦心。因為葛彪正是當時蒙古人的典型，所以他是「平民」，平民中的「潑皮」，但在被征服的漢民族眼中，他卻是和「皇親國戚，玉葉金枝」一樣，可以肆無忌憚的為非作歹。這些被稱為「豪霸」的，豈不正是所謂「權豪勢要之家」的蒙古色目者流！而這些蒙古色目人如果和漢人發生衝突，又將如何呢？《元史》卷七〈世祖紀〉云：「至元九年（一二七二）五月，禁漢人聚衆與蒙古人鬥毆。」又《元史》卷一〇五〈刑法志〉四云：「諸蒙古人與漢人爭，毆漢人，漢人勿還報，許訴於有司。」看樣子，漢人只有被毆的分了，因為「訴於有司」，恐怕更挨一頓毒打。〈刑法志〉四又規定「諸殺人者死，仍於家屬徵燒埋銀五十兩給苦主。」但如果是「諸蒙古人因爭及醉毆死漢人者」，卻只有「斷罰出征」和「全徵燒埋銀」，漢人的「命」，顯然是微不足道的。所以葛彪要說他殺了人「只當房簷上揭片瓦相似，隨你那裡告來。」也因此，本劇是很有現實意義的。

第二折【南呂・一枝花】套協魚模韻，套前以科白先交代偷馬賊趙頑驢一案以作下文照應，再敘包待制午夢蝴蝶，為下文設計救免王氏兄弟張本。【南呂】套全寫包公審案，在嚴刑拷打下，總寫賢母之慈愛，以致包公深為感動，與午夢蝴蝶聯想，乃謀救王氏兄弟。

第三折【正宮・端正好】套協先天韻。套前科白先交代王氏兄弟打入監牢。【正宮】套首二曲敘王母叫化殘羹剩飯要送到獄中給兒子吃；【醉太平】以前之曲寫獄卒索賄，其下寫探獄，餵食王大王二，獄吏奉包公命放出王大王二；最後再以散場曲二支，由王三唱出，以調笑口吻結束本折。本折主寫王母探獄，亦總為賢母慈愛寫照。

第四折【雙調・新水令】套協皆來韻，【太平令】之前演王母領王大王二前往收王三之屍，痛哭一場；其下至【殿前歡】敘原來王三未死，包待制以偷馬賊頂替其罪，最後包待制衝場而上，下斷封賞，結束全劇。

本劇在關目上可注意者有三：

第一、包待制號稱清官、斷案如神，但劇中審案則不問葛彪打死王老的根由，以及其間的是非曲直，有意致死或誤傷，只是一味拷打；而且他手下的獄吏也照樣索賄；這不是有意誣衊包待制形象，而是真實的寫出元代的政令與官場。

第二、包待制用偷馬賊替死的障眼法來解救王三，正有如《魯齋郎》一劇巧改魯齋郎為「魚齊即」，乃得懲治元兇；其間都透露某種消息，亦即在元代的政治社會裡，是無公平正直可言的；所以碰到要懲治蒙古惡人，如果不做手腳，則難於達到目的。

第三、劇末包待制衙場下斷封賞，是元雜劇習見的結束法，這大概與劇本出自內府本，以其曾演於御前所保留下來的習套有關；而好人得好報，也不過是人們心目中的願望而已。

楔子

（外扮孛老同正旦引冲末扮王大王二丑扮王三上詩云）月過十五光明少，人到中年萬事休。兒孫自有兒孫福，莫為兒孫作遠憂。老漢姓王，是這開封府中牟縣人氏。嫡親的五口兒家屬。這是我的婆婆①，生下三個孩兒，都不肯做農莊生活，只是讀書寫字。孩兒也！幾時是那崢嶸發跡②的時節也呵。（王大云）父親母親在上，做農莊有甚好處，您孩兒「一舉首登龍虎榜③，十年身到鳳凰池④。」（孛老同旦云）好兒！好兒！（王二云）父親！母親！您孩兒「十年窗下無人問，一舉成名天下知。」（孛老同旦云）好兒！好兒！（王三云）父親在上，母親在下。（孛老云）胡說！怎麼母親在下！（王三云）我小時看見俺爺在上頭，俺娘在底下，一同床上睡覺來。（孛老云）你看這廝！（王大云）父親！

①婆婆：老夫稱老妻之詞。

②崢嶸發跡：出人頭地、飛黃騰達起來。崢嶸，原是形容山勢的高峻；發跡，由困窘而發達。

③登龍虎榜：指考中進士。

④鳳凰池：指全國最高之行政機關。唐代中書

母親！從古道「文章可立身⑤」，這不是讀書的好處？（孛老云）孩兒，你說的是。（正旦云）老的，雖然如此，你還替孩兒尋一個長久立身之計。（唱）

【賞花時】且休說文章可立身，爭奈家私時下窘。枉了寒窗下受辛勤，卻被那愚民暗哂⑥，多咱是宜假不宜眞。

【幺篇】他只敬衣衫不敬人⑦，我言語從來無向順。若三個兒到開春⑧，有甚麼實誠定准，怎生便都能勾跳龍門⑨。（同下）

第一折

（孛老上云）老漢來到這長街市上，替三個孩兒買些紙筆，走的乏了，且坐一坐歇息咱。

（淨扮葛彪上）（詩云）有權有勢儘著使，見官見府沒廉恥。若與小民共一般，何不隨他

省地址與工作皆與皇帝很接近，因稱「鳳凰池」。

⑤文章可立身：謂讀書做好文章，就可以建立事業和聲名。

⑥暗哂：暗中譏笑。

⑦只敬衣衫不敬人：只重外表不重品學，亦即勢利眼。

⑧開春：明年初春，此指「春榜動、選場開」而言。

⑨跳龍門：比喻讀書人考取進士。龍門在山西省河津縣西北，陝西省韓城縣東北，分跨黃河兩岸，形如門闕。

帶帽子①。自家葛彪是也。我是個權豪勢要之家，打死人不償命，時常的則是坐牢，今日無甚事，長街市上閒耍去咱。（做撞孛老科云）這老子是甚麼人？敢衝著我馬頭，好打這老驢。（做打孛老死科下）（葛彪云）這老子詐死賴我，我也不怕，只當房簷上揭片瓦相似，隨你那裡告來。（下）（副末扮地方②上云）王大、王二、王三在家麼？（王大兄弟上云）叫怎的？（地方云）我是地方，不知甚麼人打死你父親在長街上哩！（王大兄弟云）是真實？母親，禍事了也。（哭科，王三云）我那兒也③！打死俺老子！母親快來！（正旦上云）孩兒為甚麼大驚小怪的？（王三云）不知是誰打死了俺父親也。（正旦云）呀！可是怎地來？（唱）

【點絳唇】仔細尋思，兩回三次這場蹊蹺事。走的我氣咽聲絲，恨不的兩肋生雙翅。

【混江龍】俺男兒負天何事？拿住那殺人賊我乞個罪名兒。他又不曾身耽疾病，又無甚過犯公私。若是俺軟弱的男兒有些死活，索共那倚勢的喬才打會官司。我這

---

①何不隨他帶帽子：帶，此通戴。古代官員服裝，按官階品級各自不同，平民服裝及所戴帽子，不可與官員相同。

②地方：地保，猶今之村里長。

③我那兒也：這是王三的諢語。

裡，急忙忙，過六街，穿三市。行行裡，撓腮撧耳，抹淚揉眵④。

（做行見屍哭科，唱）

【油葫蘆】你覷那著傷處一堝⑤兒青間紫，可早停著死屍。你可便從來憂念沒家私，昨朝怎曉今朝死，今日不知來日事。血模糊污了一身，軟荅刺⑥冷了四肢，黃甘甘⑦面色如金紙，乾叫了一炊時⑧。

【天下樂】救不活將咱沒亂死，咱家私，自暗思。到明朝若是出殯時，又沒他一陌紙，空排著三個兒。這正是家貧也顯孝子。

（王大兄弟云）母親！人都說是葛彪打殺了俺父親來，俺如今尋見那廝，扯到官償命來。

（下）（正旦唱）

【那吒令】他本是太學中殿試⑨，怎想他拳頭上便死。今日個則落得長街上檢屍，更做道見職官，俺是個窮儒士，也索稱詞。

---

④撓腮撧耳二句：形容又焦急又悲傷的樣子。抹淚揉眵，抹去眼淚，擦掉眼屎，形容悲傷哭泣的樣子。

⑤一堝：一塊、一片。

⑥荅刺：形容下垂的樣子。

⑦甘甘：亦作干干，語助詞，用以強化「黃」的樣子。

⑧一炊時：煮了一頓飯的時間。

⑨太學中殿試：太學就是國子監。太學學生中成績最好的每年貢若干人，在禮部及殿廷中

（葛彪上云）自家葛彪，飲了幾杯酒，有些醉了也。且回家中去來。（王大兄弟上云）兀的不是那凶徒？拿住這廝。（做拿住科云）是你打死俺父親來。（葛彪云）就是我來，我不怕你。（正旦唱）

【鵲踏枝】若是俺到官時，和您去對情詞。使不著國戚皇親，玉葉金枝⑩。便是他、龍孫帝子，打殺人、要吃官司。

（王大兄弟打葛死科，兄弟云）這兇徒粧醉不起來。（正旦云）我試問他。（問科云）哥哥！俺老的怎生撞著你，你就打死他？你如何推醉，睡在地下不起來，則這般乾罷了？你起來！你起來！呀！你兄弟！可不打殺他也！（王三云）好也！我並不曾動手。（正旦云）可怎了也！（唱）

【寄生草】你可便斟量著做，似這般甚意兒。你三人平昔無瑕疵，你三人打死雖然是，你三人倒惹下刑名事，則被這清風明月兩閒人⑪，送了你玉堂金馬三學士⑫。

考試，參加殿廷中考試的就叫殿試。

⑩玉葉金枝：比喻貴族。

⑪清風明月兩閒人：清風、明月一般指良辰美景。此指葛彪和王老，意謂他們兩個是沒什麼用處的閒人。

⑫玉堂金馬三學士：玉堂，漢代侍中門，漢未央宮宮門之名，漢武帝命學士「待詔金馬門」。此句意謂在皇帝左右文學侍從的臣子，泛指翰林。三學士借指王氏三兄弟。

(做指葛彪科唱)

【金盞兒】想當時，你可也不三思。似這般逞凶撒潑干行止⑬，無過恃著你有權勢有金貲。則道是長街上粧好漢，誰想你血泊內也停屍。正是將軍著痛箭，還似射人時。

(王大兄弟云)這事少不的要吃官司，只是咱家沒有錢鈔，使些甚麼？(正旦唱)

【醉中天】咱每日一瓢飲、一簞食⑭，有幾雙箸、幾張匙。若到官司使鈔時，則除典當了閒文字⑮。(帶云)便這等也不濟事。(唱)你合死呵今朝便死。雖道是殺人公事⑯，也落個孝順名兒。

(淨扮公人上云)休教走了，拿住這殺人賊者。(正旦唱)

【金盞兒】苦孜孜，淚絲絲。這場災禍從天至，把俺橫拖倒拽怎推辭。一壁廂磣可可⑰停著老子，一壁廂眼睜睜送了孩兒。可知道福無重受日，禍有併來時。

---

⑬逞兇撒潑干行止：逞兇暴、耍無賴，違背了操守、德行的標準。干，違犯；行止，行為，此指好品行。

⑭一瓢飲一簞食：形容生活的清苦。瓢，剖開葫蘆所製成，用以舀水；簞，竹製，用以盛食。

⑮典當了閒文字：意謂只能賣文，更無餘財。

⑯公事：此指官司。

⑰磣可可：慘不忍睹，令人毛骨悚然的樣子。

（公人云）殺人事不同小可，咱見官去來。（正旦悲科云）兒也。（唱）

【後庭花】再休想跳龍門、折桂枝，少不得爲親爺、遭橫死。從來個人命當還報，料應他天公不受私。（帶云）兒也！（唱）不由我不嗟咨，幾回家看視。現如今拿住，爾到公庭責口詞，下腦箍使拶子⑱，這其間痛怎支。

【柳葉兒】怕不待、的一確二⑲，早招承、死罪無辭。（帶云）兒也！（唱）你爲親爺雪恨當如是。便相次，赴陰司。我也甘心做、郭巨埋兒⑳。

（祇候云）快見官去罷。（正旦云）兒也！你每做下這事，可怎了也！（王大兒弟云）母親！可怎了也。（正旦唱）

【賺煞】爲甚我教你看詩書，習經史。俺待學孟母、三移教子㉑，不能勾金榜上分明題姓氏。則落得犯由牌㉒・書寫名兒。想當時也是不得已爲之。便做道審得情眞奏過

---

⑱下腦箍使拶子：為酷刑之名目。纏繩於首，加以木楔，名曰腦箍。拶子，用繩穿小木竿五根，套入犯人手指，用力收緊，使其疼痛。

⑲的一確二：的的確確的意思。

⑳郭巨埋兒：晉代郭巨因家貧，有一點食物，他母親就分給孫兒吃，郭巨為了孝養母親，挖了一個坑，想把孩子埋掉，忽然挖出一甕黃金。

㉑孟母三移教子：孟子幼時，前後還居凡三次，世稱孟母三遷。

㉒犯由牌：公佈犯人罪狀的告示。

聖旨，止不過是一人處死，須斷不了王家宗祀㉓，那裡便滅門絕戶了俺一家兒。（同下）

第二折

（張千領祗候排衙①科喝云）在衙人馬平安，喏。（外扮包待制②上詩云）咚咚衙鼓響，公他兩邊排，閻王生死殿，東岳攝魂臺③。老夫姓包名拯，字希文，廬州金斗郡四望鄉老兒村人也。官拜龍圖閣待制學士，正授開封府府尹④。今日升廳，坐起早衙。張千！吩咐

㉓宗祀：對祖先的祭祀。如果沒有子孫，就無人主持對祖先的祭祀，所以無後叫斷宗祀。

①排衙：古代官員開庭審案，在未升堂之前，由衙役站班，陳列儀仗，舉行一定的儀式，這叫「排衙」。

②包待制：包拯官拜龍圖閣待制學士，故稱包待制。

③閻王生死殿二句：佛道傳說，閻羅王和東岳大帝都是掌管人生死大權的神。此二句比喻官吏對待人民，有如閻羅王和東岳大帝一樣，掌握著人民的生死，因此，衙門就如同閻羅殿、攝魂台一樣，是可以制人死命的地方。

④正授開封府府尹：意謂以龍圖閣待制學士的品級實授予開封府府尹的職位。正授，正式任命的實缺，與暫署、代理有區別。開封是宋代首都，開封府尹猶如今之首都市長。

司房⑤，有合僉押⑥的文書，將來老夫僉押。（張千云）六房吏典⑦，有甚麼合僉押的文書？（內應科，張千云）可不早說，早是酸棗縣解到一起偷馬賊趙頑驢。（包待制云）與我拿過來。（祗候押犯人跪科）（包待制云）開了那行枷者⑧，兀那小廝，你是趙頑驢，是你偷馬來？（犯人云）是小的偷馬來。（包待制云）張千，上了長枷，下在死囚牢裡去⑨。（押下）（包待制云）老夫這一會兒困倦。張千，你與六房吏典，休要大驚小怪的，老夫暫時歇息咱。（張千云）大小屬官，兩廊吏典，休要大驚小怪的，大人歇息哩。（包做伏案睡，做夢科云）老夫公事操心，那裡睡的到眼裡，待老夫閒步游玩。咱來到這開封府廳後一個小角門，我推開這門，我試看者。是一個好花園也。你看那百花爛熳，春景融和。兀那花叢裡，一個撮角亭子⑩，亭子上結下個蜘蛛羅網。花間飛將一個蝴蝶兒來，正打在網中。（詩云）包拯暗暗傷懷，蝴蝶曾打飛來；休道人無生死，草蟲也有非災。呀！

⑤司房：府尹的幕僚單位。
⑥僉押：審閱批示。
⑦六房吏典：與下文「兩廊吏典」、「排房吏典」，皆同，均指衙中全部幕僚人員。
⑧行枷：押解犯人上路時所用較小的枷，行枷對長枷而言，體制較小，重二十斤。
⑨下在死囚牢裡去：《新元史・刑律志》上：「盜馬一二匹者，即論死。」本劇中趙頑驢因盜馬而判死刑，正是元代酷刑的反映。
⑩撮角亭子：簷角向上翹起的亭子。

蠢動含靈，皆有佛性⑪，飛將一個大蝴蝶來，救出這蝴蝶去了。呀！又飛了一個小蝴蝶，打在網中，那大蝴蝶必定來救他。好奇怪也，那大蝴蝶兩次三番，只在花叢上飛，不救那小蝴蝶，佯常⑫飛去了。聖人道：惻隱之心，人皆有之。你不救，等我救。（做放科）（張千云）喏！午時了也。（包待制做醒科）（詩云）草蟲之蝴蝶，一命在參差；撒然⑬夢驚覺，張千報午時。張千有甚麼應審的罪囚，將來我問。（張千云）兩房吏典，有甚麼合審的罪囚，押上勘問。（內應科）（張千云）喏！中牟縣解到一起犯人，弟兄三人，打死平人葛彪。（包待制云）小縣百姓，怎敢打死平人，解到也未？（張千云）解到了也。（包待制云）與我一步一棍打上廳來。（解子⑭押王大兄弟上正旦隨上唱）

【一枝花】解到這無人情御史臺⑮，原來是有官法開封府。把三個未發跡小秀士，生扭做吃勘問⑯死囚徒。空教我意下躊躇⑰，把不定心驚懼。赤緊的賊兒膽底虛，教我

⑪蠢動含靈二句：所有有知覺能活動的生物都含有靈性，只要修煉，即可成佛。

⑫佯常：揚長。

⑬撒然：形容忽然從夢中醒來的樣子。

⑭解子：押解罪犯的差役。

⑮御史臺：宋代的官署之一。掌糾察官邪、肅正綱紀，以御史大夫為長官。此指審判犯人的法院。

⑯生扭做吃勘問：硬被強迫接受審問。

⑰躊躇：即躊躕，猶疑不決的樣子。

把罪犯、私下招承，不比那小去處、官司孔目⑱。【梁州第七】這開封府、王條清正，不比那中牟縣、官吏糊塗。撲咚咚階下升衙鼓，諕的我手忙腳亂，使不得膽大心粗。驚的我魂飛魄喪，走的我力盡筋舒。這公事、不比尋俗，就中間、擔負公徒⑲。嗨！嗨！嗨！一壁廂老夫主、在地停尸，更！更！更！赤緊地子母每、坐牢係獄⑳。呀！呀！呀！眼見的弟兄每、受刃遭誅。早是，怕怖。我向這屏牆邊側耳偷睛覷，誰曾見這官府。則今日當廳定禍福，誰實誰虛。

（正旦同衆見官跪科，張千云）犯人當面。（包待制云）張千，開了行枷，與那解子批回去。（做開枷科）（王大兄弟云）母親！哥哥！咱家去來。（包待制云）那裡去？這裡比你那中牟縣那！張千！這三個小廝是打死人的，那婆子是甚麼人？必定是證見人。若不是呵，敢與這小廝關親，兀那婆子！這兩個是你甚麼人？（正旦云）這兩個是大孩兒。（包待制云）這個小的呢？（正旦云）是我第三的孩兒。（包待制云）噤聲！你可甚治家有

---

⑱孔目：不曾銓敘官級的小吏，在地方政府中掌管文書檔案的工作，六房中皆有孔目官，其主官為「六房都孔目」。

⑲擔負公徒：接受官府的刑罰。

⑳係獄：被捆綁放在監獄裡，即坐牢。

法？想當日孟母教子，居必擇鄰；陶母教子，剪髮待賓㉑。陳母教子，衣紫腰銀㉒。你個村婦教子，打死平人；你好好的從實招了者。（正旦唱）

【賀新郎】孩兒每！萬千死罪犯公徒。那廝每情理難容，俺孩兒殺人可恕。俺窮滴滴㉓寒賤爲黎庶㉔，告爺爺、與孩兒每做主。這三個自小來、便學文書，他則會依經典、習禮義，那裡會定計策、廝虧圖㉕。百般的拷打難分訴。豈不聞三人誤大事，六耳不通謀㉖。

㉑陶母教子剪髮待賓：陶侃母，晉豫章人，姓湛氏。侃父丹聘為妾而生侃。陶氏家貧，湛每紡績資給，使侃交結勝己之良友。侃為尋陽縣吏，嘗以魚鮓遺母，母封鮓，以書責之曰：「爾為他，以官物遺我，非惟不能益吾，乃以增吾憂矣。」蓋誡其勿貪污。當時名士范逵過宿於侃，值大雪，湛剉所臥薦以飼馬，截髮賣之以設酒饌。逵告人曰：「非此母不能生此子。」後侃卒為名臣。

㉒陳母教子衣紫腰銀：宋代陳堯叟、堯佐、堯咨弟兄三人，長次皆狀元及第，官至宰相；堯咨進士第二名及第，作樞密使，稱右相。儘管兄弟三人做大官，其母馮氏在其父死後，遇兄弟做錯事，仍加以杖責，管教很嚴。當時人很讚美陳母教子有方。第三折中的「陳婆婆」也是指陳母。衣紫腰銀，指高官厚祿。

㉓窮滴滴：非常窮苦。滴滴為狀聲形容詞。

㉔黎庶：黎民百姓。

㉕廝虧圖：相圖謀陷害。

㉖三人誤大事六耳不通謀：意謂：秘密事情，只能兩人商議，若有第三者知道，就會泄

（包待制云）不打不招。張千與我加力打者。（正旦悲科唱）

【隔尾】俺孩兒犯著徒流絞斬蕭何律㉗，枉讀了恭儉溫良孔聖書㉘。拷打的渾身上怎生覷，打的來傷筋動骨，更疼似懸頭刺股㉙。他每爺飯娘羹㉚何曾受這般苦。

（包待制云）三個人必有一個為首的，是誰先打死人來？（王大云）也不干母親事，也不干兩個兄弟事，是小的打死人來。（王二云）爺爺！也不干母親事，也不干哥哥兄弟事，是小的打死人來。（王三云）爺爺！也不干母親事，也不干兩個哥哥事，是他肚兒疼死的，也不干我事。（正旦云）並不干三個孩兒事。當時是皇親葛彪，先打死妾身夫主，妾身疼忍不過，一時乘忿爭鬥，將他打死。委的是妾身來。（包待制云）胡說！你也招承，

露，旨在說明兄弟三人不可能預謀打死人。

㉗徒流絞斬蕭何律：蕭何為漢高祖功臣，漢代律令多半是他草擬制定，元劇中因用「蕭何律」作為法律的代詞。徒流絞斬，皆指刑罰。徒為拘禁犯人之自由並罰令服役，流為貶斥到邊遠地區充軍，絞為絞死，斬為斬首。

㉘恭儉溫良孔聖書：語出《論語・學而》：「夫子溫良恭儉讓以得之。」

㉙懸頭刺股：漢代孫敬用繩繫住頭髮掛在梁上，以防讀書時困倦睡去；戰國時蘇秦，讀書困倦，用錐子在股上刺一下，不使自己睡著。

㉚爺飯娘羹：猶言飯來張口，水來伸手，比喻在父母的呵護之下，嬌生慣養。

我也招承，想是串定的，必須要一人抵命，張千與我著實打者。（正旦唱）

【鬥蝦蟆】靜巉巉㉛無人救，眼睜睜活受苦。孩兒每索與他招伏，相公跟前拜覆，那廝將人欺侮，打死咱家丈夫，如今監收媳婦。公人如狼似虎，相公又生嗔發怒。休說麻槌腦箍㉜，六問三推不住。勘問有甚數目，打的渾身血污。大哥聲冤叫屈，官府不由分訴。二哥活受地獄，疼痛如何擔負。三哥打的更毒，老身牽腸割肚。這壁廂那壁廂，由由忬忬㉝，眼眼廝覷，來來去去，啼啼哭哭。則被你打殺人也！待制龍圖，可不道兒孫自有兒孫福㉞。難吞吐，沒氣路㉟。短嘆長吁，愁腸似火，雨淚如珠。

（包待制云）我試看這來文咱。（做看科云）中牟縣官好生糊塗，如何這文書上寫著王大、王二、王三打死平人葛彪，這縣裡就無個排房吏典？這三個小廝必有名諱，更不呵，也有個小名兒。兀那婆子！你大小廝叫做甚麼？（正旦云）叫做金和。（包待制云）第二的小廝叫做甚麼？（正旦云）叫做鐵和。（包待制云）這第三個呢？（正旦云）叫做石和。（王三云）尚。（包待制云）甚麼尚？（王三云）石和尚。（包待制云）嗨！可知打

㉛靜巉巉：形容非常寂靜的樣子。

㉜麻槌腦箍：麻槌是舊日刑具的一種，用麻紮成，行刑前用水浸濕，常與「腦箍」、「椤子」連用。

㉝由由忬忬：猶豫猜疑驚慌的樣子。

㉞兒孫自有兒孫福：當時成語，下句是「莫為兒孫做馬牛」。

㉟難吞吐沒氣路：說不出話來、喘不過氣來。

死人哩！庶民人家取這等剛硬名字，敢是金和打死人來？（正旦唱）

【牧羊關】這個是金呵！有甚麼難鎔鑄，（包待制云）敢是石和打死人來？（正旦唱）這個是石呵！怎做的虛㊱，（包待制云）敢是鐵和打死人來？（正旦唱）這個便是鐵呵！怎當那、官法如鑪㊲。（包待制云）打這賴肉頑皮。（正旦唱）非干是孩兒每賴肉頑皮，委的啣冤負屈。（包待制云）張千，便好道：殺人的償命，欠債的還錢。把那大的小廝拿出去與他償命。（正旦唱）眼睜睜難搭救，簇擁著下階除。教我兩下裡難顧瞻，百般的沒是處。

（云）包待制爺爺，好葫蘆提也。（包待制云）我著那大的兒子償命，兀那婆子說甚麼？（張千云）那婆子手扳定枷梢，說包待制爺爺葫蘆提。（包待制云）那婆子他道我葫蘆提？與我拿過來。（正旦跪科）（包待制云）著你大兒子償命，你怎生說我葫蘆提？（正旦云）老婆子怎敢說大人葫蘆提，則是我孩兒孝順，不爭殺壞了他，教誰人養活老身。（包待制云）既是他母親說大小廝孝順，又多鄰家保舉㊳，這是老夫差了，留著大的養活他。張千著第二的償命。（正旦唱）

【隔尾】一壁廂大哥行牽掛著娘腸肚，一壁廂二哥行關連著痛肺腑。要償命留下孩

㊱石呵怎做的虛：這裡「石」諧「實」字音，故云「怎做的虛」。

㊲鐵呵怎當那官法如鑪：謂官法殘酷如鑪中火，即使是鐵也會被熔化。

㊳保舉：擔保、證明的意思。

兒，寧可將婆子去。似這般狠毒，又無處告訴，手扳定枷梢叫聲兒屈。

（云）包待制爺爺，好葫蘆提也。（包待制云）又做甚麼大驚小怪的？（張千云）那婆子又說老爺葫蘆提。（包待制云）與我拿過來。（正旦跪科）（包待制云）兀那婆子，將你第二的小廝償命，怎生又說我葫蘆提。（正旦云）怎敢說爺爺葫蘆提，則是第二的小廝會營運生理，不爭著他償命，誰養活老婆子。（包待制云）著大的償命，你說他孝順；著第二的償命，你說他會營運生理，卻著誰去償命？（王三自帶枷科）（包待制云）兀那廝做甚麼？（王三云）大哥又不償命，二哥又不償命，眼見的是我了。不如早做個人情。（包待制云）也罷！張千拿小的出去償命。（做推轉科）（包待制云）兀那婆子！這第三的小廝償命可中麼？（正旦云）是了。可不道三人同行小的苦，他償命的是。（包待制云）我不葫蘆提麼？（正旦云）爺爺不葫蘆提。（包待制云）噤聲！張千拿回來，爭些著婆子瞞過老夫。眼前放著個前房後繼㊴。這兩個小廝，必是你親生的，這一個小廝，必是你乞養過房螟蛉之子㊵，不著疼熱，所以著他償命。兀那婆子！說的是呵，我自有個主意；說的不是呵！我不道饒了你哩。（正旦云）三個都是我的孩兒，著我說些甚麼？（包待制云）

㊴前房後繼：前房謂前妻所生之子，後繼謂後娶所生之子。

㊵螟蛉之子：螟蛉為桑蟲，蜂類中之蜾蠃常取螟蛉以飼其子，古人誤以其養為己子，故乃誤解而以螟蛉為義子之稱。

你若不實說，張千與我打著者。（正旦云）大哥！二哥！三哥！我說則說，你則休生分了。（包待制云）這大小廝是你的親兒麼？（正旦唱）

【牧羊關】這孩兒雖不曾親生養，卻須是咱乳哺。（包待制云）這第二的呢？（正旦唱）這一個偌大小、是老婆子抬舉㊶。（包待制云）兀那小的呢？（正旦打悲科唱）這一個是我的親兒，這兩個我是他的繼母。（包待制云）兀那婆子！近前來，你差了也，前家兒著一個償命，留著你親生孩兒養活你，可不好那？（正旦云）爺爺差了也。（唱）不爭著㊷前家兒㊸償了命，顯得後堯婆㊹忒心毒。我若學嫉妒的桑新婦㊺，不羞見那賢達的魯義姑㊻。

（包待制云）兀那婆子！你還著他三人心服，果是誰打死人來？（正旦唱）

【紅芍藥】渾身是口怎支吾，恰似個沒嘴的葫蘆㊼。打的來皮開肉綻損肌膚，鮮血模

㊶偌大小是老婆子抬舉：還這麼小的時候是我老婆子給他撫養、照顧長大的。

㊷不爭著：不在乎、無所謂。

㊸前家兒：前妻之子。

㊹後堯婆：後母、繼母。

㊺桑新婦：即莊子妻搧墳的故事。元劇中稱他為桑新婦，用作嫉妒惡毒、不賢慧婦女的代稱。

㊻魯義姑：春秋時魯國賢婦。齊國攻打魯國，義姑逃難，齊兵追趕，義姑棄己子而抱侄子逃走，齊兵大受感動。元劇中把他當作一般賢德婦女的代稱。

㊼沒嘴的葫蘆：比喻有口難言。

糊。恰渾似、活地獄，三個兒、都教死去。你都官官相爲倚親屬，更做道國戚皇族。

（做打悲科唱）

【菩薩梁州】大哥罪犯遭誅，二哥死生別路，三哥身歸地府。乾閃下我這老業身軀㊽。大哥孝順識親疏，二哥留下著當門戶。第三個哥哥休言語，你償命、正合去。常言道三人同行小的苦，再不須大叫高呼。

（包待制云）聽了這婆子所言，方信道：良賈深藏若虛，君子盛德容貌若愚㊾。這件事，老夫見為母者大賢，為子者至孝。為母者與陶孟同列，為子者與曾閔㊿無二。適間老夫晝寐，夢見一個蝴蝶墜在蛛網中，一個大蝴蝶來救出，次者亦然；後來一小蝴蝶亦墜網中，大蝴蝶雖見不救，飛騰而去。老夫心存惻隱，救這小蝴蝶出離羅網。天使老夫預知先兆之事，救這小的之命。（詞云）恰纔我依條犯法分輕重，不想這分外卻有別詞訟。殺死平人怎干休，莫言罪律難輕縱，先教長男赴雲陽㉛，為言孝順能供奉。後教次子去餐刀，又言

㊽老業身軀：自詈的話語，猶多作孽老不死的人。業，通孽。

㊾良賈深藏若虛二句：會做生意的人把貨品嚴密的藏起來，彷彿什麼也沒有一樣；有學問有道德的君子，從外表看來，什麼也不懂好像很笨的樣子。

㊿曾閔：曾參、閔子騫在孔子學生中，以孝行著稱。

營運充日用。我著那最小的幼男去當刑，他便歡喜緊將兒發送。只把前家兒子苦哀矜，倒是自己親兒不悲痛。似此三從四德可褒封，貞烈賢達宜請俸。忽然省起這事來，天使游魂預驚動。三個草蟲傷蛛絲，何異子母官司向誰控。三番繼母棄親兒，正應著午時一枕蝴蝶夢。張千把一干人都下在死囚牢中去。（正旦慌向前扯科唱）

【水仙子】則見他前推後擁廝揪捽，我與你扳住枷梢高叫屈。眼睜睜有去路無回路。好教我百般的沒是處。這堝兒便死待何如。好和弱、隨將去。死共活、攔當住，我只得緊揝(52)住衣服。

（張千推旦科押三人下）（正旦唱）

【黃鍾尾】包龍圖往常斷事曾著數(53)，今日爲官忒慕古(54)。枉教你坐黃堂，帶虎符(55)。受榮華，請俸祿。俺孩兒，好冤屈。不覷事，下牢獄。割捨了，待潑做(56)。告都

(51)雲陽：秦代首都咸陽以北之重鎮，在今陝西省淳化縣西北，秦代重大刑獄均在此執行，秦丞相李斯即被殺於此。元劇中因此每稱行刑之地曰雲陽。

(52)揝：同攥，用手抓住。

(53)著數：算數、正確。

(54)慕古：糊塗、古怪。

(55)坐黃堂帶虎符：謂官居府尹而執掌刑殺大權。漢代太守的廳堂塗以雌黃，稱為黃堂。後來的府尹、知府職位相當於太守，所以也稱黃堂。虎符，虎形的兵符，此指手握刑殺之權。

堂，訴省部57。撅皇城，打怨鼓58。見鑾輿，便唐突59。呆老婆，唱今古60。又無人，肯做主。則不如，覓死處。眼不見、鰥寡孤獨，也強如沒歸著痛煞煞哭啼啼活受苦。（下）

（包待制云）張千！你近前來，可是恁的。（張千云）可是中也不中？（包待制云）賊禽獸，我的言語可是中也不中？（詩云）我扶立當今聖明主，欲播清風千萬古。這些公事斷不開，怎坐南衙開封府。（同下）

---

56 待潑做：要胡亂攪和一番。指下文告都堂諸事，因為王母認為包拯審案不公正，所以要往上級控告，和包拯胡亂攪和一番。

57 告都堂訴省部：到中央政府最高衙門去告狀。

58 撅皇城打怨鼓：到皇帝那裡去告狀，即「告御狀」。古代在朝堂外面設有「登聞鼓」，人民如有冤屈或諫議，可以擊鼓上達。撅，同揭，這裡是扣打的意思。

59 見鑾輿便唐突：看到皇帝所乘坐的車子，便衝向前去告狀。

60 呆老婆唱今古：意謂自己是個呆笨的老婆子，向包拯訴說了那麼多冤情，而包拯卻好像聽說唱古今小說一般，無動於衷。唱今古，指說唱古今小說。

第三折

（張千同李萬①上詩云）手執無情棒，懷揣滴淚錢②。曉行狼虎路，夜伴死屍眠③。自家張千便是。有王大、王二、王三下在死囚牢中，與我拿將他三個出來。（王大、王二上云）哥哥可憐見。（張千云）別過枷梢來，打三下殺威棒④。（打三下科云）那第三個在那裡？（王三上云）我來了。（張千云）李萬！抬過押床⑤來，丟過這滾肚索⑥去扯緊著。（做扯科，三人叫科，張千云）李萬！你家去吃飯，我看著，則怕提牢官來。（李萬下）（正旦上云）我三個孩兒都下在死囚牢中，我叫化了些殘湯剩飯，送與孩兒每吃去。

（唱）

【端正好】遙望著死囚牢，恰離了悲田院⑦，誰敢道半步俄延。排門兒叫化⑧都尋

①張千李萬：元雜劇中對於官員侍從、衙役一人則稱張千，二人則稱張千、李萬。

②滴淚錢：犯人滴著眼淚所賄賂的錢財。

③曉行狼虎路二句：意謂白天做遞解犯人的苦差事，行於充滿虎狼的危險路途中；晚上在牢獄中看守犯人，和死傷的人在一起睡覺。

④殺威棒：舊時獄吏，對新到的犯人，先使他捱一頓棒打，殺殺他的頑劣之氣。

⑤押床：古時牢獄的刑具之一，有重罪的犯人躺在上面，再用繩索捆綁起來，以防逃脫。

⑥滾肚索：刑具上的繩子，用來捆綁犯人的肚子。

⑦悲田院：佛典謂供父母為恩田，供僧為敬田，施貧為悲田，則養窮民之所謂之悲田院，猶今之貧民收容所。

⑧排門兒叫化：沿門挨户乞討。

遍，討了些潑剩飯和雜麵。

【滾繡毬】俺孩兒本思量、做狀元，坐琴堂⑨、請俸錢。誰曾遭、這般刑憲，又不曾犯、五刑之屬三千⑩。我不肯吃、不肯穿，燒地臥、炙地眠⑪。誰曾受、這般貧賤，正按著陳婆婆、古語常言。他須不求金玉重重貴，卻甚兒孫個個賢⑫。受煞迍邅⑬。

（做到牢門科云）這裡是牢門首，我拽動這鈴索者。（張千云）則怕是提牢官來，我開開這門，看是誰拽動鈴索來。（正旦云）是我拽來。（張打科云）老村婆子！這是你家裡，你來做甚麼？（正旦云）我與三個孩兒送飯來。（張千云）燈油錢也無，冤苦錢⑭也無，俺吃著死囚的衣飯，有鈔將些來使。（正旦云）哥哥可憐見，一個老的被人打死了，三個孩兒又在死囚牢內。老身吃了早晨無了晚夕，前街後巷叫化了些殘湯剩飯與孩兒每充饑，哥哥只可憐見。（唱）

⑨琴堂：縣官辦公的地方。

⑩五刑之屬三千：謂法律條文之多。

⑪燒地臥炙地眠：比喻冬天裡貧苦的生活，沒有熱炕睡，只好把地燒熱在地上睡。

⑫不求金玉重重貴二句：關漢卿《狀元堂陳母教子》雜劇第一折【後庭花】曲有云：「且休說金玉重重貴，則願的俺兒孫每個個強。」這裡正是轉引陳母的話。

⑬迍邅：行路不順，比喻命運不好，困難重重。

⑭冤苦錢：與上文之燈油錢同是獄吏索賄的名目之一。

【倘秀才】叫化的剩飯重煎再煎，補納的破襖兒番穿了正穿。（云）哥哥，則這件舊衣服送你罷。（唱）有這個舊褐袖與哥哥且做些冤苦錢。（張千云）我也不要你的。（正旦唱）謝哥哥相覷當，廝周全，把孩兒每可憐。

（張千云）罪已問定也，救不的了。（正旦唱）

【脫布衫】爭奈一家一計，腸肚縈牽，一上一下語話熬煎。一左一右、把孩兒顧戀，一捋一把、雨淚漣漣。

【醉太平】數說起罪僁⑮，委實的銜冤。我這裡煩煩惱惱怨青天，告哥哥可憐。他三個足丟沒亂⑯眼腦剔抽禿刷轉⑰，依柔乞煞⑱手腳滴羞篤速戰⑲，迷留沒亂救他叫破俺喉咽，氣的來前合後偃⑳。

（張千云）放你進來？我掩上這門。（正旦進見科云）兀的不是我孩兒。（做悲科）（王

⑮罪僁：過失。僁，同「愆」。

⑯足丟沒亂：形容眼神因慌張而無精打采的樣子。

⑰眼腦剔抽禿刷轉：眼睛滴溜溜著急慌張的亂轉。眼腦，眼睛。

⑱依柔乞煞：形容手腳發軟、擔驚受怕的樣子。

⑲滴羞篤速戰：形容害怕發抖的樣子。

⑳前合後偃：前仰後合、東倒西歪，歪歪斜斜、站立不穩的樣子。

大云）母親！你做甚麼來？（正旦云）我與你送飯來。（正旦向張千云）哥哥！怎生放我孩兒，吃些飯也好。（張千云）你没手，兀那婆子，餵你那孩兒。（正旦餵王大、王二科唱）

【笑和尚】我我我兩三步走向前，將將將把飯食從頭勸。我我我一匙匙都抄㉑遍，你你你胡噎饑㉒，你你你潤喉咽。（王三云）娘也！我也吃些兒。（正旦唱）石和尚！好共歹一口口剛嚥。

（旦做傾飯科云）大哥，這裡有個燒餅，你吃，休教石和看見。二哥這裡有個燒餅，你吃，休教石和看見。（唱）

【叨叨令】叫化的些殘湯剩飯那裡有重羅麵㉓，你不想堂食玉酒瓊林宴㉔。想當初長枷釘出中牟縣，卻不道布衣走上黃金殿㉕。兀的不苦殺人也麼哥，兀的不苦殺人也麼哥。告你個提牢押獄㉖行方便。

㉑抄：指用匙舀取食物的動作。

㉒胡噎饑：胡亂吃點東西來壓壓飢餓的感覺。饑，通飢。

㉓重羅麵：用籮篩了好幾次的麵，指細麵。

㉔堂食玉酒瓊林宴：指美好珍貴的酒食。

㉕布衣走上黃金殿：謂由平民變成官員。黃金殿，天子的殿堂。

㉖提牢押獄：掌管牢獄的官吏。即上文之提牢官。

（云）大哥！我去也，你有甚麼說話？（王大云）母親！家中有一本論語，賣了替父親買些紙燒。（正旦云）二哥！你有甚麼話說？（王二云）母親！我有一本孟子，賣了替父親做些經懺㉗。（王三哭云）我也沒的吩咐你，你把你的頭來我抱一抱。（正旦出科）（張千云）兀那婆子，你要歡喜麼？（正旦云）我可知要歡喜哩。（張千入牢科云）那個是大的。（王大云）小人是大的。（張千云）放水火㉘。（王大做出科）（張千云）兀那婆子，你這大的孝順，保領出去養活你，你見了這大的兒子你歡喜麼？（正旦云）我可知歡喜哩。（張千云）我著你大歡喜。（做入牢科云）那個是第二的？（王二云）小人便是。（張千云）起來放水火。（做放出科）（張千云）兀那婆子，再與你這第二的能營運養活你。（正旦云）哥哥，那第三個孩兒呢？（張千云）把他盆弔㉙死，替葛彪償命去。明早牆底下來認屍。（正旦悲科唱）

㉗經懺：請和尚念經，超度亡魂。
㉘放水火：水火指大小便，放犯人出去大小便叫「放水火」，這裡借放水火為名，故意放犯人逃走。
㉙盆弔：古代酷刑之一。《水滸傳》第二十八回，牢卒告訴武松說：「他到晚，把兩碗黃倉米飯和些臭鯗魚來與你吃了，趁飽帶你去土牢裡去，把脖子捆翻著，一床乾藁荐，把你捲了，塞住了你七竅，顛倒豎在壁邊；不消半個更次，便結果了你性命。這個喚做『盆弔』。」

【上小樓】將兩個哥哥放免，把第三的孩兒推轉。想著我嚥苦吞甘，十月懷耽㉚。乳哺三年。不爭教大哥哥、二哥哥身遭刑憲。教人道桑新婦、不分良善。

【么篇】你本待冤報冤，倒做了顛倒顛。豈不聞殺人償命，罪而當刑，死而無怨。（做看王三科唱）若是我兩三番，將他留戀，教人道後堯婆、兩頭三面。

（王大、王二云）母親！我怎捨得兄弟也。（正旦云）大哥！二哥！家去來，休煩惱者。

（唱）

【快活三】眼見的你兩個得生天，單則你小兄弟喪黃泉，（做看王三悲科唱）教我扭回身忍不住淚漣漣。（王大王二悲科）（正旦云）罷！罷！罷！但留的你兩個呵！（唱）他便死也我甘心情願。

【朝天子】我可便，可憐。孩兒忒少年，何日得重相見。不爭將前家兒身首不完全，枉惹得後代人埋怨。我這裡自推自攧㉛，到三十餘遍，暢好是苦痛也麼天。到來日一刀兩段，橫屍在市廛㉜，再不見我這石和面。

【尾煞】做爺的、不曾燒一陌紙錢，做兒的、又當了罪愆。爺和兒要見何時見，若要再、相逢一面，則除是夢兒中、咱子母團圓。（王大、王二隨下）

㉚懷耽：懷孕。下文「桑新婦」，諧音為「傷心婦」。

㉛自推自攧：自己經過仔細考慮。

㉜市廛：猶言市肆、市場。廛，商店。

（王三云）張千哥哥，我大哥二哥都那裡去了？（張千云）老爺的言語，你大哥、二哥都饒了著養活你母親去，只著你替葛彪償命。（王三云）饒了我兩個哥哥，著我償命去，把這兩面枷我都帶上。只是我明日怎麼樣死？（張千云）把你盆弔死，三十板㉝高牆丟過去。（王三云）哥哥！你丟我時，放仔細些，我肚子上有個癤子哩。（張千云）你性命也不保，還管你甚麼癤子。（王三唱）

【端正好】腹攬五車書㉞，（張千云）你怎麼唱起來？（王三云）是曲尾㉟。（唱）都是些禮記和周易。眼睜睜、死限相隨，指望待爲官爲相身榮貴。今日個畢罷了名和利。

【滾繡毬】包待制比問牛的㊱省氣力，俺父親比那教子的㊲少見識。俺秀才每比那題

㉝三十板：形容極高。古代築牆時，兩旁用板，中間填土，填滿一層，再把板移上，謂之一板。古時一板約高二尺，則三十板合六丈高。

㉞腹攬五車書：比喻讀書之多。

㉟曲尾：此指插曲。

㊱問牛的：漢宣帝時丙吉為相，出逢群鬥者死傷橫道，吉不問。逢人逐牛，牛喘吐舌，使騎他問逐牛行幾里矣；或以譏吉，吉曰：「民鬥相殺傷，長安令、京兆尹職所當禁備，方春少陽用事，未可大熱，恐牛近行用暑故喘，此時氣失節，恐有所傷害也。三公典調和陰陽，職所當憂，是以問之。」

㊲教子的：指五代人竇禹鈞，他教育五個兒子都登科成名；也可以被認作是指陳堯叟弟兄的父親陳省華。

橋人㊳、無那五陵豪氣㊴，打的個遍身家、鮮血淋漓。包待制又葫蘆提，令史㊵每粧不知。兩邊廂、列著衹候人役，貌堂堂、都是一火灑㊶⿱入日娘的㊷。隔牢攛徹牆頭去，抵多少平空尋覓上天梯㊸，（帶云）張千！（唱）等我⿱入日你妳妳㊹歪屄㊺。（張千隨下）

第四折

（王三背趙頑驢屍上伏定）（王大王二上云）咱同母親尋三哥屍首去來，母親行動些。（正旦上云）聽的說石和孩兒盆吊死了，他兩個哥哥抬屍首去了。我叫化了些紙錢，將著柴火，燒埋①孩兒去呵。（唱）

㊳題橋人：指漢司馬相如。他由蜀入京城，過升仙橋，在橋柱上題下：「不乘駟馬高車，不過此橋。」
㊴五陵豪氣：豪俠富貴少年的氣派。五陵為長安城郊五個漢代皇帝的陵墓，即長陵、安陵、陽陵、茂陵、平陵，豪富之家皆聚居於此。
㊵令史：衙門裡管文書的官吏。
㊶一火灑：一幫、一群。
㊷⿱入日娘的：罵人的粗語，相當於「他媽的」。
㊸上天梯：指登上功名的門路。
㊹妳妳：同奶奶。
㊺屄：屄，女性生殖器。
①燒埋：猶言火葬。

【新水令】我從未拔白②悄悄出城來，恐怕外人知、大驚小怪。我叫化的亂烘烘一陌紙，拾得粗坌坌③幾根柴。俺孩兒落不得席捲椽抬④，誰想有這一解⑤。

（打悲科云）孩兒呵！（唱）

【駐馬聽】想著你報怨心懷，和那橫死爺相逢在分界牌⑥。（帶云）若相見時呵！（唱）您兩個施呈手策⑦，把那殺人賊推下望鄉臺。黑洞洞天色尚昏霾，靜巉巉迴野荒郊外，隱隱似有人來，覷絕時⑧教我添驚駭。

（王大王二背屍上云）母親那裡？這不是三哥屍首。（旦做認悲科唱）

【夜行船】慌急列⑨教咱覷了面色，血模糊、污盡屍骸。我與你慌解下麻繩，急鬆開衣帶。您疾忙、向前來扶策⑩。

【掛玉鉤】你與我揪住頭心掐下頦，我與你高阜處招魂魄。石和！哎！貪慌處⑪將孩兒

②拔白：天色發白，天剛亮的時候。

③粗坌坌：形容非常的粗。坌，原是塵土的意思，此取其聲以形容粗。

④席捲椽抬：指草草率率的埋葬。

⑤解：道教稱學道的人死於兵為兵解，死於火為火解。此因石和將火葬，故指為火解。

⑥分界牌：指陰間陽間的分界處。

⑦手策：手段。

⑧覷絕時：看罷之後。

⑨慌急列：很慌張的樣子。列為語尾助詞。

⑩扶策：扶持。

⑪貪慌處：急忙匆促之間。

落了鞋⑫，你便叫殺他怎得他瞅睬。空教我悶轉加，愁無奈。只落得哭哭啼啼，怨怨哀哀。

（帶云）石和孩兒呵！（唱）

【沽美酒】我將這老精神、強打拍⑬，小名兒叫的明白。你個孝順的石和安在哉？則被他抛殺您妳妳，教我空沒亂，把地皮摑⑭。

【太平令】空教我哭啼啼、自敦自摔⑮，百般的、喚不回來。也是我、多災多害，急煎煎、不寧不耐。（云）石和孩兒呵！（王三上應云）我在這裡。（正旦唱）教我左猜，右猜，不知是那裡應來，呀！莫不是、山精水怪。

（王三上云）母親孩兒來了。（正旦慌科云）有鬼有鬼，（王三云）母親休怕，是石和孩兒，不是鬼。（正旦唱）

【風入松】我前行他隨後趕將來，諕的我搊耳撓腮⑯，教我戰篤速忙把孩兒拜。我與

---

⑫落了鞋：此指丟了生命。

⑬強打拍：勉強振作起精神來。

⑭空沒亂把地皮摑：形容茫然昏亂，悲傷得呼天搶地的樣子。

⑮自敦自摔：形容悲痛得在地上又跌又滾的樣子。敦、摔同義互文，把東西使勁一放的意思。

⑯搊耳撓腮：拉耳朵、抓臉龐，形容焦急慌張的樣子。

你、收拾壘七修齋⑰。（王三云）母親我是人。（正旦唱）不是鬼疾言個皁白⑱，怎免得這場災。

（王三云）包爺爺把偷馬賊趙頑驢盆弔死了，著我拖他出來，饒了你孩兒也。（正旦唱）

【川撥棹】這場災，一時間命運衰。早則解放愁懷，喜笑盈腮。我則道石沉大海⑲，

（云）大哥，二哥您兩個管著甚麼哩？（唱）這言語休見責。

（云）您兩個好不仔細，抬這屍首來做甚？（唱）

【殿前歡】孩兒你也合把眼睜開，卻把誰家屍首與我背將來。也不是提魚穿柳歡心大，也不是鬼使神差。雖然道死是他命該，你爲甚無妨礙。（王三云）孩兒知道沒事，是包爺爺吩咐教我背出來的。（正旦唱）常言道老實的終須在，把錯抬的屍首，你與我土內藏埋。

（包待制衝上云）你怎生又打死人，（正旦慌科）（包待制云）你休慌莫怕，他是偷馬的趙頑驢，替你償葛彪之命，你一家兒都望闕跪者，聽我下斷。（詞云）你本是龍袖嬌民

---

⑰壘七修齋：舊日風俗，人死之後，每隔七天祭奠一次，叫「逢七」，共祭七次，到第七次才停止，因為逢七設齋祭奠，故云「壘七修齋」。

⑱皁白：皁，一般寫作「皂」，皂白即黑白，即清楚明白的意思。

⑲石沉大海：即有去無還，這裡「石」隱指石和。

⑳，堪可為報國賢臣。大兒去隨朝勾當㉑，第二的冠帶榮身。石和做中牟縣令，母親封賢德夫人。國家重義夫節婦，更愛那孝子順孫。今日的加官賜賞，一家門望闕謝恩。（正旦同三兒拜謝科云）萬歲！萬歲！萬萬歲。（唱）

【水仙子】九重天飛下紙赦書來，您三下裡休將招狀責。一齊的望闕疾參拜，願的聖明君千萬載。更勝如、枯樹花開。捱了些膿血債，受徹了牢獄災。今日個苦盡甘來。

【鴛鴦煞】不甫能㉒黑漫漫填滿這沉冤海，昏騰騰打出了迷魂寨㉓。願待制位列三公，日轉千階㉔。唱道㉕娘加做賢德夫人，兒加做中牟縣宰。赦得俺一家兒今後都安泰。這且休提恩德無涯，單則是子母團圓大古裡彩㉖。

題目　葛皇親挾勢行兇橫　趙頑驢偷馬殘生送

正名　王婆婆賢德撫前兒　包待制三勘蝴蝶夢

---

⑳龍袖嬌民：宋代住在京城的百姓可以享受特殊的待遇，稱之為「龍袖嬌民」。龍袖，指京城；嬌民，被寵的人民。

㉑勾當：做事、服務。

㉒不甫能：沒想到居然能夠。

㉓迷魂寨：失魂落魄的境地。

㉔日轉千階：形容升遷得很快。

㉕唱道：同「暢道」，真正是、簡直是。

㉖大古裡彩：非常的幸運。

（曾永義選注）

關大王獨赴單刀會　選一折

元　關漢卿撰

【題　解】

本劇據明趙琦美脈望館鈔本注釋，並校以元刊本。演魯肅設計索取荊州，關羽單刀赴會事。

關羽，字雲長，本字長生，東漢河東解（今山西省解縣）人。建安中曹操表為漢壽亭侯。劉備為漢中王，拜羽為前將軍，假節鉞，都督荊州事。後遭吳將呂蒙襲殺，追謚壯繆侯，清乾隆時改為忠義侯，三國志有傳。宋元時代曾加封關羽為「義勇武安王」，故劇本稱「關大王」。

本折仍由正末扮關羽唱【雙調．新水令】套協車遮韻。由於前面三折深厚沈潛的醞釀，至此極力而發，所以顯得氣勢不同凡響，本折也因此流播歌場，標名〈刀會〉；而【新水令】、【駐馬聽】二曲更是膾炙人口。只是關羽和魯肅形象，與後來小說三國演義不盡相同。戲裡的關羽熟諳韜略、膽識非凡，小說則忠勇有餘、氣量不足；小說中的魯肅，淳厚率直、有長者風，戲裡則一意孤行、玩弄陰謀。陸放翁所云「身後是非誰管得，滿村聽唱蔡中郎。」於關羽、魯肅亦然。

本折排場只一轉，【新水令】、【駐馬聽】二曲寫關羽赴會，弔古興悲，其下即〈刀會〉正文，迄於結束。結束時乾淨俐落，正與英雄之果決明快相為應和。

第四折

（魯肅上）（云）歡來不似今朝，喜來那逢今日。小官魯子敬是也。我使黃文持書去請關公，欣喜許今日赴會。荊襄地合歸還俺江東，英雄甲士已暗藏壁衣之後。令江上相候，見舡到便來報我知道。

（正末關公引周倉上）（云）周倉，將到那裡也。（周云）來到大江中流也。（正云）看了這大江，是一派好水也呵。（唱）

【新水令】大江東去浪千疊①，引著這數十人、駕著這小舟一葉。又不比九重龍鳳闕②，可正是千丈虎狼穴③。大夫心別，我覷這單刀會、似賽村社④。

（云）好一派江景也呵。（唱）

【駐馬聽】水湧山疊，年少周郎何處也，不覺的灰飛煙滅。可憐黃蓋轉傷嗟，破曹

---

①大江東去浪千疊：此句與本折【新水令】、【駐馬聽】二曲，大抵隱括蘇軾〈赤壁懷古〉【念奴嬌】一詞。

②九重龍鳳闕：指帝都宏偉華麗之宮殿。

③千丈虎狼穴：形容極端危險的處所。

④賽村社：農村社日的迎神賽會。

的檣櫓一時絕。鏖兵的江水由然⑤熱，好教我情慘切。（云）這也不是江水。（唱）二十年流不盡的英雄血。

（云）卻早來到也，報伏去。（卒報科）（做相見科）（魯云）江下小會，酒非洞裡之長春⑥，樂乃塵中之菲藝⑦。猥勞君侯屈高就下，降尊臨卑，實乃魯肅之萬幸也。（正云）量某有何德能，著大夫置酒張筵，既請必至。（魯云）黃文將酒來，二公子滿飲一盃。（正云）大夫飲此盃。（把盞科）（正云）想古今咱這人過日月好疾也呵。（魯云）過日月是好疾也，光陰似駿馬加鞭，浮世似落花流水。（正唱）

【胡十八】想古今，立勳業。那裡也舜五人⑧，漢三傑。兩朝相隔數年別，不付能⑨見者，卻又早老也。開懷的飲數盃，（云）將酒來。（唱）盡心兒待醉一夜。

（把盞科）（正云）你知以德報德，以直報怨⑩麼。（魯云）既然將軍言以德報德，以直報怨。借物不還者為之怨，想君侯文武全材，通練兵書，習春秋左傳⑪，濟拔顛危，匡扶

---

⑤由然：即猶然。

⑥洞裡之長春：仙人所釀之酒。

⑦塵中之菲藝：人間粗俗的技藝。

⑧舜五人：指舜的五個賢臣：禹、棄、契、皋陶、垂。

⑨不付能：亦作「不甫能」，好不容易的意思。

⑩以德報德二句：意謂應用恩德報答別人的恩德，用正直的態度對待別人的怨恨。

⑪習春秋左傳：相傳關羽喜讀春秋左傳，粗通大義。

社稷，可不謂之仁乎？待玄德如骨肉，覷曹操若仇讎，可不謂之義乎？辭曹歸漢，棄印封金，可不謂之禮乎？坐服于禁，水渰七軍⑫，可不謂之智乎？且將軍仁義禮智俱足，惜乎只少個信字，欠缺未完，再若得全個信字，無出君侯之右也。（正云）我怎生失信？（魯云）非將軍失信，皆因令兄玄德公失信。（正云）我哥哥怎生失信來？（魯云）想昔日，玄德公敗於當陽之上，身無所歸，因魯肅之故，屯軍三江夏口，魯肅又與孔明同見我主公，即日興師拜將，破曹兵於赤壁之間，江東所費鉅萬，又折了首將黃蓋⑬。因將軍賢昆玉⑭無尺寸地，暫借荊州以為養軍之資，數年不還。今日魯肅低情曲意，暫取荊州，以為救民之急，待倉廩豐盈，然後再獻與將軍掌領。魯肅不敢自專，君侯台鑑⑮不錯。（正云）你請我喫筵席來那？是索荊州來？（魯云）沒沒沒，我則這般道，孫劉結親，以為脣齒，兩國正好和諧。（正唱）

【慶東原】你把我眞心兒待，將筵宴設。你這般攀今覽古分甚枝葉，我根前使不著

---

⑫坐服于禁，水渰七軍：曹操派于禁統領七支軍隊攻打荊州之樊城，以龐德為先鋒。關羽決襄江之水淹沒七軍，生擒龐德。

⑬折了首將黃蓋：今所傳三國演義謂赤壁之戰時，東吳黃蓋用苦肉計派闞澤到曹營下詐降書，因而火攻破曹。此句謂黃蓋損折，疑其事與今日所見異。

⑭賢昆玉：稱人之弟兄。

⑮台鑑：台，大的意思，尊稱對方；鑑，觀察。

你之乎者也⑯，詩云子曰，早該豁口截舌⑰。有意說孫劉，你休目下番成吳越⑱。

（魯云）將軍原來傲物輕信。（正云）我怎麼傲物輕信？（魯云）當日孔明親言，破曹之後，荊州即還江東，魯肅親為代保。不思舊日之恩，今日恩變為仇，猶自說以德報德，以直報怨。聖人道信近於義，言可復也⑲。去食去兵，不可去信⑳。大車無輗，小車無軏，其何以行之哉㉑。今將軍全無仁義之心，枉作英雄之輩。荊州久借不還，卻不道人無信不立。（正云）魯子敬，你聽的這劍界㉒麼？（魯云）劍界怎麼？（正云）我這劍界，頭一遭誅了文醜。第二遭斬了蔡陽。魯肅呵，莫不第三遭到你也。（魯云）沒，沒，我則這般道來。（正云）這荊州是誰的。（魯云）這荊州是俺的。（正云）你不知，聽我說。（

---

⑯之乎者也二句：意謂引經據典、掉弄文采。

⑰豁口截舌：張開嘴把舌割掉，意謂胡言亂語，講了不該講的話。

⑱吳越：春秋時敵對之兩國，後用作兩相敵對之代詞。

⑲信近於義二句：意為信和義很接近，守信用的人應當用行動來履行諾言以見義氣。

⑳去食去兵二句：意思是食、兵、信三者，信最重要。

㉑大車無輗三句：古代的牛車叫大車，馬車叫小車，車前有駕牛馬的軛，軛上有插鞘，大車叫輗，小車叫軏，沒有它們就套不住牛馬，車就走不動。這幾句話比喻人沒有信用是行不通的。

㉒劍界：寶劍發出的響聲，界亦作戛。相傳神劍有靈，遇殺人時則發出響聲，甚而從劍鞘中躍出。

唱）

【沉醉東風】想著俺漢高皇、圖王霸業，漢光武、秉正除邪，漢獻帝、將董卓誅，漢皇叔、把溫侯㉓滅，俺哥哥合情受、漢家基業。則你這東吳國的孫權和俺劉家卻是甚枝葉，請你個不克己㉔、先生自說。

（魯云）那裡甚麼響？（正云）這劍界二次也。（魯云）卻怎麼說？（正云）這劍按天地之靈，金火之精，陰陽之氣，日月之形，藏之則鬼神遁跡，出之則魑魅㉕潛蹤。喜則戀鞘沉沉而不動，怒則躍匣錚錚而有聲。今朝席上，倘有爭鋒，恐君不信，拔劍施呈，吾當攝劍，魯肅休驚。這劍果有神威不可當，廟堂之器豈尋常。今朝索取荊州事，一劍先交魯肅亡㉖。（唱）

【鴈兒落】則爲你三寸不爛舌，惱犯我三尺無情鐵。這劍饑餐上將頭，渴飲仇人血。

【得勝令】則是條龍向鞘中蟄，虎在坐間踅㉗。今日故友每纔相見，休著俺弟兄每相

㉓溫侯：指呂布。呂布原為丁原部將，殺丁原投董卓，又殺董卓投王允，官奮威將軍，封溫侯。終於為曹操、劉備所擒殺。

㉔克己：不存私心而能克制自己的偏見。

㉕魑魅：山精木怪。

㉖一劍先交魯肅亡：交，教，使。

㉗踅：與蟄相互為文，都是藏匿、隱伏的意思。

間別。魯子敬聽者，你心內休喬怯㉘。暢好是隨邪㉙，吾當㉚酒醉也。

（魯云）臧宮動樂。（臧宮上）（云）天有五星，地攢五嶽，人有五德，樂按五音。五星者，金木水火土。五嶽者，常恒泰華嵩。五德者，溫良恭儉讓。五音者，宮商角徵羽。（甲士擁上科）（魯云）埋伏了者。（正擊案怒云）有埋伏也無埋伏。（魯云）並無埋伏。（正云）若有埋伏，一劍揮之兩斷。（做擊案科）（魯云）你擊碎菱花㉛。（正云）我特來破鏡。（唱）

【攪箏琶】卻怎生鬧炒炒㉜軍兵列，休把我當攔者。（云）當著我的呵呵，（唱）我著他劍下身亡，目前流血。便有那張儀口，蒯通舌㉝，休那裡躲閃藏遮。好生的送我到船上者，我和你慢慢的相別。

㉘喬怯：假裝害怕。

㉙暢好是隨邪：實在是無情寡義。暢好是，亦作「常好是」，正好是、簡直是、實在是的意思。隨邪，為非作歹、無情寡義。

㉚吾當：即「吾」，「當」為語助詞，在元雜劇裡，「吾當」常作為帝王的自稱之詞。

㉛菱花：原是銅鏡的圖飾，借指「鏡」。下文關羽說：「我特來破鏡」，「鏡」與「子敬」之「敬」同音，語帶雙關。

㉜鬧炒炒：即鬧吵吵。

㉝張儀口蒯通舌：張儀、蒯通兩人都是有名的辯士說客。張儀為戰國時魏人，相秦，遊說六國連橫事秦，封武安君；蒯通，楚漢時辯士，韓信用其計，平定齊地。

(魯云)你去了到是一場伶俐。(黃文云)將軍,有埋伏哩。(魯云)遲了我的也。(關平領衆將上)(云)請父親上舡,孩兒每來迎接哩。(正云)魯肅休惜殿後。(唱)

【離亭宴帶歇拍煞】我則見紫袍銀帶公人列,晚天涼風冷蘆花謝。我心中喜悅,昏慘慘晚霞收,冷颼颼江風起,急颭颭㉞帆招惹。承管待、承管待,多承謝、多承謝。喚梢公㉟慢者,纜解開、岸邊龍㊱,舡分開、波中浪,棹攪碎、江心月。正歡娛、有甚進退。且談笑、不分明夜㊲。說與你兩件事、先生記者:百忙裡趁不了、老兄心㊳,急且裡㊴倒不了、俺漢家節。

題目　孫仲謀獨占江東地　請喬公言定三條計

正名　魯子敬設宴索荊州　關大王獨赴單刀會㊵

㉞急颭颭:形容帆船順風急行的樣子。

㉟梢公:船夫。

㊱龍:通「攏」。

㊲不分明夜:不分白天夜晚。

㊳趁不了老兄心:無法稱您的心、如您的意。

㊴急且里:即「急切裡」。

㊵題目正名:按題目正名之作用,一者寫於「花招」上作為廣告,一者在散場時宣念,作為全劇結束。元雜劇開首之總題皆摘取其中一句而來,簡題又從總題中摘出。

(曾永義選注)

裴少俊牆頭馬上　選一折

元　白樸撰

【作者】

白樸，初名恆，字仁甫，一字太素，號蘭谷。生於金哀宗正大三年（一二二六），元世祖至元二十八年（一二九一）尚存，卒年不詳。

白樸父白華於金哀宗朝為官，金都南京被圍時，白華隨哀宗出奔，次年京城淪陷，白樸母遭難，只得寄居於元好問家中，數年後才與父重會，移居真定（今河北正定）。白樸幼從元好問學，深受薰染。及長，見聞更博。然幼經喪亂，亡國失母，與父離散，常鬱鬱不樂，乃屏絕榮利，終身不仕。至元一統後，徙家金陵，與諸遺老放情山水間，日以詩酒優游而終。所著雜劇十六種，今存《牆頭馬上》、《梧桐雨》、《東牆記》等三種，其中《東牆記》有論者以為明人偽托。散曲近人輯為一卷，名《天籟集摭遺》，《太和正音譜》稱其詞如「鵬摶九霄」，又云「風骨磊瑰，詞源滂沛」。王國維謂樸「似詩中劉夢得，詞中蘇東坡，婉約豪放，兩美兼有之。」

【題　解】

《牆頭馬上》為元雜劇著名作家白樸的作品。元雜劇體制十分嚴謹，一本四折，一折一套曲，四折四大套曲組成了全劇的音樂主體，而這四大套曲又必須「一人獨唱」，主唱者或為「正旦」或為「正末」，由正旦主唱的劇本稱「旦本」，正末主唱者為「末本」。《牆頭馬上》屬於「旦本」，從頭至尾只有正旦扮演的李千金可以唱，其餘腳色皆運用「念白」（賓白）敘事傳情。「一人獨唱」固然是一種限制，但編劇往往因此而能集中筆力對「主唱者」（正旦或正末）的內心世界、個性性情做淋漓盡致的深度開掘。《牆頭馬上》主唱者李千金的心境情懷，就值得細細體味，讀這個劇本，「看故事」之外，「品味人情、分析性格」更為重要，因為整齣戲的「情節」都是由女主角的「性格」所主導。

第一折情節上共分四段落，由一開始裴尚書和夫人上、到裴少俊帶張千下為止，為第一段，全用賓白；正旦李千金登場起進入第二段，以「園屏觀畫」為主要情節，在【天下樂】一曲唱完後結束；由【那吒令】開始是第三段，演主婢二人遊園賞春，至【幺篇】止；「裴舍騎馬引張千上」直到最後是第四段。

第一折結束時，站在「牆頭」的李千金和騎在「馬上」的裴少俊，終於安排好了夜裡的約會。當天夜裡，千金心急如焚，終於等到了裴少俊，二人迫不及待的成就了好事，正在兩情繾綣之際，卻被乳母奶娘發現了。乳母當然要把這樁「醜事」向老夫人告發，李千金卻在這危急的情況下，決定要和裴少俊一同潛逃。她對乳母動之以情、說之以理，同時還夥同梅香、裴生一起撒賴、威逼、脅迫，更提出了「女孩兒終究是要嫁的，那裡有女孩兒共爹娘相守到白頭」的論調。原本已被此事弄得驚慌失措的乳母，只得眼睜睜的看著他們雙雙離去，這是第二折的情節。

到了第三折，時間已跨越七年，李千金隨裴少俊回家後，因裴生始終不敢向父親秉明真情，所以只得將千金「窩藏」於尚書府後花園，而且一藏就是七年，第三折開始時，她和裴生的一對兒女都已分別長到六歲和四歲了。第七年的清明節，裴生去上墳的時候，老尚書信步來到後花園，終於發現他那「惟親詩書、不通女色」的少俊兒子，居然早在七年之前就已把一名女子娶回家門，而且還已為他生下了一對孫兒孫女！盛怒的老尚書當然要把李千金趕出府去，而此刻的李千金，既不驚慌、亦不畏怯，她理正詞真的為自己的感情、自己的行為做了確切嚴正的辯護，雖然最後她仍通不過老尚書「石上磨玉簪、井底引銀瓶」的考驗而被驅逐出府，可是她表現出的勇氣與真情，令人印象深刻。

最後一折（第四折），裴生考中了狀元，老尚書也弄清楚原來李千金之父是他的同僚世誼，兩家早就是指腹為婚的，這才父子雙雙請回千金，闔家團圓，而李千金當然也針對尚書的「只重禮法不顧真情」大大譏諷了一番。

如果只聽故事，那麼這齣戲實在不太合邏輯，非但「尚書府一住七年生兒育女不被發現」

的情節安排無法被認同，同時讀者也一定會被李千金的大膽所震驚。可是，中國傳統戲曲有這樣一個特質：很多戲編演的目的，並不在交代一個完整且合情合理的故事，有時整齣戲只是在寫「一段心情、一股意境、一個人物」，《牆頭馬上》就是如此，這齣戲的情節是建立在「淋漓盡致的情緒抒發」與「鮮活的人物性格」之基礎之上，也就是說：女主角的「性格」主導了「情節」，在情感因深度挖掘而以鮮明甚至誇張的方式凸顯呈現時，情節其實也不能以現實生活的邏輯尺度來衡量。只要人物性格是真實的，由性格主導的情節，就一定符合藝術中的真實。同時，傳統戲曲「塑造人物性格」的方式也有其特點，人物的情緒與性格往往不是通過事件動作流露呈現，而是由編劇利用文辭直接陳述，再由演員直接唱出。《牆頭馬上》在全劇甫一開始、女主角甫一登場、未經任何事件的鋪陳開展之際，即安排女主角毫無保留的表達了內在熾烈的情感與熱切的追求，運用的正是這種技法。作為戲曲的觀眾，在聆賞唱腔的同時，也全無異議的接納了劇中人全副的心情與個性。如果在這方面能有深刻的認識，那麼對於《牆頭馬上》的劇情，就不會覺得難以接受了。

第一折

（沖末①扮裴尚書引老旦②扮夫人上，詩云）滿腹詩書七步才，綺羅衫袖拂香埃；今生坐享榮華福，不是讀書那裡來。老夫工部尚書裴行儉是也。夫人柳氏，孩兒少俊。方今唐高宗即位儀鳳三年。自去年駕幸西御園，見花木狼籍，不堪遊賞，奉命前往洛陽，不問權豪勢要③之家，選揀奇花異卉，和買④花栽子⑤，趁時栽接。為老夫年高，奏過官裡，教孩兒少俊承宣馳驛⑥，代某前去。自新正為始，得了六日宣限，那的是老夫有福處。少俊三歲能言，五歲識字，七歲草字如雲，十歲吟詩應口，才貌兩全，京師人每呼為少俊。年當弱冠，未曾娶妻，不親酒色；如今差他出去公幹，萬無一失。教張千伏侍舍人⑦，在一路上休教他胡行，替俺買花栽子去來。（下）

（外⑧扮李總管上，云）老夫姓李，雙名世傑，乃李廣之後，當今皇上之族。嫡親三口兒，夫人張氏，有女孩兒小字千金，年方一十八歲，尤善女工，深通文墨，志量過人，容顏出世。老夫前任京兆留守，因諷諫則天，謫降洛陽總管。老夫當初曾與裴尚書議結婚姻，只為宦路相左，遂將此事都不提起了。如今左司家勾喚⑨我，今日便行；留下夫人與

---

①沖末：元雜劇角色名，為「末」行中之細分，意為「衝場之末」，「衝場（沖場）」意為「人未上而我先上」。
②老旦：元雜劇角色名，扮演老婦人。
③權豪勢要：元代慣用語，即權貴之意。
④和買：平價購買。
⑤花栽子：花苗。
⑥承宣馳驛：奉旨兼程前進。
⑦舍人：公子。
⑧外：元雜劇角色名，「外末」之省稱，「正末」之外再加一末。
⑨勾喚：召喚。

孩兒，緊守閨門。待我回來，另議親事，未為遲也。（下）

（正末⑩扮裴舍人引張千上，云）小生是工部尚書舍人裴少俊。自三歲能言，五歲識字，七歲草字如雲，十歲吟詩應口，才貌兩全，京師人每呼為少俊。年當弱冠，未曾娶妻，惟親詩書，不通女色。承宣馳驛，前來洛陽，不問權豪勢要之家，名園佳圃，選揀奇花，和買花栽子。就用一車裝送，來日起程。今日乃三月初八日，上巳節令，洛陽王孫士女，傾城翫賞。張千，咱每⑪也同你看去來。（下）

（正旦扮李千金領梅香上，云）妾身李千金是也。今日是三月上巳⑫，良辰佳節，是好春景也呵。（梅香云）小姐，觀此春天，真好景致也。（正旦云）梅香，你覷著圍屏⑬上佳人才子，士女王孫，是好華麗也。（梅香云）小姐，佳人才子為甚都上屏障，非同容易也呵。（正旦唱）

【點絳唇】往日夫妻，夙緣仙契。多才藝，倩⑭丹青寫入屏圍，真乃是畫出個蓬萊意。

（梅香云）小姐看這圍屏，有個主意⑮，梅香猜著了也，少一個女婿哩！（正旦唱）

---

⑩正末：元雜劇角色名，通常扮演男主角。

⑪咱每：咱們。「每」在宋元時義同「們」。

⑫上巳：古代風俗，於三月上旬巳日，置酒河曲，男女盛集。

⑬圍屏：屏風。

⑭倩：請，託。

【混江龍】我若還招得個風流女婿，怎肯教費工夫學畫遠山眉⑯。寧可教銀釭⑰高照，錦帳低垂；菡萏⑱花深鴛並宿，梧桐枝隱鳳雙棲。這千金良夜，一刻春宵，誰管我衾單枕獨數更長，則這半床錦褥枉呼做鴛鴦被。（梅香云）等老相公回來呵，尋一門親事，可不好也。（正旦唱）流落的男遊別郡，耽擱的女怨深閨。

（梅香云）小姐，這幾日越消瘦了。（正旦唱）

【油葫蘆】我為甚消瘦春風玉一圍，又不曾染病疾，迎新來⑲寬褪了舊時衣。（梅香云）夫人道，小姐不快時，少做女工，勝服湯藥。（正旦唱）害的來不疼不痛難醫治，吃了些好茶好飯無滋味；似舟中載倩女魂⑳，天邊盼織女期。這些時困騰騰，每日家㉑貪春睡，看時節㉒針線強收拾。

---

⑮有個主意：有點動心。
⑯遠山眉：此句兼用「張敞畫眉」和「卓文君眉如遠山」故事，原來典故的意思是夫妻和美，但此處只取字面意思，重點只在畫眉、化妝。
⑰銀釭：銀燈。
⑱菡萏：芙蓉。
⑲迎新來：近來。
⑳舟中載倩女魂：宋元說唱有倩女離魂故事，元雜劇亦演此事。倩女為追求美滿婚姻，離魂隨情郎遠行。
㉑家：讀作ㄐㄧㄚ，語尾助詞，或作「價」。
㉒時節：佳節良辰。

【天下樂】我可便提起東來忘了西。（梅香云）昨日幾家來問親，小姐不語怎麼？（正旦唱）咱萱堂又覷著面皮，至如㉓個窮人家女孩兒到十六七，或是誰家來問親，那家來做媒，你教女孩兒羞答答說甚的。

（梅香云）今日上巳，王孫士女，寶馬香車，都去郊外翫賞去了；咱兩個去後花園內看一看來。（正旦云）梅香，將著紙墨筆硯，咱去來。（做行科）（正旦唱）

【那吒令】本待要送春向池塘草萋，我且來散心到荼蘼架底，我待教寄身在蓬萊洞裡。躧㉔金蓮紅繡鞋，蕩湘裙鳴環珮，轉過那曲檻㉕之西。

【鵲踏枝】怎肯道負花期，惜芳菲。粉悴胭憔，他綠暗紅稀：九十日春光如過隙，怕春歸又早春歸。

【寄生草】柳暗青煙密，花殘紅雨飛。這人、人和柳渾㉖相類，花心吹得人心碎，柳眉不轉蛾眉繫。爲甚西園陡恁㉗景狼籍，正是東君不管人憔悴！

【幺篇】楡散青錢亂㉘，梅攢翠豆肥：輕輕風趁蝴蝶隊，霏霏雨過蜻蜓戲，融融沙煖

㉓至如：即使。
㉔躧：蹴，前進。
㉕曲檻：彎曲的欄杆。
㉖渾：全部、非常。
㉗恁：如此的，這般的。
㉘楡散青錢亂：楡樹所生之莢，形似錢而小，遍地散落。

鴛鴦睡；落紅踏踐馬蹄塵，殘花醞釀蜂兒蜜。（裴舍騎馬引張千上，云）方信道洛陽花錦之地，休道城中有多少名園。（做點花本科，云）你覷這一所花園。（做見旦驚科，云）一所花園，呀，一個好姐姐！（正旦見末科，云）呀，一個好秀才也！（唱）

【金盞兒】兀那畫橋西，猛聽的玉驄嘶，便好道杏花一色紅千里，和花掩映美容儀。他把烏靴挑寶鐙，玉帶束腰圍；眞乃是能騎高價馬，會著及時衣㉙。（正末云）你看他霧鬢雲鬟，冰肌玉骨；花開媚臉，星轉雙眸。只疑洞府神仙，非是人間艷冶。（梅香云）小姐，你聽來。（正旦唱）

【後庭花】休道是轉星眸上下窺，恨不的倚香腮左右偎；便錦被翻紅浪，羅裙作地席。（梅香云）小姐休看他，倘有人看見。（正旦唱）旣待要暗偷期，咱先有意，愛別人可捨了自己。（梅香云）小姐，你卻顧盼他，他可不顧盼你哩。（張千上，云）舍人，休要惹事，咱城外去看來。（做催科）（裴舍云）四目相覷，各有眷心，從今已後，這相思須㉚害也。（張千做催，打馬科，云）舍人去罷。（裴舍云）如此佳麗美人，料他識字，寫個簡帖兒

㉙及時衣：時髦的衣服。

㉚須：必定，絕對。

嘲撥他。張千，將紙筆來，看他理會的麼。（做寫科，云）張千，將這簡帖兒與那小姐去。（張千云）舍人使張千去，若有人撞見，這頓打可不善也。（裴舍云）我教你，有人若問呵，則說俺買花栽子，不妨事。若見那小姐，說俺舍人教送與你。（張千云）舍人，我去。（裴舍云）那小姐喜歡，你便招手喚我，我便來；若是搶白，你便擺手，我便走。（張千云）我知道。（做見旦科，云）小姐，你這後花園裡有賣花栽子麼？（梅香云）這裡花栽子誰要買？（張千云）俺那舍人要買。（做招手）（裴舍望科，云）謝天地，事已諧矣！（梅香做叫科，云）小姐，那兩個人拿過一張兒紙來，不知寫甚麼，小姐看咱！（正旦做念詩科，云）只疑身在武陵遊，流水桃花隔岸羞；咫尺劉郎腸已斷，為誰含笑倚牆頭。梅香，將紙筆來。（做寫科，云）梅香，我央你咱，你勿阻我。將這一首詩送與那舍人。（梅香云）小姐，教我送這詩與誰去也？詩中意怎生？見那秀才道甚的？則怕有人撞見怎了？（正旦云）好姐姐，你與我走一遭去。（梅香云）你往常打我罵我，今日為甚的央我，著我寄與誰？（正旦唱）

【幺篇】你道是情詞寄與誰，我道來新詩權做媒。我映麗日牆頭望，他怎肯袖春風㉛馬上歸。怕的是外人知，你便叫天叫地。哎！小梅香好不做美。

（梅香云）這簡帖我送與老夫人去。（正旦云）梅香，我央及你，要告老夫人呵，可怎

㉛袖春風：兩袖清風，空手失望而歸。

了！（梅香云）你慌麼？（正旦云）可知慌哩。（梅香云）你怕麼？（正旦云）可知怕哩。（梅香云）我鬥你耍哩。（正旦云）則被你誂殺我也。（梅香送裴舍科，云）俺小姐上覆舍人，看這首詩咱。（裴舍看科，詩云）深閨拘束暫閒遊，手撚青梅半掩羞。莫負後園今夜約，月移初上柳梢頭。千金之作！這小姐有傾城之態，出世之才，可為囊篋寶玩。（梅香云）俺小姐道來，今夜後園中赴期，休得失信。（裴舍云）張千，俺打那裡過去？（張千云）跳牆過去。（梅香轉向旦云）小姐，他待跳牆來也！（正旦唱）

【賺煞】這一堵粉牆兒低，這一帶花陰兒密。與你個在客㉜的劉郎說知：雖無那流出胡麻香飯水㉝，比天台山到逕抄直，莫疑遲，等的那斗轉星移，休教這印蒼苔的淩波襪兒濕。將湖山困倚，把角門兒虛閉，這後花園權做武陵溪㉞。（下）

（裴舍云）慚愧！這一場喜事，非同小可。只等的天晚，便好赴約去也。（詩云）偶然間兩相窺望，引逗的春心狂蕩；今夜裡早赴佳期，成就了牆頭馬上。（下）

（王安祈選注）

㉜在客：作客。

㉝胡麻香飯水：用「劉晨阮肇上天台」的典故，典出南朝宋劉義慶《幽明錄》。劉晨、阮肇二人共入天台山，迷不得返，見溪水中流出胡麻飯，食後竟入桃源遇仙。【賺煞】曲文中的「劉郎」、「天台山」，並用此典。

㉞武陵溪：即桃花源。

半夜雷轟薦福碑 選一折

元 馬致遠撰

【作 者】

馬致遠，號東籬，大都人，生卒年不詳。其為人瀟灑，少時亦頗迷戀功名事業，然所遇不偶，頗自抑鬱。後乃退居山林，日與酒中仙、塵外客、林間友蹉跎其「剪裁冰雪、追陪風月」之生涯；其自號東籬，蓋即取意於此。元賈仲明【凌波仙】詞云：「萬花叢裡馬神仙，百世集中說致遠，四方海內皆談羨。戰文場，曲狀元，姓名香、貫滿梨園。漢宮秋、青衫淚、戚夫人、孟浩然，共庾白關老齊肩。」庾白關老就是庾天錫、白樸、關漢卿，而他是「曲狀元」、「姓名香、貫滿梨園」，可見他在當時曲壇的名聲地位，以及受到梨園界無限的歡迎。

馬致遠所作雜劇可考者十六種，有版本流傳者七種：《漢宮秋》、《陳摶高臥》、《青衫淚》、《薦福碑》、《岳陽樓》、《任風子》、《黃粱夢》。《太和正音譜》評「元明群英樂府格勢」，列馬致遠為第一人，稱其詞如「朝陽鳴鳳」；又評其「宜列群英之上」。馬東籬之所以「宜列群英之上」，乃是因為「其詞典雅清麗」，其風骨之磊塊勁健「有振鬣長鳴，萬馬皆瘖之意。」俊逸超拔「又若神鳳飛鳴於九霄」。明臧懋循輯刻《元曲選》，亦取其《漢宮秋》一劇為元人百種之冠，推崇如此。王國維《宋元戲曲史》謂致遠於詩似李商隱，於詞似歐陽修。蓋元中葉以後，曲家多以致遠為宗，其影響元明雜劇者，誠非淺鮮。今觀其所存劇作，多寫神仙度脫與文士坎坷，正足以反映元代士子之思想遭遇，則致遠亦堪稱元代文人劇之代表作家。

【題　解】

本劇依《元曲選》本注釋。演張鎬數奇，寄居薦福寺，寺僧欲拓寺中顏真卿所書碑文與之濟貧，夜半碑為雷電擊毀事。按宋釋慧洪《冷齋夜話》卷二云：「范文正鎮鄱陽日，有書生獻詩甚工，文公禮之。書生自言：天下之至寒者，無在某右。時盛行歐陽率更書薦福寺碑墨本，直千錢。文正為具紙墨，打千本使售於京師。紙墨已具，一夕，雷擊碎其碑，故時人為之語曰：『有客打碑來薦福，無人騎鶴上揚州。』東坡作窮措大詩曰：『一夕雷轟薦福碑。』」實為本劇之所本。

本劇旨在發抒文士不遇之憤懣與牢騷。按《新元史．選舉志》，蒙古自滅金後，僅於太宗九年（一二三七）舉行一次科舉，直至仁宗延祐二年（一三一五）方才恢復，其間科舉之廢置，凡七十有八年，「士之進身，皆由掾史。」因此儒生在力耕不能、經商不肯，謀生之道既乏的情形下最受輕視。鄭思肖〈大義略序〉云：「韃法：一官、二吏、三僧、四道、五醫、六工、七獵、八民、九儒、十丐，各有所統轄。」其中列「儒」於第九等，較之第十等之乞丐，實相差無幾。了解當時讀書人之處境，再讀本劇，則【油葫蘆】、【寄生草】之鬱勃激越亦不為過。而若考馬致遠生平，則本劇實為作者自家寫照，其終致飛黃騰達、得賜官爵，亦實為空中樓閣、畫餅充飢而已。

本折【中呂・粉蝶兒】套協皆來韻。范仲淹首先上場交代「往饒州走一遭」，於是在張鎬要自盡時冲場而上，就不致於突兀。【中呂】套【普天樂】之前，張鎬向薦福寺長老訴說坎坷之際遇，長老答允將寺碑打做法帖以濟張鎬上京之路費；【紅繡鞋】至【滿庭芳】四曲寫大雨滂沱、雷轟薦福碑；【快活三】、【鮑老兒】二曲寫張鎬怨懟龍神之情；其下范仲淹上場，在其勸解下隨同入京。全折排場計四轉。

第三折

（范仲淹上云）老夫范學士，自從將兄弟張鎬加為吉陽縣令，至今音信皆無。老夫今奉聖人的命，差老夫饒州①公幹，收拾行裝，便索往饒州走一遭去來。（下）（外扮長老上詩云）澗水煎茶燒竹枝，袈裟零落任風吹。看經只在明窗下，花落花開總不知。貧僧乃薦福寺長老，自幼出家，剃度為僧。經文佛法，無不通曉。我這寺中碑亭內有一統碑文，是顏

①饒州：屬今江西省，治鄱陽。

真卿②寫的，就是他親手鐫的，書法精妙。寺中以為至寶，等閒人不得見。近日有一人，姓張名鎬，是范學士的朋友。因持三封書投托人，妨殺了兩個人，流落在此。貧僧每日齋食管待，今日無甚事，請到方丈中，與此人攀話。這早晚敢待來也。（正末上云）打聽的范學士哥哥在此饒州為刺史，小生一徑的投到饒州來，不想哥哥又宣的回去，將小生淹留在此。這薦福寺中，安下多多的定害③。這長老早間使人來請小生，須索方丈中走一遭去呵！（唱）

【粉蝶兒】千里而來，早則不興闌了、子猷訪戴。乾賠了對踐紅塵、踏路的芒鞋。則俺那守饒州，范學士，故人安在。哥也！不爭你日轉千階，我便是第三番、又劫著個空寨。

【醉春風】行殺我也客路遠如天，閃殺我也侯門深似海。趁著這木魚聲每日上堂齋，秀才也！更做甚麼客，客。謝長老慈悲，爲小生貧困，將我做上賓看待。

（見長老科云）長老！小生在此多混踐長老也。（長老云）不敢。請坐。敢問先生學成滿腹文章，為何不進取功名，剗地流落四方，是何主意？（正末云）長老不問呵，小生不敢說，休嫌絮煩，聽小生說一遍咱。（長老云）先生，慢慢說一遍。（正末唱）

---

②顏真卿：唐萬年人，字清臣。博學工詞章，善正草書，筆力遒婉。

③定害：定業，注定的惡運。

【石榴花】小生可便等三年一度選場開，守村院、看書齋。（長老云）當初范學士可怎生相訪來。（正末唱）不想俺那月明千里故人來。他見我便困在萬丈塵埃，（長老云）說道與了你三封書，去投奔人如何？（正末唱）倚仗著他三封書還了我這饑寒債。（帶云）好處托生也，（唱）先妨殺、一個洛陽的員外。奔黃州早則無方礙，半路裡先引的一個旋風來。

（長老云）先生，但肯謁托一兩個朋友呵，必有濟惠。（正末唱）

【鬥鵪鶉】只爲他財散人離，閃的我天寬地窄。抵死待要屈脊低腰，又不會巧言令色。況兼今日十謁朱門九不開④。休道有、七步才⑤，他每道十二金釵⑥，強似養三千劍客。

（長老云）先生何不進取功名，自甘流落？（正末云）小生待要往京師去，爭奈缺少盤纏。（長老云）既然如此，你若進取功名呵，我無物相贈，我這碑亭中有一通碑文，乃是顏真卿書法。我將一千張紙，幾錠墨，教小和尚打做法帖，賣一貫錢一張，往京師去，一路上做盤纏，意下如何。（正末唱）

④十謁朱門九不開：相傳宋呂蒙正嘗處破窯中，有自嘆詩一首：「十謁朱門九不開，滿頭霜雪卻歸來，還家羞對妻兒面，撥盡寒爐一夜灰。」

⑤七步才：比喻文思之敏捷。

⑥十二金釵：比喻姬妾之衆多。

【普天樂】謝吾師，傾心愛。有田文義氣⑦，趙勝的胸懷⑧。打一統法帖碑，去向京師賣。到處裡書生都相待，誰肯學、有朋自遠方來。那裡取鳴時的鳳麟，則別些個喧檐的燕雀，當路的狼豺。

（長老云）先生，今日天色晚了，到來日著行者與你打法帖，老僧回方丈中去也。（下）

（正末云）我閉上這門，就方丈中宿過一夜，明日五更前後，打了這碑文，慢慢的上路便了。（內做雷響科）（云）兀的雷響不下雨也，我開了這門試看咱，好大雨也呵。（唱）

【紅繡鞋】本待看金色清涼境界⑨，霎時間都做了黃公水墨樓臺⑩。多管是角木蛟當直聖親差，把黃河移得至和東海，取將來。抵多少長江風送客⑪。

---

⑦田文義氣：戰國時馮諼為齊孟嘗君田文收債於薛，假傳孟嘗君之命以債賜諸民，因燒其債券，民稱萬歲。馮諼還報，曰：「竊為君市義」。這裡借用此典以指義氣。

⑧趙勝胸懷：戰國時趙平原君趙勝相惠文王及孝成王。秦圍邯鄲急，用毛遂為楚定從約，又求救於魏信陵君，遂復存趙。喜賓客，食客常數千人。太史公稱「翩翩濁世佳公子。」此借指胸懷之慷慨。

⑨金色清涼境界：指月光普照的天地。

⑩黃公水墨樓臺：形容樓臺在煙雨之中。黃公疑即黃公望，元常熟人。工詩能文，尤以畫山水名。淺絳、水墨，各極其妙。然其時代在元末，與馬致遠不相及，如黃公別無所指，則此句為明人筆墨。

⑪長江風送客：相傳唐王勃因馬當神之助，長江一帆，順風而行，乃及時成就〈滕王閣序〉。

（帶云）這雨越下的大也。（唱）

【上小樓】這雨水平常有來，不似今番特煞。這場大雨，非爲秋霖，不是甘澤⑫。遮莫是箭杆雨，過雲雨⑬，可更淋漓辰霤⑭。（帶云）我今夜不讀書，（唱）看你怎生飄麥。

（帶云）兀的不唬殺我也。（唱）

【幺篇】振乾坤、雷鼓鳴，走金蛇、電影開。他那裡撼嶺巴山，攪海翻江，倒樹摧崖。這孽畜，更做你，這般神通廣大。也不合佛頂上、大驚小怪。

（龍神上云）鬼力轟碎了碑文，這張鎬你聽者。（詩云）莫瞞天地昧神祇，禍福如同燭影隨。善惡到頭終有報，只爭來早與來遲。（下）（正末云）天色明了，我看那碑文，呀！一夜雷，轟碎了這碑文也。（唱）

【滿庭芳】粉碎了閻浮世界⑮。今年是九龍治水⑯，少不的珠露成災。將一統家丈三碑霹靂做了石頭塊，這的則好與婦女搥帛。把似你便逞頭角欺負俺這秀才，把似你

---

⑫甘澤：及時之雨滋潤萬物。

⑬箭杆雨、過雲雨：箭杆雨形容雨勢之猛；過雲雨，猶今所謂西北雨，雨勢隨風而來，極為猛急。

⑭淋漓辰霤：謂早晨雲氣所降之雨。

⑮閻浮世界：南閻浮提為佛經四大部洲之一，因用為世界之稱。

⑯九龍治水：謂雨水豐沛、泛濫成災。九龍蓋指禹所治九河之龍。

便有牙爪近取那澹臺⑰，周處也曾除三害⑱，我若得那魏徵劍來，我可也敢驅上斬龍臺⑲。

（云）怎生不見長老到來。（長老上云）張先生一夜雷雨不住，可是怎生？（正末云）長老！一夜雷轟碎了這碑文也。（長老云）你因甚惱著雷神來？（正末唱）

【快活三】你不去五臺山⑳裡、且逃乖，乾把個梵王宮㉑、密雲埋。則待要倒天河淹沒了講經臺，那裡取日月光、琉璃界。

【鮑老兒】當日個七個女思凡養著俺這秀才㉒，那其間可不好霹碎了天靈蓋。古廟裡題詩是我罵來，我不曾學了煮海張生㉓，怪我腹懷錦繡，劍揮星斗，胸捲江淮。饒你

---

⑰澹臺：湖名，在江蘇省吳縣東南。

⑱周處除三害：周處，晉陽羨人，字子隱。少孤，臂力絕人，縱情肆慾，州里患之，與南山虎、長橋下蛟，並稱三害。處聞之，乃殺虎斬蛟，入吳從陸雲學，勵志為善。

⑲魏徵劍斬龍臺：魏徵，唐朝開國元勛，舊傳他曾夢斬涇河龍。

⑳五臺山：在山西省五臺縣東北繁峙縣西北。五峰聳立，高出雲表，頂無林木，有如壘土之臺，故名五臺。

㉑梵王宮：指佛寺。

㉒七女思凡句：玉皇大帝的七個女兒因厭惡天上生活來到人間，最小的七仙女與書生董永配為夫妻。

㉓煮海張生：敘張羽得仙人之助，煮海求婚龍女，終為夫婦事。

衝開海嶽，磨昏日月，崩蹋山崖。

（云）長老！小生命運如此，是天不容小生也。這殿角邊有株槐樹，要我這性命做甚麼？倒不如撞槐身死。（范仲淹冲上拖末云）螻蟻尚且貪生，為人何不惜命？（正末唱）

【十二月】我爲甚的做鉏麑觸槐㉔，拚捨了這土木形骸。（范仲淹云）孔子有言：「吾豈匏瓜也哉㉕？」想你滿腹文才，一時未遇，何便不振如此。（正末唱）想吾豈匏瓜也哉，好著我無處安排。（范仲淹云）我不曾與你三封書來？（正末唱）再休題三封書與我添些兒氣概，怎知道救不得我月值年災。

【堯民歌】做了場蒺藜沙上野花開㉖，（范仲淹云）指望你金榜標名。（正末唱）但占著龍虎榜誰思量這遠鄉牌㉗，那裡是揚州車馬五侯宅㉘，今日個洛陽花酒一齊來。哀也波哉西風動客懷，空著我流落在天涯外。

（范仲淹云）兄弟也，你則今日跟的我往京師見聖人去來。（正末云）小生情願跟的哥哥

㉔鉏麑觸槐：鉏麑，春秋晉力士。靈公不君，趙盾數諫，公使鉏麑殺之；晨往，寢門闢矣，盾盛服將朝，尚早，坐而假寐。麑以盾不忘恭敬，不忍殺之，而又不能棄君之命，乃觸槐而死。

㉕吾豈匏瓜也哉：意謂不能似匏瓜懸而不食。

㉖蒺藜沙上野花開：謂不可能之事。

㉗遠鄉牌：謂客死他鄉，墳上所立之墓牌。

㉘五侯宅：指富豪之家。

走一遭去。（唱）

【耍孩兒】更怕我東南倦上紅塵陌，空惹的行人賽色㉙。可不騎鶴人枉沉埋㉚，把著個顏回瓢㉛也、叫化的回來。未曾結廬山長老白蓮社㉜，正遇著東海龍王大會垓㉝。他共我冤仇大，將這座藥師佛海會㉞，都變做趙太祖凶宅㉟。

【二煞】若不是八金剛㊱、護著寺門，險些兒四天王㊲、值著水災。偏這條龍不受佛

㉙行人賽色：謂行人旅途奔波，顏色匆忙。

㉚騎鶴人枉沈埋：謂功名利祿的追求枉費徒然。

㉛顏回瓢：比喻士居貧窮。

㉜白蓮社：晉慧遠法師在廬山虎溪東林寺，集僧流慧永、慧持、道生輩，及名儒劉道民、宗炳、雷次宗、周續之等，凡百二十三人，建誓於彌陀像前，同修西方淨業；以寺植白蓮，故名白蓮社，亦稱蓮社。此以喻薦福寺僧。

㉝東海龍王大會垓：謂龍王大集兵將，暴肆風雨。垓指垓下，用劉邦調集韓信、彭越大會垓下包圍項羽之掌故。

㉞這座藥師佛海會：指薦福寺。藥師佛即藥王菩薩，亦稱淨眼如來。海會，蓋謂集諸佛會聚。

㉟趙太祖兇宅：趙太祖，即宋太祖趙匡胤，以其姓趙，故云趙太祖；本仕後周檢校太尉，以陳橋兵變即帝位，在位十六年崩，其崩之時，相傳太宗在側，燭影搖紅，有舉斧弒帝之疑，故云「兇宅」。

㊱金剛：佛教侍從力士之神。

㊲四天王：亦稱護世四天王。佛經謂須彌山之半腹有山曰由犍陀羅，山有四頭，四王各居

家戒，恰纔禪燈老衲開青眼㊳，可又早薦福碑文臥綠苔。空悲嘅，他風雲已遂，我日月難捱。

【一煞】雖然相公回、百姓安，則怕小生行、雨又來。也是我曾經著蛇咬自驚怪，我則見一株松影橫僧舍，錯認做個千尺蒼龍㊴臥殿階。眞無奈，今日貴神迎見喜，我問甚麼青龍洞求財㊵。

【煞尾】相公文章欺、董仲舒㊶，詩才過、李太白。則爲這三封書齎發我做十年客，你則休教八輔相㊷葫蘆提了那萬言策。（同下）

（長老云）貧僧無甚事，陪著范學士同赴京師走一遭去來。（下）

之，其所居即名四王天，為六欲天之一。

㊳禪燈老衲開青眼：謂薦福寺長老對自己眷顧有加。青眼，用阮籍青白眼掌故。

㊴千尺蒼龍：指高大的松樹。

㊵問甚麼青龍洞求財：謂己得罪龍神，故不能向龍神廟求財。

㊶文章欺董仲舒：謂文章超越董仲舒。董仲舒，漢廣川人，景帝時為博士；武帝時採其議，罷黜百家，獨尊孔子，儒學大行。

㊷八輔相：猶言八座，為政府中主管行政的八位重要長官。

（曾永義選注）

魯大夫秋胡戲妻

元　石君寶撰

【作　者】

石君寶，平陽（今山西臨汾）人，生平事蹟不詳。作雜劇十種：《魯大夫秋胡戲妻》、《李亞仙詩酒曲江池》、《諸宮調風月紫雲亭》、《東吳小喬哭周瑜》、《士女秋香怨》、《漢高祖醢彭越》、《柳眉兒金錢記》、《窮解子紅綃驛》、《趙二世醉走雪香亭》、《張天師斷歲寒三友》。今存前三種，皆描寫女性故事，本色潑辣。《太和正音譜》評其詞「如羅浮雪梅」，賈仲明挽詞稱其「佳句美」，「共吳昌齡么末相齊」。

【題　解】

《秋胡戲妻》依據臧晉叔《元曲選》本注釋。取材自劉向《列女傳》卷五〈魯秋潔婦〉，敘述春秋時魯國人秋胡娶妻五日後宦遊於陳國，五年乃歸。未至家，見路旁婦人採桑，贈金誘引，為婦人婉拒。歸家後，發現採桑婦人竟是其妻，甚為慚愧。妻子責備秋胡悅路旁婦人贈金而忘母，是為不孝；好色淫佚，是為不義。事親不孝則事君不忠，處家不義則治官不理；孝義並亡，必不能成大器。妻遂東走，投河而死。此後秋胡故事流傳甚廣，晉葛洪《西京雜記》卷

六、唐代《敦煌變文集新書》卷六〈秋胡變文〉皆有記載。《西京雜記》結局同《列女傳》，敦煌變文增添故事情節，頗為曲折，惜其結尾已經殘缺。今搬演於戲劇舞台者即是石君寶《秋胡戲妻》雜劇；明代不見敷衍此故事劇本；清道光四年（一八二四）「慶昇平班戲目」已有此劇。京劇稱《桑園會》或《馬蹄金》。此外，河北梆子、川劇、漢劇、徽劇等許多劇種皆有此劇目流傳。

本劇故事演述秋胡與羅大戶之女梅英成親三日，便被勾去當軍。秋胡一去十年不歸，梅英縫聯補綻、洗衣刮裳、養蠶擇繭，侍奉婆母劉氏。李大戶家有錢財，覬覦梅英，謊稱秋胡吃豆腐瀉死，威脅羅大戶以梅英抵押所借之四十石糧食。羅大戶夫妻貪圖錢財，先欺騙劉氏喝「肯酒」，接「紅定」；再强逼梅英改嫁。梅英抗婚，痛責雙親。秋胡當軍之後，因通文達武，累立奇功，官加中大夫之職。魯昭公賜黃金一餅，以充膳母之資，給假還鄉。秋胡回到自家桑園，見一女子貌美，先吟詩搭訕、言語調戲；繼之動手動腳、黃金誘引；最後强求隨其歸家，甚至以死威嚇。梅英怒斥一頓，拂袖而去。回家後發現調戲的人竟是丈夫，拒不相認，甚且寧為玉碎，不願瓦全，堅持索討休書。此時李大戶再度前來搶親，被秋胡命人拿去治罪；又因婆母以死相脅，梅英只好相認，改換梳洗，夫妻團圓。

秋胡戲妻故事結局所以能夠由投河而死改為喜劇落幕，主要關鍵在秋胡不識其妻而戲之。京劇《桑園會》是秋胡確認女子身分為其妻之後，不知她貞節如何，故而調戲。所謂「不知者不怪罪」，雜劇的安排可免除梅英事後覺得被試探是否堅貞的難堪，從而鋪敘破鏡重圓之伏筆。全劇對梅英性格之刻劃塑造精彩可觀，充分展現女性堅韌剛強的生命力，可說是一本高唱女性自覺意識的雜劇。

第一折

（老旦扮卜兒，同正末扮秋胡上。卜兒詩云）花有重開日，人無再少年。休道黃金貴，安樂最值錢。老身劉氏，自夫主亡逝已過，只有這個孩兒，喚做秋胡。如今有這羅大户①的女兒，喚做梅英，嫁與俺孩兒為妻。昨日晚間過門，今日俺安排些酒果，謝俺那親家。孩兒也，你去請將丈人丈母來者。（秋胡云）這早晚丈人丈母敢待來也。（淨扮羅大户，同搽旦②上。羅詩云）人家七子③保團圓，偏是吾家只半邊④。（搽旦詩云）雖然沒甚房奩送，倒也落的三朝⑤吃喜筵。（羅云）老漢羅大户的便是。這是我的婆婆⑥。我有個女孩兒，喚做梅英，嫁與秋胡為妻。昨日過門，今日親家請俺兩口兒吃酒，須索走一遭去。可

①大户：富户。
②搽旦：元雜劇旦腳行當之一，臉上搽粉抹黑故稱搽旦，可知其化妝和表演極為誇張。
③七子：謂家庭人丁興旺。
④半邊：古指女婿為半子。
⑤三朝：結婚第三天。
⑥婆婆：宋元時老夫稱老妻為婆婆。

早到他門首。秋胡，俺兩口兒來了也。（秋胡云）報的母親得知，有丈人丈母來了也。（卜兒云）道有請。（秋胡云）請進。（見科）（卜兒云）親家請坐，酒果已備，孩兒把盞者。（秋胡遞酒科，云）岳父岳母，滿飲一盃。（羅、搽旦飲科，云）孩兒的喜酒，我吃我吃。（卜兒云）孩兒，喚出梅英媳婦兒來者。（秋胡喚科）（正旦扮梅英同媒婆上，云）婆婆，妳妳⑦喚我做甚麼哪？（媒婆云）姐姐，喚你謝親哩。（正旦云）我羞答答的，怎生去得？（媒婆云）姐姐，男婚女聘，古之常禮，有甚麼羞？（正旦唱）

【點絳唇】男女成人，父娘教訓，當年分，結下婚姻，則要的厮敬愛，相和順。

（媒婆云）姐姐，我聽的人說，你從小兒攻書寫字，我卻不知。姐姐試說一遍，與我聽咱。（正旦唱）

【混江龍】曾把毛詩⑧來講論，那關雎⑨爲首正人倫⑩，因此上，兒求了媳婦，女聘了郎君。琴瑟和調花燭夜，鳳凰匹配洞房春。好教我懶臨廣座⑪，怕見雙親，羞低粉

⑦妳妳：對婆母的暱稱。
⑧毛詩：解釋詩經的書，此指詩經。
⑨關雎：《詩經》首篇之篇名。
⑩正人倫：《毛詩》解釋〈關雎〉曰：「后妃之德也」，意指《詩經》以正風化，重人倫為首。
⑪懶臨廣座：懶於到公衆場合。

臉，推整羅裙。也則爲俺婦人家，一世兒都是裙帶頭這個衣食分⑫，雖然道人人不免，終覺的分外羞人⑬。

（媒婆云）姐姐，你當初只該揀取一個財主，好吃好穿，一生受用；似秋老娘家這等窮苦艱難，你嫁他怎的？（正旦云）婆婆，這是甚的言語也！（唱）

【油葫蘆】至如他釜有蛛絲甑有塵⑭，這的是我命運。想著那古來的將相出寒門，則俺這夫妻現受著虀鹽困⑮，就似他那蛟龍未得風雷信。你看他是白屋客⑯，我道他是黃閣臣⑰。自從他那問親時，一見了我心先順。咱人這貧無本，富無根。

（媒婆云）姐姐，如今秋胡又無錢，又無功名，姐姐，你別嫁一個有錢的，也還不遲哩。

---

⑫一世兒都是裙帶頭這個衣食分：裙帶，女子衣物；衣食，指生活。全句說女子婚後，一生衣食生活都得依賴夫家。

⑬「雖然道人人不免」二句：雖然每個女性必須依賴夫家生活是無法避免的事，終是覺得格外難為情。可見梅英是一位頗有自尊和自覺的女性。

⑭釜有蛛絲甑有塵：釜、甑都是炊具。形容斷炊已久，家中生活貧困。

⑮虀鹽困：喻貧窮之狀。虀，細碎的鹹菜。虀鹽，指窮苦人的素食。

⑯白屋客：指貧窮的讀書人。白屋，以白茅覆蓋草屋。

⑰黃閣臣：漢代丞相、太尉以及後三公的官署廳門，為別於皇宮的紅門，皆塗黃色，因稱黃閣。此指達官顯宦之人。

（正旦唱）

【天下樂】咱人腹內無珍一世貧，你著我改嫁他也波⑱人，則不如先受窘，可曾見做夫人自小裡便出身⑲。蓋世間有的是女娘，普天下少甚麼議論，哪一個胎胞兒裡做縣君⑳？

（媒婆云）姐姐，你過去見你父親母親者。（做見拜科，云）妳妳，喚你孩兒，有何吩咐？（卜兒云）媳婦兒，喚你出來，與你父親母親遞一盃酒。（正旦云）理會的。婆婆，將酒來。（遞酒科，云）父親母親，滿飲一盃。（羅、搽旦云）好好好，喜酒兒吃乾了也。（卜兒云）孩兒，你慢慢的勸酒，等你父親母親寬飲幾盃。（外扮勾軍人㉑上，云）上命官差，事不由己。自家勾軍的便是。今奉上司差遣，著我勾秋胡當軍，走一遭去。可早來到魯家莊也。秋胡在家麼？（秋胡見科）（勾軍人云）秋胡，我奉上司鈞旨，你是一名正軍㉒，著我來勾你當軍去。（做套繩子科）（秋胡云）哥哥且住，待我與母親說知。

---

⑱也波：是【天下樂】曲牌第二句的定格，在句中是有聲無義的襯字。

⑲做夫人自小裡便出身：自小就有做夫人這樣的身分，意謂人不是一出生即是富貴之身。

⑳縣君：古代官吏之母妻的封號，其封號級別與男人之官職相應，元代四品官贈郡君，五品官贈為縣君。

㉑勾軍人：徵兵的吏役。

㉒正軍：元代出丁應徵兵役者，即正軍户。

（秋胡見卜科，云）母親有勾軍的，奉上司鈞旨，在於門首，喚您孩兒當軍去。（卜兒云）孩兒，似此可怎了也！（正旦云）婆婆，為甚麼這等吵鬧？（媒婆云）如今勾你秋胡當軍去哩！（正旦云）秋胡，似此怎生是了也！（唱）

【村裡迓鼓】都則爲一宵的恩愛，揣與㉓我這滿懷愁悶。他去了正身，只是俺婆婦每，誰憐誰問？我迴避了座上客，心間事，著我一言難盡。不爭㉔他見我爲著那人，耽著貧窘，搵著淚痕，休也著人道女孩兒家直恁般意親。

（媒婆云）今日方纔三日，正吃喜酒兒，勾軍的來了。娘呵，我媒婆還不曾得一些兒花紅錢鈔㉕哩。（正旦唱）

【元和令】他守青燈受苦辛，吃黃虀捱窮困，指望他玉堂金馬做朝臣㉖，原來這秀才每當正軍。我想著儒人顛倒不如人㉗，早難道文章好立身㉘。

㉓揣與：勉強給與。
㉔不爭：若是。
㉕花紅錢鈔：辦喜事的犒賞。
㉖玉堂金馬做朝臣：漢代有金馬門、玉堂殿。金門，天子門也；玉堂，天子殿也。此句是說得到功名富貴。
㉗儒人顛倒不如人：儒人，儒士；顛倒，反而；如、諧音儒。元代知識份子社會地位低下，有「七匠八娼九儒十丐」之說。表示讀書人地位反而不如一般人，故云。
㉘文章好立身：成語，意謂只要讀好書，能寫文章，便可立身處世。

（勾軍人云）秋胡，快著！文書上期限，一日也耽遲不得的。（秋胡云）哥哥，略待一時兒波。（正旦唱）

【上馬嬌】王留他情性狠，伴哥㉙他實是村，這牛表共牛觔，則見他惡噷噷㉚掄著粗桑棍。這廝每哏，端的㉛便打殺瑞麒麟㉜。

（卜兒云）孩兒娶親，纔得三日光景，剗的便勾他當軍去，著誰人養活老身？兀的不痛殺我也！（正旦唱）

【遊四門】適纔個筵前盃酒敘慇懃，又則待仗劍學從軍。想著俺昨宵結髮諧秦晉㉝，向鴛鴦被不曾溫，今日個親親送出舊柴門。

【勝葫蘆】還說甚玉臂相交印粉痕，你可便臥甲地生鱗㉞。須知道離亂之時武勝文，颭人頭似滾，噙熱血相噴㉟，這就是你能報國，會邀勳。

㉙王留、伴哥：元雜劇中常用之代名，一般指愚魯村夫，含有貶意，此指勾軍人。以下牛表、牛觔意同。

㉚惡噷噷：惡狠狠。

㉛端的：真個、果然。

㉜瑞麒麟：祥瑞之獸，喻指秋胡。

㉝諧秦晉：春秋時，秦晉兩國世為婚姻，後稱兩姓聯姻為秦晉之好。諧，和諧，引申為結合。

㉞臥甲地生鱗：形容士兵睡在野地之苦。

㉟「颭人頭似滾」二句：形容戰場上拋頭顱撒熱血的情狀。

（秋胡云）梅英，我當軍去也。你在家好生侍奉母親，只要你十分孝順者。（卜兒云）孩兒，你去則去，你勤勤的稍個書信來，著我知道。（正旦唱）

【後庭花】不甫能就三合天地婚㊱，避孤虛㊲日月輪㊳，望十載功名志，感一朝雨露恩。把翠眉顰，莫不我成親的時分，下車來衝著歲君㊴，拜先靈背了影神㊵？早新婦兒遭惡運，送的他上邊庭㊶，離當村。

【柳葉兒】眼見的有家來難奔，暢好是短局促燕爾新婚。莫不我儘今生寡鳳孤鸞運，你可也曾量忖㊷，問山人㊸，怎生的不揀擇個吉日良辰！

（卜兒云）孩兒，你去吧，則要你一路上小心在意，頻寄個書信回來，休著我憂心也。（秋胡云）你孩兒理會的。母親保重將息。（正旦唱）

【賺煞】似這等天闊雁書稀，人遠龍荒㊹近，教我擱著淚對別酒一樽。遙望見客舍青

㊱三合天地婚：三合指天、地、人。婚姻乃人事，故與天、地合稱天地昏。

㊲避孤虛：占卜算日時的方法，天干為日，地支為辰，日辰不全為孤虛，又稱空亡。孤虛日不利結婚，故宜避之。

㊳日月輪：日月同升合照，比喻夫婦不離。

㊴歲君：太歲星，古人認為是凶煞之星。

㊵影神：祖先神像。

㊶邊庭：邊疆，此指戰場。

㊷量忖：思量。

㊸山人：指算命術士。

㊹龍荒：指荒遠的邊疆。

青柳色新，第一程水館山村。（云）秋胡。（秋胡云）有。（正旦唱）早不由人和他身上關親。（云）我想夜來過門，今日當軍去。（唱）卻正是一夜夫妻百夜恩，破題兒㊺勞他夢魂。赤緊的㊻禁咱愁恨，則索安排下和淚待黃昏。（同媒婆下）

（秋胡云）岳父岳母，好看覷我母親和妻子梅英者，我當軍去也。（羅、搽旦云）這也是你家的本分，我女兒的晦氣。你去吧。（秋胡做拜別科，云）勾軍的哥哥，咱和你同去。（詩云）莫怨文齊福不齊，娶妻三日卻分離。軍中若把文章用，管取㊼崢嶸衣錦歸。（同勾軍下）（羅、搽旦云）秋胡當軍去了也，親家母，俺回家去來。（卜兒云）親家母，孩兒去了，不好留的你，多慢了也。（詩云）本意相留非是假，爭奈秋胡勾去當兵甲。（羅、搽旦詩云）明年若不到家來，難道教我孩兒活守寡？（同下）

第二折

（淨扮李大户上，詩云）段段田苗接遠村，太公莊上弄猢猻。農家只得鋤鉋力，涼酸酒兒喝一盆。自家李大户的便是。家中有錢財，有糧食，有田土，有金銀，有寶鈔；則少一個標標致致的老婆。單是這件，好生①沒興。我在這本村裡做個大户，四村上下人家，都是

㊺破題兒：開始。
㊻赤緊的：實在、真個。
㊼管取：包管。
①好生：十分。

少欠我錢鈔糧食的；倒被他笑我空有錢，無個好媳婦，怎麼吃的他過②！我這村裡有一個老的，喚做羅大户，他原是個財主有錢來，如今他窮了，問我借了些糧食，至今不曾還我。他有一個女兒，喚做梅英，儘生的十分好，嫁與秋胡為妻。如今秋胡當軍去了，十年不回來。我如今叫將那羅大户來，則説秋胡死了，把他女兒與我做媳婦；那舊時少我四十石糧食，我也饒了他，還再與他些財禮錢；那老子是個窮漢，必然肯許。我早間著人喚他去了，這早晚敢待來也，（羅上，詩云）人道財主叫，便是福星照；我也做過財主來，如何今日聽人叫。老漢羅大户的便是。自從秋胡當軍去了，可早十年光景也。老漢少李大户四十石糧食，不曾還他；今日李大户喚我，畢竟是這樁事要緊。且去看他有甚説話？無人在此，我自過去。（見科，云）大户喚老漢有甚麼事？（李云）兀那老的，我喚將你來，有樁事和你説。你的那女婿秋胡當軍去，吃豆腐瀉死了。（羅云）誰這般説來？（李云）我聽的人説。（羅云）呀！似這般怎了也！（李云）老的，你休煩惱。我問你，你這女婿死了，如今你那女兒年紀幼小，他怎麼守的那寡？你把你那女兒改嫁了我吧。（羅云）大户，你説的是何言語？（李云）你若不肯，你少我四十石糧食，我官府中告下來，我就追殺你！你若把女兒與了我呵，我的四十石糧食，都也饒了；我再下些花紅③羊酒財禮錢，你意下如何？（羅云）大户，容咱慢慢的商議。我便肯了，則怕俺媽媽不肯。（李云）這

②吃的他過：受得了他。吃，挨、受的意思。

③花紅：結婚時送給女方的彩禮。

容易，你如今先將花紅財禮去，則要你兩個做個計較，等他接了紅定④，我便牽羊擔酒，隨後來也。（羅云）我知道。大户，你慢慢的來，我將這紅定先去也。（做出門科，云）我肯了，我媽媽有甚麼不肯；我如今就將紅定先交與親家母去來。（下）（李云）那老子許了我也，愁他女兒不改嫁與我！如今將著羊酒表裏⑤，取梅英去。待他到我家中，扢搭幫⑥放番他，就做營生，何等有趣！正是：洞房花燭夜，金榜掛擂槌。（下）（卜兒上，云）老身劉氏，乃是秋胡的母親。自從孩兒當軍去了，可早十年光景，音信皆無；多虧了我那媳婦兒與人家縫聯補綻⑦，洗衣刮裳，養蠶擇繭，養活著老身。我這幾日身子不快，怎麼連不連⑧的眼跳，不知有甚事來？且只靜坐，聽他便了。（羅上，云）老漢羅大户。如今到這魯家莊上，若見了那親家母時，我自有個主意也。不要人報覆，我自過去。（見科，云）親家母，你這幾時好麼？（卜兒云）親家請坐，今日甚風吹的到此？（羅云）親家母，我為令郎久不回家，我一逕的⑨來望你，與你散悶。這裡有酒，我遞三盃。（卜兒云）多謝親家，我哪裏吃的這酒。（羅遞酒三盃科，云）親家母吃了酒也，還有這一塊兒

---

④紅定：訂婚時送給女方的聘禮。
⑤羊酒表裏：結婚時送往女方家聘禮。表裏，指衣料。
⑥扢搭幫：象聲詞，形容動作乾脆、迅速。
⑦縫聯補綻：縫補衣裳。
⑧連不連：接連不斷。
⑨一逕的：直接地。

紅絹，與我女兒做件衣服兒。（卜兒云）親家，這般定害⑩你，等秋胡來家呵，著他拜謝親家的厚意也。（接紅科，羅做摑手⑪笑云）了⑫，了，了！（卜兒云）親家，甚麼了了了？（羅云）親家，這酒和紅都不是我的，都是本村李大户的。恰纔這三鍾酒，是肯酒⑬；這塊紅，是紅定。秋胡已死了也，如今李大户要娶梅英，他自家牽羊擔酒來也，我先回去。（詩云）這是李家大户使機謀，誰著你可將他聘禮收；不如早把梅英來改嫁，免的經官告府出場羞。（下）（卜兒云）這老子好無禮也！他走的去了，你著我見媳婦兒呵，我怎麼開言！媳婦兒哪裡？（正旦上，云）妾身梅英是也。自從秋胡去了，不覺十年光景；我與人家擔好水換惡水，養活著俺妳妳。這幾日我妳妳身子有些不快，我恰纔在蠶房中來，我可看妳妳去咱。秋胡也，知你幾時還家也呵！（唱）

【端正好】想著俺只一夜短恩情，空歎了千萬聲長吁氣，枉教人道村裡夫妻⑭。撇下個壽高娘，又被著疾病纏身體，他每日家則是臥枕著床睡。

（云）有人道：「梅英也，請一個太醫看治你那妳妳。」——你可怕⑮不說的是也。（唱）

⑩定害：打攪、麻煩。
⑪摑手：拍手。
⑫了：成了。
⑬肯酒：允婚之酒。
⑭枉教人道村裡夫妻：枉稱夫妻。
⑮可怕：不肯定的語氣，有難道、豈不的意思。

【滾繡毬】怕不待要請太醫看脈息，著甚麼做藥錢調治，赤緊的當村裡都是些打當的牙槌⑯。我這幾日告天地，願他的子母每早些兒歡會。常言道，媳婦是壁上泥皮⑰。則願的白頭娘，早晚遲疾可⑱；（帶云）天阿！（唱）則俺那青春子⑲，何年可便甚日回？信斷音稀！

（見卜兒科，云）妳妳，吃些粥兒波。（卜兒云）媳婦兒，可則一件，雖然秋胡不在家，你是個年小的女娘家，你可梳一梳頭，等那貨郎兒⑳過來，你買些胭脂粉搽搽臉，你也打扮打扮；似這般蓬頭垢面，著人笑你也。（正旦唱）

【呆骨朵】妳妳道，你婦人家穿一套兒新衣袂，我可也直恁般不識一個好弱也那高低。（帶云）秋胡呵！（唱）他去了那五載十年，阻隔著那千山萬水。早則俺那婆娘家無依倚，更合著這子母每無笆壁㉑。（卜兒云）媳婦兒，你只待敦葫蘆摔馬杓㉒哩。（正旦唱）媳

---

⑯打當的牙槌：醫術不高明的醫生。打當的，行走江湖的人。牙槌，即衙推，本指官名，宋元用以稱呼醫生。

⑰媳婦是壁上泥皮：妻子去後可以另娶，猶如壁上泥皮，剝落後可再補上。

⑱疾可：病體痊癒。

⑲青春子：年輕丈夫，指秋胡。

⑳貨郎兒：流動荷擔執鼓鐋出售小商品的小販。

㉑笆壁：依靠。

㉒敦葫蘆摔馬杓：使勁地敦摔水瓢、飯杓。形容生氣的樣子。

婦兒怎敢是敦葫蘆摔馬杓？（云）妳妳道，等貨郎兒過來，買些胭脂粉搽搽。我梅英道，秋胡去了十年，穿的無，吃的無。（唱）妳妳也，誰有那閒錢來補笊籬㉓！

（李大户同羅、搽旦領鼓樂上，李云）我如今娶媳婦兒去來！洞房花燭夜，金榜掛擂槌。

（正旦云）妳妳，門首吹打響，敢是賽牛王社㉔的？待你媳婦看一看咱。（卜兒云）媳婦兒，你看去波。（正旦做出門見科，云）我道是誰，原來是爹爹和媽媽。你哪裡去來？

（羅云）與你招女婿來。（正旦云）爹爹，與誰招女婿？（羅云）與你招女婿。（正旦云）是甚麼言語？與我招女婿！（唱）

【倘秀才】你將著羊酒呵，領著一夥鼓笛。我今日有丈夫呵，你怎麼又招與我個女婿？更則道㉕你莊家每葫蘆提㉖沒見識。（羅云）孩兒，秋胡死了也。如今李大戶要娶你哩。

（正旦唱）我既為了張郎婦，又著我做李郎妻，哪裡取這般道理！

（搽旦云）孩兒也，可不道順父母言，呼為大孝。你嫁了他也吧。（正旦唱）

【滾繡毬】我如今嫁的雞一處飛，也是你爺娘家匹配。貧和富是您孩兒裙帶頭衣

㉓補笊籬：笊籬，用竹篾、柳條等編成的漏勺，不補也無所謂。比喻無關緊要的事。

㉔賽牛王社：每年開春時，農村舉行祭祀牛王的迎神賽會活動。

㉕更則道：即使。

㉖葫蘆提：糊裏糊塗。

食，從早起到晚夕，上下唇並不曾黏著水米，甚的是足食豐衣。則我那脊梁上寒噤，是捱過這三冬冷，肚皮裡淒涼，是我舊忍過的飢，休想道半點兒差遲㉗。

（羅云）你休只管鬧，你家婆婆接了紅定也。（正旦云）有這等事？我問俺妳妳去。（見卜兒科，云）妳妳，想秋胡去了十年光景，我與人家擔好水換惡水，養活著妳妳；你怎麼把梅英又嫁與別人？要我這性命做甚麼，我不如尋個死去吧！（卜兒云）媳婦兒，這也不干我事，是你父親強揣與我紅定，是他賣了你也。（卜兒做哭科）（正旦唱）

【脫布衫】他那裡哭哭啼啼，我這裡切切悲悲。（做出門科，唱）爹爹也，全不怕九故十親笑恥。（羅云）我待和你婆婆平分財禮錢哩。（正旦唱）則待要停分㉘了兩下的財禮。

（羅云）孩兒也，你嫁了他，等我也落得他些酒肉吃。（正旦唱）

【醉太平】爹爹也，大古裏㉙不曾吃那些酒食。（搽旦云）孩兒，俺也要做個筵席哩。（正旦唱）妳妳也，只恁般好做那筵席。（李云）小娘子不要多言，你看我這個模樣，可也不醜。（做嘴臉，被正旦打科，唱）把這廝劈頭劈臉潑拳搥，向前來，我可便撾撓㉚了你這面皮。（帶云）這等清平世界，浪蕩乾坤，（唱）你怎敢把良人家婦女公調戲！（做見卜兒科，唱）哎呀！

㉗差遲：差錯。
㉘停分：均分。
㉙大古裏：大概是。
㉚撾撓：抓撓。

這是明明的欺負俺高堂老母無存濟㉛。（羅云）嚷這許多做甚麼？你這生忿忤逆㉜的小賤人！（正旦唱）倒罵我做生忿忤逆，在爺娘面上不依隨。爹爹也，你可便只恁般下的。

（李云）兀那小娘子，你休鬧，我也不辱沒著你。豈不聞鸞凰只許鸞凰配，鴛鴦只許鴛鴦對。（正旦唱）

【叨叨令】你道是鸞凰則許鸞凰配，鴛鴦則許鴛鴦對，莊家做盡莊家勢。（鼓樂響，正旦做怒科，云）你等還不去呵，（唱）留著你那村裡鼓兒則向村裡擂。（李云）小娘子，你靠前來，似我這般有銅錢的，村裡再沒兩個。（正旦唱）其實我便覷不上也波哥，其實我便覷不上也波哥。我道你有銅錢，則不如抱著銅錢睡！

（羅云）兀那小賤人，比及㉝你受窮，不如嫁了李大户，也得個好日子。（正旦唱）

【煞尾】爹爹也，怎使這洞房花燭拖刀計？（李云）我這模樣，可也不醜。（正旦唱）我則罵你鬧市㉞雲陽吃劍賊，牛表牛觔是你親戚，大戶鄉頭是你相識。哎！不曉事莊家甚官位？這時分，俺男兒在那裡：他或是皁蓋雕輪繡幕圍㉟，玉轡金鞍駿馬騎，兩行公人

㉛無存濟：無依靠。

㉜生忿忤逆：不孝順。

㉝比及：與其。

㉞鬧市：古時處決犯人多在熱鬧的街市施行。

㉟皁蓋雕輪繡幕圍：有黑色傘蓋遮擋、雕花車輪、繡花的帷幕。形容達官乘坐的車子極其華貴。

排列齊，水罐銀盆㊱擺的直，斗來大黃金肘後隨㊲，箔來大元戎帥字旗㊳，回想他親娘今年七十歲，早來到土長根生舊鄉地，恁時節，母子夫妻得完備，我說你個驢馬村夫為仇氣㊴，那一個日頭兒知他是近的誰㊵，狼虎般公人每拏下伊。（帶云）他道：誰迤逗㊶俺渾家來？誰欺負俺母親來？（做推李倒科，唱）我可也不道輕輕的便素放㊷了你。（同卜兒下）

（李云）甚麼意思，娶也不曾娶的，我倒吃他搶白了這一場，又吃這一跌，我更待乾罷！（詩云）只為洞房花燭惹心焦，險被金榜擂槌打斷腰。（羅、搽旦詩云）這也是你李家大户無緣法，非關是我女兒忒煞會裝么。㊸（同下）

㊱水罐銀盆：名貴的水罐子，銀製的洗臉盆。官員出外儀杖隊中所拿物件。

㊲斗來大黃金肘後隨：斗樣大的黃金印佩戴在身上。指做了大官。

㊳箔來大元戎帥字旗：箔，用葦子或秸秫編成的簾子。形容帥旗像簾子那樣大。

㊴為仇氣：成為仇人。

㊵知他是近的誰：誰敢接近他，指威風大、權勢重。

㊶迤逗：調戲。

㊷素放：輕易饒過。

㊸忒煞會裝么：十分會裝腔作勢。

第三折

（秋胡冠帶上，云）小官秋胡是也。自當軍去，見了元帥，道我通文達武，甚是見喜，在他麾下，累立奇功，官加中大夫①之職。小官訴説，離家十年，有老母在堂，久缺侍養，乞賜給假還家。謝得魯昭公②可憐，賜小官黃金一餅，以充膳母之資。如今衣錦榮歸，見母親走一遭去。（詩云）想當日哭啼啼遠去從軍，今日個笑吟吟榮轉家門。捧著這赤資資黃金奉母，安慰了我那嬌滴滴年少夫人。（下）（卜兒上，云）老身秋胡的母親。自從孩兒去了，音信皆無。前日又吃我親家氣了一場，多虧我媳婦兒有那貞烈的心，不肯嫁人。若是他肯了呵，老身可著誰人侍養？媳婦兒今日早桑園裡採桑去了。想他這等勤勞，也則為我老人家來。只願的我死後，依舊做他媳婦，也似這般侍養他，方纔報的他也。天氣困人，我且去歇息咱。（下）（正旦提桑籃上，云）採桑去波。（唱）

【粉蝶兒】自從我嫁的秋胡，入門來不成一個活路③。莫不我五行④中合見這鰥寡孤獨，受飢寒捱凍餒，又被我爺娘家欺負。早則是生計蕭疏⑤，更值著沒收成，歉年時序。

①中大夫：戰國時官名，漢武帝改稱光祿大夫，掌管顧問應對。
②魯昭公：春秋時魯國國君，公元前五四二～五一一年間在位。
③入門來不成一個活路：婚後生活非常困難。
④五行：金木水火土，相士用五行相生相剋之理推測人的命運，故此指命運。
⑤生計蕭疏：生活貧窘。

【醉春風】俺只見野樹一天雲，錯認做江村三月雨⑥。也不知是誰人激惱那天公，著俺莊家每受的來苦，苦。說甚麼萬種恩情，剛只是一宵繾綣，早分開了百年夫婦。

（正旦云）可來到桑園裡也。（唱）

【普天樂】放下我這採桑籃，我揀著這鮮桑樹。只見那濃陰冉冉，翠錦哎模糊⑦。衝開他這葉底煙，蕩散了些梢頭露⑧。（做採桑科，唱）我本是摘繭繅絲莊家婦，倒做了個拈花弄柳的人物。我只怕淹⑨的蠶飢，那裡管採的葉敗，攀的枝枯。

（云）我這一會兒熱了也，脫下我這衣服來，我試晾一晾咱。（做曬衣服科）（秋胡換便衣上，云）小官秋胡。來到這裡，離著我家不遠，我更改了這衣服。兀的不是我家桑園！這桑樹都長成了也。我近前去，這桑園門怎麼開著？我試看咱。（做見正旦科，云）一個好女人也！背身兒立著，不見他那面皮，則見他那後影兒，白的是那脖頸，黑的是那頭髮；可怎生得他回頭，我看他一看，可也好那。哦！待我著四句詩嘲撥⑩他，他必然回頭

---

⑥「俺只見野樹一天雲」二句：形容久旱望天雨的迫切心情。

⑦「濃陰冉冉」二句：形容桑樹濃密連綿，桑葉如翠綠錦緞。

⑧「衝開他葉底煙」二句：葉底晨靄未散，梢頭朝露未晞，採桑時衝散了一些晨靄和朝露。可知破曉時分，梅英即已出門採桑。

⑨淹：耽誤。

⑩嘲撥：嘲弄挑逗。

也。（做吟科，詩云）二八誰家女，提籃去採桑。羅衣掛枝上，風動滿園香。可怎麼不聽的？待我再吟。（又吟科）（正旦回身取衣服做見，云）我在這裡採葉，他是何人，卻走到園子裡面來，著我穿衣服不迭⑪。（秋胡做揖科，云）小娘子，支揖⑫。（正旦驚還禮科，唱）

【滿庭芳】我慌還一個莊家萬福。（秋胡云）不敢！小娘子，（正旦唱）他不是閒遊的浪子，多敢是一個取應的名儒⑬。我見他便躬著身，插著手，陪言語。你既讀那孔聖之書，（秋胡云）小娘子，有涼漿兒⑭，覓些與小生吃波。（正旦唱）我是個採桑養蠶婦女，休猜做鋤田送飯村姑。（秋胡云）這裡也無人，小娘子，你近前來，我與你做個女婿，怕做甚麼？（正旦怒科，唱）他酩子裡丟抹娘一句⑮，怎人模人樣，做出這等不君子，待何如？

（秋胡云）小娘子，左右這裡無人，我央及你咱。力田不如見少年，採桑不如嫁貴郎，你隨順了我吧。（正旦云）這廝好無禮也！（唱）

---

⑪不迭：來不及。

⑫支揖：作揖，拱手行禮。

⑬取應的名儒：參加科舉考試的書生。

⑭涼漿兒：涼水。

⑮他酩子裡丟抹娘一句：他突然說出一句調戲、羞辱我的話。娘，梅英自稱。

【上小樓】你待要諧比翼，你也曾聽杜宇⑯，他那裡口口聲聲，攛掇⑰先生不如歸去。（秋胡云）你須是養蠶的女人，怎麼比那杜宇？（正旦唱）你道是不比俺那養蠶處，好將伊留住；則俺那蠶老了，到那裡怎生發付⑱？

（秋胡背云）不動一動手也不中。（做扯正旦科，云）小娘子，你隨順了我吧。（正旦做推科，云）靠後！（唱）

【十二月】兀的是誰家一個匹夫？暢好是膽大心粗，眼腦兒涎涎鄧鄧⑲，手腳兒扯扯也那捽捽⑳。（秋胡云）你飛也飛不出這桑園門去。（正旦唱）是他便攔住我還家去路，我則索大叫波高呼。

（做叫科，云）沙三，王留，伴哥兒，都來也波！（秋胡云）小娘子休要叫！（正旦唱）

【堯民歌】桑園裡只待強逼做歡娛，諕的我手兒腳兒滴羞蹀躞顫篤速㉑。他便相偎相

---

⑯杜宇：蜀王之帝名，死後化作杜鵑鳥，鳴聲頗似不如歸去。梅英藉以勸秋胡不要糾纏自己，應該早點回家去。

⑰攛掇：勸誘。

⑱發付：處置。

⑲眼腦兒涎涎鄧鄧：眼睛貪婪、色瞇瞇的樣子。

⑳扯扯也那捽捽：拉拉扯扯。也那，襯字，無義。

㉑滴羞蹀躞顫篤速：形容哆里哆嗦發抖的樣子。

抱扯衣服，一來一往當攔住。當也波初，則道是峨冠㉒士大夫，原來是個不曉事的喬男女㉓。

（秋胡背云）且慢者，這女子不肯，怎生是了？我隨身有一餅黃金，是魯君賜與我侍養老母的，母親可也不知。常言道，財動人心，我把這一餅黃金與了這女子，他好歹隨順了我。（做取砌末㉔，見正旦科，云）兀那小娘子，你肯隨順了我，我與你這一餅黃金。（正旦背云）這弟子孩兒㉕無禮也！他如今將出一餅黃金來，我則除是恁般。兀那廝，你早說有黃金不的？你過這壁兒來，我過那壁兒看人去。（秋胡云）他肯了也。你看人去。（正旦做出門科，云）兀那禽獸，你聽者！可不道男子見其金易其過㉖，女子見其金不敢壞其志。那禽獸見人不肯，將出黃金來，你道黃金這般好用的！（唱）

【耍孩兒】可不道書中有女顏如玉。（秋胡云）呀！倒吃了他一個醬瓜兒㉗！（正旦唱）你將著金，要買人殑雲殢雨㉘，卻不道黃金散盡爲收書㉙。哎！你個富家郎，慣使珍珠，

㉒峨冠：戴著高高的帽子和寬闊的衣帶。
㉓喬男女：壞傢伙。男女，猶云傢伙。
㉔砌末：表演時舞台上所用的小道具。
㉕弟子孩兒：賤罵妓女的孩子。
㉖見其金易其過：罵男人見利則輕易改志變節。
㉗倒吃了他一個醬瓜兒：受了他一頓搶白。醬瓜，極鹹，難以入口，比喻受呵斥、譏刺。
㉘殑雲殢雨：形容男女歡會，親暱不離。殑，親暱、纏綿；殢，迷戀、沈湎。
㉙黃金散盡為收書：不惜錢財而認真讀書之人。

倚仗著囊中有鈔多聲勢，豈不聞財上分明大丈夫？不由咱生嗔怒，我罵你個沐猴冠冕，牛馬襟裾㉚！

（秋胡云）小娘子，你不肯，我跟你家裡去，成就這門親事，可不好也？（正旦唱）

【二煞】俺那牛屋裡，怎成得美眷姻，鴉窠裡怎生著鸞鳳雛，蠶繭紙難寫姻緣簿，短桑科㉛長不出連枝樹，漚麻坑㉜養不活比目魚，轆軸㉝上也打不出那連環玉㉞。似你這傷風敗俗，怕不的地滅天誅。

（秋胡云）小娘子休這等說，你若還不肯呵，我如今一不做二不休，拚的打死你也。（正旦云）你要打誰？（秋胡云）我打你。（正旦唱）

【三煞】你瞅我一瞅，黥㉟了你那額顱；扯我一扯，削了你那手足；你湯我一湯㊱，拷了你那腰截骨；搯我一搯，我著你三千里外該流遞㊲；摟我一摟，我著你十字階頭

㉚沐猴冠冕，牛馬襟裾：猶衣冠禽獸。洗浴後的猿猴戴上帽子，穿上衣服的牛馬。

㉛短桑科：矮小之桑樹。

㉜漚麻坑：將麻放在水中浸泡，使易劈開。

㉝轆軸：即轆轤，汲取井水的起重裝置。

㉞連環玉：兩塊連環相扣的璧玉，比喻恩愛不離的夫妻。以上六句都是說自身貧賤不堪與之匹配。

㉟黥：額頭臉頰刺字後再塗上墨的刑罰。

㊱湯我一湯：碰我一碰。

㊲流遞：流配。將犯人流放到邊遠地區。

便上木驢。哎！吃萬剮的遭刑律㊳！我又不曾掀了你家墳墓，我又不曾殺了你家眷屬。

（秋胡云）這婆娘好無禮也！你不肯便罷了，怎麼這般罵我？（正旦提桑籃科，唱）

【尾煞】這廝睜著眼，覷我罵那死屍；腆著臉㊴，看我咒他上祖。誰著你桑園裡，戲弄人家良人婦！便跳出你那七代先靈，也做不的主。（下）

（秋胡云）我吃他罵了這一頓，我將著這餅黃金，回家侍養老母去也。（詩云）一見了美貌娉婷，不由的我便動情。用言語將他調戲，倒被他罵我七代先靈。（下）

第四折

（卜兒上，詩云）朝隨日出採柔桑，採到將中①不滿筐；方信遍身羅綺者，從來不是養蠶娘。老身秋胡的母親便是。我媳婦兒採桑去了，這早晚怎生不見回家也？（秋胡冠帶引祇從上，云）小官秋胡。來到此間，正是自家門首，不免逕入。母親；你孩兒回來了也。（卜兒驚問云）官人是誰？（秋胡云）則你孩兒，便是秋胡。（卜兒云）孩兒，你得了官也！則被你想殺老身也！（秋胡送金科，云）母親，你孩兒得了官，現做中大夫之職，魯

㊳吃萬剮的遭刑律：挨千刀的刑法。
㊴腆著臉：厚著臉皮。

①將中：中午時分。

君著我衣錦還鄉，賜一餅黃金，奉養老母。（卜兒云）孩兒，這數年索是辛苦也，（秋胡云）母親，梅英哪裡去了？（卜兒悲科，云）孩兒，你去了十年光景，若不是你這媳婦兒養活我呵，這其間餓殺老身多時也。今日梅英到桑園裡採桑去了。（秋胡云）母親，梅英往哪裡去了？（卜兒云）他採桑去了，這早晚敢待來也。（秋胡云）嗨！適纔桑園裡逗的那個女人，敢是我媳婦麼？他若回來時，我自有個主意。（正旦慌上，云）走，走，走！

（唱）

【新水令】若不是江村四月正農忙，扯住那吃敲才②，決無輕放。第一來怕鴉飛天道黑③，第二來又則怕蠶老麥焦黃。滿目柔桑，一片林莊，急切裡沒個鄰里街坊，我則怕人見，甚勾當。

（云）俺家又不是會首④大户，怎麼門前拴著一匹馬？我把這桑籃兒放在蠶房裡，我試看咱。這弟子孩兒無禮也！他桑園裡逗引我，見我不肯，他公然趕到我家裡來也。（唱）

【甜水令】這廝便倚強凌弱，心粗膽大，怎敢來俺莊上？不由的忿氣夯胸膛⑤。我這

②吃敲才：該打的傢伙。
③天道黑：天色已暗。
④會首：有體面的人家。
⑤忿氣夯胸膛：氣破胸膛。夯，用灰土補塞隄塘罅隙，引申為氣憤時，胸中氣塞、氣堵之意。

裡便破步撩衣，走向前來，搯⑥住羅裳。咱兩個明有官防⑦。（做扯秋胡科）（卜兒云）媳婦兒，你休扯他，他是秋胡來家了也。（正旦放手科，唱）

【折桂令】呀！原來是你曾參⑧衣錦也還鄉。（做出門叫秋胡科，云）秋胡，你來！（秋胡云）梅英，你喚我做甚麼？（正旦云）你曾逗人家女人來麼？（秋胡背云）我決撒⑨了也！則除是這般。梅英，我幾曾逗人來？（正旦唱）誰著你戲弄人家妻兒，迤逗人家婆娘！據著你那愚濫荒唐，你怎消的⑩那烏靴象簡⑪，紫綬金章⑫？你博的個享富貴，朝中棟梁，（帶云）我怎生養活你母親十年光景也？（唱）你可不辱沒殺受貧窮堂上糟糠。我捱盡淒涼，熬盡情腸，怎知道爲一夜的情腸，卻教我受了那半世兒淒涼。

（卜兒云）媳婦兒，你來。（正旦同秋胡見卜科）（卜兒云）媳婦兒，魯君賜我孩兒一餅黃金，侍養老身，這十年間多虧了你，將這黃金我酬謝你，收了者。（正旦云）妳妳，媳婦兒不敢要，留著與妳妳打簪兒戴。（做出門科，云）秋胡，你來！（秋胡云）你又喚我

⑥搯：同攥，用手抓緊。
⑦官防：指官司、訟事。
⑧曾參：春秋魯人，事父母至孝，此代指秋胡。
⑨決撒了：事情敗露了。
⑩怎消的：怎配得上。
⑪烏靴象簡：皂靴和象笏。
⑫紫綬金章：官服和官印。以上三句是說你如此愚蠢荒唐，怎配得做上大官呢？

做甚麼？（正旦唱）

【喬牌兒】你做賊也呵，我可拏住了贓。哎！你個水晶塔⑬便休強，這的是魯公宣賜與個頭廳相⑭，著還家來侍奉你娘。

（云）假若這黃金若是別人家婦女呵，（唱）

【豆葉黃】接了黃金，隨順了你才郎，也不怕高堂餓殺了你那親娘。福至心靈⑮，才高語壯，須記的有女懷春詩一章⑯。我和你細細斟量，可不道要我桑中，送咱淇上⑰。

（云）秋胡，你可曾逗人家婦人來麼！（秋胡云）你好多心也！（正旦唱）

---

⑬水晶塔：外表玲瓏剔透，實則內心不清不明。

⑭頭廳相：或作頭庭相，宰相。此喻指秋胡。

⑮福至心靈：用反語，富貴而起邪惡之心。

⑯有女懷春詩一章：指《詩經・召南・野有死麕》。詩中有「有女懷春，吉士誘之」之句，引用詩句強調梅英堅持節操，抗拒引誘。

⑰可不道要我桑中，送咱淇上：《詩經・鄘風・桑中》有「期我乎桑中，要我乎上宮，送我乎淇之上矣。」桑中、上宮、淇上，皆指約會歡聚之所。引用詩句譏刺秋胡曾在桑園調戲她。「要」同「邀」。

【川撥棹】那佳人可承當⑱，（做拏桑籃科，唱）不俫⑲，我提籃去採桑。空著我埋怨爹娘，選揀東床⑳，相貌堂堂，自一夜花燭洞房，怎提防這一場。

【殿前歡】你只待金殿裡鎖鴛鴦㉑，我將那好花輸與你個富家郎㉒。耽著飢每日在長街上㉓，乞些兒膹飯涼漿，你與我休離紙半張㉔。（秋胡云）你怎麼問我討休書來？（正旦唱）早掿個明白狀㉕，也留與旁人做個話兒講，道女慕貞潔，男效才良。

（卜兒云）秋胡，你為甚麼這般吵鬧？（秋胡云）母親，梅英不肯認我哩！（卜兒云）媳婦兒，你為甚麼不認秋胡那？（正旦云）秋胡，你聽者：貞心一片似冰清，郎贈黃金妾不應；假使當時陪笑語，半生誰信守孤燈？秋胡，將休書來！將休書來！（秋胡云）梅英，

---

⑱承當：答應。

⑲不俫：亦作不剌，用於轉折時的語氣詞，無義。

⑳東床：女婿。

㉑金殿裡鎖鴛鴦：成就婚姻之事。

㉒我將那好花輸與你個富家郎：承上句之意，既然你秋胡要調戲女子成就婚姻，梅英我成全你吧！和你離婚，好讓你再娶美女為妻。好花，指美麗女子。

㉓耽著飢每日在長街上：意謂寧願每日忍饑在街上討飯。

㉔休離紙半張：指休書。

㉕早掿個明白狀：早早取得一張寫得清清楚楚的休書，以免日後糾纏不已。狀，原指狀紙，此指休書。

你差矣！我將著五花官誥㉖，駟馬高車㉗，你便是夫人縣君，怎忍的便索休離去了也？

（正旦唱）

【雁兒落】誰將這五花官誥湯？誰將這霞帔金冠望㉘？（帶云）便有呵，（唱）我也則牢收箱櫃中，怎敢便穿在咱身軀上。

【得勝令】呀！又則怕風動滿園香。（李大戶同羅、搽旦、雜當㉙上，李云）他受了我紅定，倒被他搶白一場，難道便罷了？我如今帶領了許多狼僕，搶親去也！（羅、搽旦云）今日是個好日辰，我和你搶他娘去。（做見科，云）兀的不是我女兒梅英？（正旦唱）走將來雪上更加霜。早是俺這釣鰲客㉚咱不認，哎！你個使牛郎㉛休更想。（秋胡喝云）兀那廝，你來我家裡做甚麼？（李驚云）呀！原來他做了官，不是軍了㉜也！我聞知你衣錦榮歸，特來賀喜。（羅、搽旦云）吒！這等，你說他死了也。（李云）他不死，倒是我死。（秋胡云）原來那廝假揑流言，奪人妻女。左右，與我拏下，送到鉅野縣

㉖五花官誥：官誥，朝廷封贈職官的詔令，又稱誥命。五花，形容誥命上已蓋備官印。

㉗駟馬高車：富貴者的車馬。

㉘霞帔金冠：霞帔，古時婦人的禮服；金冠，用金珠裝飾的帽子。

㉙雜當：腳色俗稱，扮演隨從僕役等次要人物。

㉚釣鰲客：比喻有作為、有氣勢、抱負遠大、舉止豪放的人。

㉛使牛郎：種田人，指李大戶。

㉜軍了：被徵召當兵去了。

㉝去，問他一個重重罪名。（祗從做縛科）（李云）這也不是我的主意，就是你的岳翁、岳母欠了我四十石糧食，將他女兒轉賣與我的。（秋胡云）這等，一發㉞可惡。明明是廣放私債，逼勒賣女了。左右，你去與縣官說知，著重責四十板，枷號㉟三個月，罰穀一千石，備濟饑民，毋得輕縱者！（祗從云）理會的。（李云）一心妄想洞房春，誰料金榜擂槌有正身。（羅、搽旦云）我們也沒嘴臉在這裡，不如只做送李大戶到縣去，暗地溜了。（詩云）如今且學烏龜法，只是縮了頭來不見人。（同下）（卜兒云）媳婦兒！你若不肯認我孩兒呵，我尋個死處。（正旦唱）諕的我慌忙則這小鹿兒在心頭撞，有的來商也波量。（云）妳妳，我認了秋胡也。（卜兒云）媳婦兒：你認了秋胡，我也不尋死了。（正旦云）罷罷罷！（唱）則是俺那婆娘家不氣長㊱。

（卜兒云）媳婦兒，你既認了，可去改換梳洗，和秋胡孩兒兩個拜見咱。（正旦下，改扮上，同秋胡先拜卜兒，次對拜科）（正旦唱）

【鴛鴦煞】若不為慈親年老誰供養，爭些個㊲夫妻恩斷無承望。從今後卸下荊釵㊳，

㉝鉅野縣：在今山東省。

㉞一發：越發、更加。

㉟枷號：套在頸項上的刑具，標明罪狀，以示大衆。

㊱不氣長：沒志氣。

㊲爭些個：差點兒。

㊳荊釵：以荊枝作釵，指樸素的服飾。

改換梳妝。暢道百歲榮華，兩人共享。非是我假乖張㊴，做出這喬模樣㊵，也則要整頓我妻綱㊶，不比那秦氏羅敷，單說得他一會兒夫婿的謊㊷。

（秋胡云）天下喜事，無過子母完備，夫婦諧和。便當殺羊造酒，做個慶喜筵席。（詞云）想當日剛赴佳期，被勾軍驀地分離，苦傷心抛妻棄母，早十年物換星移。幸時來得成功業，著錦衣脫去戎衣。荷君恩賜金一餅，為高堂供膳甘肥㊸。到桑園糟糠相遇，強求歡假作癡迷；守貞烈端然無改，真堪與青史標題㊹。至今人過鉅野，尋他故老，猶能說魯秋胡調戲其妻。

題目　貞烈婦梅英守志

正名　魯大夫秋胡戲妻

㊴假乖張：假裝執拗。

㊵喬模樣：裝模作樣。

㊶妻綱：傳統倫理中有所謂三綱，即君為臣綱，父為子綱，夫為妻綱。梅英強調整頓妻綱，可見高度覺醒的女性意識。

㊷不比那秦氏羅敷，單說得他一會兒夫婿的謊：單說，只說。二句是說比起樂府詩〈陌上桑〉中，只靠說謊的羅敷，梅英顯得更有勇氣和智慧。

㊸甘肥：美好的食物。

㊹真堪與青史標題：值得在史書上記載留名。

（李惠綿選注）

趙氏孤兒大報仇

元　紀君祥撰

【作　者】

紀君祥，曹楝亭本《錄鬼簿》作紀天祥，其他本與《太和正音譜》都作紀君祥。大都（今北京）人，生卒年不詳，僅知與李壽卿、鄭廷玉同時，是元代前期作家。創作雜劇六種：《驢皮記》、《曹伯明錯勘贓》、《李元真松陰記》、《趙氏孤兒大報仇》、《韓湘子三度韓退之》、《信安王斷復販茶船》。現僅存《趙氏孤兒大報仇》，另殘存《陳文圖悟道松陰夢》（即《李元真松陰記》）一折曲辭（見趙景深《元人雜劇鉤沈》）。賈仲明補撰《錄鬼簿》【凌波曲】云：「壽卿、廷玉在同時，三度藍關韓退之，《松陰夢》裏三生事。《驢皮記》情意資，冤報冤《趙氏孤兒》，編成傳寫上紙，表表于斯。」《太和正音譜》評其詞「如雪裏梅花。」

【題　解】

《趙氏孤兒》今存《元刊雜劇三十種》本、臧晉叔《元曲選》本、孟稱舜《古今名劇合選・酹江集》本，本劇依《元曲選》本注釋。元刊本分四折，只載曲辭，無科白，古澀難懂；

明代刊本皆五折一楔子，部份曲辭不同於元刊本；但科白俱全，語言自然樸實、淺顯易讀、激烈憤懣、悲壯深沈。演述趙氏孤兒故事者，尚有明徐元《八義圖》傳奇，清代有秦腔《八義圖》、《趙氏孤兒》，平劇有《八義圖》、《搜孤救孤》等。早在西元一七三一年就被馬若瑟譯成法文，其後陸續有英文、德文、俄文譯本。此外，伏爾泰據法文譯本編寫《中國孤兒》，可見此劇傳播之深遠。

本劇演述晉靈公時，屠岸賈與趙盾文武不合，將趙家三百餘口誅盡殺絕。趙盾之子趙朔亦難逃毒手，臨死前囑咐公主好生撫養腹中孤兒成長以報冤仇。公主分娩後，屠岸賈待孤兒滿月欲殺之，令韓厥把守宮門。草澤醫人程嬰一向在駙馬府門下，公主重託其掩藏孤兒出宮，隨即自盡。程嬰將孤兒藏在藥箱內，被韓厥搜出，放其出宮後亦自盡。屠岸賈下令捕殺晉國半歲之下、一月之上新生兒。程嬰懷抱孤兒至太平莊與罷職歸農的公孫杵臼，欲以自家嬰兒替代趙氏孤兒，懇託求公孫杵臼撫養孤兒成長，並主動向屠岸賈告首，說是程嬰藏著孤兒。公孫杵臼以年近七十為由，未必能存活二十年等待孤兒長大，反請程嬰告首，全其性命。程嬰捨子救孤，反得屠岸賈信任，將孤兒收為義子。二十年後，程嬰將樁樁前事畫成手卷，說與孤兒程勃知曉。程勃當街擒拿屠岸賈，交予上卿魏絳處置，報了家仇，程勃正式復姓，賜名為趙武。

相關故事最早見於《左傳・宣公二年》，事件簡略；《史記》中〈趙氏家〉和〈晉世家〉互為補充，記述詳盡。雖取材於歷史，卻與史實有不一之處，此乃戲劇家點染之功。正因為戲劇與歷史二者之虛實相輔為用，才能彰顯深刻的戲劇文學藝術和主題意義，成為中外聞名的悲劇。

楔子

（淨扮屠岸賈領卒子上，詩云）人無害虎心，虎有傷人意；當時不盡情，過後空淘氣①。某乃晉國大將屠岸賈②是也。俺主靈公在位，文武千員，其信任的只有一文一武，文者是趙盾③，武者即某矣。俺二人文武不和，常有傷害趙盾之心，爭奈不能入手。那趙盾兒子喚做趙朔，現為靈公駙馬。某也曾遣一勇士鉏麑④，仗著短刀越牆而過，要刺殺趙盾，誰想鉏麑觸樹而死。那趙盾為勸農⑤出到郊外，見一餓夫在桑樹下垂死，將酒飯賜他飽餐了一頓，其人不辭而去。後來西戎國進貢一犬，呼曰神獒⑥，靈公賜與某家。自從得了那個

①淘氣：氣惱。

②屠岸賈：受寵於晉靈公，景公時為司寇，有謀叛之心，欲加害趙盾之子趙朔。

③趙盾：晉大夫趙衰之子，是晉襄公、靈公、成公時代掌軍政大權的人。卒諡宣子，又稱宣孟。

④鉏麑：晉靈公使之刺殺趙盾，晨往時寢門已開，盛服將朝，因天色尚早，坐而假寐。鉏麑見其不忘恭敬，堪為人民之主，不忍殺之，觸槐而死。

⑤勸農：鼓勵耕作。

⑥獒：形體巨大之惡犬。

神獒，便有了害趙盾之計。將神獒鎖在淨房⑦中，三五日不與飲食，於後花園中紮下一個草人，紫袍玉帶，象簡⑧烏靴，與趙盾一般打扮，草人腹中懸一付羊心肺，某牽出神獒來，將趙盾紫袍剖開，著神獒飽餐一頓，依舊鎖入淨房中。又餓了三五日，復行牽出那神獒，撲著便咬，剖開紫袍，將羊心肺又飽餐一頓。如此試驗百日，度其可用，某因入見靈公，只說今時不忠不孝之人，甚有欺君之意。靈公一聞其言，不勝大惱，便向某索問其人。某言西戎國進來的神獒，性最靈異，他便認的。靈公大喜，說當初堯舜之時，有獬豸⑨能觸邪人，誰想我晉國有此神獒，今在何處？某牽上那神獒去，其時趙盾紫袍玉帶，正立在靈公坐榻之邊，神獒見了，撲著他便咬。靈公言：「屠岸賈，你放了神獒，兀的不是讒臣也。」某放了神獒，趕著趙盾繞殿而走。爭奈傍邊惱了一人，乃是殿前太尉提彌明⑩，一瓜搥打倒神獒，一手揪住腦杓皮，一手搠住下嗑子⑪，只一劈將那神獒分為兩半。趙盾出的殿門，便尋他原乘的駟馬車。某已使人將駟馬摘了二馬，雙輪去了一輪，上的車來，不能前去。傍邊轉過一個壯士，一臂扶輪，一手策馬，逢山開路，救出趙盾去了。你

---

⑦淨房：空房。

⑧象簡：象牙做成之手板。古時大臣見帝王時，拿在手上，用以記錄要事。

⑨獬豸：傳說中神獸，能判別是非曲直；形像山羊，只有一角。

⑩提彌明：晉靈公指揮惡犬追殺趙盾，為提彌明撲擊殺死。

⑪下嗑子：下巴。

道其人是誰？就是那桑樹下餓夫靈輒⑫。某在靈公根前說過，將趙盾三百口滿門良賤⑬，誅盡殺絕。止有趙朔與公主在府中，為他是個駙馬，不好擅殺。某想剪草除根，萌芽不發，乃詐傳靈公的命，差一使臣將著三般朝典⑭，是弓絃、藥酒、短刀，著趙朔服那一般朝典身亡。某已吩咐他疾去早來，回我的話。（詩云）三百家屬已滅門，只有趙朔一親人。不論那般朝典死，便教剪草盡除根。（下）（沖末扮趙朔同旦公主上）（趙朔云）小官趙朔，官拜都尉之職。誰想屠岸賈與我父文武不和，搬弄靈公，將俺三百口滿門良賤，誅盡殺絕了也。公主，你聽我遺言：你如今腹懷有孕，若是你添個女兒，更無話說；若是個小廝兒⑮呵！我就腹中與他個小名，喚做趙氏孤兒。待他長立成人，與俺父母雪冤報仇也。（旦兒哭科，云）兀的不痛殺我也！（外扮使命領從人上，云）小官奉主公的命，將三般朝典，是弓絃、藥酒、短刀，賜與駙馬趙朔，隨他服那一般朝典，取速而亡。然後將公主囚禁府中，小官不敢久停久住，即刻傳命走一遭去，可早來到他府門首也。（見科

---

⑫靈輒：趙盾曾經打獵在茂密的桑樹下休息時，見靈輒飢餓而給與食物。此人後為靈公甲士，靈公欲殺趙盾時，靈輒倒戟抵禦，助其脫逃。

⑬滿門良賤：指全家人口。

⑭三般朝典：帝王命臣下自殺，說是朝廷賜給的恩典，故稱弓弦、藥酒、短刀為三般朝典。

⑮小廝兒：男孩子。

云）趙朔跪者，聽主公的命。為你一家不忠不孝，欺公壞法，將您滿門良賤，盡行誅戮，尚有餘辜。姑念趙朔有一脈之親，不忍加誅。特賜三般朝典，隨意取一而死。其公主囚禁在府，斷絕親疏，不許往來。兀那趙朔，聖命不可違慢，你早早自盡者！（趙朔云）公主，似此可怎了也？（唱）

【賞花時】枉了我報主的忠良一旦休，只他那蠹國⑯的姦臣權在手。他平白地使機謀，將俺雲陽市⑰斬首。兀的是出氣力的下場頭。

（旦兒云）天哪，可憐害的俺一家死無葬身之地也。（趙朔唱）

【幺篇】落不的⑱身埋在故丘。（云）公主，我囑咐你的說話，你牢記者。（旦兒云）妾身知道了也。（趙朔唱）吩咐了腮邊雨淚流，俺一句一回愁。待孩兒他年長後，著與俺這三百口可兀的報冤仇。（死科，下）

（旦兒云）駙馬，則被你痛殺我也！（下）（使命云）趙朔用短刀身亡了也，公主已囚在府中，小官須回主公的話去來。（詩云）西戎當日進神獒，趙家百口命難逃。可憐公主猶囚禁，趙朔能無決⑲短刀。（下）

---

⑯蠹國：害國。
⑰雲陽市：秦置雲陽縣，在今陝西淳化縣，小說戲曲借指刑場。
⑱落不的：得不到。
⑲決：自刎。

第一折

（屠岸賈上，云）某屠岸賈，只為公主怕他添了個小廝兒，久以後成人長大，他不是我的仇人？我已將公主囚在府中，這些時該分娩了。怎麼差去的人去了許久，還不見來回報？（卒子上報科，云）報的元帥得知，公主囚在府中，添了個小廝兒，喚做趙氏孤兒哩。（屠岸賈云）是真個喚做趙氏孤兒？等一月滿足，殺這小廝也不為遲。令人傳我的號令去，著下將軍①韓厥②，把住府門，不搜進去的，只搜出來的。若有盜出趙氏孤兒者，全家處斬，九族不留。一壁與我張掛榜文，遍告諸將，休得違誤，自取其罪。（詞云）不爭晉公主懷孕在身，產孤兒是我仇人。待滿月鋼刀鍘死，纔稱我削草除根。（下）（旦兒抱俫兒③上，詩云）天下人煩惱，都在我心頭。猶如秋夜雨，一點一聲愁。妾身晉室公主，被姦臣屠岸賈將俺趙家滿門良賤，誅盡殺絕。今日所生一子，記的駙馬臨亡之時，曾有遺言，若是添個小廝兒，喚做趙氏孤兒，待他久後成人長大，與父母雪冤報仇。天哪！怎能夠將這孩兒送出的這府門去，可也好也？我想起來，目下再無親人，只有俺家門下程嬰，

①下將軍：春秋時各諸侯大國設上中下三軍，下將軍統率下軍。

②韓厥：春秋晉人，佐晉成公霸業，卒謚獻子。

③俫兒：元雜劇腳色俗稱，指小孩。

在家屬上無他的名字。我如今只等程嬰來時，我自有個主意。（外扮程嬰背藥箱上，云）自家程嬰是也。原是個草澤醫人④，向在駙馬府門下，蒙他十分優待，與常人不同。可奈屠岸賈賊臣將趙家滿門良賤，誅盡殺絕，幸得家屬上無有我的名字。如今公主囚在府中，是我每日傳茶送飯。那公主眼下雖然生的一個小廝，取名趙氏孤兒。等他長立成人，與父母報仇雪冤，只怕出不得屠賊之手，也是枉然。聞的公主呼喚，想是產後要什麼湯藥，須索走一遭去，可早來到府門首也。不必報復，徑自過去。（程嬰見科，云）公主呼喚程嬰，有何事？（旦兒云）俺趙家一門，好死的若楚也！程嬰，喚你來別無甚事，我如今添了個孩兒，他父臨亡之時，取下他一個小名，喚做趙氏孤兒。程嬰，你一向在俺趙家門下走動，也不曾歹看承你。你怎生將這個孩兒掩藏出去，久後成人長大，與他趙氏報仇。（程嬰云）公主，你還不知道，屠岸賈賊臣聞知你產下趙氏孤兒，四城門張掛榜文，但有掩藏孤兒的，全家處斬，九族不留。我怎麼掩藏的他出去？（旦兒云）程嬰，（詩云）可不道遇急思親戚，臨危託故人。你若是救出親生子，便是俺趙家留得這條根。（做跪科，云）程嬰，你則可憐見俺趙家三百口，都在這孩兒身上哩！（程嬰云）公主請起。假若是我掩藏出小舍人⑤去，屠岸賈得知，問你要趙氏孤兒，你說道，我與了程嬰也。俺一家兒便死了也罷，這小舍人休想是活的。（旦兒云）罷，罷，罷，程嬰，我教你去的放心。

④草澤醫人：民間醫生。

⑤小舍人：小相公。俗稱顯貴子弟為舍人。

（詩云）程嬰心下且休慌，聽吾說罷淚千行。他父親身在刀頭死，（做拏裙帶縊死科，云）罷，罷，罷，為母的也相隨一命亡！（下）（程嬰云）誰想公主自縊死了也。我不敢久停久住，打開這藥箱，將小舍人放在裡面，再將些生藥遮住身子。天也，可憐見趙家三百餘口，誅盡殺絕，只有一點點孩兒。我如今救的他出去，你便有福，我便成功；若是搜將出來呵！你便身亡，俺一家兒都也性命不保。（詩云）程嬰心下自裁劃，趙家門户實堪哀。只要你出的九重帥府連環寨，便是脫卻天羅地網災。（下）（正末扮韓厥領卒子上，云）某下將軍韓厥是也。佐於屠岸賈麾下，著某把守公主的府門，可是為何？只因公主生下一子，喚做趙氏孤兒，恐怕有人遞盜將去，著某在府門上搜出來時，將他全家處斬，九族不留。小校，將公主府門把的嚴整者。嗨，屠岸賈，都似你這般損壞忠良，幾時是了也呵！（唱）

【點絳唇】列國紛紛，莫強於晉。纔安穩，怎有這屠岸賈賊臣，他則把忠孝的公卿損。

【混江龍】不甫能⑥風調雨順，太平年寵用著這般人。忠孝的在市曹中斬首，姦佞的在帥府內安身。現如今全作威來全作福，還說甚半由君也半由臣。他，他，他把爪

---

⑥不甫能：方才、好不容易的意思。「不」字語助詞，無義。

和牙布滿在朝門，但違拗的早一個個誅夷盡。多咱⑦是人間惡煞，可什麼閫外將軍⑧。

（云）我想屠岸賈與趙盾兩家兒結下這等深仇，幾時可解也！（唱）

【油葫蘆】他待要剪草防芽絕禍根，使著俺把府門。俺也是於家為國舊時臣，那一個藏孤兒的便不合將他隱，這一個殺孤兒的你可也心何忍。（帶云⑨）屠岸賈，你好狠也！

（唱）有一日怒了上蒼，惱了下民，怎不怕沸騰騰萬口爭談論，天也顯著個青臉兒不饒人。

【天下樂】卻不道⑩遠在兒孫近在身⑪，哎，你個賊也波臣，和趙盾，豈可二十載同僚沒些兒義分？便興心使歹心，指賢人作歹人，他兩個細評論還是那個狠。

（云）令人，門首覷者，看有甚麼人出府門來，報復某家知道。（卒子云）理會的。（程嬰做慌走上，云）我抱著這藥箱，裡面有趙氏孤兒。天也可憐，喜的韓厥將軍把住府門，他須是我老相公抬舉來的。若是撞的出去，我與小舍人性命都得活也。（做出門科）（正

⑦多咱：恐怕。

⑧閫外將軍：閫外，城門以外；可以獨當一面的將軍。

⑨帶云：在唱詞中順便帶出的說白，緊接著要唱下去。

⑩卻不道：常言道。

⑪遠在兒孫近在身：無論做好做歹，遲早會有報應。

末云）小校，拏回那抱藥箱兒的人來。你是甚麼人？（程嬰云）我是個草澤醫人，姓程，是程嬰。（正末云）你在那裡去來？（程嬰云）我在公主府內煎湯下藥來。（正末云）你下甚麼藥？（程嬰云）下了個益母湯。（正末云）你這箱兒裏面甚麼物件？（程嬰云）都是生藥。（正末云）是什麼生藥？（程嬰云）都是桔梗、甘草、薄荷。（正末云）可有什麼夾帶？（程嬰云）並無夾帶。（正末云）這等你去。（程嬰做走、正末叫科，云）程嬰回來。這箱兒裡面是甚麼物件？（程嬰云）都是生藥。（正末云）可有甚麼夾帶？（程嬰云）並無夾帶。（正末云）你去。（程嬰做走、正末叫科，云）程嬰回來。你這其中必有暗昧⑫。我著你去呵，似弩箭離絃；叫你回來呵，便似氈上拖毛⑬。程嬰，你則道我不認的你哩。（唱）

【河西後庭花】你本是趙盾家堂上賓，我須是屠岸賈門下人。你便藏著那未滿月麒麟種⑭。（帶云）程嬰你見麼？（唱）怎出的這不通風虎豹屯⑮？我不是下將軍，也不將你來盤問。（云）程嬰，我想你多曾受趙家恩來。（程嬰云）是。知恩報恩，何必要說。（正末唱）你道是既知恩合報恩，只怕你要脫身難脫身。前和後把住門，地和天那處奔。若拿回審

---

⑫暗昧：不可告人之祕密。

⑬氈上拖毛：比喻動作遲緩。

⑭麒麟種：即麒麟兒，稱道穎異的小兒。麒麟為獸名，形狀像鹿而只有一角，古時以為仁獸，雄曰麒，雌曰麟。

⑮不通風虎豹屯：形容軍士封鎖嚴密。

個眞，將孤兒往報聞，生不能，死有准。

（云）小校靠後，喚您便來，不喚您休來。（卒子云）理會的。（正末做揭箱子見科，云）程嬰，你道是桔梗、甘草、薄荷，我可搜出人參⑯來也。（程嬰做慌跪伏科）（正末唱）

【金盞兒】見孤兒額顱上汗津津，口角頭乳食歕⑰，骨碌碌睜一雙小眼兒將咱認，悄促促⑱箱兒裡似把聲吞，緊綁綁難展足，窄狹狹怎翻身？他正是成人不自在，自在不成人⑲。

（程嬰詞云⑳）告大人停嗔息怒，聽小人從頭分訴。想趙盾晉室賢臣，屠岸賈心生嫉妒，遣神獒撲害忠良，出朝門脫身逃去，駕單輪靈輒報恩，入深山不知何處。奈靈公聽信讒言，任屠賊橫行獨步。賜駙馬伏劍身亡，滅九族都無活路。將公主囚禁冷宮，那裡討親人照顧。遵遺囑喚做孤兒，子共母不能完聚。纔分娩一命歸陰，著程嬰將他掩護。久以後長立成人，與趙家看守墳墓。肯分㉑的遇著將軍，滿望你拔刀相助。若再剪除了這點萌芽，

---

⑯人參：諧音「人身」。

⑰口角頭乳食歕：嘴角上還掛著母奶。歕同噴。

⑱悄促促：靜悄悄。

⑲成人不自在，自在不成人：要成材做人就不能安閒自在；反之，便不可能成材做人。

⑳詞云：字數整齊的韻白，在各折出現時，有概括劇情之作用。

㉑肯分：湊巧。

可不斷送他滅門絶户？（正末云）程嬰，我若把這孤兒獻將出去，可不是一身富貴？但我韓厥是一個頂天立地的男兒，怎肯做這般勾當！（唱）

【醉中天】我若是獻出去圖榮進，卻不道利自己損別人。可憐他三百口親丁盡不存，著誰來雪這終天恨。（帶云）那屠岸賈若見這孤兒呵，（唱）怕不就連皮帶筋撚成虀粉㉒，我可也沒來由，立這樣沒眼的功勳。

（云）程嬰，你抱的這孤兒出去。若屠岸賈問呵，我自與你回話。（程嬰云）索謝了將軍。（做抱箱兒走出又回跪科）（正末云）程嬰，我說放你去，難道耍你？可快出去！（程嬰云）索謝了將軍。（做走又回跪科）（正末云）程嬰，你怎生又回來？（唱）

【金盞兒】敢猜著我調假不爲眞，那知道蕙歎惜芝焚㉓。去不去我幾回家將伊儘㉔，可怎生到門前兜的㉕又回身？（帶云）程嬰，（唱）你既沒包身膽，誰著你強做保孤人？可不道忠臣不怕死，怕死不忠臣。

（程嬰云）將軍，我若出的這府門去，你報與屠岸賈知道，別差將軍趕來拏住我程嬰，這個孤兒萬無活理。罷，罷，罷，將軍你拏將程嬰去，請功受賞。我與趙氏孤兒，情願一處

㉒撚成虀粉：粉身碎骨。

㉓蕙歎惜芝焚：同類之物互相憐惜。蕙、芝都是香草。

㉔幾回家將伊儘：幾次任憑你、放過你。幾回家，幾回價；儘，聽任。

㉕兜的：陡的，突然的。

身亡便了。（正末云）程嬰，你好去的不放心也！（唱）

【醉扶歸】你為趙氏存遺胤，我於屠賊有何親？卻待要喬做人情遣衆軍，打一個迴風陣㉖，你又忠我可也又㉗信，你若肯捨殘生我也願把這頭來刎。

【青歌兒】端的是一言一言難盡，（帶云）程嬰，（唱）你也忒眼內眼內無珍㉘。將孤兒好去深山深處隱，那其間教訓成人，演武修文，重掌三軍，拿住賊臣，碎首分身，報答亡魂，也不負了我和你硬踹著是非門，擔危困。

（帶云）程嬰，你去的放心者。（唱）

【賺煞尾】能可㉙在我身兒上討明白，怎肯向賊子行捱推問㉚！猛拚著撞階基圖個自盡，便留不得香名萬古聞，也好伴鉏麑共做忠魂。你，你，你要慇懃，照覷㉛晨昏，他須是趙氏門中一命根。直等待他年長進，纔說與從前話本㉜，是必教報仇人，休亡了我這大恩人。（自刎下）

㉖「卻待要喬做人情遣衆軍」二句：為什麼要假做人情，遣開衆軍放你逃走，再回頭捉你請賞呢？

㉗又：兩個「又」字和「有」相通。

㉘眼內無珍：睜著眼不識好人。

㉙能可：寧可。

㉚怎肯向賊子行捱推問：豈肯在賊子面前受審問？

㉛照覷：照料。

㉜話本：宋人說書的底本，此指故事。

（程嬰云）呀，韓將軍自刎了也。則怕軍校得知，報與屠岸賈知道，怎生是好？我抱著孤兒須索逃命去來。（詩云）韓將軍果是忠良，為孤兒自刎身亡。我如今放心前去，太平莊再做商量。（下）

第二折

（屠岸賈領卒子上，云）事不關心，關心者亂。某屠岸賈只為公主生下一個小的，喚做趙氏孤兒，我差下將軍韓厥把住府門，搜檢姦細，一面張掛榜文，若有掩藏趙氏孤兒者，全家處斬，九族不留。怕那趙氏孤兒，會飛上天去？怎麼這早晚還不見送到孤兒？故我放心不下。令人，與我門外覷者。（卒子報科，云）報元帥，禍事到了也。（屠岸賈云）禍從何來？（卒子云）公主在府中將裙帶自縊而死，把府門的韓厥將軍，也自刎身亡了也。（屠岸賈云）韓厥為何自刎了？必然走了趙氏孤兒。怎生是好？眉頭一皺，計上心來。我如今不免詐傳靈公的命，把晉國內但是半歲之下、一月之上，新添的小廝，都與我拘刷將來，見一個剁三劍，其中必然有趙氏孤兒，可不除了我這腹心之害？令人，與我張掛榜文，著晉國內但是半歲之下、一月之上，新添的小廝都拘刷到我帥府中來聽令，違者全家處斬，九族不留。（詩云）我拘刷盡晉國嬰孩，料孤兒沒處藏埋。一任他金枝玉葉，難逃我劍下之災。（下）（正末扮公孫杵臼領家童上，云）老夫公孫杵臼是也，在晉靈公位下為中大夫之職，只因年紀高大，見屠岸賈專權，老夫掌不得王事，罷職歸農。苫莊①三頃地，扶手一張鋤，住在這呂呂太平莊上。往常我夜眠斗帳聽寒角，如今斜倚柴門數鴈行，倒大來②悠哉也呵。（唱）

【一枝花】兀的不③屈沉殺大丈夫，損壞了眞梁棟。被那些腌臢屠狗輩④，欺負俺慷慨釣鰲翁⑤。正遇著不道的靈公，偏賊子加恩寵，著賢人受困窮。若不是急流中將腳步抽迴，險些兒鬧市裏⑥把頭皮斷送。

【梁州第七】他，他，他在元帥府揚威也那耀勇，我，我，我在太平莊罷職歸農，再休想鵷班豹尾⑦相隨從。他如今官高一品，位極三公，戶封八縣，祿享千鍾⑧，見不平處有眼如矇⑨，聽咒罵處有耳如聾。他，他，他只將那會諂諛的著列鼎重裀⑩，

---

①苫莊：以茅草蓋的房子。
②倒大來：非常地。
③兀的不：豈不。
④屠狗輩：無賴之輩。
⑤釣鰲翁：比喻胸懷遠大而有才能的人。鰲，海中巨龜。
⑥鬧市裏：混亂中。
⑦鵷班豹尾：意味不能在朝為官了。鵷鳥飛行有序，比喻大臣排班上朝。豹尾，指朝廷儀仗上的裝飾。
⑧祿享千鍾：六斛四斗為一鍾，千鍾俸祿，表示地位極高。
⑨有眼如矇：眼目不明的樣子。
⑩列鼎重裀：比喻豪華富奢。列鼎，吃飯時排列著許多食器；重裀，坐臥時墊著層層錦褥。

害忠良的便加官請俸，耗國家的都敘爵論功。他，他，他只貪著目前受用，全不省爬的高來可也跌的來腫，怎如俺守田園學耕種，早跳出傷人餓虎叢，倒大來從容。

（程嬰上，云）程嬰，你好慌也；小舍人，你好險也；屠岸賈，你好狠也。我程嬰雖然擔著個死，撞出城來，聞的那屠岸賈見說走了趙氏孤兒，要將晉國內半歲之下、一月之上小孩兒每，都拘攝到元帥府裡，不問是孤兒不是孤兒，他一個個親手剁做三段。我將的這小舍人送到那廂去好？有了，我想呂呂太平莊上公孫杵臼，他與趙盾是一殿之臣，最相交厚。他如今罷職歸農，那老宰輔是個忠直的人，那裡堪可掩藏。我如今來到莊上，就在這芭棚⑪下，放下這藥箱。小舍人，你且權時歇息咱，我見了公孫杵臼便來看你。家童報復去，道有程嬰求見。（家童報科，云）有程嬰在於門首。（正末云）道有請。（家童云）請進。（正末見科，云）程嬰，你來有何事？（程嬰云）在下見老宰輔在這太平莊上，特來相訪。（正末云）自從我罷官之後，衆宰輔每好麼？（程嬰云）嗨，這不比老宰輔為官時節。如今屠岸賈專權，較往常都不同了也。（正末云）也該著衆宰輔每勸諫勸諫。（程嬰云）老宰輔，這等賊臣自古有之，便是那唐虞之世，也還有四凶⑫哩！（正末唱）

---

⑪芭棚：籬笆搭成的棚子。
⑫四凶：傳說中四個凶人，即渾敦、窮奇、檮杌、饕餮。

【隔尾】你道是古來多被姦臣弄，便是聖世何嘗沒四凶，誰似這萬人恨千人嫌一人重？他不廉不公，不孝不忠，單只會把趙盾全家殺的個絕了種。

（程嬰云）老宰輔，幸得皇天有眼，趙氏還未絕種哩。（正末云）他家滿門良賤三百餘口，誅盡殺絕，便是駙馬也被三般朝典短刀自刎了，公主也將裙帶縊死了，還有什麼種在那裡？（程嬰云）那前項的事，老宰輔都已知道，不必說了。近日公主囚禁府中，生下一子，喚做孤兒，這不是趙家是那家的種？但恐屠岸賈得知，又要殺壞。若殺了這一個小的，可不將趙家真絕了種也！（正末云）如今這孤兒卻在那裡？不知可有人救的出來麼？（程嬰云）老宰輔既有這點見憐之意，在下敢不實說！公主臨亡時將這孤兒交付與了程嬰，著好生照覷他，待到成人長大，與父母報仇雪恨。我程嬰抱的這孤兒出門，被韓厥將軍要拏的去報與屠岸賈，是程嬰數說了一場，那韓厥將軍放我出了府門，自刎而亡。如今將的這孤兒無處掩藏，我特來投奔老宰輔。我想宰輔與趙盾原是一殿之臣，必然交厚，怎生⑬可憐見救這個孤兒咱！（正末云）那孤兒今在何處？（程嬰云）現在芭棚下哩。（正末云）休驚諕著孤兒，你快抱的來。（程嬰做取箱開看科，云）謝天地，小舍人還睡著哩。（正末接科）（唱）

⑬怎生：如何、怎麼。

【牧羊關】這孩兒未生時絕了親戚，懷著時滅了祖宗，便長成人也則是少吉多凶。他父親斬首在雲陽，他娘呵囚在禁中，那裡是有血腥⑭的白衣相⑮？則是個無恩念的黑頭蟲⑯。（程嬰云）趙氏一家，全靠著這小舍人，要他報仇哩。（正末唱）你道他是個報父母的眞男子，我道來則是個妨爺娘的小業種。

（程嬰云）老宰輔不知。那屠岸賈為走了趙氏孤兒，普國內小的都拘刷將來，要傷害性命。老宰輔，我如今將趙氏孤兒偷藏在老宰輔根前，一者報趙駙馬平日優待之恩，二者要救晉國小兒之命。念程嬰年近四旬有五，所生一子，未經滿月。待假粧做趙氏孤兒，等老宰輔告首與屠岸賈去，只說程嬰藏著孤兒，把俺父子二人，一處身死。老宰輔慢慢的抬舉的孤兒成人長大，與他父母報仇，可不好也。（正末云）程嬰，你如今多大年紀了？（程嬰云）在下四十五歲了。（正末云）這小的算著二十年呵，方報的父母仇恨。你再著二十年，也只是六十五歲，我再著二十年呵，可不九十歲了，其時存亡未知，怎麼還與趙家報的仇？程嬰，你肯捨的你孩兒，倒將來交付與我，你自首告屠岸賈處，說道太平莊上公孫杵臼藏著趙氏孤兒。那屠岸賈領兵校來拏住，我和你親兒一處而死。你將的趙氏孤兒抬舉

⑭血腥：應從《元刊雜劇三十種》作「血性」。
⑮白衣相：尚未發跡的讀書人。
⑯黑頭蟲：吃父母的蟲鳥，比喻忤逆不孝。以上二句是說趙氏孤兒命相天生凶險，將來不會成為有血性、有作為的人，到是個連累父母的傢伙。

成人，與他父母報仇，方纔是個長策。（程嬰云）老宰輔，是則是，怎麼難為的你老宰輔？你則將我的孩兒假粧做趙氏孤兒，報與屠岸賈去，等俺父子二人一處而死罷。（正末云）程嬰，我一言已定，再不必多疑了。（唱）

【紅芍藥】須二十年酬報的主人公，恁時節纔稱心胸，只怕我遲疾⑰死後一場空。（程嬰云）老宰輔，你精神還強健哩！（正末唱）我精神比往日難同，閃下⑱這小孩童怎見功？你急切裏老不的形容⑲，正好替趙家出力做先鋒。（帶云）程嬰，你只依著我便了。（唱）我委實的捱不徹暮鼓晨鐘⑳。

（程嬰云）老宰輔，你好好的在家，我程嬰不識進退，平白地將著這愁布袋連累你老宰輔，以此放心不下。（正末云）程嬰，你說那裡話？我是七十歲的人，死是常事，也不爭這早晚。（唱）

【菩薩梁州】向這傀儡棚㉑中，鼓笛搬弄㉒，只當做場短夢。猛回頭早老盡英雄。有恩不報怎相逢，見義不爲非爲勇。（程嬰云）老宰輔既應承了，休要失信。（正末唱）言而無

⑰遲疾：早晚。
⑱閃下：抛下。
⑲急切裏老不的形容：急切裏，一時之間；形容，容貌。眼下還不見蒼老。
⑳捱不徹暮鼓晨鐘：熬不住多少時間了。
㉑傀儡棚：做傀儡戲的舞台，比喻人世舞台。
㉒鼓笛搬弄：擊鼓吹弄。

信言何用?(程嬰云)老宰輔,你若存的趙氏孤兒,當名標青史,萬古留芳。(正末唱)也不索把咱來廝陪奉,大丈夫何愁一命終,況兼我白髮鬖鬆。

(程嬰云)老宰輔,還有一件:若是屠岸賈拏住老宰輔,你怎熬的這三推六問,少不得指攀我程嬰下來。俺父子兩個死是分內,只可惜趙氏孤兒,終歸一死,可不把你老宰輔乾累了也?(正末云)程嬰,你也說的是。我想那屠岸賈與趙駙馬呵,(唱)

【三煞】這兩家做下敵頭重㉓,但要訪的孤兒有影蹤,必然把太平莊上兵圍擁,鐵桶般密不通風。(云)那屠岸賈拿住了我,高聲喝道:老匹夫豈不見三日前出下榜文,偏是你藏下趙氏孤兒,與俺作對。請波,請波。(唱)則說老匹夫請先入甕㉔,也須知榜揭處天都動。偏你這罷職歸田一老農,公然敢剔蝎撩蜂㉕。

【二煞】他把繃扒吊拷般般用,情節根由細細窮,那其間枯皮朽骨難禁痛,少不得從實攀供,可知道你個程嬰怕恐。(帶云)程嬰,你放心者。(唱)我從來一諾似千金重,便將我送上刀山與劍峰,斷不做有始無終!

(云)程嬰,你則放心前去,抬舉的這孤兒成人長大,與他父母報仇雪恨。老夫一死,何足道哉!(唱)

㉓敵頭重:冤家對頭深重無法解開。

㉔入甕:入圈套受刑。

㉕剔蝎撩蜂:比喻敢與強敵對抗。剔、撩都有招惹之意。

【煞尾】憑著趙家枝葉千年永，晉國山河百二雄㉖。顯耀英材統軍衆，威壓諸邦盡伏拱，遍拜公卿訴苦衷。禍難當初起下宮㉗，可憐三百口親丁飲劍鋒，剛留得孤苦伶仃一小童。巴到㉘今朝襲父封，提起冤仇淚如湧，要請甚旗牌下九重㉙，早拿出奸臣帥府中，斷首分骸祭祖宗，九族全誅不寬縱。恁時節纔不負你冒死存孤報主公，便是我也甘心兒葬近要離㉚路傍塚。（下）

（程嬰云）事勢急了，我依舊將這孤兒抱的我家去，將我的孩兒送到太平莊上來。（詩云）甘將自己親生子，偷換他家趙氏孤。這本程嬰義分應該得，只可惜遺累公孫老大夫。

（下）

㉖山河百二雄：謂山河雄壯、地勢險要。

㉗禍難當初起下宮：指晉靈公無道，厚斂以彫牆，在高臺上以彈弓射人取樂，趙盾進諫被忌，才有被害等事。下宮，後宮。

㉘巴到：捱到、等到。

㉙旗牌下九重：為將帥傳達命令的小官，以旗幟或符牌為信。此句是說不必等到君王批准。

㉚要離：春秋吳國勇士。吳公子光要殺王子慶忌，要離獻謀，先斬其右臂再殺其妻，然後負罪出奔取信慶忌。要離刺殺成功後，回到江陵，亦伏劍自殺。

第三折

（屠岸賈領卒子上，云）兀的不走了趙氏孤兒也。某已曾張掛榜文，限三日之內，不將孤兒出首，即將晉國內小兒但是半歲以下、一月以上，都拘刷到我帥府中，盡行誅戮。令人①，門首覷者，若有首告之人，報復某家知道。（程嬰上，云）自家程嬰是也。昨日將我的孩兒送與公孫杵臼去了，我今日到屠岸賈根前首告去來。令人，報復去，道有了趙氏孤兒也。（卒子云）你則在這裡，等我報復去。（報科，云）報的元帥得知，有人來報趙氏孤兒有了也。（屠岸賈云）在那裡？（卒子云）現在門首哩。（屠岸賈云）著他過來。（卒子云）著過來。（做見科。屠岸賈云）兀那廝，你是何人？（程嬰云）小人是個草澤醫士程嬰。（屠岸賈云）趙氏孤兒今在何處？（程嬰云）在呂呂太平莊上公孫杵臼家藏著哩。（屠岸賈云）你怎生知道來？（程嬰云）小人與公孫杵臼曾有一面之交，我去探望他，誰想臥房中錦繃繡褥②上，躺著一個小孩兒。我想公孫杵臼年紀七十，從來没兒没女，這個是那裡來的？我說道這小的莫非是趙氏孤兒麼？只見他登時變色，不能答應，以此知孤兒在公孫杵臼家裡。（屠岸賈云）咄！你這匹夫，你怎瞞的過我？你和公孫杵臼往日無仇，近日無冤，你因何告他藏著趙氏孤兒？你敢是知情麼？說的是萬事全休，說的不是，令人，磨的劍快，先殺了這個匹夫者。（程嬰云）告元帥，暫息雷霆之怒，略罷虎狼之威，聽小人訴說一遍咱。我小人與公孫杵臼原無仇隙，只因元帥傳下榜文，要將晉國內

①令人：卒子。

②錦繃繡褥：錦綢做的被子或褥子。

小兒拘刷到帥府，盡行殺壞。我一來為救普國內小兒之命，二來小人四旬有五，近生一子，尚未滿月，元帥軍令，不敢不獻出來，可不小人也絕後了。我想有了趙氏孤兒，便不損壞一國生靈，連小人的孩兒也得無事，所以出首。（詩云）告大人暫停嗔怒，這便是首告緣故。雖然救普國生靈，其實怕程家絕户。（屠岸賈笑科，云）哦，是了。公孫杵臼原與趙盾一殿之臣，可知有這事來。令人，則今日點就本部下人馬，同程嬰到太平莊上，拿公孫杵臼走一遭去。（同下）（正末公孫杵臼上，云）老夫公孫杵臼是也。想昨日與程嬰商議，救趙氏孤兒一事，今日他到屠岸賈府中首告去了。這早晚屠岸賈這廝必然來也呵。

（唱）

【新水令】我則見蕩征塵飛過小溪橋，多管③是損忠良賊徒來到。齊臻臻④擺著士卒，明晃晃列著槍刀。眼見的我死在今朝，更避甚痛笞掠⑤。

（屠岸賈同程嬰領卒子上，云）來到這呂呂太平莊上也。令人，與我圍了太平莊者。程嬰，那裡是公孫杵臼宅院？（程嬰云）則這個便是。（屠岸賈云）拿過那老匹夫來。公孫杵臼，你知罪麼？（正末云）我不知罪。（屠岸賈云）我和你個老匹夫和趙盾是一殿之臣，你怎敢掩藏著趙氏孤兒？（正末云）老元帥，我有熊心豹膽，怎敢掩藏著趙氏孤兒？

---

③多管：大概。

④齊臻臻：隊伍行列整齊的樣子。

⑤笞掠：以杖鞭笞拷打。

（屠岸賈云）不打不招。令人，與我揀大棒子著實打著！（卒子做打科，正末唱）

【駐馬聽】想著我罷職辭朝，曾與趙盾名為刎頸交。（云）這事是誰見來？（屠岸賈云）現有程嬰首告著你哩。（正末唱）是那個埋情⑥出告，原來這程嬰舌是斬身刀。（云）你殺了趙家滿門良賤三百餘口，則剩下這孩兒，你又要傷他性命！（唱）你正是狂風偏縱撲天雕，嚴霜故打枯根草⑦。不爭⑧把孤兒又殺壞了，可著他三百口冤仇甚人來報？

（屠岸賈云）老匹夫，你把孤兒藏在那裡？快招出來，免受刑法。（正末云）我有甚麼孤兒藏在那裡？誰見來？（屠岸賈云）你不招？令人，與我採下去⑨著實⑩打者！（做打科，屠岸賈云）這老匹夫賴肉頑皮，不肯招承，可惱可惱！程嬰，這原是你出首的，就著你替我行杖⑪者！（程嬰云）元帥，小人是個草澤醫士，撮藥尚然腕弱⑫，怎生行的杖？（屠岸賈云）程嬰，你不行杖，敢怕指攀⑬出你麼？（程嬰云）元帥，小人行杖便了。（做拿杖子科，屠岸賈云）程嬰，我見你把棍子揀了又揀，只揀著那細棍子，敢怕打的他

---

⑥埋情：出賣友情。

⑦狂風偏縱撲天雕，嚴霜故打枯根草：火上加油，雪上加霜，趁勢逼人。撲天，滿天，極言雕禽之體大矯健。

⑧不爭：如果。

⑨採下去：揪下去。

⑩著實：用力。

⑪行杖：施用刑杖。

⑫撮藥尚然腕弱：抓藥尚覺手腕沒勁兒。

⑬指攀：犯案後供出同犯。

疼了，要指攀下你來？（程嬰云）我就拿大棍子打者。（屠岸賈云）住者。你頭裡只揀著那細棍子打，如今你卻拿起大棍子來，三兩下打死了呵，你就做的個死無招對。（程嬰云）著我拿細棍子又不是，拿大棍子又不是，好教我兩下做人難也。（屠岸賈云）程嬰，你只拿著那中等棍子打。公孫杵臼老匹夫，你可知道行杖的就是程嬰麼？（程嬰行杖科，云）快招了者！（三科了）（正末云）哎喲！打了這一日，不似這幾棍子打的我疼。是誰打我來？（屠岸賈云）是程嬰打你來。（正末云）程嬰，你剗的⑭打我哪！（程嬰云）元帥，打的這老頭兒兀的不胡說哩。（正末唱）

【鴈兒落】是那一個實丕丕⑮將著麤棍敲，打的來痛殺殺精皮⑯掉。我和你狠程嬰有甚的仇，卻教我老公孫受這般虐！

（程嬰云）快招了者。（正末云）我招，我招！（唱）

【得勝令】打的我無縫可能逃，有口屈成招，莫不是那孤兒他知道，故意的把咱家指定了。（程嬰做慌科）（正末唱）我委實的難熬，尚兀自強著牙根兒鬧，暗地裡偷瞧，只見他早諕的腿脡兒⑰搖。

⑭剗的：怎麼。
⑮實丕丕：實實在在。
⑯精皮：細皮嫩肉。
⑰腿脡兒：腿肚子。

（程嬰云）你快招罷，省得打殺你。（正末云）有，有，有。（唱）

【水仙子】俺二人商議要救這小兒曹。（屠岸賈云）可知道指攀下來也。你說二人，一個是你了，那一個是誰？你實說將出來，我饒你的性命。（正末云）你要我說那一個？我說我說。（唱）哎，一句話來到我舌尖上卻嚥了。（屠岸賈云）程嬰，這樁事敢有你麼？（程嬰云）兀那老頭兒，你休妄指平人⑱！（正末云）程嬰，你慌怎麼？（唱）我怎生把你程嬰道⑲，似這般有上梢無下梢⑳。（屠岸賈云）你頭裡說兩個，你怎生這一會兒可說無了？（正末唱）只被你打的來不知一個顛倒。（屠岸賈云）你還不說，我就打死你個老匹夫！（正末唱）遮莫㉑便打的我皮都綻，肉盡銷，休想我有半字兒攀著。

（卒子抱俫兒上科，云）元帥爺賀喜，土洞中搜出個趙氏孤兒來了也。（屠岸賈笑科，云）將那小的拿近前來，我親自下手，剁做三段。兀那老匹夫，你道無有趙氏孤兒，這個是誰？（正末唱）

【川撥棹】你當日演神獒把忠臣來撲咬，逼的他走死荒郊，刎死鋼刀，縊死裙腰。將三百口全家老小盡行誅剿，並沒那半個兒剩落，還不厭㉒你心苗？

---

⑱平人：清白無辜的人。

⑲我怎生把你程嬰道：我怎會將你程嬰供出來呢？

⑳有上梢無下梢：做事有始無終。

㉑遮莫：盡管。

㉒厭：同「饜」，滿足。

（屠岸賈云）我見了這孤兒，就不由我不惱也！（正末唱）

【七弟兄】我只見他左瞧、右瞧、怒咆哮，火不騰㉓改變了猙獰貌，按獅蠻㉔拽札起㉕錦征袍，把龍泉㉖扯離出沙魚鞘㉗。

（屠岸賈怒云）我拔出這劍來，一劍、兩劍、三劍。（程嬰做驚疼科。屠岸賈云）把這一個小業種剁了三劍，兀的不稱了我平生所願也。（正末唱）

【梅花酒】呀，見孩兒臥血泊，那一個哭哭號號，這一個怨怨焦焦，連我也戰戰搖搖。直恁般歹做作㉘，只除是沒天道！呀，想孩兒離褥草㉙，到今日恰十朝，刀下處怎耽饒㉚，空生長枉劬勞，還說甚要防老。

【收江南】呀，兀的不是家富小兒驕。（程嬰掩淚科）（正末唱）見程嬰心似熱油澆，淚珠兒不敢對人抛，背地裡揾㉛了，沒來由割捨的親生骨肉吃三刀。

㉓火不騰：發怒時面色通紅如火。
㉔獅蠻：繡有獅子和蠻王圖案的腰帶。
㉕拽札起：提起。
㉖龍泉：寶劍名，此指利劍。
㉗沙魚鞘：沙魚皮製的劍鞘。
㉘直恁般歹做作：竟然使用這般凶殘歹毒的手段。
㉙褥草：產婦的墊褥與墊席。
㉚耽饒：饒恕。
㉛揾：擦拭。

（云）屠岸賈那賊，你試覷者，上有天哩，怎肯饒過的你？我死打甚麼不緊㉜！（唱）

【鴛鴦煞】我七旬死後偏何老，這孩兒一歲死後㉝偏知小。俺兩個一處身亡，落的個萬代名標。我囑咐你個後死的程嬰，休別了㉞橫亡的趙朔。暢道是光陰過去的疾，冤仇報復的早。將那廝萬剮千刀，切莫要輕輕的素放㉟了。

（正末撞科，云）我撞階基，覓個死處。（下）（卒子報科，云）公孫杵臼撞階基身死了也。（屠岸賈笑科）那老匹夫既然撞死，可也罷了。（做笑科，云）程嬰，這一樁裡多虧了你。若不是你呵，如何殺的趙氏孤兒。（程嬰云）元帥，小人原與趙氏無仇，一來救普國內衆生，二來小人根前也有個孩兒，未曾滿月，若不搜的那趙氏孤兒出來，我這孩兒也無活的人也。（屠岸賈云）程嬰，你是我心腹之人，不如只在我家中做個門客，抬舉你那孩兒成人長大，在你根前習文，送在我根前演武。我也年近五旬，尚無子嗣，就將你的孩兒與我做個義兒。我偌大年紀了，後來我的官位，也等你的孩兒討個應襲㊱。你意下如何？（程嬰云）多謝元帥抬舉。（屠岸賈詩云）則為朝綱中獨顯趙盾，不由我心中生忿

㉜打甚麼不緊：沒什麼要緊。
㉝死後：死呵。兩句「後」字皆作語氣詞。
㉞休別了：休撇了。別，背也，雙聲借用字。
㉟素放：輕易地放過。
㊱討個應襲：取得一個官爵的承襲權。應襲同蔭襲。

㊲。如今削除了這點萌芽，方纔是永無後釁㊳。（同下）

第四折

（屠岸賈領卒子上，云）某屠岸賈。自從殺了趙氏孤兒，可早二十年光景也。有程嬰的孩兒，因為過繼與我，喚做屠成。教的他十八般武藝，無有不拈①，無有不會。這孩兒弓馬到強似我，就著我這孩兒的威力，早晚定計，弒了靈公，奪了晉國，可將我的官位都與孩兒做了，方是平生願足。適纔孩兒往教場中演習弓馬去了，等他來時，再做商議。（下）（程嬰拿手卷②上，詩云）日月催人老，光陰趲③少年。心中無限事，未敢盡明言。過日月好疾也，自到屠府中，今經二十年光景，抬舉的我那孩兒二十歲，官名喚做程勃。我根前習文，屠岸賈根前習武，甚有機謀，熟閒弓馬。那屠岸賈將我的孩兒十分見喜，他豈知就裡的事。只是一件，連我這孩兒心下也還是懵懵懂懂的。老夫今年六十五歲，倘或有些好歹呵，著誰人說與孩兒知道，替他趙氏報仇？以此躊躇展轉，晝夜無眠。我如今將從前屈死的忠臣良將，畫成一個手卷，倘若孩兒問老夫呵，我一樁樁剖說前事，這孩兒必然與

㊲生忿：萌生惡念。
㊳後釁：後患。釁，爭端。
①無有不拈：十八般武藝沒有不會擺弄的。
②手卷：可以卷起的書畫長卷。
③趲：催趕。

父母報仇也。我且在書房中悶坐著，只等孩兒到來，自有個理會。（正末扮程勃上，云）某程勃是也。這壁廂爹爹是程嬰，那壁廂爹爹可是屠岸賈。我白日演武，到晚習文。如今在教場中回來，見我這壁廂爹爹走一遭去也呵。（唱）

【粉蝶兒】引著些本部下軍卒，提起來殺人心半星不懼④。每日家⑤習演兵書，憑著我快相持能對壘⑥，直使的諸邦降伏。俺父親英勇誰如，我拚著個盡心兒扶助。

【醉春風】我則待扶明主晉靈公，助賢臣屠岸賈，憑著我能文善武萬人敵，俺父親將我來許、許⑦。可不道馬壯人強，父慈子孝，怕甚麼主憂臣辱。

（程嬰云）我展開這手卷，好可憐也！單為這趙氏孤兒，送了多少賢臣烈士，連我的孩兒也在這裡面身死了也。（正末云）令人，接了馬者。這壁廂爹爹在那裡？（卒子云）在書房中看書哩。（正末云）令人，報復去。（卒子報科，云）有程勃來了也。（程嬰云）著他過來。（卒子云）著過去。（正末做見科，云）這壁廂爹爹，您孩兒教場中回來了也。（程嬰云）你吃飯去。（正末云）我出的這門來。想俺這壁廂爹爹，每日見我心中喜歡；今日見我來，心中可甚煩惱，垂淚不止，不知主著何意？我過去問他，誰欺負著你來？對

④半星不懼：半點不怕。
⑤每日家：每天。家，詞尾無義。
⑥快相持能對壘：善與敵人對陣或交戰。快、能二字互文，義近。
⑦許、許：疊語，讚許之意。

您孩兒說，我不道的⑧饒了他哩。（程嬰云）我便與你說呵，也與你父親母親做不的主，你只吃飯去。（程嬰做眼淚科）（正末云）兀的不徯倖⑨殺我也！（唱）

【迎仙客】因甚的掩淚珠，（程嬰做吁氣科，正末唱）**氣長吁？我恰纔叉定手⑩向前來緊趨伏⑪。**（帶云）則俺這壁廂爹爹呵，（唱）**憋支支⑫惡心煩⑬，勃騰騰⑭生忿怒。**（帶云）是甚麼人敢欺負你來？（唱）**我這裡低首躊躇。**（帶云）既然沒的人欺負你呵，（唱）**那裡是話不投機處。**

（程嬰云）程勃，你在書房中看書，我往後堂中去去再來。（做遺手卷虛下）（正末云）哦，原來遺下一個手卷在此。可是甚的文書，待我展開看咱。（做看科，云）好是奇怪。那個穿紅的拽⑮著惡犬，撲著個穿紫的，又有個拿瓜鎚⑯的打死了那惡犬。這一個手扶著一輛車，又是沒半邊車輪的。這一個自家撞死槐樹之下。可是甚麼故事？又不寫出個姓名，教我那裡知道？（唱）

---

⑧不道的：豈肯。
⑨徯倖：煩躁不安。
⑩叉定手：拱手，表示恭敬的動作。
⑪趨伏：急步向前。
⑫憋支支：煩悶的樣子。
⑬惡心煩：心煩至極。惡，甚詞。
⑭勃騰騰：生氣的樣子。
⑮拽：牽引。
⑯瓜鎚：瓜形武器，有長柄。

【紅繡鞋】畫著的是青鴉鴉⑰幾株桑樹，鬧炒炒一簇田夫，這一個可磕擦⑱緊扶定一輪車。有一個將瓜鎚親手舉，有一個觸槐樹早身殂，又一個惡犬兒只向著這穿紫的頻去撲。

（云）待我再看來。這一個將軍前面擺著弓弦、藥酒、短刀三件，卻將短刀自刎死了。怎麼這一個將軍也引劍自刎而死？又有個醫人手扶著藥廂兒跪著，這一個婦人抱著個小孩兒，卻像要交付醫人的意思。呀！原來這婦人也將裙帶自縊死了，好可憐人也！（唱）

【石榴花】我只見這一個身著錦襜褕⑲，手引著弓弦、藥酒、短刀誅。怎又有個將軍自刎血模糊？這一個扶著藥箱兒跪伏，這一個抱著小孩兒交付。可憐穿珠帶玉良家婦，他將著裙帶兒縊死何辜。好著我沈吟半晌無分訴，這畫的是徯倖殺我也悶葫蘆。

（云）我仔細看來，那穿紅的也好狠哩，又將一個白鬚老兒打的好苦也。（唱）

【鬥鵪鶉】我則見這穿紅的匹夫，將著這白鬚的來毆辱，兀的不惱亂我的心腸，氣填我這肺腑！（帶云）這一家兒若與我關親呵，（唱）我可也不殺了賊臣不是丈夫，我可便敢與他做主。這血泊中躺的不知是那個親丁，這市曹中殺的也不知是誰家上祖。

---

⑰青鴉鴉：鴉青色，暗綠色。

⑱可磕擦：象聲詞，形容車輪和人體摩擦的聲音。

⑲襜褕：直襟的短衣。

（程嬰云）到底只是不明白，須待俺這壁廂爹爹出來，問明這樁事，可也免的疑惑。（程嬰上，云）程勃，我久聽多時了也。（正末云）這壁廂爹爹，可說與您孩兒知道。（程嬰云）程勃，你要我說這樁故事，倒也和你關親哩。（正末云）你則明明白白的說與您孩兒咱。（程嬰云）程勃，你聽者，這樁兒故事好長哩。當初那穿紅的和這穿紫的，原是一殿之臣，爭奈兩個文武不和，因此做下對頭，已非一日。那穿紅的想道，先下手為強，後下手遭殃。暗地遣一刺客，喚做鉏麑，藏著短刀，越牆而過，要刺殺這穿紫的。誰想這穿紫的老宰輔，每夜燒香，禱告天地，專一片報國之心，無半點于家之意。那人道，我若刺了這個老宰輔，我便是逆天行事，斷然不可；若回去見那穿紅的，少不得是死。罷、罷、罷。（詩云）他手攜利刃暗藏埋，因見忠良卻悔來，方知公道明如日，此夜鉏麑自觸槐。（正末云）這個觸槐而死的是鉏麑麼？（程嬰云）可知是哩。這個穿紫的為春間勸農出到郊外，可在桑樹下見一壯士，仰面張口而臥。穿紫的問其緣故，那壯士言某乃是靈輒，因每頓吃一斗米的飯，大主人家養活不過，將我趕逐出來。欲待摘他桑椹子吃，又道我偷他的，因此仰面而臥，等那桑椹子吊在口中便吃，吊不在口中，寧可餓死，不受人恥辱。穿紫的說，此烈士也。遂將酒食賜與餓夫，飽餐了一頓，不辭而去。這穿紫的並無嗔怒之心。程勃，這見得老宰輔的德量處。（詩云）為乘春令勸耕初，巡遍郊原日未晡⑳。壺漿

⑳晡：午後申時，即黃昏時。

簞食㉑因誰下，剛濟桑間一餓夫。（正末云）哦，這桑樹下餓夫，喚做靈輒。（程嬰云）程勃，你緊記者。又一日，西戎國貢進神獒，是一隻狗，身高四尺者，其名為獒。晉靈公將神獒賜與那穿紅的。正要謀害這穿紫的，即於後園中紮一草人，與穿紫的一般打扮，將草人腹中懸一付羊心肺，將神獒餓了五七日，然後剖開草人腹中，飽餐一頓。如此演成百日，去向靈公說道，如今朝中豈無不忠不孝的人，懷著欺君之意。靈公問道，其人安在？那穿紅的說，前者賜與臣的神獒，便能認的。那穿紅的牽上神獒去，這穿紫的正立於殿上，那神獒認著是草人，向前便撲，趕的這穿紫的繞殿而走。傍邊惱了一人，乃是殿前太尉提彌明，舉起金瓜，打倒神獒，用手揪住腦杓皮，則一劈劈為兩半。（詩云）賊臣姦計有千條，逼的忠良沒處逃。殿前自有英雄漢，早將毒手劈神獒。（正末云）這隻惡犬，喚做神獒。打死這惡犬的，是提彌明。（程嬰云）是。那老宰輔出的殿門，正待上車，豈知被那穿紅的把他那駟馬車四馬摘了二馬，雙輪摘了一輪，不能前去。傍邊轉過壯士，一臂扶輪，一手策馬；磨衣見皮，磨皮見肉，磨肉見筋，磨筋見骨，磨骨見髓，捧轂㉒推輪，逃往野外。你道這個是何人？可就是桑間餓夫靈輒者是也。（詩云）紫衣逃難出宮門，駟馬雙輪摘一輪；卻是靈輒強扶歸野外，報取桑間一飯恩。（正末云）您孩兒記的，原來就

㉑壺漿簞食：壺中盛著酒漿，竹器中放著食物，用以犒勞。
㉒轂：車輪中心和車軸相接的地方。

是仰臥於桑樹下的那個靈輒。（程嬰云）是。（正末云）這壁廂爹爹，這個穿紅的那廝好狠也，他叫甚麼名氏？（程嬰云）程勃，我忘了他姓名也。（正末云）這個穿紫的，可是姓甚麼？（程嬰云）這個穿紫的，姓趙，是趙盾丞相。他和你也關親哩。（正末云）您孩兒聽的說有個趙盾丞相，倒也不曾掛意。（程嬰云）程勃，我今番說與你呵，你則緊緊記者。（正末云）那手卷上還有哩，你可再說與您孩兒聽咱。（程嬰云）那個穿紅的，把這趙盾家三百口滿門良賤誅盡殺絕了。只有一子趙朔，是個駙馬，那穿紅的詐傳靈公的命，將三般朝典賜他，卻是弓弦、藥酒、短刀，要他憑著取一件自盡。其時公主腹懷有孕，趙朔遺言，我若死後，你添的個小廝兒呵，可名趙氏孤兒，與俺三百口報仇。誰想趙朔短刀刎死，那穿紅的將公主囚禁府中，生下趙氏孤兒。那穿紅的得知，早差下將軍韓厥，把住府門，專防有人藏了孤兒出去。這公主有個門下心腹的人，喚做草澤醫士程嬰。（正末云）這壁廂爹爹，你敢就是他麼？（程嬰云）天下有多少同名同姓的人，他另是一個程嬰。這公主將孤兒交付了那個程嬰，就將裙帶自縊而死。那程嬰抱著這孤兒，來到府門上，撞見韓厥將軍，搜出孤兒來。被程嬰說了兩句，誰想韓厥將軍也拔劍自刎了。（詩云）那醫人全無怕懼，將孤兒私藏出去；正撞見忠義將軍，甘身死不教拿住。（正末云）這將軍為趙氏孤兒，自刎身亡了，是個好男子。我記著他喚做韓厥。（程嬰云）是、是、是。正是韓厥。誰想那穿紅的得知，將普國內半歲之下、一月之上小孩兒每，都拘刷到他府來，每人剁做三劍，必然殺了趙氏孤兒。（正末做怒科，云）那穿紅的好狠也。（程嬰云）可知他狠哩。誰想這程嬰也生的個孩兒，尚未滿月，假粧做趙氏孤兒，送到呂呂太平莊上公孫杵臼跟前。（正末云）那公孫杵臼卻是何人？（程嬰云）這個老宰輔，和趙盾是一殿之臣。程嬰對他說道：老宰輔，你收著這趙氏孤兒，去報與穿紅的道，程嬰藏著孤兒，將俺父子一處身死。你抬舉的孤兒成人長大，與他父母報仇，有何不可？公孫杵臼說道：我如今年邁了也。程嬰，你捨的你這孩兒，假粧做趙氏孤兒，藏在老夫跟前，你報與穿紅的去，我與你孩兒一處身亡。你藏著孤兒，日後與他父母報仇纔是。（正末云）他那個程嬰肯捨他那孩兒麼？（程嬰云）他的性命也要捨哩，量他那孩兒打甚麼不緊？他將自己的孩兒假粧做了孤兒，送與公孫杵臼處，報與那穿紅的得知，將公孫杵臼三推六問，吊拷繃扒，追出那假的趙氏孤兒來，剁做三劍，公孫杵臼自家撞階而死。這樁事經今二十年光景了也。這趙氏孤兒見今長成二十歲，不能與父母報仇，說兀的㉓做甚？（詩云）他一貌堂堂七尺軀，學成文武待何如？乘車祖父歸何處，滿門良賤盡遭誅。冷宮老母懸梁縊，法場親父引刀殂。冤恨至今猶未報，枉做人間大丈夫。（正末云）你說了這一日，您孩兒如睡裡夢裡，只不省的。（程嬰云）原來你還不知哩！如今那穿紅的正是姦臣屠岸賈，趙盾是你公公，趙朔是你父親，公主是你母親。（詩云）我如今一一說到底，你剗地不知頭

㉓兀的：這個。

共尾。我是存孤棄子老程嬰，兀的趙氏孤兒便是你。（正末云）原來趙氏孤兒正是我！兀的不氣殺我也！（正末做倒、程嬰扶科，云）小主人甦醒者。（正末云）兀的不痛殺我也！（唱）

【普天樂】聽的你說從初，纔使我知緣故。空長了我這二十年的歲月，生了我這七尺的身軀。原來自刎的是父親，自縊的咱老母。說到淒涼傷心處，便是那鐵石人也放聲啼哭。我拚著生擒那個老匹夫，只要他償還俺一朝的臣宰，更和那合宅的家屬。

（云）你不說呵，您孩兒怎生知道？爹爹請坐，受您孩兒幾拜。（正末拜科。程嬰云）今日成就了你趙家枝葉，送的俺一家兒剪草除根了也！（做哭科。正末唱）

【上小樓】若不是爹爹照覷，把您孩兒抬舉，可不的㉔二十年前，早攖鋒刃㉕，久喪溝渠。恨只恨屠岸賈，那匹夫，尋根拔樹，險送的俺一家兒滅門絕戶。

【幺篇】他，他，他把俺一姓戮，我，我，我也還他九族屠。（程嬰云）小主人，你休大驚小怪的，恐怕屠賊知道。（正末云）我和他一不做二不休。（唱）那怕他牽著神獒，擁著家兵，使著權術，你只看這一個，那一個，都是爲誰而卒？豈可我做兒的倒安然如故！

㉔可不的：豈不是。

㉕攖鋒刃：挨刀鋒。攖，觸犯。

（云）爹爹放心。到明日我先見過了主公，和那滿朝的卿相，親自殺那賊去。（唱）

【耍孩兒】到明朝若與仇人遇，我迎頭兒把他當住㉖。也不須別用軍和卒，只將咱猿臂輕舒，早提番玉勒雕鞍轡，扯下金花皂蓋車，死狗似拖將去。我只問他人心安在，天理何如？

【二煞】誰著你使英雄忒使過，做冤仇能做毒㉗，少不的一還一報無虛誤。你當初屈勘公孫老，今日猶存趙氏孤。再休想咱容恕，我將他輕輕擲下，慢慢開除㉘。

【一煞】摘了他斗來㉙大印一顆，剝了他花來簇幾套服。把麻繩背綁在將軍柱㉚，把鐵鉗拔出他爛斑舌㉛，把錐子生跳㉜他賊眼珠，把尖刀細剮他渾身肉，把鋼鎚敲殘他骨髓，把銅鍘切掉他頭顱。

【煞尾】尚兀自勃騰騰怒怎消，黑沈沈怨未復。也只爲二十年的逆子妄認他人父，到今日三百口的冤魂方纔家㉝自有主！（下）

㉖當住：攔擋。

㉗能做毒：做得這樣狠毒。能，如此。

㉘開除：處死。

㉙來：句中襯字，無義。下句「花來簇」亦然。

㉚將軍柱：臨刑前綁縛犯人的柱子。

㉛爛斑舌：善於花言巧語的舌頭。

㉜跳：應是「挑」之誤。

㉝家：句中襯字，無義。

（程嬰云）到明日小主人必然擒拿這老賊，我須隨後接應去來。（下）

第五折

（外扮魏絳①領張千上，云）小官乃晉國上卿②魏絳是也。方今悼公③在位，有屠岸賈專權，將趙盾滿門良賤盡皆殺絕。誰想趙朔門下有個程嬰，掩藏了趙氏孤兒，今經二十年光景，改名程勃。今早奏知主公，要擒拿屠岸賈，雪父之仇。奉主公的命，道屠岸賈兵權太重，誠恐一時激變，著程勃暗暗的自行捉獲，仍將他闔門④良賤，齠齔⑤不留。成功之後，另加封賞。小官不敢輕洩，須親對程勃傳命去來。（詩云）忠臣受屠戮，沈冤二十年，今朝取姦賊，方知冤報冤。（下）（正末躧馬⑥仗劍上，云）某程勃今早奏知主公，擒拿屠岸賈，報父祖之仇。這老賊是好無禮也呵。（唱）

【端正好】也不索列兵卒，排軍將，動著些闊劍長鎗。我今日報仇捨命誅姦黨，總

---

①魏絳：晉悼公時的大臣。

②上卿：先秦時代主管國家政事者分上、中、下三等，上卿相當於宰相。

③悼公：晉靈公的侄孫，公元前五七二－五五八在位，距靈公之死已三十多年，下文云「今經二十年光景」，於史不合。

④闔門：全家。

⑤齠齔：「齔」同「齓」，此指兒童。

⑥躧馬：跨馬。指演員做跨馬動作。

是他命盡也合⑦身喪。

【滾繡毬】只在這鬧街坊，弄一場，我和他決無輕放，恰便似虎撲綿羊。我可也不索慌，不索忙，早把手腳兒十分打當⑧，看那廝怎做提防。我將這二十年積下冤仇報，三百口亡來性命償，我便死也何妨。

（云）我只在這鬧市中等候著，那老賊敢待來也。（屠岸賈領卒子上，云）今日在元帥府回還私宅中去。令人，擺開頭踏⑨，慢慢的行者。（正末云）兀的不是那老賊來了也。

（唱）

【倘秀才】你看那雄赳赳頭踏數行，鬧攘攘跟隨的在兩廂。你看他腆著⑩胸脯粧些兒勢況⑪，我這裡驟馬如流水，掣劍似秋霜，向前來賭當⑫。

（屠岸賈云）屠成，你來做甚麼？（正末云）兀那老賊，我不是屠成，則我是趙氏孤兒。二十年前你將俺三百口滿門良賤，誅盡殺絕，我今日擒你個老匹夫，報俺家的冤仇也。（屠岸賈云）誰這般道來？（正末云）是程嬰道來。（屠岸賈云）這孩子手腳來的⑬不中

⑦合：合該。
⑧打當：打點。
⑨頭踏：儀仗。
⑩腆著：挺著。
⑪勢況：模樣。
⑫賭當：阻擋。
⑬手腳來的：武藝高強。

⑭，我只是走的乾淨。（正末云）你這賊走那裡去？（唱）

【笑和尚】我、我、我儘威風八面揚；你、你、你怎掙閨⑮怎攔擋！早、早、早諕的他魂飄蕩；休、休、休再口強；是、是、是不商量；來、來、來可疋塔⑯的提離了鞍轎⑰上。

（正末做拿住科。程嬰慌上，云）則怕小主人有失，我隨後接應去。謝天地，小主人拿住屠岸賈了也。（正末云）令人，將這匹夫執縛定了，見主公去來。（同下）（魏絳同張千上，云）小官魏絳的便是。今有程勃擒拿屠岸賈去了。令人，門首覷者，若來時報復某知道。（正末同程嬰拿屠岸賈上。正末云）父親，俺和你同見主公去來。（見科云）老宰輔，可憐俺家三百口沈冤，今日拿住了屠岸賈也。（魏絳云）拿將過來。兀那屠岸賈，你這損害忠良的姦賊，今被程勃拿來，有何理說？（屠岸賈云）我成則為王，敗則為虜。事已至此，惟求早死而已。（正末云）老宰輔與程勃做主咱。（魏絳云）屠岸賈，你今日要早死，我偏要你慢死。令人，與我將這賊釘上木驢⑱，細細的剮上三千刀，皮肉都盡，方纔斷首開膛，休著他死的早了。（正末唱）

⑭不中：屠岸賈武藝不及。
⑮掙閨：掙扎。
⑯可疋塔：一下子，形容乾脆俐落。
⑰鞍轎：馬鞍。
⑱木驢：木製刑具。

【脫布衫】將那廝釘木驢推上雲陽，休便要斷首開膛；直剁的他做一堝兒⑲肉醬，也消不得俺滿懷惆悵⑳。

（程嬰云）小主人，你今日報了冤仇，復了本姓，則可憐老漢一家兒皆無所靠也！（正末唱）

【小梁州】誰肯捨了親兒把別姓藏？似你這恩德難忘。我待請個丹青妙手不尋常，傳著你眞容相，侍奉在俺家堂。

（程嬰云）我有什麼恩德在那裡，勞小主人這等費心。（正末唱）

【么篇】你則那三年乳哺曾無曠㉑，可不勝懷擔十月時光。幸今朝出萬死，身無恙，便日夕裡焚香供養，也報不的你養爺娘㉒。

（魏絳云）程嬰、程勃，你兩個望闕跪者，聽主公的命。（詞云）則為屠岸賈損害忠良，百般的撓亂朝綱，將趙盾滿門良賤，都一朝無罪遭殃。那其間頗多仗義，豈真謂天道微茫。幸孤兒能償積怨，把姦臣身首分張，可復姓賜名趙武，襲父祖列爵卿行。韓厥後仍為上將，給程嬰十頃田莊，老公孫立碑造墓，彌明輩槪與褒揚。普國內從今更始㉓，同瞻仰

⑲一堝兒：一堆兒。「堝」同「鍋」。
⑳惆悵：指憤慨。
㉑無曠：不間斷。
㉒養爺娘：養爺，養父。偏義複詞。
㉓更始：革新。

主德無疆。（程嬰、正末謝恩科。正末唱）

【黃鍾尾】謝君恩普國多沾降，把姦賊全家盡滅亡。賜孤兒改名望㉔，襲父祖拜卿相。忠義士各褒獎，是軍官還職掌，是窮民與收養，已死喪給封葬，現生存受爵賞。這恩臨似天廣，端爲誰敢虛讓㉕。暂損生在戰場，著鄰邦並歸向。落的個史册上標名留與後人講。

題目　公孫杵臼恥勘問

正名　趙氏孤兒大報仇

㉔名望：指姓名。

㉕端為誰敢虛讓：怎能謙讓而不接受君王的恩惠？

（李惠綿選注）

朱太守風雪漁樵記　選一折

元　無名氏撰

【題解】

本劇所演朱買臣休妻事，出於《漢書》本傳，宋元南戲有《朱買臣休妻記》，劇本已佚。元雜劇有庾天錫《會稽山買臣負薪》（佚）和闕名的《朱太守風雪漁樵記》，明清傳奇有顧瑾《佩印記》（佚）、單本《露綬記》（佚）和闕名的《爛柯山》（現存康熙抄本），另外明清通行的曲選與曲譜如《醉怡情》、《綴白裘》、《納書楹曲譜》等，也都收有元雜劇《朱太守風雪漁樵記》和《爛柯山》傳奇的單齣折子，當代兩大崑劇團關於此一故事的名作《朱買臣休妻》（江蘇省崑劇院張繼青、姚繼焜主演）和《爛柯山》（上海崑劇院梁谷音、計鎮華主演），即是在這些折子的基礎之上再改編創發而成的。本書所收為元雜劇闕名的《朱太守風雪漁樵記》第三折，根據的是《全元戲曲》本的點校（北京：人民文學出版社，一九九九，第六卷）。

全劇共分四折一楔子，由正末主唱，為「末本」。但正末此一腳色在劇中分飾兩名劇中人，第一、二、四折飾演朱買臣，其間改扮貨郎張㡉古，主唱第三折。這是元雜劇「一人主唱」體製中值得注意之處。

第一折演朱買臣（正末）與王安道（沖末）、楊孝先（外）二好友風雪閒談，巧遇嚴司徒至會稽訪賢，嚴司徒對朱買臣極為賞識，願代獻萬言書薦賢。不過此折除了交代這一線情節之外，更重要的是藉正末自嘆「十載攻書、半生埋沒」的曲文抒發元代文人不遇的心境，其中例如「人都道書中自有千鍾粟，怎生來偏著我風雪混樵漁」等唱詞，不僅是劇中人朱買臣的感慨，更是在異族統治之下知識份子普遍的心聲。

第二折（即本書所選部分），先由劉二公（外）登場，首先以賓白表明對女婿朱買臣「偎妻靠婦」、不肯進京求取功名的憂心，隨即逼迫女兒玉天仙（旦兒）假意討休書與夫離異，以激勵其奮發上進。接下來便是本折的重頭戲，玉天仙演出了一場成功的「逼休」。因為「一人獨唱」的關係，這折無法藉「對唱」表現夫妻之間的爭鬧，不過，編劇精彩運用「夾白」，在朱買臣的各段曲牌之中大量穿插玉天仙的賓白，唱與白之間轉換迅速，有時幾乎一句唱夾一段白，賓白的內容直接針對前一句唱詞，或是無理的引伸，或是反唇相激，總之，朱買臣無論是辯解或寬慰，都只會引來妻子一長串更為悍厲的埋怨。而唱與白不相同的節奏，反而更生動的體現了「一方極力隱忍、一方得寸進尺」夫妻吵架的生動面貌。與朱買臣結褵二十年的玉天仙，從被逼討休書的無奈，到朱買臣一進家門之後的連串潑辣語言，中間似乎少了一點心理轉折。就人物性格與情節發展而言，她裝假未免過於像真，不過，元雜劇本不講求細密的戲劇邏輯與嚴整的情節佈局，敘事風格偏向奔放，性格塑造也不在精描細鉤之間，疏漏之中凸顯的正是語言的生動活力。玉天仙每一句台詞都爽俐生猛、辛辣潑肆，十足的蒜酪風味，元雜劇的「語言藝術」在這折中有高成就的表現。

第二折和第三折之間有一「楔子」，交代劉二公暗中準備盤纏，寄放在朱買臣好友王安道家中，供朱上朝取應。而後朱買臣果然高中，除授會稽太守。

在第三折中正末改扮張㣲古，獨唱一大套曲，向劉二公描述朱買臣衣錦榮歸的風光場面。這樣的編劇手法為元雜劇所慣用，許多情節並不由當事人正面直接演出，改由第三者以旁觀的口吻描述，而這第三者未必是劇中重要（甚至必要）的人物。從歷史淵源上考察，這應該是「説唱文學」的遺留；而從藝術手法來分析，其效果與評價有正反兩面。負面的是：結構不夠緊湊，主要人物內心無法完整陳述；正面則是：大量的旁觀敘述使得全劇觀點不限於單一，體現了元雜劇「視角多元化」的藝術特質。而腳色的改扮，也使我們對雜劇「主腳」的意義做出深思：主腳未必只是擔當主要情節的人物，而必須以「主唱者」為考量基礎，音樂之重要性由此可見，音樂結構直接影響人物塑造、情節佈局乃至於主題呈現。

第四折發跡變泰衣錦還鄉的場面，不僅是朱買臣揚眉吐氣的時刻，更是元代文人人生願景的投射。玉天仙前來相認，朱買臣將當初逼休時的言語一一回贈，演出了一段「馬前潑水」。最後在王安道説明原委之後，才夫妻相認闔家團圓。第四折之後標出「題目正名」，為：「嚴司徒薦達萬言書，朱太守風雪漁樵記」。

第二折

（外扮劉二公，同旦兒扮劉家女上，詩云）段段田苗接遠村，太公莊上戲兒孫。莊農只得鋤鉋①力，答賀天公雨露恩。老漢姓劉，排行第二，人口順都喚我做劉二公。嫡親的三口兒家屬，一個婆婆，一個女孩兒。婆婆早年亡逝已過，我這女孩兒生的有幾分顏色，人都喚他做玉天仙。昔年與他招了個女婿是朱買臣。這廝有滿腹文章，只恨他偎妻靠婦②，不肯進取功名。似這般可怎生③是好？（做沉吟科，云）哦，只除非這般。孩兒也，你去問朱買臣討一紙兒休書來。（旦兒云）這個父親，越老越不曉事了，想著我與他二十年的夫妻，怎生下的④問他要索休書？（劉二公云）孩兒也，你若討了休書，我揀著那官員士户財主人家，我別替你招了一個；你若是不討休書呵，五十黃桑棍，決不饒你。快些去討來！（下）（旦兒做嘆科，云）待⑤討休書來，我和朱買臣是二十年的夫妻；待不討來，父親的言語又不敢不依。罷罷罷，我且關上這門，朱買臣敢待⑥來也。（正末拿拘繩匾擔

---

①鉋：削平木頭的器具，此處指農田耕作的工具。
②偎妻靠婦：依戀妻子。
③怎生：怎麼。
④怎生下的：怎麼忍心。下的，捨得、忍心。
⑤待：假設之詞，如果，假如。
⑥敢待：表示揣摩之意，猶云恐怕、將要、差不多快來了。

上云）這風雪越下的大了也。天呵，你也有那住的時節也呵！（唱）

【端正好】我則⑦見舞飄飄的六花⑧飛，更那堪這昏慘慘的兀那⑨彤雲靄，恰便似粉妝成殿閣樓臺。有如那撏綿扯絮⑩隨風灑，既不沙⑪，卻怎生白茫茫的無個邊界？

【滾繡毬】頭直上亂紛紛雪似篩，耳邊廂颯剌剌⑫風又擺。（帶云）可端的便這場冷也呵！（唱）哎喲，勿、勿、勿暢好是⑬冷的來奇怪。（帶云）天哪，天哪！（唱）也則是單注⑭著這窮漢每⑮月值年災⑯。（帶云）似這雪呵，（唱）則俺那樵夫每⑰怎打柴？便有那漁翁也索⑱罷了釣臺。（帶云）似這雪呵，（唱）則問那映雪⑲的書生安在？便是凍蘇秦也怎生

---

⑦則：只。

⑧六花：雪的代稱。亦作六出、六出花、六出冰花、冰花、瓊花等。

⑨兀那：句中襯字，無義。

⑩撏綿扯絮：撕扯綿絮，用以形容雪花滿天飛舞。撏，有撕、扯、拉、拔等義，這裡是撕扯的意思。

⑪既不沙：表假設之意，猶云「倘若不是這樣呵」。

⑫颯剌剌：象聲詞。

⑬暢好是：恰好是。

⑭單注：謂偏偏遇上。含有命該如此之意。

⑮窮漢每：窮漢們。「每」在宋元義同「們」。

⑯月值年災：一月之中遇到一年的災害。意為多災多難。

⑰樵夫每：樵夫們。

⑱也索：也要，也只得。

⑲映雪：晉朝孫康家貧，常借雪反射出來的光亮讀書，以後引伸為刻苦讀書的典故。

去搠筆巡街⑳？則他這一方市戶有那千家閉，抵多少十謁朱門九不開㉑。（帶云）似這雪呵，（唱）教我委實㉒難捱。

（云）來到門首也。劉家女，開門來，開門來。（旦兒云）這喚門的正是俺那窮廝。我不聽的他喚門，萬事罷論，纔聽的他喚門，我這惱就不知那裡來。我開開這門。（做見便打科，云）窮短命，窮弟子孩兒㉓，你去了一日光景，打的柴在那裡？（正末云）這婦人好無禮也，我是誰，你敢打我？（唱）

【倘秀才】我纔入門來你也不分一個皀白。（旦兒云）我不敢打你哪？（正末唱）你向我這凍臉上不俫㉔，你怎麼左摑來右摑㉕？（旦兒云）我打你這一下，有甚麼不緊㉖？（正末唱）哎，你個好歹鬥㉗的婆娘！（云）我不敢打你哪？（旦兒云）你要打我哪？你要打，這邊打，那邊

⑳搠筆巡街：拿著筆沿街賣文。搠，提、舉。巡街，沿街走，走街串巷。

㉑十謁朱門九不開：當時成語，意為窮苦人投靠富貴人家，到處受到冷落。謁，拜謁，拜見。朱門，紅色大門，代表富貴人家。

㉒委實：的確，確實。

㉓窮弟子孩兒：罵詞。弟子孩兒，妓女養的孩子。此前冠以「窮」，更加重詬罵程度。

㉔不俫：句中襯字，獨立於上下兩分句之間，起加強語氣作用，無義。

㉕左摑來右摑：左一巴掌、右一巴掌地打嘴巴。摑，用力搧打。

㉖有什麼不緊：即有什麼要緊，意為不要緊。

㉗歹鬥：猶云「歹毒」。

打，我舒與你個臉，你打你打。我的兒，只怕你有心沒膽，敢打我也。（正末唱）你個好歹鬥的婆娘可便忒㉘利害，也只為那雪壓著我脖項著㉙這頭難舉，冰結住我髭鬍㉚著這口難開。（旦兒云）誰和你料嘴哩。（正末唱）劉家女俫，你與我討一把兒家火來。

（旦兒云）哎呀，連兒、盼兒、憨頭、哈叭、刺梅、鳥嘴㉛，相公來家也，接待相公。打上炭火，篩上那熱酒，著相公盪寒。問我要火，休道無那火，便有那火，我一瓢水潑殺了。便無那水呵，一個屁也迸殺了。可那裡有火來與你這窮弟子孩兒。（正末云）兀那潑婦，你休不知福。（旦兒云）甚麼福？是是是，前一幅後一幅㉜，五軍都督府，你老子賣豆腐，你奶奶當轎夫。可是甚麼福？（正末唱）

【滾繡毬】你每日家㉝橫不拈豎不抬㉞。（旦兒云）你將來㉟波，有甚麼大綾大羅，洗白復生，

㉘忒：太、特別。
㉙著：使、讓，整句：雪壓著脖頸子使我的頭難舉。下句「著這口難開」同。
㉚髭鬍：口上邊的鬍子。
㉛連兒，盼兒，憨頭，哈叭，刺梅，鳥嘴：都是婢女常用的名字。假造這些名字，是為了加強對朱買臣的嘲笑。意為你窮到這種程度，還擺什麼臭架子，要呼喚奴婢來服侍你。
㉜幅：布料的寬度叫「幅」。這裡與下文的府、腐、夫均諧音「福」，起諷刺作用。
㉝家：語助詞。
㉞橫不拈豎不抬：指什麼都不做。
㉟將來：拿過來。

高麗㲲絲布㊱，大紅通袖膝襴㊲，仙鶴獅子的胸背㊳。你將來，我可不會裁不會剪？我可是不會做？（正末云）我雖無那大綾大羅與你，我呵，（唱）慣的你千自由百自在。（旦兒云）你這般窮，再不著我自在些兒，我少時跟的人走了也。窮短命、窮弟子孩兒、窮醜生！（正末唱）我雖受窮呵，我又不曾少人甚麼錢債。（旦兒云）你窮再少下人錢債，割了你窮耳朵，剜了你窮眼睛，把你皮也剝了。我兒也，休響嘴㊴，晚些下鍋的米也沒有哩。（正末云）劉家女俫，咱家裡雖無那細米呵，你覷去者波，（唱）我比別人家長趲㊵下些乾柴。（旦兒云）你看麼，我問他要米，他則把柴來對我。可著我喫那柴，穿那柴，嚥那柴？只不過要燒的一把兒柴也那。（正末唱）你是個壞人倫的死像胎㊶。（旦兒云）窮短命，窮剝皮，窮割肉，窮斷脊梁筋的。（正末唱）你這般毀夫主暢㊷不該。（旦兒云）我兒也，鼓樓房上琉璃瓦，每日風吹日曬雹子打。見過多少振鼜㊸振，倒怕你清風細雨灑？我和你頂磚頭㊹對口詞，我也不怕你。（正末云）只不過無錢也囉，你理會㊺的好人家好家法，你這等惡人家惡家法。（唱）哎，劉家

㊱洗白復生，高麗㲲絲布：兩種好衣料。

㊲通袖膝襴：即襴衫。

㊳胸背：指官服，官員公服的胸前有一塊禽獸形的圖案，依官員品第之不同而有區分。

㊴響嘴：誇口。

㊵趲：本為追趕、快走，此借為「攢」，積聚、儲存之意。

㊶死像胎：罵詞，猶今罵人為「胎裡壞」。

㊷暢：很、甚、十分、非常。

㊸振鼜：雷霆。因雷聲隆隆似急擊鼓聲。

㊹頂磚頭：舊時跪著發誓的方式。

㊺理會：瞭解，知道。

女俫，你怎生只學的這般惡叉白賴㊻？（旦兒云）窮弟子，窮短命，一世兒不能夠發跡。（正末云）由你罵，由你罵，除了我這個窮字兒，（唱）你可便再有甚麼將我來栽排㊼？（旦兒云）可也夠了你的了。（正末云）留著些熱氣，我且溫肚咱。（唱）則不如我側坐著土坑這般頦攙著膝㊽；（旦兒云）似這般窮活路，幾時捱的徹㊾也。（正末云）這個歹婆娘害殺人也波，天哪天哪！

（唱）他那裡斜倚定門兒手托著腮，則管哩放你那狂乖。

（旦兒云）朱買臣，巧言不如直道，買馬也索羅料，耳簷兒當不的狐帽，牆底下不是那避雨處。你也養活不過我來，你與我一紙休書，我揀那高門樓大糞堆㊿，不索買卦(51)有飯喫，一年出一個叫化的。我別嫁人去也。（正末云）劉家女，你這等言語再也休說，有人算我明年得官也。我若得了官，你便是夫人縣君(52)娘子，可不好哪？（旦兒云）娘子娘

㊻惡叉白賴：胡攪蠻纏、無事生非、無理取鬧之意。

㊼栽排：安排，指還要如何編派我的錯處？

㊽頦攙著膝：坐著歇息的一種姿態。一只手托著下巴，支撐在膝上。頦，下巴。

㊾捱的徹：捱到底。

㊿高門樓、大糞堆：高門樓，代指大户人家。不管我找的是高門大户還是低賤人家，總之不再跟隨你。

(51)買卦：占卜。

(52)縣君：夫人，官家婦女的封號。

子，倒做著屁眼底下穰子[53]；夫人夫人，在磨眼兒裡[54]。你沙子地裡放屁，不害你那口磣[55]，動不動便說做官。投到[56]你做官，你做那桑木官，柳木官，這頭踹著那頭掀，吊在河裡水判官，丟在房上曬不乾。投到你做官，直等的那日頭不紅，月明帶黑，星宿䁪眼，北斗打呵欠。直等的蛇叫三聲狗拽車，蚊子穿著兀剌靴[57]；蟻子戴著煙氈帽，王母娘娘賣餅料。投到你做官，直等的炕點頭，人擺尾，老鼠跌腳笑，駱駝上架兒，麻雀抱鵝彈[58]，木伴哥[59]生娃娃，那其間你還不得做官哩！看了你這嘴臉，口角頭餓紋，驢也跳不過去，你一世兒不能夠發跡！將休書來，將休書來！（正末云）劉家女，那先賢的女人，你也學取一個波。（旦兒云）這廝窮則窮，攀今覽古的，你著我學那一個古人？你說你說，你奶奶

---

[53]穰子：泛指某些皮或殼裡包著的東西。穰即瓤，此指排出的糞便，穰子諧音娘子，諷刺朱買臣所說「娘子」。

[54]夫人夫人，在磨眼兒裡：夫人諧音「麩仁」。表皮叫「麩」，去掉皮的麥粒叫「麥仁」。把麥粒放進石磨，就磨成「麩」和「仁」，所以此句話也是針對朱買臣所說的「夫人」加以諷刺。

[55]口磣：食物中有沙子，吃時磕牙叫「口磣」。這裡是辱罵朱買臣。

[56]投到：等到。

[57]兀剌靴：東北地區流行的一種皮靴，靴內裝有烏拉草以禦寒。

[58]鵝彈：即「鵝蛋」。

[59]木伴哥：木娃娃，一種玩具。

試聽咱。（正末唱）

【快活三】你怎不學賈氏妻只爲射雉如皋笑靨開⑥⓪？（旦兒云）我有甚麼歡喜在那裡，你著我笑？（正末云）你不笑，敢要哭？我就說一個哭的。（唱）你怎不學孟姜女把長城哭倒也則一聲哀？（旦兒云）朱買臣窮叫化頭，我也沒工夫聽這閒話，將休書來，休書來！（正末唱）你則管哩便胡言亂語將我廝花白⑥①，你那些個⑥②將我似舉案齊眉待？

（旦兒云）快將休書來！（正末唱）

【朝天子】哎喲，我罵你個叵耐⑥③、（旦兒云）你叵耐我甚麼？（正末唱）叵耐你個賤才！（旦兒云）將休書來，休書來！（正末云）這個歹婆娘害殺人也波，天哪天哪，（唱）可則誰似你那索休離舌頭兒快！（旦兒云）四村上下老的每，都說劉家女有三從四德哩。（正末云）誰那般道來？（旦兒云）是我這般道來。（正末唱）你道你便三從四德？（旦兒云）你說去，是我道來，我道來。（正末唱）你敢少他一畫。（云）劉家女，你有一件兒好處，四村上下別的婦人都學不的你。（旦兒云）可又來，我也有那一樁兒好處，你說我聽。（正末唱）劉家女俫，你比別人家愛富貴，你也敢嫌

---

⑥⓪賈氏妻只為射雉如皋笑靨開：據《左傳》記載，賈大夫貌醜，卻娶了個漂亮的妻子，她三年不言不笑。後來賈大夫在如皋射雉，一箭中的，她才開口一笑。

⑥①廝花白：即相花白。廝，相也。花白，當面諷刺挖苦。

⑥②那些個：哪些個。

⑥③叵耐：意為可恨、可惡。

俺這貧的忒煞㉔。（旦兒云）你這破房子，東邊刮過風來，西邊刮過雪來，恰似漏星堂也似的，虧你怎麼住。（正末云）劉家女，這破房子裡你便住不的，俺這窮秀才正好住。（唱）豈不聞自古寒儒在這冰雪堂何礙！（旦兒云）你也不怕人嗔怪㉕。（正末云）哎，天哪天哪，（唱）我本是個棟樑材，怎怕的人嗔怪？（旦兒云）你是一個男子漢家，頂天立地，帶眼安眉，連皮帶骨，帶骨連筋，你也掙閫些兒波。（正末云）我和他唱叫了一日，則這兩句話傷著我的心！兀那劉家女，這都是我的時也、運也、命也，豈不聞『不知命無以爲君子』㉖，則這天不隨人呵！（唱）你可怎生著我掙閫？（旦兒云）你也佈擺㉗些兒波。（正末唱）你怎生著我佈擺？（旦兒做拿匾擔拘繩放前科，云）則這的便是你營生買賣。（正末云）天哪天哪！（唱）我須是不得已仍舊的擔柴賣。

（旦兒云）我恰纔不說來㉘，你與我一紙休書，我別嫁個人。我可戀你些甚麼？我戀你南莊北園，東閣西軒，旱地上田，水路上船，人頭上錢？憑著我好苗條好眉面，善裁剪善針線，我又無兒女廝牽連，那裡不嫁個大官員？對著天曾罰願㉙，做的鬼到黃泉，我和你麻線道兒㉚上不相見。則為你凍妻餓婦二十年，須是你奶奶心堅石也穿。窮弟子孩兒你聽

㉔忒煞：太厲害太過份了。
㉕嗔怪：責怪。
㉖不知命無以為君子：意為不知道自己的命運，就沒有什麼辦法使自己成為君子。
㉗佈擺：安排處置，即「擺佈」。
㉘我恰纔不說來：我剛才不是說嗎？
㉙罰願：發誓。
㉚麻線道兒：狹小街道，指去陰司的路。

者，我只管戀你那布襖荊釵做甚麼！（正末唱）

【脫布衫】哦，既是你不戀我這布襖荊釵；（旦兒云）街坊鄰里聽著，朱買臣養活不過媳婦兒，來廝打哩。（正末云）你這般叫怎麼？我寫與你則便了也。（旦兒云）這等，快寫快寫！（正末唱）又何須去拽巷也波囉街⑪。（旦兒云）你洗手也不曾？（正末唱）我只不過畫與你個手模⑫；（云）兀那劉家女，你要休書，則道我這般寫與你，便乾罷⑬了那？（旦兒云）由你寫。或是跳牆驀圈⑭，翦柳⑮搠包兒⑯，做上馬強盜，白晝搶奪，或是認道士，認和尚，養漢子，你則管寫，不妨事。（正末云）劉家女，我則在這張紙上，將你那一世兒的行止都教廢盡了也。（唱）我去那休書上朗然該載⑰。

（云）劉家女，那紙墨筆硯俱無，著我將甚麼寫？（旦兒云）有有有，我三日前預準備下了落鞋樣兒的紙，描花兒的筆，都在此。你快寫你快寫。（正末云）劉家女也，須的要個桌兒來。（旦兒云）兀的不是桌兒。（正末云）劉家女，你掇⑱過桌兒來。你便似個古

⑪拽巷也波囉街：在街巷裡吵吵嚷嚷。也波，句中襯字，無義。

⑫手模：手印。

⑬乾罷：不付任何代價，白白了結。這裡指不再糾纏。

⑭跳牆驀圈：意為通姦。跳牆，指跨過牆赴約私會。驀圈，怕被人發現，跳進牲口圈躲起來。

⑮翦柳：一種竊盜行為，剪斷繫物之帶進行竊盜。

⑯搠包兒：以壞換好，騙取人家的財物。

⑰該載：寫下來，記載下來。

⑱掇：拿。

人，我也似個古人。（旦兒云）只管有這許多古人，你也少說些罷。（正末唱）

【醉太平】卓文君你將那書桌兒便快抬。（旦兒云）你可似誰？（正末唱）馬相如我看你怎的把他去支劃(79)。（旦兒云）紙筆在此，快寫了罷。（正末唱）你你你把文房四寶快安排。（云）劉家女，我寫則寫，只是一件，人都算我明年得官，我若得了官呵，把個夫人的名號與了別人，你不乾受了二十年的辛苦？（旦兒云）我辛苦也受的夠了，委實的捱不過，是我問你要來，不干你事。（正末云）請波請波。（唱）你也索回頭兒自揣(80)。（旦兒云）我揣個甚麼，是我問你要休書來，不干你事。（正末唱）非是我朱買臣不把你糟糠(81)待，赤緊的(82)玉天仙忍下的心腸歹。（帶云）罷罷罷，（唱）這梁山伯也不戀你祝英臺(83)。（云）任從改嫁，並不爭論，左手一個手模將去，（唱）我早則寫與你個賤才(84)。

（旦兒云）賤才賤才，一二日一雙繡鞋，我是你家奶奶。將來，我看這休書咱。寫著道『任從改嫁，並不爭論』，左手一個手模，正是休書。（正末云）劉家女，這休書上的字樣，你怎生都認的？（旦兒云）這休書我家裡七八板箱哩。（正末云）劉家女，風雪越大

---

(79) 支劃：應付對待。
(80) 揣：忖度，考慮。
(81) 糟糠：代指妻子。
(82) 赤緊的：的確，確實，當真。
(83) 梁山伯也不戀你祝英台：意為我對你也不再癡情。
(84) 賤才：諧音「剪裁」，故說「一二日一雙繡鞋」。

了，天色已晚，這些時再無去處，借一領蓆薦兒來，外間裡宿到天明，我便去也。（旦兒云）朱買臣，想俺是二十年的兒女夫妻，便怎生下的趕你出去？投到你來呵，我秤下一斤兒肉，裝下一壺兒酒，我去取來。（做出門科，云）我出的這門來。且住者，這廝倒乖也，他既與了我休書，還要他在我家宿，則除是恁的(85)。呀，我道是誰，原來是安道伯伯。你家裡來，朱買臣在家裡。伯伯你到裡面坐，我喚朱買臣出來。（再入門科，云）朱買臣，王安道伯伯在門首，你出去請他進來坐。（正末云）哥哥在那裡？請家裡來。（旦兒推末出門科，云）出去！我關上這門。朱買臣，你在門首聽者：你當初不與我休書，我和你是夫妻；你既與了我休書，我和你便是各別世人(86)。你知道麼，『疾風暴雨，不入寡婦之門』。你再若上我門來，我搵了你這廝臉。（正末云）他賺(87)我出門來，關上這門，則是不要我在他家中。劉家女，你既不開門，將我這抅繩扁擔來還我去。（旦兒云）我開……咦，這等道兒，沙地裡井都是俺淘過的，你賺的我開開門？他是個男子漢家，他便往裡擠，我便往外推，他又氣力大，便有十八個水牛拽也拽不出去。你要抅繩扁擔，你看著，我打這貓道裡攛出來。（正末云）兀那婦人，你在門裡面聽者：你恰纔索休的言語，

---

(85)則除是恁的：除非是這般。

(86)各別世人：不相干的人。

(87)賺：騙。

在我這心上恰便似印板兒⑱一般記著。異日得官時，劉家女，你不要後悔也。（旦兒云）既討了休書，我悔做甚麼。（正末云）劉家女，咱兩個唱叫，有個比喻。（旦兒云）喻將何比？（正末唱）

【三煞】你似那碔砆石比玉何驚駭⑲，魚目如珠不揀擇。我是個揷翅的金雕，你是個沒眼的燕雀，本合兩處分飛，焉能夠百歲和諧？你則待折靈芝餵牛草⑳，打麒麟當羊賣，捽瑤琴做燒柴。你把那沉香木來毀壞，偏把那臭榆㉑栽。

【二煞】那知道歲寒然後知松柏。你看我似糞土之牆朽木材，斷然是捱不徹飢寒，禁不過氣惱；怎知我守定心腸，留下形骸。但有日官居八座，位列三台㉓，日轉千階㉔，頭直上打一輪皂蓋㉕，那其間誰敢道我負薪來。

⑱印板兒：形容記憶得清楚、牢固，一點也不模糊，就像刻在木板上一樣，銘記在心的意思。

⑲你似那二句：意為分不清真假，辨不清好壞。碔砆石，似玉的美石。

⑳折靈芝餵牛草三句：比喻以貴當賤，埋沒人才。

㉑臭榆：臭椿，椿樹之一種，有臭味，木質鬆脆。

㉒八座：亦作「八坐」，指朝廷的高級官員。

㉓三台：漢代對尚書、御史、謁者的總稱。

㉔日轉千階：極言官運亨通，升遷之速。

㉕皂蓋：古代車上的黑色蓬蓋。

【隨煞尾】我直到九龍殿[96]裡題長策，五鳳樓[97]前騁壯懷。我若是不得官和姓改[98]。將我這領白襤衫脫在玉階，金榜親將姓氏開，敕賜宮花滿頭戴，宴罷瓊林[99]微醉色，狼虎也似弓兵兩下排，水罐銀盆[100]一字兒擺，恁時節方知這個朱秀才！不要你插插花花[101]認我來，哭哭啼啼淚滿腮，你這般怨怨哀哀磕著頭拜。（云）兀那馬頭前跪著的是劉家女麼？祗候人[102]，與我打的去。（唱）那其間我在馬兒上醉眼朦朧將你來並不睬。（下）

（旦兒云）朱買臣，你去了罷，你則管在門首唧唧噥噥怎的？（做聽科，云）呀，這一會兒不聽的言語倈。（做開門科，云）開開這門，朱買臣你回來，我逗你耍。嗨，他真個去了。他這一去，心裡敢有些怪我哩。我既討了休書，也不敢久停久住，回俺父親的話走一遭去。（下）

---

[96] 九龍殿：本為周時殿名，皇帝聽政的地方。此泛指朝廷宮殿。

[97] 五鳳樓：皇帝住處。

[98] 我若是不得官和姓改：這是一句誓言，意為一定得官。和姓改，連姓氏都改換。和，連也。

[99] 宴罷瓊林：殿試放榜後賜宴進士曰「瓊林宴」。

[100] 水罐銀盆：舊時官員出行時灑掃道路用的儀仗。

[101] 插插花花：「插花」的重疊形式，形容婦女對人跪拜時的樣子。

[102] 祗候人：元代衙署的吏役。

（王安祈選注）

崔鶯鶯待月西廂記　選二折

元　王德信撰

【作者】

王德信，字實甫，一作實父，大都人。約生於元世祖中統元年（一二六〇）之前，約卒於元順帝至元初（一三三五～一三三六）。或疑即王和卿，不確；或疑為元名臣王結之父，亦難定論。王實甫以擅寫兒女風情著名，而以《西廂記》一劇為時人所稱。他著有雜劇十四種，現存《西廂記》、《破窯記》、《麗春堂》三種。其中半數以上即屬兒女風情。《太和正音譜》云：「王實甫之詞，如花間美人。鋪敘委婉，深得騷人之趣。極有佳句，若玉環之出浴華清，綠珠之採蓮洛浦。」

《西廂記》作者，歷來論說不定，有以為是關漢卿，有以為是王實甫，有以為王實甫寫前四本，第五本是關漢卿續作，亦有反說關作王續；而金聖嘆批評本盛行後，王作關續之說幾乎成為定論。然續作云云乃明人臆測之詞，可置不論。若就《西廂記》內容風格參證關王現存劇作，則較近於王而遠於關。關作反映現實而筆觸疏朗，王作描摹風情而遣詞秀麗；王作有《蘇小卿月夜販茶船》、《韓彩雲絲竹芙蓉亭》二劇，各有曲文一折存《雍熙樂府》，即與《西廂記》頗為近似；加以《錄鬼簿》、《太和正音譜》俱以《西廂記》屬之王實甫，則自以王作為是。雖然，《西廂記》五本二十一折，破壞元劇四折一本之體例，且張君瑞或以生扮，唱法亦非純淨之末本或旦本，凡此皆可見非原作面目，必受南戲傳奇影響而經明人點染，則無可置疑。

【題　解】

《西廂記》演張君瑞、崔鶯鶯離合事，事本唐元稹《鶯鶯傳》。今所選第四本二、三兩折，係根據民國五年貴池劉氏暖紅室彙刻傳劇重刻凌氏本注釋，以取其通行。

本折【越調・鬥鵪鶉】協尤侯韻，由貼旦所扮之紅娘獨唱，而下折則由旦所扮之鶯鶯獨唱。本折即劇場上極著名之〈拷紅〉，用淺淡白描之筆，將紅娘之口吻、性情、機智寫得活生活現，而筆觸所到之處，亦由淡而濃，由淺而深，將怨情與關懷交織，所以顯得格外委婉有致。紅娘的機智和聰明，表現在把握住相國夫人的兩個弱點，其一是賴婚失信，其二是怕辱沒相國家譜；同時指出張生是「文章魁首」，鶯鶯是「仕女班頭」，為天生的一對；使得老夫人不得不答應鶯鶯許配張生。作者通過鶯鶯的妝模作樣和張生的「銀樣鑞槍頭」，反襯出紅娘的機智聰明、大膽潑辣，他比起作為主腳的鶯鶯、張生來，是要可人得多的。也因此，「紅娘」在中國文學中，便成了「典型」人物。

就排場而言：先以科白說明夫人動疑，【越調】套【調笑令】之前寫紅娘與鶯鶯擔心老夫人的責問，使事情揭露出來，為此帶出紅娘的絲絲怨情；其下【絡絲娘】之前為拷紅正文，為本折最精彩處；最後為老夫人當面將鶯鶯許配張生。

拷紅

（夫人引俫①上云）這幾日竊見鶯鶯語言恍惚，神思加倍，腰肢體態，比向日不同。莫不做下來了麼？（俫云）前日晚夕妳妳睡了，我見姐姐和紅娘燒香，半晌不回來，我家去睡了。（夫人云）這椿事都在紅娘身上，喚紅娘來。（俫喚紅科）（紅云）哥哥喚我怎麼？（俫云）妳妳知道你和姐姐去花園裡去，如今要打你哩！（紅云）呀！小姐，你帶累我也。小哥哥你先去，我便來也。（紅喚旦②科）（紅云）姐姐事發了也。老夫人喚我哩，卻怎了！（旦云）好姐姐，遮蓋咱。（紅云）娘呵！你做的隱秀③者。我道你做下來也。

（旦念）月圓便有陰雲蔽，花發須教急雨催。

【鬥鵪鶉】（紅唱）則著你夜去明來，到有個天長地久，不爭④你握雨攜雲，常使我提

①夫人引俫：夫人為崔相國之妻，崔鶯鶯之母；俫為崔鶯鶯之弟歡郎。此用腳色俗稱。

②紅喚旦：紅為紅娘，用人名之略稱；旦扮崔鶯鶯。

③隱秀：本為含才不露的意思，此作所為不欲人知解。

④不爭：只為。

心在口⑤。則合帶月披星⑥，誰著你停眠整宿。老夫人心教多，情性㑇⑦。使不著我巧語花言，將沒做有。

【紫花兒序】老夫人猜那窮酸⑧做了新婿，小姐做了嬌妻。這小賤人做了撁頭⑨，俺小姐這些時春山低翠，秋水凝眸⑩。別樣的都休，試把你裙帶兒拴紐門兒扣。比著你舊時肥瘦，出落得精神，別樣的風流。

（旦云）紅娘你到那裡，小心回話者。（紅云）我到夫人處，必問這小賤人。

【金蕉葉】我著你但去處行監坐守，誰著你迤逗⑪的胡行亂走。若問著此一節呵如何訴休，你便索與他個知情的犯由⑫。

姐姐！你受責理當，我圖甚麼來！

---

⑤提心在口：小心謹慎，擔驚受怕。
⑥帶月披星：謂夜晚在外行事。
⑦㑇：固執。
⑧窮酸：舊時對文人輕蔑的稱呼，此指張君瑞。
⑨撁頭：媒人。
⑩春山低翠秋水凝眸：春山形容美人之雙眉，秋水形容美人之眼目；低翠、凝眸，形容含情脈脈的樣子。
⑪迤逗：挑逗、勾引。
⑫索與他個知情的犯由：被他抓住「知情不報」的罪過。

【調笑令】你繡幃裡，效綢繆⑬。倒鳳顛鸞⑭百事有，我在窗兒外幾曾輕咳嗽，立蒼苔將繡鞋兒冰透。今日個嫩皮膚倒將粗棍抽，姐姐呵！俺這通殷勤的著甚來由。

姐姐在這裡等著，我過去，說過呵！休歡喜，說不過，休煩惱。（紅見夫人科）（夫人云）小賤人為甚麼不跪下，你知罪麼？（紅跪云）紅娘不知罪。（夫人云）你故自口強⑮哩。若實說呵！饒你，若不實說呵！我直打死你這個賤人。誰著你和小姐花園裡去來？（紅云）不曾去，誰見來？（夫人云）歡郎見你去來，尚故自推哩！（打科）（紅云）夫人休閃了手，且息怒停嗔，聽紅娘說。

【鬼三臺】夜坐時停了針繡，共姐姐閑窮究⑯。說張生哥哥病久，咱兩個，背著夫人，向書房問候。（夫人云）問候呵！他說甚麼？（紅云）他說來道老夫人事已休將恩變為仇，著小生半途喜變做憂。他道紅娘你且先行，教小姐權時落後。

（夫人云）他是個女孩兒家，著他落後麼？

【禿廝兒】（紅唱）我則道神針法灸，誰承望燕侶鶯儔⑰。他兩個經今月餘則是一處宿。何須你一一問，緣由。

⑬繡幃裡效綢繆：在繡花帳裡纏綿恩愛。
⑭倒鳳顛鸞：比喻男女歡合。
⑮口強：嘴硬、不招認。
⑯閑窮究：閒談中訴說情由。
⑰我則道神針法灸二句：我以為是神妙的醫術，誰料到變成歡愛的結合。

【聖藥王】他每不識憂，不識愁，一雙心意兩相投。夫人得好休，便好休，這其間何必苦追求。常言道女大不中留。

（夫人云）這端事都是你個賤人。（紅云）非是張生、小姐、紅娘之罪，乃夫人之過也。（夫人云）這賤人到指下我來，怎麼是我之過？（紅云）信者，人之根本。人而無信，不知其可也。大車無輗，小車無軏，其何以行之哉⑱？當日軍圍普救，夫人所許退軍者，以女妻之。張生非慕小姐顏色，豈肯建區區退軍之策？兵退身安，夫人悔卻前言，豈得不為失信乎？既然不肯成其事，只合酬之以金帛，令張生捨此而去；卻不當留請張生於書院，使怨女曠夫⑲，各相早晚窺視。所以夫人有此一端。目下老夫人若不息其事，一來辱沒相國家譜，二來張生日後，名重天下，施恩於人，忍令返受其辱哉？使至官司，夫人亦得治家不嚴之罪；官司若推其詳，亦知老夫人背義而忘恩，豈得為賢哉？紅娘不敢自專，乞望夫人台鑒。莫若恕其小過，成就大事，撋⑳之以去其污，豈不為長便乎？

【麻郎兒】秀才是文章魁首，姐姐是仕女班頭。一個通徹三教九流㉑，一個曉盡描鸞

⑱人而無信等五句：意謂人若不講信用，就像車上沒有橫木一樣，是行不通的。輗，大車上的橫木；軏，小車上的橫木；即衡。

⑲怨女曠夫：男女到了結婚年齡尚未婚嫁者。

⑳撋：以手揉摩。

㉑三教九流：三教，儒釋道。是三教之名，漢末已有之矣。九流，儒、道、法、陰陽、墨、名、縱橫、雜、農家者流，謂之九流。

刺繡。

【幺篇】世有便休罷手，大恩人、怎做敵頭。起白馬、將軍故友，斬飛虎、叛賊草寇。

【絡絲娘】不爭和張解元㉒、參辰卯酉㉓，便是與崔相國、出乖弄醜，到底干連著自己骨肉，夫人索窮究㉔。

（夫人云）這小賤人也道得是，我不合養了這個不肖之女，待經官呵！玷辱家門。罷！罷！俺家無犯法之男，再婚之女，與了這廝罷！紅娘喚那賤人來！（紅見旦云）且喜姐姐，那棍子則是滴溜溜在我身上，喫我直說過了，我也怕不得許多。夫人如今喚你來，待成合親事。（旦云）羞人答答的，怎麼見夫人。（紅云）娘根前有甚麼羞！

【小桃紅】當日個月明纔上柳梢頭，卻早人約黃昏後㉕。羞的我腦背後將牙兒襯著衫

㉒張解元：指張君瑞。金元時稱讀書人為解元。解元本為俗稱鄉試舉人第一名。

㉓參辰卯酉：參辰二星分居卯酉，兩不相見的意思。

㉔夫人索窮究：窮究一作體究，體究為體事勢、究情理之意，這裡紅娘之意在求夫人不當窮究，若作「索窮究」，則甚不合，當作「體究」為是。

㉕月明纔上柳梢頭二句：本歐陽修詞〈生查子〉：「月上柳梢頭，人約黃昏後。」

兒袖，猛凝眸，看時節則見鞋底尖兒瘦。一個恣情的不休，一個啞聲兒廝耨㉖。呸！那其間可怎生不害半星兒羞。

（旦見夫人科）（夫人云）鶯鶯！我怎生抬舉你來，今日做這等的勾當？則是我的孽障，待怨誰的是。我待經官來，辱沒了你父親，這等事，不是俺相國人家的勾當。罷！罷！罷！誰似俺養女的不長俊㉗，紅娘！書房裡喚將那禽獸來！（紅喚末㉘科）（末云）小娘子喚小生做甚麼？（紅云）你的事發了也。如今夫人喚你來，將小姐配與你哩！小姐先招了也，你過去。（末云）小生惶恐，如何見老夫人。當初誰在老夫人行說來？（紅云）休佯小心，過去便了。

【幺篇】既然泄漏怎干休，是我相投首㉙。俺家裡陪酒陪茶到撋就㉚。你休愁，何須約定通媒媾。我棄了部署不收㉛，你原來苗而不秀㉜。呸！你是個銀樣鑞鎗頭㉝。

㉖廝耨：相親昵，北方俗語。

㉗不長俊：不長進、不體面。

㉘末：扮張君瑞。有的版本作「生」扮，顯然受傳奇影響而改。

㉙投首：投案自首。

㉚俺家裡陪酒陪茶到撋就：到撋就，顛倒還就。意謂結婚之事本應由男家主動送禮向女家求婚，現在反倒由女家陪酒陪茶來還就。

㉛我棄了部署不收：意謂我放棄了處理你們婚姻事，也不收你的禮物。部署，處理事物，此指處理婚姻事。

㉜苗而不秀：不能結實的禾苗，即不中用，沒

老夫人会客の廳堂

張生拜見夫人

（末見夫人科）（夫人云）好秀才呵？豈不聞非先王之德行不敢行。我待送你去官司裡去來，恐辱沒了俺家譜，我如今將鶯鶯與你為妻，則是俺三輩兒不招白衣㉞女婿。你明日便上朝取應去，我與你養著媳婦，得官呵！來見我；駁落㉟呵！休來見我。（紅云）張生早則喜也！

【東原樂】相思事，一筆勾。早則展放從前眉兒皺，美愛幽歡恰動頭，既能勾，張生你覷兀的般可喜娘、龐兒也要人消受。

（夫人云）明日收拾行裝，安排果酒，請長老一同送張生到十里長亭去。（旦念）寄與西河隄畔柳，安排青眼㊱送行人。（同夫人下）

【收尾】（紅唱）來時節畫堂簫鼓鳴春晝，列著一對兒鸞交鳳友。那其間纔受你說媒紅㊲，方喫你謝親酒㊳。（並下）

出息的東西。

㉝銀樣鑞鎗頭：比喻中看不中用。

㉞白衣：指沒有功名、官職的人。

㉟駁落：亦作剝落，指應試失敗，沒能考取。

㊱青眼：借用魏阮籍青白眼之語，此指柳眼，柳芽之初舒者曰柳眼。

㊲說媒紅：謝媒人之錢鈔或禮物裹以紅紙，故云紅。

㊳謝親酒：宋元習俗，男女婚後三天，男家宴請岳父母及媒人，叫謝親酒。

（曾永義選注）

長亭送別

【題　解】

此折即為《西廂記》中膾炙人口之〈長亭送別〉，其佳處在寫景抒情交融為一，使人迴腸蕩氣，感受實深。而其所以如此出神入化、天衣無縫，實有《董西廂》以為藍本。董為說唱，王為雜劇，體製不同；大抵董較為醒豁真切，王較為柔媚含蓄，各有所長，無須強論優劣。

本折【正宮．端正好】套協齊微韻，由旦獨唱，開首【端正好】一曲寫秋日原野，以為離愁別恨之背景。【叨叨令】之前寫往長亭途中，【叨叨令】一曲最足以見元曲襯字之妙。【脫布衫】至【四邊靜】為【正宮】、【中呂】兩收之曲，自成一組以寫長亭離筵。最後【般涉．耍孩兒】套為借宮，再寫鶯鶯之殷勤叮嚀，而以夕陽殘照收束全篇。

（夫人長老①上云）今日送張生赴京，十里長亭②，安排下筵席，我和長老先行。不見張生小姐來到。（旦末紅同上）（旦云）今日送張生上朝取應，早是離人傷感，況值那暮秋

---

①長老：寺廟中之住持。長老本是高僧年長者之稱，此指普救寺之法本長老。

②十里長亭：古代驛路上十里設一長亭，五里設一短亭，以供行休息，送行者亦在此餞別。

天氣，好煩惱人也呵！悲歡聚散一杯酒，南北東西萬里程。

【端正好】碧雲天，黃花地，西風緊、北雁南飛。曉來誰染霜林醉③，總是離人淚。

【滾繡球】恨相見得遲，怨歸去得疾。柳絲長、玉驄難繫④，恨不倩⑤疏林掛住斜暉。馬兒迍迍的⑥行，車兒快快的隨。卻告了、相思迴避⑦，破題兒⑧、又早別離。聽得一聲去也鬆了金釧⑨，遙望見十里長亭減了玉肌。此恨誰知。

（紅云）姐姐！今日怎麼不打扮？（旦云）你那知我的心裡？

【叨叨令】見安排著車兒馬兒不由人熬熬煎煎的氣，有甚麼心情花兒靨兒⑩打扮的嬌嬌滴滴的媚。準備著被兒枕兒則索昏昏沉沉的睡，從今後衫兒袖兒都搵⑪做重重疊疊的淚。兀的不悶殺人也麼哥，兀的不悶殺人也麼哥。久已後書兒信兒索與我恓恓惶惶的寄。

---

③霜林醉：指楓林經霜而紅。
④柳絲長玉驄難繫：柳絲雖長，無法繫住玉驄馬，謂必須離別。玉驄，良馬之名。
⑤倩：請、使。
⑥迍迍的：慢慢的。
⑦卻告了相思迴避：剛剛使得相思結束，意謂兩人才私下結合不久。
⑧破題兒：一開始、一下子。
⑨鬆了金釧：意謂消瘦了。金釧，金鐲子。
⑩靨兒：本為酒窩之意，此指貼在頰邊的花飾。
⑪搵：揩拭。

（做到）（見夫人科）（夫人云）張生和長老坐，小姐這壁坐。紅娘將酒來，張生你向前來，是自家親眷，不要迴避。俺今日將鶯鶯與你，到京師休辱末⑫了俺孩兒，掙揣⑬一個狀元回來者。（末云）小生託夫人餘蔭，憑著胸中之才，視官如拾芥⑭耳。（潔云）夫人主見不差，張生不是落後的人。（把酒了坐）（旦長吁科）

【脫布衫】下西風、黃葉紛飛，染寒煙、衰草萋迷。酒席上斜簽著坐的⑮，蹙愁眉、死臨侵地⑯。

【小梁州】我見他閣淚汪汪不敢垂，恐怕人知。猛然見了把頭低，長吁氣，推⑰整素羅衣。

（紅遞酒，旦把盞長吁科云）請喫酒。

【上小樓】合歡未已，離愁相繼。想著俺前暮私情，昨夜成親，今日別離。我諗知，這幾日，相思滋味。卻原來比別離情、更增十倍。

【么篇】年少呵！輕遠別，情薄呵！易棄擲。全不想腿兒相挨，臉兒相偎，手兒相

⑫辱末：即辱沒，使之感到恥辱、不光彩。
⑬掙揣：努力爭取。
⑭如拾芥：好像拾取小草一樣的容易。
⑮斜簽著坐的：偏斜身子坐的，指張生。
⑯死臨侵地：形容呆呆地，毫無生氣的樣子。
⑰推：假裝。

攙。你與俺崔相國，做女婿，妻榮夫貴。但得一個並頭蓮、煞強如⑱狀元及第。

（紅云）姐姐不曾喫早飯，飲一口兒湯水。（旦云）紅娘，甚麼湯水嚥得下！

【滿庭芳】供食太急，須臾對面，頃刻別離。若不是酒席間子母每當迴避，有心待與他舉案齊眉⑲。雖然是廝守得一時半刻，也合著俺夫妻每共桌而食。眼底空留意，尋思起就裡，險化做望夫石⑳。

（夫人云）紅娘把盞者。（紅把酒科）

【快活三】（旦唱）將來的酒共食，嘗著似土和泥。假若便是土和泥，也有些土氣息、泥滋味。

【朝天子】暖溶溶玉醅㉑，白泠泠似水，多半是相思淚。眼面前茶飯怕不待要喫，恨塞滿愁腸胃。蝸角虛名，蠅頭微利㉒，拆鴛鴦在兩下裡。一個這壁，一個那壁，一遞一聲長吁氣。

⑱煞強如：遠勝過。

⑲舉案齊眉：把盤子舉到眉間，恭恭敬敬為丈夫獻上飲食，此用東漢梁鴻孟光事。

⑳望夫石：在湖北省武昌縣，有石如人立，名曰望夫石。相傳昔有貞女，其夫赴國難，曾於此送別；後其夫久不歸，貞女立望此山而死，軀體化成岩石。

㉑玉醅：美酒。

㉒蝸角虛名蠅頭微利：比喻功名利祿之微薄而人爭逐不休。

（夫人云）輛起㉓車兒，俺先回去。小姐隨後和紅娘來。（下）（末辭潔科）（潔云）此一行別無話兒，貧僧準備買登科錄看，做親的茶飯，少不得貧僧的。先生在意，鞍馬上保重者。從今經懺㉔無心禮，專聽春雷第一聲㉕。（下）

【四邊靜】（旦唱）**霎時間杯盤狼藉，車兒投東馬兒向西。兩意徘徊，落日山橫翠。知他今宵宿在那裡，有夢也難尋覓。**

張生，此一行得官不得官，疾便回來。（末云）小生這一去，自奪一個狀元。正是青霄有路終須到，金榜無名誓不歸。（旦云）君行別無所贈，口占一絕㉖，為君送行。「棄擲今何在，當時且自親；還將舊來意，憐取眼前人㉗。」（末云）小姐之意差矣！張珙更敢憐誰？謹賡㉘一絕，以剖寸心㉙。「人生長遠別，孰與最關情；不遇知音者，誰憐長歎人

㉓輛起：駕起。

㉔經懺：經書懺文。

㉕春雷第一聲：進士考試在春天，此指考中狀元的捷報。

㉖口占一絕：隨口吟成一首絕句。

㉗棄擲今何在四句：意謂你拋捨了我要置我於何處呢？而我們畢竟有過兩情相悅的日子；你或許還會拿著以前對我的情意，去憐愛你眼前的新人吧！

㉘賡：續作，此指和韻，即步其韻同作五絕一首。

㉙以剖寸心：以表白心意。

㉚。」

【耍孩兒】(旦唱)淋漓襟袖啼紅淚，比司馬青衫更濕㉛。伯勞東去燕西飛，未登程先問歸期。雖然眼底人千里，且盡生前酒一杯，未飲心先醉。眼中流血，心裡成灰㉜。

【五煞】到京師服水土，趁程途㉝節飲食。順時自保揣身體㉞。荒村雨露宜眠早，野店風霜要起遲。鞍馬秋風裡，最難調護，最要扶持。

【四煞】這憂愁訴與誰，相思只自知。老天不管人憔悴，淚添九曲黃河溢㉟，恨壓三峰華嶽低㊱。到晚來悶把西樓倚，見了些夕陽古道，衰柳長隄。

【三煞】笑吟吟一處來，哭啼啼獨自歸，歸家若到羅幃裡，昨宵個繡衾香暖留春

㉚人生長遠別四句：人生常有離別，誰人與我最親密呢？如果不是遇到你這位知音人，有誰來憐惜我這位長嘆他鄉的遊子呢？

㉛比司馬青衫更濕：白居易〈琵琶行〉：「坐中泣下誰最多，江州司馬青衫濕。」江州司馬，白居易自稱。

㉜眼中流血心內成灰：形容極度悲傷。

㉝趁程途：在旅途中趕趁宿頭。

㉞順時自保揣身體：隨時自我調養，估量身體的情況。

㉟淚添九曲黃河溢：形容淚水之多，滴在彎彎曲曲的黃河裡，使河水都滿了出來。

㊱恨壓三峰華嶽低：形容愁恨之濃重，連華山的三峰都被壓低了。陝西省西嶽華山有三個著名的高峰，即蓮花、毛女、松檜三峰。

住，今夜個翠被生寒有夢知。留戀你別無意，見據鞍上馬，閣不住淚眼愁眉。

（末云）有甚言語，囑咐小生咱。

【二煞】（旦唱）你休憂文齊福不齊㊲，我則怕你停妻再娶妻。休要一春魚雁無消息，我這裡青鸞有信頻須寄，你卻休金榜無名誓不歸。此一節君須記，若見了那異鄉花草㊳，再休似此處棲遲㊴。

（末云）再誰似小姐，小生又生此念。

【一煞】（旦唱）青山隔送行，疏林不做美。淡煙暮靄相遮蔽，夕陽古道無人語，禾黍秋風聽馬嘶。我爲甚麼懶上車兒內，來時甚急，去後何遲。

（紅云）夫人去好一會，姐姐咱家去。

【收尾】（旦唱）四圍山色中，一鞭殘照裡。遍人間煩惱填胸臆，量這些大小車兒如何載得起。

（旦紅下）（末云）僕童趕早行一程兒，早尋個宿處。淚隨流水急，愁逐野雲飛。（下）

（曾永義選注）

㊲文齊福不齊：意謂有好才學而沒有好福氣。

㊴棲遲：逗留、停留不願離開。

㊳花草：借指女子。

西遊記 選二齣

明 楊訥撰

【作者】

楊景賢，名暹，後改名訥，號汝齋，為元末明初的蒙古族戲曲作家，生卒年不詳，大約與賈仲明（一三四三～一四二二）為同時人。賈仲明《錄鬼簿續編》中載：「善琵琶，好戲謔。樂府出人頭地。錦陣花營，攸攸樂志，與余交五十年。永樂初，與舜民一般遇寵，後卒於金陵。」楊景賢為人放達詼諧，曾被「重語禁」的明成祖召入宮廷中「以備顧問」，擅長散曲與雜劇，明朱權《太和正音譜》中贊譽其詞之風格如同「雨中之花」。而雜劇作品據《錄鬼簿續編》所載共有十八種，現今僅存描寫道教神仙馬丹陽度化妓女劉行首的《劉行首》雜劇，以及敘述唐僧師徒前往西天取經的《西遊記》雜劇。《西遊記》雜劇共有六本二十四折，體制規模龐大，誠如彌伽弟子在《小引》載：「自《西廂》而外，長套者絕少。後得是本，乃與之頡頏。」為《西廂記》以外的另一部元雜劇長篇鉅作。而《楊東來批評西遊記總論》則言：「是編合天人神佛妖鬼而並舉之，滔滔莽莽遂成大觀，有悲切處、有激烈處、有澹宕處、有痛快處、有會心處、有聳異處、有綿邈處、有絕倒處、且賓白典贍條妥不見扭造，而板眼務頭套數出沒俱屬當行」也給予相當的評價。

【題解】

《西遊記》共有六本二十四折，第一本包括〈之官逢盜〉、〈逼母棄兒〉、〈江流認親〉與〈擒賊雪讎〉四折，敘述唐僧原為西天毗盧伽尊者，為取經闡教托化為陳光蕊之子。陳光蕊往洪州赴任途中為船伕劉洪所害，其妻殷氏生子滿月被逼棄子於江河，為金山寺丹霞禪師所救取名江流兒，法號玄奘。十八年後認母報仇，光蕊亦由龍王護送上岸一家團聚；第二本則有〈詔餞西行〉、〈村姑演說〉、〈木叉售馬〉與〈華光署保〉四折，描寫唐僧祈雨成功，封為三藏法師奉詔去西天取經，百官於灞橋排宴送行。長安城內熱鬧萬分有各種社火表演，胖姑與王留觀後向爺爺演說。火龍三太子因行雨差池當斬，幸觀音保奏化為白馬隨唐僧西天馱經；第三本為〈神佛降世〉、〈收孫演咒〉、〈行者除妖〉與〈鬼母皈依〉四折，說明孫悟空因盜食瓊漿金丹與仙桃仙衣被天兵天將緝拿，後被觀世音壓於花果山下，唐僧收之為徒名喚孫悟空；師徒行至沙河，遇見原為玉皇殿前捲簾大將軍的沙和尚，因帶酒思凡罰於此地也收為徒弟。師徒三人行至黃風山，救出被妖魔攝去的劉太公女兒；又遇到鬼母子之子愛奴兒擄去唐僧，幸世尊佛的協助收服母子二人皈依佛法；第四本包括〈妖豬幻惑〉、〈海棠傳耗〉、〈導女還裴〉與〈細犬擒豬〉四折，描寫原為裴利支天部下御車將軍的豬八戒，化做朱太公之子的模樣，將裴海棠攝入黑風洞成親。經悟空查明真相求助二郎神，終收服豬精為徒隨唐僧取經；第五本有

〈女王逼配〉、〈迷路問仙〉、〈鐵扇凶威〉與〈水部滅火〉四折，敘述唐僧一行來到女人國，因國中無男子女王意欲婚配，幸韋馱天尊奉觀音法旨相救。而後繼續前進抵達火焰山，向鐵扇公主借鐵扇滅火，然而公主不借與孫悟空大打出手，後經觀世音相助乃得以通過火焰山；第六本則為〈貧婆心印〉、〈參佛取經〉、〈送歸東土〉與〈三藏朝元〉四折，寫唐僧師徒來至中天竺國，與賣胡餅的貧婆答問參禪，給孤長者奉佛法指引度於諸天帝君。佛命唐僧取經回中原，四位弟子則不回東土先成正果。唐僧在佛弟子的護送下歸返國門，開壇闡教後再回西天正果朝元。

《西遊記》雜劇描述了唐僧師徒西天取經的神話故事，原本唐僧取經為歷史上的真人實事，然而在民間的傳播附會下，逐漸演變成為各種文藝的題材，如宋話本《大唐三藏取經詩話》、金院本《唐三藏》與《水母砌》、元《西遊記平話》等，添加點染了各式的神魔傳說，而到明吳承恩《西遊記》小說時總其大成，在故事情節與人物形象上越趨地豐富完整。本文中擇選全劇中第二本第六折的〈村姑演說〉與第五本第十九折的〈鐵扇凶威〉，前者以熱鬧隆重的場面，鋪墊出唐僧前往西天取經的前奏。在胖姑自然純真的敘述描繪中，鼓樂齊鳴百戲競陳的景象生靈活現地如在眼前。尤其以民間日常的生活語言，來描摹百官的穿著打扮與行為舉止，饒富天然本色又充滿俚趣，也將胖姑的身分與個性表露無遺；而後者則將鐵扇公主的形象塑造得栩栩如生，從公主出場到第二支【滾繡球】，敘述公主的身世來歷與介紹鐵扇的構造；

而後從悟空上場到【快活三】，描寫二人你來我往的口舌爭辯；緊接著從【鮑老兒】進入開打交戰的高潮場面，旗幟狂舞戰鼓頻擊，活脫脫具現公主兇狠嬌俏的英姿；而最後的尾曲則由悟空自我解嘲，以輕鬆幽默的話語作結，留下求助觀世音的下折伏筆。此二折在現今崑曲的舞台上仍常被搬演。本劇今採明萬曆四十二年（一六一四）《楊東來先生批評本》，首有勾吳蘊空居士總論，題：「元吳昌齡撰」。由於元鍾嗣成《錄鬼簿》吳昌齡名下亦有《西天取經》雜劇，故歷來多有所混淆。後經孫楷弟先生考證此劇應為楊景賢所作。

村姑演說

（老張上云）縣令廉明決斷良，吏胥不詐下村鄉。連年麻麥收成足，一炷清香拜上蒼。老張祖在長安城外住，生是個老實的傍城莊家。今日聽得城裡送國師唐三藏西天取經去，我莊上壯王二、胖姑兒都看去了。我也待和他們去，老人家趕他不上，回來了。說道好社火①，等他們來家，教他敷演與我聽。我請他吃分合落兒②。（村廝兒先上）（胖姑兒上

①社火：舊時里社在節日迎春賽會時，由民衆組織起來進行遊藝雜耍的表演。宋范成大《上元紀吳中節物俳諧體三十二韻》：「輕薄行歌過，顛狂社舞呈」自注：「民間鼓樂謂之社火，不可悉記，大抵以滑稽取笑。」也可以指同業、同行的行會組織或表演者。

②合落兒：或作合酪，河漏。元王禎《農書》云：「北方多磨蕎麥為麵，或作湯餅，謂之

云）王留胖哥，等我等兒。（唱）

【豆葉黃】胖哥王留，走得來偏疾；王大張三，去得便宜。胖姑兒天生得我忒認得，中表③相隨。壯王二離了官廳，直到家裡。

（做見科）（張云）您來家了。看甚麼社火，對我細說一遍。（姑云）王留，你說與爺爺聽。（張云）胖姑兒，則有你心精細，你說者。（姑唱）

【一縐兒麻】不是胖姑兒偏精細，官人每簇捧著個大檑椎④。檑椎上天生得有眼共眉，我則道瓠子頭葫蘆對。這個人也索是蹺蹊⑤。（云）甚麼唐僧唐僧，早是不和爺爺去看哩，枉了這遭。（唱）恰便似不敢道的東西，枉惹得旁人笑恥。

（張云）官人每怎麼打扮送他？（姑云）好笑，官人每不知甚麼打扮！（唱）

【喬牌兒】一個個手執白木植⑥，身穿著紫搭背⑦。白石頭黃銅片去腰間繫，一對腳

河漏，以供常食。」為北方農村一帶類似麵條的食品。

③中表：父親的姊妹與母親兄弟姊妹之子，皆為中表親。

④大檑椎：一種頭部圓滑攪拌糊漿的棍棒，這裡用來比喻唐僧的光頭。

⑤蹺蹊：奇怪、可疑。

⑥白木植：指官員們拿著的手板。

⑦搭背：或作背搭、背心、馬甲、坎肩，即古代的兩當、半臂也。為無袖的短衣，僅能遮蔽胸背。

似踏在黑甕裡⑧。

（張云）那是個皂靴⑨。（姑唱）

【新水令】官人每腰屈共頭低，吃得醉醺醺腦門著地。（張云）拜他哩。（姑唱）咿咿嗚嗚吹竹管，撲撲通通打牛皮⑩。見幾個無知，叫一會鬧一會。

【雁兒落】見一個粉搽白面皮，紅絟著油鬏髻。笑一聲打一棒椎，跳一跳高似田地。

（張云）這是做院本⑪的。（姑唱）

【川撥棹】更好笑哩。好著我笑微微，一個漢木雕成兩個腿，見幾個回回⑫，舞著面旌旗，阿剌剌口裡不知道甚的妝著鬼。人多我看不仔細。

【七弟兄】我鑽在這壁、那壁，沒安我這死身已。滾將一個磟碡⑬在根底，脚踏著纔

⑧前句指官員們身上所佩戴的玉帶、金帶；後句指官他們腳上所穿著的黑靴。

⑨皂靴：乘馬鞋也，後世循習遂為朝服。

⑩打牛皮：指打鼓。

⑪做院本：院本為行院之本，大抵為宋金時倡優伶人所演唱表演的腳本，多半具有滑稽詼諧的趣味性。

⑫回回：回族人。

⑬磟碡：用以輾碾穀物或壓平場圃的農具，以石為圓筒形，中貫以軸，外施木框曳行而轉壓之。

得見眞實。百般打扮千般戲。

爺爺好笑哩。一個人兒將幾扇門兒，做一個小小的人家兒。一片綢帛兒，妝著一個人，線兒提著木頭雕的小人兒。（唱）

【梅花酒】那的他喚做甚傀儡，黑墨線兒提著紅白粉兒，妝著人樣的東西。颼颼胡哨⑭起，鼕鼕地鼓聲催。一個摩著大旗，他坐著吃堂食。我立著看筵席，兩隻腿板僵直，肚皮裡似春雷。

【收江南】呀，正是坐而不覺立而饑，去時乘興轉時遲。（云）說了半日，我肚皮裡饑也。（唱）粆子面⑮合落兒帶蔥虀。霎時間日平西，可正是席間花影坐間移。

看了一日，誤了我生活⑯也。（唱）

【隨煞】雨餘勻罷芝麻地，咱去那漚麻池⑰裡澡洗。唐三藏此日起身，他胖姑兒從頭告訴了你。

---

⑭胡哨：口哨。
⑮粆子面：一種米粉。
⑯生活：指勞動作業。
⑰漚麻池：麻從秸杆上剝離後，必須置於池水中才容易於析開。

鐵扇凶威

（鐵扇公主上云）妾身鐵扇公主是也，乃風部下祖師，但是風神皆屬我掌管。為帶酒與王母相爭，反卻天宮，在此鐵鎈山居住。倒大來是快活也呵！（唱）

【端正好】我在巽宮裡居，離宮⑱裡過。我直滾沙石撼動娑婆⑲，天長地久誰煞得我？把世界都參破。

【滾繡球】孟婆⑳是我教成，風神是我正果㉑。我和驪山老母㉒是姊妹兩個。我通風他通火。角木蛟井木犴是叔伯親，斗木獬奎木狼㉓是舅姑哥。當日宴蟠桃惹起這場災禍。西王母㉔道他金能欺風木催樣。當日個酒逢知己千鍾少，話不投機一句多。死也

⑱巽宮裡居，離宮裡過：指居住在風神與火神的宮殿中，巽、離皆為八卦的卦位，八卦中巽卦象風，巽宮為風神的宮殿。八卦中巽卦象火，離宮為火神的宮殿。

⑲娑婆：與婆娑同，舞貌。在佛家語中指三千大千世界。

⑳孟婆：江南風神名。

㉑正果：即證果，為佛家語，言其所修已成就者。

㉒驪山老母：古女仙名。

㉓角、井、斗、奎為二十八星宿中，東方七宿的四個星宿。由於東方屬木故以木為號，而蛟、犴、獬、狼是這四宿的星象。

㉔西王母：即王母娘娘，亦名金母，世以西王

待如何！

俺這裡鐵鋌峰，好景致也呵。（唱）

【倘秀才】明日照疏林花果，寒露滴空山薜蘿，四面青山緊圍裹。松梢間鶴唳，洞口看猿過，與凡塵間闊。

我一柄扇子，重一千餘斤。上有二十四骨，按二十四氣㉕。此般兵器，三界聖賢，不可量度。單鎮南方火焰山，若無此扇，諸人不可過去。好扇子呵！（唱）

【滾繡球】這扇子六丁神㉖巧鑄成，五道神㉗細打磨，閻浮間㉘並無二個，上秤稱一千斤猶有餘多。管二十四氣風，吹滅八十一洞火。火焰山神見咱也膽破，惱著我呵登時間便起干戈。我且著扇搧翻地獄門前樹，捲起天河水上波。我是第一洞妖魔。

（行者上叫科）（洞裡小鬼做出科）（行者云）小鬼，對您公主說，大唐三藏國師摩合羅㉙俊徒弟孫悟空來求見。借法寶㉚過火焰山咱。（小鬼進稟科）（公主云）我知道。這胡

母為女仙之宗。

㉕二十四氣：指一年二十四節氣。

㉖六丁神：道教之神祇，為民間傳說中的火神。

㉗五道神：五道將軍，為民間傳說中的東岳神將。

㉘閻浮間：意指天地間。

㉙摩合羅：梵語音譯，為佛經中摩喉羅神名，傳之西域。在宋元時民間習俗，用土木塑成小兒形加衣飾於七夕節時供奉，後演變為兒童玩具。

㉚法寶：本為佛家語，此指神奇的寶物。

孫㉛是通天大聖孫行者，著他過來。（行者做入見諢科，云）弟子不淺，娘子不深。我與你大家各出一件，湊成一對妖精。小行者特來借法寶過火焰山。（公主云）這胡孫無禮！我不借與你。（唱）

【叨叨令】我這片殺人心膽天來大，救人命志少些兒個。（行者云）師父過不得火焰山，特來相投。（公主唱）你道是火焰山師父實難過，則這個鐵鎈峰的魔女能行禍。休得要閑中尋鬧也波哥㉜，休得要閑中尋鬧也波哥！則你那禿髑髏㉝敢禁不得剛刀剁。

（行者云）這賊賤人好無禮！我是紫雲羅洞主，通天大聖。我盜了老子金丹，煉得銅筋鐵骨，火眼金睛。鍮石㉞屁眼，擺錫雞巴。我怕甚剛刀剁下我鳥來！（公主云）這胡孫好生無禮！我也不是你惹的。（唱）

【白鶴子】你道是花果山是祖居，鐵鎈峰是我的行窩㉟。在彼處難比強，來此處索伏些懦。

（行者云）潑婆娘，我若拿住你，也不打你，也不罵你，你則猜。（公主唱）

【快活三】惱的我無明火怎收撮，潑毛團㊱怎敢張羅！賣弄他銅筋鐵骨自開合，我一

㉛胡孫：即猢猻，猿猴類之通稱。

㉜也波哥：或作也麼哥，為宋元時口語，用作語尾助詞，表聲無義。

㉝髑髏：頭骨。

㉞鍮石：黃銅。

㉟行窩：居室。

扇子敢著你翻筋斗三千個。

（行者做出科，云）那婆娘，出來，出來！我和你並個輸贏！（公主唱）

【鮑老兒】他大叫高呼勒著我，更怕我楊柳腰肢嫋娜；耀武揚威越逞過，更怕我桃臉風吹得破。彎弓蹬弩，拈鎗使棒，擂鼓篩鑼㊲。

鬼兵那裡？（卒子擺上）（公主云）將兵器來！（唱）

【古鮑老】手提著太阿㊳，碧澄澄恰如三尺波；額攢著翠娥㊴，惡狠狠怒如千丈火。狂旗磨㊵，戰鼓敲，妖兵和。你便吃了靈丹數顆，爭似我風聲偏大，半合兒敢著你難撈摸。

（做戰科）（公主做敗走科，云）這胡孫神通廣大，我贏他不得。將法寶來。（唱）

【道和】這扇子柄長面闊，鎖鐵貫，嵌金磨。骨把㊶搵薄，妖氣罩，冷風多。雲端頂上覷見我，鐵棒來抽身便躲。戒刀著怎地存活？我著戒刀折，鐵棒損，力消磨。

【柳青娘】休麼，從來不識這妖魔。忒輕薄也待如何？那廝有神通難摸，藝高強，名揚播。偷靈丹老子怎近他，盜蟠桃玉皇難奈何。那廝上天宮將神威挫，下人間興

㊱潑毛團：罵禽獸的話。
㊲篩鑼：敲鑼。
㊳太阿：寶劍名。
㊴翠娥：同翠蛾，蛾指蛾眉，美人之眉。
㊵狂旗磨：疑為征旗，即指旌旗。
㊶骨把：骨制的扇把。

禍多。看著身軀大，頃刻成微末；看著東方過，頃刻向西方落。一任他鐵骨銅筋火眼睛，不索交兵，敢著他隨風一扇搧了渡江河。

（做扇科）（行者做一筋斗下）（公主云）量你個胡孫，到得那裡？這一柄扇搧著呵。

（唱）

【尾】或是墮在遠岡，落在淺波，滴溜溜有似梧飄落。便是天著他有命，今生必定害風魔。（下）

（行者上云）吃這婆娘一扇子，搧得我滴溜溜半空中。休說甚的，子孫草腹屎腸㊷，做了四句口號，罵這弟子：婆娘忒恁高強，法寶世上無雙。不借我呵也罷，當著你熱我涼。待干罷，去投奔觀音佛去，好歹有甚見識過去。（下）

（蔡欣欣選注）

㊷草腹屎腸：形容胸無文墨不會作文章。

曲江池　選一折

明　朱有燉撰

【作　者】

朱有燉，號誠齋、全陽翁、全陽道人、梁園客、老狂生，晚年又號錦窠老人，為明太祖朱元璋第五子周定王朱橚的長子，生於洪武十五年（一三七九），卒於正統四年（一四三九），享年六十一歲，死後追謚憲世稱「周憲王」。憲王稟性純孝，謙沖寬厚「進退周旋，雅有儒者氣象」。洪武二十四年（一三九一）受冊為周世子，洪熙元年（一四二五）嗣位為周王，就藩河南開封。其為人勤學好古，留心翰墨，書法遒勁有力，《東書堂法帖》開當時私家拓帖風氣之先；精工繪畫繕寫花卉，畫瓶中牡丹最有神韻。又詩文詞曲方面亦享有盛名，有《誠齋錄》、《誠齋新錄》與《元宮詞》等著作傳世。清錢謙益於《列朝詩集小傳》曾言：「製《誠齋傳奇》若干種，音律諧美，流傳內府，至今中原弦索多用之。」取材於前人傳奇或譜寫新聞時事，著有《辰鉤月》、《慶朔堂》、《小桃紅》、《香囊怨》、《得騶虞》、《曲江池》、《義勇辭金》、《悟真如》、《蟠桃會》、《牡丹仙》、《牡丹園》、《牡丹品》、《海棠仙》、《踏雪尋梅》、《八仙慶壽》、《仗義疏財》、《仙官慶會》、《復落娼》、《團圓夢》、《豹子和尚》、《常椿壽》、《十長生》、《繼母大賢》、《神仙會》、《桃源景》、《煙花夢》、《賽嬌容》、《喬斷鬼》、《半夜朝元》、《降獅子》、《靈芝慶壽》等三十一本雜劇，總稱為《誠齋樂府》，在演唱規範上能突破舊制，在劇本體例上能別創新局。誠如李夢陽《汴中元宵絕句》：「中山孺子倚新妝，趙女燕姬總擅場。齊唱憲王新樂府，金梁橋外月如霜」所形容，在舞台上風靡一時傳唱不已。

【題 解】

《曲江池》演述鄭元和奉父命上京赴考，在曲江游春時遇見長安城鳴珂巷名妓李亞仙，相見傾心故意墜落絲鞭。元和腰纏萬金登門造訪，老鴇殷勤款待極力奉承，元和與亞仙情投意合廝守共居。不料一年後錢財使盡科舉又不第，老鴇設計帶走亞仙逐離元和，遂流落街頭以唱蓮花落乞討維生。鄭父前往長安處理公務並尋找兒子，見元和落魄行乞恨其不成器，命僕人將之毆打至死棄於杏園，所幸為亞仙所救，予以細心照料且自贖其身，勸勉元和攻讀赴考。元和發奮向學得中頭名狀元，除授四川成都府參軍，亞仙卻自覺出身微賤意欲求去。適巧鄭父亦在此地元和前去拜見，告知亞仙搭救扶助之事，鄭父遂前往向亞仙致謝並准予婚事，終於一家團聚和樂融融。

該劇本事出自唐白行簡傳奇小說《李娃傳》，唐代已廣為流傳，據元稹《酬翰林白學士代書一百韻》詩自注曾與白居易在新昌宅聽說「一枝花語」，元代有高文秀《鄭元和風雪打瓦罐》雜劇（已佚），以及石君寶《李亞仙花酒曲江池》雜劇，咸認為朱有燉此劇乃合石、高之作而為一，或受其影響。朱有燉此劇全名為《李亞仙花酒曲江池》，今選錄其第四折乃描寫元和行乞為鄭父責打，拖至杏園被亞仙救助重會的情節。此折中首先以詼諧生動的筆墨，描摹出乞兒們鮮明寫實的生活畫像，利用大量的插科打諢調劑活潑了場面。四支【醋葫蘆】曲牌說明了「酒色財氣」導致的行乞下場，文字駢偶工整雅俗得宜；爾後四季蓮花落的唱和，描述了一年十二個月間大自然景觀的變化，發揮了民俗曲藝自然俚俗的特色，也表露了憲王能於「尋常科白翻出新彩」的功力。緊接著筆鋒一轉，簡潔地交代了鄭父斥責怒打元和的過程，以引領底下元和與亞仙再度重逢的情節。在雙方詰問對質互剖心曲後，元和以耍賴使假的手法，脅迫老鴇讓亞仙自贖其身，為本折的結尾粧點出幾許無賴狡詐的荒謬諧趣。

本劇除由鄭元和與李亞仙分折主唱外，還加入了二淨與外的演唱，突破了金元雜劇曲唱的形式，是以祁彪佳《遠山堂劇品》有云：「一曲兩唱，一折兩調，自此始。」將之列為「妙品」；而沈德符《顧曲雜言》亦載：「周憲王所刻雜劇最夥，至今行世，雖警拔稍遜古人，而調入弦索，穩協流麗，猶有金元風範。」此劇現存《古今雜劇殘存十種》刊本、明宣德間周藩原刻本、《雜劇十段錦》本與《奢摩他室曲叢》本等。今使用脈望館校《古名家雜劇》本。

第四折

（二淨藍縷①扮上云）昧己瞞心②事不諧，老天一定有安排。今朝乞食沿街走，只為從前忒愛財。（正淨）自家趙牛筋，兄弟錢馬刀。俺二人為幫閑③，局騙了人錢物，被官司追要陪償，家財蕩然一空。今日向街上只得唱些蓮花落④，求乞些飲食充飢。（外淨）聽得人說，今日有個大官人家送殯，俺略坐一會，多等幾個伴兒來，好去求乞去也。（又扮一貼淨上念云）買盡金波為玉杯，醉鄉終日不聞雷。今朝乞食沿街走，只為從前好酒來。小人是個好酒的王大，只為這一口兒黃湯，不聽妻兒勸說，有一貫也喫了，兩貫也喫了，到如今一貫也無了，兩貫也無了，只得上街來叫化些兒。（做與二淨見科；又扮一貼淨上念云）一生氣概不凡，材昂胸次捲江淮。今朝乞食沿街走，只為從前好鬥來。自家姓靳，因我受不得人的氣，好爭鬥，人都喚我做靳老虎。前者為我爭閑氣，一拳打死了一個人，官司拿住要償他命，我將家伙兒都賣了，買得一個性命，因此十分窮窘。如今也在街上叫化過日子。（做見二淨科，正淨問）哥，你是誰，小人不認得。（貼淨靳云）我便是靳老虎。（正淨）你如今敢老鼠也，近不得了近，甚老虎。（貼淨靳云）弟兄每休笑話我也，曾做好漢來。（正淨）又不改。（貼淨）還有鄭元和在後也來也，等他一同去。（末藍縷

①藍縷：同襤褸，穿著打扮破爛。

②瞞心：瞞疑為謾，有欺瞞蒙蔽之意。

③幫閒：受人豢養為閒客，專門奉承財主，陪著尋歡作樂。

④蓮花落：曲名，通常為乞丐所唱。

分上唱）

【集賢賓】我當初占排場⑤，也曾奪第一。串了些花胡洞錦屏圍，我也曾雨雲鄉調徠釀旦⑥，我也曾風月所暗約偷期子，爲我賞芳春夢撒了撩丁⑦，因此上向花營納了降旗。想著那老虔婆⑧，狠毒心忒下的，小弟子又會虛脾⑨，到如今寸腸千萬結，長嘆兩三回。

【逍遙樂】想當初別時容易，到如今見後艱難，只除是相逢夢裡，送的我戰欽欽忍冷擔飢。知他在何處銀箏間玉笛，抵多少步步相隨，俺只落得半頭斜炕，一個歪瓢兩片破薦。

（末）自家是鄭元和，在李亞仙家中使錢，過了一年被他老虔婆用了個倒宅計，閃我出城去。及至我回來，鎖了房門不知搬在那裡去了，尋不見他，小生手中又無一文錢鈔，衣服襤褸，一言難盡。想當初不知怎生昏迷了，不聽人勸，今日落得如此。（唱）

【尙京馬】也是我一時間錯被那鬼昏迷，這是贍表子⑩平生落得的。有見識的哥哥，

---

⑤排場：指身分。

⑥調徠釀旦：徠為徠兒，妓女的別稱，意指玩弄女性。

⑦撒了撩丁：花費錢財。

⑧老虔婆：賊婆也，指行為惡劣的老婆子。

⑨虛脾：虛情假意。

⑩贍表子：嫖妓。

每知了就裡，似這等切切悲悲，從今後有金銀，多攢下些買糧食。

又遇這等寒冬臘月天道，肚裡又飢，身上又冷，紛紛揚揚下著大雪，怎地是好。（唱）

【梧葉兒】這雪賽柳絮漫天墜，似蝴蝶撲地飛，昏慘慘黑雲垂，玉琢就崇山嶺，粉填平深澗溪。富漢每咲微微⑪，單注著俺窮子弟，年災月值。

（末與四淨相見科云）衆兄弟們在此，正遇寒冬臘月，小生記得古人有兩句詩道的好，詩云：「長安有貧者，宜瑞不宜多。」這等好大雪呵，單道俺這求乞的身軀也呵。（唱）

【醋葫蘆】剪鵝毛雪正飛，⿱折皮⑫羊角風又悲，好教俺說之難，思之苦，感之深，擔之久，冷清清難捱腹中飢。這些時頭不梳，臉不洗，牙不刷，口不漱，黃懨懨的改了面皮，空教人搥著胸，攧著腳，揉著腮，撧著耳⑬，叫天吖地也。子是爲貪花因，好酒愛錢財，爭閑氣，死林侵迤逗的俺怨他誰。

（正淨）俺又飢又冷，下著大雪怎生是好。（末）俺幾個都是為酒色財氣四般兒落得如此，您試聽我說一遍來。（唱）

【醋葫蘆】酒呵！助豪吟詩百篇，放疏狂⑭醉一席。這酒泛玻璃斟，琥珀小槽邊。深巷裡碧澄澄，香馥馥的潑春醅。你道是釣詩鉤，掃愁帚，旋添綿，增和氣，暖融融

---

⑪咲：笑之古字。

⑫⿱折皮：枯也。

⑬撧：擰扭。

⑭疏狂：狂放不羈的樣子。

的紅了面皮，酌葡萄銀囊裡，飲羊羔金帳下咲談一會，下場頭⑮只落得臥槽丘喝酵水⑯，這的是得便宜番做了落便宜。

【醋葫蘆】色呵！歌玉樹綵雲低，舞霓裳翠袖垂。只因他柳眉疏星眼，秀點櫻唇迎杏臉，美紺紺⑰嬌滴滴好東西。更有等贍花街，踏陣馬，錦纏頭⑱，金買笑，喜孜孜的成了配匹受用些。被兒中，枕兒上，臉兒偎，腿兒壓，雨雲歡會，下場頭只落得守孤燈，捱長夜，這的是得便宜番做了落便宜。

【醋葫蘆】財呵！聚青蚨⑲百萬堆，列珊瑚十數圍，端的是物之魁，人之膽，失之貧，得之富，最通神的個好相識。你便待販南商，為北客，慣經營，能積儹，把金銀直堆到北斗齊。你便賽石崇⑳，過郿塢㉑，腰纏著十萬貫敢誇那豪貴。下場頭只落得披羊皮，蓋藁薦㉒，這的是得便宜番做了落便宜。

⑮下場頭：結果。
⑯臥槽丘喝酵水：躺在水溝中喝餿水。
⑰紺：青而含赤色，即紅青。
⑱纏頭：為古代歌舞者用錦帛纏在頭上的妝飾。指賜歌妓羅錦或錢財。
⑲青蚨：本蟲名，傳說將其血塗在錢上，錢用出去還會回來，故演變為錢的別稱。
⑳石崇：為晉朝有名的富翁。
㉑郿塢：漢董卓築塢於郿，曰萬歲塢，世稱郿塢。
㉒藁薦：藁同槁，木枯也。指枯木臥席。

【醋葫蘆】氣呵，逞麤豪㉓，猛力威，志沖霄，氣蓋世，勢昂昂，雄糾糾，吐虹霓，搏天漢。仰觀著星斗恨雲低。你子待伴遊俠，同惡少，學會拳打，會棒爭，頭鼓腦的尋對敵，你待似孟施舍㉔，不膚撓㉕，不目逃，挫一毫若鞭撻㉖的浩然之氣，下場頭只落得叫爹爹，呼妳妳，這的是得便宜番做了落便宜。

（正淨）俺去來到街上唱個四季蓮花落，討些吃的。（末四淨同唱）到春來，正月、二月、三月是艷陽天。（和）見才子共佳人，綠楊中紅杏外，載香車乘寶馬，來來往往鬥駢闐。（和）見幾對黃鶯兒，紫燕兒，遊蜂兒，粉蝶兒，啣泥的，喚友的，偷香的，採蜜的鬧喧。（和）城裡人，城外人，為士的，為農的，為工的，為商的，都來慶賀太平年。（和）到夏來，四月、五月、六月是熱炎天。（和）見才子共佳人，涼亭中，水閣上，捲珠簾，開翠幌㉗，悠悠韻韻的奏冰絃。（和）見幾對錦鴛兒，玉鷺兒，遊魚兒，蜻蜓兒，同栖的，共浴的，躍波的，點水的，戲滿一池蓮。（和）城裡人，城外人，為士的，為農的，為工的，為商的，都來慶賀太平年。（和）到秋來，七月、八月、九月是漸涼天。（和）見才子共佳人，乞巧亭，玩月館，東籬邊，南樓上，歡歡喜喜的看嬋娟。（和）見幾對鳴鳩

㉓麤豪：粗略疏放也。
㉔孟施舍：古代勇者，姓孟名施，舍為發語辭。
㉕膚撓：皮膚受刺而屈撓也。
㉖鞭撻：鞭打驅使也。
㉗幌：簾幕。

兒，促織兒㉘，蒼鷹兒，白雁兒，喚晴的，泣露的，泱雲的㉙，傳信的，咿咿啞啞落霞邊。（和）城裡人，城外人，為士的，為農的，為工的，為商的，都來慶賀太平年。（和）到冬來，十月、十一、臘月是凍雲天。（和）見才子共佳人，擁紅爐，開煖閣，玩梅花，賞瑞雪，齊齊整整列華筵。（和）見幾對寒鴉兒，凍雀兒，鶺鴒兒，黃鵠兒，投宿的，爭梅的，摶風㉚的，在原的，沖散了一林煙。（和）城裡人，城外人，為士的，為農的，為工的，為商的，都來慶賀太平年。（和）（末）恰纔街東討了一碗麵來，俺五個人誰先吃。（貼淨王云）我先吃，（貼淨靳云）我先吃，（外淨錢云）我先吃，（正淨趙云）我且不吃，兀的街西人家割著燒羊筵席哩，我先去討些燒羊肉吃，您分這一碗麵。（末同貼外三淨云）俺也且不吃這麵也，去討些燒羊肉吃。（正淨）這麵寄放在那裡，（末）無處寄，你在此看著，俺去吃了燒羊，帶些與你吃。（正淨）也好，您上緊去。（末貼外淨虛下，正淨云）被我一個識見，哄的他每一邊去了，這碗麵我自在都吃了。（淨做慌忙吃麵科）將麵吃了，有汁湯吃不了，破頭巾破靴筒內傾了，將碗藏了。（末領衆淨上云）趙牛筋，你這弟子孩兒哄了俺那得個燒羊，你那碗麵那裡去了。（正淨）我送去四隅頭酒店裡熱著哩，買下酒，叫下唱的來，請哥每上樓吃酒去。（末）又是謊，這廝

㉘促織兒：蟋蟀。
㉙泱：雲氣盛起貌。
㉚摶風：聚集風力而圜飛高舉。

必定自家都吃了。（外淨打正淨一下，念云）打你這乞兒没用。（正淨打念）您何曾叫得一文。（外淨打念）卻怎將麵都偷吃，（正淨打念）這是我獨善其身。（外淨打念）卻怎不留下半碗。（正淨打念）一時間風捲殘雲。（外淨打念）你有甚酒淹衫袖，（正淨打念）只因似大雨翻盆。（外淨打念）你莫不乞兒飽病，（正淨打念）便七碗也習習風生。（外淨打念）吃了的殘湯剩水，（正淨取下頭巾，就套在外淨頭上，打念）都裝在我這頭巾。（貼淨）氣財紅粉香醅酒㉛，（末）四件將人百事迷。（外扮孤老引六兒上孤云）下官是鄭儋，滎陽人也，今有本州舉保來赴京都，入城來，街市上好人煙輳集㉜也。想俺兒子元和，來此赴選，將的錢財忒多了，想必被人圖財害了。（六兒云）街上有一火㉝唱蓮花落的，內中有一個恰似舍人。（孤）二三年無音信了，那裡又有元和，你試去看一看。（六兒做看末科，引末見孤科，孤噴撒㉞科，孤云）好也，好也，原來你這等不成器，不肖子弟，玷辱我家。留你何用，六兒與我打死這廝。（孤噴撒超祭科，末做死科，孤）打死了不曾，（六兒）不曾死，只抬撒了。（孤）既是死了，拖去曲江池杏園空地上去了者。（孤六兒下）

㉛醅酒：醉飽。
㉜人煙輳集：形容人多。
㉝一火：一夥。
㉞噴撒：憤怒的樣子。撒，語助詞，無義。

（旦引梅香上云）想起俺妳妳好歹也，瞞著我使了個倒宅計，趕了那秀才，如今半年有餘，不知鄭秀才在何處。妳妳要我依舊吃衣飯，接客人，我怎生肯又去迎新送舊。（梅香）姐姐道的差了，想姐姐自小來也，多曾接了幾個客人，都不曾守志，偏怎生到這秀才根前，便要守志。（旦）梅香你不知聽我說，我自小裡不曾守志，蓋因俺生在花街柳陌這門户。穿吃著這等衣飯，又不遇著個稱心可意之人，出於無奈要幹覓衣食。今既得共秀士成親，許了嫁他，我怎肯又為迎送下賤之事。始以不正而立身，終當堅持而守志，知我者或可恕焉。（梅香）姐姐說話中間，聽得房後有人呻吟哀痛之聲，不知何人。（旦與梅香做看科，做認得是元和，同梅香扶起科，旦）你卻為甚被人打的這般樣兒。（末做起醒科，唱）

【後庭花】老尊君發怒威，若嚴霜將草摧，險些兒一命臨泉世，閃的我孤身三不歸，不似你啜㉟人賊。（旦）秀才你休錯怪我，不關我事，是俺妳妳做的勾當。我如今扶你家中將息去來。

（末唱）你要我再遊恩地，我便似落花枝，不戀蔬醃。韭菜怎入畦，栽不成野薔薇，護不住出墻葵，再難收潑下的水。

【青哥兒】送的我似風前前葉墜，好恩情看承承容易。我欲待罵幾句棄舊憐新，潑

㉟啜：哄騙。

賤的兜的上我心裡。想起舊日美滿夫妻，事事相依，步步相隨，素手相攜，丹臉相偎，共枕而棲，同桌而食，錦帳羅幃，繡幙香閨，巧畫蛾眉，揀口而喫，換套穿衣。你若還有些病疾，愁的俺似醉如痴，贖藥求醫，禱告神祇，更被你薄嬤㊱禁持，撅丁㊲牙戲㊳，相識輕易，姨夫妒嫉。若瞞兒有些胡爲，你氳地㊴怒起床兒前，超祭燈兒下跪膝，投至得歡歡喜喜，受多少切切悲悲，有時即應官身㊵，直盼到黃昏日沉西，姐姐你想么說來的，都做了牙疼誓。

（旦）此事實不關我事，一言難盡，秀才你怎生被人打的這等。（末）自從被你娘趕了，我一向在街上求吃。不想正遇我父親，將我打死，拖在杏園風雪之中，若不遇大姐相救，豈有元和之命。（卜上，做見末科。卜）這潑弟子，你看他這等窮嘴臉，留在家做甚的。便趕出去，我不打你。（旦）妳妳聽我說，咱想當原秀才將的錢鈔千分多，都因在我家使的窮了。到今日將他折挫至此，欺天負人，瞞心昧已，神明也不保祐。如今你年紀六十歲了，亞仙家人積攢的錢財，情願籌計你再過二十年的衣食之用。贖了亞仙之身，情願與元和另住，尋些房屋，教他用心攻書學業，以待選場開㊶必稱所願也。（卜）你說的是甚

㊱薄嬤：即卜兒，為妓女的假母。
㊲撅丁：舊時妓院中的男幫工。
㊳牙戲：譏誚。
㊴氳地：氣盛狀。
㊵應官身：承應官府的演出。
㊶選場開：舊謂考試士人的場所，即考場。

話，你正青春年少的，去伴這等一千年、一萬年、一百世、一萬世不發跡的窮乞兒，我不肯。（末取刀云）我左右是個乞兒，活也活不成，死也不怕死，將這老虔婆殺了，拐將大姐去了罷。（卜打慘㊷云）你休拿刀弄杖的，我肯了，我肯了。（末放刀問云）幾時搬去另住，（卜又云）我不肯，我不肯，只是不肯。（末又拿刀要殺卜科，卜又慘）肯了，肯了，今番肯，肯兒地了。（旦）休又後悔也。（末唱）

【醋葫蘆】乍相逢如夢裡，誰承望得重會。這的是有眞情，誰怕隔年期。雖不似孟母三移將賢聖擬，子要我用心學藝，我將那三場的文字愼攻習。

（旦）秀才你吃的、穿的，都不要你掛念。家私裡外一應盤纏，我都管顧了。只要你上緊攻書學業，等待科舉以圖仕進也。（末唱）

【浪來裡煞】深謝你俊嬌姿，眷戀心，多感你可憎才忠厚德。你要我霎時間身到鳳凰池，子我對金鑾荅策時，才似水折蟾宮，一枝丹桂㊸，那其間跳龍門，奪得個狀元回。

（蔡欣欣選注）

㊷打慘：淒切。

㊸比喻科舉中第。

中山狼

明　王九思撰

【作　者】

王九思，字敬夫，陝西鄠縣人。居近渼陂，因以為號。別署紫閣山人。生於明憲宗成化四年，卒於世宗嘉靖三十年（一四六八～一五五一），年八十四歲。

九思詩文持論甚高，與李夢陽、何景明、徐禎卿、邊貢、朱應登、顧璘、陳沂、鄭善夫、康海等號十才子，又與夢陽、景明、禎卿、邊貢、康海、王廷相稱七才子，為當時文壇復古運動的健將。著有《渼陂正續集》、《王氏族譜》、《鄠縣志》、《碧山樂府》正續新稿等書。雜劇有《杜子美沽酒遊春》與《中山狼》院本兩種。

【題　解】

本劇與康海《中山狼》雜劇皆據馬中錫傳奇小說《中山狼傳》敷演。以負恩的獸作寓言，據鄭振鐸〈中山狼故事之變異〉一文，在世界上是一種普遍的傳說，故戲劇之主旨正如康海所說的「那世上負恩的儘多，何止這一個中山狼。」

本劇雖稱院本，其實還是雜劇。因為它所用的曲調是北【雙調・新水令】套，而且卷末有題目、正名，通劇皆由末扮東郭先生獨唱，這種形式完全和雜劇的一折加上題目、正名相同，而與我們所知的院本形式兩樣。也許王九思以其只一折，有如院本之短小，故稱院本而不稱雜劇。

本劇大致依照《中山狼傳》敷演，但因為只用一折，所以關目極為簡單，其佈置亦不免罅漏。譬如趙簡子問狼於東郭先生時，狼尚未出場，因此東郭理直氣壯，很容易的應付了簡子的威脅，其間費心費力的緊張高潮便完全沒有了。又狼見東郭時並不著箭，只是虛應故事似的躲在囊裡一番，東郭救狼的大恩，因此顯得很薄弱。再如杖藜老人用土地化身，頗覺無謂，而在狼的面前卻向東郭說：「這個東西你救他做什麼？等我如今與你處置。」如此豈不露了痕跡？幸好此狼係屬笨伯，否則一撲一噬，豈止東郭傷生而已？不過也有一段妙筆，那就是東郭放出狼，狼拜謝，說過了感恩戴德的話之後，因腹內飢餓想要反噬東郭，然苦於出口，委委曲曲、忸忸怩怩，最後才一邊叩頭一邊說出了這麼一句話：「師父！不如把你著我吃了吧！異日一總報恩！」其表現手法雖然失卻許多分「狼性」，但卻增加了許多分「人態」。

本劇【雙調】套共用八支曲子，每支都很短，蓋九思在意不在辭，故不經心為之，遂難出色，但亦自有其氣骨，非靡麗庸弱者可比。又劇中東郭首稱「末」後稱「生」，這點小跡象也可以看出南北曲交流的態勢。

（副末扮趙簡子①引小卒拿弓箭器械上）寡人趙王簡子是也。今早引著這些軍卒，來此山中打獵。遇著一個野狼，射了一箭，不曾射得著，往前走了。大小軍卒，快往前跟趕去者！（末扮東郭生驢馱書箱上）某東郭生是也。本燕國人氏。平生學墨翟②之道，以濟人利物為本。前日魏王有書來，請我至魏國講道。不免要走一遭。行了這數日，不覺來到這趙國中山③地方。正行中間，只見遠遠的許多人馬來了。（做遠覷科）（生云）看了一會，原來是一夥打獵的人馬。似這樣打獵的勢煞④，我平生不曾看見呵！（唱）

【新水令】曉風殘月到中山，怎生般直恁地⑤、馬馳人竄。塵煙數十里，器械許多般。咳！原來是打獵的軍官，這勢煞幾曾見。

（外做趙簡子並卒子趕上東郭生科）（卒子發科⑥）（問生云）那路傍站的是甚麼人？（生答云）我是燕國人東郭生。前往魏國去，從這裡經過。（卒子云）恰纔有一個狼走將

---

①趙簡子：即春秋時晉國正卿趙鞅。

②墨翟：戰國魯人。其學倡兼愛，尚節用，頗矯當時之弊；徒屬滿天下，遂成為墨家一流，與儒家並稱。門弟子記其所述，有墨子一書傳世。

③中山：春秋時白狄別種鮮虞之國；戰國時為中山國，與六國並稱；後為趙武靈王所滅。漢景帝時又置中山國，即今河北省中部偏西地。

④勢煞：聲勢浩大。

⑤直恁地：就如此的。

⑥發科：做起動作來，科即科汎、科範。

這裡來了，你一定看見來。快説！往那廂去了？（生云）不曾見！不曾見！（卒子云）你那箱兒裡是甚麼？我是搜咱。（生云）裡面是書册。（唱）

【駐馬聽】行李孤單，箱內詩書裝較滿。（卒子云）你不行路，在這裡等甚麼？（生唱）蹇驢⑦遲慢，路途遙遠步行難。（卒發科做搜了）（卒子云）你若見狼來。快說！不要哄我！（生唱）見他何又敢欺瞞，狼應有路逃災難。（卒子云）假若哄了我，就將你殺了！（就拔刀砍地科）

（生唱）休太慘，甚來由要殺孤身漢？

（簡子云）他不曾見狼，也罷！我們疾忙往前趕將去。（下）（生云）造物低⑧！沒來由撞著這些喬漢⑨，幾乎把我害了。我在此且歇一會兒咱。（軍卒又做趕狼科）（下）（淨扮狼上）我中山狼也。今早趙王打獵，把我射了一箭，不曾射得著。如今則管尋我哩！怎生是好？（狼做指生科）（狼云）兀那遠遠的有個人坐者哩！我投他去。（狼做見生科）（狼云）師父師父！救我一命。（生云）你敢是兀那⑩人馬趕的狼麼？（狼云）正是！正是！千萬望師父救命。（生云）我救你的命。恰纔為你，險些兒連我的命弄了。我是行路

---

⑦蹇驢：猶言跛驢子，驢子跑起來比馬慢得多，故云「蹇」。

⑧造物低：猶言碰到霉運。造物，謂創造萬物者，指天，天可以掌握人的命運，所以造物低就是命運不好。

⑨喬漢：惡劣的傢伙。

⑩兀那：那些，兀為發語辭。

的人，怎麼救得你？（狼云）師父！將你那箱兒裡的書冊，都取出來。把我藏在裡面，可不救了我也。（生云）你身子大，箱兒小，放你不下。（狼云）有個法兒。兀那驢鞍子上，有一條欠支繩⑪。拏將來，把我的脚手綑在一處。把頭綑在胸前，塞放在箱兒裡面。將鎖子鎖了，馱在驢上。休說是趙王人馬，便是千里眼⑫也不知我在裡面。（生云）也罷！也罷！我依著你。異日有了性命，不要忘了我！（狼云）師父的厚恩，怎麼敢忘了。異日殺身相報！（生做綑狼驢馱走科）（狼在箱子裡發科）（叫云）師父！你看那人馬遠近如何？（生云）還看見哩！（狼云）既是這等，你把驢兒趕動些！（生云）我知道！我知道！（又走一會科）（狼云）師父！你看去的遠了麼？這裡面綑死我了。（生云）去的遠了！看不見了。（狼云）既是這等，把我取出來罷！（生做開鎖取狼出解繩科）（生云）狼也！狼也！你的性命有了。（狼云）師父的性命也有了。（狼作拜謝科）（狼云）師父的這一場大恩，我何日報得。若我負了師父的恩，天地鑒察。把我萬剮凌遲⑬了也不虧！（生云）我平生以濟人利物為本，怎望你報恩。你如今信意走了罷！（狼辭生走了做尋思科）（狼云）我從今早晨被趙王軍馬追趕，直纏了這一日。如今天色將晚，我肚裡饑餓，沒處尋些蟲蟻來吃。甫能著那師父救出性命，若還餓死了，也是徒然。我見那師父是

⑪欠支繩：備用的繩索。
⑫千里眼：比喻視察之明遠。
⑬萬剮凌遲：萬剮，形容切割之細而多；凌遲，為古之酷刑。

個慈悲的人，罷！罷！罷！我還尋他去，有個商量。（狼做趕上相見科）（生云）你怎麼又來了？（狼云）我有一句話兒要和師父商量。（生云）甚麼話？你說！（狼云）我從早晨到如今，餓了一日。肚裡没的吃，故來投奔師父。（生云）你來投奔我，教我那裡尋些物件與你吃？連我也受餓没的吃哩！（狼云）我有一條妙計，只得礙口不好說。（生云）甚麼妙計，只管說將來，大家商量處置！（狼云）計策雖是妙，只是不好說。師父！你試猜！（生云）我急且猜不著。你疾忙說了罷！（狼云）師父！師父！你救了我一場。把我若還餓死了，不如不救哩！（生云）你這等說，你要如何處置？（狼再作難科）（叩頭去）師父！不如把你著我吃了罷！異日一總報恩。（狼做咬生科）（生躲避發怒科）（生云）天！天！天！這個禽獸好生無禮！我救了他的性命，他倒要吃我。這等忘恩背義，是何道理？（狼云）師父！你看世上的人，一個個穿衣戴帽。都說他是好人，他是君子。一旦受了人的厚恩，一切都忘了。遇著討便宜處，就下手。又有那亂臣賊子，甚麼做不出來？我本是個禽獸，怎麼責我忘恩背義。我比這些人如何？（生云）你這花言巧語，只是要吃我哩。我淘不得許多氣⑭。古人言說道：「若要了，問三老。」咱兩個往前邊去，遇著甚麼人，問他該吃不該吃。（狼云）也罷！也罷！依著師父說。（外扮老杏樹立住科）（生做指樹科）（生云）兀那遠遠的似一個站者哩！可同去問他。（生云）來到跟前，卻是個老

⑭淘不得許多氣：謂受不住這許多氣，直糾纏不清。

杏樹。沒奈何須索問他。（生云）老杏！你聽者！這個狼被趙王打獵的人馬，趕的慌了。央我救他。我將他藏在書箱裡面，救出他性命。他如今倒要吃我。老杏！你說該也不該？（老杏答云）該吃！（生云）如何該吃？（老杏云）主人家將我種下。過了三四年，就結杏兒。一家大小吃，又待客，又送人，知他吃了多少。到今四五十年，見我老了，不結杏兒了，把枝梢先砍將去燒了，不久來砍這孤樁子⑮。我有四五十年厚恩，尚且忘了。你救他只是一時，有甚恩義？該吃！該吃！（狼做咬生科）（生躲避科）（唱）

【雁兒落】行道這荒郊野草間，尋了個老杏樹爲公案。他說道，狼該把我餐。好交我有口難分辨。

【得勝令】呀！都一樣平地起波瀾。這的是叉手⑯告人難。烏頭蟲⑰不把恩來報，白面狼直從懷裡鑽。不由我心酸！卻原來狼惡人心善。何處去伸冤？喫緊的天高皇帝遠⑱！

---

⑮孤樁子：形容光禿禿沒有枝葉的樣子，有如孤立的樁子。

⑯叉手：拱手，意謂平白地只是對人打拱作揖。

⑰烏頭蟲：烏頭即附子，亦名烏喙，又名堇，為多年生草本植物，莖葉皆有毒，地下有多肉之根，含毒更劇。烏頭蟲即毒蟲。

⑱喫緊的天高皇帝遠：謂在緊要關頭沒有個主持公道的人。

（生云）遇著個老杏，他也說該吃。如何是好？那狼！你原來說，問三個人。纔一個了。我們還往前去！（外扮老牛立住科）（生做指牛科）（生云）兀那前面站者的，不知是甚麼人。好同去問他。（生云）來到根前，卻是個老牛。（向前問云）這個狼被趙王打獵的人馬趕的慌了，投我救他。我將他藏在書箱裡面，救活性命。他如今倒要吃我。你公道說！該也不該？（老牛答云）該吃！（生怒云）怎麼該吃？（老牛云）你聽我說！這主人家將我從牛犢兒餵養著。後來長大了，與他犁地，與他碾場，與他曳車，使的我觔舒力盡了。如今見我老了出不得力，把我丟在這野外。主人公還好說：「這牛丟出氣力，且丟者罷！」他那婦人最是個長舌⑲不良之婦。他說：「這個老牛只管餵著做甚麼？早早的尋個屠子來殺了。將皮賣與樂人家掙鼓。肉就賣與屠家。雜臟留著家裡喫。觝角⑳賣與鏃簪兒的。骨頭留著燒灰漆家活用。莫不是好！」遲不得三兩日，就要來下手我。我有許多厚恩在他家，也都忘了。說你這些恩義兒做甚麼？該吃！該吃！（狼做咬生科）（生躲避科）

（唱）

【川撥棹】怪你個老牛奸。磨著牙睜起眼，委實該餐。不索留難，一任摧殘㉑。天

⑲長舌：比喻多言挑撥是非。

⑳觝角：指牛角，以其善於牴觸，故云。

㉑不索留難一任摧殘：不只為難還任意摧殘。

哪！下的我、愁眉淚眼。要脫身難上難！

（狼云）師父！這兩個都說該吃。早些兒著我吃下罷！餓死我了。（生云）一言既出，須是再問一個人，你吃了我，我也甘心。（又俱走科）（副末扮老人拄杖上云）我是這中山土地之神㉒。恰纔小鬼來報。有一遊士，救了狼的性命，返被狼要吃他。這是甚麼道理！我因此化作一老人，處置此事去咱！（老人前行科）（生指老人云）兀那來的是個老公公。我們向前去問他，看他怎麼說！（生見老人跪云）老公公！這個狼被趙王打獵追趕的慌了，央我救他。我把他藏在書箱裡面，救活他性命。他道要吃我。我說：若要了，問三老。前面問那老杏，老杏說該吃。問那老牛，老牛說該吃。如今幸遇老公公，望老公公替小生伸冤！（老人云）喚那狼過來！這秀才原救你來不曾？（狼云）救便救來，不是好意。（老人云）如何不是好意？（狼云）他當時把我著繩子綑了，放在箱子裡。他要害我的性命，幸得我的命長，不曾死了。如今要吃他，正為報仇哩！望老公公詳察！（老人喚生來前云）這個東西，你救他做甚的？等我如今與你處置。（老人喚狼云）那狼！你雖是這等說，我只是信不了。你的身子大，箱子小。如何容得你？你實說！果然他要害你性命，你今也該報仇。把他著你吃了也相應。（狼云）委實放在箱子裡來，不敢說謊！（老人云）雖是這等說，須是將你從新放在箱子裡，我才肯信。那秀才他也心服。你吃了他也

㉒土地之神：即社神，亦省稱為土地。

不暴怨㉓。（狼云）也罷！也罷！（老人喚生云）你照前把他綑了。放在箱子裡，我試看。（生做綑放鎖了科）（老人云）真個是實。這賊狼無禮！就殺了！就殺了！那秀才佩的不是一口劍麼？（生答云）是！（老人云）你有這劍，如何不殺他？教他這等窘你。

（生云）小生讀書學道，濟人愛物，不忍殺他。（老人笑云）這秀才差了！你學孔孟仁義之道便好，如何學姑息㉔之道，豈不聞當斷不斷，反受其害。正是你這迂腐之人！（生云）承老公公教誨，小生知道了。只是不忍殺他！（狼在內叫云）不要做耍！早些兒放出我來，把他吃了報仇。（小鬼發科云）秀才！你還不殺他哩。（小鬼奪劍殺狼狼做叫科）

（生云）狼也，你聽著！（唱）

【七弟兄】你當初哄咱，靠咱得平安。得平安，忘了遭危難。肯著身弄出巧機關，幾乎間險把先生饌！

【梅花酒】呀！我的恩似海寬，你昧了心肝，做的貪殘，罪似丘山。不爭你忒狡猾，到顯的我愚頑。不識惡，不識奸。想當初相遇在路途間，誤撞入鬼門關㉕。傷害了我兩三番，直攘到、這其間。

㉓暴怨：即抱怨，表示怨恨。

㉔姑息：苟且取安。

㉕鬼門關：比喻極為危險之境地。按鬼門關在廣西省北流縣南，今改稱天門關。

【收江南】呀！這的是施恩容易報恩難，做時差錯悔時難！你道那世人奸巧把心瞞，空安眉、戴眼，他與那野狼肺腑一般般。

趙簡子大打圍，東郭生閑受苦。
土地神報不平，中山狼害恩主。

（曾永義選注）

狂鼓史漁陽三弄

明　徐渭撰

【作　者】

徐渭，初字文清，後改文長，號天池生，晚年號青藤道人或署田水月等，浙江山陰人。生於明正德十六年，卒於萬曆二十一年（一五二一～一五九三），享年七十三。自幼聰慧過人，性格高傲狂放，二十歲為諸生，後屢應鄉試均名落孫山，只得以教書餬口。嘉靖三十七年（一五五八）擔任浙閩總督胡宗憲的幕僚，數建戰功頗受器重，以草《獻白鹿表》負盛名。後胡獲罪被殺，渭倍遭毀謗積鬱成狂，曾自殺未遂。復又因誤殺繼室導致入獄七年。明萬曆元年（一五七三）被友人營救出獄返回鄉里，恣情山放浪詩酒，以鬻賣詩文書畫維生。徐渭才氣縱橫，為明代傑出的詩人、畫家、文學家、劇作家與戲曲理論家，著有《徐文長文集》。所作雜劇《狂鼓史漁陽三弄》、《玉禪師翠鄉一夢》、《雌木蘭替父從軍》與《女狀元辭鳳得凰》，總其名為《四聲猿》，誠如清顧公燮於《消夏閑記》中所云：「蓋猿喪子，啼四聲而腸斷，文長有感而發焉，皆不得意於時之所為也」。明徵道人《題四聲猿》贊之「為明曲之第一，即以為有明絶奇文字之第一，亦無不可」。而湯顯祖也讚揚：「《四聲猿》乃詞壇飛將，輒為之唱演數通，安得生致文長，自拔其舌！」都給予劇作極高的評價。此外，其還有戲曲論著《南詞敘錄》傳世，對於南戲歷史與現況的研究、南戲重要作家與作品的評論，以及術語方言的考釋與南戲劇目的附錄等都有述及；另也對一些戲曲作品做了評點與改本，相傳《歌代嘯》亦為其劇作。

【題　解】

《狂鼓史漁陽三弄》描寫漢末名士禰衡被害後，與曹操的鬼魂同居陰曹地府。當掌管卷宗的判官得知禰衡厄運期滿，將被玉帝升遷為天上修文郎時，遂令鬼差將禰衡與曹操喚來，命其把當年擊鼓罵曹的情狀演述一番，以留在陰間做個千古話靶。禰衡權請判官大人充當賓客，然後如同舊日般裸體擊鼓，將曹操罪行一樁樁一件件的予以數落，由逼迫漢獻帝遷都開始，一直到銅雀台分香賣履為止，直罵得聲咽力乏語猶未止。適天帝差遣童男玉女來宣詔禰衡，判官忙將曹操收監，親送禰衡至陰陽交界之處赴任。

該劇本事出自《後漢書・禰衡傳》，另《三國演義》與馮夢龍《古今譚概》等書中亦有述及。禰衡擊鼓與罵曹原本為兩件史事，而徐渭巧妙地將二者合而為一，並將場景移易在陰司閻羅殿中，由判官擔任主持，讓禰衡與曹操二人重新演述當日擊鼓罵座的光景。因為時地的改變，使得全劇嘲弄與怒罵串連一氣，更彰顯出著居高臨下的澎湃氣勢。由於此劇的寫作，在徐渭度過七年牢獄之後，在經歷了無數的人生坎坷，在積蓄了滿腔的悲憤不平後，選擇具有類似遭遇的禰衡，來作為抒發內心鬱積的罵世之作，的確令人强烈地感受到劇作家狂野剛烈的個性，以及其借古人酒杯澆自身塊壘的憤世氣燄。

全劇結構緊湊戲味十足，首先由判官安排就緒，準備重現擊鼓罵曹的情景；爾後則從正面演述禰衡側面描寫曹操，從「盼左曹右舉酒坐」起始，從【油葫蘆】到【賺煞】，以十一支曲牌十一通擊鼓，歷數曹操一生的罪狀。前五通詞鋒辛辣，尖銳中帶有著挖苦意味；然後穿插入女樂的輪唱與合唱，以輕鬆詼諧的筆觸張弛場面；後五通則波瀾起伏，由舒緩悽婉到切齒痛恨，一氣呵成地傾瀉了對亂臣賊子的鞭韃。末尾則由閻羅鬼史上，以禰衡升天為修文郎作結，宛如一齣戲中戲般。

本劇突破了元雜劇的體例，在一折中除以禰衡為主唱外，也安排了二歌女、玉帝使者與判官的演唱，劇末更由衆合唱尾聲；再者，劇中南北曲雜用，更取用了《鵬鴣》等民間小調，生動傳神地卻又暗藏揶揄地對曹操嘲諷，猶如祁彪佳《遠山堂劇品・妙品》中所言：「不僦於法，亦不局於法，獨鶻取雲，百鯨吸海，差可擬其魄力。」至於曲文賓白更顯現出徐渭的當行本色，史事典故在俚音俗語的雜揉錘鍊下，更憑添幾分樸實流暢、自然粗野的藝術特色。故王驥德稱：「至吾師徐天池先生所為《四聲猿》，而高華俊爽，穠麗奇偉，無所不有，稱詞人極則，追躅元人。」《四聲猿》現有明萬曆與崇禎間所校刻的多種刊本，今採明萬曆十六年（一五八八）新安龍峰徐氏刊本，另《盛明雜劇》本亦頗為流行。

（外扮判官引鬼上）咱這裡算子①忒明白，善惡到頭來撒不得賴，就如那少債的，會躲也躲不得幾多時，卻從來没有不還的債。咱家姓察名幽，字能平，別號火珠道人。平生以善斷持公，在第五殿閻羅天子殿下，做一個明白洒落的好判官。當日，禰正平②先生與曹操老瞞③對訐④，那一宗案卷是咱家所掌。俺殿主向來以禰先生氣概超群，才華出衆，凡一應文字，皆屬他起草，待以上賓。昨日晚衙⑤，殿主對咱家說：「上帝舊用一夥修文郎⑥，並皆遷次⑦別用，今擬召劫滿應補⑧之人，禰生亦在數中。汝可預備裝送之資，萬一來召，不得有誤時刻。」我想起來，當時曹瞞召客，令禰生奏鼓為歡，卻被他橫睛裸體，掉板掀槌，翻古調作《漁陽三弄》⑨，借狂發憤，推啞裝聾，數落⑩得他一個有地皮没躲

---

①算子：計算用的籌碼。此指謀畫、計算。

②禰正平：即禰衡，字正平，平原般（今山東臨邑東北）人。漢末文學家。少有才辯，剛傲使氣。曹操召他為鼓史，大會賓客，要當衆污辱他。結果他擊鼓罵曹，使操反為他所辱。操怒，將之遣送荊州劉表，又不合，再轉送給江夏太守黃祖，終被殺。其《鸚鵡賦》抒發才智之士生於亂世的不平之氣，為詠物小賦的優秀之作。

③老瞞：曹操的小名阿瞞。老瞞是蔑稱。

④對訐：相互攻擊、斥責。

⑤晚衙：古代官府早晚兩次作衙理事，此指下午的一次。

⑥修文郎：傳說中天上或陰司所設的官職，為主掌起草典章文書的官吏。

⑦遷次：升遷。

⑧劫滿應補：厄運已滿期而等待遞補任缺。

⑨《漁陽三弄》：鼓曲名，即《漁陽參過》。

閃。此乃豈不是踢弄乾坤，提大傀儡⑪的一場奇觀。他如今不久要上天去了，俺待要請將他來，一併放出曹瞞，把舊日罵座的情狀，兩下裡演述一番，留在陰司中做個千古的話靶，又見得善惡到頭就是少債還債一般，有何不可！手下，與我請過禰先生，就一面放出曹操，并他舊使喚的一兩個人，在左壁廂伺候指揮。（鬼）領台旨。（下）（引生扮禰，淨扮曹從二人上）（曹從留左邊）（鬼）稟上爺：禰先生請到了。（相見介。禰上座，判下陪云）先生當日借打鼓罵曹操，此乃天下大奇。下官雖從鞫問⑫時左證得聞一二，終以未曾親睹為歉。（判立云）又一件，而今恭喜先生為上帝所知，有請召修文的消息，不久當行，而此事缺然，終為一生耿耿。這一件尚是小事。陰司僚屬，併那些諸鬼衆，傳流激勸，更是少此一樁不得。下官斗膽，敢請先生權做舊日行逕，把曹操也扮做舊日規模，演述那舊日罵座的光景，了此夙願。先生意下如何？（禰）這個有何不可！只是一件，小生罵座之時，那曹瞞罪惡尚未如此之多，罵將來冷淡寂寥，不甚好聽。今日要罵呵，須直搗到銅雀臺⑬分香賣履⑭，方痛快人心。（判）更妙，更妙！手下！帶曹操與他的從人過

---

⑩數落：責備。
⑪意指猶如玩木偶戲一般，任其耍弄。
⑫鞫問：審問犯人。
⑬銅雀台：曹操于建安十五年冬所建造，故址在今河北省臨漳縣西南。
⑭分香賣履：曹操臨終有遺令曰：「餘香可分與諸夫人，不命祭。諸舍中無所為，可學做組履賣也。」諸舍中，指衆妾。組履，即做

來。曹操，今日要你仍舊扮做丞相，與禰先生演述舊日打鼓罵座那一樁事。你若是喬做那等小心畏懼，藏過了那狠惡的模樣，手下就與他一百鐵鞭，再從頭做起。（曹眾扮介）（禰）判翁大人，你一向謙厚，必不肯坐觀，就不成一場戲耍。當日罵座，原有賓客在座。今日就權屈大人，為曹瞞之賓，坐以觀之，方成一個體面。（判）這也見教得是。（揖云）先生告罪，卻斗膽了也。（判左曹右舉酒坐，禰以常衣進前將鼓）（曹喝云）野生！你為鼓史，自有本等服色，怎麼不穿？快換！（校喝云）還不快換！（禰脫舊衣，裸體向曹立）（校喝云）禽獸！丞相跟前，可是你裸體赤身的所在？卻不道驢膫子⑮朝東，馬膫子朝西！（禰）你那頹⑯丞相膫子朝南，我的膫子朝北。（校喝云）還不換上衣服，買什麼嘴！（禰換錦巾繡服扁絛介）

【點絳唇】俺本是避亂辭家，遨遊許下⑰，登樓⑱罷。回首天涯，不想道屈身軀扒出

鞋子。指曹操臨死時仍戀念他所愛的妻妾。

⑮膫子：指陰莖，為罵人的粗話。

⑯頹：罵辭，惡劣之意。

⑰許下：許都，為當時東漢國都。在今河南省許昌市。

⑱登樓：王粲因西京（今陝西西安）戰亂，去依荊州劉表，卻不為表所重用。偶登當陽縣（今湖北）城樓，乃作《登樓賦》，以抒發可望改變混濁紛亂的政局，以及懷才不遇的鬱悶心情。此暗用王粲《登樓賦》典故，比喻身境漂泊。

他們胯⑲。

【混江龍】他那裡開筵下榻，教俺操檛按板把鼓來撾。正好俺借檛來打落，又合著鳴鼓攻他。俺這罵一句句鋒鋩飛劍戟，俺這鼓一聲聲霹靂捲風沙。曹操！這皮是你身兒上軀殼，這檛是你肘兒下肋巴⑳，這釘孔兒是你心窩裡毛竅，這板仗兒是你嘴兒上獠牙，兩頭蒙總打得你潑皮穿，一時間也酹㉑不盡你虧心大。且從頭數起，洗耳聽咱。

（鼓一通）（曹）狂生！我教你打鼓，你怎麼指東話西，將人比畜？我這裡銅檛鐵刃，好不利害！你仔細你那舌頭和那牙齒！（判）這生果是無禮。（禰）

【油葫蘆】第一來逼獻帝遷都㉒，又將伏后來殺，使郗慮去拿㉓。唉！可憐那九重天子，救不得一渾家㉔。帝道：后，少不得你先行，咱也只在目下。更有那兩個兒，又不是別樹上花，都總是姓劉的親骨血，在宮中長大，卻怎生把龍雛鳳種做一甕鮓魚

---

⑲此借用《史記‧淮陰侯列傳》中韓信少年時胯下受辱典故。

⑳肋巴：肋骨。

㉑酹：灑酒於地表示祭奠或立誓。此為反其意用作譏諷。

㉒獻帝遷都：建安元年（公元一九六年），漢獻帝被曹操挾持遷都於許昌，成為曹操的傀儡。

㉓伏后為漢獻帝的妻子，寫密信給父伏完密謀對策要殺曹操。結果事情泄露，伏后及其二子被郗慮等殺害。

㉔渾家：妻子。

蝦！

（鼓一通）（曹）說著我那一樁事了。（禰）

【天下樂】有一個董貴人㉕，是漢天子第二位美嬌娃。他該甚麼刑罰？你差也不差？他肚子裡又懷著兩三月小娃娃，既殺了他的爺，又連著胞一搭，把娘兒們兩口砍做血蝦蟆。

（鼓一通）（曹）狂生！自古道：「風來樹動。」「人害虎，虎也要害人。」伏后與董承等陰謀害俺，我故有此舉。終不然㉖是俺先懷歹意害他？（判）丞相說得是。（禰）你也想著，他們要害你為著什麼來？你把漢天子逼遷來許昌，禁得就是這裡的鬼一般，要穿沒有，要吃沒有，要使用的沒有，要傳三指大一塊紙條兒，鬼也沒得理他。你又先殺了董貴人，他們急了，不謀你待幾時？你且說，就是天子無故要殺一個臣下，那臣下可好就去當面一把手採將他媽媽過來，一刀就砍做兩段，世上可有這等事麼？（判）這又是狂生說得有理，且請一杯解嘲！（禰）

【那吒令】他若討吃麼，你與他幾塊歪剌㉗。他若討穿麼，你與他一疋粲麻。他有時

㉕董貴人：漢獻帝的妃嬪，其兄董承受帝密詔除曹，事敗未成，兄妹均被害。此時他正值懷孕有身。

㉖終不然：難不成。

㉗歪剌：牛角中的臭肉。

傳旨麽，教鬼來與拿。是石人也動心，總癡人也害怕，羊也咬人家。

（鼓一通）（判）丞相，這卻說他不過。（曹）說得他過，我倒不到這田地了。（禰）

【鵲踏枝】袁公那兩家㉘，不留他片甲。劉琮㉙那一答，又逼他來獻納。那孫權呵！幾遍幾乎㉚，玄德㉛呵！兩遍價搶他媽媽。是處兒城空戰馬，遞年來尸滿啼鴉。

（鼓一通）（曹）大人，那時節亂紛紛，非只我曹操一人如此。（判）這個，俺陰司各衙門也都有案卷。（禰）

【寄生草】仗威風只自假，進官爵不由他。一個女孩兒竟坐中宮駕㉜，騎中郎㉝直做了侯王霸，銅雀臺直把那雲煙架，僭車旗㉞直按倒朝廷胯。在當時險奪了玉皇㉟尊，到如今還使得閻羅怕。

㉘袁公那兩家：指袁紹，袁術兄弟，先後被曹操擊敗病死。

㉙劉琮：荊州太守劉表的兒子，在繼任荊州太守時投降了曹操。

㉚幾乎：幾乎遭險的意思。

㉛玄德：劉備的字。

㉜中宮駕：皇后坐的車子。指曹操在殺了伏皇后之後，把自己的女兒嫁給了漢獻帝作了皇后。

㉝騎中郎：皇帝的侍衛官。指曹操由級別較低的官階青雲直上。

㉞僭車旗：指曹操出行的車旗儀仗超越過規定的限度。

㉟玉皇：借指漢獻帝。

（鼓一通）（判低聲吩咐小鬼，令扮女樂鼓吹介）（判）丞相女兒嫁做皇后，造房子大了些，這還較不妨。打鼓的且停了鼓。俺聞得丞相有好女樂，請出來勞一勞。（曹）這是往事，如今那裡討！（判）你莫管，叫就有，只要你好生縱放著使用他。（曹）領台命，吩咐手下叫我那女樂出來。（二女持烏悲詞㊱樂器上）（曹）你兩人今日卻要自造一個小令，好生彈唱著，勸俺們三杯酒。（禰對曹蹋地坐介）（女唱）

那裡一個大鵜鶘㊲，呀一個低都，呀一個低都；變一個花豬低打都，打低都，唱【鷓鴣㊳】。呀一個低都，呀一個低都。唱得好時猶自可，呀一個低都，呀一個低都；不好之時低打都，打低都，喚王屠。呀一個低都，呀一個低都。

（曹）怎說喚王屠？（女）王屠殺豬。（進判酒）（又一女唱）

丞相做事太心欺，呀一個蹺蹊，呀一個蹺蹊；引惹得旁人蹺打蹊，打蹺蹊，說是非。呀一個蹺蹊，呀一個蹺蹊。雪隱鷺鷥飛始見，呀一個蹺蹊，呀一個蹺蹊；柳藏鸚鵡蹺打蹊，打蹺蹊，語方知。呀一個蹺蹊，呀一個蹺蹊。

（曹）這兩句是舊話。（女）雖是舊話，卻貼題。（曹）這妮子朝外叫㊴。（女）也是道

㊱烏悲詞：即火不思，一種類似琵琶的樂器。

㊲鵜鶘：一種大型水鳥，《詩・曹風・候人》以鵜鶘在梁比喻小人在朝。後借喻以不正當的手段謀得官位。

㊳鷓鴣：曲名。

㊴朝外叫：胳膊朝外彎之意。

其實，我先首㊵免罪。（進曹酒）（一女又唱）抹粉搽脂只一會而紅，呀一個冬烘，呀一個冬烘；（又一女唱）報恩結怨烘打冬，打冬烘，落花的風。呀一個冬烘，呀一個冬烘。（二女合唱）萬事不由人計較，呀一個冬烘，呀一個冬烘；算來都是烘打冬，打冬烘，一場空。呀一個冬烘，呀一個冬烘。（二女各進酒）（判）這一曲纔妙，合著咱們天機。（曹）女樂且退。我倦了。（判笑介）（禰起立云）你倦了，我的鼓兒罵兒可還不了。

【六幺序】哄他人口似蜜，害賢良只當耍。把一個楊德祖㊶，立斷在轅門下，磣可可㊷血唬零喇。孔先生㊸是丹鼎靈砂，月邸金蟆㊹，仙觀瓊花㊺。《易》奇而法，《詩》正而葩㊻。他兩人嫌隙，於你只有針尖大，不過是口嘮噪㊼，有甚爭差！一個爲

㊵先首：先行出首，率先承認。

㊶楊德祖：楊修字德祖，才華洋溢，任曹操的主簿，後被曹操殺害。

㊷磣可可：實在在。

㊸孔先生：即孔融。曾任北海相，時稱孔北海。後因觸怒曹操而被殺。

㊹月邸金蟆：月宮裡的金蛤蟆。

㊺仙觀：指揚州蕃釐觀。據《揚州府志》及朱顯祖《瓊花志》載，昔揚州后土祠有一株瓊花，世傳為唐人所植。后土祠在宋代改為蕃釐觀。

㊻引用唐韓愈《進學解》中語，比喻孔融博學能文。

㊼嘮噪：嚕嗦。

忒聰明，參透了「雞肋」話㊽；一個則是一言不洽，都雙雙命掩黃沙。

（鼓一通）（判）丞相這一樁卻去不得。（曹）俺醉了，要睡了。（打頓介）（判）手下採將下去，與他一百鐵鞭，再從頭做起。（曹慌介。云）我醒我醒。（判）你纔省得哩。

（禰）

【么】哎！我的根芽也沒大兜搭㊾，都則爲文字兒奇拔，氣概兒豪達，拜帖兒長拿，沒處兒投納。繡斧金檛㊿，東閣西華(51)，世不曾掛齒沾牙。唉！那孔北海沒來由也。說有些緣法，送在他家，井底蝦蟆也，一言不洽，怒氣相加。早難道投機少話，因此一暗藏刀，把我送與黃江夏(52)。又逢著鸚鵡撩咱，彩毫端滿紙高聲價，競躬身持觴勸酒，俺擲筆還未了杯茶。

㊽《三國志．魏志．武帝紀》裴松之注載，曹操攻劉備於漢中，久而無功，欲回軍北上，以「雞肋」為口令，屬下皆不知所謂。只有楊修理解為食之無味，棄之可惜，識破曹操不想戀戰的心意。

㊾兜搭：指乖僻難纏。

㊿繡斧金檛：語出《漢書．武帝紀》，後以「繡斧」指皇帝特派而握有生殺大權的巡察官員。檛，指杖、鞭。

(51)東閣西華：東閣，為皇帝款待賓客的地方。西華，為京師紫禁城的西門。借指顯赫的權貴豪門。

(52)黃江夏：即黃祖。曾於漢末任江夏太守，故稱黃江夏。

（鼓一通）（判）這禍從這上頭起。唉！仔細《鸚鵡賦》害事。（禰）

【青哥兒】日影移窗櫺，窗櫺一罅㊳。賦草擲金聲㊴，金聲一下。黃祖的心腸忒狠辣，陡起鱗甲㊵，放出槎枒㊶。香怕風刮，粉怪娼搽。士忌才華，女妒嬌娃。昨日菩薩，頃刻羅刹㊷。哎！可憐俺禰衡的頭呵，似秋盡壺瓜，斷藤無計再生發，霜簷掛。

（鼓一通）（判）這賊原來這每㊸巧弄了這生！（曹）大人，這也聽他不得。俺前日也是屈招的。（判）這般說，這生的頭也是自家掉下來的？（曹）禰的爺饒了罷麼！（判）還要這等虛小心。手下！鐵鞭在那裡？（曹慌作怒介）狂生！俺也有好處來。俺下令求賢，讓還三州縣，也埋沒了俺？（禰）

【寄生草】你狠求賢爲自家，讓三州直什麼大！缸中去幾粒芝麻罷，饞貓哭一會慈悲詐，飢鷹饒半截肝腸掛，兇屠放片刻豬羊假。你如今還要哄誰人？就還魂改不過精油滑！

㊳一罅：一條縫隙，形容時間如白駒過隙般飛快。

㊴金聲：晉孫綽作《天台山賦》示友人范榮期，云：「卿試擲地，當作金石聲也。」後因以「金聲」比喻文辭工切。

㊵鱗甲：語出《三國志・蜀志・陳震傳》，喻狡詐之心。

㊶槎枒：枝木歧出貌，此比喻戮人。

㊷羅刹：梵文音譯，佛教指吃人的惡鬼名。

㊸這每：這麼。

（鼓一通）（判）痛快！痛快！大杯來一杯，先生儘著說。（禰）

【葫蘆草混】你害生靈呵，有百萬來的還添上七八，殺公卿呵，那裡查！借廒倉⑤⑨的大斗來斛芝麻，惡心肝生就在刀鎗上掛，狠規模⑥⓪描不出丹青的畫，狡機關我也拈不盡倉猝裡罵。曹操，你怎生不再來牽犬上東門，閒聽唳鶴華亭⑥①壩，卻出乖弄醜，帶鎖披枷。

（鼓一通）（判）老瞞，就叫你自家處此，也饒自家不過了。先生儘著說。（禰）

【賺煞】你造銅雀要鎖二喬⑥②，誰想道夢巫峽⑥③羞殺，靠赤壁那火燒一把。你臨死時和歪刺⑥④們活離別，又賣履分香待怎麼！虧你不害羞，初一十五，教望著西陵⑥⑤，月月的哭

⑤⑨廒倉：秦漢魏時在敖山（今河南滎陽北）修穀倉，名曰廒倉。後世借指國家糧庫。

⑥⓪狠規模，兇狠的模樣。

⑥①牽犬上東門，語出《史記・李斯傳》。唳鶴華亭，語出《晉書・陸機傳》。二者皆借以譏刺曹操落得在地獄中受罪，再也不能縱情享樂。

⑥②二喬：指漢太尉橋玄二女。大喬（橋）嫁給孫策，二喬（橋）嫁給周瑜。此用杜牧《赤壁》詩典故，意味東吳若被曹操滅亡，大小二喬也將成為銅雀台中供曹操玩樂的對象了。

⑥③夢巫峽：見宋玉《高唐賦》，楚襄王遊高唐晝寢，在夢中與巫山神女幽會。

⑥④歪刺：同註二十七，可用作對婦女的賤稱，此指曹操的妻妾。

⑥⑤教望著西陵：據《樂府詩集・相和歌辭六》引《鄴都故事》載，曹操死前遺囑將其葬於鄴之西崗，要妾伎住在銅雀臺上早晚供祭，每月初一、十五在靈帳前奏樂唱歌，諸子時時瞻望西陵墓田。

他。不想這些歪剌們呵，帶衣麻(66)就摟別家。曹操，你自說麼！且休提你一世的賢達，只臨了這一椿呵，也該幾管筆題跋(67)。咳，俺且饒你罷，爭奈我漁陽三弄的鼓槌兒乏！

（末扮閻羅鬼使上）（判）手下！快把曹操等收監。（鬼）稟上老爹，玉帝差人召禰先生。殿主爺說，刻限甚急，教老爹這裡逕自厚貲遠餞，記在殿主爺的支應簿上。爺呵，會勘事忙，不得親送，教老爹多上覆先生，他日朝天，自當謝過。（判）知道了。你自去回話。（鬼應下）（判）叫掌簿的，快備第一號的金帛與餞送果酒伺候。（內應介）（小生扮童，旦扮女，捧書節上云）漢陽江草搖春日，天帝親聞鸚鵡筆(68)。可知昨夜玉樓成(69)，不用隴西李長吉。咱兩人奉玉帝符命，到此召請禰衡，不免逕入宣旨。那一個是第五殿判官？（判跪介）玉帝有旨，召禰衡先生。你請他過來，待俺好宣旨。（禰同判跪，二使付書介）禰先生，上帝有旨召你，你可受了這符冊(70)自看，臨到卻要拜還。就此起行，不得有違時刻。（童唱）

(66)帶衣麻：指穿喪服。
(67)題跋：這裡泛指書寫。
(68)鸚鵡筆：黃祖長子黃射大會賓客，有人進獻鸚鵡者，禰衡提筆立作《鸚鵡賦》。此形容才思敏捷，立筆成賦。
(69)玉樓成：李商隱《李賀小傳》載：李賀將死時見緋衣人傳玉帝詔令，謂白玉樓將築成，召使作記。遂卒。
(70)符冊：古代朝廷傳達命令或徵調兵將所用的憑證，雙方各執一半，合之以驗真假。

【耍孩兒】文章自古眞無價，動天廷玉皇親迓，飛鳧(71)降鶴踏紅霞，請先生即便登遐(72)。修葺了舊銜螭(73)首黃金閣，准辦著新鮓鱗羔白玉叉。倒瓊漿三奏鈞天(74)罷，校書郎(75)侍玉京香案，支機女倚銀漢仙槎(76)。

（內作細樂）（女唱）

【三煞】禰先生，你挾鴻名(77)懶去投，賦鸚哥點不加，文光直透俺三台(78)下。奇禽瑞獸雖嘉兆，倚馬(79)雕龍(80)卻禍芽。禰先生，誰似你這般前凶後吉？這好花樣誰能搨(81)？待東兒

---

(71)飛鳧：傳說東漢時葉縣令王喬有神仙術，常自縣至京師，化鞋為鳧乘鳧而往。此借指飛升天宇。

(72)登遐：語出《墨子・節葬下》，猶言仙去。

(73)螭：傳說中龍的一種。螭首，古代建築常在殿柱、殿階與屋脊上所刻鑿龍形花飾。

(74)鈞天：鈞天廣樂的簡稱，神話中天上的音樂。

(75)校書郎：古時掌管校勘書籍，訂正訛誤的官職。

(76)支機女倚銀漢仙槎：《荆楚歲時記》載，漢代張騫乘槎泛游到銀河，遇織女贈支機石而還。

(77)挾鴻名：擁有盛大的名氣。

(78)三台：漢代稱尚書為中台，御史為憲台，謁者為外台，合稱「三台」。此指天庭。

(79)倚馬：《世說新語・文學》載東晉桓宜武北征，命袁虎倚馬作露布文，「手不輟筆，俄得七紙，殊可觀。」後喻為文思敏捷。

(80)雕龍：《史記・孟子荀卿列傳》載戰國齊人騶奭所寫的文章「飾若雕鏤龍文」，後比喻為善於撰寫華美的文章，

(81)搨：把石碑或器物上的圖文臨摹在紙上。

甜口，已橄欖酸牙！（爾）

【二煞】向天門漸不遙，辭地主痛愈加，幾時再得陪清話！歎風波滿獄君爲主，已後呵，倘裘馬朝天我即家。小生有一句說話。（判）願聞。（爾）大包容，饒了曹瞞罷！（判）這個可憑下官不得。（爾）我想眼前業景(82)，盡雨後春花。（判）

【一煞】諒先生本泰山，如電目一似瞎(83)。俺此後呵，掃清齋，圖一幅尊容掛。你那裡飛仙作隊遊春圃，俺這裡押鬼成群鬧晚衙，怎再得邀文駕？又一件，儻三彭(84)誣枉，望一筆塗抹。

這裡已到陰陽交界之處，下官不敢越境再送。（爾）就請回。（判）俺殿主有薄贐(85)，令下官奉上，伏望俯納。下官自有一個小果酒，也要仰屈三杯，表一向侍教的薄意。（爾）小生叨(86)向天廷，要贐物何用，仰煩帶回，多多拜上殿主；攜榼(87)該領，卻不敢稽留天使。（判）這等就此拜別了。（各磕頭共唱）

---

(82) 業景：造孽作惡等景象。

(83) 如電目一似瞎：形容有眼不識泰山。

(84) 三彭：即三尸，道教以為人體內有三尸神作祟。上尸名彭倨，在頭中；中尸名彭質，在腹中；下尸名彭矯，在足中，故稱三彭。三尸窺探人的隱微失誤，向天帝報告。

(85) 薄贐：微薄的禮物。

(86) 叨：叨光。謙詞。

(87) 榼：古代盛酒的器具。

【尾】自古道：勝讀十年書，與君一夕話。提醒人多因指驢說馬⑱，方信道曼倩⑲詼諧不是耍。（𥚃下）

判曰：看了這禰正平漁陽三弄，

笑得我察判官眼睛一縫。

若沒有狠閻羅刑法千條，

都只道曹丞相神仙八洞⑳。（下）

---

⑱指驢說馬：用比喻的方式來說明問題。

⑲曼倩：西漢東方朔，字曼倩。常用詼諧滑稽的言辭勸諫漢武帝。

⑳神仙八洞，神話傳說中有呂洞賓等八洞神仙。意指人們誤以為曹操死後像神仙般快活。

（蔡欣欣選注）

昭君出塞

明　陳與郊撰

【作者】

陳與郊，字廣野，號隅陽，別署玉陽仙史，室名任誕軒，浙江海寧人後徙錢塘，生於明嘉靖二十三年，卒於明萬曆三十九年（一五四四～一六一一）。與郊「本高氏裔，贅陳，因以為氏」，故有時託名高漫卿。明萬曆二年（一五七四）進士，五年授河間府推官，勤政愛民時號稱「陳佛子」，後官至太常寺少卿。陳與郊學識廣博，好屈宋楊馬諸家賦，考訂梓行；詩詠間作，其藻思播之歌歈，披管絃以自娛。著述甚豐有《隅園集》、《煩川集》、《黃門集》、《考工記輯注》、《樂府古題考》、《三禮廣義》、《檀弓輯註》、《方言類聚》與《古今樂考》等。而戲曲作品有《櫻桃夢》、《鸚鵡州》、《麒麟罽》與《靈寶刀》，總題為《詅痴符》。總目曰：「勘破一生《櫻桃夢》，姻緣兩世《鸚鵡州》，為國忘家《麒麟罽》，仗義全貞《靈寶刀》」，概括了此四部傳奇的本事與主旨。另外還有雜劇《昭君出塞》、《文姬入塞》、《袁氏義犬》、《中山狼》、《淮陰侯》五種（後兩種已佚），以及選輯有元明雜劇總集《古名家雜劇》，萬曆十六年（一五八八）新安徐氏所刻。

【題　解】

《昭君出塞》敘述西漢宮女王昭君，因不肯行賄金銀予畫師毛延壽，而被其在畫像裔點至遭冷落。時逢漢朝與匈奴和親，漢皇按圖遴選令王昭君下嫁單于，於金殿上傳詔相見。漢皇見昭君天香國色，與圖中畫像有天壤之別，怒而斬殺毛延壽。雖欲改選他人下嫁，但又恐失信於單于，只得令衆官依嫁公主之例送昭君出關。昭君換裝上馬，手持琵琶吐訴內心愁怨，衆人送至玉門關而回返。

昭君和親事始見於《漢書》中的〈元帝紀〉與〈匈奴傳〉，但只作為歷史史實而加以載記；《西京雜劇》時則加以點染，添入了畫工毛延壽索賄的遺聞軼事。《昭君出塞》取材自《西京雜劇》，但以昭君為全劇主腳，書寫其得知被「按圖遣嫁」後滿腹的離情愁緒。本劇辭藻優美雅緻，文句工整精巧，音韻鏗鏘和諧。隨著情節景物的移轉變化，細緻入微地描摹了昭君離宮闕改漢妝，別帝鄉跨雕鞍，斷鐵腸出陽關的悽楚哀怨，真個是「可憐一曲琵琶上，寫盡關山九轉腸」，在琵琶聲中訴不盡離國去家的心酸愁悶。全劇展現出典雅駢儷的藝術風格，抒情意味極為濃厚。清焦循《劇說》有云：「元明以來，作昭君雜劇者有四家。……惟陳玉陽《昭君出塞》一折，一本《西京雜劇》不言其死，亦不言其嫁，寫至出玉門關即止，最為高妙。」本劇雖有部份文詞因襲於馬致遠的北曲雜劇《漢宮秋》，但在戲劇結構、主題立意與人物設置上並不相同。尤其劇中採用南北曲合套的形式，南曲溫婉清雅，北曲勁切雄麗，配合著曲文意境更憑添聲情的婉轉動人。是故祁彪佳《遠山堂劇品》也云：「明妃從來無南曲，此劇僅一齣，便覺無限低回。」本劇現存《盛明雜劇》本。

【夜行船】（貼扮宮女上）彩鳳曉銜丹詔往，青鸞遠降賜戎王①。一霎宮闈，萬端悲愴，忍使翠塵珠坱②。

金壺③漏盡禁門④開。飛燕⑤昭陽⑥侍寢迴。隨分獨眠秋殿裡，遙聞笑語自天來。奴家是漢宮中一個女官是也。領著君王詔旨，宣王昭君上殿。守宮的，快請你王娘娘承旨⑦！

【金瓏璁】（旦扮昭君上）倚簾聽半晌，宮嬪笑語風香。何忽忽，喚娘娘。（貼）有旨！（旦）空庭春暮矣！驚傳詔奉清光⑧。疑錯報，幸平陽⑨。

①戎王：古代稱西北各民族為戎人，此以戎王借稱匈奴的君主。
②翠塵珠坱：珠翠落於塵土。
③金壺：計時器之美稱。
④禁門：宮禁之門。
⑤飛燕：漢成帝趙皇后深受寵愛，因體態輕盈有飛燕之稱。後借用以比喻得寵的后妃。
⑥昭陽：宮殿名。
⑦承旨：承接皇帝的聖旨。
⑧清光：光寵。
⑨平陽：漢武帝繼位數年，沒有兒子，其姐平陽公主蓄良家女子十餘人，俟武帝至盛加裝飾使之歌舞，武帝因而愛上其中的衛子夫，後來得封皇后。

朝日殘鶯伴妾啼，開簾惟見草萋萋。庭前時有東風入，楊柳千條盡向西。宮人！有甚旨來？（貼）官家今日御未央宮，傳旨宣王嬙上殿，下嫁單于⑩！（旦作悲介）兀的不問殺人也！（貼）請娘娘寬心！

【二郎神】（旦唱）心悒怏⑪！歎韶年⑫受深宮業障。（貼）娘娘！向來情緒如何？（旦唱）只粉淚香魂消共長。這分明瑣定，沉沉金殿鴛鴦。鳳吹鸞笙霞外響。（貼）娘娘！人人道六宮中是閬苑蓬萊⑬，人間天上哩！（旦唱）羞殺人蓬萊天上。（貼）娘娘！官家也曾行幸⑭來麼？（旦唱）說甚雨雲鄉？到巫山纔知宋玉荒唐⑮。

【前腔】思量！愁容鏡裡，春心絃上。戶牖恩光猶妄想。（白）宮人！宮人！（唱）怎落花飛燕，這般樣御出宮牆。（貼）只爲前日毛延壽，指寫丹青，遍需金帛。娘娘自恃天香國色，不送黃金。因此喬點畫圖⑯，故淹珠玉⑰。今日官家按圖遣嫁，耽誤了娘娘也！（旦）原來如此！（唱）卻信著翻覆丹青浪主張，悔那日黃金空阻當，我待愬⑱君王！（貼）娘娘面奏時，那毛延壽該

⑩單于：匈奴的君主。
⑪悒怏：不愉快。
⑫韶年：青春歲月。
⑬閬苑蓬萊：相傳仙人所居之處。
⑭行幸：皇帝留宿於后妃宮中。
⑮此用戰國宋玉《高唐賦》中楚王與巫山神女雲雨歡會的典故。
⑯喬點畫圖：在畫圖上作假點染。
⑰故淹珠玉：故意讓珠玉被埋沒。
⑱愬：同訴，告訴。

萬死也！（旦）宮人，你覷我面貌呵！正是一時顦顇⑲盡，如今卻是畫圖中。（唱）怕如今雙雙淚眼相當。（下）

（衆扮中常侍⑳二人，中涓㉑二人，力士㉒二人，隨生扮漢皇㉓上）（衆報）至尊㉔來也！

【遶地遊】（生唱）和親㉕定講，此日天孫㉖降。向銀河蚤塡漭沆㉗。

（白）看女官到時，速宣王嬙上殿來！（衆應介）（旦上叩頭介）（生作驚介）呀！怎生與畫圖中模樣，相去天淵㉘？分明是洛浦仙姿㉙，藍橋艷質㉚。壓倒三千粉黛㉛，驚迴十

⑲顦顇：同憔悴。
⑳中常侍：內廷宦官。
㉑中涓：內廷侍者。
㉒力士：官名，專領金鼓旗幟，隨駕出入與守衛四門。
㉓漢皇：漢元帝劉奭。
㉔至尊：皇帝。
㉕和親：與敵和好而結為婚姻，透過聯婚講和增進兩國的交誼，免被侵犯。
㉖天孫：天帝的孫女。舊有天孫下嫁牛郎之說。
㉗漭沆：廣大之意。
㉘天淵：以天上與深淵，比喻相距甚遠。
㉙洛浦仙姿：此用三國曹植《洛神賦》中吟詠洛水女神事，形容美貌。
㉚藍橋艷質：此用唐裴航於藍橋驛遇雲英事，形容美貌。
㉛三千粉黛：粉用以敷面，黛用以畫眉，後世乃作婦女的代稱。三千，意指數目極多。

二金釵㉜。毛延壽這廝！好生誤事。著武士將毛延壽斬了！（衆應介）（生）我便別銓淑女㉝，遠賜單于。省得埋没了這照乘明珠㉞，連城美玉㉟，也由得我。只一件，姓名已去，若寡人失信單于，眼見得和親不志誠也！罷罷罷！（唱）

【囀林鶯】美人！你雙蛾㊱淡掃忒恁妝。教人追恨貪狼㊲！（旦拜辭介）（生唱）看你雲鬟㊳斂怨辭仙仗。（白）宮恩虜信㊴勢不兩全。（唱）今日裡恩和信，怎地商量？天公醞釀，千般痛，盡在這去留一晌。謾匆忙！（白）美人，少留一刻呵！（唱）強如別後，空尋履跡衣香。

【前腔】（旦唱）君王愛奴鸞與凰，便鶯燕老何妨？自嗟薄命投夷帳㊵。無情是畫筆平

㉜十二金釵：古樂府：「頭上金釵十二行」，本指一人頭上插六雙金釵，後世以金釵作貴婦代稱。十二金釵乃借指姬侍行列。

㉝別銓淑女：另選幽嫻貞靜的女子。

㉞照乘明珠：形容珠光能照耀一輛四匹馬的車子。

㉟連城美玉：戰國時趙國獲和氏之璧。秦昭王寫信給趙王，願以十五個城池交換，後世乃稱為連城璧。

㊱雙蛾：雙眉。

㊲貪狼：貪求無厭有如狼的生性，指毛延壽。

㊳雲鬟：雲髻。

㊴宮恩虜信：指漢帝的恩德與胡虜的信諾。

㊵夷帳：匈奴所居帳幕。

章㊶。沉吟自想！（白）可憐臣妾此去呵！（唱）只明月送人關上。更徬徨金徽㊷形影，誰憐我玉殿肝腸。

（生）著中常侍四人，中涓二十人，羽林將領㊸，一一如嫁公主舊例，好送昭君出關也！（衆應介）（生下）（衆）請娘娘換了新妝，上馬者！（旦更衣介）（唱）

【北新水令】征袍生改漢宮妝，看昭君可是畫圖模樣。舊恩金勒㊹短，新恨玉鞭長。迤逗㊺春光，旆旌㊻下，塞垣㊼上。

【南步步嬌】（衆唱）翠擁珠圍㊽雕鞍傍，遮莫驪駒唱㊾，齊紈㊿漢苑香。吹落龍沙(51)，草迴花放。娘娘！何必悶膻鄉(52)。（白）比著先前孤零呵！（唱）便綺羅宮裡同惆悵。

㊶畫筆平章：平章有公平品評之意，指毛延壽擔任畫師作畫。
㊷金徽：指琴。
㊸羽林將領：宮廷侍衛。
㊹金勒：金製馬勒，指高貴的乘騎。
㊺迤逗：惹引。
㊻旆旌：旗也。
㊼塞垣：邊塞地區。
㊽翠擁珠圍：滿身珠翠，打扮嬌豔。
㊾驪駒唱：驪駒本為小馬，此處作離別之歌解。
㊿齊紈：山東一帶所織素絹。
(51)龍沙：本兩地名，皆在西北塞外，後遂泛用為塞外的通稱。
(52)膻鄉：匈奴以牛羊肉為主要食品，借指匈奴地區。

（旦）中常侍！我不為別的。（唱）

【北折桂令】聽了些皷[53]角笙簧，氣結愁雲，淚灑明琅[54]。守宮砂[55]點臂猶紅，襯階苔履痕空綠，辟寒金[56]照腕徒黃。關幾重，山幾疊，遮攔仙掌[57]。雲一攜，雨一握，奚落巫陽[58]。（外末）那單于也是一國之主。（旦唱）道甚君王，想甚風光，單則爲名下閼氏[59]，耽誤了紙上王嬙。

（白）將琵琶上來！（作彈介）

【南江兒水】（二貼唱）燈下茱萸帳[60]，車前苜蓿鄉[61]。（白）常言道，言語傳情不如手。（唱）傷情併入琵琶唱。那更這灞橋流水傷來往，渭城新柳添悽愴。娘娘！著甚支吾鞅掌

[53]皷：鼓之俗字。

[54]明琅：斑竹。

[55]守宮砂：守宮即壁虎。術家言食以丹砂，將其血點於女體拭之不去，若有房事則滅。用此可以偵探女子貞潔，防閑淫佚，故名守宮砂。

[56]辟寒金：金釧。

[57]仙掌：華山兩峰對峙之處。

[58]奚落巫陽：奚落為譏笑鄙視之意，巫陽乃指巫山之南，意指男女之事。

[59]閼氏：匈奴的皇后。

[60]茱萸帳：由茱萸錦製成的床帳。

[61]苜蓿鄉：苜蓿原出大宛，漢史張騫帶歸中原，借用漢代在離宮別院旁多種葡萄苜蓿的典故。

[62]。女兒每呵！轉向長門，兩地一般情況。

【北雁兒落帶得勝令】（旦唱）宮人，哪裡是哭虞姬別了楚霸王。端的是送嬌娃替了山西將[63]。保親的像李左車[64]，送女的一似蕭丞相[65]。止不過漢載凜胡霜。則待出紅兒，攧白狼。壓翻他殺氣三千丈，哪裡管啼痕一萬行。（貼）娘娘！你怨著官家，可想著宮中來麼？（旦唱）蒼黃[66]！今日個盼宮中，忘鞍上。參商，來日個望天山，疑帝鄉。望天山，疑帝鄉。

【南僥僥令】（外末唱）娘娘！傷心懷漢壤[67]。衆官員呵，攜手上河梁。你有一日蒲桃春釀[68]賞，又只怕鴻雁秋來斷八行[69]。

---

[62] 鞅掌：煩勞之狀，即失容之意。

[63] 山西將：舊有「山東出相，山西出將」之說，此處借指和親代替戰事。

[64] 李左車：西漢創業時謀臣，初仕於趙，韓信滅趙，左車為人擒陷於韓遂歸漢。此處指保親者等於擒李左車。

[65] 蕭丞相：指蕭何，西漢創業時劉邦的謀臣，楚漢相爭時，蕭守關中，籌謀糧餉，使漢軍不乏食，因而獲勝。此處指送女等於蕭之運餉。

[66] 蒼黃：倉皇。

[67] 漢壤：指漢族地區。

[68] 蒲桃春釀：葡萄酒。

[69] 八行：書信。

【北望江南】（旦唱）呀！恁便是鴻雁秋來斷八行。誰一會把六宮⑩忘！儘著他箜篌⑪馬上漢家腔。央及煞愁腸！俺自料西施北方⑫，料西施北方，百不學東風笑倚玉欄床。

【南園林好】（二貼唱）謫青鸞冤生畫郎。今日呵！辭丹鳳愁生故鄉。（白）娘娘！雖未度關，想這一片心呵！（唱）先向李陵臺上，憐歲月，伴淒涼。還遣夢，到椒房。

（衆）已到玉門關了，請娘娘過關！（旦）俺只著馬兒款款行，車兒慢慢隨。緣何這般樣到的快也！左右，替我勒駐馬者！（應介）

【北沽美酒帶太平令】（旦唱）覷中常扣紫韁，覷中涓泣紅妝。西出陽關更渺茫。似仙姝投鬼方⑬。如天女付魔王。（白）護送官！（衆應介）還宮奏當今主上！只說感皇恩去國婆娘。若問咱新來形像，休道比舊時摧喪！（白）我好恨也！好恨殺人也！（唱）這一斷鐵腸⑭，酌量兩廂。死不分未央歡賞！

---

⑩六宮：古代皇帝的后妃，分作六宮居住，皇后正宮在前，其它五宮在後。

⑪箜篌：古樂器的一種。

⑫料西施北方：春秋時越國進西施與吳王夫差，據說吳亡時西施亦被陳於湖中而死，此處借用西施事，自料將來必死於北方朔漠之地。

⑬鬼方：邊遠無人之區。

⑭鐵腸：謂意志堅固。

【南尾】（衆唱）可憐一曲琵琶上，寫盡關山九轉腸。卻使千秋羅綺傷！

請娘娘過關保重！（旦）生受你！這一天愁，怎生發付我也！

（眾）鶯燕銜花出上陽⑮，一枝寒玉任煙霜。

（旦）淚痕不學君恩斷，拭卻千行更萬行。

（蔡欣欣選注）

⑮上陽：此處為借用唐代宮名。

題園壁

清　桂馥撰

【作　者】

桂馥字冬卉，號未谷，別署老治，生於乾隆元年，卒於嘉慶十年（一七三六～一八〇五），享年七十。原籍青溪，明初因祖上征伐有功封於尼山，此後便徙家於山東曲阜。桂馥出身於書香官宦之家，承襲家學博涉群書，尤潛心小學精通聲義，為乾嘉年間著名的經學家。乾隆三十三（一七六八）年為貢生，與當時文人交遊往來，詩文酬唱頗為頻繁；乾隆五十五（一七九〇）年中進士，被選任為雲南永平知縣，歷任十五載春秋卒於任上。桂馥治學嚴謹，以研治經學、小學稱名於世，著有《說文解字義證》五十卷、《晚學集》十二卷、《札璞》十卷、《東萊草》、《行笈草》與《南征草》等。雜劇作品有《放楊枝》、《題園壁》、《謁帥府》與《投溷中》四個短劇，總其名為《後四聲猿》。誠如清王定柱於序中所云：「桂馥才如長吉，望如東坡，齒髮衰白如香山，意落落不自得。乃取三君軼事，引宮按節，吐臆抒感，與青藤爭霸風雅」，乃仿徐渭《四聲猿》體製而成。鄭振鐸於《清人雜劇初集》跋也云：「續青藤之四聲，雋艷奔放，無讓徐、沈，而意境之高妙，尤出其上。……無愧為純正之文人劇」。此四劇與楊潮觀的《吟風閣》三十二種雜劇，被視為是清雜劇的代表作。

【題解】

《題園壁》敘述南宋詩人陸游昔日娶表妹唐琬為妻，然而未獲婆母歡心被遣送返家。一日陸游出游禹跡寺藉以排解煩悶，適巧已改嫁宋宗室趙士程的唐琬，也隨夫同遊禹跡寺旁的沈園。唐琬為迴避見面的難堪，遂命僮僕送酒餚與陸游，陸游見狀感嘆萬分，連飲數杯後在園壁上揮筆大書《釵頭鳳》詩詞，寫畢後傷心頹然而去。僮兒回稟主人，趙士程陪同唐琬觀之，唐琬亦為之嗟歎唏噓愴然而歸。

此劇本事出自周密《癸辛雜識》及蔣一葵《堯山堂外紀》所記陸游與唐氏事，並結合陸游【釵頭鳳】詞捏合而成。陸游為南宋時有名的文人，詩風豪邁雄渾，詞風委婉含蓄，留下許多膾炙人口的詩詞，有《放翁詞》、《渭南文集》、《老學庵筆記》等作品流傳。陸游一生滿懷愛國壯志，然卻無從伸張抗金救國的雄心抱負；而與元配唐琬的夫妻情誼，又因母親的阻撓逼迫，不得不忍痛仳離勞燕分飛，而成為千古遺恨的愛情悲劇。桂馥曾在《題園壁．小引》中云：「古今倫常之際，遇有難處事，此家庭之大不幸也。陸放翁妻不得於其母，能不出之？然阿婆喜怒何常，兒女輩或有吞聲不能自白者耶！後乃相遇沈園，悤噁題壁而已。余感其事，為成散套，所以弔出婦而傷倫常之變也。」劇中以纏綿悽惻的筆法，表達了對陸唐情愛憾事的深沈同情；也含蓄蘊藉地透過古人飲恨之事，抒發自己滿懷不世之才，卻終老屈居簿書的失落之感。

全劇為南曲一折短劇的形式，篇幅雖小卻結構精密，抒情意味極為濃郁淳厚，將陸游與唐琬這對苦命鴛鴦別後重見的場景，鋪墊得惆悵婉約動人心弦。以春光明媚的春游為劇情的起始，以春花浪漫的沈園為邂逅的所在，然而照面的二人卻已人事全非，更何況還有個新婚的夫君陪伴在依人身旁。縱然以往曾經海誓山盟，即使從前曾經兩情繾綣，然而「好姻緣展轉變作恆河沙」，再多的濃情蜜意與眷戀不捨，也都只能隨著夫妻離異而劃上句點，將之鬱積深藏於內心深處。於是一闋【釵頭鳳】的詩詞，劇力萬鈞地道出了無盡的相思與無窮的悔恨，叫人喟嘆萬分卻又無言以對。劇中以「絲斷藕生芽」權做個絕情郎的生角陸游，與感嘆「舊事無端惹嗟歎」的旦角唐琬為主角，另外還安排了小生扮演的趙士程與雜飾演的家童，以不諳內情的旁觀者口吻串連了劇情的發展。此劇今存清嘉慶九年原刻本，清道光二十九年味塵軒刻本與清抄本，今乃採用《清人雜劇初集》本之味塵軒本影印本。

（生便服扮陸放翁隨人上）一匹西川錦，裁成萊子衣。板輿①奉家宴，養拙報春暉。（坐介）小生陸游表字務觀，浙江山陰人也。堂前養母，窗下讀書，娶妻唐氏，失歡於姑②，

①板輿：亦作版輿，車名。因潘岳於《閑居賦》中用以自述閑居奉親之事，後遂引申為居官迎養其親之詞。

②姑：婆婆，指陸母。

遺還其家，謹承母意。如今庭幃③大安，歲月多暇，春物駘宕④，正好閒遊。小廝攜帶筆硯，隨我走走。（丑負篋隨行介）

【光光乍】天氣正晴嘉，和風拂面斜。芳郊繡陌春無價，煙籠竹樹高僧舍。

那前面是禹跡寺，且往一遊。（下）（小生扮趙士程，雜扮家童隨上坐介）俺趙士程，系屬宗室家，在會稽不幸悼亡，續婚唐氏，天賜嘉偶，才貌雙絕。只是他獨坐顰眉⑤，時常憶念前夫。今日天色和靄，不免同他遊春消遣。則個童兒請夫人出來。（雜向內喚介，丫鬟有請夫人，旦扮唐氏，小旦扮使女扶上）（旦）愁解同心結，慵梳墮馬妝⑥。（見生坐介）（生）好花大放，春色撩人，欲請娘子攜榼⑦同遊。（旦）如此甚好，（生）家童伺候鞍馬，攜帶酒肴到沈家園裡去。（同行介）

【掛眞兒】（生）整頓金羈齊並駕，向沈家園裡看花。連理茵韉⑧，合歡杯盞，都安放海棠花下。

---

③庭帷：謂張於庭院的布幔，喻指門庭家內。

④駘宕：與駘蕩同，指景物舒緩蕩漾的樣子。

⑤顰眉：眉蹙貌，表示心情憂愁。

⑥墮馬妝：墮馬髻為女子的髮型，此意指女子的妝扮。

⑦攜榼：榼，古代盛酒或貯水的道具，此指攜帶酒器。

⑧茵韉：茵，車墊子。韉，襯托馬鞍的墊子，意指車中之褥席。

（暫下）（副淨蒼髯扮園丁上）花間路熟，竹外風清，逍遙自在，讓俺園丁。在下沈家園裡一個老園丁的便是，花開春暖，遊客甚多，已曾灑掃亭臺，安排茶灶，看有何人到來。（生旦上）（生）徑窄才容馬，（旦）牆低不礙樓。（生）來此已是園門，便可進去遊玩。（同旦下馬進園，園丁接待介）原來是趙爺，請坐獻茶。（生遊望介）好個園林，十分春色被他占了七分。（旦）且過小橋，兀那花陰深處，命酒傳杯。（同行介）

【亭前柳】（生）**且把小橋過，更上小陂陀⑨，垂垂池畔柳，茸茸路隅莎，女蘿不放松梢脫。**（合）**一架荼蘼還帶雨，恁婆娑婆娑。**

（同坐讓酒對飲介）（生上）轉過三摩地，來登八詠樓。這沈氏小園結構大雅，進去一遊，解散心懷。（進園望介）哪早有遊客攜眷在彼，俺且在這亭子上少坐片時。（坐，園丁獻茶飲茶介）（旦認生向小生問介）那亭子上客人可曾相識。（小生）不認得。（旦掩淚介）這就是前夫陸郎了。（小生望介）果然名士風流，可邀來同坐。（旦）旁觀不雅，這酒品尚多，何不遣人分送。（小生）有趣，家童分些肴酒送與亭子上客官去。就說俺同夫人送的，他若問俺，你就道俺姓名並夫人姓氏。他有甚説話，牢記回報。（雜應送酒介）家爺同夫人送爺肴酒。（生驚訝問介）你家爺是那個？（雜）是宗室趙爺名喚士程。（生）夫人呢？（雜）唐氏。（生呆介）哦，俺明白了。

---

⑨陂陀：山坡，指山傾斜處。

【駐雲飛】這是唐氏渾家⑩，（問介）夫人可是再嫁。（雜）是。（生）一些不差，（望介）遠望髩鴉朝霞。我聽得唐氏歸後改適趙，即這就是新配了。好姻緣展轉變作恒河沙⑪，嗏絲斷藕生芽。（揮淚介）教人淚灑。這酒品雖佳，肝腸斷喉難下。

管家你去上覆說，吾陸務觀多多感謝。（雜）請爺寬飲幾杯。（生）也好，看大杯來。（雜奉酒，生飲乾放杯介）遭這沒來由，教俺如何遣得過，只好付之一闋，看筆硯來。（丑捧硯，生把筆題壁朗吟介）紅酥手⑫，黃藤酒⑬，滿城春色宮牆柳。東風惡，歡情薄，一懷愁緒幾年離索⑭，錯、錯、錯。春如舊，人空瘦，淚痕紅浥鮫綃⑮透。桃花落，閒池閣，山盟雖在，錦書⑯難託。莫、莫、莫。（放筆掩淚介）

【三學士】人生離合滄桑漢，到如今眼底天涯。一腔百結難通話，權作個絕情郎不睬他。

---

⑩渾家：俗稱妻為渾家。
⑪恒河沙：北恒河中的沙粒比喻微不足道。
⑫紅酥手：酥指酥油，形容皮膚滋潤細膩。
⑬黃藤酒：即黃封酒，當時發賣的官釀酒，以黃皮封口。
⑭離索：即離群索居，意指離散。
⑮鮫綃：出自任昉《述異記》，原為神話中鮫人所織的紗絹，此處指紗織的手帕。
⑯錦書：《晉書・列女傳》載竇濤妻蘇氏織錦為回文詩，寄託相思之情以贈其夫事，後人遂以錦書指夫表達情愛的書信。

（下）（雜返報介）那客人落了幾點淚，吃了一杯酒，寫了數行字，竟自去了。（旦）試看他寫何言語。（同生看壁介）原來是釵頭鳳詞，好不感痛人也。（掩淚介）

【尾聲】舊事無端惹歎嗟，小園裡居然胡越⑰。（小生）娘子且免悲啼，天色向晚，同你回去罷。**想人生到處無愁便是家。**

（生）燕燕雙飛喜並棲　（旦）故巢已毀又銜泥

（生）春深最愛將雛好　（旦）王謝堂前舊路迷⑱

（同下）

⑰胡越：漢時胡越兩族別生息於中國南北邊地，後借以比喻疏遠。

⑱借用劉禹錫《金陵五題・烏衣巷》中王謝堂前燕的典故，說明人事已非。

（蔡欣欣選注）

梅龍鎮　選一齣

清　唐英撰

【作　者】

唐英，字俊公，一字雋公，號叔子，別署蝸寄居士、蝸寄老人。奉天（今遼寧瀋陽）人。生於清聖祖康熙二十一年，約卒於高宗乾隆二十年（一六八二～一七五五）。

唐英歷任九江關、粵海關監督，終卒於任所。曾主管窯事，製器甚精，世稱「唐窯」。能詩工書，善畫山水人物，所製詩書畫，常付窯陶成屏對。

著有《陶人心語》、《陶人心語續選》、《陶冶圖說》、《可姬傳》等。戲曲十九種，其中雜劇有《梅龍鎮》、《麵缸笑》、《十字坡》等十四種，今存十二；傳奇《轉天心》、《天緣債》、《雙釘案》、《梁上眼》、《巧換緣》等五種，均存。總題《燈月閑情》，後人稱《古柏堂傳奇》、《古柏堂曲》、《古柏堂雜劇傳奇》或《古柏堂樂府》等。

【題　解】

梅龍鎮是地名，明武宗正德皇帝微服私訪來到此處，於酒店內見李鳳姐頗有姿色，藉酒調戲，鳳姐欲高聲張揚時，武宗以實情相告，封鳳姐為妃。全劇只有生和小旦，以賓白為主，表現正德來到民間，心情開朗愉悅，乍見天真活潑的民間女子，歡喜玩耍更肆意調戲，鳳姐雖然一再閃避，其實也未必全然無意，其中雖然有一些情色場面，但全劇的趣味就在語言的往還迎拒與情意的若有還無之間。

這原是乾隆年間花部亂彈開始流行時的戲，《綴白裘》梆子腔部分收有〈戲鳳〉一齣，可見此戲當時頗受歡迎，直到當代，京劇、徽劇、漢劇、豫劇、秦腔、河北梆子、湘劇、川劇等許多劇種都還常演，是板腔體戲曲中的熟戲。不過本書所收卻是清初文人唐英根據花部亂彈所改編成的崑劇《梅龍鎮》，收在唐英的《古柏堂戲曲集》裡（周育德點校本，上海古籍出版社，一九八七）。唐英《梅龍鎮》共分〈投店〉、〈失更〉、〈戲鳳〉、〈封舅〉四齣，本書僅收〈戲鳳〉。

這齣崑劇〈戲鳳〉和《綴白裘》梆子腔本差異不大，改編的重點在於變「板腔體」為「曲牌體」，改用崑腔演唱，曲文唱詞也按曲牌格式重寫。戲曲史上由崑劇翻改為板腔體的例子很多，但這本《梅龍鎮》卻是花部亂彈被改為崑曲演唱的少數例子之一。本書選錄這個版本，希望以唐英的改編為一個透視點，提供讀者深入觀察乾隆年間「花雅爭勝」時期雅好崑曲的文人的心態。他們一向奉崑曲為正統，而在花部亂彈廣受觀眾喜愛之際，他們雖然內心極看不起這些民間戲曲，卻不得不借助其題材、情節、甚至整個劇本，試圖為崑曲找回失去的觀眾。在這本《梅龍鎮》第四齣〈封舅〉的最後，唐英於尾聲曲文中明確抒發了這種心態：「梅龍鎮舊戲新翻改，重把排場擺。戲鳳唱崑腔，封舅新時派。那些亂談班呵，就出了五百錢，這總綱也沒處買！」不過全劇的民間情味其實和崑曲的音樂及文學風格都不盡相合，後來各劇種的唱詞都沿襲《綴白裘》，而這本崑腔唱的《梅龍鎮》，只可視為戲曲史上某一時期某一面向的折射投影。

戲鳳

（生白）噯！寡人以萬乘之尊①，只因為尋覓娉婷②，不顧披風冒雨。今夜青燈旅舍，顧影淒涼，好悶人也。（唱）

【新水令】游龍飛下九重天，不是俺把山河看得來忒賤。嬌求金屋貯③，宮闕④隔雲煙。回首茫然。撇下了鳳凰城銷受些雞聲茅店。

（白）寡人此刻甚覺饑渴，不免將這響木兒連敲兩下，看他裡面可有酒飯送出來？（小旦鳳姐上）

---

①萬乘之尊：比喻天子的尊貴。
②娉婷：美好貌，此指美人。
③嬌求金屋貯：這裡借用漢武帝「金屋藏嬌」故事，比喻追求可愛的女子。
④宮闕：天子的居所。

【步步嬌】兄貧妹稚相依伴，生意把身衣贍。茅檐掛酒帘，慢道是卓氏當罏⑤，酒標門面。（看介）呀！原來是位軍官。看他無語坐燈前，我趦趄⑥羞把全身現。（白）軍爺，酒飯在此，請用。（生唱）

【折桂令】呀！猛抬頭瞥見仙顏，全不似粉抹朱塗，著色嬋娟。恰稱這荊布天然，幽花異卉，秀色堪餐！（小旦）軍爺請用酒飯。（生）我問你，你是李龍的甚麼人？（小旦）哦，你問我麼？那李龍是我哥哥，我是他妹子。（生）你的名字叫什麼？（小旦）我是沒有名字的。（生）爲了個人，豈沒有名字的？（小旦）我名字是有一個，只是不對你講。（生）卻是爲何？（小旦）講了恐怕你叫。（生）我不叫就是了。（小旦）我叫做李鳳姐。（生）哦！原來你叫李鳳姐。（小旦）軍爺，你說不叫，爲何又叫起來？（生）叫一聲何妨？我且問你：你們乃鄉村百姓人家，如何起這「龍鳳」冠冕的名字？（小旦）有個緣故，我父母夢龍鳳，生我們二人，故此叫這樣名字。人人都說我將來還有皇宮內院的福分，我哥哥還有頂紗帽戴哩！（生）這卻倒也容易，只看你的造化如何。（小旦）我的造化大多著哩！（生）我且問你，你是個女兒家，爲何出來待客？（小旦）我們兄妹相依，哥哥今夜支更，故此奴家出來的。（生）原來爲此。（唱）原來是爲謀生妹依兄畔，埋沒了海棠姿帶雨含煙。堪愛堪憐！（背介）若能

⑤卓氏當罏：此指司馬相如與卓文君的故事，後來兩人在臨邛賣酒，文君當罏沽酒，相如洗滌酒器。

⑥趦趄：行不進貌。

彀玉倚香偎，不枉了跋涉山川。

（小旦）軍爺，你要出酒飯來，為何不喫，只管自言自語看我怎的？你也是個人，我也是個人，有甚麼好看？（生）不知什麼緣故，為軍的只愛看你。（小旦近生介）哦！你既愛看，待我近前來，請看，請看！（生）妙嗄，看夠了！就這等看看何妨？（小旦）我把你這沒見時面的馬頭軍！（生）不是看你。你哥哥既不在家，你就是店主人了。我要問你話，須有稱呼纔好。也罷！就稱呼你「鳳姐」罷！（小旦）這是我的乳名兒。從前說過不叫，怎麼又叫起來了？再叫，我就要惱了。（生）如此，叫什麼好？（小旦）叫大姐。（生背介）他那裡當得起「大姐」兩字！也罷，叫你「酒大姐」罷！嗄！酒大姐。（小旦）怎麼說？（生）客人到你家來，還是一樣管待，還是要分個等第？（小旦）有上、中、下三等。（生）那上等的價銀多少？管待的什麼人？（小旦）上等麼，一兩不多，八錢不少，是接待官長的。（生）中等呢？（小旦）中等麼，四錢不少，五錢不多，是管待來往客商的。（生）下等呢？（小旦）下等麼，三錢也可，二錢也可，就是接待你們這些户長、馬頭軍的。（生）你這擺的是何等酒飯？（小旦）我在裡面，不知是你這一等人，擺出上等酒飯來了。待我拿去，換下等的來罷。（生）不要換，我偏要用這上等的酒飯。怎麼？為軍的只消受得這樣下等酒飯？（小旦）你們這樣人，喫下等酒飯也算夠得狠了！還有那等窮軍漢，喫豆雜麵合餎的不知多少！你喫這樣上等酒飯，貴呀！你不要心疼錢鈔。（生）在你分上，我不心疼錢鈔的。（小旦）啐！（生）還要問你：你們大同地方，客商往來甚多，我常聽見人說，你們山西酒店中常有那「裙拖六幅湘江水，髻挽巫山一段雲」，今日為何不叫來陪奉我？（小旦）嗳呀！軍爺，你說的這兩樣，都是用不得的。（生）怎麼說？（小旦）軍爺，你說的「香漿水」、「魚帶鱗」，那漿水，我們這裡燒紙祭死鬼纔用他；那魚，去了鱗纔喫得，魚帶鱗是喫不得的。（生）我說的不是喫的東西，是那些勸酒陪宿的妓女。（小旦）哦，這個麼？那衝要馬頭上纔有，近來也被官府禁了。就是我這裡有這種人，如今半夜三更，我又是個女孩兒家，叫我如何去叫他？（生）我且問你，這種人為什麼禁他？（小旦）客官有所不知。（唱）

【江兒水】告示通衢⑦掛，還有公差執票簽，惡狠狠搜捕通商店。官妓私娼往他方撚，免教客旅把煙花戀。那些浪蝶狂蜂⑧已散，勸伊行本分安眠，莫起那風流妄念。

（生白）既然沒有，就煩你親手敬我一杯酒，何如？（小旦）啊，軍爺，此言差矣！我們乃開店之家，賣酒賣飯，並不賣手，怎麼叫我親手敬起酒來？況我是好人家女兒，你如何放出這樣屁來？（生）好人家，好人家，鬢邊斜插海棠花。開向春風逢採折，上林苑⑨裡種根芽。（生取旦花戴鬢上介）（小旦）哎呵！你好無禮！這樣動手動腳，我就要罵了

⑦通衢：通廣之大道。

⑧浪蝶狂蜂：縱橫飛舞的蝴蝶與蜜蜂，比喻尋花問柳的浪蕩子弟。

⑨上林苑：古宮苑名，泛指帝王的苑囿。

嗄！（生）不要罵。你好好來與我敬上一盃酒，難道我肯白勞動你麼？（出元寶介）諾，我有元寶一個在此，就送與你作謝禮。（小旦背介）且住。這是個獃瓜傻子，我不免誆他這一個元寶過來。你拿來呢呀！（生）敬了我酒，纔給你。（小旦）給了我，再敬酒。（生）我不怕你拿了去。（小旦）放在桌兒上。（生）為何放在桌上，不在我手裡來取？（小旦）男女授受不親。（生）好個伶俐乖巧的ㄚ頭！拿去！快斟酒來。（小旦背介）我再哄他一哄。嗄！軍爺，你可曾見我們大同的蒼蠅包網巾麼？（生）不曾見。（小旦）你可曾見過我家的蚊子穿靴兒麼？（生）我初到這裡，也不曾見。（小旦斟酒介）諾，那不是？（生回身看介）在那裡？（小旦）酒在此，請用。（生潑酒地下介）這樣敬法，一千盃也當不得！（小旦）你要怎麼樣個敬法？（生唱）

【雁兒落帶得勝令】我要你雙手兒把酒盞傳，還要你笑轉過桃花面。須則是意殷勤語話甜，還要你俏聲兒低低勸。呀！這纔算慣招商的禮數全，怎容你露尾藏頭巧賣奸！又道是「人無笑臉休開店」，你若是坐喬衙悔後難。胡顏⑩，整元寶無福賺。（白）你可把元寶還我，等你哥哥回來，看你這妮子怎樣回答他？（生唱）那時你何言？準備著嫩皮膚斗大拳，嫩皮膚斗大拳！

⑩胡顏：胡，何也，指有何面目。

（白）快把元寶還我，讓我到別家去。（小旦）我就還你。（生）你還我不打緊，你哥哥回來，看見酒飯用殘了，客人又去了，豈不打你罵你？（小旦背介）且住，他說的倒是。我哥哥回來，見酒飯都用殘了，他又去了，沒有銀錢留下，豈不要打我罵我？（生）咳！你這丫頭，這樣做作！我一個元寶買不得你手中一盃酒？你的手這般貴重，難道你是個千金小姐麼？（小旦）軍爺，你自己說話對出自己的謊來了。（生）卻是為何？（小旦）你方纔說，「小」姐還是千金，難道我這「大」姐值不得萬金麼？（生）你這丫頭胡說！「小姐」是大户人家的貴人，你這「大姐」乃是小户人家的賤女，如何比得？（小旦）比得比不得，也不關你事。只說我這個賤女，難道比你這馬頭軍還賤麼？（生）總說了罷！你既不肯敬酒，快快還我的元寶，我往別家去，不在你家了。（小旦背介）咳，他是這樣歪纏！此時已是更深夜靜，又無人看見。罷罷罷！待我與這涎臉東西斟上一盃酒罷！（對生介）我看你喫了這酒，就做了皇帝了！（生）倒也差不多。（小旦唱）

【僥僥令】我尋思眞靦腆⑪，俛首⑫窘無言。只得忍氣呑聲低聲勸，休錯認作柔情在盃斝⑬傳。

⑪靦腆：羞慚貌。

⑫俛首：低頭。

⑬斝：玉作的容器。

（生抓小旦手介）（小旦）軍爺，你好不老成！我好意敬你酒，怎麼將我的手心狠抓一下？（生）是我指甲長了，無心抓了一下，這有何妨？也罷！待我伸手與你多抓幾下，奉還罷了。（小旦欲抓又止介）啐，倒便益了你！誰去抓你！（小旦作抹桌擰手巾，白）我也不和你一般見識。我把盃盤收拾進去了。（生）我也隨你進去。（走介）（小旦）你看，我哥哥來了！（生）在那裡？（小旦閉門下）（生）呀！你看，好一個標緻伶俐女子！寡人實是放他不下。顧不得體統，今晚定要下些功夫，弄他到手便了。他已進去，不免再把響木敲起來。（小旦上）又要什麼？（生）此刻夜深了，也該安置，我要睡了。（小旦拿燈引介）你要睡麼？到這房裡來。（生）此處有風，我要到你房中去睡。（小旦）這軍爺好無禮！你是男，我是女，怎麼要到我房中去睡？（生）酒大姐有所不知，為軍的獨自一個睡不慣的。（小旦）啐！你睡不慣與我什麼相干？我回房去了，那個來理你！（生）我偏要你理，還要隨你去睡。（小旦）呀，這個人瘋了，待我跑罷！（小旦跑介）（生追介，唱）

【收江南】呀！這的是前生夙世結奇緣，隔山河線暗牽。忍教我篝燈⑭孤枕耐獨眠？緊跟隨丟丟窄窄小金蓮。你惶惶向前，我忙忙向前。（小旦閉門介）（生唱）不怕你香閨

⑭篝燈：置燈於籠中。篝，籠也。

深鎖奈何天！

（小旦用椅頂門介）（生白）你把門兒閉上，難道我打不進去？（生打門進，坐介）（小旦）那裡有投宿的客人半夜三更擅入人家臥房之理！我要喊起四鄰，將你捉拿，明日送到當官，看你如何分解？（生背介）倒是這丫頭說得利害。若果然喊起四鄰，明日送到當官，雖然無人敢問寡人的罪犯，傳之天下成何體統！也罷！不免與他實說了。他若順從，倒是他的造化；若不依從，再作道理。嗄！鳳姐，你道我是什麼人？（小旦）你呀，不過是個不長進的馬頭軍罷了！（生）我實對你說了罷，我乃當今正德皇帝是也。因慕你大同的風景人物，特來私行探訪的。（小旦）喲！又說謊話了。當今皇帝不在那三宮六院之中受用，卻走到我們這梅龍鎮來鑽狗洞，調戲良人家女子？況且既是皇帝，必有隨身寶物。你今有何寶物為憑？（生掀衣介，白）你看我這裡邊衣上的蟒龍。（小旦）那蟒龍衣服，外邊官員老爺們逢節令也有穿的，算不得寶物！（生）好個伶俐丫頭！來，我再把件東西與你看。（取珠，內彩火介）（小旦驚看，白）這是什麼寶物？（生）這是夜明珠，可以算得是寡人隨身的寶物了？（小旦作驚，跪介，唱）呀！

【園林好】見明珠光如火燀，拜君王把村娃來可憐，望赦卻彌天罪典。頻叩首在君前，頻叩首在君前。

（生白）赦卿無罪。看你玉貌娉婷，性情端正。寡人私行游戲，得爾麗人，就封為游戲宮

掌院。（小旦）萬歲！萬萬歲！（生唱）

【沽美酒】漫含羞且向前，漫含羞且向前。愛卿卿冰玉堅。你萬阻千推要遠嫌，不是那路柳風綿。雖則是生長村田，羞殺那粉搓朱茜。脫卻了荆釵粗藺，消受些綉襦金鈿。俺呵！恰與你前緣後緣，今宵野緣。呀！準備著擁香車戲游春院。

【尾聲】（旦）村姑雖有宜家願，夢不到九重恩眷。（生）今夜裡鳳舞龍盤野洞天。

（下）

（王安祈選注）

打啞禪

明　李開先撰

【作　者】

李開先，字伯華，自稱中麓子、中麓放客，山東章邱（今同）人。生於孝宗弘治十五年，卒於穆宗隆慶二年（一五〇二～一五六八），享年六十七歲。

中麓與康海、王九思交情頗篤，與王慎中、唐順之、陳束、趙時春、熊過、任瀚、呂高等唱和，一時有「嘉靖八子」之稱。中麓四十四歲時，以民間小曲【傍粧臺】，寫成「中麓小令」百首，王九思極為嘆賞，依韻相和，合刊為《南曲次韻》，流傳極廣，為當時士林佳話。但王世貞謂「不足道也」，王驥德更謂「盡傖父語耳，一定不足采也。」嘉靖二十六年夏，有《登壇記》、《寶劍記》二部傳奇，其後又有《斷髮記》一種。《登壇記》已佚，《寶劍記》有嘉靖刊本，《斷髮記》有萬曆十四年世德堂刊本，日本神田博士珍藏，為宇內孤本。呂天成《曲品》、王世貞《曲藻》與沈德符《野獲編》皆指其不諳南曲音律，王氏更謂《寶劍》、《登壇》二記乃「改其鄉先生之作」。則《寶劍》、《登壇》二記恐亦非完全出自中麓之手。

傳奇之外，中麓別有院本六種，總名《一笑散》。即：《打啞禪》、《園林午夢》、《攪道場》、《喬坐衙》、《昏廝迷》、《三枝花大鬧土地堂》。自云由於借觀者多，以致《攬道場》以下四種散佚，深恐所餘《打啞禪》、《園林午夢》二種又復遺失，恰值雕工貧甚，願減價售技，於是乃付梓，「不然，刻不及此。」可見中麓未曾重視此數種院本；然而由於此二種院本之留傳，使吾人於院本之形製、演法，有具體之認識，其於戲劇文學史之價值頗大；此則非中麓始料所及。

【題解】

《打啞禪》據中麓《閒居集》選注。中麓院本六種，旨在博人一笑，故總題《一笑散》，深合院本以滑稽為本之旨。按「一笑散」係藥名。明寧獻王朱權《醫學書活人心》卷下「王笈二十六方」條謂「一笑散」乃治風蟲牙之藥。其意蓋是人患蟲牙，疼痛難忍，而用此藥粉，即時除去痛苦，輕鬆一笑，故云「一笑散」。

「一笑散」固可發人一笑，然中麓以為世間人我是非「到頭都是夢」，因之認為「浮名何用惱吟懷」。而黑白倒置，往往由於自家主觀武斷：《打啞禪》中老和尚之自以為是，在識者實不值一笑。中麓歸潛林下，雖有如《園林午夢》中漁人忘機之胸懷，然於國事亦時時關心。中麓自以為修養尚未透徹，不及盡去功名與是非，因之作《打啞禪》、《園林午夢》院本二種以寄意，本書選《打啞禪》，以見院本體製。

打啞禪，即以手勢不以言語，以互見禪機。院本本身就是以單薄之體製以供笑謔耍樂，並非以曲辭見長。《打啞禪》比起《園林午夢》來，其院本的功能似乎要強些，因為把啞禪處理得很機趣巧妙，所用的幾支曲子也都能合乎腳色口吻，觀閱者無不噴飯。但是結構稍失煩冗，沒有《園林午夢》緊湊，前半所用賓白，即使淨丑也全用駢文，不免教人生厭。

《打啞禪》和《園林午夢》都是以隻曲、詩句、賓白組場，中麓既自稱院本，則其為院本無疑，斷非雜劇。如《打啞禪》開首之五言十句，即所謂「開呵」，末尾四句即所謂「收呵」。開呵亦作開和或開喝，成語「信口開呵」即從此而來，今作「開合」或「開河」是音近致誤。徐文長《南詞敘錄》云：

> 宋人凡勾欄未出，一老者先出，誇說大意以求賞，謂之開呵，今戲文首出之開場，亦遺意也。

開呵目的在「誇說大意以求賞」，所以都用賓白。中麓雖改用詩句，但作用未變，其內容仍是自述意志。開呵之後便是院本正式開始，形式都是由兩個腳色互相打念，最後結束的數句韻語便是「收呵」，又叫「收住」，亦即總結全劇的贊導語，作者的旨意就在這裡顯露出來。譬如本劇「世事顛倒每如此，眼前瑣碎不堪觀」，便是全劇大旨。

塵市煩勞久，何時斷世緣？
法門①惟妙悟，祖胤②得眞傳。
水月心方寂③，雲霞思入玄④。
金繩開覺路，寶筏渡迷川⑤。
暫閑談天口⑥，靜觀打啞禪。
（末扮長老上唱）

【朝天子】衲衣，杖藜⑦，念彼觀音力⑧。本來無樹是菩提，六祖傳眞祕⑨。禮拜當

①法門：諸佛所說，為世之則，故謂之法；此法為衆聖入道之通處，故謂之門。

②祖胤：祖先世代相傳。

③水月心方寂：水月，水中之月，比喻事物之空幻；由水月色相皆空而獲得心中的寧靜。

④雲霞思入玄：雲霞燦爛變化無端，由此而使思維凝於玄妙之中。

⑤金繩開覺路二句：金繩指佛經，謂以金為繩而束經卷。寶筏，比喻佛之教法。謂能度人出生死海而登彼岸，如筏之渡河然，有筏喻經詳說比喻，故世稱佛之教法曰寶筏；寶，言其最可寶貴。此二句謂佛經的經義可以開啟人們覺悟的道路，佛法可以超渡人們於迷途之中。

⑥談天口：謂沒有意義的口舌。

⑦衲衣杖藜：穿著百衲衣拄著藜木所製成的拐杖。百衲衣指僧衣，言其衣補綴而成。

⑧念彼觀音力：謂口中念著觀音菩薩就有無窮之力量。

⑨本來無樹是菩提二句：唐高祖慧能為禪宗東

陽⑩，皈依彌勒⑪，誦華嚴⑫、求懺悔，怎知，就裡，忍事波羅密⑬。（白）理體通融，芳名震烈，瞻時而別相難窮，入處而一門深徹⑭。服善見王⑮之藥餌，衆病咸

土第六祖。五祖弘忍禪師曾使衆徒各以心得書偈語，時上座神秀書偈曰：「身是菩提樹，心如明鏡台；時時勤拂拭，莫使惹塵埃。」慧能偈曰：「菩提本非樹，明鏡亦非台；本來無一物，何處惹塵埃。」五祖乃授衣鉢。

⑩禮拜當陽：當陽，謂天子南面而治天下。禮拜當陽謂敬禮天子。

⑪彌勒：菩薩名。彌勒為梵語，義譯曰慈氏。生南天竺婆羅門家，釋迦佛懸記其將來繼紹佛位，於華林園龍華樹下三會說法，廣度一切人天。

⑫華嚴：佛經名。詳稱《大方廣佛華嚴經》。本經為佛成道後第一次說法。大方廣為所證之法，佛為證此法理之人。華嚴二字為喻此佛者，因位之萬行如華，以此華莊嚴果地，故曰華嚴；又佛果地之萬德如華，以此華莊嚴法身，故曰華嚴。

⑬波羅密：梵語，亦作波羅蜜多；義譯為到彼岸，又譯為度，謂菩薩以廣大之功行，能出生死之此岸，而到菩提、涅槃之彼岸。

⑭理體通融四句：此四句前後二句呼應、中間二句關聯。意謂：如果融通本體道心，則能進入深徹的法門；眼前所見的五顏六色，只是變幻無窮的形相。

⑮善見王：《優婆塞戒經》：「三十三天有一大城名善見，其城縱廣滿十萬里。」按三十三天即佛經所說之忉利天，《俱舍論》謂須彌山頂有宮名善見，是天帝釋所都，其宮城名善見城。

消，奏師子筋⑯之琴絃，群音頓歇。虛生虛滅，惟情想而成持；似義似名，但憶言而分別⑰。一旨已絕詮量，萬法但空施設⑱。易辯邪途，難探正穴⑲。妙峰聳於性地，仰之彌高；法水湧於真源，酌之不竭⑳。欲說一切佛，一切佛皆絕；欲說一切法，一切法皆滅㉑。一切佛與法，卻從何處說？一燈燃萬燈，此是真妙訣㉒。

聞道舊傳言外意，忘言難得眼中人。
參禪不棄前三語，施佛空留六尺身。

貧僧乃是汴梁相國寺中真如長老是也。住持此寺三十餘年，見眾生每嫉妒貪嗔，背生滅

---

⑯師子筋：即獅子之筋。

⑰虛生虛滅四句：意謂或生或滅本來都是虛無的，只是人有情感、有思想，然後才有或生或滅的存在；名和義本來也是虛無的，只是人有認知有判斷，然後才有價值的高下。

⑱一旨已絕詮量二句：意謂佛旨惟一，在融通神悟，無須詮釋衡量；佛法萬種，歸根究柢，在一空無。

⑲正穴：謂佛法所歸之地。

⑳妙峰聳於性地四句：意謂佛法之所以高妙無窮，乃是依存於人們真善的本性。

㉑欲說一切佛四句：意謂佛法只能悟得，不能言傳。

㉒一燈燃萬燈二句：此謂佛法之悟得乃緣於心中靈明之照映，有如一燈之明燃亮一燈而明，以至於萬燈，於是同明相映，輝光無窮。所謂真妙訣即在於靈明之感應。

性，要把祖師流傳的佛法，救度他一救度。我有個徒弟，名喚是撇空，專一賭博浪遊，毀師罵祖。叫他出來，吩咐他一聲。徒弟在那裡？

（丑扮小僧上唱）

【醉太平】違條犯法，臥柳眠花㉓，偷佛賣磐當袈裟。抵著頭皮兒受打，光乍光乍光光乍，搠扑搠扑搠搠扑㉔，波羅波若摩訶薩㉕。把官司當耍。（白）殺生害命，慈悲之念全無；好色貪杯，清淨之規不守。靈山會㉖上，惱如來懶坐蓮臺㉗，善法堂前，勒揭帝使㉘回金杵。盡世不修梁武懺㉙，半生懶坐野狐禪㉚。

不會參禪不誦經，歌樓酒肆久馳名，

㉓臥柳眠花：指挾妓冶遊。

㉔光乍光乍光光乍二句：此為諢語，前句形容其光頭，後語形容其受打的聲音。

㉕波羅波若摩訶薩：梵語。敕修清規楞嚴會云：「呪畢唱摩訶。」按謂誦楞嚴呪畢，唱念摩訶般若波羅蜜也，其義為大智度。此用作諢語，又為協調平仄與押韻，故更動字句。

㉖靈山會：佛家所稱之靈山即靈鷲山，在中印度摩揭陀國上茅城附近。梵名耆闍崛；山形似鷲頭，又以山中多鷲，故名。

㉗蓮臺：蓮花之臺座，謂佛座。

㉘揭帝使：俗稱護法之神為揭帝。

㉙梁武懺：即梁皇懺。梁武帝為郗后懺悔夙業而作，因稱梁皇懺。

㉚野狐禪：禪家以外道禪為野狐禪；因從前有人與人談禪，錯對一語，五百生墮野狐身。

龍華會㉛上三千佛，累歲何曾念一聲。

洒家㉜乃真如長老大徒弟，名是撇空。聞的師傅呼喚，不免進去。師傅剪拂㉝。（長老云）徒弟，怎麼是剪拂？（小僧云）師傅，你不知，賊人相見作揖，喚做剪拂。似那等高僧相見便打問訊㉞。你我做賊的和尚，不說剪拂，可說甚麼？（長老云）這兩日不見你，莫不喫酒來？（小僧云）幾曾？（老云）喫肉來麼？（小僧云）幾曾？（老云）養婆娘來麼？（小僧云）幾曾？（老云）跳牆來麼？（小僧云）幾曾？（老云）徒弟，我有一個啞禪，寫在招帖上，你與我貼在山門前，有人打了的，與他十兩葉子黃金。

（小僧作貼帖科）

【浪淘沙】無事日偏長，雲冷禪床。三天福地㉟接僧房，琪樹金霞空色相，閃日圓

㉛龍華會：《菩薩處胎經》謂彌勒菩薩經五十六億七千萬歲後，下生此土，於龍華樹下成佛；又羅什譯《彌勒下生經》謂彌勒下生時，坐龍華樹下得無上正等正覺，在華林園三會說法，廣度人云云，故世有龍華三會之說。

㉜洒家：《新方言釋言》：「明時北方人自稱洒家，洒，即余也。」按《水滸傳》中魯達、楊志皆自稱洒家，是宋元已有此稱。

㉝剪拂：本為拂除去其惡之意，此謂下拜。剪亦作翦。

㉞問訊：僧尼向人合掌或敬揖亦稱問訊。

㉟三天福地：此用道家語，三天指慾界、色界、無色界；福地謂神仙所居。

光。

【又】炎火勢難降，誰似金剛㊱？空門㊲因果本無量。這個禪機參的破㊳，同往西方㊴。

（淨扮屠子上唱）

【滿庭芳】爲屠日久，繩兒繫足，擔兒攔頭。肥豬買在家闌後，喜笑歌謳，把快刀連磨二口。看皮錢㊵瞅定雙眸，燒生肉，將來下酒，滿飲數十甌。（白）

僧不茹葷，我以腥臭作生涯；佛不傷生，我以宰殺為活計。日食三兩肉，勝似八關齋㊶。

祖代傳流善宰牲，別人喫肉我聞腥。

㊱金剛：金剛者，即侍從力士，手持金剛杵，因以為名。

㊲空門：佛教之總名。因佛教以空法為入涅槃之門，故云。

㊳禪機參的破：謂於禪定中悟出真理。

㊴西方：謂天竺，天竺在中國西方，故云；亦稱西天。

㊵皮錢：猶言皮幣，本是以鹿皮為貨幣的意思。

㊶八關齋：佛家語，與八戒、八齋戒並同，關者，戒、禁也。依《俱舍論》之說，八戒者，一不殺生，二不偷盜，三不淫，四不妄語，五不飲酒，六不塗飾香鬘歌舞及觀聽，七不眠坐高廣大床，八不食非時食。此第八不食非時食是齋法，故稱為八齋戒。

殺豬剝狗腌臢㊷輩，多少英雄隱姓名。

自家賈屠是也，名是賈不仁，綽號皮裡穿。這兩日無些營運，不免上街尋個豬來賣了養家。呀，山門㊸前這個帖子為何？（小僧云）是俺師傅出的啞禪，有人打了的，與他十兩葉子黃金。（屠云）我也不曾看佛經，我也不會打啞禪，且揭了招帖，若撞的著，便騙他十兩黃金；撞不著，也不該打罪，也不該罵罪，只是不禮我便了。試把招帖揭了，看何如？（小僧云）報與師傅知道，有個賈屠揭了招帖，要打啞禪。（老云）請他進來。（小僧云）賈屠有請。（屠云）長老拜揖。（老云）賈屠，你會打啞禪麼？（屠云）略曉一二。

（老云）我出啞禪你打。（屠云）請出來！

（老）舒出一個指頭來。（屠）舒兩個指頭。（老）舒三指。（屠）舒出五指。（老）點一點頭。（屠）將老僧指一指，又將自己指一指。（老）把眼唧一唧㊹。（屠）把鬍鬚摸一把。（老）舒出十個指頭，拳回三個。（屠）也照樣。（老）把手往地下拍兩拍。（屠）往空中指兩指。（老）腰兩邊摸兩摸。（屠）把雙手纏幾纏。（老）舒出三個指頭

㊷腌臢：不乾淨、不潔白，今作骯髒。

㊸山門：佛寺之外門。因寺院多在山林中，故稱其外門曰山門。

㊹唧一唧：猶擠一擠、眨一眨。

來，拳回一個。（屠）舒手掐算道：可是？（老）往城牆上指一指，迴身向地上坐著。（屠）也照樣。

（老）喚徒弟：拿十兩金子與他。（小僧云）賈屠，金在此。（屠云）多謝長老。（屠謝辭去）（小僧作怒云）師傅掛搭㊺蕭寺㊻，今非一日，施主㊼禮敬，亦非一人，自稱再世活佛，倒著市井射利㊽之徒，街坊殺豬之輩，贏了赤爐爐的黃金去了，你做甚麼好長老？（老云）徒弟，你不知世事，方今之人，多有賢而隱居下位，才而老死林泉，絕人逃世，隱姓埋名，寄跡塗泥㊾，藏身廛市㊿，以卑微度日，宰剝為生，你怎麼曉的？（小僧云）見如今不見一個。（老云）須具正法眼51的方纔認識。你凡夫肉眼，這樣人對面撞你一個

㊺掛搭：此謂住持。禪僧止宿，皆懸衣缽袋於僧堂之鉤，謂之掛搭。搭，附的意思。亦稱掛錫、掛缽、掛單，單為缽單，掛單之稱最為通行。又作掛褡，褡，敝衣。

㊻蕭寺：梁武帝好佛造浮屠，命蕭子雲飛白大書曰蕭寺。後人詞章中多用蕭寺語，當本此。

㊼施主：佛家語，謂行布施之人，此僧徒對一般人之稱。按施有財施、法施等之別，教化衆生，是為法施，故稱施主，但普通僧人所云施主，多指布施財物者而言。

㊽射利：猶言營利，見利而急取之，如射之發矢。

㊾寄跡塗泥：將自己的行跡藏在鄉野之地。塗泥本是地濕成泥的意思。

㊿廛市：市場。市場上的房舍謂之廛。

51正法眼：即法眼，佛經所說五眼之一。

觔斗，你也不知。山西、山東、陝西、江西、福建並南直隸㉜，那個去處沒一半個？（小僧云）你自誇誦了法華經、梁武懺、六祖壇、華嚴、蓮花、釋伽、金剛、遺教、輔教㉝、五燈會元㉞等經，不讓靈山說法，有如雪嶺逃禪㉟，講下何止三千大士㊱，五百衆生㊲。今屠兒反出其上，又不知他面壁㊳幾年？打坐幾久？讀過了幾千萬卷藏經㊴？我也不與你做徒弟，情願跟他去罷！我且問你，舒出一個指頭來，有何生意？（老云）是一佛出世。（小僧云）賈屠可怎麼舒出兩個指頭來？（老云）是二菩薩來涅槃㊵。（小僧云）師傅怎麼舒出三個指頭來？（老云）佛法僧為三寶。（小僧云）賈屠舒出五個指頭來？（老云）

㉜南直隸：今河南省。

㉝法華經……輔教：法華經、華嚴、蓮花、釋迦、金剛皆佛經名。遺教，指前賢之遺訓；輔教，謂有助於佛法之書。

㉞五燈會元：書名，凡二十卷。宋釋普濟撰（宋刊本作慧明撰）。此書取《傳燈錄》、《廣燈錄》、《續燈錄》、《聯燈會要》、《普燈錄》等五書撮要而成，故名。刪除冗煩，頗為簡要，考論釋氏宗系，亦最詳明。

㉟雪嶺逃禪：逃禪，此指學佛。

㊱大士：佛菩薩之稱號。按今普通皆以大士為菩薩之稱。

㊲衆生：俗指人以外之動物。

㊳面壁：佛家坐禪亦稱面壁。

㊴藏經：《大藏經》之簡稱，漢譯佛教經典並東土高僧著作入藏者之總稱。

㊵涅槃：梵語涅槃那之略，意譯為圓寂、滅度。

達摩傳流五祖61，皆在西方，未嘗流入中國。（小僧云）師傅點點頭？（老云）我點頭知來意。（小僧云）賈屠望你指一指，又將自家指一指，這是何故？（老云）無人無我。（小僧云）師傅唧唧眼？（老云）彌勒佛掌教。（小僧云）賈屠可怎麼把鬍髭摸一把？（老云）彌勒佛入定之後，此心了然不覺。（小僧云）師傅舒出十個指頭，拳回三個？（老云）生之徒十有三。（小僧云）賈屠也照樣者？（老云）死之徒亦十有三。（小僧云）師傅把雙手往地下拍兩拍？（老云）無明業火62，按拏不下。（小僧云）賈屠可怎麼往空中指兩指？（老云）空即是色，色即是空63。（小僧云）師傅往腰邊摸兩摸？（老云）二戒貪嗔好殺。（小僧云）賈屠可怎麼把雙手纏幾纏？（老云）不好殺之人，十八尊羅漢64輪流轉過來。（小僧云）師傅舒出三個指頭、拳回一個。賈屠便舒手掐算道：可

---

61 達摩傳流五祖：自梁時達摩東來，傳佛心宗，不立文字，東土始有禪宗之名。禪宗前五祖為：達摩、慧可、僧璨、道信、弘忍。

62 無明業火：謂心頭的怒火，雖不見其光明而為此造惡多端。

63 空即是色二句：謂真空之體相為一切色相之根源，而一切色相終究幻滅為真空。

64 十八羅漢：十八羅漢於佛典無可考，宋時好事者於十六羅漢加繪慶友尊者與賓頭盧尊者為十八羅漢。十六羅漢皆佛大弟子，受佛敕，永住此世而渡衆生者。

是？（老云）三教歸一⑥⁵，佛門最長。（小僧云）師傅望城牆上指一指，迴身向地下坐。賈屠也照樣，這的更難理會。（老云）如來夜半踰城苦行，林中端坐⑥⁶。（老下）（小僧作怒云）我也不與你做徒弟了，情願跟他去罷！（作走，叫門科）賈屠，開門來！開門來！（屠上白）呀，是甚麼人叫？待我隔門縫裡張一張。（屠作看科）見是一個小和尚。必定差了啞禪，來倒金子哩。量這個小和尚，有多大神通。食到了虎口裡，有倒出來的不成？我把這門來開了。（小僧作進云）你把黃金贏來，禪教又比俺師傅高著多哩！一心願棄舊從新，拜你為師。（僧作三拜科）（屠云）你師傅能讀幾卷經典，浪得虛名，強做長老。我雖幹這等下賤營生，每日殺豬已畢，丟了鋼刀，閉了柴門，掐著數珠⑥⁷，敲著木魚

⑥⁵三教歸一：謂儒釋道三教。三教合一，釋居於前，故云最長。

⑥⁶如來夜半踰城苦行林中端坐：如來為釋迦牟尼佛之法號。按佛為中印度迦毗羅衛城主淨飯王之子，名悉達多。十九歲納拘利城主善覺王之女耶輪陀羅為妃。二十九歲時，偶乘車出遊，見衰病者及死者，深悟世間之無常，遂決意出家；一日夜半（時為十二月八日），乘馬潛出王城，入東方藍摩國，剃髮為沙門。旋詣王舍利城邊阿蘭若林，更至優樓頻螺村之畢缽羅樹（佛於此成道，故又名菩提樹）下敷草，結跏趺坐，誓曰：「不成正覺，終不起此坐。」至二月八日夜，忽覩明星而大悟，得一切種智，於是成大覺世尊，為天人之大導師，時年三十有五。

⑥⁷數珠：亦名念珠，俗名佛珠，念佛法僧三寶時記數之具。多以木槵子貫串而用之，故又有木槵子之名。

⑱，口口聲聲只念祖師經。這的是藝賤心高，山惡人善。你既拜我為師，教你消受不了。（小僧云）我且問你，俺師傅舒出一個指頭來，你便舒出兩個來，這是何故？（屠云）你師傅舒出一個指頭來，說寺中有一個豬要賣。我說道：你這寺中道糧不多，徒弟又懶，豬又不大，且又不肥。我舒出兩個指頭來，我說道：不多不少，還二百個好錢。（小僧云）俺師傅舒出三個指頭來，你便舒五個來，是甚麼意思？（屠云）你師傅道，寺中一閘三個豬都要賣，零買二百錢一個，共該六百錢。總買少不的討些便宜，還他五百好錢。（小僧云）俺師傅點點頭，你將俺師傅指一指，又將自家指一指，是何故？（屠云）將你師傅指一指，又將自家指一指，平的過你心，就平的過我心。（小僧云）俺師傅唧唧眼，你便把鬍髭來摸一把，這是甚麼意思？（屠云）你師傅唧唧眼，他說道：我出家人跟著討豬錢不成的，我眼下就要。我把鬍髭摸一把，我說：師傅，然後就來⑲。（小僧云）俺師傅舒出十個指頭，拳回三個，這是怎說？（屠云）你師傅舒出十個指頭，拳回三個，說今日十二，我到十三日就要豬錢。我也照樣舒出十個指頭，拳回三個，我說道：到十三日就與你。（小僧云）俺師傅往地下拍兩拍，你往空中指兩指，是甚麼意思？（屠云）你師傅

---

⑱木魚：佛家法器，為團圓之魚鱗形，誦經、禮佛時叩之。

⑲然後就來：此「然」字與「髯」諧聲，乃從「鬍髭摸一把」而來。

說，豬在寺中餧⑩了一場，賣與世人食用，把這兩榔頭⑪鐃了他罷！我往空中指兩指，我對天盟誓，若打他一榔頭，我就不是個人！（小僧云）俺師傅往腰兩邊摸兩摸，你便把雙手纏幾纏，這是甚麼意思？（屠云）你師傅往腰兩邊摸兩摸，說道：把那兩個腰子送來，與山僧解饞。我把雙手纏幾纏，我說道：休說是這兩個腰子，就是這副豬腸，都抖摟與你罷！（小僧云）俺師傅舒出三個指頭來，拳回一個，你便掐算道：可是？一發都說與我知道罷！（屠云）你師傅平日認的三個婦人，只有一個好的。（小僧云）俺師傅向城牆上指一指，迴身向地下坐，只有這樁，到底都見教了罷！（屠云）你師傅喫了豬腸和腰子，飽暖生閒事，把這婦人從城牆上引過來，地下同坐著，任意所為罷！

聰明長老走了徒弟，懞懂⑫屠兒打了啞禪；

世事顛倒每如此，眼前瑣碎不堪觀！

（曾永義選注）

⑩餧：即餵。

⑪榔頭：即鎚。

⑫懞懂：胡塗無知的樣子。

張協狀元　選一齣

南宋　無名氏撰

【作　者】

佚名，《永樂大典戲文目錄》著錄。《永樂大典》從卷一三九六五到一三九九一，共收戲文三十三本。一九二〇年葉恭綽先生在倫敦舊書肆購回最後一卷的三本，分別是《張協狀元》、《宦門子弟錯立身》與《小孫屠》，併稱為《永樂大典戲文三種》。根據《張協狀元》首齣副末開場：「《狀元張協傳》，前回曾演，汝輩搬成。這番書會，要奪魁名。」以及第二齣「九山書會，近目翻騰」等詞語的推敲，可知《張協狀元》為溫州九山書會的才人依據《狀元張協傳》所改編演出的，大致為南宋中葉前期作品。

【題　解】

《張協狀元》敘述成都府人氏張協，飽讀詩書上京應舉，在五磯山遭强人打劫受傷，投宿古廟幸得貧女救助，後經鄰舍李大公大婆為媒在廟中成婚。婚後二月張協意欲上京赴考，貧女剪髮為其籌措路費，卻惹張協疑心反遭責打，幸李太公到來說明真相。張協應試得中狀元，樞密使王德用要為女兒勝花招贅狀元，不料張協拒絕導致勝花抑鬱而亡。貧女得知張協中狀元，進京尋夫卻反被張協打出衙門，貧女只得回轉五磯山。張協授任梓州僉判，赴任途中行經五磯山，以劍砍傷貧女令其跌落深坑，幸被李大公大婆救出。適巧王德用為報復張協也乞判梓州，在古廟中認貧女為義女攜往梓州。在梓州任上王德用對張協任意擺佈，張協遂請譚節使從中說和，願意娶王女為妻，王德用遂將貧女婚配給張協。

《張協狀元》可歸屬於南宋時期婚變戲的類型，雖然本劇最後是以夫妻團圓收場，但就劇中張協的言行舉止來評判，的確是忘恩負義冷酷無情的薄情郎。據沈璟《南九宮十三調曲譜》所錄元人佚曲【刷子序】：「書生負心：叔文玩月，謀害蘭英；張協身榮，將貧女頓忘初恩。無情，李勉把韓妻鞭死，王魁負倡女忘身。」可知張協原也是薄倖負心的書生。只是在九山書會重新翻騰改編的戲文中為其翻案，然而卻也導致了劇中人物性格的前後矛盾，以及部份情節的難以自圓其說。全劇以張協與貧女的婚姻為主線，以李大公與王德用為副線穿插交織進行，出場人物多達四十餘人，涵括了生旦淨末丑外貼七種基本角色；而在音樂上除了「宋人詞而益以里巷歌謠」外，也廣採博納了如諸宮調、曲破、佛曲、說唱、民歌與影戲等各式樂曲，且有獨唱、對唱、合唱、輪唱與接唱等等形式的運用；此外劇中也使用虛擬假扮的方式，以人來充當道具砌末以及模擬物象聲音，甚至綜合或拼貼各種說唱、歌舞、雜技與武術等表演技藝，這都顯示著戲曲藝術正朝向豐厚成熟發展。

《張協狀元》為早期的南宋戲文，戲文或稱為南戲、永嘉雜劇、溫州雜劇或鶻伶聲嗽，是在民間歌舞小戲、宋金雜劇院本與說唱藝術的基礎上逐步綜合形成的。原本為不分齣的形式，僅以「出入還須詩斷送」來區別情節段落，保留著宋金雜劇院本的結構形式。全劇的首齣（本文採錢南揚《永樂大典戲文三種》校注本的齣數）在（副）末朗誦詞調開場後，以【鳳時春】、【小重山】、【浪淘沙】、【犯思園】、與【繞池游】五曲夾白的南曲諸宮調，演述說唱了張協的身分與別親赴試遇盜的經歷，也正如宋金雜劇中正場開演前的「艷段」；而後接續到本文所擇選的第二齣，一開場即為【燭影搖紅】的歌舞場面，由末泥色改扮為生腳的張協，配合著後行子弟的樂隊踏場演唱，作為「斷送」以引領戲文的正式開演；然後由淨、末上場滑稽調謔，通過俚言俗語的諧音通假，製造「酬酢詞源諢砌」（第一齣【滿庭芳】）的詼諧趣味，這也是劇中經常運用的喜劇手法，類同於宋金雜劇院本「大抵全以故事，務在滑稽，唱念應付通篇」的表演形式，但也預伏下請圓夢先生解夢的關目設計；末尾則接續著稟告雙親，即將上京赴試與夜夢不祥的曲文演唱，全劇還殘留著由說唱文學過渡到戲曲文學的痕跡。本劇今存《永樂大典戲文三種》本。

第二齣

（生①上白）詤未②。（衆喏③）（生）勞得謝送道呵！（衆）相煩那子弟④！（生）後

①生：腳色名，戲文中的男主角。

②詤未：發語辭。

行子弟，鐃個【燭影搖紅】斷送⑤。（衆動樂器）（生踏場數調⑥）（生白）【望江南】多忔戲⑦，本事實風騷⑧。使拍超烘⑨非樂事，蹴毬打彈⑩謾徒勞，設意品⑪笙簫。諳諢砌⑫，酬酢⑬仗歌謠。出入還須詩斷送⑭，中間惟有笑偏鐃，教看衆樂醄醄⑮。適來聽得一派樂聲，不知誰家調弄⑯？（衆）【燭影搖紅】。（生）暫藉軋色⑰。（衆）有。（生）罷！學個張狀元似像⑱。（衆）謝了！（小生）畫堂悄最堪宴樂，繡簾垂隔斷春風。波艷艷杯行泛綠，夜深深燭影搖紅。（衆應）（生唱）

---

③衆喏：衆人答應的聲音。

④子弟：即良家子弟，也就是本齣中的生腳，意謂煩勞他串演。

⑤斷送：宋雜劇或歌舞演出時，在表演之後吹奏的樂曲。

⑥踏場數調：謂按照樂調的節奏，在戲臺上舞蹈。

⑦忔戲：猶云可愛、可喜。

⑧風騷：原指文采風雅，此借指本事美妙。

⑨使拍超烘：打拍作鬨說笑話。

⑩蹴毬打彈：踢氣毬打捶丸，都是宋元間盛行的遊戲。

⑪品：吹奏管樂。

⑫諳諢砌：打諢必須與插科密切配合。

⑬酬酢：應對報答。

⑭出入還須詩斷送：指腳色的上下場，用詩文予以迎送。

⑮醄醄：即陶陶，和樂貌。

⑯調弄：演奏。

⑰軋色：應是指把色，指吹曲破斷送的演奏者。

⑱似像：模樣，也就是舞台上的亮相。

【燭影搖紅】燭影搖紅，最宜浮浪⑲多忔戲。精奇古怪⑳事堪觀，編撰於中美。眞個梨園院體㉑，論詼諧除師怎比？九山書會，近目翻騰㉒，別是風味。一個若抹土搽灰，趨蹌出沒㉓人皆喜。況兼滿座盡明公，曾見從來底。此段新奇差異，更詞源移宮換羽㉔。大家雅靜，人眼難瞞，與我分個伶利㉕。

（白）祖來張協居西川，數年書卷雞窗㉖前。有意皇朝輔明主，風雲未際何懨懨㉗。一寸筆頭爛今古㉘，時復壁上飛雲煙㉙。功名富貴人之欲，信知萬事由蒼天。張協夜來一夢不祥，試尋幾個朋友叩它則個㉚。（末淨㉛嚛呾㉜出）（淨有介㉝白）拜揖！（末）一出來

---

⑲浮浪：放任不羈。
⑳古怪：不同尋常。
㉑梨園院體：梨園為唐代宮廷中的掌管樂舞訓練與演出的機構，院體意指學習官樣。
㉒近目翻騰：近目指目前。翻騰，修改變換。
㉓趨蹌出沒：趨蹌，指行動快慢合乎節拍。出沒，即上場下場。
㉔移宮換羽：樂曲變換宮調，指創制新腔。
㉕伶利：即伶俐。此引伸為清楚。
㉖雞窗：語出《幽明錄》，指書室的窗户。
㉗懨懨：病態貌，引伸為無生氣的樣子。
㉘爛今古：爛，明亮。意為誇耀自己的文章，光輝照耀今古。
㉙時復壁上飛雲煙：引用梁武帝命張僧繇畫佛寺壁為龍點睛的典故。
㉚則個：表示動作進行的語助詞，帶有祈求的語氣。
㉛淨：腳色名，此指副淨。
㉜嚛呾：歌唱。
㉝有介：指又作一次同樣的動作。

便開放大口㉞。尊兄先行。（生）仁兄先行。（淨）契兄先行。（生末）依次而行。（生）噯！休訝男兒未際時，困龍必有到天期。十年窗下無人問，一舉成名天下知。小子亂談。（末）噯㉟！（淨）尊兄也噯。（末）可知，是件人之所欲。噯，這噯卻與貪字不同。噯！（淨）又噯。（末）也得。詩書未必困男兒，飽學應須折桂枝㊱。一舉首登龍虎榜，十年身到鳳凰池㊲。小子亂談㊳。（淨）尊兄開談了。（末）亂道。（淨）尊兄也開談了。（生）亂道。（淨）小子正是譚㊴，正是譚。（末）到來這裡打杖鼓。（淨）嘍㊵！（末）喫得多少，便飽了。（淨）昨夜燈前正讀書。（末）奇哉！（淨）讀書直讀到雞鳴。（末）一夜睡不著。（淨）外面囉唕㊶。（末）莫是報捷來？（淨）不是。外面囉唕開門看。（末）見甚底？（淨）老鼠拖個馱貓兒。（末）只見貓兒拖老鼠。（淨）老鼠拖貓兒。（三合）（末爭）（淨笑）韻腳難押，胡亂便了。（末）杜工部後代㊷。（生）

㉞放大口：指聲音洪大。

㉟噯：發語辭。

㊱折桂枝：指登第。

㊲鳳凰池：宮苑中池沼名，中書省所在之地。此句意指一出頭便考中進士，十年後身居宰相位。

㊳亂談：胡說。

㊴譚：同談，指談論。與打鼓發出的鼓聲相同，故借以戲謔。

㊵嘍：發語辭。

㊶囉唕：吵鬧。

㊷杜工部後代：唐杜甫曾官工部員外郎，故稱

尊兄高經？（淨）小子詩賦。（末）默記得一部《韻略㊸》。（淨）《韻略》有甚難，一東，二冬。（末）三和四？（淨）三文醬，四文葱㊹。（末）那得是市買賬？（生）卑人夜來俄得一夢。（淨）小子最快㊺說夢，又會解夢。（末）不知尊兄夢見甚底？（生）夜來夢見兩山之間，俄逢一虎。傷卻左肱，又傷外股。似虎又如人，如人又似虎。（淨）惜乎尊兄正夢之間獨自了。（末）如何？（淨）若與子路㊻同行，一拳一踢。（打末著介）（末）我卻不是大蟲㊼，你也不是子路。（淨）這夢小子圓不得。（末）法糊消食藥。（淨）見說府衙前有個圓夢㊽先生，只是請他過來，問他仔細。（生）尊兄說得是。（淨）明朝請過李巡㊾來。（生）造物何嘗困秀才。（末）萬事不由人計較。（合）算來都是命安排。（末、淨下）（生唱）

【粉蝶兒】徐步花衢，只得回家，叩雙親看如何底。（外㊿作公出接）草堂中，聽得鞋

杜工部。此指淨話不合實際，為杜撰。

㊸韻略：即《禮部韻略》，宋丁度撰。

㊹《韻略》韻目為「一東、二東、三鐘、四江」。此處三四諢用他字諧音，前後倒置。

㊺快：會。

㊻子路：仲由，孔丘學生，此借《論語．述而》中暴虎馮河的典故來打趣。

㊼大蟲：老虎。

㊽圓夢：解說夢境。

㊾李巡：為李巡官的簡稱，巡官為北方人對卜相人士的稱呼，見《老學庵筆記》。

㊿外：腳色名。《南詞敘錄》：「外，生之外

履響，是孩兒來至。你讀書莫學，浪兒們一輩。

（生白）爹爹，恭維萬福⑤①！（外）讀書破萬卷，下筆如有神。道亨則匡濟天下，道不亨則獨善一身。汝朝經暮史，晝讀夜習，然後可言其命。時日未至，曲珠無係蟻⑤②之能；運限通時，直鉤有取魚⑤③之望。（生唱）

【千秋歲】論詩書，緩視微吟⑤④處，眞個得趣。（外）黃榜⑤⑤將傳，欲待我兒榮耀門閭。（生）兒特啓：今欲去。未得取，爹慈旨。（合）願得身康健，待明年那時，喝道狀元歸。（外唱）

【同前】我聞伊，夜來得一夢，你便說個詳細。（生）兩山之間，被一非⑤⑥虎擒搥。（外）人之夢，不足信。且一面，裝行李。（合）願得身榮貴，管桃花浪暖⑤⑦，一躍雲

又一生也。」，為較次要的角色。

⑤①恭維萬福：祝頌語。

⑤②曲珠係蟻：係，同繫。語出《太平御覽》引《衡波傳》。以孔子絕糧於陳的典故，說明命運不好。

⑤③直鉤取魚：語出《文苑英華》中蔣防〈呂望釣玉璜賦〉，以呂望用直鉤釣魚於渭水，遇文王的典故形容運氣好。

⑤④緩視微吟：緩視，仔細觀看。微吟，低聲吟誦，指玩索書中的義理。

⑤⑤黃榜：皇帝的文告，此指招考的文告。

⑤⑥非：疑為「蜚」的省文。蜚，通飛。

⑤⑦桃花浪暖：科舉考試多半在春天，正值黃河桃花汛時，此用魚躍龍門的典故。

衢⑱。

（外白）孩兒，康節先生⑲說得好：『斷以決疑不可緩。』當斷不斷，反受其亂⑳。我卻說與你媽媽，教逼邏㉑些行李裹足之資。你交副末㉒底取圓夢先生來圓夢看。（生）大人說得極是，這個謂之決疑。

（外）孩兒要去莫蹉跎。（生）夢若奇哉喜更多。

（外）遇飲酒時須飲酒。（合）得高歌處且高歌。（並下）

---

⑱雲衢：上天之路。形容考試得中如魚化龍飛上天。

⑲康節先生：邵雍，北宋理學家。

⑳語出自《史記・齊悼惠王世家》。

㉑逼邏：安排。

㉒副末：腳色名，由參軍戲蒼鶻所演變，以滑稽詼諧見長。

（蔡欣欣選注）

荊釵記選一齣

宋元　柯丹邱撰

【作者】

柯丹丘，生卒年不詳，為宋元間書會才人。據清張大復《寒山堂九宮十三攝南曲譜》卷首《王十朋荊釵記》劇目下注云：「吳門學究敬先書會柯丹邱著」。吳門即蘇州，可能為蘇州人，或隸屬當地編撰戲文、雜劇的書會團體。明徐渭《南詞敘錄》在「宋元舊篇」目下著錄有《王十朋荊釵記》，又於「本朝」篇內有李景編的同名劇目。《曲海總目提要》中有載：「元明以來，相傳院本上乘，皆曰《荊》、《劉》、《拜》、《殺》，《荊》謂《荊釵》，《劉》謂《白兔》，《拜》謂《幽閨》，《殺》謂《殺狗》。……樂府家推此數種，以為高壓群流。」故《荊釵記》與《白兔記》、《殺狗記》、《拜月亭》並稱為「宋元四大南戲」。

【題解】

《荊釵記》描寫溫州書生王十朋父親早逝，由母親張氏撫育成人鄉試中舉。以荊釵為聘禮與錢玉蓮締結姻緣，夫妻琴瑟和鳴鶼鰈情深。半年後十朋赴京趕考，狀元及第授官饒州僉判，然因拒絕万俟丞相的逼贅被改調潮陽，並拘留聽候不得回鄉視親。與王十朋一同赴考的豪紳孫汝權，早對玉蓮的美色有所覬覦，趁機設計掉換十朋的家書，詐稱十朋已入贅相府命玉蓮改嫁他人。玉蓮繼母貪財愛富，見休書强逼玉蓮改嫁孫汝權，玉蓮不從投江自盡，幸被赴任路過的福建安撫錢載和救起，認為義女同往任所。十朋之母由李成陪同尋子，十朋得知玉蓮守節而死悲痛萬分；此時万俟丞相又將十朋改調廣東潮陽，致使錢安撫派去的信差，陰錯陽差中誤以爲十朋身亡而回報訃音。五年後十朋升任為吉安太守，逢上元佳節在玄妙觀設醮追薦玉蓮亡靈，玉蓮也前來為亡夫祈求冥福，二人相遇心生疑竇，後由錢安撫設宴出示荊釵，夫妻相認一家團圓。

歷史上王十朋確有其人，《宋史》有傳，為南宋温州樂清人，字龜齡，號梅溪，紹興中舉進士第，歷任秘書郎、侍御史、龍圖閣學士等職，著有《梅溪集》。然本劇與史實所載不符，可能由《甌江逸志》、《浪跡續談》、《聽雨軒筆記》與《南窗閒書》等書中所載記的民間傳說敷衍而成。劇中通過王十朋與錢玉蓮夫妻的悲歡離合，讚揚了「貧相守，富相連，心不變」的堅貞愛情，有別於宋元時書生婚變負心的劇作題材。全劇結構緊湊，以象徵兩人愛情的荊釵貫串情節的發展，同時又安排了十朋與孫汝權、十朋與万俟丞相，以及玉蓮與繼母等情節線，製造衝突矛盾以考驗二人的愛情。故明徐復祚於《曲論》中亦云：「《荊釵》以情節關目勝，然純是倭巷俚語，粗鄙至極；而用韻卻嚴，本色當行，時離時合。」肯定了其結構佈局的縝密細緻，同時也指出其質樸自然的文字特色，誠如明呂天成《曲品》中所云：「《荊釵》以真切之調寫真之情，情文相生，最不易及。」情真意切不飾雕琢，完全是宋元民間語言的俚俗本色。

《荊釵記》共有四十八折，本文擇選第三十一齣〈見母〉，描寫十朋之母在玉蓮投江之後，帶領家人李成前去尋找兒子。開首先由十朋交代事情原委，既說明了對親人的殷切等待，也鋪墊了後來不見愛妻的焦慮心酸；而後則鋪寫王母與十朋會面的情景，透過四支【刮鼓令】曲文與賓白的設問，將彼此心中暗自盤算，各懷疑慮的猜竇之情描摹殆盡。緊接者一條孝頭繩的墜落，成為事態明朗化的關鍵物，也讓劇情節奏急轉直下，一層迫似一層的解除誤會道出真相。最後的三支【江兒水】，分別由王母、十朋與李成演唱，表述了不同的心情與處境，抒情委婉清新雋永完全以白描取勝。《荊釵記》雖為宋元人所作，但其原本早已佚失。《曲海總目提要》中載：「《荊釵記》元人所撰，後人又加更改，有古《荊釵》及《荊釵》兩種。」而清鈕少雅《南曲九宮正始》也云：「古本《荊釵記》，不曰《荊釵》，直云《王十朋》……余在未識原傳時亦如之，後幸得睹元本，始知其全本文詞皆與今改本《荊釵記》大不同耳。」現今所見刊本可能已是古本的翻案作。目前流傳的有姑蘇葉氏刻《原本王狀元荊釵記》、李卓吾評本《古本荊釵記》、繼志齋刻屠赤水評本《古本荊釵記》、毛氏汲古閣本《荊釵記》與富春堂本等刊本，今採毛晉編《六十種曲》本。

見母

【夜航船】（生上唱）一幅鸞箋飛報喜，垂白①母料已知之。日漸過期，人何不至？心下轉添縈繫。

（白）雁塔題名②感聖恩，便鴻昨已寄佳音。思親目斷雲山外，縹渺鄉關多白雲。下官前日修書，附承局③帶回，請取家小，同臨任所。一去許久，不見到來，使我常懷憂念。正是雖無千丈線，萬里繫人心。

【前引】（老旦）死別生離辭故里，經歷盡萬種孤恓④。（末上）昨過村莊，今入城市，深感老天垂庇。

（老旦）這裡是那裡了？（末白）京師地面了。（老旦）聞說京師錦繡邦，果然風景異他鄉。（末）紅樓翠館笙歌沸，柳陌花街蘭麝香。（老旦）李成舅，你曉得狀元行寓在那裡？（末）小人一路打聽，行館就在四牌坊。老安人把孝頭⑤梳藏了，謾謾說也未遲。（老旦）這也說得有理。（末）牌子⑥，這裡可是王狀元行館⑦麼？（淨上）這裡就是。

①垂白：眉髮將白，指年老。
②雁塔題名：考中進士的意思。
③承局：當差的。
④孤恓：煩惱。
⑤孝頭：即孝頭繩，為婦女死了親人時束著髮根的長麻布。
⑥牌子：即旗牌，明代執掌令旗的人。此為對衙役皂隸的尊稱。
⑦行館：官員居所。

（末）通報家裡有人在此。（淨）稟老爹，家裡有人在外。（生）著他進來。（末）老爺，李成磕頭。（生）起來。老安人、小姐來了？（末）來了。（生接背問末介）小姐為何不見。（末）後面來了。（丑下）（生）母親，請坐，孩兒拜見。一路風霜，久缺甘旨，恕孩兒不孝之罪。（老旦）兒，你在此一向好麼？（生）母親聽稟。

【刮鼓令】從別後到京，慮萱親當暮景。幸喜得今朝重會，娘，又緣何愁悶縈？李成舅，莫不是我家荊⑧，看承母親不志誠？（末）小姐且是盡心侍奉。（生）我的母，分明說與恁兒聽。你媳婦呵，怎生不與共登程？

【前腔】（老旦）心中自三省⑨，轉教人愁悶增。你媳婦多災多病，況親家兩鬢星。家務事要支撐，教他怎生離鄉背井？爲你饒州之任恐留停。兒，你岳丈先令人送我到京城。

（生）母親言語不明。李成舅，你備細說與我知道。

【前腔】（末）當初待起程，（生）正要問你起程，小姐怎麼不來？（末）到臨期成畫餅。（生）母親，李成舅說甚麼畫餅？（末背）若說起投江一事，恐得恩官心戰驚。（生）李成舅說甚

---

⑧家荊：指妻子，謙稱自己的妻子為荊妻、荊室，表示穿戴荊釵布裙，微賤儉樸。

⑨三省：反覆思考。

麼驚字？（末）是有個經字，小姐呵，（唱）途路上少曾經，當不得許多高山峻嶺，餐風宿水怕勞形。

（生）老安人也來了，他到來不得。（末）便是，小姐有些病體，老員外呵，因此上留住在家庭。

【前腔】（生）端詳那李成，語言中猶未明。娘，把就兒裡分明說破，免孩兒疑慮生。（老旦背生）呀，母親因甚的變顏情，長吁短嘆珠淚零？（老旦袖出孝頭髻介生）袖兒裡脫下孝頭繩，莫不是恁兒媳婦喪幽冥？

（白）我的娘，孝頭繩那裡來的？（老旦）兒，千不是萬不是，都是你不是。（生）娘，怎麼到是兒不是。（老旦）哇，還說你的是，（苦，我那兒。事到頭來，不說不得了。）當初承局書親附，拆開仔細從頭睹。道你狀元僉判任饒州，兒，這下一句不該寫。（生）那一句。（老旦）休妻再贅万俟府。（生）母親，語句都差了。（老旦）語句雖差字跡同，岳翁見了心生怒。（生白）岳母沒有話說？（老旦）岳母即時起毒心，逼妻改嫁孫郎婦。（生）我妻子從麼？（老旦）汝妻守節不相從，苦，這句難說了。（生悲介）娘，一發說了罷（老旦）將身跳入江心渡。（生）呀，渾家為我守節而亡，兀的不是痛殺我也！

（生倒介）

【江兒水】（老旦）嚇得我心驚怖，身戰欷，虛飄飄一似風中絮。爭知你先歸黃泉路，我孤身流落如何處？不念我年華衰暮，風燭不定，死不著一所墳墓。

【前腔】(生)一紙書親附，我那妻，指望同臨任所。是何人套寫書中句？改調潮陽應知去，迎頭先做河伯婦⑩。指望百年完聚，半載夫妻，也算做春風一度。

【前腔】(末)狀元休憂慮，且把情懷暫舒。夫妻聚散前生注，這離別只說離別苦，想姻緣不入姻緣簿。聽取一言申覆，須信人生，萬事莫逃天數。

(老旦)孩兒，你且省愁煩。(生)孩兒只為不就万俟丞相親事，卻將我改調潮陽，害我身命，我肯辜負他？(老旦)孩兒，他既死了，無可奈何，且到任所，做些功果追薦⑪他。(生)這個少不得如此。(末)小人告狀元，老安人啟程之時，老員外曾分付小人，送老安人面會狀元，你就趕回來，如今稟狀元，小人告回。(生)李成舅，我身伴無人，同到了任所，那時我修書與你去。(末)既如此，小人願隨狀元去。

(老)追想儀容轉痛悲，(生)豈期中道兩分離？

(末)夫妻本是同林鳥，(合)大限來時各自飛。

---

⑩河伯婦：河伯，傳說中的河神，此引用河伯娶婦的典故，指溺死的婦女。

⑪功果追薦：佛家語。功果，功德，指誦經念佛。追薦，請僧道為死者誦經禮懺，祈禱祝福。此指宗教中為死者誦經禮懺超度亡靈的儀式。

(蔡欣欣選注)

白兔記　選一齣

元　無名氏撰

【作　者】

作者佚名。明徐渭《南詞敘錄》在「宋元舊篇」目下著錄有《劉知遠白兔記》，《曲海總目提要》云：「此劇未知誰筆，總出元人之手。」而清張大復《寒山堂曲品》則載：「劉唐卿改過」，劉唐卿山西太原人，元至元中（一二七八）前後在世，著有《蔡順摘椹養母》與《李三娘麻地捧印》（已佚）雜劇，明朱權《太和正音譜》贊為傑作。另據一九六七年上海嘉定宣氏墓出土，明成化間（一四六五～一四八七）北京永順堂刻本《新編劉知遠還鄉白兔記》中開場末出云：「搬的是李三娘麻地捧印，劉知遠衣錦還鄉《白兔記》。……這本傳奇虧了誰？虧了永嘉書會才人，在此燈窗下，磨得墨濃，蘸得筆飽，編成此一本上等孝義故事。」由此推知或出於永嘉書會才人之手。

【題　解】

《白兔記》描述五代徐州沛縣沙陀村人劉知遠，每日賭博飲酒不事生產，夜宿於馬鳴王廟中。同村人李太公富而好善，育有子女洪一、洪信與三娘三人，洪一與其妻張氏皆刁惡不良。

某日李太公偕妻於廟中獻禮上香，知遠腹饑身寒偷竊雞吃，太公見有金龍異象收留於家。復見其鼾睡時火光透天蛇鑽七竅，料知日後必然大貴乃贅知遠為婿。不久太公夫妻病重身亡，洪一夫妻逼知遠休妻又定計分家，將有瓜精的瓜園分給知遠夫妻。知遠看守瓜園與瓜精格鬥，獲得甲冑、兵書與寶刀，遂別妻投并州節度使岳勛為軍。岳有女秀英見知遠徹巡寒冷，誤投其父御賜紅錦戰袍，勛得知責打知遠卻見金龍護身，乃婚配秀英且薦其為官。知遠離家後三娘飽受折磨，逼嫁不從日罰挑水夜罰挨磨，三娘於磨房口咬臍帶產下一子，名曰「咬臍郎」令竇老送往并州尋父。咬臍為岳氏撫養成人，十六歲時率軍士出獵，射中白兔追趕至沙陀村，見三娘蓬頭跣足於井邊汲水，因索金批令箭復問其身世遭遇，訝其夫與子名姓皆與己同，乃心生疑竇回家詢問知遠，方知三娘為親生之母，央求父親率兵接回三娘闔家團聚。

劉知遠為五代後漢的開國君主，據《五代史．后妃傳》中所載：「李氏晉陽人，其父為農。劉少為軍卒，牧馬晉陽，夜入其家劫取為妻。後即位，立為皇后。」是以劉知遠出身軍卒，李氏為農家女等事跡誠屬史實。然而宋元民間普遍流傳著其發跡變泰的故事，如宋《新編五代史平話》中的《漢史平話》已粗具梗概，而金《劉知遠諸宮調》則在情節上更加細緻推演，是以《白兔記》極可能是在民間傳說與說唱曲藝等基礎上加工成形的。《白兔記》語言素樸平實，情感自然率真，充滿著濃郁的民間氣息。故呂天成《曲品》將本劇評為「能品」，指其：「詞極古質，味亦恬然，古色可挹。」《曲海總目提要》亦曰：「蓋以其指事道情，能與人說話相似，不假詞采絢飾，自然成韻。」特別是劇中如〈報社〉、〈祭賽〉與〈保禳〉等場面，既保留了古代農村的風土習俗，也為劇作增添了豐富生動的舞台畫面。本劇透過生旦主腳的人生際遇，反映出妯娌親情的冷淡無情，以及時代社會的動盪不安。尤其是李三娘守節忍辱，不向惡境低頭的堅毅精神，經由「日間挑水三百擔，夜間挨磨到天明」等情節的鋪排，不僅塑造出真摯動人的舞台形象，也營造出頗為強烈深刻的戲劇效果。

《白兔記》全劇共三十三齣，本文擇選第三十齣的〈訴獵〉，描寫李三娘與咬臍郎在井邊相會的情景，舞台演出或稱為《井邊會》。開場先由三娘自述受虐原由，以「井有榮枯，眼淚何曾得住止」的意象，表露自己的辛酸苦楚與對知遠父子二人的思念；而後咬臍郎率領軍士上場，因追趕白兔來到井邊而與三娘邂逅對話；緊接著【雁過沙】曲文則穿插著賓白問答的形式，由外在形貌到事件本體，闡明了三娘的悲傷遭遇與艱難處境；而後由三娘與咬臍郎分別演唱【香羅帶】，殷殷囑咐中一是期待一是慰勉，為日後夫妻母子的相聚透露了曙光；劇末則安排插科打諢的場面，來調劑全齣幽怨悲傷的情緒。劇中的白兔雖帶著些許神話色彩，卻是母子二人相會的關鍵，也是綰結夫妻重逢不可或缺的關目，故以此名之。本劇現存明成化北京永順堂書坊刻本、明嘉靖進賢堂刻本、明萬曆金陵唐氏富春堂刻本、明末毛晉汲古閣原刊本與劉世珩《暖紅室匯刻傳奇》本等版本，本文採毛氏汲古閣本。

訴獵

【綿搭絮】（旦挑水桶上唱）別人家兄嫂有親情，唯有我的哥哥下得歹心腸惡面皮。罰奴夜磨麥，曉要挑水。每夜攣拳①獨睡，未曉要先起。那些個手足之親，想我爹娘知未知？

【前腔】井深乾旱，水又難提。（白）一井水都被我弔乾了。（唱）井有榮枯，眼淚何曾得住止？

（介）奴是富家兒，顛倒做了驅使。莫怪伊家無禮，是我命該如是。倘有時刻差遲，亂棒打來不顧體。（又）

【前腔】尋思情苦淚雙垂。夫在邊廷，想我孩兒倚靠誰？喫淡飯黃虀②，強要充飢。哥嫂每夜裡巡更不睡，討是尋非。哥嫂他那裡昧己瞞心，料想蒼天不負虧。

（白）前面一簇人馬來了。我神思疲倦，且在井邊少睡片時。（小生引衆卒上唱）

【窣地錦襠】連朝不憚路蹊嶇，走盡千山並萬水。擒鷹捉鵠走如飛，遠望山凹追兔兒。

---

①攣拳：蜷曲身體。

②淡飯黃虀：虀，指醬菜或醃菜。形容飲食菲薄。

（小生白）叫老郎③軍士，這裡是那裡所在？（淨衆應介）這裡是沙陀村。（小生）怎麼來得這等快？（左右應介）就如騰雲駕霧來了。（小生）一個白兔兒，在前面井邊婦人身邊去了。（衆介）（小生）那婦人可見白兔兒麼？（旦）奴家是受苦婦人。（衆）曾見我白兔兒？（旦）不見。（小生）叫他過來，待我問他。（衆叫旦介）白兔兒不打緊，上有金鈚④玉箭在上。（旦）有了白兔，就有金鈚玉箭。奴家實是不見。（小生）那婦人好人家宅眷，為何跣足⑤蓬頭，有甚情懷？（旦唱）

【雁過沙】衙內問我甚情懷，（小生白）為何鞋也不穿？（旦唱）也曾穿著繡鞋。（小生白）敢是挑水賣的？（旦唱）不曾挑水街頭賣。（衆白）敢是作歹事？（旦唱）貞潔婦女，怎肯作事歹？（小生白）被甚麼人凌賤你？（旦唱）被無知兄嫂忒毒害。（小生白）有父母麼？（旦唱）雙親早喪十六載。（小生白）曾有丈夫麼？（旦唱）

【前腔】東床也曾入門來。（小生白）他在家出外？（旦唱）九州按撫投軍去。（小生白）有甚本事？（旦唱）十八般武藝皆能會。（小生白）你丈夫姓甚名誰？（旦唱）嫁得個劉知遠潑喬才⑥。（淨衆諢介白）天下有同名同姓者多，羞他羞他。（小生白）你丈夫曾有所出？（旦唱）懷抱養子方三日。（小生白）三日孩兒可在家麼？（旦唱）被火公竇老送到爹行去。

③老郎：對老人的尊稱，猶如老前輩之意。
④鈚：箭也。
⑤跣足：赤腳。
⑥喬才：壞胚子。

（小生白）去幾年了？（旦）小小花蛇腹內藏，爹娘見他異相配鸞凰。一別今經十六載，親生一子叫做咬臍郎。（丑諢介）（小生）也羞他一羞。婦人，吾乃九州按撫之子。你丈夫在俺爹爹麾下從軍，我回去與爹爹說知，軍中貼出告示，搉查你丈夫取你去，意下如何？（旦唱）

【香羅帶】衙內聽拜稟，（拜介）（小生作倒介白）不要拜了。（旦唱）容奴說事因。一從間別，鸞鳳兩處分，被哥哥嫂嫂苦逼分離也。朝朝挑水，夜夜辛勤，日日淚珠暗零。（合）異日說冤恨，報取薄倖人。苦也，天天，甚日得母子團圓說事因？（小生唱）

【前腔】娘行免淚零，聽吾說事因。俺爹爹管軍兼管民。（白）我去與爹爹說了。（唱）軍中挨問姓劉人也，教他取你，免伊家淚零。（衆介）多只數日少半旬。（合前）

（旦）多謝衙內問信音，有苦何須問的真？若還再得重相見，猶如枝木再逢春。

（小生白）叫左右，可挑水桶送他回去。（淨扮李洪一上，打丑介）（小生）怎麼哭？

（丑）他家花嘴花臉一個人，把我一頓打。（小生）就說我是軍。（丑）他說打斷筋。

（小生）甚麼時候？（衆）黃昏快了。

黃昏將傍赴城門，隱隱鐘聲隔岸聞。
漁人罷鉤歸竹徑，牧童遙指杏花村。（並下）

（蔡欣欣選注）

琵琶記　選一齣

明　高明撰

【作　者】

高明，字則誠，自號菜根道人。温州瑞安（今浙江省）人，瑞安舊屬温州，温州一名東嘉，故後人稱之為東嘉先生。約生於元成宗大德五年左右，約卒於明太祖洪武二年（一三〇一～一三六九）以後，享年約七十餘歲。

高明性聰敏，少以博學著稱，屬文操筆立就，一時名公皆慕與交遊。曾就學於名儒黃溍，黃溍是一位操行孤節、立介不阿的朱子學派之餘裔。至正十二年（一三五二），方國珍任海道漕運萬戶，欲強留高明於幕下，力辭不從。方國珍又以禮延教子弟，亦不就；並即日解官，從此避居鄞縣（寧波）櫟社沈氏樓，以詞曲自娛。《琵琶記》之寫作，當在至正十七年（一三五七）以後。明祖即位，聞其名，遣使徵之，佯狂不出，後卒於寧海。高明清廉耿介，力辭方國珍、明太祖之徵召，其人格思想應受乃師黃溍影響頗深。高明除擅詞曲，亦工詩、善書法，有《柔克齋集》二十卷。

高明以一個儒家傳統知識份子，特別強調戲劇負載教化功能，第一齣〈副末開場〉【水調歌頭】云：

秋燈明翠幕，夜案覽芸編。今來古往，其間故事幾多般。少甚佳人才子，也有神仙幽怪，瑣碎不堪觀。正是不關風化體，縱好也突然。 論傳奇，樂人易，動人難。知音君子，這般另作眼兒看。休論插科打諢，也不尋宮數調，只看子孝共妻賢。正是驊騮方獨步，萬馬敢爭先。

基於這樣的創作理念，乃將早期戲文流傳「伯喈棄親背婦，為暴雷震死」的故事模式翻案為子孝妻賢、夫妻團圓。《琵琶記》流傳甚廣，今崑劇舞臺演出，有〈吃糠〉、〈遺囑〉、〈賣髮〉、〈描容〉、〈書館〉、〈掃松〉等折子戲，傳唱不衰。

【題解】

《琵琶記》是元末南戲復興的第一部代表作，從此南戲轉入文士手中，逐漸蛻變為傳奇，《琵琶記》乃被奉為傳奇之祖。本劇演述蔡伯喈與趙五娘新婚二月，即被蔡公逼試。中舉狀元後，因牛相國官媒威逼，訴之朝廷，終因「辭親不成、辭婚不成、辭官不成」等三不成，而入贅牛府，三年未歸。伯喈赴京後，家鄉遭遇飢荒，五娘典賣衣衫首飾，勉強奉養公婆；自己常隱匿別處以米膜糠秕充飢。婆婆反疑其獨享美食，强扯公公二人窺視，見五娘吃糠情狀，驚極痛絶，婆婆、公公二人相繼去世。五娘作道姑狀，背著自描公婆之真容，彈奏琵琶，唱行孝曲，乞食途中，上京尋夫。五娘漸漸行進都城，聞彌陀寺做佛會，乃至寺廟彈唱抄化，以追薦公婆。掛畫像於簷下拜祭時，忽有高官來訪，慌忙避開後，將遺像留在廟中。五娘詢問，方知那官人是伯喈，回寺廟時畫像已失。翌日五娘至牛府抄化，牛氏問其家況，知其原為伯喈妻兒，使其改換衣服，安排於書館重逢團圓。

《琵琶記》存本有四十餘種，其中以清陸貽典鈔本《新刊元本蔡伯喈琵琶記》為最古，前有題目，不分段落，最接近高明的原本。明人改本則分為四十二齣，題有齣目，補上曲牌。本齣依明末汲古閣刊《六十種曲》本注釋，〈書館悲逢〉為第三十七齣，排場有三。第一場從蔡伯喈上場唱【鵲橋仙】至兩支【太師引】為「觀畫見詩問緣由」，演述蔡伯喈朝無繁政，官有餘閒，在書館懶讀經書，乃觀看壁間山水古畫以排遣憂悶。觀賞日昨從彌陀寺燒香拾回之畫像及其背後題詩，覺得句句道中要害，心生惱怒，請夫人牛氏前來相問。第二場從牛氏上場唱【夜遊湖】至四支【鏵鍬兒】為「喬問詩意探真情」，演述夫人喬裝不懂題詩之意，請伯喈解說；從而試探夫婿是否肯相認糟糠之婦。第三場從趙五娘上場唱【入賺】至【餘文】為「破襖素縞悲重逢」，伯喈乍見形容憔悴、衣衫襤褸之妻，方知畫像竟是父母真容。聞知雙親顛連繼死，為之悲慟欲絕。

排場三度轉換分別是一人獨唱獨做、兩人對唱對做、三人唱做，全齣以一幅畫像為主要砌末進行表演，場上氣氛由冷清轉熱鬧，人物情緒由感嘆轉悲愴。音樂豐富，情節動人，是崑劇折子戲經常演出的劇目之一，名曰〈書館〉。

書館悲逢

【鵲橋仙】（生①上）披香侍宴②，上林遊賞，醉後人扶馬上。金蓮花炬照回廊③，正院宇梅梢月上。

日晏下彤闈④，平明登紫閣；何如在書案，快哉天下樂。自家早臨長樂⑤，夜直嚴更⑥。召問鬼神⑦，或前宣室之席；光傳太乙，時頒天祿之藜⑧。惟有戴星衝黑出漢宮，安能滴

---

①生：傳奇腳色名稱，為劇中男主角。此指蔡伯喈。

②披香侍宴：到披香院陪侍皇帝宴席。

③金蓮花炬照回廊：金色蓮花形狀上的蠟燭照亮回廊。

④彤闈：赤色的宮門。

⑤長樂：宮殿名。西漢初皇帝在此處視朝，惠帝後改為太后居地。

⑥夜直嚴更：直同值，擔任督行夜間的更鼓。

⑦召問鬼神，或前宣室之席：漢文帝在宣室召見賈誼，問及鬼神之事，聽得津津有味，不覺把坐席逐漸前移。宣室，未央宮前之正室。

⑧光傳太乙，時頒天祿之藜：漢劉向在天祿閣校書，夜有老人拄著青藜杖來見，吹杖頭出火，以代燈燭，與劉向說開天闢地以前的事，自稱是「太乙之精」，上帝聽說卯金子博學，所以下來看看。卯金子即指劉向，俗以「劉」字是由卯、金、刀組成。

露研硃點《周易》⑨？俺這幾日且喜朝無繁政，官有餘閒，庶可留志於詩書，從事於翰墨。正是：事業要當窮萬卷，人生須是惜分陰。（看書介）這是甚麼書？是《尚書》⑩。呀，這〈堯典〉道：「虞舜父頑母嚚象傲⑪，克諧以孝。」咳，他父母那般相待他，他猶自克諧以孝；我父母虧了我甚麼，我倒不能夠奉養他。看甚麼《尚書》！這是甚麼書？是《春秋》⑫。呀，《春秋》中穎考叔曰：「小人有母，未嘗君之羹，請以遺之⑬。」咳，他有一口湯喫，兀自尋思著娘，我如今做官享天祿，倒把父母撇了。看甚麼《春秋》！天哪，枉看這書，行不得濟甚麼事。你看那書中哪一句不說著孝義？當元俺父母教我讀詩書、知孝義，誰知道反被詩書誤了我，還看他怎的！

【解三酲】嘆雙親把兒指望，教兒讀古聖文章。似我會讀書的，倒把親撇漾⑭，少甚

---

⑨滴露研硃點周易：以紅筆閱讀評點《周易》。硃，硃砂，鮮紅色的礦物質顏料。

⑩尚書：又名《書經》，十三經之一，是最古的史書。

⑪父頑母嚚象傲：虞舜之父親頑固，母親愚頑，兄弟象傲慢。

⑫春秋：魯國史書，相傳孔子作，記魯隱公元年至魯哀公十四年，共二百四十二年間周朝事。

⑬遺之：贈送給母親。

⑭撇漾：拋撇。下文「撇卻」，義同。

麼不識字的⑮，倒得終奉養。書呵，我只爲其中自有黃金屋，反教我撇卻椿庭萱草堂⑯。還思想，畢竟是文章誤我，我誤爹娘。

【前腔】比似我做個負義虧心臺館客⑰，到不如守義終身田舍郎。白頭吟⑱記得不曾忘，綠鬢婦⑲何故在他方？書呵，我只爲其中有女顏如玉，反教我撇卻糟糠妻下堂。還思想，畢竟是文章誤我，我誤妻房。

書既懶看他，且看這壁間山水古畫，散悶則個。呀！這一軸畫像，是我昨日在彌陀寺中燒香拾得的⑳，如何院子㉑也將來掛在此間？且看甚麼故事。（看畫介）

【太師引】細端詳，這是誰筆仗？覷著他，教我心兒好感傷。（細看介）好似我雙親模

---

⑮「少甚麼不識字的」二句：多少不識字的卻能終生奉養父母。

⑯椿庭萱草堂：椿庭、萱草分別是父親和母親的尊稱。

⑰臺館客：指蔡伯喈高居鳳閣鸞臺之位。

⑱白頭吟：漢樂府古辭，傳說司馬相如曾欲娶妾，卓文君為此作〈白頭吟〉，表示決絕。此指不曾忘記夫妻白首之盟。

⑲綠鬢婦：指年輕少婦。年少鬢髮烏黑，其黑色而有光彩似濃綠，故云綠鬢。

⑳在彌陀寺中燒香拾得的：指第三十四齣〈寺中遺像〉情節。趙五娘背著琵琶和公婆真容，聞聽彌陀寺中做佛會，前來抄化文鈔，追薦公婆。適逢蔡伯喈特來赴佛會，慌忙中遺失公婆真容，被伯喈拾去。

㉑院子：指院公。

樣。差矣！我的媳婦會針指，便做是我的爹娘呵！怎穿著破損衣裳？前日已有書來，道別後容顏無恙，怎的這般淒涼形狀？且住！我這裡要寄一封書回去，尚不能夠，他那裡呵！有誰來往，直將到洛陽？天下也有面貌廝像的。須知道仲尼、陽虎一般龐㉒。我理會得了。

【前腔】這是街坊誰劣相㉓，砌莊家形衰貌黃。假如我爹娘呵！若沒個媳婦來相傍，少不得也這般淒涼。敢是個神圖佛像？呀！卻怎的，我正看間，猛可的小鹿兒心頭撞㉔。這也不是神圖像，敢是當元㉕的畫工有甚緣故？丹青匠，由他主張，須知道毛延壽誤了王嬙㉖。

若是個神圖佛像，背面必有標題，待我轉過來看。呀，原來有一道詩在上面。（讀詩介）這廝好無禮，句句道著下官，等閒的怎敢到此？想必夫人知道，待我問，便知分曉。夫人

㉒仲尼、陽虎一般龐：仲尼指孔子。陽虎，春秋魯國季孫氏家臣，曾施暴於匡。孔子與其面貌相似，後來至匡，匡人誤為陽虎，舉兵圍之。

㉓這是街坊誰劣相，砌莊家形衰貌黃：那個捉狹鬼，畫成這樣枯黃形象，嘲笑莊家人物。砌，打砌、打諢，開玩笑的意思。

㉔小鹿兒心頭撞：比喻心情緊張時，心跳劇烈加速。

㉕當元：應作「當原」。

㉖毛延壽誤了王嬙：王嬙字昭君，據《西京雜記》，漢元帝命畫工為宮女畫像，以便按圖召幸。昭君不肯出錢賄賂，畫工毛延壽畫之甚醜，昭君因而得不到寵幸，遠嫁南匈奴呼韓邪單于。

那裡！

【夜遊湖】（貼㉗上）猶恐他心思未到，教他題詩句㉘，暗裡相嘲。翰墨關心㉙，丹青入眼，強如把語言相告。

（生怒介）夫人，誰人到我書館中來？（貼）没有人。（生）我前日去彌陀寺中燒香，拾得一軸畫像，院子不省得，也將來掛在這裡。甚麼人在背面題著一首詩？（貼）敢是當元寫的。（生）那裡是！墨蹟尚未曾乾。（貼背介）我理會得了。相公，這詩如何說，請讀與奴家知道。（生念詩介。貼）相公，奴家不省其意，請解說一遍，與奴家曉得也好。（生）「崑山㉚有良璧，鬱鬱璠璵㉛姿。嗟彼一點瑕，掩此連城瑜」。崑山是地名，產得好玉，價值連城。若有些兒瑕玷，便不貴重了。「人生非孔顏，名節鮮不虧」。孔子、顏子是大聖大賢，德行渾全，大凡人非聖賢，能忠不能孝，能孝不能忠，所以名節多至欠缺。「拙哉西河守，胡不如皐魚㉜」。西河守吳起，是戰國時人，魏文侯拜他為西河守，

㉗貼：即貼旦，傳奇腳色名稱。此指牛氏。

㉘教他題詩句：指第三十六齣〈孝婦題真〉，趙五娘抄化到牛府，蒙牛氏夫人收錄；牛氏恐伯喈見五娘一身襤褸，不肯相認，教五娘在公婆真容背後題詩感動伯喈。

㉙關心：應作「開心」，啟發之意。

㉚崑山：崑崙山。

㉛璠璵：寶玉名。

㉜皐魚：春秋時齊國孝子。

母死不奔喪；皋魚是春秋時人，只為周遊列國，父母死了，後來回歸，自刎而亡。「宋弘既以義，王允何其愚！」宋弘是光武時人，光武試把姐姐湖陽公主嫁他，宋弘不從，對道：貧賤之交不可忘，糟糠之妻不下堂。王允是桓帝時人，司徒袁隗要把侄女嫁他，他就休了前妻，娶了袁氏。「風木㉝有餘恨，連理㉞無傍枝」。孔子聽得皋魚哭啼，問其故，皋魚說道：樹欲靜而風不止，子欲養而親不在。西晉時東宮門有槐樹二株，連理而生，四傍皆無小枝。「寄與青雲客，慎勿乖天彝㉟。」傳言與做官的，切莫違了天倫。（貼）相公，那不奔喪和那自刎的，那一個是孝道？（生）那不奔喪的是亂道。（貼）相公，那不棄妻和那棄妻的，那一個是正道？（生）那棄了妻的是亂道。（貼）相公，比如你待要學那一個？（生）呀，我的父母知他存亡如何，我決不學那不奔喪的見識。（貼）相公，你雖不學那不奔喪的，且如你這般富貴，腰金衣紫，假有糟糠之婦，襤褸醜惡，可不辱沒了你，你莫不也索休了？（生怒介）夫人，你說那裡話？縱是辱沒殺我，終是我的妻房，義不可絕。

【鏵鍬兒】夫人，你說得好笑，可見你心兒窄小。我決不學那王允的見識。沒來由漾卻㊱苦

㉝風木：亦作「風樹」，比喻父母亡故，不及侍養。

㉞連理：比喻夫婦相愛不離。

㉟天彝：天之常理。

㊱漾卻：丟棄。

李，再尋甜桃。古人云，棄妻只有七出之條㊲，他不嫉不淫與不盜，終無去條。那棄妻的，衆所誚，那不棄妻的，人所褒，縱然他醜貌，怎肯相休棄了。

【前腔】（貼）伊家富豪，那更青春年少。看你紫袍掛體，金帶垂腰，做你的媳婦呵，應須有封號，金花紫誥㊳，必俊俏，須媚嬌。若還他醜貌，怎不相休棄了。

【前腔】（生）夫人，你言顛語倒，惱得我心兒轉焦。莫不是你把咱奚落，特兀自妝喬㊴，引得我淚痕交，撲簌簌這遭。這題詩的是誰？（貼）相公，你問他待怎的？（生）夫人，他把我嘲，難恕饒。你說與我知道，怎肯干休罷了。

【前腔】（貼）相公，我心中忖料，想不是個薄情分曉，管教你夫婦會合在今朝。你還認得那題詩的麼？（生）不認得。（貼）伊家枉然焦，只怕你哭聲漸高。（生）是誰？（貼）是伊大嫂身姓趙，正要說與你知道，怎肯干休罷了。姐姐有請。（旦上）

【入賺】聽得鬧炒，敢是我兒夫看詩囉唣？㊵（貼）姐姐快來。（旦）是誰忽叫？想是夫人召，必有分曉。（貼）相公，是他題詩句，你還認得否？（生）他從那裡來？（貼）相公，

㊲七出之條：古時男子棄妻的七個條件，無子、淫佚、不事舅姑、口舌、盜竊、妒忌、惡疾。

㊳金花紫誥：貼金花的誥命夫人。

㊴妝喬：即「喬裝」，假裝。

㊵囉唣：猶云「聒噪」，喧嚷之意。

他從陳留郡，爲你來尋討。（生認介）呀，我道是誰，原來是你呵。娘子，你怎的穿著破襖，衣衫盡是素縞，莫不是我雙親不保？（旦）官人，從別後，遭水旱，我兩三人只道同做餓殍㊶。（生）張太公曾周濟你麼？（旦）只有張公可憐，歎雙親別無倚靠。（生）後來卻如何？（旦）兩口顚連相繼死。（生）苦！原來我爹娘都死了！娘子，那時如何得殯斂？（旦）我剪頭髮賣錢送伊妣考㊷。（生）如今安葬了未曾？（旦）把墳自造，土泥盡是我麻裙裹包。（生）罷了。聽伊言語，怎不痛傷噎倒。（生倒，旦、貼作扶起介。旦）官人，這畫像就是你爹媽的眞容。（生哭拜介）

【小桃紅】（生）蔡邕不孝，把父母相拋。爹爹，我與你別時，豈知恁地！早知你形衰耄，怎留聖朝。娘子，你爲我受煩惱，你爲我受劬勞。謝你葬我爹，葬我娘，你的恩難報也，做不得養子能代老。（合）這苦知多少，此恨怎消？天降災殃人怎逃？娘子，這眞容是誰畫的？

【前腔】（旦）這儀容像貌，是我親描。（生）娘子，路途遙遠，你那得盤纏，來到此間？（旦低唱介）乞丐把琵琶撥，怎禁路遙？官人，說甚麼受煩惱，說甚麼受劬勞，不信看你爹，看你娘，比別時兀自形枯槁也，我的一身難打熬。（合前）

㊶餓殍：餓死的人。

㊷妣考：稱已死的母親和父親。

【前腔】（貼）設著圈套，被我爹相招。相公，你也說不早，況音信杳。姐姐，你爲我受煩惱，爲我受劬勞。相公，是我誤你爹，誤你娘，誤你名不孝也，做不得妻賢夫禍少。（合前）

【前腔】（生）我脫卻巾帽，解卻衣袍。（貼）相公，急上辭官表，共行孝道。（生）夫人，只怕你去不得。（貼）相公，我豈敢憚煩惱，豈敢憚劬勞，同去拜你爹，拜你娘。親把墳塋掃也，使地下亡靈安宅兆。（合前）

【餘文㊸】（合）幾年間分別無音耗，奈千山萬水迢遙。天哪！只爲三不從生出這禍苗。

只爲君親三不從，致令骨肉兩西東。
今宵賸㊹把銀釭㊺照，猶恐相逢是夢中。

（李惠綿選注）

㊸餘文：傳奇曲牌聯套之尾聲，又名【十二時】。

㊹賸：同「剩」，猶云「盡」。

㊺銀釭：燈盞。

寶劍記　選一齣

明　李開先撰

【作　者】

李開先，字伯華，號中麓，山東章丘人，生於弘治十五年，死於隆慶二年（一五〇二～一五六八），享年六十七歲。嘉靖八年（一五二九）開先二十八歲中進士，展開了為期十三載歷官九任的仕宦生涯，曾先後在戶部、吏部任職，並兩度前往上谷及寧夏餉邊。面對「軍情苦樂，武備整廢」的邊地，慨然有著「鞭韃四夷，掃除天下」建功立業投筆從戎的豪情壯志。開先居官期間，傾軋於朝黨政治的派系紛爭中，苦不堪言。嘉靖二十年（一五四一）因九廟災事件而被罷免，返鄉安居時年四十歲，此後遂寄情於詩文詞曲，留心於戲曲創作。開先崇尚自然真摯，反對當時「文必秦漢，詩必盛唐」的復古主張，但與前七子的康海、王九思等人皆交往融洽，與王慎中、唐順之等人，被號稱為「嘉慶八才子」。開先家藏元劇千餘種，有著「詞山曲海」之譽，著有文集《中麓閑居集》十二卷；傳奇《寶劍記》與《斷髮記》，雜劇《園林午夢》、《打啞禪》兩種，曲論《詞謔》一種，改定「元賢傳奇」數種與校勘過喬夢符與張小山的散曲，並選編有《市井艷詞》與《詩禪》等。

【題解】

《寶劍記》敘述北宋末年，徽宗沈迷酒色不問朝政，太尉高俅與太監童貫相互勾結狼狽為奸，禁軍教師林沖上本彈劾參奏埋下禍因。高俅設計以看劍為名，將林沖賺入白虎節堂，誣以謀刺問成重罪。林妻張貞娘到金殿擊鼓鳴冤，經開封府尹楊清查明冤情，開脫死罪發配滄州充軍。解差受高俅密令欲在野豬林謀害林沖，幸有好友魯智深暗中保護。到滄州後林沖奉命看管草料場，孰料高俅又派陸謙與富安前來加害，林沖萬般無奈殺死二人，火燒草料場投奔梁山。而貞娘為夫進香乞佑，卻遇見高俅之子高朋百般糾纏要霸佔為妻，林沖之母被逼懸樑自盡，貞娘在鄰居王婆的協助下逃出汴京，侍女錦兒代嫁在洞房中自盡，林沖家破人亡。林沖上梁山後領兵攻打汴京，皇帝下令招安赦免，將高俅父子押送梁山處置，林沖大仇得報並與貞娘重歸團圓。

《寶劍記》全劇五十二齣，取材於《水滸傳》小說，但在故事情節上有所變動，結尾也與原著略有出入。以林沖為主腳的《寶劍記》與《水滸傳》小說中原型人物的不同點，在於林沖被塑造成為一位忠心愛國的英雄，因為鋤奸不成才遭致迫害逼上梁山，相較於原著中由於妻子美色而遭禍，更具有著強烈的時政批判意義，所以《曲海總目提要》認為此劇為李開先「特借以詆嚴嵩父子耳」。〈夜奔〉為《寶劍記》中的第三十七齣，正是刻畫了林沖在走投無路之際，被迫「逼上梁山」的複雜心境與艱險環境。在霧暗雲迷的崎嶇山路上，在虎嘯猿鳴的空谷山林中，林沖由顯赫的禁軍教頭淪落為被追捕緝拿的逃犯，然而忘不了的是立功封侯、名標青史的豪情，放不下的是妻母家室、親恩情愛的眷念，其內心激烈衝突的矛盾情緒，伴隨著一夜在山林間的倉皇奔走，細膩生動情景交融地在舞台上具現。全劇的表演重心在林沖身上，聲情並茂的唱念做表，層次分明地表現出其內心情緒的轉折變化，同時也將特定的時空氛圍發揮得淋漓盡致，更令人深刻地感受到林沖命運的艱辛多蹇與山路的坎坷曲折。

本齣是由北曲【雙調新水令】套曲組成，在悲壯蒼涼中流露著清新自然的情致。李開先既不雕飾字句也不推砌典故，只是運用景物的烘托與環境的改變，來渲染林沖憤怒、悲傷、慌亂、牽掛與無奈的心情，在「專心投水滸」與「回首望天朝」的自我掙扎中，北曲聲調的遒勁樸實貼切地表露了人物的性格與特定的心境，讓全齣散發著一種慷慨悲涼的色調。此劇今存明嘉靖二十八年（一五四九）原刻本，卷首載二十六年（一五四七）雪蓑漁者《寶劍記序》，文中有「坦窩始之，蘭谷繼之，山泉翁正之，中麓子成之」等敘述。

夜奔

（生扮林沖上）（唱）

【點絳唇】數盡更籌①。聽殘銀漏②。逃秦寇③，好教我有國難投。那搭兒相求救？

---

①更籌：為古代夜間計時報更的竹籤。更，本為夜間計時的單位，一夜分為五更，每更大約有兩小時。

②銀漏：古代報導時間的專用工具。通常在銅壺

（詩云）欲送登高千里目，愁雲低鎖衡陽④路。魚書⑤不至雁無憑，幾番欲作悲秋賦⑥。回首西山日又斜，天涯孤客真難度。丈夫有淚不輕彈，只因未到傷心處。念我一時忿怒，殺死奸細⑦，幸得深夜無人知覺，密投柴大官人⑧庄上隱藏。昨聞故人公孫勝⑨使人報知：今遣指揮徐寧⑩領兵，滄州地界捉拿。虧承柴大官人，憐我孤窮，寫書荐達，逕往梁山逃命。日裡不敢前行，今夜路經濟州地界。恰才天清月朗，霎時霧暗雲迷，況山路崎嶇，高低不辨，教我怎生行驀⑪。那前邊黑洞洞的，想是村店，只得緊行幾步。呀！原來

裡插著標記時刻的箭，當壺裡的水漸漸漏去時，箭上的時刻就顯現出來。

③秦寇：兇暴的敵人，指朝廷的奸黨高俅等人而言。此為借用陶淵明《桃花源記》中的典故。

④衡陽：今湖南衡陽縣境內有回雁峰，古代相傳鴻雁南飛到這兒為止，不肯再南飛而回轉北飛。

⑤魚書：即言書信。

⑥悲秋賦：宋玉《九辯》：「悲哉，秋之為氣。」指林沖意欲學宋玉寫悲秋賦來紓解悲憤之情。

⑦奸細：指陸遷與傅安二人。

⑧柴大官人：即柴進。為《水滸傳》小說中的梁山好漢，渾號為「小旋風」，在投靠梁山前為大莊主，故稱為柴大官人。

⑨公孫勝：也是梁山好漢之一員，渾號為「入雲龍」，曾幫助林沖逃出困境，為《寶劍記》中的人物，《水滸傳》小說中沒有此人。

⑩徐寧：為《水滸傳》中的梁山好漢，渾號為「金鎗手」，在《水滸傳》小說中並沒有奉令捉拿林沖的情節。

⑪驀：越過。

是一座禪林。夜深無人，我向伽藍⑫殿前暫憩片時。（生作睡介）（淨扮神上，念）生前能護國，没世號伽藍。眼觀十萬里，日赴九千壇。吾乃本廟護法之神。今有上界武曲星受難，官兵追急，恐傷他性命。兀那⑬林沖，休推睡夢，今有官兵過了黃河，咫尺⑭趕上，急急起來逃命去罷！吾神去也。（詩云）凡人心不昧，處處有靈神。但願人行早，神天不負人。（生醒）諕⑮死我也！剛才闔眼，忽見神像指著道：林沖急急起來，官兵到了！想是伽藍神聖指引迷途。我林沖若得一步之地⑯，重修寶殿，再塑金身。撒開⑰腳步去也。

（唱）

【新水令】按龍泉⑱血淚洒征袍⑲，恨天涯一身流落。專心投水滸，回首望天朝。急走忙逃，顧不得忠和孝。（唱）

---

⑫伽藍：為佛教中的護法神。

⑬兀那：為元代發語詞。

⑭咫尺：為古代長度名，周制八寸為一咫。咫呎，比喻距離很近。

⑮諕，同嚇。

⑯一步之地：有一步立足之地。

⑰撒開：放開。

⑱龍泉：寶劍名，相傳晉代張華看到斗宿與牛宿二星之間有紫氣，後使人在江西豐城西南角，掘地得到兩口寶劍，其中之一便為龍泉。

⑲征袍：即征衣，古代出門遠行人所穿的衣服。

【駐馬聽】良夜迢迢，良夜迢迢，投宿休將門戶敲。遙瞻⑳殘月，暗度重關㉑，急步荒郊。身輕不憚㉒路迢遙，心忙只恐怕人驚覺，諕得俺魄散魂消，紅塵㉓中誤了俺武陵年少㉔。（唱）

【水仙子】一朝諫諍㉕觸權豪，百戰勛名做草茅㉖。半生勤苦無功效，名不將青史㉗標，爲家國總是徒勞。再不得、倒金樽㉘杯盤歡笑；再不得、歌金縷箏琶絡索㉙；再不得、謁金門㉚環佩逍遙。（唱）

【折桂令】實指望封侯萬里班超㉛，生逼做叛國的紅巾㉜，背主的黃巢㉝。恰便似脫

⑳瞻：望。

㉑重關：重重的關口。

㉒憚：怕。

㉓紅塵：人世間，指繁華熱鬧的名利場合。

㉔武陵年少：長安北有五個漢代皇帝陵墓，五陵附近為漢代豪俠少年聚居之地，後以五陵年少指豪俠少年或紈褲子弟。

㉕諫諍：直言進諫。

㉖草茅：不值錢的東西。

㉗青史：歷史。

㉘金樽：酒杯，意指美酒。

㉙金縷箏琶絡索：金縷，金縷曲的簡稱，為古代一種流行的曲調，這裡泛指一般的聲歌。箏琶皆為弦樂器，絡索為樂器上的裝飾。

㉚謁金門：謁為晉見上級或拜見皇帝。金門，即金馬門，本為漢宮門名，因門口有銅馬之故。此泛指皇宮。

㉛封侯萬里班超：借班超投筆從戎建立大功，被漢明帝封為定遠侯的典故。

㉜紅巾：為南宋初年北方抵抗金朝的軍隊，因

扣蒼鷹㉞，離籠狡兔，摘網騰蛟㉟。救急難、誰誅正卯㊱?掌刑罰、難得皋陶㊲。只這鬢髮焦騷㊳，行李蕭條。這一去，博得個斗轉天回㊴，須教他海沸山搖㊵。(唱)

【雁兒落】望家鄉去路遙，想妻母將誰靠?我這裡吉凶未可知，他那裡生死應難料。(唱)

【得勝令】呀!諕的我汗浸浸㊶，身上似湯澆。急煎煎、心內類油調㊷。幼妻室今何在?老尊堂㊸恐喪了。劬勞㊹，父母恩難報。悲嚎，歎英雄氣怎消。(唱)

以紅巾為標幟故稱紅巾軍。又因元代末年政治上的壓迫，安徽與江蘇一帶的農民組紅巾軍起來反抗。故此處借指用泛指受壓迫不得不起來反抗的人。

㉝黃巢：指唐代末年與王仙芝共同起兵的人。

㉞脫扣蒼鷹：掙脫獵人皮扣的老鷹。

㉟摘網騰蛟：掙脫魚網的蛟龍。

㊱正卯：少正卯，春秋時魯國大夫，相傳孔子擔任魯國司寇時，因少正卯擾亂國政故殺之。此用來比喻朝廷奸黨高俅等人。

㊲皋陶：為上古傳說中東夷族的領袖，大公無私，所以被帝舜命為掌刑法的大官。

㊳鬢髮焦騷：形容自己身遭大難憂慮得兩鬢的頭髮如同燒焦般。

㊴斗轉天回：指改變時勢。

㊵海沸山搖：指天翻地覆。

㊶汗浸浸：汗水淋漓。

㊷類油調：向熱油一樣在翻滾。

㊸尊堂：對母親的尊稱。

㊹劬勞：辛勞，出自《詩經・小雅・蓼莪》：「哀哀父母，生我劬勞」。

【沽美酒】懷揣㊺著雪刃刀，行一步哭號咷㊻。拽長裾㊼急急驀羊腸路遶，且喜這燦燦明星下照。（唱）

【太平令】忽然間、昏慘慘雲迷霧罩，疏喇喇風吹葉落，振山林聲聲虎嘯，遶溪澗哀哀猿叫。嚇的我魂飄膽消，百忙裡走不出山前古道。（唱）

【收江南】呀！又只見烏鴉陣陣起松梢，數聲殘角㊽斷漁樵㊾，忙投村店伴寂寥。想親幃夢杳㊿，空隨風雨度良宵。（唱）

【尾聲】一宵兒奔走荒郊，窮性命掙得一條，到梁山請得兵來，（帶云）嗬！高俅！（接唱）誓把那奸臣掃。

前面已是梁山了，走！走！走吓！

故國徒勞夢，思歸未得歸。

此身無所托，空有淚沾衣。

㊺揣：藏帶。

㊻號咷：同嚎啕，痛哭流涕之意。

㊼拽長裾：拽，拖也。長裾，衣服的前襟，也叫大襟。

㊽殘角：快要吹完的號角聲。

㊾斷魚樵：催促捕魚與打柴的人上路工作。

㊿杳：遙遠。

（蔡欣欣選注）

浣紗記　選一齣

明　梁辰魚撰

【作　者】

梁辰魚，字伯龍，號少白，別署仇池外史，江蘇崑山縣人。生於明武宗正德十四年，卒於明神宗萬曆十九年（一五一九～一五九一）。身長八尺，虬鬚虎顴，修髯美姿容。性格豪放，落拓不羈，任俠好遊，喜讀史談兵習武。三十五歲起開始壯遊生活，足跡遍吳越、荊楚和齊魯。借著漫遊，一方面覽觀天下形勝，與天下豪傑文士上下其議論，馳騁其文辭，以吐胸中之奇；一方面廣泛結交文人名士和社會名流。隆慶元年（一五六七）南名士四十餘人在金陵鷲峰禪寺結社，互相唱和，或徵歌度曲，或飲酒賦詩，藉以消磨歲月。隆慶四年（一五七〇）返鄉，與曹大章、吳嶔等詞曲名家，在南京舉行盛大的蓮臺仙會，品評諸妓，恣情歡娛，益加放浪行骸，沈湎聲色。當時太倉魏良輔改良崑山腔已見成效，梁辰魚起而效之，與一群精研樂理的友人創造新腔，改良崑腔，並將「水磨調」應用到劇本創作中，依據新腔寫就《浣紗記》。晚年文藝聲名甚高，卻貧窮益甚。《浣紗記》第一齣〈家門〉云：「驥足悲伏櫪，鴻翼困樊籠。試尋往古，傷心全寄詞鋒。」梁辰魚懷著未酬的壯志，度過潦倒的一生。

梁辰魚工詩及行草，尤善度曲，精於音律。除《浣紗記》傳奇，尚有雜劇《紅綃記》（已佚）、《紅線女》；改編過《周羽教子尋親記》；補寫過陸采《無雙記》傳奇。此外，另有《鹿城詩集》和散曲集《江東白苧》等。相傳《浣紗記》是按崑山腔演唱的第一部傳奇，作為崑劇的奠基之作，梁辰魚因而在中國戲曲發展史上佔有重要地位。

【題　解】

《浣紗記》現存較為完整的版本有明萬曆武林陽春堂刊本、明萬曆金陵文林閣刊本、明萬曆金陵繼志齋刊本、明李卓吾批評本、明崇禎間怡雲閣刊本、明末汲古閣刊《六十種曲》等。其中文林閣本無齣名，並有四十六齣（即把四十四齣分做二齣），最後一齣與通行本《浣紗記》在文字上出入較大。本齣依《六十種曲》本注釋。

此劇原名《吳越春秋》，取材於《史記·越王勾踐世家》、東漢趙曄《吳越春秋》、《越絕書》等，還汲取有關西施的民間傳說。演述越國大夫范蠡微服出遊，到苧羅村溪水邊巧遇浣紗姑娘西施，兩人一見鍾情，以一縷溪紗作為表記，訂下終身。不久吳王夫差領兵伐越，兵臨會稽城下。越國戰敗，越王勾踐夫婦和范蠡做人質，拘禁於吳國石室中，罰做苦力。三年後被放還回國，勾踐臥薪嘗膽，勵精圖治。范蠡用計，進獻西施迷惑吳王夫差。夫差聽信伯嚭蠱惑，派遣伍子胥去齊國請戰期，子胥考慮吳兵一出，越軍必來，不忍其子死於難，攜子到齊，寄託給結義兄弟鮑牧。西施使夫差沈湎酒色，荒廢朝政；伍子胥勸諫，反被夫差賜死。越國國力日強，勾踐乘吳國攻打齊國之虛，親率大軍而入，一舉佔領姑蘇。夫差自刎，伯嚭驚嚇而死。范蠡知勾踐「可與共患難，不可與共安樂」，與西施悄然遠遁，泛舟湖上而去。

〈泛湖〉是本劇最後一齣，寫范蠡功成身退，與西施泛湖，南往齊國。泛湖傳說本於《吳地記》：「西施亡吳國後，復歸范蠡，同泛五湖而去。」五湖指太湖（或太湖及其附近四湖）。除開場大段賓白，其餘全無念白，以十七支曲文組套而成，由范蠡、西施對唱南北合套曲文（生唱北套，旦唱南套）。就曲文內容而言，本齣聯套以【南園林好】曲牌分為前後兩部份：前部份回溯各自的經歷，隱括重要齣目之劇情。如旦唱【南步步嬌】曲辭即是第二齣〈遊春〉，生唱【北沽美酒】曲辭即是第二十七齣〈別施〉。【北太平令】起始為後部份，借范蠡、西施無限感慨抒寫歷史興亡之感。這種以回憶前塵兼歷史感慨的書寫筆法應是《長生殿》第三十八齣〈彈詞〉之濫觴。因此展現濃厚的抒情性，可說是戲劇文學與音樂的高度融合。

《浣紗記》以泛舟五湖作結，突破傳奇大團圓俗套，本齣尤可見作者寄託黍離之悲。傳奇以生旦悲歡離合的愛情故事寄寓歷史興衰成敗之感，為後來《長生殿》、《桃花扇》所仿效。此劇演出後，受到相當的重視，潘之恆〈白下逢梁伯龍感舊〉稱讚他：「填詞贏得萬人傳」。明清兩代戲曲選集，幾乎都選了《浣紗記》散齣，其中〈回營〉、〈轉馬〉、〈打圍〉、〈寄子〉、〈進施〉、〈寄子〉、〈採蓮〉、〈泛湖〉等齣，一直活躍在崑曲舞台上。

泛湖

（淨、丑扮漁翁唱漁歌上）我兩人都是太湖中的漁翁，昨日范老爺吩咐要幾個漁船，泊在胥口①，想要到湖上去耍子，怎麼這時候還不見到來？只得在此伺候。（生上）功成不受上將軍，一艇歸來笠澤②雲；載去西施豈無意，恐留傾國更迷君。自家范蠡，輔我弱越，破彼強吳，名遂功成，國安民樂，平生志願，於此畢矣！正當見機③禍福之先，脱履塵埃之外④，若少留滯，焉知今日之范蠡，不為昔日之伍胥也。向已告過主公，今當遠遁。昨日吩咐漁船，泊在湖口，專等西施美人到來，即便同行。（旦上）雙眉顰處恨匆匆，轉眼興亡一蹙中；若泛扁舟湖上去，不宜重過館娃宮⑤。相公萬福！（生）美人少禮。美人，我本楚人，久作越客，昔遇傾城於溪路，常遭患難於鄰邦。自分宿世⑥難逢，誰料今生復

①胥口：胥江與太湖的交會口，在今江蘇吳縣西南胥山下太湖邊。
②笠澤：水名，即松江，水接太湖。
③見機：洞察事物轉化的契機或先兆。
④脱履塵埃之外：無意於功名富貴，遠離塵世。脱履，比喻拋棄功名富貴如同脱下鞋子般容易。
⑤館娃宮：宮名。吳王夫差在硯石山造了一座宮殿給西施居住，吳人稱美女為娃，故名館娃宮。
⑥宿世：前世。

合，玆具舟中之花燭，聊結湖上之姻盟，事出匆匆，莫嫌草草。（旦）妾乃白屋寒娥⑦，黃茅下妾⑧，惟冀德配君子，不意苟合吳王摧殘風雨，已破荳蔻之梢⑨；斷送韶華⑩，遂折芙蓉之蔕⑪。不堪奉爾中饋⑫，未可充君下陳⑬。（生）我實霄殿金童，卿乃天宮玉女⑭，雙遭微譴。兩謫人間⑮，故鄙人為奴石室⑯，本是夙緣；芳卿作妾吳宮，實由塵劫

---

⑦白屋寒娥：出身貧寒的女子。白屋，用白茅覆蓋的草屋。

⑧黃茅下妾：身分卑微的女子。黃茅：黃草茅屋。

⑨已破荳蔻之梢：比喻女子已非處子之身。荳蔻，多年生草本植物名，比喻未婚少女。

⑩韶華：美好的青春年華。

⑪遂折芙蓉之蔕：摧折並蒂之荷花。以上四句是說西施侍奉吳王，已經失去少女的貞潔與年華。

⑫不堪奉爾中饋：不配做你的妻室。中饋，原指婦女在家主管飲食等事，後專指妻室。

⑬未可充君下陳：不能成為你的姬妾。下陳，指站在主人後面的侍女。

⑭我實霄殿金童，卿乃天宮玉女：據道教說法，凡是神仙所住洞天福地，皆有得道的童男童女伺候他們，稱之為金童玉女。霄殿：傳說玉帝所居的靈霄寶殿。

⑮雙遭微譴，兩謫人間：兩人因犯小過，同被天神降謫人間。譴，過失。謫，因罪被貶。

⑯為奴石室：吳亡越，范蠡隨勾踐入吳為奴，在石室養馬。

⑰。今續百世已斷之契⑱，要結三生⑲未了之姻。始豁迷途，方歸正道。（旦）既蒙恩誼，敢不祗承⑳。但舊家姊妹，久缺音書，晚景椿萱㉑，杳無消耗㉒。欲暫返山中之駕，方相從湖上之舟，未知尊意何如。（生）我已差人前往諸暨，令尊令堂，同載舟航，東施、北威㉓，並賜金帛。（旦）相公！你既無仇不雪，無恩不報，但有一故人，尚未相酬，君何忘之也？（生）卿但言之。（旦）當初若無溪紗，我與你那有今日？（生）你那紗在何處？（旦）妾朝夕愛護，佩在心胸，君試觀之。（生）我的紗也在此。千叢萬結亂如堆，曾繫吳宮合卺杯；今日兩歸溪水上，方知一縷是良媒美人。我和你早早登舟去罷！漁翁那裡？（丑淨）相公有何吩咐？（生）我要下船，過湖中往海上去。（丑淨）不知相公海上要到那一方？若出了海北風往廣東，西風往日本，南風往齊國，今日恰是南風。（生）既是南風，就往齊國去罷！（丑淨）請相公夫人登舟。（生）

【北新水令】問扁舟何處恰纔歸？嘆飄流常在萬重波裡，當日個浪翻千丈急，今日

⑰塵劫：命中註定要經歷的種種劫難。佛教稱一世為一劫，無量無邊劫為塵劫。
⑱契：契約。
⑲三生：佛教所說的三世，前生、今生、來生。
⑳祗承：恭敬承受。
㉑晚景椿萱：指年邁父母。
㉒消耗：消息。
㉓東施、北威：二人都是與西施同里之女子。

個風息一帆遲。煙景迷離，望不斷太湖水。（旦）

【南步步嬌】憶昔持紗溪邊洗，正遇春初霽㉔，芳心不自持。誰料多才，忽然相値。住立㉕不多時，急忙裡便許成佳配。（生）

【北雁兒落】謝娘行能諧子女姻，羞殺我未有兒夫氣。亂叢叢邦家多苦辛，急攘攘軍旅常留滯。（旦）

【南沈醉東風】爲君家寥寥旦夕㉖，爲君家淹淹㉗憔悴。奈徹夜患心疼，奈徹夜患心疼，日高未起，空留下數行珠淚。山深地僻，花飛鳥啼，傷心過處，雙雙蹙著翠眉。（生）

【北得勝令】呀！非是我冷淡了相識，非是我奚落㉘了新知。祗爲那國主親遭辱，祗爲那夫人盡被羈。奔馳，千里價難相會。棲遲，三年猶未回。（旦）

【南忒忒令】你流落他鄉未回，我寂寞深山無倚。鶯兒燕子，眼望親成對。誰知道命飄蓬，誰知道命飄蓬，君恰歸，妾又行，做浮花浪蕊。（生）

㉔霽：雨後天晴。
㉕住立：應作佇立。
㉖寥寥旦夕：日夜感到孤獨寂寥。
㉗淹淹：同奄奄，氣力甚微的樣子。
㉘奚落：嘲笑、貶損。

【北沽美酒】爲邦家輕別離，爲邦家輕別離。爲國主撇夫妻，割愛分恩送與誰？負娘行心痛悲，望姑蘇㉙淚沾臆㉚，望姑蘇淚沾臆。（旦）

【南好姐姐】路歧㉛，城郭半非㉜。去故國雲山千里，殘香破玉，顏厚有忸怩㉝。藏深計，迷花戀酒拚沈醉，斷送蘇臺只廢基。（生）

【北川撥棹】古和今此會稽，古和今此會稽，舊和新一范蠡。誰知道戈挽斜暉㉞，龍起春雷㉟，風捲潮回，地轉天隨。霎時間驅戎破敵，因此上喜卿卿北歸矣。（旦）

【南園林好】謝君王將前姻再提，謝伊家把初心不移，謝一縷溪紗相繫。諧匹配作良媒，諧匹配作良媒。（生）

【北太平令】早離了塵凡濁世，空回首駭弩危機㊱。伴浮鷗溪頭沙嘴㊲，學冥鴻㊳尋

㉙姑蘇：即姑蘇臺，在今蘇州市西南。
㉚淚沾臆：淚水沾溼胸膛。
㉛路歧：即歧路，指分別之地。
㉜城郭半非：指當年越國戰敗時的情景。
㉝忸怩：羞愧的樣子。
㉞戈挽斜暉：力挽狂瀾，將拯救國家於危急存亡之秋。
㉟龍起春雷：潛龍被春雷震起，比喻時來運轉。下文「風捲潮回，地轉天隨」二句義同。
㊱駭弩危機：忽然發射，不及防，使人震撼，比喻突然發生的災難。弩，以機械力來發射的弓。機，弩弓的板機，扣機則箭發。
㊲沙嘴：沙洲突出水中的部位，形如半島。
㊳冥鴻：高飛的鴻鳥。

雙逐對。我呵！從今後車兒馬兒，好一迴辭伊謝伊。呀！趁風帆海天無際。

【南川撥棹】（旦）煙波裡，傍江蘋㊴，依岸葦，任飄颻海北天西，任飄颻海北天西。趁人間賢愚是非，跨鯨游駕鶴飛，跨鯨游駕鶴飛。（生）

【北梅花酒】笑燕秦楚共齊，笑燕秦楚共齊。耀干戈整旌旗，軍共馬露水泥，兵和將釜中食㊵。酒席間森劍戟㊶，廟堂中坐刀筆㊷，一霎時見凶吉。（旦）

【南錦衣香】你看館娃宮荊榛蔽㊸，響屧廊㊹莓苔翳㊺。可惜剩水殘山，斷崖高寺，百花深處一僧歸。空遺舊跡，走狗鬥雞㊻，想當年僭祭㊼。望郊臺㊽淒涼雲樹，香水

㊴江蘋：水邊小洲上的蘋花。

㊵釜中食：就在鍋中分食，比喻軍務急迫，不暇具餐。

㊶森劍戟：劍戟林立，比喻危機四伏。

㊷廟堂中坐刀筆：此句與上句是說諸侯國之間，為爭權奪霸，不僅在戰場上兵戎相見，而且在廟堂之上也是明爭暗鬥，各不相讓。廟堂，宗廟明堂。刀筆，刀筆吏的省稱，指那些用筆如刀，陷人於罪的人。

㊸荊榛蔽：形容館娃宮荒煙蔓草。

㊹響屧廊：吳王宮中的廊名。相傳以梓板鋪地，下空穴，類音箱，讓西施穿木底鞋（屧）走過，廊虛而響，故名。遺址在今江蘇吳縣靈巖山寺。

㊺莓苔翳：青苔覆蓋。

㊻走狗鬥雞：指鬥雞坡、走狗塘兩個地名，承上句說明舊跡之處。

㊼僭祭：不合禮法的祭祀。

㊽郊臺：冬至祭天的高臺。

鴛鴦去㊾，酒城㊿傾墜。茫茫練瀆(51)，無邊秋水。（生）

【北收江南】呀！看滿目興亡眞慘悽，笑吳是何人越是誰？功名到手未嫌遲。從今號子皮(52)，從今號子皮，今來古往，不許外人知。（旦）

【南漿水令】採蓮涇(53)紅芳(54)盡死，越來溪(55)吳歌(56)慘悽。宮中鹿走草萋萋，黍離故墟(57)，過客傷悲。離宮廢，誰避暑？瓊姬墓(58)冷蒼煙蔽。空園滴，空園滴，梧桐夜雨(59)。臺城(60)上，臺城上，夜烏啼。（生）

㊾香水鴛鴦去：香水溪在吳故宮中，相傳是西施沐浴處，人稱脂粉塘。以香水溪之鴛鴦已去，比喻吳宮荒涼冷落。

㊿酒城：即共酒城，在蘇州越來溪西南，相傳夫差所築，專釀酒供宮中之用。

(51)練瀆：溪名，在太湖，舊傳吳王所開以練兵。

(52)子皮：范蠡浮海出齊，變姓名，自謂鴟夷子皮。因吳王殺子胥而盛以鴟夷，今范蠡自以有罪，故以此為號。

(53)採蓮涇：即採香涇，在靈巖山。夫差開闢，沿岸種植香草，常陪西施在溪中蕩舟採香。

(54)紅芳：指蓮花。

(55)越來溪：在今江蘇吳縣西南，與石湖相通，溪流貫行，自太湖過橫山至於郡城之西，越王由此水入吳，故名。

(56)吳歌：即吳地的民歌。

(57)黍離故墟：形容國家滅亡，宮室荒蕪。

(58)瓊姬墓：吳縣西陽山，吳王之女的墳墓。

(59)空園滴，梧桐夜雨：梧桐圃在吳宮，本吳王夫差園也。

(60)臺城：一名苑城，本吳國後苑城，故址在今江蘇南京市玄武湖邊。

【北清江引】人生聚散皆如此，莫論興和廢。富貴似浮雲，世事如兒戲。唯願普天下做夫妻，都是咱共你。

盡道梁郎㊀識見無，反編勾踐破姑蘇。

大明今日歸一統，安問當年越與吳。

（李惠綿選注）

㊀梁郎：作者梁辰魚自稱。

玉簪記　選一齣

明　高濂撰

【作者】

高濂，字深甫，號瑞南，別署湖上桃花漁、千墨主、萬家居。浙江錢塘（今杭州）人。生於明世宗嘉靖六年，卒於神宗萬曆三十一年（一五二七～一六〇三）以後。濂於隆慶元年（一五六七）入北京國子監，屢赴秋試失利。曾捐資待選鴻臚寺，後因父喪，未及補官，遂歸隱於西湖。

平生博覽多識，情趣廣泛，舉凡彈琴、種花、焚香、飲酒、品茗及飲食烹飪、丹藥祕方，無不研討。尤好收藏古玩字畫，精於鑑賞。審音律，能度曲，同曲家梁辰魚、汪道昆、屠隆等均有交往。

著有《雅尚齋詩集》、《芳芷樓詞》、《遵生八箋》等。撰傳奇《玉簪記》、《節孝記》二種，皆傳於世。

【題解】

《玉簪記》故事發生在南宋，潘必正、陳嬌蓮二人因父母之命訂婚，互以玉簪、鴛鴦扇墜為聘。但因陳父早逝，又值金兵南侵，兩家離散，消息隔絕。十餘年後，潘必正赴京城臨安應試，因病落第，羞慚不歸，寄居金陵姑母所主持之女貞觀中。其時陳嬌蓮因遭兵亂與母失散，無奈出家，在女貞觀為尼，改名妙常。秋夜潘必正閒步庭院，聽得陳妙常琴聲孤淒幽怨，為之心動，遂借琴為語，吐露心曲，二人相互愛慕。不久姑母覺察二人之往來，乃以應試為由，逼迫其姪立即離開女貞觀。陳妙常得知潘被逼離去，私雇小舟追到江心，相見之時兩人互贈信物（玉簪、鴛鴦扇墜）訂盟，依依不捨相泣而別。後潘必正高中，迎娶陳妙常為妻。

全劇共有三十三齣，其中〈寄弄〉、〈追別〉最為有名，後演出時改齣目為〈琴挑〉、〈秋江〉。也有崑劇團在這兩齣中間連接原本的〈耽思〉、〈詞媾〉、〈促試〉三折（改齣目為較通俗的〈問病〉、〈偷詩〉、〈催試〉），合為一個完整的演出本。各地方戲也常演出，其中最有名的是川劇〈秋江〉。

川劇〈秋江〉根據傳奇二十三齣〈追別〉的前半剪裁穿插而成，加強船伕（梢水）的戲份，重點在陳妙常之「追」。川劇著名丑角周企何對船伕的塑造，掌握了風趣幽默善良的特質，身段上更以「取實用虛、以意繪形」為原則，手中竹篙以實代虛、假中見真，隨著停船、繫纜、搭跳、登舟、圓場以及上下搖動等身段，兩位演員在虛空的舞台上塑造出秋江行舟的幻覺意象。但見一葉扁舟如箭離弦，時而在平靜的江心放流直下，時而在翻捲的波浪中沈浮前進，既見水鷗並翅翱翔，霎時江上半空又風雨交加。台上並沒有任何扁舟、沙岸、急流、險灘，而在傳統戲曲「虛擬寫意」的表演形塑之下，一幅陳姑趕潘的美妙圖畫躍然而出。川劇〈秋江〉的成功不僅影響了京劇和其他多種地方戲，更反過來對崑劇有所啓發。

原來崑劇這齣的重點在後半，追舟後兩船相遇，二人傾訴離情直到揮淚分別，以【越調小桃紅】抒情唱段為表演重點，但上海崑劇院的著名小生岳美緹卻認為：崑劇演出既要體現劇種本身的抒情性，又不能無視於其他劇種的成功經驗。於是他在川劇的誘發下，創造出兩船你追我迎的表演，試圖在一開頭就把戲推向高潮。潘必正被逼離去，心中十分不安，突然聽到陳妙常的船趕來，他驚喜而慌忙地要將船迎上去，又因江水衝撞的慣性，越想靠攏越是擦肩而過，情急之中隔舟抓住了陳妙常的衣袖，不顧一切地將她擁在懷裡。在這個熱烈的場景之後，才充分表現崑曲的抒情特質，藉著大段載歌載舞的抒情唱段，潘必正吐露一片真情，要陳妙常安心寬心等他回來，到【哭相思】的尾聲，兩船漸漸分開，才結束了精彩的演出。劇終潘必正走了，可是經過這一番深情的表白，陳妙常對他們的愛情有了堅定的信心，觀衆也都熱切的期待著他的高中歸來。雖有哭泣、也有離別，但這是一齣愛情喜劇。

現存版本很多，較容易得到的是萬曆繼志齋刻本（收入《古本戲曲叢刊初集》和《全明傳奇》）和汲古閣《六十種曲》本，本書所據為後者。

追別

【水紅花】（老旦生丑上）天空雲淡蓼風①寒，透衣單。江聲悽慘，晚潮時帶夕陽還。淚珠彈，離愁千萬。（生背）欲待將言遮掩，怎禁他惡狠狠話兒劖②，只得赴江關也囉③。

（老）落木靜秋色，殘暉浮暮雲。（生）不知人別後，多少事關心。（丑）已到關口，梢水④看船。（淨梢水上）船在此。（丑）我相公上京赴試，叫你船到臨安，賞你一兩銀子作船錢。（淨）就去就去。（老）就此開船，休得轉來。我在閱江樓施主人家看你，明日纔回。（生）謹依姑娘嚴命。葉落眼中淚，風催江上船。（老）明年春得意，早報錦雲箋⑤。（生丑下老立高處望）

【前腔】（旦上）霎時間雲雨暗巫山，悶無言。不茶不飯，滿口兒何處訴愁煩。隔江關，怕他心淡，顧不得腳兒勤趕。（作驚介）呀！前面樓上，好似我觀主模樣，又早是我先看見他。若還撞見好羞慚，且躲在人家竹院也囉。（下）

（老）姪兒已去遠，不免回觀去罷！從今割斷藕絲長，免繫鵾鵬飛不去。（下旦上哭介）潘郎潘郎，君去也，我來遲，兩下相思只自知。心呆意似癡，行不動，瘦腰肢，且將心事

---

①蓼風：秋風。
②話兒劖：指刻薄嘲諷的言語。
③也囉：襯詞，無義。
④梢水：船夫或船婦。
⑤錦雲箋：精緻華美的信紙，在此指好消息。

托舟師，見他強似寄封書。梢水那裡？（小淨上）聽得誰人叫，梢水就來到，到那裡去的？（旦）我要買你一隻小船，趕著前面會試的相公，寄封家書到臨安去，船錢重謝。（小淨）風大去不得。（旦）不要推辭，趁早開船趕上，寧可多送你些船錢。（小淨）這等下船下船。（吳歌）風打船頭雨欲來，滿天雪浪那行教我把船開，白雲陣陣催黃葉，惟有江上芙蓉獨自開。

【紅衲襖】（旦）奴好似江上芙蓉獨自開，只落得冷凄凄飄泊輕盈態。恨當初與他曾結鴛鴦帶，到如今怎生分開鸞鳳釵。別時節羞答答，怕人瞧頭怎抬。到如今悶昏昏獨自個耽著害。愛殺我一對對鴛鴦波上也，羞殺我哭啼啼今宵獨自捱。

（同下生淨丑上淨吳歌）滿天風舞葉聲乾，遠浦林疎日影寒。個些江聲是南來北往流不盡的相思淚，只為那別時容易見時難。

【前腔】（生）我只爲別時容易見時難，你看那碧澄澄斷送行人江上晚。昨宵呵！醉醺醺歡會知多少？今日裡愁脈脈離情有萬千。莫不是錦堂歡緣分淺，莫不是藍橋⑥滿時運慳⑦，傷心怕向篷窗⑧見也，堆積相思兩岸山。

⑥藍橋：橋名。在陝西省藍田縣東南藍溪之上。相傳其地有仙窟，為唐人裴航遇仙女雲英處。後常用作男女約會之處。

⑦時運慳：指命運乖舛。

⑧篷窗：船窗。

【僥僥令】（旦小淨上）忙追趕去人船，見風裡正開帆。（小淨）會試的潘相公，會試的潘相公。（生）忽聽得人呼聲聲近，住蘭橈⑨，定眼看，是何人？且上前。

（旦）是奴家。（對哭介）

【哭相思】（生旦）半日裡將伊不見，淚珠兒濕染紅衫。

（旦）事無端，恨無端，平白地風波拆錦鴛，羞將淚眼對人前。（生）那其間，到其間，我那姑娘呵！惡話兒將人緊緊攔，狠心直送我到江關。（旦）早晨叫我們送你上京，聽得一聲，好不驚死人也！不知何人走漏消息？敢是你的口兒不緊，以致如此？（生）小生肯對著何人說來！平地風波，痛腸難盡。（旦）別時節，衆人面前，有話難提，有情難盡。因此上趕來送你，只是我心中千言萬語，一時難盡。（生）多謝厚情，感銘肺腑。早晨衆姑姑在前，不得一言相別，方抱痛傷。今得見你，如獲珍寶。我與你同行一程如何？（旦）甚好。

【小桃紅】秋江一望淚潸潸，怕向那孤篷看也。這別離中生出一種苦難言。自拆散在霎時間。心兒上，眼兒邊，血兒流，把我的香肌減也。恨殺那野水平川⑩，生隔斷銀河水，斷送我春老啼鵑。

⑨蘭橈：小舟的美稱。

⑩平川：廣闊平坦之地。

【下山虎】（生）黄昏月下，意惹情牽。纔照得雙鸞鏡⑪，又早買別離船，哭得我兩岸楓林都做了相思淚斑，打疊淒涼今夜眠。喜見我的多情面，花謝重開月再圓。又怕你難留戀，好一似夢裡相逢，教我愁怎言？

【醉遲歸】（旦）意兒中無別見，忙來不爲貪歡戀。只怕你新舊相看心變，追歡別院，怕不想舊有姻緣。那其間拚個死口含冤，到癸靈廟訴出燈前，和你雙雙發願。（生）想著你初相見，心甜意甜。想著你乍別時，山前水前。我怎敢轉眼負盟言？我怎敢忘卻些兒燈邊枕邊？只愁你形單影單，只愁你衾寒枕寒。哭得我哽咽喉乾，一似秋風斷猿。

（旦）奴別君家，自當離卻空門，洗心⑫待君，君家休得忘了奴。有碧玉鸞簪一枝，原是奴家簪冠之物，送君為加冠之兆，伏乞笑納，聊表別情。（生）多謝多謝！我有白玉鴛鴦扇墜一枚，原是我家君所賜，今日贈君，期為雙鴛之兆。

【憶多嬌】兩意堅，月正圓，執手叮嚀苦掛牽。我與你同上臨安如何？（旦）我豈不欲？恐人嚷開是非，反害後邊大事。欲共你同行難上難，早寄鸞箋，早寄鸞箋⑬，免得我心腸掛牽。也罷！就此拜別。

⑪鸞鏡：妝鏡。
⑫洗心：洗滌心胸，比喻除去惡念或雜念。
⑬鸞箋：彩箋，指信件。

【哭相思】夕陽古道催行晚，聽江聲淚染心寒。要知郎眼赤⑭，只在望中看。（生拜別介下旦）重竚望⑮，更盤桓⑯，千愁萬恨別離間。只教我青燈夜冷香消鴨⑰，暮雨西風泣斷猿。（下）

（王安祈選注）

⑭眼赤：眼紅，指流淚。

⑮重：一次又一次。竚望、竚立凝望。

⑯盤桓：徘徊。

⑰香消「鴨」：古代女子閨房內的香爐形狀各異，或云「金鴨」、「金獸」、「寶鴨」等。

牡丹亭　選三齣

明　湯顯祖撰

【作　者】

湯顯祖，字義仍，號若士，又號海若，自稱清遠道人。江西臨川人。生於明世宗嘉靖二十九年，卒於神宗萬曆四十四年（一五五〇～一六一六），六十七歲。萬曆二十一年，調為浙江遂昌知縣，以縱情歌詠，釋囚返家過燈節，為人非議；萬曆二十九年（一六〇一），年五十一，免職返鄉，居玉茗堂中，以度曲作劇為樂，家居十七年後病卒。著有詩文《玉茗堂集》、《紅泉逸草》、《問棘郵草》等，戲劇有《牡丹亭》（亦稱《還魂記》）、《南柯記》、《邯鄲記》、《紫釵記》、《紫簫記》等五種，前四種合稱《臨川四夢》或《玉茗堂四種》。其中《紫釵》實為《紫簫》之改本，而以《牡丹亭》最有名。《牡丹亭》盛行後，有臧晉叔、呂天成、馮夢龍、鈕少雅等人之改本，以便於舞台演出。

湯氏為臨川文辭派之首領，與沈璟吳江格律派為萬曆間劇壇之兩大壁壘。湯氏所講求的乃自然音律，與吳江諸家斤斤三尺之人工音律大異其趣，因之葉堂《納書楹四夢全譜》乃能不易一字而被之聲歌；吳江諸家正不知湯氏所取者在法之外耳。

【題　解】

《牡丹亭》共五十五齣，寫杜麗娘因夢而感，與柳夢梅死生至愛事。其梗概見首出標目【漢宮春】：

杜寶黃堂，生麗娘小姐，愛踏春陽。感夢書生折柳，竟為情傷。寫真留記，葬梅花道院淒涼。三年上，有夢梅柳子，於此赴高唐。果爾回生定配，赴臨安取試，寇起淮揚。正把杜公圍困，小姐驚惶。教柳郎行探，反遭疑，激惱平章。風流況，施行正苦，報中狀元郎。

據作者題詞，其作劇所得之啓示是：「傳杜太守事者彷彿晉武都守李仲文、廣州守馮孝將兒女事，予稍為更而演之。至於杜守收拷柳生，亦如漢睢陽王收拷談生也。」皆敍述亡魂與生人相媾事。其中惟馮孝將之子馬子與徐玄之女相遇，而徐女得以復活與馬子結成夫婦，與《牡丹亭》杜柳事較為接近。至於作劇之旨趣，亦見於題詞：

天下女子有情，寧有如杜麗娘者乎！夢其人即病，病即彌連，至手畫形容，傳於世而後死。死三年矣，復能溟莫中求得其所夢者而生。如麗娘者，乃可謂之有情人耳。情不知所起，一往而深。生者可以死，死可以生。生而不可與死，死而不可復生者，皆非情之至也。夢中之情，何必非真？天下豈少夢中之人耶？必因薦枕而成親，待掛冠而為密者，皆形骸之論也。

可見作者於「白日消磨腸斷句，世間只有情難訴」之際，乃假藉《牡丹亭》告誡世人「但是相思莫相負」，表達的是死生不渝的至情。

本齣選自第十齣，根據懷德堂本注釋。關目上可分兩截，故劇場上以【仙呂】套為〈遊園〉，其後為〈驚夢〉；【隔尾】一曲實為【仙呂】尾聲，以其在全出為續上啓下，故改題【隔尾】。〈遊園〉演杜麗娘與春香後花園賞春，春光撩亂、載歌載舞的情景；〈驚夢〉演杜麗娘春睏入夢，在夢中與柳夢梅歡合的情景，其排場頗多轉折，故移宮換調至四次之多。在花神所唱【鮑老催】之前，《與衆曲譜》尚增入【出隊子】、【畫眉序】、【滴溜子】三曲；在【鮑老催】之後、【山桃紅】之前，尚增入【五般宜】、【雙聲子】二曲；演出時更有十二花神或二十四花神掌燈歌舞的場面；凡此皆劇場為排場之熱鬧美觀而添加。本齣為作者發揮全劇旨趣之所在，故曲辭聲情皆極細膩柔媚、清麗自然，無怪乎至今傳唱不衰。

驚夢

【遶池遊】（旦上）夢回鶯囀①，亂煞年光遍②。人立小庭深院。（貼）炷盡沉煙③，拋

①夢回鶯囀：從夢中醒來，聽到黃鶯宛轉的鳴著。

②亂煞年光遍：到處充滿著撩亂人的春光。

③炷盡沉煙：把沈水香都薰燒盡了，形容時間之久長，心境之無聊。

殘繡線，恁今春、關情④似去年？

〈烏夜啼〉『（旦）曉來望斷梅關⑤，宿妝殘⑥。（貼）你側著宜春髻子⑦恰憑闌。（旦）剪不斷，理還亂⑧，悶無端。（貼）已吩咐催花鶯燕借春看。』（旦）春香，可曾叫人掃除花徑？（貼）吩咐了。（旦）取鏡臺衣服來。（貼取鏡臺衣服上）『雲髻罷梳還對鏡，羅衣欲換更添香⑨。』鏡臺衣服在此。

【步步嬌】（旦）裊晴絲⑩吹來閒庭院，搖漾春如線⑪。停半晌、整花鈿⑫。沒揣菱

---

④關情：牽動著人的情懷。

⑤梅關：在江西與廣東交界的大庾嶺，宋代設有梅關，其地在本劇故事發生地南安府（今江西大庾縣）南面。

⑥宿妝殘：殘留著昨夜的妝粉，意謂今朝懶於梳裹。

⑦宜春髻子：女子在春天時所梳的一種髮型。

⑧剪不斷理還亂：李後主〈相見歡〉詞：「剪不斷，理還亂，是離愁？別是一般滋味在心頭。」形容春天的愁緒千絲萬縷，無法排除，無法梳理。此二句以形容下文「悶無端」的樣子。

⑨雲髻罷梳還對鏡二句：再對鏡子照一照梳好的髮髻，再用香料薰一薰衣裳。

⑩晴絲：晴天時在空中飄蕩的游絲，亦即下文的「煙絲」，為蟲類所吐的絲縷。

⑪搖漾春如線：謂春光之飄忽無定，如搖晃蕩漾的晴絲。

⑫花鈿：婦女兩鬢所戴用金玉飾成的花形裝飾物。

花，偷人半面，迤逗的彩雲偏⑬。（行介）步香閨怎便把全身現！（貼）今日穿插⑭的好。

【醉扶歸】（旦）你道翠生生出落的裙衫兒茜⑮，豔晶晶花簪八寶填⑯，可知我常一生兒愛好是天然⑰。恰三春好處無人見⑱。不提防沉魚落雁鳥驚喧，則怕的羞花閉月花愁顫⑲。

（貼）早茶時了，請行。（行介）你看：『畫廊金粉半零星，池館蒼苔一片青。踏草怕泥

⑬沒揣菱花三句：意謂沒想到鏡子裡忽然照出半個臉兒來，害得羞人答答的把髮髻弄歪了。此三句寫含羞帶怯、脈脈含情的少女所表現的微妙心理。沒揣，意想不到；菱花，古時銅鏡，背面所飾之花紋為菱花，故用指銅鏡；迤逗，亦作駞逗、迱逗、迤逗，均作牽引、引誘解。彩雲，婦女烏黑的頭髮。

⑭穿插：穿戴打扮。

⑮翠生生出落的裙衫兒茜：意謂所穿著的裙子衫兒，顯得鮮豔奪目。翠生生，極言彩色鮮豔。

⑯花簪八寶填：鑲嵌著各種各樣寶石的花形簪子。八寶，各種珍寶。

⑰愛好是天然：謂愛美是天性使然。

⑱恰三春好處無人見：謂春天的景致沒人看見，就好像自己的青春美貌無人理會一般。三春，春季有三個月，即孟春、仲春、季春，故云三春。

⑲不提防沈魚落雁鳥驚喧二句：意謂自己的美麗無人欣賞，只有使魚雁見之而驚，乍然沈落；花月見之而愁，不禁羞閉。沈魚落雁、羞花閉月，都用以極言女子之美麗。

⑳新繡襪，惜花疼煞小金鈴㉑。』（旦）不到園林，怎知春色如許！

【皂羅袍】原來姹紫嫣紅㉒開遍，似這般都付與、斷井頹垣㉓。良辰美景奈何天，賞心樂事誰家院㉔！恁般景致，我老爺和奶奶再不提起。（合）朝飛暮捲，雲霞翠軒㉕；雨絲風片，煙波畫船。錦屏人忒看的這韶光賤㉖！（貼）是花都放了，那牡丹還早。

【好姐姐】（旦）遍青山啼紅了杜鵑㉗，荼蘼㉘外、煙絲醉軟。春香呵！牡丹雖好，他

---

⑳泥：沾污。

㉑惜花疼煞小金鈴：疼煞，謂為惜花而時掣小金鈴，連小金鈴都感到痛極了；極言惜花之情。

㉒姹紫嫣紅：花色鮮艷奪目的樣子。

㉓似這般都付與斷井頹垣：像這樣百花盛開的美麗春光，卻盡在衰敗冷寞的院落裡。斷井，廢棄的井；頹垣，傾倒的牆。

㉔良辰美景奈何天二句：謂對此春日佳景，無情無緒，深感莫可奈何，而有誰人知道在自家庭院裡把握春光以賞心樂事呢？謝靈運〈擬魏太子鄴中集詩序〉：「天下良辰美景賞心樂事，四者難并。」

㉕朝飛暮捲雲霞翠軒：謂朝飛暮捲的是翠軒上的雲霞。王勃〈滕王閣詩〉：「畫棟朝飛南浦雲，朱簾暮捲西山雨。」翠軒，指華麗的亭台樓閣。

㉖錦屏人忒看的這韶光賤：謂深閨中的女子卻把這美好的春光看輕了，意指深處閨中，無緣享有春光。錦屏人，指閨中的婦女。

㉗啼紅了杜鵑：謂杜鵑花開，由春日杜鵑鳥啼血而聯想到杜鵑花開。

㉘荼蘼：亦作酴醾，落葉灌木，春末開白色重瓣花。

春歸怎占的先㉙！（貼）成對兒鶯燕呵。（合）閒凝眄㉚，生生燕語明如翦，嚦嚦鶯歌溜的圓㉛。

（旦）去罷。（貼）這園子委是觀之不足㉜也。（旦）提他怎的！（行介）

【隔尾】觀之不足由他繾，便賞遍了十二亭臺是枉然㉝。到不如興盡回家閒過遣。

（作到介）（貼）『開我西閣門，展我東閣床㉞。瓶插映山紫㉟，爐添沉水香。』小姐，你歇息片時，俺瞧老夫人去也。（下）（旦歎介）『默地遊春轉，小試宜春面㊱。』春呵，得和你兩留連，春去如何遣？咳，恁般天氣，好困人也。春香那裡？（作左右瞧介）（又低首

㉙牡丹雖好他春歸怎占的先：謂牡丹花雖然富麗好看，但開花在初夏，因此在春天百花盛開時，它怎能搶得了風采。這裡含有以牡丹自比之意，謂青春一過，容貌再好也都蕭索了。

㉚凝眄：凝神而視。

㉛生生燕語明如翦二句：此二句前句寫燕飛之狀，後句寫鶯啼之聲。生生，形容燕飛時輕靈鮮活的樣子；「語」字疑當作「羽」，「明如翦」即形容燕子飛翔時羽翅像張開的剪刀一般。嚦嚦，形容黃鶯的叫聲；溜的圓，形容黃鶯叫聲的圓潤動聽。

㉜觀之不足：猶言百看不厭。

㉝由他繾二句：由他繾，任他留戀不捨。十二亭臺，泛指亭臺樓閣。

㉞開我西閣門二句：〈木蘭詩〉：「開我東閣門，坐我西閣床。」

㉟映山紫：即「映山紅」，杜鵑花的一種。

㊱默地遊春轉二句：默地，猶言背地，不為父母所知；轉回到閨房。宜春面，堪與春花比並的容顏，參見注⑦。

沉吟介）天呵，春色惱人，信有之乎！常觀詩詞樂府，古之女子，因春感情，遇秋成恨，誠不謬矣。吾今年已二八，未逢折桂之夫㊲；忽慕春情，怎得蟾宮之客？昔日韓夫人得遇于郎㊳，張生偶逢崔氏㊴，曾有《題紅記》、《崔徽傳》㊵二書。此佳人才子，前以密約偷期㊶，後皆得成秦晉㊷。（長嘆介）吾生於宦族，長在名門。年已及笄㊸，不得早成佳配，誠

㊲折桂之夫：與下文「蟾宮之客」皆指登第得功名之人。相傳月中有桂樹、有蟾蜍，故由折桂而引為蟾宮之客。

㊳韓夫人得遇于郎：唐僖宗時，宮女韓氏，以紅葉題詩，自御溝中流出，為于祐所得；祐亦題一葉，投溝上流，韓氏亦得而藏之。後帝放宮女三千人，祐適取韓，既成禮，各於笥中取紅葉相示，乃開宴曰：「予二人可謝媒人。」韓氏又題一絕曰：「一聯佳句隨流水，十載幽思滿素懷；今日卻成鸞鳳友，方知紅葉是良媒。」宋代張實以此作《流紅記》傳奇小說。

㊴張生偶逢崔氏：即《西廂記》張君瑞與崔鶯鶯之故事。

㊵題紅記崔徽傳：明王驥德曾以韓、于紅葉題詩事演為傳奇《題紅記》；《崔徽傳》見《麗情集》，敘妓女崔徽與裴敬中相愛，分別之後不再相見。崔徽請畫工畫了一幅像，托人帶給敬中說：「崔徽一旦不及卷中人，徽且為郎死矣。」這裡《崔徽傳》應是《鶯鶯傳》、《會真記》或《西廂記》的筆誤。

㊶偷期：指男女幽會。

㊷秦晉：古人稱聯姻為秦晉之好。

㊸及笄：笄為女子固髮之簪，及笄，指到了用笄固髮的年齡。時杜麗娘年已十六，故云年已及笄。

爲虛度青春，光陰如過隙耳。（淚介）可惜妾身顏色如花，豈料命如一葉㊹乎！

【山坡羊】沒亂裡㊺、春情難遣，驀地裡、懷人幽怨。則爲俺、生小嬋娟，揀名門一例一例裡神仙眷。甚良緣，把青春拋的遠！俺的睡情誰見？則索因循靦腆㊻。想幽夢誰邊，和春光暗流轉？遷延，這衷懷那處言！淹煎，潑殘生㊼除問天！

身子困乏了，且自隱几㊽而眠。（睡介）（夢生介）（生持柳枝上）鶯逢日暖歌聲滑，人遇風情笑口開。一徑落花隨水入，今朝阮肇到天台㊾。小生順路兒跟著杜小姐回來，怎生不見？（回看介）呀，小姐，小姐！（旦作驚起介）（相見介）（生）小生那一處不尋訪小姐來，卻在這裡！（旦作斜視不語介）（生）恰好花園內，折取垂柳半枝。姐姐，你既淹通書史，可作詩以賞此柳枝乎？（旦作驚喜，欲言又止介）（背想）這生素昧平生，何因到此？（生笑介）小姐，咱愛殺你哩！

【山桃紅】則爲你如花美眷，似水流年㊿，是答兒(51)閒尋遍。在幽閨自憐。小姐，和你

㊹命如一葉：謂薄命。

㊺沒亂裡：在紛亂之情緒中。

㊻則索因循靦腆：只得如此的帶怯含羞。

㊼潑殘生：令人討厭的苦命兒。

㊽隱几：靠著几案。

㊾阮肇到天台：劉晨、阮肇在天台山採藥遇仙女，又回到人間。後重訪天台山尋之，未果。

㊿流年：謂年華如流水之易逝。

(51)是答兒：猶言在這兒。

那答兒講話去。（旦作含笑不行）（生作牽衣介）（旦低問）那邊去？（生）轉過這芍藥欄前，緊靠著湖山石邊。（旦低問）秀才，去怎的？（生低答）和你把領扣鬆，衣帶寬，袖梢兒搵著牙兒苫也，則待你忍耐溫存一晌眠。（旦作羞）（生前抱）（旦推介）（合）是那處曾相見，相看儼然，早難道這好處相逢無一言？

（生強抱旦下）（末扮花神束髮冠，紅衣插花上）催花御史惜花天(52)，檢點春工又一年。蘸客傷心紅雨下(53)，勾人懸夢綵雲邊。吾乃掌管南安府後花園花神是也。因杜知府小姐麗娘，與柳夢梅秀才，後日有姻緣之分。杜小姐游春感傷，致使柳秀才入夢。咱花神專掌惜玉憐香，竟來保護她，要她雲雨十分歡幸也。

【鮑老催】（末）單則是混陽蒸變，看他似蟲兒般蠢動把風情搧，一般兒嬌凝翠綻魂兒顫(54)。這是景上緣，想內成，因中見(55)。呀！淫邪展污了花臺殿。咱待拈片落花兒驚醒他。（向鬼門丟花介）他夢酣春透了怎留連？拈花閃碎的紅如片。秀才，纔到的半夢兒；夢畢

---

(52)催花御史惜花天：催花，謂催花使開；惜花，謂愛惜花朵。

(53)蘸客傷心紅雨下：落花如雨沾在旅客的身上，令人為之傷感。

(54)單則是混陽蒸變三句：描述杜麗娘夢中歡合的情景。

(55)景上緣三句：謂姻緣短暫，乃不真實的夢幻，而一切事物都由因緣造合而成。景，同「影」，言其虛幻短暫；想，謂空想；因，因緣；見，通「現」。

之時，好送杜小姐仍歸香閣。吾神去也。（下）

【山桃紅】（生、旦攜手上）（生）這一霎天留人便，草藉花眠。小姐可好？（旦低頭介）（生）則把雲鬟點，紅鬆翠偏。小姐休忘了呵，見了你緊相偎，慢廝連，恨不得肉兒般團成片也，逗的個日下胭脂雨上鮮。（旦）秀才，你可去呵？（合）是那處曾相見，相看儼然，早難道這好處相逢無一言？

（生）姐姐，你身子乏了，將息，將息。（送旦依前作睡介）（輕拍旦介）姐姐，俺去了。（作回顧介）姐姐，你可十分將息，我再來瞧你哪！行來春色三分雨，睡去巫山一片雲。（下）（旦作驚醒，低叫介）秀才，秀才，你去了也？（又作癡睡介）（老旦上）夫婿坐黃堂㊻，嬌娃立繡窗。怪他裙釵上，花鳥繡雙雙。孩兒，孩兒，你為甚瞌睡在此？（旦作醒，叫秀才介）咳也。（老旦）孩兒怎的來？（旦作驚起介）奶奶到此！（老旦）我兒，何不做些鍼指，或觀玩書史，舒展情懷？因何晝寢於此？（旦）孩兒適花園中閒玩，忽值春暄惱人，故此回房。無可消遣，不覺困倦少息。有失迎接，望母親恕兒之罪。（老旦）孩兒，這後花園中冷靜，少去閒行。（旦）領母親嚴命。（老旦）孩兒，學堂看書去。（旦）先生不在，且自消停。㊼（老旦嘆介）女孩兒長成，自有許多情態，且自由他。正是：宛轉隨兒女，辛勤做老娘。（下）（旦長嘆介）（看老旦下介）哎也，天哪！

㊻黃堂：指太守。

㊼消停：休息。

今日杜麗娘有些僥倖也。偶到後花園中，百花開遍，覩景傷情。沒興而回，晝眠香閣。忽見一生，年可弱冠，丰姿俊妍。於園中折得柳絲一枝，笑對奴家說：「姐姐既淹通書史，何不將柳枝題賞一篇？」那時待要應他一聲，心中自忖，素昧平生，不知名姓，何得輕與交言。正如此想間，只見那生向前說了幾句傷心話兒，將奴摟抱去牡丹亭畔，芍藥闌邊，共成雲雨之歡。兩情和合，真個是千般愛惜，萬種溫存。歡畢之時，又送我睡眠，幾聲「將息」。正待自送那生出門，忽值母親來到，喚醒將來。我一身冷汗，乃是南柯一夢。忙身參禮母親，又被母親絮了許多閒話。奴家口雖無言答應，心內思想夢中之事，何曾放懷。行坐不寧，自覺如有所失。娘呵，你教我學堂看書去，知他看那一種書消悶也。（作掩淚介）

【綿搭絮】雨香雲片㊿58**，纔到夢兒邊。無奈高堂**59**，喚醒紗窗睡不便。潑新鮮、冷汗粘煎，閃的俺心悠步嚲**60**，意軟鬟偏。不爭多**61**費盡神情，坐起誰忺**62**則待去眠。**（貼上）晚妝銷粉印，春潤費香篝63。小姐，薰了被窩睡罷。

---

58 雨香雲片：指男女歡合，此謂夢中幽會。
59 高堂：謂父母，此指母親。
60 閃的俺心悠步嚲：弄得我心神恍惚、步履沈重。嚲，傾斜。
61 不爭多：差不多。
62 忺：意有所欲。
63 香篝：薰籠。

【尾聲】（旦）困春心，遊賞倦，也不索香薰繡被眠。天呵！有心情那夢兒還去不遠。

春望逍遙出畫堂，（張説）　間梅遮柳不勝芳。（羅隱）
可知劉阮逢人處，（許渾）　回首東風一斷腸。（韋莊）

（曾永義選注）

拾畫

【題解】

本齣選自《牡丹亭》第二十四齣，以明懷德堂本注釋。關目情節以【錦纏道】前後分兩場。第一場是「病後鬱懷，漫遊花園」，演述柳夢梅病後初癒，春懷鬱悶，由看守梅花觀的石道姑引薦後花園一座，得以消遣玩賞。此花園即杜麗娘遊園驚夢、尋夢無處，而後寫真埋畫、安葬香魂之所。因此夢梅所見景物多與第十齣〈驚夢〉、第十二齣〈尋夢〉相照應，如「畫牆西正南側左，蒼苔滑擦」、「倚逗著斷垣低垛」分別照應〈驚夢〉「畫廊金粉半零星，池館蒼苔一片青」、「似這般都付予斷井頹垣」；「放著這武陵源一座」照應〈尋夢〉「玉真重溯武陵源」等。第二場是「拾得畫像，種下因果」，演述夢梅於湖山石畔拾得一幅畫像，以為是觀世音喜相，乃將之帶回焚香供養。

湯顯祖安排本齣關目有三點技巧高明之處，其一，讓柳夢梅於大病初癒的心情下遊園，可與杜麗娘刻意弄妝穿戴打扮去遊園之喜悅心情相對比；且病後易於傷情感物，對荒蕪的亭臺樓閣更別有一番情懷，可說是為拾畫情節，對人物心理狀態做了極佳之鋪墊。其二，先誤以為拾到觀音像，可留下懸念，再寫下一齣〈玩真〉，方顯意外之境；若一次便認清，則不能顯示麗娘之美，亦不能有迂迴婉轉之妙。其三，拾到觀音畫像後，夢梅隨即決定捧到書館，頂禮供奉，也强如埋在園中。此細節決非强調夢梅是為佛教徒，除了為〈玩真〉伏筆，更刻劃夢梅性情襟懷，表現出對觀世音所象徵的精神信仰，一種由心而發的虔敬與謙卑，從而彰顯出夢梅之為一介性情中人。這份情真意懇的性格，使其於〈玩真〉中品賞畫中女子之痴傻提供合情合理的鋪陳。

【金瓏璁】（生上）**驚春誰似我？客途中都不問其他。風吹綻蒲桃褐，雨淋殷杏子羅①。今日晴和，晒衾單兀自有殘雲涴②。**「脈脈梨花春院香，一年愁事費商量。不知柳思③能多

①「風吹綻蒲桃褐」二句：這兩句是對句，指被風雨淋溼之後，印染有蒲桃果實花樣的褐布，綻開成不規則的圖案；而杏子紅的羅衣，亦呈現濃淡不均的顏色。

②殘雲涴：指衾被猶有雨水弄溼之污痕，像殘雲的樣子。

③柳思：承上句「愁事」，暗指柳夢梅自己的愁思。

少？打疊腰肢鬥沈郎④。」小生臥病梅花觀⑤中，喜得陳友知醫，調理痊可⑥。則這幾日間春懷鬱悶，何處忘憂？早是⑦老姑姑到也。

【一落索】（淨上）無奈女冠⑧何，識的書生破。知他何處夢兒多？每日價欠伸千個⑨。

秀才安穩⑩！（生）日來病患較些⑪，悶坐不過。偌大梅花觀，少甚園亭消遣。（淨）此後有花園一座，雖然亭榭荒蕪，頗有閒花點綴。則留散悶，不許傷心。（生）怎的得傷心也！（淨作歎介）是這般說。你自去遊便了。從西廊轉畫牆而去，百步之外，便是籬門。

---

④打疊腰肢鬥沈郎：打疊，打點；沈郎指南朝沈約，曾自述腰瘦，後以沈腰比喻身體瘦損。整句是說要與沈約相比誰的腰肢更為消瘦。

⑤梅花觀：第二十齣〈鬧殤〉杜麗娘死後，父親杜寶奉旨陞安撫使鎮守淮揚。臨行前因麗娘遺言，將之葬於後園梅樹下。又恐不便後官居住，吩咐割取後園，起座「梅花觀」，安置麗娘神位，著石道姑焚修看守，下文「老姑姑」即石道姑。

⑥陳友知醫，調理痊可：第二十二齣〈旅寄〉柳夢梅於暮冬時節離船過梅嶺，感了寒疾，手扶一株柳樹時，失腳滑跌一跤。正巧杜麗娘私塾老師陳最良經過，相扶而起，因頗諳醫理，乃帶回邊近梅花觀調理。

⑦早是：幸是。

⑧女冠：石道姑自稱。

⑨每日價欠伸千個：價，助詞，無義。言其終日無精打采。

⑩安穩：問候語。

⑪較些：病況較好一些。

三里之遙，都為池館。你盡情玩賞，竟日消停，不索老身陪去也。「名園隨客到，幽恨少人知。」（下）（生）既有後花園，就此迤邐⑫而去。（行介）這是西廊下了。（行介）好個葱翠的籬門，倒了半架。（歎介）【集唐】「憑闌仍是玉闌干（王初），四面牆垣不忍看（張隱）。想得當時好風月（韋莊），萬條煙罩一時乾⑬（李山甫）。（到介）呀，偌大一個園子也。

【好事近】則見⑭風月暗消磨，畫牆西正南側左。（跌介）蒼苔滑擦，倚逗著斷垣低垜⑮，因何蝴蝶門兒落合⑯？原來以前遊客頗盛，題名在竹林之上。客來過，年月偏多，刻畫盡琅玕千個⑰。咳，早則是寒花遶砌，荒草成窠。怪哉，一個梅花觀，女冠之流，怎起的這座大園子？好疑惑也。便是這灣流水呵！

【錦纏道】門兒鎖，放著這武陵源⑱一座。恁好處教頹墮！斷煙中見水閣摧殘，畫船

---

⑫迤邐：延綿而微有曲折。

⑬萬條煙罩一時乾：一時之間繁多的柳枝都乾枯了。

⑭則見：只見。

⑮「蒼苔滑擦」二句：倚繞逗留在倒塌牆垣和低矮門垜旁邊的是一片溼滑的青苔。

⑯蝴蝶門兒落合：蝴蝶形的雙扇門閂住了。

⑰刻畫盡琅玕千個：遊客在繁茂的青竹上刻字題名，比喻來此遊客頗盛。琅玕，如玉之石，此指青竹。

⑱武陵源：原喻指隱居勝境或仙境。又相傳東漢劉晨、阮肇入天臺山，遇二仙女，結為良

抛躲，冷鞦韆尚掛下裙拖。又不是曾經兵火，似這般狼籍呵，敢斷腸人遠、傷心事多？待不關情麼，恰湖山石⑲畔留著你打磨陀⑳。好一座山子哩。（窺介）呀，就裡一個小匣兒。待把左側一峰靠著，看是何物？（作石倒介）呀，是個檀香匣兒。（開匣看畫介）呀，一幅觀世音喜相。善哉，善哉！待小生捧到書館，頂禮供養，強如埋在此中。

【千秋歲】（捧匣回介）小嵯峨㉑，壓的旃檀合㉒，便做了好相觀音俏樓閣㉓。片石峰前，那片石峰前，多則是飛來石㉔，三生因果。請將去鑪煙上過㉕，頭納地，添燈

緣；遇仙之處有一桃樹，絕岩邃洞。故後以武陵源、桃源用作仙凡豔遇或豔情之典故。

⑲湖山石：用太湖石砌疊的假山。太湖石產於太湖，石多孔洞，宜供園林砌景。

⑳磨陀：流連徘徊之意。

㉑嵯峨：形小而險峻之假山。

㉒旃檀合：以旃檀香木製成之盒子，指柳夢梅拾到的檀香匣兒。合，同盒。

㉓樓閣：與下句「片石峰前」為倒裝句法，是說湖山石畔的小山前，倒做了這幅觀音喜相居住的美麗樓閣。

㉔飛來石：杭州西湖西北武林山下靈隱寺前有飛來峰。東晉咸和年間，印度僧人慧理到杭州看到此峰，驚嘆說：「此中天竺國（在印度）靈鷲山之小嶺，不知何處飛來？」山因此而得名。此指假山。

㉕請將去鑪煙上過：將這幅觀音畫像請至屋內焚香供奉。

火，照的他慈悲我㉖。俺這裡盡情供養，他於意云何㉗？（到介）到了觀中，且安置閣兒上，擇日展禮㉘。（淨上）柳相公多早了！

【尾聲】（生）姑姑，一生爲客恨情多，過冷澹園林日午殜㉙。老姑姑，你道不許傷心，你爲俺再尋一個定不傷心何處可。

（生）僻居雖愛近林泉，（伍　喬）（淨）早是傷春夢雨天。（韋莊）
（生）何處邈將歸畫府，（譚用之）（合）三峰花半碧堂懸。（錢起）

㉖「頭納地」三句：點燈叩頭，讓菩薩慈悲的容顏照亮著我。
㉗他於意云何：他意下如何。
㉘擇日展禮：為下齣〈玩真〉伏筆。
㉙過冷澹園林日午殜：造訪這冷清荒蕪的花園，不知不覺已是午日偏斜。

（李惠綿選注）

玩　眞

【題　解】

本齣選自第二十六齣，以明懷德堂本注釋。舞台上表演通常與〈拾畫〉合併為一場折子戲，名曰〈拾畫・叫畫〉。關目情節以【集賢賓】分前後兩場。第一場是「展畫瞻禮」，演述柳夢梅於花園湖山石畔拾得一幅觀音畫像帶回書館，因風雨淹旬，未能展現，直待晴和之日才得瞻禮，再次印證夢梅崇敬細膩情懷。開匣展畫後，先誤作觀音，再次誤為嫦娥，終於認出是美人；再看題詩，方才確定是人間女子行樂圖。恍恍惚惚，疑疑惑惑，惟如此描寫才能傳神描摹出麗娘之絕美風姿，天人莫辨，而覺餘味不盡。

第二場是「品玩畫像」，演述夢梅確定畫像乃是美人自描後，開始端詳玩賞畫中女子，正與第十四齣〈寫真〉遙遙呼應。例如【黃鶯兒】：「空影落纖娥，動春蕉，散綺羅」呼應〈寫真〉【傾盃序】：「倚湖山夢曉，對垂楊風裊。忒苗條，斜添他幾葉翠芭蕉」；【黃鶯兒】「春心只在眉間鎖，春山翠拖，春煙淡和。相看四目誰輕可！恁橫波，來回影顧不住的眼兒睃」呼應〈寫真〉【雁過聲】：「眉梢青未了，個中人全在秋波妙，可可的淡春山鈿翠小」。

這一場夢梅之痴傻表現在四方面，首先將題詩中「不在梅邊在柳邊」之句與自己的姓名牽連；其次，運用移情作用，認為畫中人雙眼彷彿回盼自己；其三，想像自己如在畫境，故覺畫中人半枝青梅在手，活似提掇柳生一般；其四，以畫中人為真，自言驀地相逢，竟和韻一首。可以看出湯顯祖刻劃人物心理之細膩。最後夢梅望畫中人而想像真人，竟然唱出「小生待畫餅充饑，小姐似望梅止渴」之語，似乎顯現柳夢梅也不過是個「慕色」之人，其實不然。夢梅驚其為天人之際，同時賞愛了畫者「畫似崔徽，詩如蘇蕙，行書逼真衛夫人」等多方面的藝術才華。因此畫中人及畫者之「色藝兼備」才是使夢梅痴心慕情的最大要素。

清代吳吳山三婦評〈玩真〉云：「人知夢是幻境，不知畫境尤幻。夢則無影之形，畫則無形之影。麗娘夢裡覓歡，春卿畫中索配，自是千古一對癡人。然不以為幻，幻便成真。」

（生上）芭蕉葉上雨難留，芍藥梢頭風欲收。畫意無明偏著眼，春光有路暗抬頭①。小生客中孤悶，閒遊後園。湖山之下，拾得一軸小畫，似是觀音大士，寶匣莊嚴。風雨淹旬，未能展現②。且喜今日晴和，瞻禮一會。（開匣，展畫介）

【黃鶯兒】秋影掛銀河，展天身，自在波③。諸般好相能停妥④。他真身在補陀⑤，

---

①「芭蕉葉上雨難留」四句：是柳夢梅的上場詩，有檃括劇情或承上啟下之作用。第十四齣〈寫真〉【傾盃序】有「倚湖山夢曉」、「斜添他幾葉芭蕉」之句，描述杜麗娘自畫真容之姿態，上場詩前兩句即與畫境照應；後兩句開啟本齣展畫、解讀畫意，因而對畫中人生出一段春情。就戲劇體製而言，北曲雜劇是先白後唱；傳奇如用北曲套數仍依此慣例，如用南曲套數則是先唱後白。然本齣是南套，是為例外。

②未能展現：可見柳夢梅拾畫展看時，並未全幅觀賞。

③自在波：指觀世音菩薩。波，同呵、啊。

④諸般好相能停妥：這樣美好的相貌能安穩地停格於畫中。

⑤補陀：即普陀，山名，在浙江省定海縣。觀音菩薩的道場。

咱海南人遇他。（想介）甚威光不上蓮花座？再延俄⑥，怎湘裙直下一對小凌波⑦？是觀音，怎一對小腳兒？待俺端詳一會。

【二郎神慢】些兒個，畫圖中影兒則度⑧。著了⑨，敢誰書館中弔下幅小嫦娥，畫的這傳停倭妥⑩。是嫦娥，一發該頂戴⑪了。問嫦娥折桂人有我？可是嫦娥，怎影兒外沒半朵祥雲托？樹皴兒又不似桂叢花瑣⑫？不是觀音，又不是嫦娥，人間那得有此？成驚愕，似曾相識⑬，向俺心頭摸。待俺瞧，是畫工臨的，還是美人自手描的？

【鶯啼序】問丹青何處嬌娥，片月影光生豪末⑭？似恁般一個人兒，早見了百花低躲⑮。總天然意態難模，誰近得把春雲淡破？想來畫工怎能到此！多敢他自己能描會脫⑯。

---

⑥再延俄：再延展之意，將畫軸再延長向下一些。

⑦小凌波：女人的小腳，觀音像都作大腳，故有此疑問。

⑧度：猜度。

⑨著了：猜著了。

⑩傳停倭妥：婀娜多姿、雍容自得貌。倭妥即委佗，美好。

⑪頂戴：頂禮。

⑫樹皴兒又不似桂叢花瑣：裂開的樹皮又不像桂樹上細碎的花朵。

⑬「似曾相識」二句：照應第二齣〈言懷〉，柳夢梅曾夢到一園，梅花樹下立著一個美人，不長不短，如送如迎。

⑭豪末：筆端。

⑮早見了百花低躲：百花見其容顏亦自覺羞慚。

⑯脫：脫色，描繪之意。

且住，細觀他幀首之上，小字數行。（看介）呀，原來絕句一首。（念介）「近覩分明似儼然⑰，遠觀自在若飛仙⑱。他年得傍蟾宮客⑲，不在梅邊在柳邊。」呀，此乃人間女子行樂圖⑳也。何言「不在梅邊在柳邊」？奇哉怪事哩！

【集賢賓】望關山梅嶺天一抹，怎知俺柳夢梅過？得傍蟾宮知怎麼？待喜呵，端詳停和㉑，俺姓名兒直麼費嫦娥定奪？打麼訶㉒，敢則是夢魂中真個。好不回盼小生！

【黃鶯兒】空影落纖娥，動春蕉，散綺羅。春心只在眉間鎖，春山翠拖㉓，春煙淡和。相看四目誰輕可！恁橫波，來迴顧影不住的眼兒睃㉔。卻怎半枝青梅在手㉕，活似提掇小生一般？

---

⑰儼然：矜莊之貌。

⑱自在若飛仙：如天仙般自在。

⑲蟾宮客：折桂之人，比喻有功名的丈夫。蟾宮，月宮。

⑳行樂圖：自畫小像或他人為自己畫像。

㉑端詳停和：細看一會兒。

㉒打麼訶：思量斟酌之意。

㉓春山翠拖：「翠拖」形容「春山」，形容眉毛深青之顏色和拖曳形狀的線條。

㉔「相看四目誰輕可」三句：柳夢梅凝視畫像，因覺畫中美人如秋波之眼神，好像對自己來回顧影轉動；四目交接之情境，誰能等閒視之？「輕可」，輕易、等閒之意；可，無義。

㉕青梅在手：照應第十四齣〈寫真〉【傾盃序】：「撚青梅閒廝調」之句。

【啼鶯序】他青梅在手詩細哦，逗春心一點蹉跎㉖。小生待畫餅充饑㉗，小姐似望梅止渴㉘。小姐，小姐，未曾開半點幺荷㉙，含笑處朱脣淡抹，韻情多。如愁欲語，只少口氣兒呵㉚。小娘子畫似崔徽㉛，詩如蘇蕙㉜，行書逼眞衛夫人㉝。小子雖則典雅，怎到得㉞這小娘子！驀地相逢，不免步韻㉟一首。（題介）「丹青妙處卻天然，不是天仙即地仙。欲傍蟾宮人近遠，恰些春在柳

㉖「他青梅在手詩細哦」二句：麗娘手捻青梅之狀及其題畫之詩，牽惹出柳夢梅虛度光陰的春情。

㉗待畫餅充飢：柳夢梅聊以畫像稍解相思之情。

㉘望梅止渴：言畫中女子也只能以手捻青梅之狀，表達對愛情之徒然渴望。

㉙么荷：原指蓮心，此形容嘴唇。

㉚只少口氣兒呵：只差不能呵氣，意謂不是活生生的人。

㉛崔徽：據唐元稹〈崔徽傳・序〉，裴敬中以興元幕使蒲州，與妓女崔徽相從。幾個月後，敬中便還，崔徽以不得隨行為恨，因而成疾。崔徽請畫工寫其真容，寄給敬中說：「崔徽一旦不及畫中人，且為郎死！」後發狂而死。此處柳夢梅將所見行樂圖比之如崔徽之美。

㉜蘇蕙：前秦竇滔之妻，曾織一幅迴文錦，共八百四十字，縱橫反復，皆成詩句；後用指才華橫溢之女子。

㉝衛夫人：衛鑠，字茂猗，晉代著名女書法家，精於隸書；後常用作女子習書之典故。

㉞到得：及得。

㉟步韻：和人之詩，依用原韻，押韻字是「然、仙、邊」。

梅邊。」

【簇御林】他能綽斡㊱，會寫作。秀入江山人唱和。待小生很很叫他幾聲：「美人，美人！姐姐，姐姐！」向眞眞㊲啼血你知麼？叫的你噴嚏似天花唾。動凌波，盈盈欲下——不見影兒那㊳。咳，俺孤單在此，少不得將小娘子畫像，早晚玩之、拜之，叫之、贊之。

【尾聲】拾的個人兒先慶賀，敢柳和梅有些瓜葛㊴？小姐小姐，則被你有影無形看殺我。

不須一向恨丹青，（白居易）　堪把長懸在戶庭。（伍　喬）
惆悵題詩柳中隱，（司空圖）　添成春醉轉難醒。（章　碣）

（李惠綿選注）

㊱綽斡：指繪畫。斡，轉、運也。

㊲真真：《太平廣記》卷二八六〈畫工〉敘述，唐朝進士趙顏於畫工處得一幅美人圖，心生愛慕，表示如令可生，願納為妻。畫工告之，畫中美人名為真真，呼其名百日，晝夜不歇，即必應之；再以百家綵灰用酒灌之，必活。趙顏行之，果與畫中人結為夫婦。

㊳那：同挪，挪動。

㊴瓜葛：關聯。

燕子箋 選一齣

明　阮大鋮撰

【作者】

阮大鋮，字集之，號圓海，一號石巢，別署百子山樵，安徽懷寧（今安慶市）人。生於明神宗萬曆十五年，卒於清世祖順治三年（一五八七～一六四六）。所撰傳奇十一種：今存《燕子箋》、《春燈謎》、《雙金榜》、《牟尼合》（合稱《石巢傳奇四種》）；《忠孝環》、《桃花笑》、《井中盟》、《獅子賺》、《賜恩環》、《老門生》、《翠鵬圖》七種已佚。另有《詠懷堂詩文集》傳世。

大鋮依附閹黨，迫害東林黨人，乞降事敵，是一代奸臣之殿，政治作為一向為士林所不齒，戲劇創作方面卻頗富文學修養，而且熟諳音律，通曉舞臺實踐，劇作以情節曲折取勝，文筆華美著稱。中國戲劇本事取材多沿襲志怪、小說、話本及民間傳等，阮大鋮劇作卻能擺脫舊有題材之羈絆，獨運機杼，以巧合、錯認、及物件貫穿為主要編劇手法，故石巢四種都很高的原創性，可說是「鏃鏃能新，不落窠臼者也」。與阮大鋮同時代的張岱，在《陶庵夢憶》中對阮大鋮有相當高的評價：「其所打院本，又皆主人自製，筆筆勾勒，苦心盡出，與他班鹵莽者又不同。故所搬演者，本本出色，腳腳出色，齣齣出色，句句出色，字字出色。」

【題解】

《燕子箋》現存明崇禎間刻本，另有明末毛恒刻詠懷堂本、劉世珩暖紅室刻本、雪韻堂本、寄傲山房本、掃葉山房石印本等。今人徐凌雲、胡金望點校《阮大鋮戲曲四種》（安徽黃山書社出版，一九九三年）以《古本戲曲叢刊二集》影印明崇禎間刻本為底本，〈奸遁〉一齣據此注解。《石巢傳奇四種》以《燕子箋》影響最大。

《燕子箋》二卷四十二齣，全劇以燕子銜箋為重要關目，故名。唐代秀士霍都梁偕友鮮于佶入京應試，寓舊交名妓華行雲家。都梁畫「聽鶯撲蝶圖」，畫中有行雲和自己的春容，交與繆繼伶裱匠裝裱。同時禮部尚書酈安道之女飛雲，亦以父賜吳道子「觀音圖」送繼伶裝裱。兩家誤取其畫，飛雲見圖中女子，容貌與己相似，且有一男子在旁，乃題詩於紅箋，方一歇筆，一隻燕子飛來將箋銜去。適霍都梁於曲江畔賞春，燕子盤旋一會，落下紅箋，乃拾箋和韻。未幾，霍、酈二人皆為此抱恙，女醫孟媽出入兩家，知其病由。科試之期，酈安道為主考官，鮮于佶賄賂科場官吏，謀割霍生試作以為己卷。尚未放榜，安祿山軍亂迫長安，唐明皇幸蜀，酈尚書從駕。鮮于佶散佈流言，以燕子銜箋事，指霍生關通試官，霍生驚慌離京而去。先至其師秦若水處，因薦往節度使賈南仲幕下，改名卞無忌，共討祿山。酈飛雲隨母避安史之亂，中道相失，路遇孟媽而偕行，賈仲南軍士收留之，並收為義女。卞無忌有軍功，仲南欲以飛雲妻之。孟嫣告之畫像、花箋因緣，兩人欣喜無限。另一方面，鄺母道遇華行雲，收為義女。既而亂定，闈榜亦放，鮮于佶得狀元至鄺安道家中拜謝，行雲認出，檢舉其乃胸無點墨之人，並出示霍都梁文稿。鄺尚書遂召鮮于佶面試，竟日不成一字，鑽狗洞而逃。鄺尚書奏黜鮮于佶，霍都梁補為狀元，榮歸又娶行雲。

〈奸遁〉為第三十八齣，排場轉換有三。第一場「誤取狀元再覆試」，由鄺安道上場唱【生查子】及一段賓白組成，演述鄺尚書身為主考官，誤取鮮于佶為狀元，決定再加覆試，親自檢舉。第二場「不成一字鑽狗洞」，由鮮于佶上場唱【生查子】起，至兩支【桂坡羊】後鑽狗洞下場，演述謀割闈卷、獵取狀元桂冠的鮮于佶，以為鄺老爺相請多半是前日央他親事，要將女兒飛雲許配給他。不想是門官交付一個封口帖子，帖中有三道題目要他代作。結果他竟日不成一字，洋相百出，無地自容，只好鑽狗洞倉皇而逃。第三場是「自行檢舉罷昏庸」，門官聞聽犬吠聲之兇猛，開門不見鮮于佶，請來鄺尚書，證明場中割卷無疑，乃寫本上疏檢舉，請罷斥昏庸歸故里。只此狗洞情節，勝於鄺尚書三推六問，淋漓盡致地刻畫一個不學無術、冒人功名之無賴人物。〈奸遁〉至今仍是崑劇舞台上著名的折子戲，俗稱〈狗洞〉。

奸遁

【生查子】（外①上）入轂②溷魚珠③，慚主南宮試④，潦草點朱衣⑤，笑破劉蕡⑥齒。

老夫為場中誤取了鮮于佶這廝，既負聖恩，兼生物議⑦，連日心下十分懊惱。只這節事，終無含糊之理，定須再加覆試，自己檢舉方可。已曾著人喚那狗頭去了，門官那裡？（門官應介）小人在此。（外）你聽我吩咐，鮮于佶若到了，便請到書房坐下，說我出衙門後，身子不快。到晚間，出來相陪，有封口的帖一通，叫他親自拆看，是要緊的幾篇文字，煩他代作代作。他若要回去時，你說我吩咐的，恐他寓中事多，就在此做了罷。門要上鎖，他倘若不容你鎖門，你也說是我吩咐過的，恐閒人來攪擾，定要鎖了，凡事小心在意。（門⑧接帖介）理會得。（外）欲防曼倩偷桃手⑨，先試陳思煮豆吟⑩。（下介）

---

①外：指外末，傳奇腳色名稱。此指酈飛雲之父酈安道，為主考官，懷疑鮮于佶中狀元之弊端，特地當面覆試。

②入彀：原指進入弓箭射程，此指登第。

③溷魚珠：魚目混珠。

④主南宮試：主持禮部進行的進士考試。

⑤點朱衣：宋歐陽修任主考官，每見到一份好卷子，總覺背後似有朱衣人站著點頭，因而錄取。後因以「朱衣點頭」指錄取考試者。

⑥劉蕡：唐代文章家，字去華，為人耿介，嫉惡如仇。曾於應賢良方正、能直言極諫科考試，針對當時宦官專權之政治形勢予以強烈抨擊，主考官不敢取錄，而士人讀其文章有感慨流涕者。此句謂受到劉蕡一類正直有才應試者的嘲笑。

⑦物議：衆人的批評議論。

⑧門：指上文的門官。以下皆同。

⑨曼倩偷桃手：漢代東方朔，字曼倩，相傳是歲星下凡。傳說王母種桃，三千年一結子，東方朔偷了三次桃，故貶謫人間。此指鮮于

【前腔】（副淨⑪）酣飲玉堂⑫回，濃抱龍陽⑬睡，相府疾忙催，想訂紅鸞⑭喜。

今日同年中相邀，飲了幾杯，與一兩個憊懶蓮子⑮衚衕的拐子頭⑯，睡興方濃，這些長班⑰連報說酈老爺請講話。催了數次，我想老師請我，沒別的話講，多分是前日央他親事一節，接我對面商量。老師也是個老聰明，老在行，自然曉得我的意思了。酈飛雲，酈飛雲，你前日那首詞兒，被那燕子啣去的，倒是替我老鮮作了媒了，我好快活快活。（長班）稟爺，到了酈老爺門首了。（門）老爺吩咐，狀元爺到，徑請進書房中坐。（副淨笑介）這個意思就好，比往常不同，分明是入幕的嬌客相待了。（進書房介）（門）老爺拜上，這一會身子倏然倦了，說晚間出來相陪，有一個封口帖子在此，請狀元爺親行開拆。

佶剽竊他人文章。

⑩陳思煮豆吟：陳思指曹植。曹植七步成詩，諷喻曹丕兄弟苦苦相逼，詩曰：「煮豆燃豆萁，豆在釜中泣。本是同根生，相煎何太急？」此借指面試文才。

⑪副淨：腳色名稱，此指鮮于佶。

⑫玉堂：翰林院的別名。

⑬龍陽：指男色。戰國時魏有寵臣龍陽君，後因之以為男色的代稱。

⑭紅鸞：星名，星命家指為吉星，主有喜事。

⑮憊懶蓮子：荷花結的果實稱蓮子，意指是個實實在在的無賴、潑皮。

⑯衚衕的拐子頭：衚衕，即「胡同」，小巷。拐子，騙子；頭，語尾助詞。

⑰長班：僕役。

【一盆花】（門）老爺呵！連日衙門有事，剛轉回私署，少息勤劬，待晚來翦燭話心期⑱。這封書特煩親啓，便知就裡端的。（副淨接書笑介）自然相體，果然作美，一見了這親開二字，不勝之喜。

怎麼說親手開拆，想必是他令嬡庚帖⑲了。我最喜的是這個親字兒，待開來（開看）（做認不得字驚介）這卻不像庚帖，是些甚麼嘮嘮叨叨，許多話說我一字不認得。（問門官介）你念與我聽聽。（門）你中了高魁，倒認不得字，反來問小人。（副淨）不是這等說，我因連日多用了幾杯了，這眼睛懵懵忪忪的，認得字不清楚，煩你念與我聽了，就曉得帖中是甚麼話頭？（門念介）恭慰大駕西狩表一道⑳，漁陽平鼓吹詞一章㉑，箋釋先世水經注㉒敘一首，老爺吩咐的這三樣文章，是要緊的，煩狀元爺大筆，代作代作。（副淨

---

⑱翦燭話心期：用李商隱〈夜雨寄北〉詩：「君問歸期未有期，巴山夜雨漲秋池。何當共翦西窗燭，卻話巴山夜雨時。」是說待酈老爺休息後，稍晚再來與你閒話家常。

⑲庚帖：古時訂婚時所用記載男女雙方出之生年、月、日、時的帖子。

⑳恭慰大駕西狩表一道：春秋時魯哀公十四年，在西方打獵時獲麟，曰「西狩獲麟」。表，是一種奏章。全句是說要鮮于佶寫一道恭迎皇帝前來狩獵的奏章。

㉑漁陽平鼓吹詞一章：讚頌平定安祿山起兵於漁陽的樂歌。

㉒先世水經注：《水經注》，北魏酈道元著，為古代之地理書籍。酈安道與作者同姓，故稱先世。

慌背語）罷了，罷了，我只說今日接來講親事，不料撞著這一件飛天禍事來了，這卻怎麼處？有了，門官，你多多稟上老爺，說我衙裡有些事情回去，晚間如飛做就了，明早送來何如。（門）老爺吩咐過的，恐怕狀元爺衙內事多，請在此處做了回去罷，文房四寶現成安排在此。（移桌拂椅介）請！請！（副淨叫疼介）不好，不好，我這幾時腹中不妥貼，不曾打點得，要去走動走動來方好。（門）不妨事，就是淨桶也辦得有，現成在裡面。（做鎖門介）（副淨嚷介）門是鎖不得的。（門）也是老爺吩咐過，叫鎖上門。不許閒人來此擾亂狀元的文思。（副淨）怎麼只管說老爺吩咐吩咐的，你們鬆動些兒也好。（門）可知道，前日該與我們舊規㉓，你也何不鬆動些兒麼？那樣大模大樣好不怕殺人，今日也要求咱老子。（作鎖介）（門下介）合了黃金鎖，單磨白雪詞㉔。（副淨跌足介）這卻怎麼處？我從來那裡曉得幹這樁事的麼？苦！苦！

【桂坡羊】（副淨）從來現世文章不濟，今朝打破砂鍋，好待直窮到底，我心中自思，我心中自思，只得踰垣而避㉕，上天無翅，不免爬過牆去罷。（作爬牆跌下介）爬又爬不過去，怎生好？我想這樁事也，忒殺欺心，天也有些不容我了。知之，青天不可欺，那恩師變卦

㉓舊規：指按例給看門人的賞錢。

㉔白雪詞：原著指文詞典雅的樂曲，此指出衆的文章。

㉕踰垣而避：爬牆逃走。

兒，爲怎的？

（門捧茶酒上介）未見成文字，先請喫茶湯。（敲門介）狀元爺，你來！你來！（副淨喜介）謝天地，造化造化，想是開門放我出去了。（做聽介）（門）你來門邊來，老爺裡面發出茶壺手盒㉖在此，恐怕你費心，拿來潤筆㉗，差小人送在此，你可在轉盤裡接進去。（副淨）你說我心中飽悶，喫不下，多謝！不用了。（門官）喫了肚子裡面有料。（笑介）這樣好酒好茶不喫，待我拿去偏陪㉘了，如何？如何？（笑介）他的放不出來，我的收將進去。（下介）

【前腔】（副淨）茶湯頻至，並無隻字，分明識破機關，故作磨礲㉙之計。眞無法可施，眞無法可施，被龍門㉚誤事。我想牆是爬不過去的了，只得在狗洞剝相㉛一剝相，何如（斜視介）腌臢的兒，這裡不是我狀元走得路道。沒奈何，要脫此大難，也顧不得了，把犬門偷覷。且鑽之

㉖手盒：裝食物的手提盒。

㉗潤筆：指著作的報酬。

㉘偏陪：背著人私自享用。

㉙磨礲：折磨。礲同礱，磨穀去殼的農具。

㉚龍門：在今山西省河津縣西北和陝西省韓城縣東北，兩岸峭壁對峙，黃河流經至此，水流甚急。舊傳鯉魚若能越過龍門則化為龍，否則頭額觸破敗退而回。後世比喻登科高中為魚躍龍門。

㉛剝相：一作「孛相」，吳語遊玩之意；又有落魄之意。

王婆煙一溜兒㉜（內犬叫介）（跌足介）偏是這東西，又哰哰㉝吠怎的？

（做鑽過狗咬，跌倒起來又飛跑下介）（門）怎麼狗這樣叫得凶？甚麼緣故呀！這洞門口的磚塊，緣何蹋下許多來了？（作開門尋不見介）狀元爺那裡去了？想是作不出文章，在這所在溜過去的，老爺有請。（外）不是一番寒徹骨，怎得春魁捉筆慌？狀元文字完了不曾？（門跪稟介）【錦堂月】小人傳宣台旨，請狀元代作文章，見他意思有些慌，說自不曾受這般刑杖。（外笑）做文章怎麼是刑杖？可笑！可笑！（門）他腳踏梅花樹上，攀枝要跳東牆，掉下來又往犬門張。（指犬門介）溜走了，不知去向。（外）原來竟日不成一字，場中明白是割卷㉞無疑，定要上疏檢舉了，快叫寫本的伺候。（雜上）不寢聽金鑰㉟，因風想玉珂㊱。小的寫本的叩頭。（外）我為文場中誤取榜首，要上檢舉疏，可取文房四寶來，起稿則個。（寫介）

㉜王婆煙一溜兒：「一溜兒」為「王婆煙」之歇後語。煙，形容溜得快。

㉝哰哰：犬吠聲。

㉞割卷：偷換別人的卷子。

㉟不寢聽金鑰：不能就寢入眠，仔細聆聽金鎖鑰的響動，宮門打開的聲音。聽金鑰，指開宮門。

㊱因風想玉珂：隨著風聲凝神默想百官騎馬早朝時玉珮撞擊之聲。珂，像玉的石，又稱瑪瑙。指馬籠頭上的玉貝裝飾品。以上二句出自杜甫〈春宿左省〉，形容念念不忘上早朝時的謹慎心情。

【黃鶯帶一封】（外）造次㊲主春闈，被奸徒賺大魁㊳，自行檢舉難迴避。那霍都梁呵！是扶風大儒㊴，將三場割取，明珠魚目須更易。售奸欺負恩私，請罷斥昏庸歸故里。

這本稿已寫完，你們可分定扣數㊵連夜寫了。明早就拿個帖子，送與管金馬門㊶內相㊷，說我有病，叫他上了號簿，作速傳進便了。（雜）理會得。

珊瑚銕網㊸網應稀，魚目空疑明月輝。
不是功成疏寵位，將因臥病解朝衣㊹。

㊲造次：急遽、倉卒。
㊳賺大魁：騙取奪魁。
㊴霍都梁「二句」：霍都梁為劇中生腳（男主角），扶風茂陵人秀士。
㊵扣數：扣，計算物件的名數，如摺子一扣。故文書一套稱一扣。
㊶金馬門：漢代宮門名。特指宦者署門，門傍有銅馬，故稱之。
㊷內相：宦官。
㊸珊瑚銕網：比喻搜羅奇珍異品。此指網羅人才。銕，同鐵字。
㊹將因臥病解朝衣：指辭官歸隱。

（李惠綿選注）

訪友記　選一齣

明　無名氏撰

【題解】梁山伯祝英台故事，在清代以降的各類地方戲曲和說唱藝術中展現了多采多姿的樣貌，其中越劇的本子堪稱集大成之作，六〇年代風靡台灣的黃梅調電影（李翰祥導演，凌波、樂蒂主演）即是以越劇劇本為基礎拍攝，劇中「十八相送」一段尤為膾炙人口。

十八相送的趣味主要在「託物比興、即景取譬」。同窗三年，分別在即，英台有心相許卻又不能明言，更不能失卻女子的矜持，只能即景取材、藉物起興，多方巧喻以暗示山伯。由「婉轉暗喻」到「鮮明提示」，英台因情深而焦急的心境與山伯憨厚純良的性格，逐步清晰體現，曲文、情節、情緒與性格，四者交會涵融，離愁別緒以活潑機趣的情調展現，整體風格是悲喜雜揉、哀樂難分的。

這個故事在元雜劇、宋元南戲和明清傳奇中，並沒有完整的全本留下，目前可以看到的，只有傳奇《同窗記》、《訪友記》、《還魂記》的一些散齣折子還保留在戲曲選本裡，本書所收為《群英類選》（收入《善本戲曲叢刊》）裡的《訪友記・山伯送別》，曲文斷句悉照原書。此段演的正是十八相送，細讀劇本，發覺譬喻暗示的技巧在此時已然出現了，不過顯然還不夠純熟。由「知味偷石榴」發端之後，緊接著出現了「井中照容顏、白鶴分雌雄、土地夫妻情、擲筊現陰陽、鴛鴦成雙對、白鵝分雌雄」等幾次比喻，然而其中「白鶴」與「白鵝」的同質性嫌高，而且曲文和賓白之間聯繫不密切，唱詞純寫景，賓白設巧喻，二者並未相互觸動生發，「託物比興、即景取譬」的趣味便無法完全展現。如果和附錄所收越劇十八相送相比，便可觀察出藝術技巧的演進了。

山伯送別

【夜行船序】（生）**花底黃鸝，聽聲聲一似，喚人遊戲。東風裡，玉勒雕鞍①爭馳，佳時，日暖風和，偏稱②對景尋芳拾翠。**（旦）如今來到牆頭，好樹石榴，哥哥送我到牆頭，牆內一樹好石榴，欲待拿一個與哥哥喫，只恐知味又來偷。（生）**遙指，隱隱杏花村，深處酒旗搖拽。**

（生）來到此間是井邊。

（旦）哥哥送我到井東，照見兩個好顏容，有緣千里能相會，無緣對面不相逢。

①玉勒雕鞍：玉勒，玉飾的馬銜。雕鞍，刻飾花紋而華美的馬鞍。

②稱：正好，適合。

【前腔】（生）迤邐③，曲徑芳堤，競香塵不斷，往來羅綺，亭臺上，急管繁華④聲催。雙飛，蝶舞花枝，鶯囀上林⑤，魚遊春水。此間好青松。（旦）哥哥送我到青松，只見白鶴叫匆匆，兩個毛色一般樣，未知那個雌來那個雄。（生）芳菲⑥，檢點萬花中，昨夜海棠開未。

（生）來到此間是廟堂。

（旦）哥哥送我到廟堂，上面坐的是土主公、土主娘，兩個都是泥塑的，未知晚間合房不合房。哥哥送我到廟庭，上面坐的是神明，兩個有口難分訴，中間只少做媒人，東廊行過轉西廊，判官小鬼立兩傍，雙手抛起金聖筊⑦，一個陰來一個陽。（生）請行。

【鬥寶蟾】堪題，綠柳陰中，見鞦韆高架，綵繩⑧飛起，是誰家士女，雙蹴⑨嬉戲，相宜，奇花映粉腮，輕風蕩繡衣，動情的，正是遊人在牆外，笑聲牆裡⑩。

③迤邐：曲折連綿而延伸的樣子。或解作緩行。

④急管繁華：形容節拍急促，演奏熱鬧的音樂。

⑤上林：古宮苑名，泛指帝王的園囿或美麗的園圃。

⑥芳菲：花草盛美。

⑦聖筊：指卜兆。筊，杯筊，占卜之具，共兩片。

⑧綵繩：五色繩，指鞦韆。

⑨雙蹴：雙雙追逐。

⑩蘇軾〔蝶戀花〕詞下片：「牆裡鞦韆牆外

（生）來到此間，好個池塘。

（旦）哥哥送我到池塘，池塘一對好鴛鴦，兩下不得成雙對，前生燒了斷頭香。

（生）兄弟快行。

【前腔】聽啓，春色三分，怕一分塵土，二分流水⑪，向花前共樂，莫負良時。（生）兄弟，如今來到前面，卻是長河。（旦）哥哥送我到長河，長河一對大白鵝，雄的便在前頭走，雌的卻在後頭叫哥哥。（生）兄弟，你往常全不說話，你今日這般口多怎的。（旦）今日多蒙哥哥，好意送我，因此托物比興⑫，遇景吟哦⑬。（生）兄弟請行。歌妓，低低唱小詞，雙雙舞柘枝，正是可人意，只見間竹桃花，相伴著小橋流水。

和君同路幸相逢　三載同窗感賴翁
鴻雁分群難割捨　一朝拆散各西東

道，牆外行人，牆裡佳人笑。笑漸不聞聲漸悄，多情卻被無情惱。」

⑪蘇軾〔水龍吟〕詞：「春色三分，二分塵土，一分流水」暮春時節春色只餘三分，二分化作春泥，一分隨水而逝。

⑫比興：為中國古典詩歌創作傳統的兩種表現手法。比，以彼物比此物；興，先言他物，以引起所詠之辭。

⑬吟哦：有節奏的誦讀。

附錄　越劇十八相送

幕後合唱　三載同窗情如海，山伯難捨祝英台，相依相伴送下山，又向錢塘道上來。

（梁山伯、祝英台、四九、銀心上。）

祝英台（唱）書房門前一枝梅，樹上百鳥對打對，喜鵲滿樹喳喳叫，向你梁兄報喜來。

梁山伯（唱）弟兄二人下山來，門前喜鵲成雙對，從來喜鵲報喜信，恭喜賢弟一路平安把家歸。

祝英台（白）梁兄請。

梁山伯（白）賢弟請。

祝英台（唱）出了城，過了關，但只見山上樵夫將柴砍。

梁山伯（唱）起早落夜多辛苦，打柴度日也艱難。

祝英台（唱）他為何人把柴打？你為哪個送下山？

梁山伯（唱）他為妻子把柴打，我為你賢弟送下山。

祝英台（唱）過了一山又一山，

梁山伯（唱）前面到了鳳凰山，

祝英台（唱）鳳凰山上百花開，

梁山伯 （唱）缺少芍藥共牡丹。
祝英台 （唱）梁兄若是愛牡丹，與我一同把家還，我家有枝好牡丹，梁兄要摘也不難。
梁山伯 （唱）你家牡丹雖然好，可惜是路遠迢迢怎來攀？
祝英台 （唱）青青荷葉清水塘，鴛鴦成對又成雙，梁兄啊！英台若是女紅妝，梁兄願不願配鴛鴦？
梁山伯 （唱）配鴛鴦，配鴛鴦，可惜你，英台不是女紅妝！
祝英台 （唱）前面到了一條河，
梁山伯 （唱）飄來一對大白鵝，
祝英台 （唱）雄的就在前面走，雌的後面叫哥哥。
梁山伯 （唱）未曾看見鵝開口，那有雌鵝叫雄鵝！
祝英台 （唱）你不見雌鵝對你微微笑，他笑你梁兄真像呆頭鵝！
梁山伯 （唱）既然我是呆頭鵝，從此莫叫我梁哥哥。（生氣。）
祝英台 （向他賠罪）梁兄……
銀　心 （唱）眼前一條獨木橋，
梁山伯 （先上橋，白）賢弟，你快過來啊！
祝英台 （唱）心又慌來膽又小。

梁山伯　（唱）愚兄扶你過橋去。

　　　　（梁山伯扶祝英台過橋，至橋中心。）

祝英台　（唱）你我好比牛郎織女渡鵲橋。

　　　　（梁山伯扶祝英台下橋。四九、銀心隨之過橋。）

梁山伯、祝英台　（合唱）過了河灘又一莊，莊內黃狗叫汪汪。

祝英台　（唱）不咬前面男子漢，偏咬後面女紅妝。

梁山伯　（唱）賢弟說話太荒唐，此地哪有女紅妝？放大膽量莫驚慌，愚兄打犬你過莊。

祝英台　（唱）眼前還有一口井，不知井水多少深？（投石井中。）

梁山伯　（唱）井水深淺不關緊，還是趕路最要緊。

　　　　（祝英台要梁山伯照影，遂相扶至井前俯視。）

祝英台　（唱）你看井底兩個影，一男一女笑盈盈。

梁山伯　（唱）愚兄明明是男子漢，你不該將我比女人！

梁山伯、祝英台　（合唱）過一井來又一堂，前面到了觀音堂。

梁山伯　（唱）觀音堂，觀音堂，送子觀音坐上方。

祝英台　（唱）觀音大士媒來做，來來來，我與你雙雙來拜堂。（拉梁山伯同跪。）

梁山伯　（唱）賢弟越說越荒唐，兩個男子怎拜堂？（白）走吧！

梁山伯、祝英台　（合唱）離了古廟往前走，
銀　心　（唱）但見過來一頭牛，
四　九　（唱）牧童騎在牛背上，
銀　心　（唱）唱起山歌解憂愁。
祝英台　（唱）只可惜，對牛彈琴牛不懂，可嘆梁兄笨如牛。
梁山伯　（唱）非是愚兄動了怒，誰教你比來比去比著我！
祝英台　（唱）請梁兄，莫動火，小弟賠罪來認錯。
梁山伯　（白）好了，快走吧。
祝英台　（唱）多承梁兄情義深，登山涉水送我行，常言道送君千里終須別，請梁兄就此留步轉回程。
梁山伯　（唱）與賢弟草橋結拜情義深，讓愚兄送你到長亭。
梁山伯、祝英台　（合唱）十八里相送到長亭，十八里相送到長亭。
（梁山伯、祝英台入亭坐，四九、銀心在亭下休息。）
祝英台　（唱）你我鴻雁兩分開，
梁山伯　（唱）問賢弟，你還有何事來交代？
祝英台　（唱）我臨別問你一句話，問梁兄家中可有妻房配？

梁山伯（唱）早知愚兄未婚配，今日相問又何來？
祝英台（唱）若是梁兄親未定，小弟給你做大媒。
梁山伯（唱）賢弟替我來做媒，未知千金哪一位？
祝英台（唱）就是我家小九妹，不知梁兄可喜愛？
梁山伯（唱）九妹今年有幾歲？
祝英台（唱）與我同年——乃是雙胞胎。
梁山伯（唱）九妹與你可相像？
祝英台（唱）他品貌就像我英台。
梁山伯（唱）未知仁伯肯不肯？
祝英台（唱）家父囑我選英才。
梁山伯（唱）如此多謝賢弟來玉成，
祝英台（唱）梁兄花轎早來抬。我約你，七巧之時——
梁山伯（白）七巧之時？
祝英台（唱）——我家來。
幕後合唱　臨別依依難分開，心中想說千句話，萬望你梁兄早點來。

（王安祈選注）

風箏誤　選一齣

清　李漁撰

【作者】

李漁，字笠鴻，一字謫凡，後字笠翁，號覺世稗官，別署笠道人、新亭樵客、隨庵主人、澶慧居士、湖上笠翁等，浙江蘭溪下李村人。生於明萬曆三十八年，卒於清康熙十九（一六一〇～一六八〇）年，為明末清初著名的劇作家與戲曲理論家。李漁自幼聰明好學然仕運不佳，三十歲前幾度應鄉試均不第，四十歲後遷居杭州、金陵，以賣文賣藝與刻印書畫為業，曾自蓄家班教習家妓演唱戲曲，走南闖北帶至各地獻藝，並開始著手於劇作的撰寫。康熙十一年（一六七二），李漁總結生活藝術心得的《閒情偶寄》定稿，全書分為詞曲、演習、聲容、居室、器玩、飲饌、種植與頤養八大部分，其中結合戲劇創作與舞台實踐的戲曲理論，為較有系統且全面性對戲曲的論述。其著作還有《一家言》詩文集、短篇小說《十二樓》、《無聲戲》等，長篇小說《織錦回文傳》、《肉蒲團》相傳亦為其作品。另外還編輯有《名詞選勝》、《尺牘選》、《詩韻》、《資治新書》三集、《芥子園畫譜》初集等。而李漁劇作《憐香伴》、《風箏誤》、《意中緣》、《蜃中樓》、《凰求鳳》、《奈何天》、《比目魚》、《玉搔頭》、

《巧團圓》與《慎鸞交》，總其名為《笠翁十種曲》，具有强烈的舞台演出性。吳梅《顧曲麈談》云：「其科白排場之工，當為世詞人所共識，惟詞曲則間有市井謔浪之習而已」；日人青木正兒《中國近世戲曲史》云：「李漁之作，似乎易於入俗，故十種曲之書，遍行坊間，即流入我邦者亦多」，李漁劇作不僅在日本普遍流傳，也被翻譯為拉丁、德、法文流行歐洲。

【題解】

《風箏誤》描寫茂陵書生韓世勛，有才學美姿容，早年喪父由戚補臣撫育成人，與其子戚友先同窗肆業。戚同年好友詹侯烈為近鄰，夫人早喪只留梅柳二妾，梅氏生長女愛娟貌醜才劣，柳氏生次女淑娟貌美才高，因二妾相妒分居東西二院。清明時節友先欲於城上放風箏請世勛代畫，適世勛吟《偶感》一詩題於其上；風箏線斷誤入淑娟院子中，淑娟見風箏上題有詩文，唱和一首後為戚僕討回。世勛見到淑娟和詩大為欣喜，揣想出自淑娟之手且內蘊無限情意；於是又在風箏上另寫一詩表達求婚意圖，不料風箏卻誤落愛娟院子。愛娟遂冒充淑娟之名邀友先來府幽會，而世勛也冒充友先之名夤夜赴約。見面後世勛為愛娟的粗疏才學與醜陋容貌所驚，藉故逃離並入京應試而得中狀元，奉詔赴西川會同詹侯烈征討立功。由於詹侯烈曾托補臣為女擇婿，於是補臣讓友先與愛娟締結姻緣。洞房之夜，愛娟自訴去年良宵約會後的相思之苦，友先勃然大怒經梅氏賠罪才勉强湊合。世勛榮歸之日得知補臣為他作主，向詹府求婚以淑娟相配，當年「驚醜」的情景歷歷在目，百般推辭最後終於屈從，在新婚之夜方纔解開誤會而真相大白。

《風箏誤》全劇以風箏作為貫穿全劇的線索，運用巧合和誤會的手法，編織成許多充滿喜劇效果的情節，作品關目新奇，結構針線細密，賓白風趣動人，懸念引人入勝。雖然風箏姻緣疊遭誤會波折，但最後終能如人所願皆大歡喜，在這喜劇性的筆法下，潛藏著劇作家「好事從來由錯誤」（第一齣〈顛末〉）的創作意圖，發人深省。〈驚醜〉為《風箏誤》的第十三齣，也是全劇前半場中的小高潮，原本只是偶然性的風箏誤落，卻由於冒名頂替的人為錯誤，而演變發展出一連串的事件，具有著畫龍點睛的關鍵妙用。劇中愛娟的色急薰心，世勛的假學道然，在進退動問之間營造了許多趣味喜感；而開場的門公與收尾的乳母，不僅側寫愛娟的人物性格，也巧妙地發揮了穿針引線的功能。全劇自此發展出兩條平行的情節線：一為友先與愛娟婚配，愛娟發現友先非前度劉郎的〈婚鬧〉（或稱為〈前親〉）等場次；一為世勛拒婚，而後在婚夕發現淑娟並非醜女的〈詫美〉（即〈後親〉）等場次，兩者環環相扣結構緊密。是以樸齋主人《總評》曾云：「是劇結構離奇，熔鑄工煉，掃除一切窠臼。向從來作者搜尋不到處，另闢一境，可謂奇之極、新之至矣。」故此劇「浪播人間幾二十載，其刻本無地無之」（李漁《答陳蕊仙書》）。《笠翁十種曲》清刊本衆多，今採清康熙翼聖堂《笠翁十種曲》刻本。

驚醜

（末持香扇等物上）滿手持來滿袖裝，清晨買到日黃昏；手中只有少𪔂鼓①，竟是街頭賣貨郎。自家奉小姐之命，去買辦東西，整整走了一日。且喜得件件俱全，樣樣都好，不免叫奶娘交付進去。（向內喚介）老阿媽！（淨上）阿媽、阿媽，計較堪誇，簸弄②老子，只當娃娃。東西買來了，待我交進去。（持各物，向鬼門③立介）（末）小姐看見這些東西買得好，或者賞我一壺酒吃，也不可知，且在此間候一候。（淨轉身喚介）門公在哪裡？小姐說，這香味不清，扇骨不密，珠不圓，翠不碧，紗又粗，線又嗇；綾上起毛，絹上有跡，裙拖不時興，鞋面無足尺。空費細絲銀，一件用不得。快去換將來，省得討棒吃！（丟還介）（末）怎麼？這樣東西還嫌不好！就是要換，也只得明日了，今晚要守宿，煩你回復一聲。（淨內云）小姐說，心上似油煎，下身熬出汁；若等到明朝，爬床搔破席。門上不須愁，奶娘代承值。只要換得好，來遲些也不妨得。（末）有這樣淘氣的

---

①𪔂鼓：即撥浪鼓，一種長柄用手搖的鼓，為舊時賣雜貨的小商販手裡搖著沿街叫賣使用。

②簸弄：擺佈，又作撥弄。

③鬼門：戲臺上左右兩邊演員出入後台的上場門與下場門。因舞台上的演出大多是關於古代的故事，人物皆已作鬼，故稱「鬼門道」或「古門道」。

事！沒奈何，只得連夜去換。（嘆介）養成嬌小姐，磨殺老蒼頭。（下）（內發擂④介）

【漁家傲】（生潛步上）**俯首潛將鶴步移，心上蹊蹺，常愁路低。**小生蒙詹家二小姐多情眷戀，約我一更之後，潛入香閨，面訂百年之約。如今譙樓⑤上已發過擂了，只得悄步行來，躲在他門首伺候。**我藏形不惜身如鬼，端的是邪人多畏。**為甚的保母還不出來？萬一巡更的走過，把我當做犯夜的拿住，怎麼了得！**他若問夤夜⑥何為？把什麼言詞答對！**我若認做賊盜，還只累得自己；若還認做奸情，可不玷了小姐的名節。小姐，小姐！**我寧可認做穿窬⑦也不累伊。**

（淨上）月當七夕偏遲上，牛女⑧多從暗裡逢。如今已是一更之後，戚公子必定來了，不免到門外引他進來。（做出門望介）偏是今夜又沒有月色，黑魆魆的不知他立在哪裡。不免待我咳嗽一聲。（嗽介）（生驚，倒退介）不好了，有人來了！（躲介）（淨）難道不曾來？不免低低叫他幾聲，戚公子，戚相公！（生喜介）那邊分明叫我，不免摸將前去。（一面摸，一面行，與淨撞頭，各叫「阿呀！」介）（淨）你可是戚公子？（生）正是。（淨）這等，隨我進去。（牽生手下）

④發擂：起更，更鼓初動。
⑤譙樓：城門上的瞭望樓，夜裡打更報時。
⑥夤夜：深夜。
⑦穿窬：語出自《論語・陽貨》，所謂穿牆逾壁即指竊盜勾當。
⑧牛女：指牛郎與織女，此處借指私約相會的男女。

【剔銀燈】（丑上）慌慌的梳頭畫眉，早早的鋪床疊被。只有天公不體人心意，繫紅輪不教西墜。惱既惱那斜曦當疾不疾，怕又怕這忙更漏當遲不遲。

奴家約定戚公子，在此時相會，奶娘到門首接他去了，又沒人點個燈來，獨自一個，坐在房中，好不怕鬼。（淨牽生手上）（生）身隨月老空中度，（淨）手作紅絲暗裡牽。小姐，放風箏的人來了。（丑）在哪裡？（淨）在這裡。（將生手付丑介）你兩個在這兩坐著，待我去點燈來。反將嬌婿纖纖手，付予村姬⑨捏捏看。（下）（丑扯生同坐介）戚郎，戚郎！這兩日幾乎想殺我也！（摟生介）（生）小姐，小生一介書生，得近千金之體，喜出望外。只是我兩人原以文字締交，不從色欲起見，望小姐略從容些，恐傷雅道。（丑）寧可以後從容些，這一次倒從容不得。（生）小姐，小生後來一首拙作，可曾賜和麼？（丑）你那首拙作，我已賜和過了。（生驚介）這等，小姐的佳篇，請念一念！（丑）我的佳篇，一時忘了。（生又驚介）自己做的詩，只隔得半日，怎麼就忘了？還求記一記。（丑）一心想著你，把詩都忘了，待我想來。（想介）記著了！（生）請教。（丑）「雲淡風輕近午天，傍花隨柳過前川；時人不識予心樂，將謂偷閒學少年。」（生大驚介）這是一首千家詩⑩，怎麼說是小姐做的？（丑慌介）這，這，這果然是千家詩，我

---

⑨村姬：粗俗的婦女。

⑩千家詩：古代作為兒童啟蒙讀物的詩集，開卷第一首就是上述的宋程顥《春日偶成》詩。

故意念來試你學問的，你畢竟記得。這等，是個真才子了！（生）小姐的真本，畢竟要領教。（丑）這是一刻千金的時節，哪有功夫念詩？我和你且把正經事做完了，再念也未遲。（扯生上床，生立住不走介）（淨持燈上）只恐夜深花睡去，故燒高燭照紅妝。（丑放生手介）（淨）燈來了，你們大家脫略⑪些，不要裝模作樣，耽擱工夫。我到門前去立一立，就來接你。閉門不管窗前月，吩咐梅花自主張。（下）（生看丑大驚，背介）呀！怎麼是這樣一個醜婦，難道我見了鬼怪不成？方才那些說話，一毫文理不通，前日的詩，哪裡是他做的？

【攤破地錦花】驚疑，多應是醜魑魅⑫，將咱魘迷⑬。憑何計，賺出重圍？（丑背指生介）覷著他俊臉嬌容，頓使我興兒加倍！不知他為甚麼緣故，再不肯近身？是了，他從來不曾見過婦人，故此這般腆靦。頭一次見蛾眉，難怪他忒靦腆把頭低。（生）小姐，小生聞命而來，忘了舍下⑭一樁大事，方才忽然想起，如坐針氈。今晚且告別，改日再來領教。

【麻婆子】勸娘行且放，且放劉郎⑮去，重來尚有期。（丑）來不來由你，放不放由我。除

---

⑪脫略：原意為輕慢，不受拘束，此指隨便輕鬆些。

⑫魑魅：傳說中山林中害人的妖怪。

⑬魘迷：發生夢魘迷惑。

⑭舍下：謙稱自己的住家。

⑮劉郎：用劉晨、阮肇天台遇仙典故。此為韓生自稱借以譏諷詹愛娟。

了這一樁，還有什麼大事？我笑你未識、未識瓊漿味。若還嘗著呵，愁伊不肯歸。（扯生介）夜深了，請安置罷。（生變色介）小姐，婚姻乃人道之始，若無父母之命，媒妁之言，就是苟合了。這個怎麼使得？主婚作伐⑯兩憑誰，如何擅把鳳鸞締？（丑）我今晚難道請你來講道學麼？你既是個道學先生，就不該到這個所在來了。你說要父母之命，媒妁之言，如今都有了。（生）在哪裡？（丑）人有三父八母⑰，那乳母難道不是八母裡算的？如今有乳母主婚，就是父母之命了。（生）這等，媒人呢？（丑取出風箏介）這不是個媒人？若不是他，我和你怎得見面？我自有乳母司婚禮，風箏當老媒。

如今沒得說了，請睡。（扯生介）（淨衝上）千金一刻春將半，九轉三回樂未央。如今已是三更時分，料想他們的事一定做完了，早些打發他去，不可弄出事來。（生望見淨，故作慌介）不好了，夫人來了。（丑放生介）（生急走，撞著淨介）（淨）你們的事做完了麼？（生）做完了。（淨）這等，待我送你出去。（復牽生手，行介）公子，我家小姐是個救苦救難觀音菩薩。（生）你這保母，是個急急如律令的太上老君。（急下）（淨）如今進去討他的謝禮。小姐，如今好謝媒人了麼？（丑怒介）呸！你不是媒人，是個冤魂。（淨）怎麼倒罵起我來？（丑）剛剛有些意思，這不曾上床，被你走來，他只說是夫人，

---

⑯作伐：語出《詩經．豳風．伐柯》，稱謂人作媒為「執柯」、「作伐」。

⑰三父八母：三父，指同居繼父、不同居繼父與從繼母改嫁之繼父。八母，指嫡母、繼母、養母、慈母、嫁母、出母、庶母與乳母。

灑脫袖子，跑出去了。（淨驚介）這等，你們在這裡半夜，做些甚麼？（丑）不要說起，外貌卻像風流，肚理一發老實不過。說了一更天的詩，講了一更天的道學，不但風流是不會做，連風情話也說不出一句來。如今倒弄得我上不上，下不下，看你怎麼處？（淨）不妨。我另有個救急之法，權且矓⑱過一宵，再做道理。

作媒須帶本錢行，莫待無聊聽怨聲。
佳婿脫逃誰代職？床頭別有一先生⑲。

（蔡欣欣選注）

---

⑱矓：原意為眼睛看不清楚，引申為湊合對付之意。
⑲先生：角先生，為一種淫具。

長生殿　選三齣

清　洪昇撰

【作　者】

洪昇，字昉思，號稗畦，一作稗村，浙江錢塘人。生於清世祖順治二年，卒於聖祖康熙四十三年（一六四五～一七〇四），年六十歲。洪昇工樂府長短句，宮商不差脣吻，旗亭畫壁，往往歌之。性落拓，脯修所入，隨手散去。其交遊燕集，每白眼踞坐，指古摘今，無不心折。自散套、雜劇，以至傳奇，每用之作京師往來歌詠酬贈之具。其妻黃蕙字蘭次為相國黃機孫女，知詩曉音律，女之則亦精音律工詞曲，於其戲劇創作均有推波助瀾之效。康熙十八年（一六七九）仲秋作〈長生殿自序〉於北京孤嶼草堂，康熙二十七年（一六八八）《長生殿》脫稿，一時朱門綺席、酒社歌樓，非此曲不奏，纏頭為之增價；次年八月己卯（十六日），因國喪演《長生殿》於查樓，為給諫黃儀所劾，興起大獄，牽連五十餘人；是冬十月，為之黜革歸錢塘。從此悠遊西湖湖光山色，移居沙河塘，築稗畦草堂為吟嘯之地。康熙四十三年夏五月自苕霅返，六月一日夜舟次烏鎮，因友人吳汝範招飲，醉後失足溺死。著有詩集《稗畦》正續集，詞集《昉思詞》二卷，雜劇《四嬋娟》一種，傳奇《沈香亭》、《舞霓裳》、《長生殿》、

《迴文錦》、《鬧高唐》、《迴龍記》、《孝節坊》七種。另《天涯淚》、《青衫濕》二劇未知為雜劇抑或傳奇。今僅存《稗畦》正續集，《四嬋娟》雜劇與《長生殿》傳奇。

【題解】

《長生殿》共五十齣，演唐明皇與楊貴妃死生離合之深情至愛。楊妃故事之發展，至《長生殿》傳奇，可謂達到最純粹而完美之境地。其故主要是作者一反傳統觀念，盡刪楊妃穢事，而加重描寫與明皇死生不渝之至情。

《長生殿》依照一般傳奇通例，分上下兩部：上半部從唐明皇與楊貴妃定情起到埋玉為止，主要描寫唐明皇與楊貴妃在宮廷之歡樂生活；下半部從郭從謹獻飯起到月宮大團圓止，主要在演述死別後雙方牽懷眷戀之愁苦。其間無論思想、風格、題材來源以及文學成就，皆有所不同。

上半部題材，大抵根據正史或唐人叢談小說，予以剪裁、整理與組織。為使故事之發展有波浪起伏之致，故劇本開端先以〈定情〉、〈春睡〉二折描寫楊妃初承恩澤之歡樂，其後即因虢國承恩，貴妃因妒被逐，使其間之愛情作一頓挫；而通過貴妃剪髮、獻髮與高力士從中撮合，彼此已備受離別之苦，因之愛情反而更加深厚。於是又以〈聞樂〉、〈製譜〉、〈舞盤〉等熱鬧場面，造成歡樂團圓之高潮。而在高潮之後，又介入梅妃，使其間之愛情，復呈現緊張；作者乃以頗為細膩之筆法，將楊妃忌恨交煎之心情反映於〈夜怨〉之中；緊接又以〈絮閣〉一齣明寫楊、梅爭寵，同時亦表現楊妃肆無忌憚之驕悍，以及明皇由愛生畏之神態。楊妃總算勝利，愛情低潮又復過去，於是又以側筆寫出香艷柔膩之〈窺浴〉，而為鞏固愛情之保障，與作為此後關目發展之線索，乃鄭重安排七夕〈密誓〉一齣，使帝王后妃間之愛情達到最高峰。其後乃急轉直下，寫出歡樂情濃之〈驚變〉與馬嵬〈埋玉〉之倉惶悲苦，使上半部在驚心動魄之場面下結束。

作者對於下半部之處理，由於所可憑藉之現實材料不多，根本無選擇與剪裁之餘地；而就傳奇體例，上下兩部必須對稱，因之只得致力於人天空幻之渲染，其表現於劇本者，亦止明皇與貴妃間之相思懷念以及作者所寄託之麥秀黍離之悲與江湖流落之感。尋此兩主要線索，前者敷演於〈冥追〉、〈聞鈴〉、〈情悔〉、〈哭像〉、〈尸解〉、〈仙憶〉、〈見月〉、〈雨夢〉、〈補恨〉、〈得信〉等齣，分量上明皇與貴妃正好相等，且交互展現；為貫串此等關目，其間尚插入〈神訴〉、〈慫合〉、〈覓魂〉、〈寄情〉等過脈戲。後者敷演於〈獻飯〉、〈罵賊〉、〈看襪〉、〈私祭〉、〈彈詞〉等齣。雖然如此，尚未能為上半部二十五齣對稱，因之又加入故事發展必然過程之〈勦寇〉、〈刺逆〉、〈收京〉、〈驛備〉、〈改葬〉等五齣。由此可見，就布局而言，後半部較前半部為鬆懈。

〈密誓〉選自《長生殿》第二十二齣，本齣可以說是明皇、貴妃愛情發展的最高峰，通過七夕對雙星的「密誓」以寫死生不易的恩情。開首以【浪淘沙】引曲和【山桃紅】犯曲由貼所扮飾的織女引場，末後又再以【山桃紅】一支由小生、貼所扮的牛郎、織女收場，前後俱協支思韻，歌場截此牛女之事演之，謂之「鵲橋」。其間【二郎神】套協庚青韻，專寫明皇、貴妃乞巧與密誓，而貴妃於濃情密意之際，忽恐日久恩疏，不免白頭之嘆，排場因此轉於悲戚，故特於套中插入【鶯簇一金羅】集曲一支以濟之，此下【簇御林】、【琥珀貓兒墜】二曲乃〈密誓〉之主曲，排場又恢復歡樂。

密誓

（貼扮織女引二仙女上）

【浪淘沙】雲護玉梭①兒，巧織機絲。天宮原不著相思，報道今宵逢七夕②，忽憶年時③。

【鵲橋仙】纖雲弄巧，飛星傳信，銀漢秋光暗度。金風玉露一相逢，便勝卻人間無數。柔腸似水，佳期如夢，遙指鵲橋前路。兩情若是久長時，又豈在朝朝暮暮④。吾乃織女是

①梭：織布的工具，用以行經緯。
②七夕：農曆七月七日。
③年時：猶言「年節」，此指往年之七夕佳節。
④鵲橋仙……朝朝暮暮：此用宋代秦觀〈鵲橋仙〉詞。其中「飛星傳信，銀漢秋光暗度」之中「信」、「秋光」原作「恨」、「迢迢」；「遙指鵲橋前路」原作「忍顧鵲橋歸路」。作者改動字眼，乃為使詞意更適合劇情。劇中上下場詩詞借用古人作品或稍加改作，乃詞場慣例。

也。蒙上帝玉敕，與牛郎結為天上夫婦。年年七夕，渡河相見。今乃下界天寶十載⑤，七月七夕，你看明河無浪，烏鵲將填，不免暫撤機絲，整粧而待。（內細樂扮烏鵲上繞場飛介）（前場設一橋烏鵲飛止橋兩邊介）（二仙女）鵲橋已駕，請娘娘渡河。（貼起行介）

【山桃紅】俺這裡乍拋錦字⑥，暫駕香輜⑦。（合）趁碧落無雲滓，新涼暮颸⑧。（作上橋介）踹上這橋影參差，俯映著河光淨沘⑨。更喜殺新月纖，華露滋，低繞著烏鵲雙飛翅也⑩。陡覺的銀漢秋生別樣姿。（做過橋介）（二仙女）啓娘娘，已渡過河來了。（貼）星河之下，隱隱望見香煙一簇，搖颺騰空，卻是何處？（仙女）是唐天子的貴妃楊玉環，在宮中乞巧⑪哩。（

⑤天寶十載：本齣定為天寶十載，就史實論，與〈合圍〉、〈偵報〉折矛盾，蓋此二齣所提事件多數發生在天寶十四年，下齣〈陷關〉則在天寶十五年；但就劇情而論，〈密誓〉不宜過晚，否則馬嵬兵變、楊妃被縊，接踵而來；此蓋作者所以提前至天寶十年的緣故。

⑥錦字：指所織就或書寫之相思詩詞。

⑦香輜：香車。輜車為有車幃之車。

⑧颸：涼風。

⑨河光淨沘：銀河水色明淨。沘，清明。

⑩也：也字在這裡為「格」，屬句末襯字，其韻腳在「翅」字。

⑪乞巧：《荊楚歲時記》：「七月七日，牽牛織女會天河，人家婦女結綵縷穿七孔針以乞巧，有蟢子網於瓜上，則以為得。」《帝京景物略》：「七月七日之午丟巧針，婦女曝盎水日中，頃之水面生膜，繡針投之則浮，則看水底針影，有成雲物花頭鳥獸影者，有成鞋及剪刀水茄影者，謂乞得巧。」

貼）生受⑫他一片誠心，不免同了牛郎，到彼一看。（合）天上留佳會，年年在斯，卻笑他人世情緣頃刻時。

（齊下）（二內侍挑燈引生上）

【二郎神】秋光靜，碧沉沉、輕煙送暝。雨過梧桐微做冷，銀河宛轉，纖雲點綴雙星。（內作笑聲生聽介）順著風兒還細聽，歡笑隔花陰樹影。內侍，是那裡這般笑語⑬。（內侍問介）萬歲爺問，那裡這般笑語？（內）是楊娘娘到長生殿去乞巧哩。（內侍回介）楊娘娘到長生殿去乞巧，故此笑語。（生）內侍每不要傳報，待朕悄悄前去，撤紅燈，待悄向、龍墀覷個分明。

（虛下）（旦引老旦、貼同二宮女各捧香盒、紙扇、瓶花、化生金盆⑭上）

【前腔】宮庭，金爐篆靄⑮，燭光掩映，米大蜘蛛廝抱定⑯。金盤種豆⑰，花枝招颭

---

⑫生受：原有辛勞、為難之意，這裡「生受他」含有「虧得他」之意，為讚許之口吻。

⑬內侍，是那裡這般笑語：據載「祿山出入宮掖不禁，或與貴妃對食，或通宵不出，頗有醜聲聞於外，上亦不疑也。」於是世傳貴妃、祿山穢事，今《長生殿》盡刪之。實者此為子虛烏有、厚誣古人之詞。

⑭化生金盆：七夕俗以蠟作嬰兒形浮水中以為戲，為婦人宜子之祥，謂之化生。

⑮金爐篆靄：金爐中篆字香靄然裊娜。

⑯米大蜘蛛廝抱定：即以蟢子結網以為乞巧之俗，參見注⑪。廝，相。

⑰金盤種豆：以菉豆、小豆、小麥浸於盆內，俟芽長三四寸時，用彩絲纏繞，謂之「種生」。

⑱銀瓶。（老旦貼）已到長生殿中，巧筵齊備，請娘娘拈香。（作將瓶花化生盆設桌上，老旦捧香盒，旦拈香介）妾身楊玉環，虔爇心香，拜告雙星，伏祈鑒祐。願釵盒情緣長久訂，（拜介）莫使做、秋風扇冷。（生潛上窺介）覷娉婷，只見他拜倒在、瑤階暗祝聲聲。（老旦貼作見生介）呀！萬歲爺到了。（旦急轉拜生介）（生扶起介）妃子在此，作何勾當？（旦）今乃七夕之期，陳設瓜果，特向天孫乞巧。（生笑介）妃子巧奪天工，何須更乞！（旦）惶愧。（生旦各坐介）（老旦、貼同二宮女暗下）（生）妃子，朕想牽牛織女，隔斷銀河，一年纔會得一度，這相思真非容易也。

【集賢賓】秋空夜永碧漢清，甫⑲靈駕逢迎。奈天賜佳期剛半頃，耳邊廂、容易雞鳴。雲寒露冷，又趲上、經年孤另。（旦）陛下言及雙星別恨，使妾淒然，只可惜人間，不知天上的事。如打聽，決爲了、相思成病。（做淚介）（生）呀！妃子為何掉下淚來？（旦）妾想牛郎織女，雖則一年一見，卻是地久天長，只恐陛下與妾的恩情，不能勾似他長遠。（生）妃子說那裡話！

【黃鶯兒】仙偶縱長生。論塵緣、也不恁爭⑳。百年好占風流勝，逢時對景，增歡助

---

⑱招颭：招展。

⑲甫：剛才。

⑳仙偶縱長生二句：仙偶，指牛郎織女。塵緣，塵世姻緣，指明皇和貴妃的愛情。不恁爭，差不了多少。

情，怪伊底事翻悲哽。（移坐近旦低介）問雙星，朝朝暮暮，爭似我和卿。

（旦）臣妾受恩深重，今夜有句話兒。（住介）（生）妃子有話，但說不妨。（旦對生嗚咽介）妾蒙陛下寵眷，六宮無比，只怕日久恩疎，不免白頭之歎㉑。

【鶯簇一金羅】提起便心疼，念寒微、侍掖庭㉒，更衣傍輦㉓多榮幸。瞬息間怕花老、春無剩。寵難憑，（牽生衣泣介）論恩情，若得一個久長時死也應，若得一個到頭時死也瞑。抵多少平陽歌舞㉔，恩移愛更，長門孤寂㉕，魂銷淚零㉖，斷腸枉泣紅顏命。

（生舉袖與旦拭淚介）妃子，休要傷感，朕與你的恩情，豈是等閒可比。

【簇御林】休心慮，免淚零。怕移時、有變更，（執旦手介）做酥兒拌蜜膠粘定，總不離，須臾頃。（合）話綿藤，花迷月暗，分不得影和形。

（旦）既蒙陛下如此情濃，趁此雙星之下，乞賜盟約，以堅終始。（生）朕和你焚香設誓去。（攜旦行介）

㉑白頭之歎：指夫妻愛情不能始終如一而發出的感嘆。
㉒掖庭：宮殿中旁舍，后妃宮嬪所居之所。
㉓更衣傍輦：形容極受寵愛，隨時侍奉在身旁。更衣，更易衣服。傍輦，謂同輦。
㉔平陽歌舞：指新承愛寵之時。
㉕長門孤寂：指冷宮淒涼。
㉖魂銷淚零：惆悵悲戚而滴下眼淚。

【琥珀貓兒墜】（合）香肩斜靠，攜手下階行，一片明河當殿橫。（旦）羅衣陡覺夜涼生，（生）惟應，和你悄語低言，海誓山盟㉗。（生上香揖同旦福介）雙星在上，我李隆基與楊玉環，（旦合）情重恩深，願世世生生，共為夫婦，永不相離，有渝㉘此盟，雙星鑒之。（生又揖介）在天願為比翼鳥，（旦拜介）在地願為連理枝。（合）天長地久有時盡，此誓綿綿無絕期㉙。（旦拜謝生介）深感陛下情重，今夕之盟，妾死生守之矣。（生攜旦介）

【尾聲】長生殿裡盟私訂，（旦）問今夜、有誰折證㉚。（生指介）是這銀漢橋邊雙雙牛女星。

（同下）（小生扮牽牛雲巾仙衣同貼引仙女上）

【山桃紅】只見他誓盟密矢㉛，拜禱孜孜㉜，兩下情無二，口同一辭。（小生）天孫，你看唐天子與楊玉環，好不恩愛也。悄相偎，倚著香肩，沒些縫兒。我與你既締天上良緣，當作情場管領，況他又向我等設盟，須索與他保護，見了他戀比翼，慕並枝，願生生世世情眞至也，合

㉗海誓山盟：謂兒女子私誓曰海誓山盟，蓋亦取其山海同其永久之義。以比喻夫妻情愛之深厚不可分離。

㉘渝：更變、違背。

㉙在天願為比翼鳥四句：比翼鳥、連理枝皆用

㉚折證：作證。

㉛矢：發誓。

㉜孜孜：殷勤的樣子。

令他長作人間風月司㉝。（貼）只是他兩人劫難將至，免不得生離死別，若果後來不背今盟，決當爲之綰合。（小生）天孫言之有理，你看夜色將闌，且回斗牛宮㉞去。（攜貼行介）（合）天上留佳會，年年在斯。卻笑他人世情緣頃刻時。

何用人間歲月催，（羅鄴）　星橋橫過鵲飛回。（李商隱）
莫言天上稀相見，（李郢）　沒得心情送巧來。（羅　隱）

（曾永義選注）

驚　變

【題　解】

本齣選自《長生殿》第二十四齣，緊承〈密誓〉、〈陷關〉而來，為哀樂之關鍵，故以南北合套組成大場。生唱北曲，旦唱南曲。但開首【粉蝶兒】生旦合唱，末後【南撲燈蛾】一曲，因為排場之需要，又由生主唱，雖屬破格，要亦權變。唯今歌場皆將【南撲燈蛾】作北曲唱，不知何故。其排場有二：【上小樓】以前為宴樂歡娛，呼應〈密誓〉，此下急轉為驚變哀

㉝風月司：掌管男女戀愛的人。
㉞斗牛宮：指斗宿牛宿，兩星宿相近，故合文。

愁，直承〈陷關〉。故劇場搬演亦有但截【上小樓】以上題為〈小宴〉者。

【泣顏回】「花繁」一曲為檃括李白〈清平調〉三章之作。李白醉寫〈清平調〉雖為重要關目，但已是劇場熟套，如果予以正面敷演，則《長生殿》必須「負荷」李白這一重要人物，如此一來，頭緒必煩，對於主脈反有傷損。因此作者乃於第四折〈春睡〉敷演「侍兒扶起嬌無力，始是新承恩澤時」之際，以暗場伏筆帶入沈香亭賞玩牡丹，宣詔李白草新詞供奉一節，而於此御園小宴、清歡雅賞之時，由明皇橫吹玉笛，貴妃按板歌出；即此亦可見作者剪裁布局之工力了。【撲燈蛾】「態懨懨輕雲軟四肢」一曲，寫明皇醉楊妃以酒以觀其態，用疊字衍聲複詞曲盡描摹，愈見其栩栩活現，則明皇之風流亦可以見之矣。

（丑上）玉樓天半起笙歌，風送宮嬪笑語和，月殿影開聞夜漏，水晶簾捲近秋河。咱家高力士，奉萬歲爺之命，著咱在御花園中，安排小宴，要與貴妃娘娘同來遊賞，只得在此伺候。（生旦乘輦老旦貼隨後二內侍引行上）

【北粉蝶兒】天淡雲閒，列長空、數行新雁。御園中、秋色斕斑，柳添黃，蘋減綠，紅蓮脫瓣。一抹雕闌，噴清香、桂花初綻①。

①天淡雲閒至桂花初綻：此曲襲自《梧桐雨》雜劇第二折之【粉蝶兒】，但昉思改易數字：「征雁」改「新雁」，對於孟秋時令較為明顯，而初見雁行給人的感受也較多。昉

（到介）（丑）請萬歲爺娘娘下輦。（生旦下輦介）（丑同內侍暗下）（生）妃子，朕與你散步一回者。（旦）陛下請。（生攜旦手介）（旦）

【南泣顏回】攜手向花間，暫把幽懷同散。涼生亭下，風荷映水翩翻。愛桐陰靜悄，碧沉沉並遶迴廊看。戀香巢、秋燕依人，睡銀塘、鴛鴦蘸眼②。

（生）高力士，將酒過來，朕與娘娘小飲數盃，（丑）宴已排在亭上，請萬歲爺娘娘上宴。（旦作把盞生止住介）妃子坐了。

【北石榴花】不勞你玉纖纖高捧禮儀煩，子待借小飲對眉山③。俺與你淺斟低唱④互

思「秋色斕斑」是正面對景物之讚賞，將光景由衰歇轉為煥爛，比「夏景初殘」這樣平實的描寫更適合御園小宴的氣氛。「荷減翠」改成「蘋減綠」，避免「荷」與「蓮」在意義上的重複。「秋蓮」的「秋」改成「紅」，與「添黃」之「黃」、「減綠」之「綠」，不僅使「斕斑」兩字有所著落，而且使秋日園林的豐富色彩，顯得繽紛奪目。「一抹雕闌」，意趣也較「坐近幽闌」瀟灑；「桂花初綻」較之「玉簪花綻」更有豐富飄香的聯想。即此亦可見昉思在遣詞造句上所下功夫的精深。

②蘸眼：形容鴛鴦熟睡，以致於眼睛都要沾沒水中。蘸，物沾水之意。

③玉纖纖高捧禮儀煩二句：玉纖纖，形容素手之柔細；子待，只待；眉山，如遠山的雙眉。

④淺斟低唱：斟謂斟酒，唱謂唱歌，形容男女歡情親暱的樣子。

更番，三杯兩盞，遣興消閒。妃子，今日雖是小宴，倒也清雅。迴避了御廚中，迴避了御廚中，烹龍炰鳳堆盤案⑤，咿咿啞啞，樂聲催攢。只幾味脆生生，只幾味脆生生，蔬和果清肴饌。雅稱⑥你仙肌玉骨美人餐。

妃子，朕與你清遊小飲，那些梨園舊曲，都不耐煩聽他。記得那年在沉香亭上賞牡丹，召翰林李白，草清平調三章，令李龜年度成新譜，其詞甚佳，不知妃子還記得麼？（旦）妾還記得。（生）妃子可為朕歌之，朕當親倚玉笛以和。（旦）領旨。（老旦進玉笛生吹介）（旦按板介）

【南泣顏回】花繁，穠艷想容顏，雲想衣裳光璨。新粧誰似，可憐飛燕嬌懶。名花國色，笑微微常得君王看。向春風，解釋春愁，沉香亭、同倚闌干⑦。

（生）妙哉，李白錦心，妃子繡口⑧，真雙絕矣。宮娥，取巨觴來，朕與妃子對飲。（老旦貼送酒介）（生）

【北鬥鵪鶉】暢好是喜孜孜駐拍停歌，喜孜孜駐拍停歌。笑吟吟傳杯送盞。妃子乾一

---

⑤烹龍炰鳳堆盤案：形容菜餚之珍貴豐盛。烹龍炰鳳，猶言龍肝鳳髓或龍肝豹胎，皆指珍饌極其難致；案，盛食物之具。

⑥雅稱：很合適。

⑦花繁至同倚闌干：此曲即檃括李白〈清平調〉三章而成。

⑧錦心繡口：本指文思優美、詞藻富麗而言。此以繡口形容貴妃善歌。

杯，（作照乾介）不須他絮煩煩射覆藏鉤⑨，鬧紛紛彈絲弄板。（又作照杯介）妃子再乾一杯。（旦）妾不能飲了。（生）宮娥每跪勸。（老旦貼）領旨。（跪旦介）娘娘請上這一杯。（旦勉飲介）（老旦貼作連勸介）（生）我這裡無語持觴仔細看，早子見花一朵、上腮間。（旦作醉介）妾眞醉矣。（生）一會價軟咍咍柳嚲花欹⑩，軟咍咍柳嚲花欹，困騰騰鶯嬌燕懶。妃子醉了。宮娥每，扶娘娘上輦進宮去者。（老旦貼）領旨。（作扶旦起介）（旦作醉態呼介）萬歲。（老旦貼扶旦行）（旦作醉態介）

【南撲燈蛾】態懨懨輕雲軟四肢，影濛濛空花亂雙眼。嬌怯怯柳腰扶難起，困沉沉強抬嬌腕。軟設設金蓮倒褪，亂鬆鬆香肩嚲雲鬟。美甘甘思尋鳳枕，步遲遲倩宮娥攙入繡幃間。

（老旦貼扶旦下）（丑同內侍暗上）（內擊鼓介）（生驚介）何處鼓聲驟發？（副淨急上）漁陽鼙鼓動地來，驚破霓裳羽衣曲⑪。（問丑介）萬歲爺在那裡？（丑）在御花園內。（副

---

⑨射覆藏鉤：射覆本是以易卜為遊戲，後為酒令之一種，類似猜字遊戲。藏鉤，古代一種遊戲，把參加遊戲者分為兩方，一方把鉤藏在手中讓對方猜，猜中的就算贏。

⑩一會價軟咍咍柳嚲花欹：一會價，一會兒。軟咍咍，軟綿綿，嚲，下垂；柳、花與下句之鶯、燕皆用以比喻楊妃。

⑪漁陽鼙鼓動地來二句：用白居易〈長恨歌〉詩句。

淨）軍情緊急，不免逕入。（進見介）陛下不好了，安祿山起兵造反，殺過潼關，不日就到長安了。（生大驚介）守關將士何在？（副淨）哥舒翰兵敗，已降賊了。（生）

【北上小樓】呀！你道失機的哥舒翰，稱兵的安祿山。赤緊的離了漁陽，陷了東京，破了潼關。唬得人膽戰心搖，唬得人膽戰心搖。腸慌腹熱，魂飛魄散，早驚破、月明花粲。

卿有何策，可退賊兵？（副淨）當日臣曾再三啟奏，祿山必反，陛下不聽，今日果應臣言。事起倉卒，怎生抵敵？不若權時幸蜀，以待天下勤王⑫。（生）依卿所奏。快傳旨，諸王百官，即時隨駕幸蜀便了。（副淨）領旨。（急下）（生）高力士，快些整備軍馬，傳旨令右龍武將軍陳元禮⑬總領羽林軍士⑭三千，扈駕⑮前行。（丑）領旨。（下）（內侍）請萬歲爺回宮。（生轉行嘆介）唉！正爾歡娛，不想忽有此變，怎生是了也。

【南撲燈蛾】穩穩的宮庭宴安，擾擾的邊廷造反。鼕鼕的鼙鼓喧，騰騰的烽火𤇆⑯。

---

⑫勤王：朝廷有難，起兵援救以靖亂。

⑬陳元禮：即陳玄禮，以避清聖祖諱（玄曄）改玄為元。

⑭羽林軍士：皇帝親軍之名。

⑮扈駕：隨從皇帝之車駕。

⑯烽火𤇆：即烽燧，用以告警；𤇆，黑煙，指燧而言。按烽燧之台亦稱墩堠；舉燧用狼糞燒煙，故亦稱為狼煙台。一路之上，築若干台；一台烽燧既作，鄰台即相繼遞舉，以告戍守之兵。

的溜撲碌⑰臣民兒逃散，黑漫漫乾坤覆翻。磣磕磕⑱社稷摧殘，磣磕磕社稷摧殘。當不得蕭蕭颯颯，西風送晚，黯黯的一輪落日冷長安。

（向內問介）宮娥每，楊娘娘可曾安寢？（老旦貼內應介）已睡熟了。（生）不要驚他，且待明早五鼓同行。（泣介）天哪！寡人不幸，遭此播遷。累他玉貌花容，驅馳道路，好不痛心也。

【南尾聲】在深宮兀自嬌慵慣，怎樣支吾蜀道難。（哭介）我那妃子呵！愁殺你玉軟花柔要將途路趲。

宮殿參差落照間，（盧綸）　漁陽烽火照函關。（吳　融）
遏雲⑲聲絶悲風起，（胡曾）　何處黃雲是隴山⑳。（武元衡）

---

⑰的溜撲碌：狀聲形容詞，形容四下零亂逃散的樣子。
⑱磣磕磕：磣，物中雜沙石；磕磕，形容沙石相擊聲；磣磕磕，形容崩潰混亂的樣子。
⑲遏雲：形容歌聲之高駐於雲端。
⑳隴山：在陝西、甘肅一帶，此指首都長安。

（曾永義選注）

彈詞

【題解】本齣為選自《長生殿》第三十八齣，是作者寄意所在，於關目則為《長生殿》上半部之縮影。如二轉唱第二齣〈定情〉，三轉唱第三齣〈春睡〉，四轉唱第九齣〈復召〉，五轉唱第十二齣〈製譜〉與第十六齣〈舞盤〉，六轉唱第二十四齣〈驚變〉與第三十二齣〈哭像〉，七轉唱第二十五齣〈埋玉〉與第二十齣〈冥追〉，八轉唱第二十八齣〈罵賊〉，九轉唱第十四齣〈偷曲〉，皆與之迴映相關。其曲文聲情感嘆哀傷，頗能在繁絃別調中見出興亡之夢幻與滿眼淒涼之故國幽思，而作者飄泊蕭索之身世，亦假藉李龜年琵琶彈唱吐露出來。

本齣協皆來、寒山、家麻、蕭豪、江陽、魚模、車遮、齊微等韻，為北口大場。

（末白鬚舊衣帽抱琵琶上）

一從鼙鼓起漁陽，宮禁俄看蔓草荒。留得白頭遺老①在，譜將殘恨說興亡。老漢李龜年，昔為內苑伶工，供奉梨園，蒙萬歲爺十分恩寵。自從朝元閣教演霓裳，曲成奏上，龍顏大

①遺老：此謂勝朝舊臣，勝朝為被戰勝而滅亡的朝廷。

悅，與貴妃娘娘，各賜纏頭，不下數萬。誰想祿山造反，破了長安，聖駕西巡，萬民逃竄。俺每梨園部中，也都七零八落，各自奔逃。老漢來到江南地方，盤纏都使盡了。只得抱著這面琵琶唱個曲兒餬口，今日乃青溪②鷲峰寺大會，遊人甚多，不免到彼賣唱。（嘆科）哎！想起當日天上清歌，今日沿門鼓板，好不頹氣人也。（行科）

【一枝花】不提防餘年值亂離，逼拶得岐路遭窮敗。受奔波風塵顏面黑，歎衰殘霜雪鬢鬚白。今日個流落天涯，只留得琵琶在。揣羞臉③上長街又過短街，那裡是高漸離、擊筑悲歌④，倒做了伍子胥、吹簫也那乞丐⑤。

【梁州第七】想當日奏清歌，趨承金殿，度新聲、供應瑤階，說不盡九重天上恩如

②青溪：在南京市東北，今溪水多堙。

③揣羞臉：用衣袖把含羞的臉遮掩起來。揣，藏。

④高漸離擊筑悲歌：戰國時燕太子丹使荊軻刺秦王，太子及賓客知其事者，皆白衣冠以送之，至易水之上，高漸離擊筑，荊軻和而歌，為變徵之聲，士皆垂淚涕泣，又前而歌曰：「風蕭蕭兮易水寒，壯士一去兮不復還。」復為羽聲慷慨，士皆瞋目，髮盡上指冠。於是荊軻就車而去，不復顧。筑，樂器名。

⑤伍子胥吹簫也那乞丐：《史記・范睢傳》：「伍子胥至於陵水，無以餬口，鼓腹吹篪，乞食於吳市。」篪一作「簫」，後世言及行乞，每引此為故實。伍子胥，伍員之子，戰國時楚人，以楚王害其父兄，出奔於吳。

海。幸溫泉驪山雪霽，泛仙舟興慶⑥蓮開，翫嬋娟⑦華清宮殿，賞芳菲花萼樓臺。正擔承、雨露深澤，驀遭逢、天地奇災。劍門關塵蒙了、鳳輦鑾輿，馬嵬坡血污了、天姿國色，江南路哭殺了、瘦骨窮骸。可哀，落魄，只得把霓裳御譜沿門賣。有誰人喝聲采，空對著六代⑧園陵草樹埋，滿目興衰。

（虛下）（小生巾服上）花動游人眼，春傷故國心。霓裳人去後，無復有知音。小生李謨，向在西京留滯，亂後方回。自從宮牆之外，偷按霓裳數疊，未能得其全譜。昨聞有一老者，抱著琵琶賣唱，人人都說手法不同，像個梨園舊人。今日鷲峰寺大會，想他必在那裡，不免前去尋訪一番。一路行來，你看遊人好不盛也。（外巾服、副淨衣帽，淨長帽帕子包首扮山西客攜丑扮妓上）（外）閑步尋芳惜好春，（副淨）且看勝會逐遊人。（淨）大姐！咱和你、及時行樂休空過，（丑）客官，好聽琵琶一曲新。（小生向副淨科）老兄請了，動問這位大姐，說甚麼琵琶一曲新。（副淨）老兄不知，這裡新到一個老者，彈得一手好琵琶，今日在鷲峰寺趕會，因此大家同去一聽。（小生）小生正要去尋他，同行何

---

⑥興慶：當作「隆慶」，「興慶」為宮名，「隆慶」為池名。「隆慶池」即龍池，當今陝西省長安縣東南。

⑦嬋娟：本為色態美好之意，此用以指月。

⑧六代：即六朝，吳、東晉、宋、齊、梁、陳，先後建都於建康（今南京），合稱六朝。

如。（衆）如此極好。（同行科）行行去去，去去行行，已到鷲峰寺了，就此進去。（同進科）（副淨）那邊一個圈子，四圍板凳，想必是波。我每一齊捱進去，坐下聽者。（衆作坐科）（末上見科）列位請了。想都是聽曲的，請坐了，待在下唱來請教波。（衆）正要領教。（末彈琵琶唱科）

【轉調貨郎兒】唱不盡、興亡夢幻，彈不盡、悲傷感嘆。大古里⑨淒涼滿眼對江山，我只待撥繁弦傳幽怨，翻別調寫愁煩。慢慢的把天寶當年遺事彈。

（外）天寶遺事，好題目波。（淨）大姐！他唱的是甚麼曲兒，可就是咱家的西調⑩麼？（丑）也差不多兒。（小生）老丈！天寶年間遺事，一時那裡唱得盡者，請先把楊貴妃娘娘，當時怎生進宮，唱來聽波，（末彈唱科）

【二轉】想當初慶皇唐、太平天下，訪麗色、把蛾眉選刷。有佳人生長在弘農楊氏家，深閨內端的玉無瑕。那君王一見了歡無那⑪，把鈿盒金釵親納。評跋做昭陽第一花。

（丑）那貴妃娘娘，怎生模樣波。（淨）可有咱家大姐這樣標致麼？（副淨）且聽唱出來者。（末彈唱科）

⑨大古里：總是。

⑩西調：甘肅一帶的地方性曲調。

⑪歡無那：歡樂得很。

【三轉】那娘娘生得來、仙姿佚貌，說不盡、幽閒窈窕。眞個是花輸雙頰柳輸腰，比昭君增妍麗，較西子倍風標⑫。似觀音飛來海嶠，恍嫦娥偷離碧霄。更春情韻饒，春酣態嬌，春眠夢悄。總有好丹青⑬，那百樣娉婷難畫描。

（副淨笑科）聽這老翁，說的楊娘娘標致，恁般活現，倒像是親眼見的，敢則謊也。（淨）只要唱得好聽，管他謊不謊。那時皇帝怎麼樣看待他來，快唱下去者。（末彈唱科）

【四轉】那君王看承得、似明珠沒兩，鎭日裡、高擎在掌。賽過那漢宮飛燕倚新粧，可正是玉樓中巢翡翠⑭，金殿上鎖著鴛鴦。宵偎晝傍，直弄得個伶俐的官家顚不刺懵不刺⑮撇不下心兒上，弛了朝綱，占了情場。百支支⑯寫不了風流帳，行廝並、坐廝當，雙，赤緊的倚了御床。博得個月夜花朝同受享。

（淨倒科）哎呀，好快活，聽的咱似雪獅子向火哩。（丑扶科）怎麼說？（淨）化了。（衆笑科）（小生）當日宮中有霓裳羽衣一曲，聞說出自御製，又說是貴妃娘娘所作，老丈可知其詳？請唱與小生聽咱。（末彈唱科）

⑫風標：即風采，指言論舉動或態度之美好。
⑬總有好丹青：總應作「縱」，丹青，指畫家。
⑭翡翠：此指翡翠鳥。
⑮顚不剌懵不剌：猶言顚顚倒倒、糊里糊塗。不剌，狀聲形容詞，無義。
⑯百支支：形容其多而瑣細。支支亦狀聲形容詞。

【五轉】當日呵！那娘娘在荷庭、把宮商細按，譜新聲、將霓裳調翻，晝長時親自教雙鬟⑰。舒素手，拍香檀。一字字都吐自朱唇皓齒間，恰便似一串驪珠，聲和韻閒。恰便似鶯與燕、弄關關⑱，恰便似鳴泉花底流溪澗。恰便似明月下泠泠清梵⑲，恰便似緱嶺⑳上鶴唳高寒，恰便似步虛仙珮夜珊珊。傳集了梨園部、教坊班。向翠盤中高簇擁著個娘娘引得那君王帶笑看。

（小生）一派仙音，宛然在耳，好形容波。（外嘆科）哎！只可惜當日天子寵愛了貴妃，朝歡暮樂，致使漁陽兵起，說起來令人痛心也。（小生）老丈，休只埋怨貴妃娘娘，當日只為誤任邊將，委政權奸，以致廟謨㉑顛倒，四海動搖。若使姚宋猶存，那見得有此。（外）這也說的是波。（末）嗨！若說起漁陽兵起一事，真是天翻地覆，慘目傷心，列位不嫌絮煩，待老漢再慢慢彈唱出來者。（眾）願聞。（末彈唱科）

【六轉】恰正好嘔嘔啞啞、霓裳歌舞，不提防撲撲突突、漁陽戰鼓。剗地裡㉒出出律律紛紛攘攘奏邊書，急得個上上下下都無措。早則是喧喧嗾嗾，驚驚遽遽，倉倉卒

⑰雙鬟：即丫鬟，婢女，此指宮女。
⑱關關：鳥鳴相和聲。
⑲梵：即梵唄，誦經的聲音。
⑳緱嶺：即緱氏山，一名覆釜堆，亦作撫父堆。《列仙傳》謂周靈王太子晉在此山乘白鶴升仙。
㉑廟謨：指朝廷政治。
㉒剗地裡：平白地。

卒，挨挨拶拶，出延秋西路。鑾輿後攜著個嬌嬌滴滴、貴妃同去。又只見密密匝匝的兵，惡惡狠狠的語。鬧鬧炒炒，轟轟剨剨㉓，四下喳呼。生逼散恩恩愛愛，疼疼熱熱，帝王夫婦。霎時間畫就了這一幅慘慘悽悽絕代佳人絕命圖。

（外副淨同歎科）（小生淚科）哎！天生麗質，遭此慘毒，真可憐也。（淨笑科）這是說唱，老兄怎麼認真掉下淚來？（丑）那貴妃娘娘死後，葬在何處？（末彈唱科）

【七轉】破不剌、馬嵬驛舍，冷清清、佛堂倒斜，一代紅顏爲君絕。千秋遺恨滴羅巾血，半科樹是薄命碑碣，一抔土是斷腸墓穴。再無人過荒涼野，莽天涯誰弔梨花謝。可憐那抱幽怨的孤魂，只伴著嗚咽咽的望帝㉔悲聲啼夜月。

（外）長安兵火之後，不知光景如何？（末）哎呀！列位！好端端一座錦繡長安，自被祿山破陷，光景十分不堪了，聽我再彈波。（彈唱科）

【八轉】自鑾輿、西巡蜀道，長安內、兵戈肆擾。千官無復紫宸朝，把繁華、頓消，頓消。六宮中朱戶掛蠨蛸㉕，御榻傍白日狐狸嘯，叫鴟鴞也麼哥，長蓬蒿也麼哥。野鹿兒亂跑苑柳宮花一半兒凋，有誰人去掃，去掃。玳瑁空梁燕泥兒拋㉖，只留

㉓剨剨：剨裂聲，此作大聲喧鬧解。

㉔望帝：即杜宇，周末蜀主。相傳杜宇死後，其魂化為鳥，名杜鵑。

㉕蠨蛸：即長腳蜘蛛，亦名喜蛛、喜子。

㉖玳瑁空粱燕泥兒拋：玳瑁，海中大龜，謂裝飾玳瑁之屋粱。薛道衡詩：「空粱落燕泥。」

得缺月黃昏照。嘆蕭條也麼哥，染腥臊也麼哥，染腥臊玉砌空堆馬糞高。

（淨）呸！聽了半日，餓得慌了。大姐，咱和你喝燒刀子㉗，吃蒜包兒去。（做腰邊解錢與末同丑諢下）（外）天色將晚，我每也去罷。（送銀科）酒資在此。（末）多謝了。（外）無端唱出興亡恨，（副淨）引得傍人也淚流。（同外下）（小生）老丈，我聽你這琵琶，非同凡手，得自何人傳授，乞道其詳。（末）

【九轉】這琵琶曾供奉、開元皇帝，重提起，心傷淚滴。（小生）這等說起來定是梨園部內人了。（末）我也曾在梨園籍上姓名題，親向那沉香亭、花裡去承值、華清宮、宴上去追隨。（小生）莫不是賀老？（末）俺不是、賀家的懷智。（小生）敢是黃旛綽？（末）黃旛綽、同咱皆老輩。（小生）這等想必是雷海青。（末）我雖是弄琵琶卻不姓雷，他呵！罵逆賊久已身死名垂。（小生）這等想必是馬仙期了。（末）我也不是擅場方響馬仙期，那些舊相識都休話起。（小生）因何來到這裡？（末）我只為家亡國破兵戈沸，因此上孤身流落在江南地。（小生）畢竟老丈是誰波？（末）您官人絮叨叨苦問俺為誰，則俺老伶工名喚做龜年身姓李。

（小生揖科）呀，原來卻是李教師，失瞻㉘了。（末）官人尊姓大名，為何知道老漢？

㉗燒刀子：燒酒，烈性很強的酒。

㉘失瞻：猶言失敬；瞻，瞻仰。

（小生）小生姓李，名謨。（末）莫不是吹鐵笛的李官人麼？（小生）然也。（末）幸會！幸會！（揖科）（小生）請問老丈，那霓裳全譜，可還記得波？（末）也還記得，官人為何問他？（小生）不瞞老丈說，小生性好音律，向客西京，老丈在朝元閣演習霓裳之時，小生曾傍著宮牆，細細竊聽，已將鐵笛偷寫數段，只是未得全譜，各處訪求，無有知者，今日幸遇老丈，不識肯賜教否？（末）既遇知音，何惜末技！（小生）如此多感，請問尊寓何處？（末）窮途流落，尚乏居停㉙。（小生）屈到舍下暫住，細細請教何如？（末）如此甚好。

【煞尾】俺一似驚烏繞樹向空枝外，誰承望做舊燕尋巢入畫棟來。今日個知音喜遇知音在，這相逢異哉，恁相投快哉。李官人呵！待我慢慢的傳與你這一曲霓裳播千載。

（末）桃蹊柳陌好經過，（張　籍）（小生）聊復迴車訪薛蘿㉚。（白居易）
（末）今日知音一留聽，（劉禹錫）（小生）江南無處不聞歌。（顧　況）

（曾永義選注）

㉙居停：寄寓之所。
㉚薜蘿：謂薜荔、女蘿。後以為隱者之服或隱者之居，此指居所。

桃花扇 選五齣

清 孔尚任撰

【作者】

孔尚任，字季重，一字聘之，號東塘，別署岸堂、云亭山人。清山東曲阜人。生於世祖順治五年，卒於聖祖康熙五十七年（一六四八～一七一八），年七十一。

尚任為孔子第六十四代孫，然屢赴鄉試未第，後盡典負郭田，捐納國子監生。康熙二十三年，帝南巡，返程至曲阜祀孔子，尚任充御前講書官，受賞識，特擢國子監博士。二十五年（一六八六），隨工部侍郎孫在豐赴淮揚浚下河，滯留三載，交結名士。還朝後，經戶部主事，升員外郎。三十九年（一七〇〇），以事罷官。四十一年（一七〇二）歸鄉，後多次出游。終病卒於家。尚任著述甚富，有《石門山集》、《湖海集》、《宮詞百首》、《岸堂稿》、《長留集》、《岸堂文集》等，編纂《平陽府志》、《闕里新志》、《萊州府志》、《節序同風錄》等。工樂府，所撰傳奇《桃花扇》，盛行於世。又曾與顧彩合著《小忽雷》傳奇，今存。

【題解】

《桃花扇》作於康熙三十八年（一六九九），與完成於二十年前的洪昇《長生殿》二劇，並稱為清初傳奇雙璧。二者同樣展現了抒情文學的極高興味，同樣有愛情與政治兩線的穿插襯映，而《桃花扇》創作時間與劇中所寫南明史實相距才不過半世紀，更兼有時事劇的性質。不過全劇借離合之情寫興亡之感，不限於一朝一代治亂盛衰的如實陳述，乃能於反映時事之外，更觸發深廣的人生感悟與歷史反思。

《桃花扇》以明末著名文士侯方域與秦淮名妓李香君的愛情為中心軸線，其間穿插崇禎自縊、南明覆亡的歷史經過。男女主角以扇訂盟，被迫分離後南明權貴田仰欲強取香君為妾，香君守樓死拒，血濺於扇，畫家楊龍友點染為桃花，遂成一幀折枝桃花圖。最後二人雖得重逢，但因歷經興亡夢幻，有感於「家在哪裡？國在哪裡？」乃以雙雙入道為結。

全劇的興亡之感不僅體現在曲文之中，情節結構更是關鍵，林宏安曾提出「相框結構」之說（〈桃花扇的相框結構〉，《民俗曲藝》一〇三期），特別指出在正式的四十齣之外，另有〈試一齣・先聲〉、〈閏二十齣・閒話〉、〈加二十一齣・孤吟〉和〈續四十齣・餘韻〉四齣「外加」的戲，形成了全劇的一個「外框」，框內才是《桃花扇》的情節。作者運用一個「外框」，把整個劇情「框」起來，我們欣賞整本戲時，並不是直接進入《桃花扇》中的世界，而是透過這個框架，才得一窺戲中的種種。這種情形類似於隔著相框來看照片的審美經驗，相框可以固定、突顯照片，但卻也有阻止人們融入其中，提醒人們這畢竟只是一張照片的作用。同樣的，「試、閏、加、續」四齣正有這種效果。孔尚任用這四齣游離（部分游離）於劇情之外的小插曲，來提醒讀者：劇中佳人才子之離合、家國興亡之悲哀，都是虛幻的前塵往事。《桃花扇》所想表達的歷史虛妄的意圖，就是透過這種特殊的結構安排來顯現的。《桃花扇》寫史極真、寫情極深，但透過這個「外框」閱讀，卻帶給我們一種極為強烈的疏離恍惚之感，幾乎完全顛覆了我們在看《桃花扇》時的投入與感同身受。這種結構的安排，使得讀者得到一種疏離感，而且這種疏離還是兩層的。用最簡單字眼來形容，即：《桃花扇》近似一齣戲中戲。

然而，《桃花扇》並不只是簡單的戲中戲，它是「舊人聽新曲」，兩個不同層次的戲中人之間，是互相重疊、直接指涉的。昔日南京舊事，老贊禮曾親眼見聞，甚至親身參與。這樣一個老人到戲園看一齣以自己時代為藍本的戲，當然會感覺到極度的感動與投入。這正是他會先是「笑哈哈」、而後「淚紛紛」的原因。然而，這一段讓他悲喜交集，深深投入而幾乎無法自拔的過往，現在卻是一場戲！到底戲是真，抑或真是戲呢？在經過這樣的省思後，老贊禮又從那種「投入」的狀態中抽離出來，成為一名「旁觀者」、「冷眼人」，歷史的虛妄本質，在此掩面而來。

只有順著孔尚任安排的這個大架構，我們方能感受到這種獨特的歷史虛無：我們看到老贊禮先是深深地「投入」桃花扇世界的悲喜離合中，然後卻恍然體悟到這一切只不過是戲，於是不得不「出」。我們自己呢？如果老贊禮是「兩度旁觀者」，我們便已經是第三層的旁觀者了。我們當然有更大的空間與距離來思索這個問題，從而更能領略歷史的虛妄本質。「旁觀」

的疏離作用，反而在情感上造成了更複雜、更深刻的「投入」：那是一種超脫出一時一地的治亂興亡，感受到時間永恆、人生短促的深刻悲哀。這也是孔尚任運用這個「相框」所收到的最主要效果。

本書限於篇幅，無法選錄全本，而〈寄扇〉、〈題畫〉、〈餘韻〉等齣，是最能體現抒情精神的片段，〈寄扇〉由香君的感傷回憶引入桃花扇主題，〈題畫〉仍以扇為核心，卻以侯方域舊地重遊物是人非的惆悵追思為主。〈餘韻〉則由全劇幾位參與者，於飽看興亡五十年之後，轉以『漁樵』的身份，改用抽離的視角，唱出了「眼看他起朱樓，眼看他讌賓客，眼看他樓塌了」警句名言，全劇用心經營的逼真生動在此刻被作者自己一掌推開，全劇乃能超越愛情超越政治而深刻體現對歷史對人生的思索與感悟。至於〈試一齣．先聲〉與〈加二十一齣．孤吟〉，分別為上、下卷之起首，有「家門大意」體製上的作用，但已更深入的融入整體結構，老贊禮一角更由局外報幕人轉為劇情參與者了。

先聲①

【蝶戀花】（副末氈巾、道袍、白鬚上）古董先生誰似我？非玉非銅，滿面包漿③裹。賸魄

①先聲：南戲和傳奇在演唱整本故事之前，照例先由副末登場，利用兩闋詞牌，對觀衆說明編劇的創作意圖和全本戲的劇情大綱，一般稱為「副末開場」或「家門大意」。《桃

殘魂無伴夥，時人指笑何須躲。舊恨填胸一筆抹④，遇酒逢歌，隨處留皆可。子孝臣忠萬事妥，休思更喫人參果⑤。

日麗唐虞世⑥，花開甲子年；山中無寇盜，地上總神仙。老夫原是南京太常寺⑦一個贊禮，爵位不尊，姓名可隱。最喜無禍無災，活了九十七歲，閱歷多少興亡，又到上元甲子⑧。堯舜臨軒⑨，禹皋⑩在位；處處四民安樂，年年五穀豐登。今乃康熙二十三年，見了

花扇》裡的〈先聲〉具有這樣的開場作用，但副末飾演的老贊禮不僅是局外報幕人，更是劇情內的人物。

②副末：戲曲中腳色名，在傳奇中常扮次要的男子。

③包漿：金玉等古物經人手長久摩挲，表面潤澤而有光彩，叫做包漿。《儒林外史》第十一回：「你看這（爐）上面包漿，好顏色！」可參考。

④一筆抹：一筆勾銷之意。

⑤人參果：傳說中的仙果。相傳它三千年一開花，三千年一結果，再三千年才得熟，人吃一個，就會長生不老。「休思更喫人參果」是說不敢有更高的奢望。

⑥唐虞世：即唐堯和虞舜的時代，是中國古代傳說裡的理想時代。

⑦太常寺：官署名，管理宗廟禮儀的機關。贊禮：官職名，是祭祀時司儀的人。

⑧上元甲子：我國古代的術數家以一百八十年算作一周，其中分作上、中、下三元。上元甲子即是一百八十周年裡的第一個甲子。這裡即指康熙二十三年。

⑨臨軒：過去皇帝不在正座而在平台設朝叫做臨軒。

祥瑞一十二種。（內問介）⑪請問那幾種祥瑞？（屈指介）河出圖⑫，洛出書⑬，景星明⑭，慶雲現㉕，甘露降⑯，膏雨零⑰，鳳凰集，麒麟遊⑱，蓂莢⑲發，芝草⑳生，海無波㉑，黃河清㉒。件件俱全，豈不可賀！老夫欣逢盛世，到處遨遊。昨天在太平園中，看一

---

⑩禹皋：禹即夏禹，夏朝的奠基者，舜時受命治理洪水疏通九河。皋即皋陶，是虞舜時代有名的獄官。

⑪內問介：後台演員問正在台上演戲的演員。

⑫河出圖：傳說伏羲氏時，有龍馬馱圖從黃河出，伏羲據以畫成八卦。

⑬洛出書：傳說夏禹治水時，有神龜自洛水出，背有文字，夏禹據此寫成九疇。

⑭景星明：景星又稱德星，傳說它只有在政治清明的朝代才出現。

⑮慶雲現：慶雲也稱景雲，傳說它只有在天下太平盛世才出現。

⑯甘露降：甘美的雨露，過去傳說天降甘露為太平之兆。

⑰膏雨零：膏雨即甘霖，是久旱以後下的雨水。零是下降、落下之意。

⑱鳳凰集二句：古時稱鳳凰作瑞鳥，麒麟作神獸，傳說只有聖人在世清平之時，牠們才會出現。

⑲蓂莢：相傳是堯時的一種瑞草，初一至十五每日結一實，從十六至月尾每日落一實，落完為止。

⑳芝草：又名靈芝，古時把它當作瑞草。

㉑海無波：過去把海不揚波當作一種祥瑞。傳說周成王時周公攝政，有越裳氏來朝，看見中國四海有三年不興波浪，以為中國出了聖人。後遂以海不揚波為聖人治世太平之兆。

㉒黃河清：黃河的水本來是渾濁的，古時將黃

本新出傳奇，名為《桃花扇》，就是明朝末年南京近事。借離合之情，寫興亡之感，實事實人，有憑有據。老夫不但耳聞，皆曾眼見。更可喜把老夫衰態，也拉上了排場，做了一個副末腳色；惹的俺哭一回，笑一回，怒一回，罵一回。那滿座賓客，怎曉得我老夫就是戲中之人！（內）請問這本好戲，是何人著作？（答）列位不知，從來填詞名家，不著姓氏㉓。但看他有褒有貶，作春秋必賴祖傳㉔；可詠可歌，正雅頌豈無庭訓㉕！（內）這等說來，一定是云亭山人了。（答）你道是那個來？（內）今日冠裳雅會㉖，就要演這本傳奇。你老既係舊人，又且聽過新曲，何不把傳奇始末，預先鋪敘一番，大家洗耳？（答）

河清當作太平祥瑞。

㉓填詞名家不著姓名：詞有一定的格式，作詞時必須按照詞調的聲律填入字句，使字句的平、仄與詞調的音律相合，叫做填詞。宋元以來由於正統派文人對於戲曲的輕視，一般作家在發表戲曲作品時，往往不署真姓名。

㉔作春秋必賴祖傳：《春秋》本是記載魯國歷史的書，相傳是孔子編的。孔尚任是孔子的第六十四代孫，他的《桃花扇》又是反映南明政治的歷史戲，因此說：「作春秋必賴祖傳」。

㉕正雅頌豈無庭訓：《詩經》分為風、雅、頌三個部份。雅是正的意思，周人稱正聲作雅樂，頌是用於祭祀的樂歌，古人以為盛世之樂。這裡的雅頌即比喻戲曲。庭訓是父親對兒子的教訓。《論語》記孔子在庭，他的兒子伯魚走過，孔子教他讀《詩經》，「正雅頌豈無庭訓」，就是根據這個故事說的。

㉖冠裳雅會：指士大夫的集會。

有張道士㉗的《滿庭芳》詞，歌來請教罷：

【滿庭芳】公子侯生，秣陵僑寓，恰偕南國佳人；讒言暗害，鸞鳳一宵分。又值天翻地覆，據江淮藩鎮紛紜。立昏主，徵歌選舞，黨禍起奸臣。　良緣難再續，樓頭激烈，獄底沈淪。卻賴蘇翁柳老，解救殷勤。半夜君逃相走，望煙波誰弔忠魂？桃花扇、齋壇揉碎，我與指迷津。

（內）妙，妙，只是曲調鏗鏘，一時不能領會，還求總括數句。（答）待我說來：

奸馬阮中外伏長劍㉙，巧柳蘇往來牽密線；

侯公子斷除花月緣，張道士歸結興亡案。

道猶未了，那公子早已登場，列位請看。

孤吟

【天下樂】（副末氈巾道袍，扮老贊禮上）雨洗秋街不動塵，青山紅樹滿城新；誰家賸有閒金粉①，撒與歌樓照鏡人？

㉗張道士：指劇中人物張薇。

㉘秣陵：即今南京。

㉙奸馬阮中外伏長劍：意說馬士英、阮大鋮內外互相勾結，暗中施行奸謀。

老客無家戀，名園杯自勸，朝朝賀太平，看演《桃花扇》。（內問）老相公又往太平園，看演《桃花扇》麼？（答）正是。（內問）昨日看完上本，演的何如？（答）演的快意，演的傷心，無端笑哈哈，不覺淚紛紛。司馬遷作史筆②，東方朔上場人。只怕世事含糊八九件③，人情遮蓋兩三分。（行唱介）

【甘州歌】流光箭緊④，正柳林蟬噪，荷沼香噴。輕衫涼笠，行到水邊人困；西窗乍驚連夜雨，北里⑤重消一枕魂。梧桐院，砧杵村⑥，青苔蟲語不堪聞。閒攜杖，漫出門，宮槐滿路葉紛紛。

①誰家賸有閒金粉二句：家是語尾助詞，誰家即是誰。閒即多餘。金粉即鉛粉，婦女的化妝品。歌樓照鏡人即歌妓，這裡指演唱《桃花扇》的優伶。這兩句是說：這時滿城秋光無限美好，誰有閒情到歌樓看戲呢？

②司馬遷作史筆二句：《桃花扇》是一部歷史劇，而且含有諷諫性質，猶如東方朔的滑稽諷刺。

③世事含糊八九件二句：八九件，二三分並不是實數，只是表示大多數、小部分。這兩句是說世事每多含糊，人情不免遮蓋。

④流光箭緊：即光陰似箭。

⑤北里：一般指妓女聚居的地方，這裡泛指里巷。

⑥砧杵村：砧是擣衣石，杵是擣衣的木槌。砧杵村表現秋天鄉村的景象，隨處可見婦女搗衣的鄉村。

【前腔】雞皮⑦瘦損，看飽經霜雪，絲鬢如銀。傷秋扶病，偏帶旅愁客悶；歡場那知還覷我，老境翻⑧嫌多此身。兒孫累，名利奔，一般流水付行雲。諸侯怒⑨，丞相嗔，無邊衰草對斜曛。

【前腔】（換頭）望春不見春，想漢宮圖畫⑩，風飄灰燼。棋枰客散，黑白勝負難分；南朝古寺王謝墳⑪，江上殘山花柳陣。人不見，煙已昏，擊筑彈鋏與誰論⑫。黃塵變，紅日滾，一篇詩話易沈淪。

---

⑦雞皮：即指老人的皮膚，因為它皺紋多，跟雞皮相似。

⑧翻：反而。

⑨諸侯怒三句：意說那些驕橫的將軍、弄權的宰相，到頭只落得一片淒涼。斜曛指斜陽餘暉。

⑩想漢宮圖畫二句：意說繁華的漢宮，已灰飛煙滅。

⑪南朝古寺王謝墳：南朝王、謝兩姓貴族的墳墓已改成了寺廟。

⑫擊筑彈鋏與誰論：筑，樂器名，擊筑是戰國高漸離送荆軻的故事。燕太子丹派荆軻去刺秦王，易水送別時，荆軻的朋友高漸離擊筑，荆軻引歌而和，士皆涕泣。鋏即劍柄，彈鋏是戰國馮諼的故事。馮諼在孟嘗君家作客，三次彈鋏而歌，提出各種要求，左右的人都極為不滿，但孟嘗君卻滿足了他的要求。擊筑彈鋏表示人間的功業，但如今安在哉？

【前腔】（換頭）難尋吳宮舊舞茵⑬，問開元遺事⑭，白頭人盡。云亭詞客，閣筆⑮幾度酸辛；聲傳皓齒曲未終，淚⑯滴紅盤蠟已寸。袍笏樣⑰，墨粉痕，一番妝點一番新。文章假⑱，功業諢，逢場只合酒沾脣。

【餘文】老不羞，偏風韻，偷將拄杖撥紅裙。那管他扇底桃花解笑人。

當年眞是戲，今日戲如眞；
兩度旁觀者⑲，天留冷眼人。

那馬士英又早登場，列位請看。（拱下）

⑬吳宮舊舞茵：茵是地毯，暗用吳王迷戀西施的故事。

⑭問開元遺事二句：開元遺事即唐玄宗遺事。元稹《宮詞》：「寥落古行宮，宮花寂寞紅；白頭宮女在，閒坐說玄宗。」這裡用開元遺事比喻南明遺事，但用意比元稹《宮詞》更深一層，即是說白頭人盡，要問南明遺事，連白頭宮女都找不到了。

⑮閣筆：擱筆。

⑯淚：指蠟淚，是蠟燭上融化下來的油脂。

⑰袍笏樣二句：袍笏是古代大臣上朝時的朝服和手板。墨粉是化妝用的顏料。這兩句指穿上古人衣服上場演戲。

⑱文章假三句：意說人世間的文章功業，都是假的，說笑的，只有逢場行樂才該當真。

⑲兩度旁觀者：指老贊禮曾親自看見南明的亡國，現在又看見《桃花扇》裡演出南明亡國的故事。

寄扇

【醉桃源】(旦包帕病容上)寒風料峭透冰綃，香鑪懶去燒。血痕一縷在眉梢，臙脂紅讓嬌①。孤影怯，弱魂飄，春絲命一條②。滿樓霜月夜迢迢，天明恨不消。

(坐介)奴家香君，一時無奈，用了苦肉之計，得遂全身之節。只是孤身隻影，臥病空樓，冷帳寒衾，無人作伴，好生淒涼。

【北新水令】凍雲殘雪阻長橋，閉紅樓冶遊人少。闌干低雁字③，簾幙掛冰條，炭冷香消，人瘦晚風峭。

奴家雖在青樓，那些花月歡場，從今罷卻了。

【駐馬聽】繡戶蕭蕭，鸚鵡呼茶聲自巧；香閨悄悄，雪狸④偎枕睡偏牢。榴裙裂破舞風腰⑤，鸞鞾翦碎凌波靿；愁多病轉饒⑥，這妝樓再不許風情鬧。

---

①臙脂紅讓嬌：胭脂的鮮紅，也比不上眉梢血痕的嬌美。

②春絲命一條：生命好像春絲一樣的柔弱。

③闌干低雁字：欄杆外雁行低飛。

④雪狸：白貓。

⑤榴裙裂破舞風腰二句：這兩句倒裝，應為「裂破舞風榴裙腰，剪碎凌波鸞鞾靿」之意。鞾靿為舞靴筒。這兩句是撕破了舞裙，剪碎了舞靴，不再以歌舞營生了。

⑥轉饒：更多，更厲害。

想起侯郎匆匆避禍，不知流落何所；怎知奴家獨住空樓，替他守節也。（起唱介）

【沉醉東風】記得一霎時嬌歌興掃，半夜裡濃雨情拋；從桃葉渡頭尋，向燕子磯邊找，亂雲山風高雁杳。那知道梅開有信，人去越遙；凭欄凝眺，把盈盈秋水⑦，酸風凍了。

可恨惡僕盈門，硬來娶俺；俺怎肯負了侯郎。

【雁兒落】欺負俺賤煙花薄命飄颻，倚著那丞相府忒驕傲。得保住這無瑕白玉身，免不得揉碎如花貌。

最可憐媽媽替奴當災，飄然竟去。（指介）你看床榻依然，歸來何日。

【得勝令】恰便似桃片逐雪濤，柳絮兒隨風飄；袖掩春風面⑧，黃昏出漢朝。蕭條，滿被塵無人掃；寂寥，花開了獨自瞧。

說到這裡，不覺一陣酸心。（掩淚坐介）

【喬牌兒】這肝腸似攪，淚點兒滴多少。也沒個姊妹閒相邀，聽那掛簾櫳的鉤自敲。

獨坐無聊，不免取出侯郎詩扇，展看一回。（取扇介）噯呀！都被血點兒污壞了，這怎麼

---

⑦把盈盈秋水二句：盈盈是美好的樣子，秋水即眼波。秋風刺目故曰酸風。這兩句形容她臨風凝望很久。

⑧袖掩春風面二句：這兩句暗用漢昭君和番的故事，來比喻李貞麗被迫嫁與田仰。春風，形容面容的美好。

處。

【甜水令】你看疎疎密密，濃濃淡淡，鮮血亂蘸⑨。不是杜鵑抛⑩，是臉上桃花做紅雨兒飛落，一點點濺上冰綃。

侯郎侯郎！這都是為你來。

【折桂令】叫奴家揉開雲髻，折損宮腰；睡昏昏似妃葬坡平⑪，血淋淋似妾墮樓高⑫。怕旁人呼號⑬，捨著俺軟丟答的魂靈沒人招。銀鏡裡朱霞殘照⑭，鴛枕上紅淚春潮。恨在心苗，愁在眉梢，洗了胭脂，涴了鮫綃⑮。

一時困倦起來，且在妝臺盹睡片時。（壓扇睡介）（末扮楊文驄便服上）認得紅樓水面

---

⑨蘸：沾染。

⑩不是杜鵑抛二句：用杜鵑啼血之說。這裡用來形容她的頭破血流。

⑪睡昏昏似妃葬坡平：用馬嵬坡六軍不發，貴妃被殺之典，形容香君的臥病。

⑫血淋淋似妾墮樓高：晉石崇愛妾綠珠，因不從孫秀，跳樓而死，形容香君的被逼毀容。

⑬怕旁人呼號二句：意即怕旁人聲張（因為貞麗代香君出嫁是瞞著人的），因此拚著他軟弱的身體，不敢與人招呼。軟丟答形容軟得厲害，丟答是加強語勢的狀詞。

⑭銀鏡裡朱霞殘照：形容臉上血痕，血痕色如殘陽晚霞。

⑮鮫綃：即鮫人所織的綃。傳說南海鮫人所織之綃，這裡指絲巾。

斜，一行衰柳帶殘鴉。（淨扮蘇崑生上）銀箏象板佳人院，風雪今同處士家。（末回頭見介）呀！蘇崑老也來了。（淨）貞麗從良，香君獨住，放心不下，故此常來走走。（末）下官自那日打發貞麗起身，守了香君一夜，這幾日衙門有事，不能脱身；方纔城東拜客，便道一瞧。（入介）（淨）香君不肯下樓，我們上去一談罷。（末）甚好。（登樓介）（末指介）你看香君抑鬱病損，困睡妝臺，且不必喚他。（淨看介）這柄扇兒展在面前，怎麼有許多紅點兒？（末）此乃侯兄定情之物，一向珍藏不肯示人，想因面血濺污，晾在此間。（抽扇看介）幾點血痕，紅艷非常，不免添些枝葉，替他點綴起來。（想介）没有綠色怎好？（淨）待我採摘盆草，扭取鮮汁，權當顏色罷。（末）妙極！（淨取草汁上）（末畫介）葉分芳草綠，花借美人紅。（畫完介）（淨看喜介）妙妙！竟是幾筆折枝桃花。（末大笑指介）真乃桃花扇也。（旦驚醒見介）楊老爺、蘇師父都來了，奴家得罪。（讓坐介）（末）幾日不曾來看，額角傷痕漸已平復了。（笑介）下官有畫扇一柄，奉贈妝臺。（付旦扇介）（旦接看介）這是奴的舊扇，血跡腌臢⑯，看他怎的。（入袖介）（淨）扇頭妙染，怎不賞鑑。（旦）幾時畫的？（末）得罪得罪！方纔點壞了。（旦看扇歎介）咳！桃花薄命，扇底飄零。多謝楊老爺替奴寫照了。

⑯腌臢：即骯髒。

【錦上花】一朵朵傷情⑰，春風懶笑，一片片消魂，流水愁漂。摘的下嬌色⑱，天然蘸好，便妙手徐熙⑲，怎能畫到。櫻唇上調朱，蓮腮上臨稿，寫意兒⑳幾筆紅桃。補襯些翠枝青葉，分外夭夭㉑，薄命人寫了一幅桃花照。

（末）你有這柄桃花扇，少不得個顧曲周郎；難道青春守寡，竟做個入月嫦娥不成？（旦）說那裡話，那關盼盼也是煙花，何嘗不在燕子樓中，關門到老。（淨）明日侯郎重到，你也不下樓麼？（旦）那時錦片前程，儘俺受用，何處不許遊耍，豈但下樓？（末）香君這段苦節，今世少有。（向淨介）崑老看師弟之情，尋著侯郎，將他送去，也省俺一番懸掛。（淨）是是！一向留心訪問，知他隨任史公，住淮半載。自淮來京，自京到揚，今又同著高兵防河去了。晚生不日還鄉，順便找尋。（向旦介）須得香君一書纔好。（旦向末介）奴家言出無文，求楊老爺代寫罷。（末）你的心事，叫俺如何寫得出。（旦尋思介）罷罷！奴的千愁萬苦，俱在扇頭，就把這扇兒寄去罷。（淨喜介）這封家書，倒也新

---

⑰一朵朵傷情四句：這四句都是形容扇上桃花的嬌豔，上句暗用崔護「桃花依舊笑春風」詩意，下句暗用杜甫「輕薄桃花逐水流」詩意。

⑱摘的下嬌色：意說扇上桃花顏色的嬌鮮，像摘得下來似的。

⑲徐熙：南唐畫家，善畫花果蟲鳥。

⑳寫意兒：寫意是中國畫法的一派，用筆求神似而不形似。

㉑分外夭夭：特別美好的樣子。

樣。（旦）待奴封他起來。（封扇介）

【碧玉簫】揮灑銀毫㉒，舊句他知道；點染紅么㉓，新畫你收著。便面小㉔，血心腸一萬條；手帕兒包，頭繩兒繞，抵過錦字書㉕多少。

（淨接扇介）待我收好了，替你寄去。（旦）師父幾時起身？（淨）不日束裝了。（旦）只望早行一步。（淨）曉得。（末）我們下樓罷。（向旦介）香君保重。你這段苦節，說與侯郎，自然來娶你的。（淨）我也不再來別了。正是：新書遠寄桃花扇。（末）舊院常關燕子樓。（下）（旦掩淚介）媽媽不歸，師父又去，妝樓獨閉，益發淒涼了。

【鴛鴦煞】鶯喉歇了南北套㉖，冰絃住了陳隋調㉗；脣底罷吹簫，笛兒丟，笙兒壞，板兒掠㉘。只願扇兒寄去的速，師父束裝得早；三月三劉郎到了㉙，攜手兒下妝樓，

㉒銀毫：筆。

㉓紅么：么是骰子的紅點，這裡指扇上桃花。

㉔便面小二句：便面，即團扇，因便於遮面，所以叫作便面。意說這扇子雖小，卻寄託著萬種心情。

㉕錦字書：指前秦蘇蕙寄給丈夫的織錦迴文詩。蘇蕙因丈夫竇滔做官時愛上了別人，就將自己所寫的二百多首迴文詩織成錦寄給他。

㉖南北套：即南北曲。

㉗陳隋調：即指陳隋時所流行的曲調，如《玉樹後庭花》、《春江花月夜》等。

㉘板兒掠：板兒即拍板，掠，拋棄意。

㉙劉郎到了：借用劉禹錫「種桃道士歸何處，前度劉郎今又來」之典，暗指故人舊地重遊。

桃花粥㉚喫個飽。
　書到梁園㉛雪未消，青谿一道阻春潮，
　桃根桃葉㉜無人問，丁字簾㉝前是斷橋。

題畫

（小生扮山人藍瑛上）美人香冷繡床①閒，一院桃開獨閉關；無限濃春煙雨裡，南朝留得畫中山。自家武林②藍瑛，表字田叔，自幼馳聲畫苑。與貴筑楊龍友筆硯至交，聞他新轉兵科，買舟來望，下榻這媚香樓上。此樓乃名妓香君梳妝之所，美人一去，庭院寂寥，正好點染雲煙③，應酬畫債。不免將文房畫具，整理起來。（作洗硯、滌筆、調色、指盞介）沒有淨水怎處？（想介）有了，那花梢曉露，最是清潔，用他調丹濡粉，鮮秀非常。

㉚桃花粥：過去洛陽一帶的風俗，寒食節煮桃花粥吃。
㉛梁園：本是西漢時梁孝王的兔園，這裡借指侯方域的家鄉中州歸德。
㉜桃根桃葉：兩人為姊妹，同為晉王獻之的愛妾，此處指李香君。
㉝丁字簾前：地名，在南京市利涉橋畔，明時為妓女聚居的地方。
①繡床：婦女刺繡用的架子。
②武林：杭州的別名。
③點染雲煙：指畫風景畫。

待我下樓，向後園收取。（手持色盞暫下）

【破齊陣】（生新衣上）地北天南蓬轉④，巫雲楚雨絲牽⑤。巷滾楊花，牆翻⑥燕子，認得紅樓舊院。觸起閒情柔如草，攪動新愁亂似煙，傷春人正眠。

小生在黃河舟中，遇著蘇崑生，一路同行，心忙步急，不覺來到南京。昨晚旅店一宿，天明早起，留下崑生看守行李；俺獨自來尋香君，且喜已到院門之外。

【刷子序犯】只見黃鶯亂囀，人蹤悄悄，芳草芊芊⑦。粉壞樓牆，苔痕綠上花磚。應有嬌羞人面，映著他桃樹紅妍；重來渾似阮劉仙⑧，借東風引入洞中天。

（作推門介）原來雙門虛掩，不免側身潛入，看有何人在內。（入介）

【朱奴兒犯】呀，驚飛了滿樹雀喧，踏破了一墀⑨蒼蘚。這泥落空堂簾半捲，受用煞

---

④地北天南蓬轉：秋天蓬草乾枯了以後，遇大風即被連根拔出，在空中飛轉，因此蓬轉常比喻人的到處飄泊。

⑤巫雲楚雨絲牽：巫雲楚雨即巫山雲雨，形容男女之間的愛情。絲牽暗指思緒牽連，是說侯方域雖然四處漂泊，但始終懷戀著香君。

⑥翻：翻飛。

⑦芊芊：草茂盛貌。

⑧重來渾似阮劉仙：阮、劉，即劉晨、阮肇。相傳東漢人劉晨、阮肇到天臺山採藥，跟山上的兩個仙女結婚。過了半年多，仙女才放他們回去，回家裡一看，七代子孫都已經長大成人。渾，完全。

⑨墀：階。

⑩雙棲紫燕。閒庭院，沒個人傳，躡蹤兒⑪迴廊一遍，直步到小樓前。

（上指介）這是媚香樓了。你看寂寂寥寥，湘簾晝捲，想是香君春眠未起。俺且不要喚他，慢慢的上了妝樓，悄立帳邊；等他自己醒來，轉睛一看，認得出是小生，不知如何驚喜哩！（作上樓介）

【普天樂】手拽起翠生生羅襟軟，袖撥開綠楊線。一層層欄壞梯偏，一椿椿塵封網罥⑫。豔濃濃樓外春不淺，帳裡人兒靦腆。（看几介）從幾時收拾起銀撥冰絃⑬，擺列著描春容脂箱粉盞，待做個女山人畫叉乞錢⑭。

（驚介）怎的歌樓舞榭，改成個畫院書軒，這也奇了。（想介）想是香君替我守節，不肯做那青樓舊態，故此留心丹青，聊以消遣春愁耳。（指介）這是香君臥室，待我輕輕推開。（推介）呀！怎麼封鎖嚴密，倒像久不開的；這又奇了，難道也沒個人看守。（作背

---

⑩受用煞：極為享用。因前句說泥落空堂，燕子正好啣泥築巢。

⑪躡蹤兒：輕步。

⑫塵封網罥：佈滿了灰塵蛛網。罥，纏結意。

⑬銀撥冰絃：指琵琶。銀撥是彈琵琶用的銀片，冰絃是琵琶的絃。

⑭待做個女山人畫叉乞錢：山人，是當時社會上的人物名色，沒有功名官職的讀書人，靠著書畫鑑賞等高雅的技藝營生。畫叉是掛畫用的鐵叉。整句意思是：香君什麼時候收拾起了箏琶樂器，像是要做個靠畫畫來謀生的女山人。

手傍徨介）

【雁過聲】蕭然，美人去遠，重門鎖，雲山萬千，知情只有閒鶯燕。儘著狂，儘著顛，問著他一雙雙不會傳言。熬煎，纔待轉，嫩花枝靠著疎籬顫。（下聽介）簾櫳響，似有個人略喘。

（瞧介）待我看是誰來。（小生持盞上樓，驚見介）你是何人，上我寓樓？（生）這是俺香君妝樓，你為何寓此？（小生）我乃畫士藍瑛。兵科楊龍友先生送俺來寓的。（生）原來是藍田老，一向久仰。（小生問介）台兄尊號？（生）小生河南侯朝宗，亦是龍友舊交。（小生驚介）呵呀！文名震耳，纔得會面。請坐請坐！（坐介）（生）我且問你，俺那香君那裡去了？（小生）聽說被選入宮了。（生驚介）怎……怎的被選入宮了！幾時去的？（小生）這倒不知。（生起，掩淚介）

【傾杯序】尋遍，立東風漸午天，那一去人難見。（瞧介）看紙破窗櫺，紗裂簾幔。裹殘羅帕⑮，戴過花鈿，舊笙簫無一件。紅鴛衾盡捲，翠菱花放扁⑯，鎖寒煙，好花枝不照麗人眠。

⑮裹殘羅帕三句：意思是說裹殘了的羅帕，戴過的花鈿，連同舊笙簫都沒有了。

⑯翠菱花放扁：菱花為鏡子，意指鏡奩倒放。

想起小生定情之日，桃花盛開，映著簇新新一座妝樓；不料美人一去，零落至此。今日小生重來，又值桃花盛開，對景觸情，怎能忍住一雙眼淚。（掩淚坐介）

【玉芙蓉】春風上巳⑰天，桃瓣輕如翦，正飛綿作雪，落紅成霰⑱。不免取開畫扇，對著桃花賞玩一番。（取扇看介）濺血點作桃花扇，比著枝頭分外鮮。這都是爲著小生來。攜上妝樓展，對遺跡宛然，爲桃花結下了死生冤。

（小生）請教這扇上桃花，何人所畫？（生）就是貴東楊龍友的點染。（小生）為何對之揮淚？（生）此扇乃小生與香君訂盟之物。

【山桃紅】那香君呵！手捧著紅絲硯⑲，花燭下索詩篇。（指介）一行行寫下鴛鴦劵⑳。那不到一月，小生避禍遠去，香君閉門守志，不肯見客，惹惱了幾個權貴。放一群吠神仙朱門犬㉑。那時硬搶香君下樓，香君著急，把花容呵，似鵑血亂灑啼紅怨。這柄詩扇恰在手中，竟爲濺血點壞。（小生）可惜可惜！（生）後來楊龍友添上梗葉，竟成了幾筆折枝桃花。（拍扇介）這桃花扇在，那人

⑰上巳：古代節日，本為陰曆三月上旬的巳日，魏以後定為三月三日。

⑱霰：雪珠。

⑲紅絲硯：著名的硯台，據說用墨匣蓋著，墨汁可以數天不乾。

⑳鴛鴦券：定情的誓言。

㉑放一群吠神仙朱門犬：朱門犬指豪門走狗。這是說馬士英派出了一批搶香君的惡奴。

阻春煙㉒。

（小生看介）畫的有趣，竟看不出是血跡來。（問介）這扇怎生又到先生手中？（生）香君思念小生，托他師父到處尋俺，把這桃花扇，當了一封錦字書。小生接得此扇，跋涉來訪，不想香君又入宮去了。（掩淚介）（末扮楊龍友冠帶，從人喝道上）臺上久無秦弄玉㉓，船中新到米襄陽㉔。（雜入報介）兵科楊老爺來看藍相公，門外下轎了。（小生慌迎見介）（末上樓見生，揖介）侯兄幾時來的？（生）適纔到此，尚未奉拜。（末）聞得一向在史公幕中，又隨高兵防河。昨見塘報，高傑於正月初十日，已為許定國所殺，那時世兄在那裡來？（生）小弟正在鄉園，忽遇此變，扶著家父逃避山中，一月有餘。恐為許兵蹤跡，故又買舟南來。路遇蘇崑生，持扇相訪，只得連夜赴約。竟不知香君已去。（問介）請問是幾時去的？（末）正月人日被選入宮的。（生）到幾時纔出來？（末）遙遙無期。（生）小生只得在此等他了。（末）此處無可留戀，倒是別尋佳麗罷。（生）小生怎忍負約，但得他一信，去也放心。

㉒那人阻春煙：意思是那個人看不見了。

㉓臺上久無秦弄玉：弄玉是春秋時秦穆公的女兒，善吹簫。比喻香君久離媚香樓。

㉔船中新到米襄陽：米襄陽是北宋著名的書畫家米芾。比喻畫家藍瑛到媚香樓居住。

【尾犯序】望咫尺青天㉕，那有個瑤池女使，偷遞情箋。明放著花樓酒榭，丟做個雨井煙垣。堪憐！舊桃花劉郎又撚㉖，料得新吳宮西施不願㉗。橫揣俺天涯夫婿㉘，永巷日如年。

（末）世兄不必愁煩，且看田叔作畫罷。（小生畫介）（生、末坐看介）這是一幅桃源圖㉙？（小生）正是。（末問介）替那家畫的？（小生）大錦衣張瑤星先生，新修起松風閣，要裱做照屏的。（生贊介）妙妙！位置點染，別開生面，全非金陵舊派㉚。（小生作畫完介）見笑，見笑！就求題詠幾句，為拙畫生色如何？（生）不怕寫壞，小生就獻醜

㉕望咫尺青天三句：咫尺是很近的意思。瑤池女用青鳥的故事：傳說西王母住在瑤池，青鳥為其使者。這裡意說香君和他雖近在咫尺，卻遠隔天邊，怎能有個使者，暗中相助傳遞情書呢？

㉖舊桃花劉郎又撚：用劉禹錫玄都觀典故，暗指侯方域故人重來。

㉗料得新吳宮西施不願：用西施入吳故事，比喻香君的不願入宮。

㉘橫揣俺天涯夫婿二句：橫，強烈。揣，懷想。永巷是宮中幽閉宮女的地方。這二句是侯方域設想香君強烈懷念他的天涯夫婿，因此在深宮永巷裡度日如年。

㉙桃源圖：指用陶淵明的《桃花源記》作題材的畫。

㉚金陵舊派：在畫史上清初有金陵八家（龔賢、樊圻、高岑、鄒喆、吳宏、葉欣、胡慥、謝蓀），金陵舊派疑是八家以前的一個畫派。

了。（題介）原是看花洞裡人，重來那得便迷津㉛，漁郎誑指空山路㉜，留取桃源自避秦。歸德侯方域題。（末讀介）佳句。寄意深遠，似有微怪小弟之意。（生）豈敢！（指畫介）

【鮑老催】這流水溪堪羨，落紅英千千片。抹雲煙，綠樹濃，青峰遠。仍是春風舊境不曾變，沒個人兒將咱繫戀。是一座空桃源㉝，趁著未斜陽將棹㉞轉。

（起介）（末）世兄不要埋怨，而今馬、阮當道，專以報仇雪恨為事；俺雖至親好友，不敢諫言。恰好人日設席，喚香君供唱；那香君性氣，你是知道的，手指二公一場好罵。（生）呵呀！這番遭他毒手了。（末）虧了小弟在旁，十分勸解，僅僅推入雪中，喫了一驚。幸而選入內庭，暫保性命。（向生介）世兄既與香君有舊，亦不可在此久留。（生）是，是！承教了。（同下樓行介）

㉛迷津：迷失路徑。《桃花源記》敘述漁人從桃花源回來之後，第二次想再去找便找不到道路了。

㉜漁郎誑指空山路二句：這兩句表面是就桃花源題詠，意說漁郎指給人們到桃源的路是騙人的，實際上是他為了把桃源留下來給自己避秦，所以不把到桃源去的道路老實告訴人。言外表示侯方域對楊龍友告訴他香君已入宮的話不大相信。

㉝是一座空桃源：侯方域借《桃源圖》表示這裡無可留戀。

㉞棹：船。及早歸去。

【尾聲】熱心腸早把冰雪嚥，活冤業㉟現擺著麒麟楦㊱。（收扇介）俺且抱著扇上桃花閒過遣。

（竟下介）（末）我們別過藍兄，一同出去罷。（生）正是忘了作別。（作別介）請了！

（小生先閉門下）（生、末同行介）

（生）重到紅樓意惘然，（末）閒評詩畫晚春天，

（生）美人公子飄零盡，（末）一樹桃花似往年。

餘韻

【西江月】（淨扮樵子挑擔上）放目蒼崖萬丈，拂頭紅樹千枝；雲深猛虎出無時，也避人間弓矢。建業城啼夜鬼①，維揚井貯秋屍②；樵夫賸得命如絲，滿肚南朝野史。在下蘇崑生，自從乙酉年③同香君到山，一住三載，俺就不曾回家，往來牛首④、棲霞，採樵度

㉟活冤業：冤家。

㊱麒麟楦：麒麟的模型。唐朝楊炯把當朝大臣都叫作麒麟楦，比喻他們外面好看，實際上不頂用，虛有其表。這裡麒麟楦指阮、馬等奸臣。

①建業城啼夜鬼：建業即南京。這句寫南京城遭兵亂後的悽慘荒涼。

②維揚井貯秋屍：維揚即揚州。這句指清兵南下，揚州十日，人民慘遭屠殺。

③乙酉年：公元一六四五年。這年清兵攻陷南京，明亡。

④牛首：山名，在南京城南。

日。誰想柳敬亭與俺同志，買隻小船，也在此捕魚為業。且喜山深樹老，江闊人稀；每日相逢，便把斧頭敲著船頭，浩浩落落，儘俺歌唱，好不快活。今日柴擔早歇，專等他來促膝閒話，怎的還不見到。（歇擔盹睡介）（丑扮漁翁搖船上）年年垂釣鬢如銀，愛此江山勝富春⑤；歌舞叢中征戰裡，漁翁都是過來人。俺柳敬亭送侯朝宗修道之後，就在這龍潭江畔，捕魚三載，把些興亡舊事，付之風月閒談。今值秋雨新晴，江光似練，正好尋蘇崑生飲酒談心。（指介）你看，他早已醉倒在地，待我上岸，喚他醒來。（作上岸介）（呼介）蘇崑生。（淨醒介）大哥果然來了。（丑拱介）賢弟偏杯⑥呀！（淨）柴不曾賣，那得酒來。（丑）愚兄也沒賣魚，都是空囊，怎麼處？（淨）有了，有了！你輸水，我輸柴，大家煮茗清談罷。（副末扮老贊禮，提絃攜壺上）江山江山，一忙一閑，誰贏誰輸，兩鬢皆斑。（見介）原來是柳、蘇兩位老哥。（淨、丑拱介）老相公怎得到此？（副末）老夫住在燕子磯邊，今乃戊子年⑦九月十七日，是福德星君⑧降生之辰；我同些山中社友，到福德神祠祭賽已畢，路過此間。（淨）為何挾著絃子，提著酒壺？（副末）見笑見

---

⑤富春：地名，在浙江富春江西，東漢嚴子陵曾在這裡隱耕。

⑥偏杯：意指不敬客人獨自飲酒。

⑦戊子年：即清世祖順治五年，公元一六四八年。

⑧福德星君：即財神。

笑！老夫編了幾句神絃歌⑨，名曰《問蒼天》。今日彈唱樂神，社散之時，分得這瓶福酒。恰好遇著二位，就同飲三杯罷。（丑）怎好取擾。（副末）這叫做「有福同享」。（淨、丑）好，好！（同坐飲介）（淨）何不把神絃歌領略一回？（副末）使得！老夫的心事，正要請教二位哩。（彈絃唱巫腔）（淨、丑拍手襯介）

【問蒼天】新曆數，順治朝，歲在戊子：九月秋，十七日，嘉會良時。擊神鼓，揚靈旗，鄉鄰賽社⑩：老逸民，剃白髮，也到叢祠。椒作棟⑪，桂爲楣，唐修晉建：碧和金，丹間粉，畫壁精奇。貌赫赫，氣揚揚，福德名位：山之珍，海之寶，總掌無遺。超祖禰⑫，邁君師，千人上壽：焚郁蘭⑬，奠清醑⑭，奪戶爭墀⑮。草笠底，有一人，掀鬚長嘆：貧者貧，富者富，造命奚爲⑯？我與爾，較生辰，同月同日：囊無

---

⑨神絃歌：娛神的歌曲。這名稱是從樂府裡的《神絃曲》來的。

⑩賽社：祭土地神。

⑪椒作棟六句：椒作棟，桂為楣，形容廟宇的芳香。下三句形容裝潢的富麗，壁畫的精緻。

⑫禰：父廟。

⑬郁蘭：濃烈的香料。

⑭醑：美酒。

⑮奪户爭墀：指祭賽人之多，擁擠不堪。

⑯造命奚為：造命意指造物主，指蒼天。奚為即為何。

錢，竈斷火，不啻乞兒。六十歲，花甲週，桑榆暮矣⑰；亂離人⑱，太平犬，未有亨期。稱玉斝⑲，坐瓊筵，爾餐我看；誰爲靈，誰爲蠢，貴賤失宜。臣稽首，叫九閽⑳，開聾啓聵；宣命司㉑，檢祿籍，何故差池。金闕㉒遠，紫宸高，蒼天夢夢㉓；迎神來，送神去，輿馬風馳。歌舞罷，雞豚收，須臾社散；倚枯槐，對斜日，獨自凝思。濁享富，清享名，或分兩例㉔；內才多，外財少，應不同規。熱似火，福德君，庸人父母；冷如冰，文昌帝㉕，秀士宗師。神有短，聖有虧，誰能足願；地難填，天難補，造化㉖如斯。釋盡了，胸中愁，欣欣微笑；江自流，雲自卷，我又何疑。

---

⑰桑榆暮矣：本指日暮，在日落時影在桑榆之間。這裡指人的晚年。

⑱「亂離人」三句：俗諺：「寧作太平犬，莫作亂離人。」亨期，通達之時。

⑲稱玉斝：舉玉杯。

⑳九閽：指天帝的宮門。

㉑「宣命司」三句：從「我與爾，較生辰，同月同日」到這句，都是老贊禮質問福德星君的話。因老贊禮與福德星君同月同日生，而一貧一富，相去甚遠，因此他感到不平。宣命司，檢祿籍，意即要上帝宣召司命的神，檢查他的祿籍。祿籍，是傳說裡認為注定人們福祿的簿冊。

㉒金闕：與下句「紫宸」都指天帝的宮殿。

㉓夢夢：茫茫，遙遠。

㉔兩例：兩類。

㉕文昌帝：文昌帝君，是主管文士功名祿位的神。

㉖造化：創造化育之意。

（唱完放絃介）出醜之極。（淨）妙絕！逼真《離騷》、《九歌》了。（丑）失敬，失敬！不知老相公竟是財神一轉哩。（副末讓介）請乾此酒。（淨咂舌介）這寡酒㉗好難喫也。（丑）愚兄倒有些下酒之物。（淨）是什麼東西？（丑）請猜一猜。（淨）你的東西，不過是些魚鱉蝦蟹。（丑搖頭介）猜不著，猜不著。（淨）還有什麼異味？（丑指口介）是我的舌頭。（副末）你的舌頭，你自下酒，如何讓客。（丑笑介）你不曉得，古人以《漢書》下酒；這舌頭會說《漢書》，豈非下酒之物。（淨取酒斟介）我替老哥斟酒，老哥就把《漢書》說來。（副末）妙妙！只恐菜多酒少了。（丑）既然《漢書》太長，有我新編的一首彈詞，叫做《秣陵秋》，唱來下酒罷。（副末）就是俺南京的近事麼？（丑）便是！（淨）這都是俺們耳聞眼見的，你若說差了，我要罰的。（丑）包管你不差。（丑彈絃介）六代興亡，幾點清彈千古慨；半生湖海，一聲高唱萬山驚。（照盲女彈詞唱介）

【秣陵秋】陳隋煙月恨茫茫，井帶胭脂㉘土帶香；駘蕩㉙柳綿沾客鬢，叮嚀鶯舌惱人腸。中興朝市㉚繁華續，遺孽兒孫㉛氣焰張；只勸樓臺追後主㉜，不愁弓矢下殘唐。

㉗寡酒：單飲酒，沒有下酒的菜。

㉘井帶胭脂：這是有關陳後主亡國的故事。胭脂井即陳朝景陽宮內的景陽井。隋滅陳時，陳後主和張、孔兩個妃子，一齊躲在井內而被捕，後人因稱這井作胭脂井。

㉙駘蕩：形容輕盈飄蕩的樣子。

㉚中興朝市：即指南明王朝。

㉛遺孽兒孫：指馬士英、阮大鋮等。

蛾眉越女纔承選，燕子吳歈㉝早擅場，力士簽名搜笛步㉞，龜年協律奉椒房。西崑詞賦新溫李㉟，烏巷㊱冠裳舊謝王；院院宮妝金翠鏡㊲，朝朝楚夢雨雲床。五侯閫外空狼燧㊳，二水洲邊自雀舫；指馬誰攻秦相詐㊴，入林都畏阮生狂㊵。春鐙已錯從頭認

㉜只勸樓台追後主二句：後主指陳後主，殘唐即五代時的南唐。這裡說馬士英、阮大鋮只會勸誘弘光帝效法陳後主建造樓台，安逸享樂，卻沒有顧慮到北方軍隊的南下。

㉝燕子吳歈：燕子即《燕子箋》傳奇。吳歈，指崑曲，《燕子箋》是用崑曲演唱的。

㉞「力士簽名搜笛步」二句：阮大鋮等人按著名單去舊院徵選歌妓和清客來教演《燕子箋》，準備演給弘光帝看。力士即高力士，本是唐明皇的內監，這裡泛指皇帝的內監。笛步是南京的地名，教坊所在的地方，指舊院。龜年即李龜年，指教唱的清客。椒房為后妃所居。

㉟西崑詞賦新溫李：宋朝初年楊億、劉筠、錢惟演等人曾把彼此唱和的詩編成《西崑酬唱集》。他們模仿晚唐詩人李商隱、溫庭筠的詩風，詞藻華麗但內容空泛。

㊱烏巷：即烏衣巷，地名，在南京城內，晉時貴族王、謝等家，多住在這裡。

㊲「院院宮妝金翠鏡」二句：後宮美人精心打扮，以求得皇帝的寵幸，皇帝也只顧朝夕淫樂。

㊳「五侯閫外空狼燧」二句：五侯指武將，閫外是城郭以外，一般指武將統轄的區域。狼燧即狼煙。二水洲邊，指南京的白鷺洲邊，李白《登金陵鳳凰台》有「二水中分白鷺洲」。雀舫即朱雀舫，一種華美的遊船。這二句意說南明君臣不顧閫外守將的烽火告急，仍在白鷺洲的畫舫上尋歡作樂。

㊶，社黨重鉤無縫藏；借手殺仇長樂老㊷，脅肩媚貴半閒堂。龍鍾閣部啼梅嶺㊸，跋扈將軍譟武昌㊹；九曲河流晴喚渡㊺，千尋江岸夜移防。瓊花劫到㊻雕欄損，玉樹歌

㊴指馬誰攻秦相詐：秦相趙高指鹿為馬，而群臣一味奉承阿諛，沒有人敢反對他。形容馬士英的專擅。

㊵入林都畏阮生狂：表面是說「竹林七賢」中的阮籍狂放不羈，暗指人們畏懼阮大鋮的猖狂因而避入山林。

㊶「春燈己錯從頭認」二句：阮大鋮先前寫了《春燈謎》傳奇來表示自己的悔過，後來依附馬士英重新得勢，又到處拘捕東林、復社人士。鉤，株連。

㊷「借手殺仇長樂老」二句：長樂老是五代時宰相馮道，不以亡國為恥。半閒堂是南宋奸相賈似道在西湖修建的院宅名。脅肩，斂縮肩膀，諂媚之狀。這裡都用來比擬馬士英、阮大鋮的陰險以及阮大鋮等對馬士英的依附諂媚。

㊸龍鍾閣部啼梅嶺：梅花嶺在揚州。清兵攻破揚州，史可法死事，後家人葬其衣冠於梅花嶺。龍鍾，形容老態，衰弱疲憊，也可形容悲泣。

㊹跋扈將軍譟武昌：指左良玉傳檄自武昌東下。跋扈，形容態度的強橫。

㊺「九曲河流晴喚渡」二句：馬士英、阮大鋮將駐防黃河的軍隊調來截堵左良玉，使得黃河處於毫無警戒的狀態，清兵得以輕易南下。八尺為尋。

㊻瓊花劫到：揚州有瓊花觀。瓊花劫到，指揚州為清兵攻破，全城遭到屠殺。

㊼玉樹歌終：玉樹歌即陳後主《玉樹後庭花》曲。指荒淫的南明王朝的滅亡。

終㊼畫殿涼，滄海迷家龍寂寞，風塵失伴鳳徬徨。青衣啣璧何年返㊽，碧血濺沙此地亡㊾；南內湯池仍蔓草㊿，東陵輦路又斜陽。全開鎖鑰淮揚泗(51)，難整乾坤左史黃(52)。建帝飄零烈帝慘(53)，英宗困頓武宗荒(54)；那知還有福王一(55)，臨去秋波淚數行。

（淨）妙妙！果然一些不差。（副末）雖是幾句彈詞，竟似吳梅村(56)一首長歌。（淨）老哥學問大進，該敬一杯。（斟酒介）（丑）倒叫我喫寡酒了。（淨）愚弟也有些須下酒之物。（丑）你的東西，一定是山殽野蔌了。（淨）不是，不是。昨日南京賣柴，特地帶來

㊽青衣啣璧何年返：晉懷帝被擄，被迫著青衣斟酒以示辱。又古時國君投降時，往往背綁雙手，口啣著玉璧，去見敵人。本句合用此二典，指弘光帝被擄。

㊾碧血濺沙此地亡：指黃得功因弘光帝被擄而自刎。

㊿「南內湯池仍蔓草」二句：南內指南京明故宮。湯池是宮內溫泉。東陵指在南京城東的孝陵。輦路是天子車駕經行的道路。

(51)全開鎖鑰淮揚泗：指淮陰、揚州、泗陽等地相繼失守。

(52)左史黃：即左良玉、史可法、黃得功。

(53)建帝飄零烈帝慘：建帝即明建文皇帝，明成祖攻破南京後，相傳建文流亡在外，四處飄零。烈帝即明崇禎皇帝，自縊煤山。

(54)英宗困頓武宗荒：明英宗正統十四年（公元一四四九年），瓦剌侵入中國，英宗親自帶兵征討，兵敗被俘。武宗寵用劉瑾，是明代出名的昏君。

(55)福王一：意說福王在位只一年。

(56)吳梅村：即吳偉業，字駿公，號梅村。明末清初的著名詩人。

的。(丑)取來共享罷。(淨指口介)也是舌頭。(副末)怎的也是舌頭?(淨)不瞞二位說,我三年没到南京,忽然高興,進城賣柴。路過孝陵,見那寶城享殿,成了芻牧之場。(丑)呵呀呀!那皇城如何?(淨)那皇城牆倒宮塌,滿地蒿萊了。(副末掩淚介)不料光景至此。(淨)俺又一直走到秦淮,立了半晌,竟没一個人影兒。(丑)那長橋舊院,是咱們熟遊之地,你也該去瞧瞧。(淨)怎的没瞧,長橋已無片板,舊院賸了一堆瓦礫。(丑搥胸介)咳!慟死俺也。(淨)那時疾忙回首,一路傷心,編成一套北曲,名為《哀江南》。待我唱來!(敲板唱弋陽腔(57)介)俺樵夫呵!

【哀江南】【北新水令】山松野草帶花挑,猛抬頭秣陵重到。殘軍留廢壘,瘦馬臥空壕;村郭蕭條,城對著夕陽道。

【駐馬聽】野火頻燒,護墓長楸(58)多半焦。山羊群跑,守陵阿監(59)幾時逃。鴿翎蝠糞滿堂拋,枯枝敗葉當階罩;誰祭掃,牧兒(60)打碎龍碑帽。

【沉醉東風】橫白玉八根柱倒,墮紅泥半堵牆高,碎琉璃瓦片多,爛翡翠窗櫺少,

---

(57)弋陽腔:南戲四大聲腔之一,起於江西弋陽一帶而得名。

(58)護墓長楸:種在墓邊的楸樹,至秋垂條如線。

(59)阿監:內監。

(60)牧兒:牧童。

舞丹墀燕雀常朝，直入宮門一路蒿，住幾個乞兒餓殍。

【折桂令】問秦淮舊日窗寮，破紙迎風，壞檻當潮，目斷魂消。當年粉黛，何處笙簫。罷鐙船端陽不鬧，收酒旗重九無聊。白鳥飄飄，綠水滔滔，嫩黃花有些蝶飛，新紅葉無個人瞧。

【沽美酒】你記得跨青谿半里橋，舊紅板沒一條。秋水長天人過少，冷清清的落照，賸一樹柳彎腰。

【太平令】行到那舊院門，何用輕敲，也不怕小犬哰哰㉑。無非是枯井頹巢，不過些磚苔砌草。手種的花條柳梢，儘意兒採樵；這黑灰是誰家廚竈？

【離亭宴帶歇指煞】俺曾見金陵玉殿鶯啼曉，秦淮水榭花開早，誰知道容易冰消。眼看他起朱樓，眼看他讌賓客，眼看他樓塌了。這青苔碧瓦堆，俺曾睡風流覺，將五十年興亡看飽。那烏衣巷不姓王，莫愁湖鬼夜哭，鳳凰臺棲梟鳥。殘山夢最眞，舊境丟難掉，不信這輿圖換稿62。謅63一套哀江南，放悲聲唱到老。

（副末掩淚介）妙是絕妙，惹出我多少眼淚。（丑）這酒也不忍入脣了，大家談談罷。

61哰哰：犬吠聲。

62輿圖換稿：江山易代。

63謅：信口胡言，此為自謙之詞。

（副淨時服[64]，扮皂隸[65]暗上）朝陪天子輦，暮把縣官門；皂隸原無種，通侯豈有根？自家魏國公嫡親公子徐青君的便是，生來富貴，享盡繁華。不料國破家亡，賸了區區一口。沒奈何在上元縣[66]當了一名皂隸，將就度日。今奉本官籤票，訪拏山林隱逸，只得下鄉走走。（望介）那江岸之上，有幾個老兒閑坐，不免上前討火，就便訪問。正是：開國元勳留狗尾[67]，換朝逸老縮龜頭。（前行見介）老哥們有火借一個！（丑）請坐。（副淨坐介）（副末問介）看你打扮，像一位公差大哥。（副淨）便是。（淨問介）要火喫煙麼，小弟帶有高煙[68]，取出奉敬罷。（敲火取煙奉副淨介）（副淨喫煙介）好高煙，好高煙！（作暈醉臥倒介）（淨扶介）（副淨）不要拉我，讓我歇一歇，就好了。（閉目臥介）（丑問副末介）記得三年之前，老相公捧著史閣部衣冠，要葬在梅花嶺下，後來怎樣？（副末）後來約了許多忠義之士，齊集梅花嶺，招魂薶葬，倒也算千秋盛事，但不曾立得碑碣。（淨）好事，好事，只可惜黃將軍刎頸報主，拋屍路旁，竟無人薶葬。（副末）如今好了，也是我老漢同些村中父老，檢骨殯殮，起了一座大大的墳塋，好不體面。（丑）

---

64 時服：即清朝服裝。

65 皂隸：舊時衙門裡的差役。

66 上元縣：清代分南京為江寧、上元二縣，同屬江蘇省治。

67 開國元勳留狗尾：祖先是明朝的開國元勳，子孫卻當了清朝的皂隸。徐青君先祖為明朝開國功臣徐達，因此他在劇中以狗尾自嘲。

68 高煙：上好的煙草。

你這兩件功德，卻也不小哩。（淨）二位不知，那左寧南氣死戰船時，親朋盡散，卻是我老蘇殯殮了他。（副末）難得，難得。聞他兒子左夢庚襲了前程⑲，昨日扶柩回去了。（丑掩淚介）左寧南是我老柳知己。我曾託藍田叔畫他一幅影像，又求錢牧齋題贊⑳了幾句；逢時遇節，展開祭拜，也盡俺一點報答之意。（副淨醒，作悄語介）聽他說話，像幾個山林隱逸。（起身問介）三位是山林隱逸麼？（衆起拱介）不敢，不敢，為何問及山林隱逸？（副淨）三位不知麼，現今禮部上本，搜尋山林隱逸。撫按大老爺張掛告示，布政司行文已經月餘，並不見一人報名。府縣著忙，差俺們各處訪拏，三位一定是了，快快跟我回話去。（副末）老哥差矣，山林隱逸乃文人名士，不肯出山的。老夫原是假斯文的一個老贊禮，那裡去得。（丑、淨）我兩個是說書唱曲的朋友，而今做了漁翁樵子，益發不中了。（副淨）你們不曉得，那些文人名士，都是識時務的俊傑，從三年前俱已出山了。目下正要訪拏你輩哩。（副末）啐，徵求隱逸，乃朝廷盛典，公祖父母㉑俱當以禮相聘，怎麼要拏起來！定是你這衙役們奉行不善。（副淨）不干我事，有本縣籤票在此，取出你看。（取看籤票欲拏介）（淨）果有這事哩。（丑）我們竟走開如何？（副末）有理。避禍今何晚，入山昔未深。（各分走下）（副淨趕不上介）你看他登崖涉澗，竟各逃走無

⑲襲了前程：承繼了官爵。

⑳錢牧齋題贊：錢謙益《有學集》有《為柳敬亭題左寧南畫像》詩。

㉑公祖父母：明清時代對地方官的尊稱。

蹤。

【清江引】大澤深山隨處找，預備官家要。抽出綠頭籤(72)，取開紅圈票(73)，把幾個白衣山人嚇走了。

（立聽介）遠遠聞得吟詩之聲，不在水邊，定在林下，待我信步找去便了。（急下）（內吟詩曰）

漁樵同話舊繁華，短夢寥寥記不差；
曾恨紅箋啣燕子(74)，偏憐素扇染桃花。
笙歌西第留何客(75)？煙雨南朝換幾家？
傳得傷心臨去語，年年寒食哭天涯。

（王安祈選注）

---

(72)綠頭籤：當時官府捕人的籤，綠色漆籤頭。

(73)紅圈票：當時官府捕人的文據，在要逮捕的人的姓名上加紅圈。

(74)曾恨紅箋啣燕子：指阮大鋮《燕子箋》傳奇。

(75)笙歌西第留何客二句：意指繁華府第不能久長。

雷峰塔　選一齣

清　方成培撰

【作　者】

方成培，字仰松，別署岫雲詞逸，歙人（今安徽歙縣），大約生於清雍正九年（一七三一），卒年不詳。自幼體弱多病，故不能致力於科舉功名。養病期間，閉門習醫；從小好學，興趣廣泛，博覽經書、史籍和諸子百家，精於詞曲音律。著有《香硯居詞塵》五卷、《誦詩紀疑》、《香硯居隨筆》及《聽弈軒小稿》詞集等；傳奇劇作除《雷峰塔》，尚有《雙泉記》（已佚）。

【題　解】

白蛇的傳說是唐代以來流傳民間的故事，最早見於唐代傳奇小說〈白蛇記〉（《太平廣記》卷四五八題作〈李黃〉）。宋元間則有話本〈西湖三塔記〉。明代馮夢龍《警世通言》收錄〈白娘子永鎮雷峰塔〉話本。以白娘子為題材的戲曲，則是明天啓、崇禎之際陳六虎《雷峰塔》傳奇，已經亡佚。乾隆三年（一七三八），黃圖珌（蕉窗居士）《看山閣樂府》中有《雷峰塔》傳奇，共三十二齣，戲劇情節與《警世通言》故事完全相同。黃本一出，江南各地伶工即搬上戲曲舞台。其後相傳乾隆年間崑腔老徐班名丑陳嘉言父女，根據舞台演出本加以改編，增補〈端陽〉、〈盜草〉、〈水鬥〉、〈斷橋〉、〈指腹〉、〈祭塔〉等重要場次，稱之「梨園抄本」或「舊抄本」。乾隆三十六年（一七七一），方成培根據舊抄本改編《雷峰塔》傳奇（稱方本或水竹居本），分四卷三十四齣，可說是白蛇傳故事之集大成者。直到今天，崑曲舞台經常上演的〈盜草〉、〈水鬥〉、〈斷橋〉等折子戲，和方本幾乎完全相同。本齣〈斷橋〉為第二十六齣，即依據方本注釋（見《白蛇傳》，台北文化圖書公司出版，一九九〇年）。

本劇演述白雲仙姑本西池王母蟠桃園中一白蛇，因竊食蟠桃得成氣候，至峨眉山連環洞中修煉，已歷千載。白蛇慕戀紅塵，欲度覓有緣之士，行至西湖收伏青蛇，主僕相稱，化身為白娘子和侍女小青。許宣家業飄零，暫棲姊夫錢塘縣馬快李君輔處。清明佳節，細雨霏霏，許宣至西湖岸邊祭掃祖墳，偶逢白娘子，並借以雨傘。白見許風流俊雅，道骨非凡，有心相許。翌日，許至白處相訪，小青從旁撮合親事。白娘子即取白銀兩錠與許宣，使其尋媒提親。許宣歸家，出銀欲託姊夫說媒，君輔見白銀字號鈐記恰為官府所失官銀，追問根由，知其為妖人所惑，命其至蘇州好友處避禍。白娘子尋至蘇州，巧言惑之，和好如初。端陽佳節，許宣備酒饌與娘子慶賀，娘子飲雄黃酒，醉臥床上，現出原形，許宣驚死。白娘子為救許宣，親至嵩山南極仙翁處尋九死還魂仙草。仙翁知許宣為釋迦牟尼座前捧缽侍者轉世，遂與之。許宣服仙草復活，法海奉旨收伏蛇妖，接引許宣歸位。白娘子遣蝦兵蟹將水漫金山寺，戰敗遁逃。行至斷橋，許宣由法海運用威力送至臨安，與白娘子相會。白娘子產子後，被法海鎮壓於雷峰塔下；小青與戰，被鎖閉七寶池邊；許宣亦為護法接引升天歸位。二十年後，許、白之子許士麟得中狀元，祭奠雷峰塔前。其時，白蛇、青蛇災限已滿，法海奉命赦之，天女前來接引二仙上升天界。

本齣移宮換羽，排場有三。第一場是「戰敗遁逃到臨安」，由兩支【山坡羊】組成，敘述白娘子與法海爭鬥，險被擒拿，幸借水遁，來到臨安；因腹中疼痛，寸步難行，且到斷橋亭內少坐片時。同時許宣亦被法海護送前來臨安與白娘子相會。第二場是「冤家路窄苦相逢」，由【五供養】、【玉交枝】、【川撥棹】組成，敘述許宣餘悸猶存，見白氏、青兒慌忙潛身逃避，因其緊緊追趕，勉强上前相見。第三場是「相逢畢竟情難割」，由兩支集曲【金落索】組成，一邊是白氏責難許宣狠心薄倖，一邊是許宣苦苦告饒。白娘子痴心不死、愛恨交加，終究寬容原諒，聽從許宣建議，權且到其姊丈家中安身，再作區處。本齣曲詞、賓白頗貼切三個人物的處境與心情：一個是癡心堅强又柔情如水的白娘子，一個是嫉惡如仇又忠義耿直的小青，一個是意志薄弱又顧念恩情的許宣。清代石坪居士看了〈斷橋〉演出，題絕句云：「恩愛夫妻見面時，似嗔似怨各攸宜。相逢畢竟情難割，恨殺旁觀一侍兒。」

斷橋

【山坡羊】（旦、貼上）（旦）頓然間鴛鴦折頸①，奴薄命孤鸞照命②。好教我心頭暗哽，怎知他一旦多薄倖③。

（貼）娘娘，喫了苦了。（旦）青兒，不想許郎聽信法海言語，竟不下山。我和他爭鬥，奈他法力高強，險被擒拏。幸借水遁④，來到臨安⑤。哎呀！不然險遭一命。（貼）娘娘，仔細想將起來，都是許宣那廝薄倖。若此番見面，斷斷不可輕恕！（旦）便是。（貼）如今我每那裡去藏身纔好？（旦）我向聞許郎有一姐姐，嫁與李仁，在此居住。我和你且投奔到彼。（貼）只是從未識面，倘不相留，如何是好？（旦）我每到彼，再作區處⑥。（貼）如此，娘娘請。（旦行作腹痛介）哎喲！（貼）娘娘為甚麼呵？（旦）青兒，我腹中疼痛，寸步難行，怎生捱得到彼。（貼）只怕要分娩了。前面已是斷橋亭，待我且扶到亭內，少坐片時，再行便了。（旦）咳，許郎呵，我為你恩情非小，不想你這般薄倖，阿呀，好不悽慘人也！（貼）可憐。

①鴛鴦折頸：指夫妻分離。
②孤鸞照命：孤鸞為星座名，意指命該孤單。
③一旦多薄倖：旦夕之間成為薄情之人。
④水遁：憑藉水之助力得以逃脫。
⑤臨安：南宋都城，今浙江杭州。
⑥區處：打算。

（旦）歹心腸鐵做成，怎不教人淚雨零。奔投無處形憐影，細想前情氣怎平？（合）淒清，竟不念山海盟；傷情，更說甚共和鳴⑦。（同下）

（生隨外上）（外⑧）許宣，你且閉著眼。

【前腔】一程程錢塘⑨將近，驀過了千山萬嶺。錦重重遙望層城，虛飄飄到來俄頃⑩。許宣，來此已是臨安了。（生驚介）果然是臨安了。奇呵！（外）你此去若見此妖，不必害怕。待他分娩之後，你可到淨慈寺⑪來，付汝法寶收取便了。（生）是。待弟子相送到彼。（外）不消。你可作速歸家，方纔之言不可忘了！記此行漏言⑫禍匪輕。（下）（生）前情往事重追省，只怕他怨雨愁雲恨未平。萍梗⑬，歎阽危⑭命欲傾；傷情，痛遭魔心暗驚。

---

⑦共和鳴：即鸞鳳和鳴，比喻夫妻恩愛。

⑧外：外末，腳色名稱。此指法海。一般刊本、抄本、演出本，都在〈斷橋〉這場戲中許宣出場時，有法海的庇護。

⑨錢塘：西湖。

⑩錦重重遙望層城，虛飄飄到來俄頃：法海運用威力，讓許宣閉目騰雲到臨安來，此二句形容許宣近臨錢塘時，只見腳下層城錦繡，虛飄飄霎時來到。

⑪淨慈寺：在杭州西湖邊。

⑫漏言：洩漏機密。

⑬萍梗：浮萍泛梗，比喻孤身飄零，行蹤不定。

⑭阽危：危險。

（旦、貼內）許宣，你好狠心也！（生跌介）阿呀，嚇嚇死我也。你看那邊，明明是白氏、青兒，哎喲，我今番性命休矣！

【五供養】今朝蹭蹬⑮。（旦、貼內）許宣，你好薄情也！（生）忽聽他怒喊連聲，遙看妖孽到，勢難攖⑯，空叫蒼天，更沒處將身遮隱。怎支撐⑰？不如拚命向前行。（奔下）

【玉交枝】（貼扶旦上）（旦）輕分鸞鏡⑱，那知他似狼心性，思量到此眞堪恨，全不念伉儷深情。

（貼）娘娘，你看許宣見了我每，略不回頭，潛身逃避，咦，好不可恨！（旦）不必多言，我和你急急趕上前去！

惡狠狠裴航翻欲絕雲英⑲，喘吁吁歎蘇卿倒趕不上雙漸的影⑳。（閃介）（貼）娘娘看仔細。（旦）哎喲！望長隄疾急前征，顧不得繡鞵幫褪。（同下）（生上）阿呀！阿呀！

---

⑮蹭蹬：失勢難進的樣子。

⑯攖：觸犯。

⑰支撐：抵擋，應付。

⑱輕分鸞鏡：輕易拆散夫妻。

⑲裴航翻欲絕雲英：唐裴鉶傳奇小說〈裴航〉，寫秀才裴航在藍橋遇仙女雲英結為夫婦。此反用其意，是說許宣欲絕夫妻之情。

⑳蘇卿倒趕不上雙漸的影：宋元小說戲曲中流傳的故事。雙漸與蘇小卿相愛，後小卿淪落，雙漸與她月夜乘舟逃走。此反用其意，是說白娘子仍然痴心不改地追趕他。

【川撥棹】眞不幸，共冤家狹路行。嚇得我氣絕魂驚，嚇得我氣絕魂驚。
且住，方纔禪師說：此去若遇妖邪，不必害怕。那、那、那、看他緊緊追來，如何是好？也罷，我且上前相見，生死付之天命便了！

我向前時，又不覺心中戰兢。（旦、貼上）（旦）謝伊家曩日多情，恨奴家平日無情。

（見生扯住介）許宣，你還要往那裡去？你好薄倖也！（哭介）（生）阿呀娘子，為何這般狼狽？（旦、貼）你聽信讒言，把夫婦恩情，一旦相拋，累我每受此苦楚，還來問甚麼？（生）娘子，請息怒。你且坐了，聽卑人一言相告。（貼）那，那，那，他又來了。（生）那日上山之時，本欲就回，不想被法海那廝，將言煽惑，一時誤信他言，致累娘子受此苦楚，實非卑人之故嘘！（哭介）（貼）啐，你且收了這假慈悲。走來，聽我一言。（生）青姐，有何說話？（貼）我娘娘何等待你？（生）娘子是好的呵。（貼）可又來！也該念夫妻之情，虧你下得這般狠心！（生）阿呀冤哉！（貼）於心何忍呢？（生）青姐，這都是那妖僧不肯放我下山。（貼回頭不理介）（生）娘子，望恕卑人之罪！（旦）咳，許郎呵！（貼代旦挽髮介）

【金落索】（旦）我與你噰噰戈鴈鳴㉑，永望鴛交頸。不記當時，曾結三生證㉒，如今

㉑噰噰戈鴈鳴：受傷的雁互相依賴。噰噰，聲音和諧的樣子。戈鴈，被繳射的雁。

㉒三生證：永世不變的盟誓。

負此情，背前盟。（生）卑人怎敢？（旦）貝錦如簧㉓說向卿，因何耳軟輕相信？（拭淚起唱介）催挫嬌花任雨零。眞薄倖。你清夜捫心也自驚。（生）是卑人不是了。（旦）害得我飄泊零丁，幾喪殘生，怎不教人恨恨。

（轉坐哭介）（貼揉旦背介）娘娘，不要氣壞了身子。

【前腔】（生）愁煩且暫停，念我誠堪憫。連理交枝㉔，實只願偕歡慶。風波意外生，望委曲垂情㉕。（旦）你既知夫婦之情，怎麼聽信禿驢言語？（生）叵耐㉖妖僧忒殺㉗狠，教人怎不心兒驚。聽他一剗㉘胡言，我合受懲。（旦）阿喲，氣死我也。（生）只看平日恩情呵！求容忍。（旦）啐！（貼）這時候陪罪，可不遲了？（生）善言勸解全賴你娉婷，蹙眉山淚雨休零，且暫消停㉙。

（跪介）（旦）下次可再敢如此？（生）再不敢了。（旦）起來，起來，起來耶。（生）

㉓貝錦如簧：比喻誣陷誹謗人的讒言。貝錦：編成貝形花紋的錦緞，比喻讒人故意編造、羅織罪名。簧，樂器中的銅片，用來發音的，比喻表面動聽，實則虛偽。

㉔連理交枝：比喻恩愛夫妻。

㉕垂情：留情、寬恕。

㉖叵耐：無奈之意。

㉗忒殺：即忒煞，特別之意。

㉘一剗：一派。

㉙消停：舒緩、寬停。

多謝娘子。（貼氣介）咳！（旦）只是如今我每向何處安身便好？（生）不妨。請娘子權且到我姐丈家中住下，再作區處。（旦）此去切不可說起金山之事，倘若洩漏，我與你決不干休！（貼）與你定不干休！（生）謹依尊命。青姐，我和你扶娘娘到前面去。（貼不應介）（生）娘子，你看青姐，總是怨著卑人，怎麼處？（旦）青兒，青兒！（貼）娘娘。（旦）我想此事，非關許郎之過，多是法海那廝不好，你也不要太執性了。（貼）娘娘，你看官人，總是假慈悲，假小心，可惜辜負娘娘一點真心。（旦）咳。（生）娘子請。（旦）哎喲，只是我腹中十分疼痛，寸步難行。（生）不妨。我和青姐且扶到前面，喚乘小轎而行便了。

【尾聲】（旦）**此行休似東君洩漏柳條青㉚**，（生）**還學並蒂芙蓉交映**，（合）**再話前歡續舊盟。**

（旦）還恐添成異日愁，（溫庭筠）（貼）朝成恩愛暮仇仇。（翁　綬）

㉚休似東君洩漏柳條青：白娘子叮嚀許宣此行到姐丈家中，切不可說起金山寺之事，亦不可洩漏其為白蛇之身。東君，春神。洩漏柳條青，出自杜甫〈臘日〉：「侵陵雪色還萱草，漏洩春光有柳條。」

（生）當年顧我長青眼㉛，（許　渾）縱殺微軀未定酬。（方　干）

㉛當年顧我長青眼：許宣追敘當年白娘子對他的情深意重。青眼，以黑眼珠對人，比喻好眼色。三國魏名士阮籍能分別以青眼、白眼看不同的人，對凡俗之士施以白眼，意氣相投者則用青眼，後因以青眼比喻對人賞識器重。

（李惠綿選注）

三堂會審

清　無名氏撰

【題　解】

京劇《三堂會審》為全本《玉堂春》中的一段，常單獨演出。《玉堂春》本事見《警世通言》卷二十四《玉堂春落難逢夫》，清代咸豐、同治時已有京劇本演出，作者不詳。民國初年《戲考》收有劇本，本書所據為《經典京劇劇本全編》本（北京：國際文化出版公司，一九九六）。

吏部尚書之子王金龍於妓院結識名妓蘇三，大為傾心，為蘇三取名玉堂春，欲共結白首。但不久床頭金盡，被鴇兒逐出妓院，幸蘇三私贈銀兩，才得上京趕考。公子去後，鴇兒將蘇三賣與山西富商沈燕林作妾，沈燕林原配皮氏與姦夫趙監生定計欲毒死蘇三，不料沈燕林誤食藥麵一命歸天，蘇三乃被誣以謀死親夫之罪，屈打成招，問成死刑。王金龍高中後，官至八府巡按，打聽蘇三消息，親到山西審案。解差崇公道押解蘇三前往太原，一路聽蘇三訴説冤情，十分憐憫（這段常單獨演出，劇名為《女起解》，又名《蘇三起解》）。到太原後，案由王金龍與潘必正（著紅色官服，一般多以「紅袍」稱之）、劉秉義（藍袍）二位官員同審，故稱《三堂會審》，簡稱《會審》。問案時王金龍見蘇三慘狀極為不忍，心情激動，幾至失態。兩位大人逐漸發覺巡按與女犯的關係，幾番出言調侃譏誚，王金龍極為尷尬卻又必須維持官體，三位官員之間的對話乃至於「啊？哈！咦？嘿！」等不同的笑聲，構成了《三堂會審》高度的戲劇性。最後蘇三冤情辨明，與王金龍團圓，不過〈探監〉與〈團圓〉較少演出，多半只到《會審》為止。《會審》可單演，也常和前面的《女起解》銜接。

由於蘇三在《會審》裡有大段唱腔倒敘案由，因此這齣戲以「追溯往事」為主要技巧，而難得的是：在追溯的同時，不僅交代了過往情節，更層層剝露揭示出了人物性格。人物性格的塑造，是在大段回述往事的唱腔曲文之中完成的。對蘇三而言，是在受審的狀況下被迫敘說她和王金龍的戀愛經過，然而，伴隨著幾分驚怕與幾許無奈，在絲竹輕托、弦管映襯之下，她的思緒其實也已回到了當時，心情隨著愛情的甘美與苦痛而波動起伏，時而沈醉、時而哀怨，整齣《會審》的唱，與其純粹當作是蘇三的招供，不如視作她個人對愛情過程的重新品味與體驗。觀眾眼中的蘇三，也是回憶與現實的雙重疊影。整齣戲的結構是「一顯一隱、一虛一實」雙層並行的，「敘事性」與「戲劇性」的背後，抒情仍為本質。歷經了重重磨難的蘇三，最後在公堂之上仍能以高昂肯定的語氣唱出：「眼前若有公子在，縱死黃泉也甘心」，性格之執著堅定令人感動，而編劇安排蘇三藉受審以剖白心境，使劇情的推展以虛實掩映為結構，技法之高妙又是何等的令人讚嘆！而點染最妙的還屬與王金龍並坐公堂的藍袍和紅袍二位官員，這兩人原本只是單純的前來陪審，但當他們逐漸發現按院大人和女犯之間的關係後，態度遂由公事公辦轉成興味盎然，尤其藍袍劉秉義，更藉機以尖銳辛辣的語氣對年輕上司的風流行徑極盡調侃甚至嘲諷之能事。官場老手世故圓通的紅袍潘必正，則有時湊興，有時又不動聲色的為長官緩頰。這兩人的穿插，不僅使全劇活潑靈動，戲劇性高度增強，也使人物個性因交錯互動而得以激化展現。（有關此劇的解析，詳參王安祈《戲裡乾坤大——平劇世界》，國立傳統藝術中心與漢光文化事業有限公司出版，一九九八，頁一〇五至一〇九。）

（王金龍內）嗯哼！（王金龍上）

（王金龍念【引子】）為訪嬌容，親到洪洞。恩情一旦拋，何日得相逢。

（念【西江月】）任憑皇親國戚，哪怕將相公卿，王子犯法庶民同，俱要按律而行。（門子暗上）本院，王金龍。蒙聖恩放我八府巡按①，奉命巡察山西。在洪洞縣下馬，查得舊案之中，有謀死親夫一案，不知蘇三因何牽連在內，因此將人犯提到太原複審。少時升堂，就先審此案。正是：一朝身榮耀，難忘舊恩情。（門子乙、丙手托稟帖上。）

（門子乙、門子丙）東壁圖書府，西苑翰墨林②。門上哪位聽事？（門子甲）做什麼的？

---

①巡按：明代有巡按御史，為監察御史赴各地巡視者。

（門子乙、門子丙）布、按二位大人求見。（門子甲）請少待。啟大人，布、按二位大人求見。（王金龍）有請。（門子甲）有請！（門子乙、門子丙）有請！（潘必正、劉秉義上。）（潘必正、劉秉義）大人！（王金龍）二位大人！請坐！（潘、劉）有坐。大人出京以來，望重山斗③，所到之處，百草皆生，萬民無不瞻仰！（王）豈敢。（潘、劉）大人出京路過幾省？（王）路過三省。（潘、劉）在何處下馬？（王）洪洞縣下馬。（潘、劉）可曾察得民情？（王）也曾察得民情，內有謀死親夫一案，不知連累多少好人在內。（潘、劉）有個賢愚而不等。（王）好個賢愚而不等。（潘、劉）大人今日升堂，不知先審哪一案？（王）自然先審謀死親夫一案。（潘、劉）大人升堂，司吏等儀門④伺候！（王）請！（潘必正、劉秉義下。）（王金龍）來！（門子甲）有！（王金龍）開門！（門子甲）開門！（下）（王金龍下）

（四紅龍套執開門刀，四青袍前二人持堂板，後二人徒手，四劊子手抱刀，兩邊分上。王金龍上，門子甲隨上。潘必正、劉秉義兩邊分上。門子乙、丙隨潘、劉由兩邊上。崇公道暗上。）

②翰墨林：翰墨，猶言筆墨。翰墨林，筆墨之林，比喻文章匯集之處，猶文壇。

③山斗：泰山、北斗的合稱，猶言泰斗，比喻為世人所敬欽的人。

④儀門：明清官署、邸宅大門內的第二重正門。

（王金龍）傳長解⑤！（門子甲）長解上堂！（崇公道）報！長解告進！叩見三位大人，公文呈上。（門子甲）聽點！（崇公道）是！（門子甲）長解一名崇公道。（崇）有！（門子甲）護解一名崇公道。（崇）有！（王）嗯！長解是你，護解又是你，一人擔當二役，分明是一刁棍。（門子甲）請劉大人用刑。（劉）來！（衆）有！（劉）扯下去打！（崇）且慢，小人有下情回稟。（劉）有話朝上回。（崇）小人好比大人胯下之駒，揚鞭即走，勒韁即住。公文之上有小人名字，方敢應聲，無有小人名字，不敢冒名前來，請大人詳情。（潘、劉）長解回明，其刑可免！（王）免！帶犯婦！（門子甲）帶犯婦！（崇）是！犯婦走動！（蘇三內）苦哇！（蘇三肩扛行枷⑥上）（蘇三）喂呀！

（蘇三唱【西皮散板】）來至在都察院舉目往上觀，（衆）噢！（接唱）**兩旁的刀斧手嚇得我膽戰心又寒。**（崇）不要害怕！（接唱）**蘇三此去好有一比，**（崇）比做何來？（接唱**好比那魚兒落網有去無還。啊……**（崇）哀告大人開脫於你。（接唱）**崇爹爹呀！**（崇攏雙手，阻攔蘇三呼喚爹爹）（崇）犯婦告進！（蘇三隨崇公道進門，面向裡跪。）

（崇）犯婦當面。（蘇三）叩見大人。（王金龍）那一犯婦，為何不抬起頭來？（蘇三）有罪不敢抬頭。（王金龍）恕你無罪。（蘇三）謝大人。（王金龍看蘇三，暗自感嘆）你

---

⑤長解：擔負長途解送罪犯的差役。

⑥行枷：古代押解犯人時所用的木枷。

可有訴狀？（蘇三）有。（王）呈。（蘇三）這……，無。（王）嗯！本院問你可有訴狀，你道有。叫你呈，又説無。分明是一刁婦！（門子甲）請劉大人用刑！（劉）來！（衆）有！（劉）掌嘴！（蘇三）哎呀大人吶！犯婦有話未曾回明。（潘、劉）有話朝上回。（蘇三）是。啟稟都天大人，犯婦之罪，並非犯婦自己所為，乃皮氏用銀錢將犯婦買成一行死罪。起解之前，監中有人不服，替犯婦寫下伸冤大狀，又恐皮氏搜去，因此藏在行枷之內。望大人開一線之恩，當堂劈桎⑦開枷。哎呀大人吶！犯婦縱死黃泉，也是瞑目的了哇！（潘、劉）犯婦回明，其刑可免！（王）免。來！當堂劈桎開枷。（崇公道劈桎開枷取出狀紙）（門子甲）三日後領回文。（崇公道）是！（崇公道下）（王）這一犯婦，你將狀紙上面的情由，一一訴來，本院也好開脱於你。（蘇三）都天大人容稟！

（蘇三唱【西皮導板】）玉堂春跪至在都察院。

（王金龍）嗯！狀紙上面寫的是蘇三，口稱玉堂春，是何道理？

（門子甲）請劉大人用刑。

（劉秉義）來！

（衆）有。

（劉秉義）看拶⑧！（王金龍著急）

---

⑦桎：桎梏，指行枷。劈桎開枷即劈開行枷。

⑧拶：舊時夾手指的刑具。

（蘇三唱【西皮回龍】）大人哪！

（劉秉義）兩廂退下。（四劊子手、四青袍、四紅龍套，門子甲、乙、丙，分由兩邊暗下。）

（劉秉義、潘必正）臉朝外跪！

（潘必正）我來問你，玉堂春三字是何人與你起的名字？講！

（蘇三唱【西皮慢板】）玉堂春本是公子他取的名。

（劉秉義）我來問你，鴇兒⑨買你多大年紀？講！

（蘇三接唱）鴇兒買我七歲整，

（潘必正）在院中住了幾載？講！

（蘇三接唱）在院中住了整九春。

（劉秉義）這七歲賣身，在院中住了九載，想這七九一十六歲，已是長成人了。我來問你，這首次開懷的人兒是哪一個呀？

（潘必正）是哪一個呀？

（蘇三接唱）十六歲開懷是那王——

（潘、劉）王什麼？（王金龍暗示蘇三別講）

---

⑨鴇兒：鴇母，舊稱妓女的假母或泛指開設妓院的女人。

（潘、劉）王什麼？

（蘇三接唱）啊！王公子！

（劉對潘）大人！

（潘對劉）大人！

（劉秉義）也是一個姓王的！（二人指王金龍）

（潘必正）是個姓王的！

（劉、潘）這倒巧得很哪！嘿嘿！（王金龍尷尬）

（劉對蘇三）那王公子是甚等樣人？講！

（蘇三接唱）他本是吏部堂上的三舍人。

（王金龍）住了！本院問你謀死親夫一案，哪個問你院中苟且⑩之事？

（潘必正）啊大人，謀死親夫一案也要審。

（王金龍）也要審？

（劉秉義）院中苟且之事也要問吶！

（王金龍）也要問？

（劉秉義）也要問。

---

⑩苟且：不正當的男女關係。

（潘必正）有道是：樹從根腳起，
（劉秉義）水從源處流。
（王金龍）如此說來，（向潘必正）審得的？
（潘必正）審得的。
（劉秉義）問得的。
（王金龍向劉秉義）問得的？
（王金龍向潘必正）如此，審吶！
（潘必正）審吶！
（王金龍向劉秉義）問吶！
（劉秉義）問吶！
（王金龍向潘必正）啊？
（潘必正）啊！
（王金龍向劉秉義）啊？
（劉秉義）啊！
（王、潘、劉同笑，笑聲各異）哈哈哈！講！
（潘必正）公子初次進院帶銀多少？

（蘇三唱【西皮原板】）初見面銀子三百兩，吃一杯香茶就動身。

（潘必正）低頭！二位大人，那王公子初次進院，用了三百兩銀子，吃杯香茶就走，此公子哦！可算是慷慨得緊吶。

（王金龍）嗯，倒也大方。

（劉秉義）啊，二位大人！說什麼慷慨？講什麼大方？分明是他王氏門中不幸，出了這敗家之子。（用扇暗指王金龍）

（王金龍）噢，敗家之子？

（劉秉義）敗家之子。

（王金龍苦笑）嘻嘻嘻！

（王、潘、劉）講！

（蘇三唱【西皮原板】）公子二次把院進，隨帶來三萬六千銀。

（潘、劉）在你院中住了幾載？講！

（蘇三接唱）在院中未過一年整，三萬六千銀一旦化了灰塵！

（劉秉義）低頭！想那王公子，在你院中未住一年，將三萬六千兩銀子俱已花盡，難道你們院中吃銀子、穿銀子不成嗎？

（蘇三）犯婦有支銷⑪。
（王金龍）是呀，他有支銷啊！
（劉秉義）大人，他有支銷，大人怎麼曉得？
（王金龍）……哦，這供招上面有支銷。
（劉秉義）哦，供招上面寫的有支銷？如此，就審他的支銷。
（潘必正）問他的支銷。
（王金龍向潘必正）審吶！
（潘必正）審吶！
（王金龍向劉秉義）問吶！
（劉秉義）問吶！
（王金龍）啊？
（劉秉義）啊？
（潘必正）啊？
（王金龍笑）哼哼哼！
（劉秉義）將支銷報上來！

⑪支銷：耗費，開銷。

（蘇三唱【西皮原板】）先買金盃和玉盞。

（潘必正）用不了許多。

（蘇三接唱）又買翠盤與翠瓶。

（劉秉義）也用不了許多。

（蘇三接唱）南樓北樓公子造，又造了一座百花亭。

（潘必正）那王公子在你院中，花了許多銀錢，那王八鴇兒待他如何？

（蘇三接唱）王八鴇兒起歹意，數九寒天將公子就趕出了院門。

（王金龍）嗯！想那王公子，在你院中，花了三萬六千兩銀子，為何數九寒天將他趕出院去？

（蘇三）並非犯婦所做，乃是鴇兒所為。

（王金龍）好個可惡的鴇兒！

（潘必正）狠心的王八。

（劉秉義）偏偏就遇著這倒運的公子！

（王金龍向劉秉義）啊？

（劉秉義）啊？

（王金龍冷笑）嘿嘿嘿！

（王、潘、劉）講！

（蘇三接唱【西皮原板】）公子一怒出了院，

（劉秉義、潘必正）在何處存身？

（蘇三接唱）關王廟內去把身存。

（潘必正、劉秉義）你是怎麼知道？

（蘇三接唱）那一日金哥來報信，手帕包銀去會情人。

（劉秉義）你二人見面之後便怎麼樣呢？

（蘇三接唱）不顧骯髒懷中抱，在神案底下敘一敘舊情！

（潘必正）低頭！二位大人，那蘇三見了三公子，不顧骯髒，摟抱在懷，我把他二人好有一比。

（王金龍）比做何來？

（潘必正）黃檗樹⑫下撫瑤琴。

（王金龍）此話怎講？

（潘必正）苦中取樂啊！

（劉秉義）啊二位大人，我把他二人也好有一比。

⑫黃檗樹：即為黃柏，其樹皮中醫入藥，有清熱解毒作用，但味苦。

（王金龍）比做何來？
（劉秉義）望鄉台上摘牡丹。
（王金龍）此話怎講啊？
（劉秉義）至死他還在那裡貪花呢！
（王金龍）講！
（蘇三接唱）打發公子南京去，在那落鳳坡前遇強人。
（潘必正）低頭！二位大人，你看那王公子回轉南京，不想在落鳳坡前，又遇著強人。這公子真真的命苦哇！
（王金龍）唉！可算得命薄！
（劉秉義）說什麼命苦？講什麼命薄？這也是他作嫖客的下場頭啊！
（王金龍）哼！講！
（蘇三接唱）只落得長街把飯討。
（潘必正）低頭！二位大人，王公子落得長街乞討，我倒想起一輩古人來了。
（王金龍、劉秉義）哪輩古人？
（潘必正）昔日鄭儋之子鄭元和，曾在長街討飯，後來得中頭名狀元，此公子可以比得。
（王金龍）嗯！倒也比得。

（劉秉義）啊，二位大人，想那鄭元和乃是前輩的老先生，王公子他是甚等樣人，焉能比得？比不得！
（王金龍）哎，將今比古，可以比得。
（劉秉義）比不得！
（王金龍）比得！
（潘必正暗示劉秉義）啊大人，王大人說比得就比得。
（劉秉義）怎麼？王大人說比得就比得？好，如此比得，比得，比得！
（王金龍、潘必正）講！
（蘇三接唱）到晚來在那吏部堂上去巡更。
（潘必正）二位大人，想那王公子乃是吏部堂上的三舍人，只落得在吏部堂上巡更守夜。這公子真真的可憐。
（王金龍）倒也可憐！
（劉秉義）說什麼可憐？道什麼可慘？分明是在那裡與他王氏門中打嘴現世呢！
（王金龍）講！
（蘇三接唱）公子三次把院進，拐帶銀兩回轉南京。
（王金龍）嗯！想那王公子在你院中，銀兩俱已花費，為何反落個「拐帶」二字？

（蘇三）並非公子拐帶，乃是犯婦所贈。
（王金龍）贈他多少？
（蘇三）黑夜之間，又無天平戥秤⑬，用手一約。
（王金龍）多少？
（蘇三）嗯，不過三百餘兩。
（王金龍）哎呀且住！那日回到旅店之中，用天平一稱，果然是三百餘兩。哎呀！玉堂春我那……！（王金龍立起，又坐了下去。）
（潘、劉）啊大人，王法森嚴，容他自己招認。
（王金龍）哎呀，本院的舊病復發，有勞二位大人代審了吧！
（潘、劉）當得效勞！打座向前。
（四龍套、門子甲、乙、丙由兩邊暗上。門子甲攙王金龍下。門子乙、丙下；四龍套由兩邊下。）
（潘必正）啊蘇三，按狀紙上面的言詞，從實招來，也好開脫你的死罪。
（劉秉義）是呀！如若不然，你來看，王大人（以扇暗向裡指）的舊病又發作了！
（蘇三）二位大人容稟哪！

⑬戥：俗稱戥子。小型的秤，用來秤金銀珠寶等貴重物品，或重量很小的東西。

（劉秉義）慢慢講來！

（蘇三唱【西皮二六板】）自從公子南京去，玉堂春在北樓裝病形，公子立志不再娶，玉堂春至死不嫁人。

（潘、劉）既是至死不嫁，為何又嫁了那山西沈燕林？

（蘇三）大人吶！

（蘇三接唱【西皮流水板】）那一日梳妝來照鏡，在樓下來了沈燕林，他在樓下誇豪富，勝比公子強十分，奴在北樓高聲罵，只罵得燕林臉含嗔，羞愧難當回店去，主僕二人又把巧計生。

（潘、劉）他們生出什麼巧計？莫非依仗有錢買你不成？

（潘必正）身價銀子多少？

（蘇三接唱【西皮流水板】）做媒的銀子三百兩，那王八鴇兒一斗金，鴇兒貪財將我賣，將我賣與了沈燕林。假說公子得了中，他得中皇榜頭一名，我爲他關王廟內把香進，這才一馬就到洪洞。

（潘必正、劉秉義）在洪洞住了幾載？

（蘇三接唱【西皮流水板】）在洪洞縣住了一年整，那皮氏賤人起毒心，一碗藥麵付奴手，奴回手付與了沈官人，官人不解其中意，吃了一口哼一聲，他昏昏沉沉倒在地，七孔流血他就命歸陰。

（潘、劉）人命關天，皮氏就罷了不成？

（蘇三接唱【西皮流水板】）皮氏一見沖沖怒，他道我謀死親夫君，高叫鄉約和地保，拉拉扯扯就到公庭。

（潘、劉）頭堂官司審得如何？

（蘇三轉【西皮搖板】）頭堂官司問得好。

（潘必正）這二堂呢？

（蘇三接唱）二堂官司就變了情。

（劉秉義）想是王知縣受了賄了！

（蘇三接唱）洪洞縣受贓銀一千兩。

（潘必正）闔衙呢？

（蘇三接唱）闔衙分散有八百銀。

（劉秉義）上得堂去又是怎樣審問？

（蘇三接唱）上堂來先打四十板，

（潘、劉）不該招認。

（蘇三接唱）皮鞭打斷了有數根。

（潘、劉）也不該招認。
（蘇三接唱）犯婦本當不招認，無情的拶子我就難受刑。
（潘、劉）這也難怪了。你在監中住了多久？
（蘇三接唱）在監中住了一年整，
（潘、劉）可有人探望於你？
（蘇三接唱）並無有一人來探望我的身。
（潘、劉）那王八鴇兒呢？
（蘇三唱【西皮搖板】）他不來看。
（潘、劉）你那知心的人兒哪？
（蘇三接唱）知心他也不知情！
（潘必正）那王公子可曾探望於你？
（蘇三接唱）王公子一家多和順，我與他露水的夫妻有什麼情？
（劉秉義）眼前若有王公子，你可認識他？
（蘇三接唱）慢說不認得王公子，蒙紗蓋臉我認也認得眞。
（劉秉義）話雖如此，他如今頂冠束帶⑭，不來認你，也是枉然。

⑭頂冠束帶：謂為官。

（蘇三）大人哪！

（蘇三接唱【西皮散板】）眼前若有公子在，縱死黃泉也甘心！

（潘必正、劉秉義離座，門子甲攙王金龍暗上。）

（劉秉義）啊大人，此案審不得了。

（潘必正）怎麼？

（劉秉義）審來審去，連王大人也審在其內了。

（潘必正）依大人之見？

（劉秉義）你我暫且告退，看他是怎樣的落案。

（潘、劉）司吏等告退。

（王金龍）請便！

（潘必正、劉秉義向王金龍拱手，由兩邊下。四龍套、四青袍由兩邊暗上。）

（王金龍）蘇三吶，蘇三！

（王金龍唱【西皮搖板】）蘇三堂下把話論，句句說的是眞情，本當下位來相認，

（王金龍欲下位）（衆）噢！（王金龍接唱【西皮搖板】）王法條條不徇情⑮。左思右想心不定，此案交與劉大人。來！

⑮徇情：曲從私情。

（門子甲）有。

（王金龍）拿我名帖，請劉大人過衙一敘。

（門子甲）遵命。（門子甲接帖下）

（王金龍）蘇三，你暫且出院，本院開脫你的死罪就是。

（蘇三）謝大人！

（蘇三唱【西皮二六板】）這堂官司未動刑，玉堂春這裡我就放了寬心，下得堂來回頭看，（蘇三出門，回頭一望。）（衆）噢！

（蘇三唱【西皮流水板】）這大人好似王金龍，是公子就該把我來認——

（蘇三邁步欲進。王金龍一驚，急暗示不要進堂。）（衆）噢！

（蘇三接唱【西皮快板】）王法條條不徇情，向前去說句知心話，看他知情就不知情。（接唱【西皮搖板】）玉堂春好比花中蕊，

（上步至桌前）（王金龍）啊啊……那王公子呢？（蘇三）大人吶！

（蘇三唱【西皮流水板】）王公子好比採花蜂，想當初花開多茂盛，他好比那蜜蜂兒飛來飛去採花心，如今不見公子面，我那三——（拱手，欲呼喚；王金龍暗暗阻止，蘇三退回。）

（蘇三接唱）……郎啊！（蘇三欲說又止）（接唱【西皮搖板】）花謝時怎不見那蜜蜂

兒行？

（王金龍）蘇三暫且下堂，本院開脱於你也就是了。

（蘇三）謝大人！（蘇三唱【西皮散板】）悲悲切切出察院，我看他把我怎樣施行！（下）

（門子甲引劉秉義上。）

（劉秉義）參見大人！呼喚卑職有何事議？

（王金龍）蘇三一案，撥在大人台前審問，必須辨明冤枉才是。

（劉秉義）司吏當按律而斷。

（王金龍）但憑於你！掩門！

（門子甲）掩門。

（王安祈選注）

四郎探母

清　無名氏撰

【題　解】

《四郎探母》是京劇傳唱甚盛的名劇，演出的記錄最早出現在道光四年，不過初期的唱法和後來不太一樣，其間經過著名演員如姜妙香等的增潤改動，直到譚鑫培、王瑤卿才分別為生旦確立了定本，爾後演出僅略有參差。本書以《經典京劇劇本全編》（北京：國際文化出版公司，一九九六）為底本，另參考當代通行唱法。

此劇演楊家將故事：宋遼兩國會戰，楊家將死傷慘重，四郎延輝被擒，改名木易，蕭太后作主招為駙馬，與鐵鏡公主成婚，夫妻恩愛，並育有一子。十五年後，四郎之母佘老太君押糧來北國，四郎思母心切，終日憂傷，為公主看破，乃以實情告之。公主設計盜令箭暗助四郎出關，四郎乃得與母、妻、弟、妹相會一夜，哭訴離情。天明時限至，只得揮淚相別，匆匆返回遼邦，然事已洩漏，蕭太后欲斬四郎，幸公主求情始得寬恕。

《四郎探母》事不見於楊家將小說，但情節動人，人物性格生動，深刻表現了戰爭與人生的無奈。置身於宋遼相爭年代中的楊四郎，原本一心效忠宋朝，兵敗被擒面臨生死考驗的關頭，一時怯懦，改名換姓保全了性命，卻又被蕭太后選為駙馬，從此在異邦敵國建立新的家庭，展開新的人生。然而他內心對家國親人的思念竟無一日或止，終於在十五年後演出了探母的人生轉折大戲。徬徨猶疑在兩個家國、甚至忠孝生死之間的楊四郎，在戲裡沒有捶胸頓足、吶喊呼號，所有的只是悔、只是愧、只是遺憾、只是嘆息。雖然臨危偷生的行為不合乎傳統道德的要求，但沒有觀眾願以「叛徒」或「漢奸」來指責他，因為他要見母親是真情，感念岳母蕭太后是真情，愛鐵鏡公主是真情，回家見到原配妻子覺得心如刀割愧疚懺悔也是真情，楊四郎所有的真情糾結成他現世的矛盾，成為難以言喻的哀傷。人們都愛楊四郎，跟著他一起唱「我好比籠中鳥有翅難展」，因為每一個人都暗自覺得在現實充滿兩難的矛盾中，自己有著和楊四郎同樣的自哀自嘆與自責。（引自蔣勳〈不可言說的心事〉，詳見《復興劇藝學刊——探母比較研討會專刊》二十六期，一九九九年一月）

除了楊四郎之外，其他人物也都情真意切，遼邦的公主在婚後十五年才知道丈夫真實身份的那一刻，沒有渾身顫抖的做工表情，也沒有天塌地陷的激烈唱腔，但見她一陣驚愕之後，肅穆斂容、走向前來深深施上一禮：「早晚間休怪我言語怠慢，不知者不怪罪你的海量放寬！」何等的溫厚！何等的寬容！何等的尊重禮敬！無須任何贅語，濃郁深刻的情愛就這般含蓄而自然的流露了出來。而四郎那親生母親佘太君呢？突然見到失蹤了十五年的兒子，並沒有追問他為何來自敵國營隊，只是老淚縱橫的唱出了「一見嬌兒淚滿腮！」聽楊四郎說敵國的岳母對他很好時，佘太君寬慰的點頭拭淚；聽說敵國的公主生下了楊家的第三代時，佘太君更起身面向北方深深一拜，敵對的兩國竟因一個新生的小生命而禮敬如一家親。最後楊四郎趕回遼邦但事已洩漏，蕭太后面對敵人女婿，竟也因心疼女兒與小嬰兒而赦免了他。這樣一場人生悲劇，最後卻以團圓和樂的方式作了收束，含蓄溫潤、寬厚包容，這正是《四郎探母》的藝術風格以及文化內蘊。

第一場　坐宮

（楊延輝上）

（念引子）金井①鎖梧桐，長嘆空隨一陣風。

（念詩）沙灘赴會十五年，雁過衡陽各一天。高堂老母難得見，怎不教人淚漣漣。本宮，四郎延輝。山後磁州人氏。父諱繼業，人稱金刀令公；我母佘氏太君，所生我弟兄七男。想當年沙灘赴會，只殺得我楊家四走逃亡。本宮被擒，改名木易，多蒙蕭后不斬，反將公

①金井：井欄上有雕飾的井，一般用以指宮庭園林裡的井。或有人質疑楊延輝上場的「金井鎖梧桐」為秋景，何以公主登場時卻唱「芍藥開牡丹放花紅一片，豔陽天春光好百鳥聲喧」？其實戲曲舞台不設布景，景隨心轉、境由心生，楊延輝與公主一悲一喜，面對同樣的景觀卻有春懷秋思不同體會。

主匹配。適才小番報道，蕭天佐在九龍飛虎峪，擺下天門大陣。宋王御駕親征，六弟掛帥，老娘解押糧草來到北番。我有意回宋營見母一面，怎奈關津阻隔，插翅難飛，思想起來，好不傷感……唉！人也！

（楊延輝唱【西皮慢板】）楊延輝坐宮院自思自嘆，想起了當年事好不慘然。我好比籠中鳥有翅難展，我好比虎離山受了孤單。我好比南來雁失群飛散，我好比淺水龍困在沙灘。想當年雙龍會一場血戰，（轉【西皮二六板】）只殺得血成河屍骨堆山。只殺得楊家將東逃西散，只殺得衆兒郎滾下馬鞍。我被擒改名姓方脫此難，將楊字拆木易匹配良緣。蕭天佐擺天門兩下裡會戰，我的娘領人馬來到北番。我有心回宋營見母一面，怎奈我身在番遠隔天邊。思老母不由兒肝腸痛斷，想老娘不由兒珠淚不乾。（轉【西皮搖板】）眼睜睜高堂母難得見，兒的老娘啊！要相逢除非是夢裡團圓。

（鐵鏡公主內）丫頭！（二丫環內）有。（鐵鏡公主內）帶路哇！（二丫環內）是啦！

（二丫環抱阿哥②引鐵鏡公主上）

（鐵鏡公主唱【西皮搖板】）芍藥開牡丹放花紅一片，艷陽天春光好百鳥聲喧。我

②阿哥：皇子。

本當與駙馬消遣遊玩——（見楊四郎愁容滿面）呀！（接唱）怎奈他終日裡愁鎖眉尖。（二丫環鐵鏡公主進門，楊延輝站起）

（鐵鏡公主）駙馬，咱家來了。（楊延輝）公主來了，請坐。（公主）坐著坐著。（楊延輝鐵鏡公主坐，二丫環請安）（公主）我說駙馬，自從你來到我國一十五載，朝歡暮樂，這幾天你愁眉不展的，莫非你有什麼心事嗎？（楊延輝）本宮無有心事，公主莫要多疑。（公主）哼！你說你沒有心事，你瞧，你的眼淚呀，還沒擦乾哪！（楊延輝）這個……（背臉拭淚）（公主）（笑）現擦可也來不及了。（楊延輝）本宮心事倒有，慢說公主，就是大羅神仙也難以猜破。（公主）喲，慢說你的心事，就是我母后的國事，咱家不猜便罷……（楊延輝）若猜呢？（公主）猜它個八九。（楊延輝）好，今日閒暇無事，就請公主猜上一猜。（公主）好，那麼我就猜猜。（對丫環）丫頭！（二丫環）有。（公主）打座向前。（二丫環）是啦！（楊延輝與鐵鏡公主站起，鐵鏡公主從丫環手中接抱阿哥，二丫環將椅搬向前。）

（公主唱【西皮導板】）夫妻們打座在皇宮院，（二丫環從鐵鏡公主手中接抱阿哥，二丫環分下。）（接唱【西皮慢板】）猜一猜駙馬爺腹內機關。莫不是我母后將你怠慢？

（楊延輝）啊公主，你這頭一猜麼……（公主）猜著了？（楊延輝）猜錯了。（公主）喲，怎麼會猜錯了呢？（楊延輝）想太后乃一國之主，慢說無有怠慢，縱有怠慢，我還敢把他老人家怎麼樣啊！（公主）哦，可也是啊，想我母后乃是一國之主，慢說沒什麼怠慢，就是有些個怠慢，你還能夠怎麼樣呢？（楊延輝）著哇！（公主）這麼一說不是的？

（楊延輝）不是的。

（公主接唱）莫不是夫妻們冷落少歡？

（楊延輝）公主，你這第二猜麼……（公主）猜著了？（楊延輝）又猜錯了。（公主）喲，怎麼會又猜錯了呢？（楊延輝）想你我夫妻，一十五載，相親相愛，說什麼冷落少歡，不是的。（公主）哎喲！這麼一說，又不是的？啊，又錯了？

（公主接唱）莫不是思遊玩那秦樓楚館③？

（楊延輝）公主，越發的不對了。（公主）怎麼越發的不對了呢？（楊延輝）想這皇宮內院，美景非常。那秦樓楚館，豈是本宮去的所在呀？不是的。（公主）可也是啊，想這皇宮內院，美景非常，那秦樓楚館，還能比得了這皇宮內院嗎？（楊延輝）不是的。（公主）又不是。

（公主接唱）莫不是抱琵琶你就另想別彈④？

（楊延輝）哎呀公主呀！你我夫妻，一十五載，相親相愛，況且又生下了阿哥，說什麼抱琵琶另想別彈，你說此話不知緊要，豈不屈煞本宮的了。（微哭，拭淚）（公主）哎喲，

③秦樓楚館：指妓院。

④琵琶別彈：指楊延輝想另結新歡。

我剛說了一句不要緊的話，你就哭了，這不對我再另猜呀！（楊延輝）唉！不猜也罷。

（公主）喲！這倒難猜了！

（公主接唱）這不是那不是是何意見？

（楊延輝）公主猜不著，不用猜了。（楊延輝與公主站起，公主觀察楊延輝，楊延輝凝目遙望，失意；落淚。）（公主）嘿，駙馬，你這兒來，咱家這一猜呀，就猜著了。（楊延輝）公主請猜。

（公主接唱【西皮搖板】）莫不是你思骨肉意馬心猿⑤。對不對呀？

（二丫環分上，將阿哥交與公主，分下。）（楊）哦！

（楊延輝唱【西皮快板】）好一個賢公主智謀廣遠，猜透了楊延輝袖內機關。我本當向前去求他方便，（欲言又止）不可！（接唱【西皮搖板】）必須要緊閉口慢露眞言。

（同歸座）（公主）駙馬，咱家猜了半天，倒是猜著了沒有哇？（楊延輝）心事雖被公主猜破，不能與本宮做主，也是枉然！（公主）你倒是說出來，大小與你拿個主意。（楊延輝）公主啊！

---

⑤意馬心猿：猶心猿意馬，比喻人的心思流蕩散亂，如猿馬之難以控制。

（楊延輝唱【西皮快板】）我在南來你在番，千里姻緣一線牽。公主對天盟誓願，本宮方肯吐眞言。

（公主）噢！怎麼著，說了半天還要盟誓麼？（楊延輝）正是。（公主）這倒巧了，番邦的女子，就是不會盟誓。（楊延輝）怎麼？番邦女子連誓都不會盟麼？（公主）可不是嗎。（楊延輝）來來來，待本宮教導與你。（二人同站起）（公主）這倒得學學。（楊延輝）跪在塵埃，口稱皇天在上，番邦女子在下，駙馬爺對我說了真情實話，我若是走漏消息半點，日後，天把我怎樣長，地把我怎樣短。（公主）哦！就是這個呀？我會了。跪在這兒，稱皇天在上，番邦女子在下，駙馬爺對我說了真情實話，我若走漏了消息半點，到後來是怎麼長啊？怎麼短呢？（楊延輝）嗯！要你衷心對天一表。（公主）哼！你當我真不會盟誓呢？你抱著阿哥。（楊延輝接抱阿哥）（公主）待咱家盟誓啦！

（公主唱【西皮流水板】）鐵鏡女跪塵埃祝告上天，尊一聲過往神細聽咱言。我若是走漏他的消息半點，（楊延輝）怎麼樣？（公主）罷！（接唱【西皮搖板】）三尺綾懸高梁尸不周全。

（楊延輝）言重了！（公主站起，楊延輝將阿哥交與鐵鏡公主。）

（楊延輝唱【西皮快板】）見公主盟罷了宏誓大願，楊延輝才把心放寬。二次向前重把禮見，（楊延輝與公主施禮，二人歸座。）（接唱【西皮搖板】）我方好回宋營拜母問安。

（公主）駙馬，誓咱家也盟了，有什麼話您還不說嗎？（楊延輝）公主，你道本宮當真姓木名易麼？（公主）喲！這滿朝文武，誰不知道您是木易駙馬呀！（楊延輝）非也！（公主）啊！怎麼著？來到我國一十五載，連個真名實姓都沒有？今兒你說了實話便罷，如若不然，奏知母后，哈哈！我要你的腦袋！（楊延輝）哎呀！（抖顫）（公主）喂呀！（哭）

（楊延輝唱【西皮導板】）未開言不由人淚流滿面！

（阿哥哭，公主把阿哥尿。）（楊延輝）公主，本宮與你講話，怎麼在阿哥身上打攪哇！（公主）你說你的，還攔得著我兒子撒尿嗎？（楊延輝）唉！公主啊！（拭淚）（公主）說好的罷！

（楊延輝接唱【西皮原板】）賢公主細聽我表一表家園。我的父老令公官高爵顯，我的母佘太君所生我弟兄七男。都只爲宋王爺五台山還願，潘仁美誆聖駕來到北番。你的父設下了雙龍會宴，我弟兄八員將赴會在沙灘。（轉唱【西皮快板】）我大哥替宋王席前遭難，我二哥短劍下命染黃泉。我三哥被馬踏尸骨不見，我五弟在五台學法參禪。我六弟鎮三關威名振顯，我七弟綁芭蕉亂箭身攢。我本是楊（公主急示楊延輝噤聲，二人出門分至兩側察看，雙進門。）（公主）我說你倒是楊什麼呀？（楊延輝接唱【哭頭】）啊！賢公主我的妻呀！（接唱【西皮搖板】）我本是楊四郎名姓改換，將楊字拆木易匹配良緣。

（公主）呀！

（公主唱【西皮流水板】）聽他言嚇得我渾身是汗，十五載到今日才吐眞言。原來是楊家將把名姓改換，他思家鄉想骨肉就不能團圓。我這裡走向前再把禮見，駙馬！

（施禮，接唱【西皮快板】）尊一聲駙馬爺細聽咱言。早晚間休怪我言語怠慢，不知者不怪罪你的海量放寬。

（楊延輝）公主啊！

（楊延輝唱【西皮快板】）我和你好夫妻恩德非淺，賢公主又何必禮義太謙。楊延輝有一日愁眉得展，誓不忘賢公主恩重如山。

（公主接唱）講什麼夫妻情恩德不淺，咱與你隔南北千里姻緣。因何故終日裡愁眉不展，有什麼心腹事你只管明言。

（楊延輝接唱）非是我這幾日愁眉不展，有一樁心腹事不敢明言。蕭天佐擺天門兩國交戰，我的娘押糧草來到北番。我有心過營去見母一面，怎奈我身在番不能過關。

（公主接唱）你那裡休得要巧言改辯，你要見高堂母我不阻攔。

（楊延輝接唱）公主雖然不阻攔，無有令箭怎過關？
（公主接唱）有心贈你金批箭，怕你一去就不回還。
（楊延輝接唱）公主贈我金批箭，見母一面即刻還。
（公主接唱）宋營離此路途遠，一夜之間你怎能回還？
（楊延輝接唱）宋營雖然路途遠，快馬加鞭我一夜還。
（公主接唱）適才叫咱盟誓願，你對蒼天就表一番。
（楊延輝）哦！
（楊延輝唱【西皮快板】）公主叫我盟誓願，將身跪在地平川。我若探母不回轉，
（公主）怎麼樣啊？（楊延輝）罷！（接唱【西皮搖板】）黃沙蓋臉屍骨不全。
（公主）言重了！（鐵鏡公主示意楊延輝起，楊延輝起立。）
（公主唱【西皮快板】）一見駙馬盟誓願，咱家才把心放寬。你到後宮把衣換，（二人施禮，公主出宮。）（公主接唱【西皮搖板】）盜來令箭你好出關。（下）
（楊延輝遠望）噢！
（唱【西皮快板】）一見公主盜令箭，不由本宮喜心間。站立宮門叫小番！（接唱【西皮散板】）備爺的千里戰馬扣連環爺好出關。（下）

第二場　盜　令

（蕭太后內唱【西皮導板】）兩國不和常交戰，

（四遼兵、四遼女、四值殿官引蕭太后上。）

（蕭太后唱【西皮慢板】）各為其主奪江山。老王爺設下了雙龍會宴，楊家的衆兒郎齊赴沙灘。叫番兒擺駕銀安殿，（接唱【西皮搖板】）拆開兵書仔細觀。

（鐵鏡公主上）

（公主唱【西皮搖板】）懷抱嬌兒上銀安，參娘駕來問娘安。（請安）

（太后唱【西皮搖板】）我兒不在皇宮院，來到銀安為哪般？

（公主（唱【西皮搖板】）兒在皇宮心悶倦，特地前來問娘安。

（太后唱【西皮搖板】）我兒說話禮太謙，母女何須常問安。

（太后）回去（讀客）吧！（公主）謝母后！

（公主唱【西皮搖板】）辭別母后下銀安，（接唱【西皮流水板】）舉目抬頭四下觀。桌案現有金批箭，不能夠到手也枉然。低下頭來心暗轉——有了！（接唱）有一巧計在心門。忙把嬌兒掐一把——

（公主掐阿哥，阿哥哭，蕭太后聞聲招手。）（蕭太后）回來！（公主）在這兒哪！

（太后接唱【西皮搖板】）孫兒啼哭爲哪般？

（公主唱【西皮流水板】）小奴才生來皮肉賤，他要母后令箭玩。論令條就該將他斬——（太后）慢著！

（太后接唱）皇兒說話理不端。別人要令就該斬，孫兒要令拿去玩。我今交你金批箭，（拿令箭欲交，又按立於案上。）五鼓天明即交還。（遞令箭）（公主接令箭）

（公主唱【西皮搖板】）謝罷母后金批箭，母后中了我的巧機關！（下）

（太后接唱）番兒與我把班散，（衆兩邊下。蕭太后離座。）（接唱）後帳去把兵書觀。

（下）

第三場　別宮

（楊延輝上）

（楊延輝唱【西皮快板】）頭上摘去胡狄冠，身上脫去紫羅衫。沿氈帽齊眉掩，三尺青鋒⑥掛腰間。將身來在了宮門站，等、等、等等候了公主盜令還，好奔陽關。

（鐵鏡公主手持令箭上）

---

⑥青鋒：寶劍。

（公主唱【西皮搖板】）銀安盜來金批箭，成就駙馬孝義全。（令箭藏身後）

（楊延輝）公主回來了？（公主）回來了。（楊延輝）辛苦你了！（公主）好說好說。

（楊延輝）拿來！（公主）什麼呀？（楊延輝）令箭哪！（公主）喲，只顧說話啦，把您這檔子事情，我給忘啦！（楊延輝）怎麼，你忘懷了麼？（公主）可不是嘛！（楊延輝）唉！你耽誤本宮的大事了！（公主）別著急，你瞧，這是什麼呀？（亮出令箭）（楊延輝驚喜）公主請上，受我一拜！（施禮，接過令箭）（馬伕暗上）（公主）一夜之間，拜的什麼哪？（楊延輝）公主啊！

（楊延輝唱【西皮快板】）雖然分別一夜晚，為人必須禮當先。辭別公主跨走戰，馬來！（馬伕帶馬，楊延輝欲上馬。）（公主）駙馬請轉！（楊延輝接唱【西皮搖板】）公主有話快些言。

（公主）駙馬，此番見了我那婆婆，就說兒媳有不孝之罪了！

（公主唱【西皮快板】）鐵鏡女淚漣漣，尊一聲駙馬聽我言。此番見了婆婆面，與我帶上幾句言。兒願婆婆康寧健，兒願太君富壽年。倘若是五更你不回轉，駙馬爺呀！（鐵鏡公主與楊延輝同拭淚）（公主接唱【西皮搖板】）母子們宮幃內自縊黃泉。

（楊延輝）公主啊！

（楊延輝唱【西皮快板】）公主不必淚不乾，忘了公主欺了天。番兒帶過馬雕鞍，

馬來！（馬伕帶馬，與楊延輝同上馬，馬伕下。）（楊延輝接唱【西皮搖板】）淚汪汪哭出了雁門關。（下）

（公主）駙馬！我夫！（唱【西皮哭頭】）啊！駙馬爺呀！（唱【西皮接板】）見駙馬跨雕鞍我失魂喪膽，但願得早回轉我心才安。（下）

第四場　過　關

（四遼兵引大國舅、二國舅上。）

（大國舅唱【西皮搖板】）奉了太后金批箭，

（二國舅接唱）刀出鞘來弓上弦。

（大國舅接唱）番兒帶路關前站，

（二國舅接唱）有人過關仔細盤。

（馬伕引楊延輝上）

（楊延輝唱【西皮快板】）喬裝改扮離宮院，夫妻分別淚不乾。將身來在了關前站，把關的兒郎列兩邊。

（楊延輝）呔！開關！（大國舅）哪兒去（讀客）？（楊延輝）奉了太后將令，出關另有公幹。（大國舅）可有令箭哪？（楊延輝）站定了！

（楊延輝唱【西皮快板】）聽說一聲要令箭，翻身下了馬雕鞍。用手取出了金批箭，把關的兒郎你要仔細觀。

（大國舅唱【西皮搖板】）果然是太后的金批箭，

（二國舅接唱）過關的人兒請過關。

（楊延輝唱）兩國不和常交戰，

（大國舅、二國舅）不錯，常常打仗！

（楊延輝接唱）把守關口莫偷閒。

（大國舅、二國舅）不能夠偷閒。

（楊延輝接唱）任那南蠻巧改扮，馬來！（馬伕帶馬，與楊延輝同上馬，馬伕出關下。）

（接唱）無有太后的金批箭莫放他過關。（楊延輝出關下）

（大國舅唱【西皮搖板】）我看此人好面善，

（二國舅接唱）好似我朝的駙馬官。

（大國舅接唱）番兒與我關門掩，（四遼兵下，大國舅下。）

（二國舅接唱）小心把守雁門關。（下）

第五場　巡營

（四宋兵引楊宗保上）

（楊宗保唱【西皮搖板】）帳中領了父帥令，巡營瞭哨要小心。

（楊宗保）俺——楊宗保。奉了父帥將令，巡營瞭哨。軍士們！（四宋兵）有。（楊宗保）聽爺一令！

（楊宗保唱【西皮導板】）楊宗保在馬上忙傳一令！

（接唱【西皮慢板】）叫一聲衆兵丁細聽分明。蕭天佐擺下了無名大陣，他要奪我主爺錦繡龍廷。向前者一個個俱有封贈，退後者按軍令捕箭游營。（鑾鈴聲）耳邊廂又聽得鑾鈴⑦震，（接唱【西皮搖板】）軍士撤下絆馬繩。

（馬伕引楊延輝上）

（楊延輝唱【西皮快板】）適才關前盤查緊，喬裝改扮黑夜行。眼望宋營燈光影，刀槍劍戟似麻林。大膽且把宋營進，闖進了轅門見娘親。

（楊延輝加鞭策馬，楊延輝馬失前蹄，四宋兵擒住楊延輝和馬伕。楊宗保示意押下，楊宗保隨下。）

---

⑦鑾鈴：所乘車之鈴。

第六場　見弟

（楊延昭內唱【西皮導板】）一封戰表到東京，

（二旗牌持燈籠引楊延昭上）

（楊延昭接唱【西皮原板】）宋王爺御駕親自征。蕭天佐擺下無名陣，滿營將官解不明。我命宗保去巡營，（轉唱【西皮流水板】）中途路上遇賢人。他贈我兵書三卷整，才知番邦陣有名。將身且坐寶帳等，（接唱【西皮搖板】）且候衆將破天門。

（楊宗保持寶劍、令箭上。）

（楊宗保唱【西皮搖板】）寶劍令箭作憑證，見了父帥說分明。

（楊宗保進門）參見父帥！（楊延昭）罷了。命你巡營瞭哨，進帳何事？（楊宗保）孩兒擒住番邦奸細，他口口聲聲要見父帥。（楊延昭）有何為證？（楊宗保）現有寶劍、令箭為證。（楊延昭）呈上來。（楊宗保）是。（將寶劍、令箭遞與楊延昭。）（楊延昭接看寶劍、令箭）果然是番邦令箭、寶劍。宗保聽令！（楊宗保）在。（楊延昭）吩咐擊鼓升帳！（楊宗保）擊鼓升帳！（下）（四軍士兩邊上）（楊延昭）將番邦奸細押進帳來！

（衆）啊！（二宋兵押楊延輝上）

（楊延輝唱【西皮搖板】）大喝一聲如雷震，

（衆喊堂威）哦——

（楊延輝接唱【西皮快板】）楊家將令鬼神驚。邁步且把寶帳進，（楊延輝進帳與楊延昭對望）（接唱【西皮快板】）上面坐的同胞人。弟兄們分別十五春，怎知今日回宋營。將身站在了階前等，問我一言答一聲。

（楊延昭接唱）本帥帳中用目睜，見一番漢帳中行。龍行虎步非凡等，燈光之下看不眞。本帥開言把他問，你是番邦什麼人？家住哪州幷哪郡？要見本帥爲何情？

（楊延輝接唱）家住山後磁州郡，火塘寨上有家門。我父令公官極品，我母佘氏老太君。十五年前沙灘會，失落番邦被賊擒。六弟你下位把兄認，我是你四哥回宋營。

（楊延昭接唱）聽罷言來才知情，原來四哥回宋營。衆將與爺忙掩門！

（二宋兵、四軍士兩邊下；楊延昭離座，二旗牌下。）

（楊延昭接唱【西皮搖板】）自己骨肉認不清。走向前來忙鬆捆，（楊延昭爲楊延輝摘除手桎，二人坐。）（接唱）弟兄對坐敘寒溫。

（楊宗保上）

（楊宗保唱【西皮搖板】）忽聽前堂哭聲震，急忙向前問詳情。（進門）

（楊宗保）參見父帥。（楊延昭）罷了。見過你四伯父。（楊宗保）是。參見四伯父！

（施禮）

（楊延輝）罷了。這是何人？（楊延昭）你姪男宗保。（楊延輝）多大年紀？（楊延昭）

一十四歲。（楊延輝）嗚呼呀！且喜楊家有後，待我謝天謝地！（楊延昭）當謝天地！

（楊延輝向楊宗保）一旁坐下。（楊宗保）謝座。（楊延昭）啊四哥，失落番邦一十五

載，怎樣逃出虎口？（楊延輝）唉！一言難盡哪！

（楊延輝唱【西皮原板】）弟兄們分別十五春，兄在北番招了親。聞聽得老娘來到

北郡，因此上喬裝改扮回宋營、黑夜裡探望娘親。

（楊延昭接唱）四哥失落在番營，哭壞了老娘親、盼壞了四嫂夫人。宗保兒近前你

聽令，（轉唱【西皮快板】）曉諭帳外衆三軍。伯父今日回宋營，帳裡帳外莫高

聲。

（將令旗交楊宗保）（楊宗保）得令！（接令旗）

（楊宗保唱【西皮搖板】）原來四伯回宋營，曉諭帳外莫高聲。（下）

（楊延輝唱【西皮搖板】）問賢弟老娘今何在？

（楊延昭接唱）現在後帳把兵排。

（楊延輝接唱）有勞賢弟把路帶，（楊延昭出門下，楊延輝隨出門。）

（楊延輝接唱）母子們相逢痛傷懷！（拭淚轉身，下。）

第七場　見娘

（楊八姐、楊九妹引佘太君上。）

（佘太君唱【西皮搖板】）宋王爺御駕征北塞，（接唱【西皮流水板】）兩國不和動兵災。我的兒宋營掛了帥，老身押糧到此來。八姐九妹前把路帶，（接唱【西皮搖板】）燈花結彩爲何來？

（楊延昭、楊延輝上。）

（楊延昭唱【西皮搖板】）四哥且站營門外，（楊延輝接唱）有勞通報老萱台。

（楊延昭進門）（楊延昭）參見母親！（佘太君）罷了。兒啊，夜靜更深，進帳何事？（楊延昭）恭喜母親！賀喜母親！（佘太君）為娘喜從何來？（楊延昭）我四哥回來了。（佘太君）哪個四哥？（楊延昭）失落番邦一十五載延輝四哥回來了。（佘太君）他、他他今在何處？（楊延昭）現在帳外。（佘太君）快快快喚他進來！（楊延昭）遵命。（出門）啊四哥，母親喚你！（楊延輝）哦是是是。（楊延輝進門，佘太君站起。）（佘太君、楊延輝對視，佘太君問八姐、九妹）：這是你四哥？（楊延輝問楊延昭：這就是母親？）（八姐、九妹、楊延昭同）正是。

（佘太君同）嬌兒，唉，兒啊！（拭淚）

（楊延輝同）母親，唉，娘啊！（跪下）

（佘太君唱【西皮導板】）一見嬌兒淚滿腮，

（佘太君同）延輝，嬌兒，唉，兒啊！（拭淚）

（楊延輝同）母親，老娘，唉，娘啊！（拭淚）

（佘太君示意楊延輝站起）

（佘太君接唱【西皮流水板】）點點珠淚灑下來。沙灘會一場敗，死傷我楊家好不悲哀。兒大哥長槍來刺壞，你二哥短劍下他命赴泉台。兒三哥馬踏如泥塊，我的兒與八弟就失落番邦一十五載未曾回來。唯有兒五弟把性情改，削髮爲僧出家在五台。兒六弟鎭守三關爲元帥，最可嘆你七弟他被潘洪就綁在芭蕉樹上亂箭攢身尸無葬埋。（轉唱【西皮搖板】）娘只說我的兒命不在，延輝我的兒啊！哪陣風將兒你吹回來？

（楊延輝）唉，娘啊！

（唱【西皮散板】）老娘親請上受兒（轉唱【回龍】）拜，

（施禮，跪下，向佘太君三叩拜）

（楊延輝同）唉，娘啊！（拭淚）

（佘太君同）唉，兒啊！（拭淚）
（楊延輝接唱【西皮二六板】）千拜萬拜也折不過兒的罪來。孩兒被擒在番邦外，隱姓埋名躲禍災。蕭后待兒的恩似海，鐵鏡公主配和諧。兒困番邦一十五載，常把兒的老娘掛在兒的心懷。胡狄衣冠懶穿戴，（轉唱【西皮快板】）每年間花開兒的心不開。聞聽得老娘到北塞，喬裝改扮回營來。見母一面愁眉解，願老娘福壽康寧永無災。
（佘太君唱【西皮搖板】）夫妻恩愛不恩愛？公主賢才不賢才？
（楊延輝唱【西皮快板】）鐵鏡公主實可愛，可算賢孝女裙釵。不是他盜令來得快，插翅不能飛回來。本當過營將娘拜，怎奈是兩國相爭，兒的娘啊！他不能來。
（佘太君站起唱【西皮搖板】）眼望番邦深深拜，賢德媳婦他不能來。
（楊延輝唱【西皮搖板】）六賢弟請上受兄拜，（楊延輝與楊延昭同跪拜，站起。）（接唱）賢弟可掛忠孝牌。
（楊延昭唱【西皮搖板】）楊門正氣傳數代，常把忠孝記心懷。
（楊延輝唱【西皮搖板】）二賢妹也來受兄拜，（楊延輝與八姐、九妹同跪拜，站起。）
（接唱）愧煞愚兄不將才。
（八姐、九妹唱【西皮搖板】）四哥休要把禮拜，侍奉老母理應該。

（佘太君）兒啊！
（佘太君接唱）我兒失落番邦外，你妻未曾伴妝台。
（楊延輝）哎呀！
（楊延輝唱【西皮散板】）聽一言來淚滿腮，好似鋼刀刺心懷。問賢妹你四嫂今何在？
（八姐、九妹接唱）現在後帳未出來。
（楊延輝接唱）有勞賢妹把路帶，
（八姐、九妹出門下，楊延輝走至門口欲出。）（佘太君）兒啊！（拭淚）（楊延輝）娘啊！
（楊延輝接唱）兒到後面會一會娘的兒媳、兒的妻、受苦的女裙釵，喂呀兒的娘啊！（向佘太君施禮，出門。接唱）兒去去就來。（下）
（佘太君唱【西皮散板】）六郎兒後帳把宴擺，與你四哥接風莫遲挨。
（佘太君、楊延昭下。）

第八場　見　妻

（四夫人上）

（四夫人唱【西皮原板】）我夫失落番邦外，後帳哭壞女裙釵。茶不思來飯不愛，十五載未上梳妝台。

（八姐、九妹引楊延輝上。）

（八姐、九妹同唱【西皮搖板】）四哥且等後帳外，報與四嫂說明白。

（八姐、九妹同）參見四嫂。（四夫人）二位賢妹，進帳何事？（八姐、九妹同）恭喜四嫂，賀喜四嫂。（四夫人）喜從何來？（八姐、九妹同）我四哥回來了。（四夫人）哪個四哥？（八姐、九妹同）失落番邦一十五載的延輝四哥回來了。（四夫人）哦他、他、他、他回來了麼？（八姐、九妹同）正是。（四夫人）快快有請。（八姐、九妹同出門招呼）啊四哥！（楊延輝隨進門，四夫人站起，迎上。二人對看）

（楊延輝對八姐）這是你四嫂？（八姐）正是。

（四夫人對九妹）這是你四哥？（九妹）正是。

（楊延輝）孟氏、我妻，妻呀！

（四夫人）夫君、我夫，夫呀！

（楊延輝、四夫人同跪。）

（四夫人唱【西皮導板】）一見兒夫淚滿腮，

（八姐、九妹相視一笑，分下。楊延輝、四夫人站起。）

（楊延輝）孟氏、我妻，妻呀！

（四夫人）夫君、我夫，夫呀！

（四夫人唱【西皮快板】）萬語千言湧心懷。失落番邦十五載，不知如何避禍災。

（楊延輝唱【西皮快板】）自從沙灘一陣敗，鐵鏡公主配和諧。聞得老娘到北塞，喬裝改扮回營來。一來見母問安泰，二見賢妻你掛心懷。

（四夫人唱【西皮快板】）結髮之情今不在，另配婚姻理不該。往日夫妻恩和愛，看來早已付塵埃。

（楊延輝唱【西皮快板】）賢妻休把夫來怪，我有言來聽開懷。不是公主盜令快，插翅不能轉回來。待等我住三五載，大破天門轉回來。夫妻們只哭得肝腸壞，我的妻呀！哎呀！（接唱【西皮散板】）譙樓⑧鼓打四更牌。辭別賢妻出帳外。

（楊延輝出門，被四夫人拉住。）

（四夫人接唱）拉住兒夫不放開。你要走來將我帶！

（楊延輝接唱）心懸兩地意徘徊。

（四夫人接唱）堂前老母年高邁，你把爲妻怎安排？

---

⑧譙樓：城門上的瞭望樓。

（楊延輝接唱）豈不知老娘年高邁，船到江心馬臨崖。狠心別妻出帳外！
（楊延輝推四夫人倒地，回身，見四夫人跪地，扶起四夫人；楊延輝拉四夫人，同下。）

第九場　哭　堂

（楊延昭、八姐、九妹引佘太君上。）
（佘太君唱【西皮散板】）耳聽帳外悲聲哀，他夫妻見面痛傷懷。
（楊延輝上，向佘太君施禮；四夫人追上。）
（楊延輝唱【西皮散板】）辭別老娘回北塞，
（四夫人在門口打楊延輝臉，二人進門。）
（四夫人接唱）再與婆婆說開懷。
（四夫人）哎呀婆婆呀！你孩兒他剛剛回來，就要回去。（佘太君）哎呀兒呀！你才得回來，怎麼又要回去？兒豈不知，天地為大，忠孝當先！（楊延輝）哎呀母親哪！兒豈不知天地為大，忠孝當先；兒若不回去，可憐你那番邦的媳婦、孫兒，俱要受那一刀之苦！
（楊延輝、楊延昭、八姐、九妹、四夫人同跪。）
（佘太君唱【西皮散板】）我哭、哭一聲延輝我的兒！
（楊延輝接唱）老娘親！

（楊延昭接唱）四兄長！
（楊延輝接唱）六賢弟！
（八姐、九妹接唱）四哥哥！
（楊延輝接唱）二賢妹！
（四夫人接唱）狠心的夫！
（楊延輝接唱）我那苦命的妻！（五更鼓。衆站起。）（楊延輝）哎呀！
（楊延輝接唱）譙樓鼓打五更牌！辭別老娘出帳外——
（八姐、九妹架住楊延輝，四夫人扶佘太君，楊延昭跪抬楊延輝腿。）
（楊延輝唱【反西皮散板】）楊四郎心中似刀裁。
（佘太君哭）兒啊！
（楊延輝接唱）捨不得老娘年高邁，
（楊延昭哭）四哥啊！
（楊延輝接唱）捨不得六賢弟將英才。
（八姐、九妹哭）四哥啊！
（楊延輝接唱）捨不得二賢妹未出閨閣外，
（四夫人哭）喂呀夫哇！

（楊延輝接唱）實難捨結髮的妻兩分開。
（楊延輝唱【西皮散板】）更鼓頻催時不待，若要逃走莫遲捱。狠心腸別一家出帳外。
（楊延輝向佘太君施禮，出門復回；楊延昭拿寶劍、令箭出門交楊延輝；楊延輝下，楊延昭進門。）（佘太君哭）兒啊！
（佘太君唱【西皮散板】）一見我兒回北塞，再若相逢夢中來。
（衆隨佘太君同下）

第十場　過　場

（馬伕、楊延輝兩邊分上，相遇，馬伕帶馬二人同下。）

第十一場　擒　楊

（四遼兵引大國舅、二國舅上。）（大國舅）奉命捉拿木易。（二國舅）柵子口兒等他！
（馬伕引楊延輝上）（大國舅、二國舅）哎下來，下來！
（楊延輝下馬，馬伕下馬，大國舅打楊延輝嘴巴；二國舅給楊延輝戴上手桎。）
（大國舅）拿過來吧！（搶過寶劍、令箭）走！

（大國舅、二國舅押楊延輝下；衆遼兵押馬伕，牽馬下。）

第十二場　回　令

（四遼女、四遼兵、四值殿官引蕭太后上。）（蕭太后）撤出鷹鷂去，捉拿燕子歸。（蕭太后歸大座，衆分侍左右。大國舅捧寶劍、令箭上，進門。）（大國舅）木易拿到，寶劍、令箭呈上。（蕭太后）將他綁上殿來！（大國舅）是。將木易押上來！（二國舅押楊延輝上）

（楊延輝唱【西皮快板】）雁門關前上了捆，好似魚兒把鉤吞。罷罷罷且把銀安進。（二國舅）走！（接唱【西皮搖板】）太后面前請罪名！（跪）

（大國舅、二國舅）木易當面！

（蕭太后唱【西皮快板】）一見木易咬牙恨，快將實話對我明。家住哪州幷哪縣？一一從頭說分明。

（楊延輝唱【西皮快板】）家住山後磁州郡，火塘寨上有家門。我父令公官極品，我母佘氏老太君。太后問兒的名和姓，我本是楊——

（大國舅）嘿，說！（二國舅）嘿，講！（蕭太后）楊什麼？

（楊延輝接唱【西皮搖板】）楊延輝就是兒的名。

（蕭太后唱【西皮快板】）聽罷言來怒氣生，蒙哄本后爲何情？吩咐兩旁刀斧手，推出銀安問斬刑。押下去！

（大國舅、二國舅一愣。）（楊延輝）呀！

（楊延輝唱【西皮快板】）聽說太后問斬刑，嚇得延輝膽戰驚。眼望後宮哭救應，公主啊！

（二國舅向大國舅手語示意：到後宮去請公主，出門急下。）

（楊延輝接唱【西皮搖板】）夫妻們見一面死也甘心。

（二國舅引鐵鏡公主上）

（二國舅）公主快點走吧！了不得了，駙馬爺上了綁啦！（鐵鏡公主）呀！

（鐵鏡公主唱【西皮快板】）忽聽國舅來報信，倒教咱家吃一驚。母后怎樣將你問？（走至楊延輝身邊）駙馬！（接唱【西皮搖板】）快快醒來說分明。

（大國舅）駙馬爺醒醒吧！您瞧誰來了？

（楊延輝唱【西皮小導板】）殿角下綁得我昏迷不醒，

（楊延輝向大國舅）啊公主！（大國舅）公豬（主）哇？我成了母豬了！公主在那邊哪！

（公主）我在這兒哪！（楊延輝）哎呀公主啊！

（楊延輝接唱【西皮快板】）只見公主到來臨。你若念在夫妻義，去到銀安講人情。你若不念夫妻義，斬了我楊延輝你另嫁他人！
（公主唱【西皮快板】）駙馬爺暫受一時捆，咱家上殿講人情。邁步且把銀安進，
（接唱【西皮搖板】）問我一言答一聲。
（蕭太后唱【西皮搖板】）我兒不在皇宮廷，來到銀安爲何情？
（公主唱【西皮搖板】）駙馬犯了何條令，因何捆綁問斬刑？
（蕭太后唱【西皮搖板】）你夫妻雙雙盜我的令，反把言語問娘親。
（公主唱【西皮搖板】）駙馬犯罪理當斬，看在兒面饒他身。
（蕭太后）我是定斬不赦！（公主）呀！
（公主唱【西皮快板】）母后不把人情准，倒教咱家無計行。下得銀安把駙馬請，
（鐵鏡公主走至楊延輝身邊，楊延輝站起。）駙馬！（接唱【西皮搖板】）一同哀告你我的老
娘親。
（二人同進殿，楊延輝、鐵鏡公主跪。）
（楊延輝）太后、母后、太后啊！（哭）
（公主）母后、阿娘、母后啊！（哭）
（楊延輝唱【反西皮散板】）我哭哭一聲老太后！
（公主接唱）我叫叫一聲老娘親！

（楊延輝接唱）當初被擒就該斬，
（公主接唱）不該與兒配為婚。
（楊延輝接唱）斬了兒臣不打緊，
（公主接唱）兒的終身靠何人？
（楊延輝接唱【哭頭】）老太后！
（公主接唱【哭頭】）老娘親！
（楊延輝、公主同唱）啊！
（楊延輝接唱）我的丈母娘啊！

（蕭太后）我是定斬不赦！
（楊延輝轉身坐地，低頭。）（大國舅）得！沒節骨眼啦！（二國舅）沒法下台了！（大國舅）別瞧著呀！（二國舅）怎麼著？（大國舅）咱們給求個情吧！（二國舅）這個情兒，咱們求得下來嗎？（大國舅）咳，你不知道，老太后喜歡的是咱們這樣兒的。（二國舅）聽你的，來吧！（大國舅、二國舅進殿同跪。）
（大國舅、二國舅同）老太后在上，奴才們叩頭啦！
（蕭太后）二位國舅，有什麼話，你們就說吧！
（二國舅）木駙馬犯罪，理當斬首，念在素日當差勤儉，立有大功，只可一赦，不可一斬！

（大國舅）求您開恩吧！

（蕭太后）二位國舅，敢是與駙馬講情嗎？

（大國舅、二國舅）不敢，老太后開恩！

（蕭太后）我先問問你們二位，當初木易出關的時候，是你們誰放的？

（大國舅）那是他！

（二國舅）那天我歇班兒，是他！

（大國舅、二國舅）是他是他！

（蕭太后）那麼，又是誰把他給擒回來的呢？

（大國舅）擒回來，是我！

（二國舅）是我，沒他什麼事！

（大國舅、二國舅）是我是我！

（蕭太后）哼哼哼……

（大國舅）哎，你瞧怎麼樣？樂了不是？

（二國舅）有門兒。

（蕭太后）你住了吧！都是你二人之過，我是先斬木易，再要你二人的腦袋！

（二國舅）得，又饒上倆！
（大國舅）誰說不是哪！
（公主）唉！
（公主唱【西皮快板】）母后再三不應允，倒教咱家怒氣生。當初被擒就該斬，
（蕭太后接唱）不知他是姓楊的人。
（公主接唱）斬了駙馬兒無靠。
（蕭太后接唱）再與我兒配爲婚。
（公主接唱）好馬不把雙鞍跨，（蕭太后接唱【西皮搖板】）哪有個長生不死的
人！下去（讀客）吧！
（公主）呀！
（公主唱【西皮搖板】）下得鑾安無計行，
（二國舅）我說公主，到這個時刻了，您不想主意救駙馬爺。您怎麼發起呆來了？
（大國舅）說的是啊！
（公主）我說二位國舅哇！
（大國舅、二國舅）公主。
（公主）事到如今，我是一點主意都沒有啦。

（二國舅）沾事則迷⑨。

（大國舅）一點主意没有了？

（公主）哎喲二位國舅，給我出個主意吧！

（二國舅）我先請問您哪，您這會兒没主意，那麼當初盜令出關的時候，您的主意都打⑩哪兒來的呢？

（大國舅）對啦！

（公主）當初盜令的時候……

（二國舅）怎麼個起由？

（大國舅）打誰身上起的？

（公主）是打阿哥身上所起的。

（二國舅）哦，打阿哥身上所起的，這會兒救駙馬爺，還得打阿哥身上來。

（公主）喲，阿哥身上怎麼來呀？

（二國舅）有主意呀！

（公主）您倒快說呀！

（二國舅）是啊，您聽著：他是姥姥家的肉，疼不夠。您把阿哥往太后的懷裡這麼一拽，

⑨當事者迷。

⑩打：從。

您躺倒地下，一撒嬌兒，什麼「我不活著了！」「我非得尋死吧！」「我抹脖子吧！」您這麼一鬧，阿哥必哭，老太后一心疼小的，也就把駙馬爺饒了！

（大國舅）這主意好。

（二國舅）是不是？

（公主）哦，把阿哥往太后身上這麼一扔。

（二國舅）對。

（公主）得了吧，那要是摔著孩子哪！我捨不得我的兒子。

（二國舅）您怎麼想不開呀！您這會兒捨不得小的，可是救不了老的呀！

（大國舅）哎，這話可又說回來了。

（二國舅）怎麼說？

（大國舅）您要是救了老的，往後要多少小的還愁沒有呢？

（公主）那麼說，使得嗎？

（大國舅、二國舅）使得，豁出去吧！

（公主）讓開。罷！

（公主接唱【西皮搖板】）阿哥摔與老娘親。

（公主）母后，您不赦駙馬，我也別活著啦，拿刀來，我要抹脖子！我不活著了！我不活著了！

（假裝自刎）

（大國舅）別介，別介！

（二國舅）那可使不得！

（蕭太后）別亂啦！別亂啦！我赦了！

（二國舅）公主，您別鬧了，老太后赦了！

（公主）啊？赦了？

（二國舅、大國舅）赦了！

（公主）那我也不死啦。

（二國舅）蒂根兒⑪就是裝著玩兒的。

（回頭看楊延輝）

（大國舅）得，都嚇癱了！

（二國舅）來來來，我給您卸下來。（欲為楊延輝摘手桎）

（公主）嘿嘿嘿！躲開這兒！好髒的手，別胡巴結差事！

（大國舅）你巴結差事幹嘛！

⑪蒂根兒：從頭。

（二國舅）我還巴結不上呢！
（鐵鏡公主為楊延輝除手桎，楊延輝站起，出殿。走向上場門）
（二國舅）駙馬，不是這兒，您的塌塌兒在那邊兒哪！
（大國舅）嚇糊塗了！
（楊延輝點頭，轉身走下。）
（二國舅）慢著走。得啦得啦，一天雲霧散，没事了。
（鐵鏡公主）我説國舅哇！
（大國舅、二國舅）公主。
（公主）駙馬可是赦了，我母后還在那兒生氣呢！這可怎麼辦哪？
（大國舅、二國舅）對了，小阿哥還接不過來呢！
（二國舅）這，你有什麼主意？
（大國舅）有主意。你們娘兒倆誰跟誰呀！抹個稀泥，過去賠個不是，請個安兒，就算完啦！
（二國舅）對了，對了！抹個稀泥就行了！
（公主）抹個稀泥就行了？
（大國舅）你們娘兒倆還有什麼説的？

（二國舅）來來來，請個安，賠個不是刷。

（公主）我說母后，方才因為您不赦駙馬，我一時莽撞，得了，我們這兒給您哪賠禮啦，請安啦！

（大國舅、二國舅）瞧著瞧著！

（蕭太后扭臉不理）

（大國舅）得，駱駝打哈嗤——扭過脖兒去了。

（公主）哎喲國舅哇，不行啊！

（大國舅）不要緊的，您迎著他的臉兒，這邊兒再請個安哪！

（公主）那行嗎？

（二國舅）沒錯兒，來吧！

（公主）我說阿娘，您怎麼不理我們呀？難道說您還跟我們一般見識嗎？得了，我們這兒又給您哪，請安啦！

（大國舅、二國舅）笑了笑了！

（蕭太后轉過臉去）

（二國舅）好，外甥打燈籠——照舅（舊）。

（公主站起）哎喲國舅，還是不行啊！

（大國舅）還不行啊？我也瞧出來了，事不過三，兩邊兒都請了安了，中間兒您再來它那麼一蹲兒！

（二國舅）對。

（公主）得了，別胡支使我呀，腿都疼了！

（二國舅）唉，您別想不開呀，這個賠不是，得滿臉兒堆笑，喜相點兒。您那兒樂，好招太后樂呀！老太后一樂，諸位一樂，這齣戲就算完啦，明兒見！

（大國舅）對了！

（公主）就這麼著，咱們試試。我說母后，您別生氣了！

（大國舅）是啦。

（二國舅）別生氣了！

（公主）您把阿哥賞給我吧！

（二國舅）您就賞下來吧！

（公主）我又給您哪，請安了！

（大國舅、二國舅）瞧著，瞧著，樂著點兒！

（蕭太后臉色稍展）

（大國舅）哎，要樂、要樂！

（蕭太后笑）

（二國舅）樂了，樂了。有請駙馬！

（鐵鏡公主站起接過阿哥，出殿。）（楊延輝上）

（楊延輝唱【西皮快板】）適才太后問斬刑，多謝公主講人情。未謝太后先謝你。公主，適才太后要斬本宮，多蒙公主講情，我這裡謝謝了！謝謝了！公主啊！（接唱【西皮搖板】）我母道你是賢德的人。

（公主）駙馬！

（公主唱【西皮搖板】）母后得罪咱賠禮。駙馬，剛才母后一時的盛怒，得罪您了，沒什麼說的，我們這兒給您請安啦！（楊延輝）不敢。（公主）賠禮啦！（接唱）千萬莫要記在心。

（楊延輝唱【西皮搖板】）夫妻雙雙銀安進，（楊延輝、鐵鏡公主同進殿，楊延輝跪。）（接唱）叩謝太后不斷恩。

（蕭太后）楊四郎，賜你令箭一支，把守北天門，好好的當差，再要是回營探母哇，小心你的腦袋！退班！（楊延輝）謝太后！

（大國舅、二國舅、四遼女、四遼兵、四值殿官、蕭太后兩邊下。）（楊延輝、鐵鏡公主下殿，四遼兵兩邊下。）

（公主）聽見了沒有，母后命你把守北天門，這回你可好好當差吧，再要是回營探母啊？

（楊延輝）怎麼樣？
（公主）可想著早點回來！（下）
（楊延輝）取笑了！帶馬北天門去者！
（遼兵帶馬，楊延輝上馬，衆領下、楊延輝下。）

（王安祈選注）

小放牛

清　無名氏撰

【題解】

郊外春光明媚，正在放牛的牧童，遠遠瞧見一村姑正朝自己這邊過來，正興奮的想找個說話搭訕的機會，村姑竟主動打招呼見禮了。原來村姑要去杏花村，中途迷失了路。牧童指點了路徑，卻趁機要她唱小曲，如果不唱，就不讓她過去。此刻二人做了有趣的糾纏：村姑一閃身，想從這邊走，牧童靈巧的「這邊截住你」；村姑打從另一邊走，牧童又在另一邊擋；村姑想從中間走，牧童也不讓過去。村姑沒法子，只好唱歌，於是二人就一唱一幫腔地展開了以下三個段落的歌唱：

（一）「正月裡來什麼花兒開」一段，屬於民歌「對花」類型。藉由一問一答，二人逐漸熟稔。

（二）「二郎爺爺本性楊」和「二郎爺爺身穿黃」同屬第二大段對唱，牧童大膽的表露愛慕之意。

（三）第三段是主體，前半「天上梭羅什麼人栽」一段為「盤歌」，內容無所不包，在歷史、自然界、神仙等傳說知識的問答之後，從「姐兒門前一道橋」開始轉入男女愛情的反覆歌唱，借用了「罵歌」形式，情感真摯鮮明、大膽潑辣。牧童赤裸裸的對村姑示愛，村姑則有些害羞，以回罵推拒，一唱一答，風趣幽默，地方色彩鮮明，民間情味濃郁，最後終於在牧童獨唱「縱然死在陰曹府，轉一世也要配成雙」之後，以二人合唱「轉一世也要配成雙」做結。歌唱結束了，戀愛好像也談成了，不過戲倒不需要演什麼實際的愛情結果，就在村姑含笑而下後，牧童回過神來，突然發現牛不見了，最後就以急著上山找牛作為收場。

《小放牛》就是這麼一齣以民歌小曲為主體的民間小戲，沒什麼劇情，但載歌載舞之中，情趣盎然，人物性格也栩栩如生。唱詞念白並沒有精準的「定本」，文字之間的參差變動頗有彈性，只讀劇本很難掌握其妙趣，觀看劇場演出才能有直接的體會。本書根據的是民國初年《戲考》的劇本。

（丑上白）家無生和意，吃盡斗量金。我牧童兒是也，爹娘在世，家大業大，騾馬成群。爹娘去世，萬貫家財，被我花得盡眼毛光，只得與人家放牛為生。我看今日天氣晴和，不免將牛放在山上，吃草便了。你看牛上山上吃草，今天我有一點開心，我有兩個小曲，待我唱起來。

（唱）出的門來用眼兒斜，哪哈哪哈哪哈哪哈咦，出的門來用眼兒斜，那邊廂來了一個女姣娃，頭上帶著一枝花，身上穿的綾羅紗，楊柳細腰一纖纖，小小金蓮半抓抓。心裡想著他，口裡念著他。這一場想思病把人害殺，這一場想思病兒把人害殺。

（花旦內白）走吓！（上）

（唱）三月裡來桃花兒開，杏花兒白石榴花兒紅，又只見芍藥牡丹一齊開放。行來在荒郊漠澗，見一個牧童頭帶草帽，身穿著簑衣，手拿著竹笛，倒騎住牛背，口兒裡唱的是俱都是蓮花鬧①。（白）牧童哥！（丑允）噯！（旦唱）你過來，我問你，我要吃好酒，要上那裡去，我要好酒，要上那裡去？（丑唱）牧童開言道，叫聲女客人，我這裡用手一指，南指北指東指西指，前面高坡，有幾戶人家，楊柳樹上掛著一個大招牌。女客人你過來，我問你，你要吃好酒要上杏花兒村，你要吃好酒要上杏花兒村。

（花旦白）牧童哥！前來見禮。（丑）還禮還禮！這一女娘行，你上那裡來？（旦）我在娘家來。（丑）你往那裡去？（花旦）我往婆家去。（丑）婆家住在那裡？（花旦）家住在杏花村。（丑）哦！那裡村？（花旦）哎！杏花村。（丑）前面就是杏花村。（花旦）

---

①蓮花鬧：一作蓮花落、曲藝之一類。

待我打馬過去。（丑）那一女娘行，我說你回來。（花旦）回來了！牧童哥，喚我何事？（丑）聞聽人說，你們杏花村的人，都會唱小曲，你唱兩個小曲我聽聽，我便送你回去。（旦）我們不會唱。（丑）你不唱個我不讓你走。（旦）我在這邊走。（丑）這邊截住你。（旦）我在那邊走。（丑）那邊擋住你。（旦）我在當中走。（丑）與你堵吓。（旦）什麼吓？（丑）道兒。（旦）我唱便唱，沒有人與我幫腔②。（丑）你唱，我與你幫腔。（旦）會幫腔，就幫腔，不會幫腔，站在一傍，看過紅花熱鬧。（同）就此來著。

（旦唱）正月裡來什麼花兒開，想起奴的哥的妹的，正月裡開的迎春花兒，那麼咦呀！吓！哽吓哽吓！七噗弄咚咦呀吓！八噗弄咚咦呀吓！一朵一朵梅花開。（丑）七噗弄咚咦呀吓！八噗弄咚咦呀哈，一朵一朵梅花開。

（旦）唱的好不好？（丑）唱的好。（旦）就該送我回去。（丑）慢著慢著，再唱兩個小曲與我聽，我便送你回去。（旦）再來著。

（唱）二郎爺爺本姓楊③。（白）牧童哥幫腔來。（丑）來了來了！**哪嚇哪嚇哪嚇咦。（旦**

②幫腔：原為戲曲演出專有名詞，指後台或場面上（即文武場）的幫和唱，用以襯托演員的唱腔、渲染舞台氣氛，或敘述環境和劇中人的心情。但這裡只是一般用法，指的是旦幫忙與丑一搭一唱。

③二郎爺爺本姓楊：指民間信仰的二郎神楊戩。這裡用作對歌的起頭與下文不必有關。

唱）二郎爺爺本姓楊。（丑唱）哪嚇咦呀嚇。（旦）哪嚇咦呀呵。（丑）愛你的小腳腳。（旦）哥哥愛小腳，就該娶去我。（丑）手中無有錢，看看無奈何。（旦）手中無有錢，對你媽媽說。（丑）對我媽媽說，將你許配我。（旦）許你便許你，哥哥打個鑼。（丑）我便不打鑼。（旦）你不打這鑼兒，我就回去。（丑）咦咦妹妹你回來，妹妹你回來。（旦）妹妹回來，哥哥打個鑼。（丑）我與你打個鑼。（旦）打的什麼鑼？（丑）打的太平鑼。（旦）鑼兒怎麼響？（丑）七噗弄咚嗆，八噗弄咚嗆，我與你七噗弄咚嗆。

（旦白）牧童哥，唱的好不好？（丑）唱的好。（旦）如此再來著。

（唱）二郎爺爺身穿黃。（白）牧童哥幫腔來。（丑）來了來了！（旦唱）二郎爺爺身穿黃。（丑）哪嚇咦呀吓。（旦）哪嚇咦呀哈。（丑）愛你包果果。（旦）哥哥愛包果，就該娶去我。（丑）手中無有錢，看看無奈何。（旦）手中無有錢，對你媽媽說。（丑）對我媽媽說，將你許配我。（旦）許你便許你，哥哥打個鑼。（丑）我便不打鑼。（旦）你不打鑼兒，我就回去。（丑）咦咦！妹妹你回來。（旦）妹妹回來，哥哥打個鑼。（丑）我與你打個鑼。（旦）打的什麼鑼？（丑）打的太平鑼。（旦）鑼兒怎麼響？（丑）七噗弄咚嗆，八噗弄咚嗆，我與你來七噗弄咚嗆。

（旦白）唱的好是不好？（丑）唱的刮刮叫。（旦）就該送我回去。（丑）送你回去，這也不難。我有四句詩，你對的上來，送你回去。對不上來，不送你回去。（旦）牧童哥請吓。

（丑唱）天上梭羅④什麼人栽？地下黃河什麼人開？什麼人把守三關口？什麼人出家沒有回來？什麼人出家沒有回來？

（旦唱）天上梭羅王母娘娘栽，地下黃河老龍開，楊六郎把守三關口，韓湘子出家沒有回來，韓湘子出家沒有回來。

（丑唱）什麼鳥兒穿青又穿白？什麼鳥兒穿的菉豆腿？什麼鳥兒穿的十樣錦？什麼鳥兒穿的一身梅？什麼鳥兒穿的一身梅？

（旦唱）喜鵲穿青又穿白，烏鴉鴉穿的菉豆腿，金雞穿的十樣錦，老鸛穿的一身梅，老鸛穿的一身梅。

（丑唱）趙州橋什麼人兒修？玉石的欄杆什麼人兒留？什麼人騎驢橋上走？什麼人推車押了一條溝？什麼人推車押了一條溝？

（旦唱）趙州橋魯班爺爺修，玉石欄杆聖人留，張果老騎驢橋上走，柴王爺推車押了一條溝，柴王爺推車押了一條溝。

（丑唱）什麼人董家橋上打個五虎？什麼人拷元鑼賣過香油⑤？什麼人肩刀橋上走？

④梭羅：一作娑婆。民間傳說中月裏的神奇樹木。

⑤香油：麻油。

什麼人坐馬觀春秋？什麼人坐馬觀春秋？

（旦唱）趙匡胤董家橋上打個五虎，鄭子明拷元鑼賣過香油，周倉肩刀橋上走，關二爺坐馬觀春秋，關二爺坐馬觀春秋。

（丑唱）姐兒門前一道橋，有事無事走三遭。

（旦唱）休要走來休要走，我郎兒懷揣殺人刀，我郎兒懷揣殺人刀。

（丑唱）懷揣殺人刀，那個也無妨，去了頭首冒紅光，縱然死在陰曹府，變一個魂靈兒，撲在你身上，變一個鬼靈兒，撲在你身上。

（旦唱）撲在奴身上，那個也無妨，我家郎兒會陰陽⑥，三埂兩埂埂下了你。將你扔在大路傍，將你扔在大路傍。

（丑唱）扔在大路傍，那個也無妨，變一個桑枝在路傍藏，但等姐姐來採桑，桑枝兒抓破你的褲襠，桑枝兒抓破你的褲襠。

（旦唱）抓破奴褲襠，那個也無妨。我家郎兒是個木匠，三斧兩斧砍下了你，將你扔在了養魚缸，將你扔在了養魚缸。

（丑唱）扔在養魚缸，那個也無妨。變一個金魚兒缸裡藏，但等姐兒來捱水，學一個張生戲紅娘，學一個張生戲紅娘。

---

⑥陰陽：指從前社會中「陰陽生」的技能、星占、通靈、卜候等超驗的知識。

（旦唱）張生戲紅娘，那個也無妨。我家的郎兒會撒網，三網二網撒下了你，吃了你的肉來喝了你的湯，吃了你的肉來喝了你的湯。

（丑唱）喝了我的湯，那個也無妨。變一根魚茨在碗邊上藏，但等姐兒來喝湯，魚茨兒卡在你嗓子眼上，魚茨兒卡在你嗓子眼上。

（旦唱）卡在嗓子上，那個也無妨。我家的郎兒會開藥方，三方兩方打下了你，將你扔在了臭茅房，將你扔在了臭茅房。

（丑唱）扔在臭茅房，那個也無妨。變一個蜜蜂兒茅缸裡藏，但等姐兒來撒尿，蜜蜂兒攢你花心眼兒⑦上，蜜蜂兒攢在你花心眼兒上。

（旦唱）花心眼兒上，那個也無妨，我家的郎兒會扎鎗，三鎗兩鎗扎死了你。管叫你一命見閻王，管叫你一命見閻王。

（丑唱）我命見閻王，那個也無妨。閻王面前數數冤枉，縱然死在陰曹府，轉一世也要配成雙，（合唱）轉一世也要配成雙。

（旦白）牧童哥！唱的好是不好？（丑白）好。（旦）就該送我回去。（丑）叫我送你回去，這也不難，你要叫我一聲。（旦）叫你什麼吓？（丑）要叫我牧童哥哥。（旦允）

⑦花心眼兒：花心，女性生殖器，這是挑逗性的唱詞。

（丑）你叫我吓。（旦）哦！我叫你。（丑）哽！（旦）演來！那傍來的敢是牧童？（丑）要叫牧童哥哥。（旦）再演來，那傍來的敢是牧童兒？（丑）什麼吓？（旦）哥哥。（丑允）哎吓！我的好妹子！（旦）牧童哥哥，妹子少陪你呢！（旦下）（丑）看他那個樣子，待我學他一學，牧童哥哥，妹子少陪你呢！哎吓！閃了我的腰呢！這是怎麼好，不要緊我會醫好呢！我的牛呢？我的牛呢？牛不曉得上那裡去了？待我上山找牛去罷。（下）

（王安祈選注）

主要參考書目（按出版年代排列）

中國歷代戲曲選	傅傲編選	香港上海書局	一九七八年
明人雜劇選	梅初編	臺北順先出版社	一九七九年
明清傳奇選註	羅錦堂編著	臺北聯經出版公司	一九八二年
中國古典戲劇選注	曾永義編注	臺北國家出版社	一九八三年
白樸戲曲集校注	王文才校注	北京人民出版社	一九八四年
四聲猿	徐渭著	臺北仁愛書局	一九八五年
中國戲曲選	王起主編　王起等選注	北京人民文學出版社	一九八五年
元曲四大家名劇選	熊文欽、陳紹華、徐沁君校注	山東齊魯書社	一九八七年
宋元四大戲文讀本	俞為民校注	江蘇古籍出版社	一九八八年
永樂大典戲文三種校注	錢南揚注	臺北華正書局	一九九〇年
重訂增注中國十大古典悲劇集	王季思主編	山東齊魯書社	一九九一年
中國古代戲曲名著鑑賞辭典	霍松林、申士堯主編	北京中國廣播電視出版社	一九九二年

石君寶戲曲集　黃竹三校注　山西人民出版社　一九九二年
中國古代十大喜劇賞析　葉桂剛、王貴元主編　北京廣播學院出版社　一九九三年
文史英華（戲曲卷）　李修生、李真瑜等主編　湖南出版社　一九九三年
元曲選校注　王學奇主編　河北教育出版社　一九九四年
浣紗記校注　張忱石等　北京中華書局　一九九四年
桃花扇校注　俞為民校注　臺北華正書局　一九九四年
桃花扇　王季思等校注　臺北里仁書局　一九九六年
古本戲曲劇目提要　李修生主編　北京文化藝術出版社　一九九七年
琵琶記　錢南揚校注、李殿魁補校注　臺北里仁書局　一九九八年
牡丹亭　徐朔方、楊笑梅校注　臺北里仁書局　一九九八年
元明清戲曲經典　徐朔方、李夢生主編　上海書店出版社　一九九九年

字體對照表

古（俗）體字	通行體字	古（俗）體字	通行體字
挂	掛	竈	灶
讎	仇	碍	礙
麄	粗	汉	漢
鬭、鬪	鬥	虚	虛
逩	奔	吓	嚇
喒	咱	泪	淚
墻	牆	輭	軟
箇	個	恠	怪
彀	夠	蠏	蟹
庄	莊	徧	遍
于	於	伸覆	申覆
愿	願	潜潜	潸潸
渰	淹	衹有	只有
响	響	准備	準備
堦	階	早辰	早晨
并	並	么喝	吆喝
甯	寧	分付	吩咐
鐙	燈	元來	原來
嚀	嚀	天那	天哪
畧	略	令愛	令嬡
槩	概	好里	好哩
覩	睹	耽閣	耽擱
覷	覷	水經註	水經注
迹	跡	口兒不謹	口兒不緊

國家實用好書推薦

●國家文史叢書〔以淺白通曉的文字，重新詮釋中國智慧經典寶庫〕

天葬——藏族喪葬文化　尕藏才旦、格桑本／編著　$250

本書探討世界屋脊青藏高原的葬俗現象，介紹西藏人民特殊的喪葬儀式，如天葬、活佛塔葬、水葬、火葬等等，從時代變遷、地域與階級差異形成的不同葬俗，挖掘出歷史進程之政治、宗教、禮儀等變化軌跡，以及藏人的宇宙觀、生命觀、價值觀，由此揭開雪域藏族的神秘面紗，讓讀者瞭解他們獨特的生活方式與文化習俗。

論語評注　陳國慶、何宏／注譯　$250

《論語》是歷代文人士子們奉爲圭臬的經典，是故古人云：「半部論語治天下。」本書共收錄二十篇文章，記錄著孔子言行及孔子與弟子間的互動，本著「有教無類」、「傳道、授業、解惑」的教育精神，孔子作育無數英才，留下杏壇佳話。書中除了有注釋、譯文外，還有精闢的評析，引領讀者邁向一個理性與智慧的人文殿堂。

論語故事　王進祥／譯著　$250

本書以數章不等的論語章句爲骨幹，架構出一篇篇活潑生動、發人深省的故事。每篇故事前均輔以插圖來襯托主題，並附上詳明的註解作爲情節鋪陳的依據，全書二十八篇故事，在筆者的生花妙筆下，將兩千多年前孔門師生的對話，活現於讀者眼前。輕鬆和嚴肅交織行間，使人物典型深印在讀者心裡。

論語的處世智慧　林雨桐／編著　$250

本書將孔子立於「平凡人」的角度，配合《論語》原文，採夾敘夾議方式，客觀解析孔子的人格志向及思想，逐一介紹其學習歷程、對自我的要求與規範，爲他之所以成爲眾人導師，理出一個完整輪廓。沿著書中脈絡，可以窺見孔門思想的概貌，淺顯的字句間隱含著博大精深的智慧，是引領你研讀《論語》的最佳啓蒙書籍。

●國家文史叢書〔以淺白通曉的文字，重新詮釋中國智慧經典寶庫〕

白話西遊記（全二冊）

〔明〕吳承恩／著　$500

《西遊記》是以唐高僧玄奘師徒西行取經的驚險歷程為主題，所演繹出的一部神魔小說。作者吳承恩揉合了歷史記載與民間傳說，生動地架構出曲折離奇的冒險故事，塑造出鮮活的小說人物；文中歌頌了克服險惡的強韌精神，嘲諷揶揄了封建勢力及世間百態。無論是幻想的冒險或現實的批判都饒富趣味。

漢魏六朝鬼怪小說

葉慶炳／選譯　$300

志怪小說產生於政局動盪的魏晉南北朝，不但富有神秘色彩，其情節、人物、敘述也都別具特色。漢魏六朝時期的志怪小說，著名的有曹丕《列異傳》、葛洪《西京雜記》、干寶《搜神記》等，葉慶炳教授從中精選近四百篇故事，以白話形式輯錄成本書，書中故事短篇易讀，內容精彩，帶領您進入奇異幽幻的鬼怪世界。

驪軒之謎

高耀峰、劉紹榮／著　$500

「驪軒」是中國河西走廊上一個古老的小城鎮，但為何這裡卻住著古羅馬帝國的後裔？消失的古羅馬城市，為何會出現在中國戈壁灘的邊緣？本書針對驪軒城之謎，展開歷史的追尋。書中用淺白的文字將史書上的記載以故事的方式展開，生動而詳盡的重現了當時的歷史狀況，並解開一連串的驪軒謎題，使讀者有一個脈絡性的理解。

中華名藥神醫故事

吳浪平／著　$320

高超精妙的中醫藥學，是數千年來中國人的智慧結晶。每一項中草藥的發現、醫學技術的開創，其背後都蘊含著感人的故事。本書分「中藥傳奇」、「名醫傳說」兩部分，將發現中藥的艱辛歷程及古代名醫視病如親的大愛精神生動刻劃。內容饒富教育意義，對有志探索中國古代名藥神醫概貌者，更是一部深具啓發性的佳作。

國家圖書館出版品預行編目資料

戲曲選粹／曾永義、王安祈、李惠綿、蔡欣欣選注.
--初版.--臺北市：國家，2019.03
591 面：21 公分.—（國家文史叢書：49）
ISBN 978-957-36-0745-8（平裝）

1.中國戲曲　2.戲劇－中國

853　　90017367

國家文史叢書 49

戲曲選粹

選注者 / 曾永義、王安祈、李惠綿、蔡欣欣
執行編輯 / 謝滿子
責任校對 / 李佳蓮、李相美、賴慧娟、呂乃康、林幸慧
李元皓、林芷瑩、陳春蘭、陳銀桂、林書萍

發行人 / 林洋慈
發行所 / 國家出版社
地　址 / 台北市北投區 11269 大興街 9 巷 28 號 1 樓
電　話 / (02) 28951317 (代表號)
傳　真 / (02) 28942478
郵　撥 / 0018027-7
網　址 / http://www.kuochia.com
電子信箱 / kcpc@ms21.hinet.net
法律顧問 / 林金鈴律師、林明俊律師

日　期 / 2019 年 3 月初版五刷
定　價 / 600 元